달밤

상허
이태준
전집
1

달밤

단편소설

열화당

일러두기

- 이 책은 상허가 월북 전 발표한 단편소설을 망라한 것으로, 단행본으로 출간된 단편들은 그 순서에 따라 '달밤', '까마귀', '돌다리'로 묶어 구성하고, 나머지는 '그밖의 단편'으로 모아 연도순으로 배열했다.
- 각 글의 저본은 상허가 월북하기 전 최후 판본으로 삼았다. 단, 일제의 검열을 의식해 수정한 것으로 추정될 경우 최초본에 따라 복원한 뒤 편자주를 달았다.
- 출처는 최초 발표본부터 해금 전 단행본까지 각 글 끝에 밝혔고, 저본으로 삼은 판본에 밑줄로 표시했다.
- 표기법과 띄어쓰기는 현행 맞춤법을 따르되, 일부 방언이나 당대의 표현은 존중했다.
- 생소한 옛 어휘, 외래어, 일본어, 한시, 인물, 장소, 사건에는 편자주를 달았다. 단, 가장 처음 나오는 곳에 한 번 넣었다.
- 더 상세한 편집 원칙은 「'상허 이태준 전집'을 펴내며」에 밝혀져 있다.

'상허 이태준 전집'을 펴내며

제1권 『달밤: 단편소설』

당대 최고의 단편소설과 미문으로 우리 문학사에 큰 획을 그은 상허(尙虛) 이태준(李泰俊)의 새 전집을 엮으며, 그가 했던 말을 떠올린다. "산문 문학이란 한 감정이나 한 사상의 용기(容器)라기보다 더 크게 인생 전체의 용기다." 전집 출판은 한 작가의 세계 전체, 더 나아가 그를 둘러싼 시대까지 아우르는 큰 그릇을 빚는 일이다. 상허는 단편소설뿐만 아니라 중·장편소설, 희곡, 시, 아동문학, 수필, 문장론, 평론, 번역 등 다양한 방면의 글을 남겼는데, 삼십여 년 동안 온갖 여건 속에서 탄생된 글들은 개인의 얼굴이자 역사의 소산이다. 하지만 그 모습들은 결코 단순하지 않다. 상허는 문학의 순수성을 추구하는 동시에 인간 사회를 반영하는 데 따르는 통속성도 긍정했으며, 골동취미와 우리말에 대한 감식안을 지닌 예술가적 면모와, 자본주의 물질문명을 향한 비판, 계몽성 강한 메시지를 표출하는 사회참여자로서의 자세가 공존한다. 이는 장르에 따라 달리 구현되기도 하고 시기에 따라 변화하기도 한다. 격변의 한국 근대사를 관통해 남겨진 이 작품들을 하나의 그릇에 담아 오늘에 다시 읽는 일은, 그렇기에 인간과 역사와 언어를 다층적이자 총체적으로 이해하는 일이다. 그것은 상허가 글쓰기를 통해 실천하고자 했던 궁극의 의도에 다가가는 첫걸음이기도 하다.

이에 열화당은 상허의 생질 서울대 김명열 명예교수와 함께 '상허 이태준 전집'을 새롭게 기획, 발간한다. 이 어렵고 방대한 작업에 착수할 수 있었던 것은, 상허의 탁월한 문학적 성취와 미문을 후세에 제대로 알리고 상허 연구의 기반을 올바로 마련하기 위해서는, 그의 작품들을 일관된 기준으로 정리하는 일이 가장 시급하다는 데 공감했기 때문이다. 앞서 '근원(近園) 김용준(金瑢俊) 전집', '우현(又玄) 고유섭(高裕燮) 전집'과 같은 우리 근대기 문헌을 출간한 경험도 큰 밑거름이 되었다.

이 전집은 1988년 해금(解禁) 직후 나온 전집들이나 주요 작품만 모은 선집들의 미흡한 점을 최대한 보완하고, 월북 전에 발표한 상허의 모든 작품을 망라한다. 그 결과 단편소설 한 편을 비롯해, 중편과 장편에서 누락되었던 연재분, 일문(日文)으로 쓴 글 두 편, 번역과 명작 개요 각 한 편, 아동문학 십여 편, 다수의 산문과 평론이 이 전집에 처음 소개된다. 월북 이후에 발표한 글은 제외되었는데, 이는 시각에 따라 불완전한 전집일지 모르나, 우리는 작가의 의지가 순수하게 발현되었느냐 하는 기준에 부합하는 전집 만들기에 집중했다. 월북 후의 작품도 상허와 그 시대를 이해하는 데 중요한 문헌이기에 추가로 정리할 기회를 모색하려 한다.

이렇게 기획한 '상허 이태준 전집'은 전14권으로 구성된다. 제1권은 상허의 단편소설을 모은 『달밤』, 제2권은 중편소설, 희곡, 시, 아동문학 작품을 엮은 『해방 전후』이다. 제3권부터 제10권까지는 장편소설들로서 『구원의 여상·화관』 『제이의 운명』 『불멸의 함성』 『성모』 『황진이·왕자 호동』 『딸 삼형제·신혼일기』 『청춘무성·불사조』 『사상의 월야·별은 창마다』의 순서로 이루어진다. 제11권은 상허의 모든 수필과 기행문을 모은 산문집 『무서록』, 제12권은 문장론을 담은 『문장강화』, 제13권은 『평론·설문·좌담·번역』, 제14권은 상허의 어휘들을 예문과 함께 정리하고 상허 관련 자료를 취합한 『상허 어휘 풀이집』으로 계획했다. 이 중 첫 네 권을 일차분으로 선보인다.

상허의 문학 중 가장 빼어난 작품들은 단연 단편소설이다. 그 스스로 "내 생활에 다소 가치가 있었다면 그 가치의 화폐가 곧 이 단편들이라 해 마땅할 것이다"라고 했을 만큼 그의 가장 순수한 글쓰기의 결실들이다. 대부분은 근대화와 식민지 현실에서 자본과 권력으로 인해 방황하는 인간상을 그리는 동시에, 그들의 순박한 성품과 연민을 담아낸다. 「장마」 「패강랭」 「무연」 등 후기로 갈수록 무기력한 지식인의 자의식도 드러난다. 서정성과 예술성이 돋보이는 것도 장편소설과 구별되는 특징으로, "작가들의 직업이 아니라 작가들의 예술을 보려면 아직은 단편을 떠나 구할 데가 없다"고 강조했듯, 그에게 단편은 연재물이 지닌 제약으로부터 벗어나 작가 고유의 미의식을 온전히 발현할 수 있는 형식이었다. 상허는 특히 인물, 행동, 배경의 묘사에서 탁월한 경지를 보여주는데, 이는 평소 한 인간이 얽혀 있는 모든 생활을 세밀하게 관찰해야만 가능한 일이었고, 여기에 작가의 인생관과 세계관이 더해져 친숙하면서도 독창적인 인물상들이 탄생될 수 있었다.

전집을 여는 첫번째 권으로 그의 단편과 장편(掌篇, 콩트) 모두를 모은 『달밤』을 배정하고, 1925년 『시대일보』에 발표한 등단작 「오몽녀」(단행본 개작시 '오몽내'로 표기)와 대표작인 「달밤」을 비롯해, 최초 공개되는 「동심예찬」까지 쉰다섯 편의 단편을 수록했다. 상허가 월북 전에 출간한 세 단편집 『달밤』(1934), 『가마귀』(1937), 『돌다리』(1943)에 실린 작품대로 장을 나눠 구성하고(이 중 희곡 「어머니」와 「산사람들」은 전집 제2권에 수록), 이어서 '그밖의 작품'을 발표 연도순으로 배열해, 작가 생전의 출간 의도를 최대한 존중하려 했다. 단행본 서문들과, 크게 개작된 「오몽내」의 최초본 「오몽녀」 전문, 「코스모스 이야기」 「꽃나무는 심어 놓고」 최초본 결말 부분은 책 끝에 부록으로 실었다.

상허는 최초 발표본 이후 단행본 수록본, 선집 수록본 등 재발표본에 따라 개작을 많이 했는데, 1946년 8월경 월북 이전 마지막 판본이 작가의 최종 의도가 반영되었다고 판단하고 이를 저본으로 삼았다. 단, 오류나 작가의 수정이 아닌 것으로 짐작되는 부분이 상당수 발견되는 『이태준단편선』(1939)은 저본 조건에서 제외했으나, 「오몽내」는 개작

본이 여기에만 실려 있어 이 판본을 저본으로 삼았다. 또한, 일제의 검열이 극심해진 후기에 개고된 작품들은 검열을 피하기 위한 수정으로 추정되는 것들이 발견되었고, 이 경우는 최초본에 따라 복원한 뒤 편자 주를 달았다.

작품이 씌어진 지 어느새 한 세기 가까이 흐른 지금, 상허의 글들은 여전히 낡지 않은 현재성을 지닌다. 마치 소설 속 풍경이 바로 눈앞에 펼쳐지듯 생생하고, 인물들의 목소리가 귓전에 울리듯 쟁쟁하다. 하지만 그 이야기가 활자화된 우리말 표기법이나 용례는 상당히 차이가 난다. 작품의 의미와 표현을 손상하지 않으면서 지금의 독자에게 '읽힐 수 있게' 복간하는 일이 그만큼 어렵고 조심스러울 수밖에 없는 까닭이 여기에 있다.

우선 본문을 확정하는 세부 원칙을 세우는 게 중요했다. 원본을 존중한다는 원칙 아래 저본 원문과의 꼼꼼한 대조를 선행하고, 서술문과 대화문 모두 현행 표기법을 따르되, 대화문, 편지글, 인용문에서는 방언이나 당대의 표현, 인물의 독특한 입말은 그대로 살렸다. 서술문에서도 표기법에 맞지는 않지만 '대이다(대다)', '나리다(내리다)', '따(땅)', '모다(모두)', '잡아다리다(잡아당기다)', '제끼다(젖히다)' 같은 예스러운 분위기를 전하는 어휘는 살렸다. 오식, 오자, 탈자로 의심되는 부분은 여러 판본을 참조하거나 추정해 수정했다. 외래어나 외국어는 현행 표기법을 따랐으나, '삐루(맥주)', '고뿌(잔, 컵)', '구쓰(구두)'와 같이 일본식 외래어로 굳어져 사용되던 말이나 대화문에 나오는 것은 그대로 두고 주석에 풀이했다. 단, 지금은 사용하지 않는 한글 자모이거나 지나치게 생소한 형태인 경우 교정한 것도 있다. 한자는 의미를 이해하는 데 필요한 곳에 병기했고, 원문에 있더라도 불필요하면 삭제했다. 문장부호도 현행 표기법을 따랐으며, 장음 표기인 대시(—)는 뺐으나, 강조나 분위기가 표현되어야 할 때는 첫 음의 모음을 겹으로 적어 그 느낌을 살렸다. 억양을 올리거나 강조하는 표시로 사용된 물음표(?)와 문장

끝에 들어간 대시는 문맥에 따라 적절히 마침표(.), 쉼표(,), 느낌표(!) 등으로 바꿔 주었다. 숫자는 당시 한자나 한글로 표기하던 방식대로 작품 안에서는 한글로 통일하고, 글 끝에 적힌 날짜와 편자주에서는 선택적으로 아라비아 숫자로 했다.

이 전집에서 가장 많은 시간과 노력을 들인 요소는 편자주인데, 그 적절함과 정확성에서 염려되는 부분이기도 하다. 생소한 옛 어휘, 외래어, 일본어, 한시, 인물, 장소, 사건에 풀이나 간략 정보를 맨 처음 나오는 곳에 한 번 넣었다. 의미가 모호하여 '추정'이라 밝히고 풀이한 곳도 있고, 정확한 뜻을 찾을 수 없어 넘어간 곳도 있다. 지명 풀이는 작품 속 시대 배경에 따라 당시의 행정구역명으로 적고, 필요한 경우 현재 명칭도 밝혀 두었다. 상허가 원문 끝에 직접 밝힌 탈고 날짜와 장소는 판본에 따라 표기 방식이 다르거나 생략되기도 했는데, 우선 저본대로 따르되 생략되어 있을 경우 앞선 판에 적힌 것을 살려서 밝혔다.

작가 연보는 상허의 출생부터 현재까지를 아우르기로 하고, 월북 이전과 이후의 국내외 제반 자료를 포괄해 작성했다. 끝으로 최초 발표 지면과 단행본 표지를 화보로 덧붙여, 김용준, 정현웅, 안석주, 김규택, 길진섭 같은 화가들의 장정(裝幀) 및 삽화뿐만 아니라, 표기법, 활자, 조판, 편집 등 당대의 출판 환경을 엿볼 수 있게 했다. 상허의 사진 및 관련 자료는 전집이 완간될 시점까지 모인 것을 종합하여 작품 목록 및 작가 연보와 함께 마지막 권에 공개할 예정이다.

이러한 원칙과 고민 아래 편집상에 여러 노력을 기울였지만 부족한 부분이 많으리라 짐작한다. 독자와 연구자 여러분들의 아낌없는 질정을 바란다.

책이 나오기까지 많은 분들의 도움이 있었다. 이는 「감사의 글」에 상세히 기록되어 있어 여기서는 생략하고자 한다. 다만, 남한에 남은 상허의 직계 가족이 없는 현실에서 오직 사명감으로 이 작업을 시작하신 김명열 교수님의 용단과 노고에 특별히 감사드린다. 국내외 많은 상허 연구자분들의 성과와 노력에도 존경의 마음을 표한다. 앞으로 더 깊고 다양한 연구가 이어지는 데 이 전집이 도움이 되었으면 한다. 한때 남과 북에서 동시에 외면당할 수밖에 없었던 상허의 기구한 삶을 기리며, 그의 글이 오래도록 다시 읽히고 풍성하게 이야기되길 희망한다.

2024년 1월
열화당

감사의 글

상허(尙虛)는 나의 외숙이시다. 해방 후 얼마 안 되어 외숙이 월북하시자 다음 해에 외숙모가 솔가하여 따라 월북하셨다. 이렇게 남한에 외숙의 직계가족이 다 없어지고 생질과 생질녀들이 가장 가까운 친척이 되었다. 상허는 우리 문학에 커다란 업적들을 남겼지만 그의 자손이 남한에는 한 명도 없게 되면서 그의 작품들조차 관리가 되지 않은 상태였다. 나는 상허의 생질 중 유일하게 문학과 관련된 직업을 가졌던 친연성으로 인해 상허의 자손을 대신해서 그의 문학을 기리기 위해 무언가 해야겠다는 책무감을 갖게 되었다. 정년 후에 내 능력과 여건에 맞는 사업을 모색하던 차에, 이효석 전집을 위한 편집 작업을 마쳐 가던 이상옥 교수로부터 상허 작품의 본문을 확립하는 일을 해 보라는 권유를 받았다.

처음에는 본문비평이 생소한 분야인 데다가 작품 수도 많아서 주저했으나, 본문을 확정하는 것은 곧 작품을 완성하는 것이므로 창작에 버금가게 중요한 일이라는 것이 강하게 마음을 끌었다. 또 바르게 정리된 본문을 후세에 전하는 것, 또 그럼으로써 앞으로 모든 상허 작품에 관한 연구와 평론에 올바른 자료를 제공한다는 것은 바로 내가 바라는 바이자 상허의 문학을 기리는 일이므로 이는 어렵다고 피할 사안이 아니었다. 이리하여 주로 서울대 국문과 박사과정생에서 요원을 모집하여 2015년 초에 본격적인 작업에 착수하게 되었다.

우리는 충실하고 신빙할 만한 판본을 내기 위해서 먼저 몇 개의 큰 원칙을 세웠는데, 첫째는 상허의 의도에 부합하도록 본문을 확정한다는 것, 둘째는 원본을 존중한다는 것, 셋째는 월북 전 상허의 글은 모두 모은다는 것이었다. 이런 원칙하에 이 년 반 동안 작업하여 2017년 중반에 원고를 일단 다 정리하고 나니까 이젠 출판사를 찾아야 했다. 내가 명망있는 출판사를 못 찾아 고민하자 이익섭 교수가 주선하여 함께 열화당을 방문했고, 그때 이기웅 대표가 보여주신 상허 전집에 대한 호의와 열정은 사뭇 감동적이었다. 무엇보다 우리 근대기 문헌 복간 작업을 여러 차례 완수했던 열화당의 경험을 미루어 보아 상허 전집 출간에 가장 적임자라는 생각이 들었다.

2017년 말부터 모든 작업 파일과 관련 자료를 출판사에 차례로 넘기고, 예산 마련에 다 함께 노력을 했으나 여의치 않았다. 더 기다릴 수 없어 2020년부터 본격적인 편집 작업을 시작했다. 열화당에서는 내가 제공한 원고를 기초로 전집 구성, 원문 대조를 다시 하고, 수차례의 회의를 거쳐 본문과 편자주를 꼼꼼히 손보았다. 최신 정보를 반영한 연보의 작성, 화보 자료 수집, 디자인에도 정성을 기울였다. 이러한 몇 년간의 과정을 거쳐 드디어 전집의 일차분 네 권의 상재를 보게 된 것이다.

지금까지 실로 많은 분들과 기관의 고맙고 귀한 역할이 있었다. 일을 시작하고 보니 제일 급선무가 자료의 확보였다. 다행히 유종호 교수, 이병근 교수, 이상옥 교수는 소장하였던 상허의 저서 원본들을 희사하셨고, 강진호 교수, 고 김창진 교수는 많은 관련 자료를 제공해 주셨으며, 강 교수는 상허 전공자로서 원고 작업팀이 질문할 때마다 유권적인 답을 주셨다. 민충환 교수는 상허 작품 본문에 관한 다년간의 연구 결과를 참고할 수 있도록 허락하셨다. 현담문고(옛 아단문고)의 박천홍 실장은 그곳의 소장 자료를 손수 찾아 보내주었고, 근대서지연구소 소장 오영식 선생도 갖고 있던 자료를 자유로이 사용하도록 허락해 주었다. 특히 오 선생은 새로운 자료를 추가로 발굴하고, 원전을 찾아야 할 때면 언제나 해결사 역할을 해냈다.

한편 일본 텐리대학 구마키 쓰토무 교수는 상허가 다닌 와세다대학과 조치대학의 학적사항을 찾아내고, 상허와 관련된 와세다대학의 사진 자료를 전재할 수 있게 와세다봉사원의 허가를 취득해 주셨다. 서울대 국문과 대학원 박사과정과 석사과정에서 상허를 연구한 야나가와 요스케, 스게노 이쿠미 선생은 일본 잡지와 신문에 게재된 상허의 글들을 수집하고 번역했으며, 특히 야나가와 선생은 콩트 한 편과 어린이를 위한 글들을 다수 찾아내고 일본어 번역과 주석도 검토해 주었다. 초기 작업팀이었던 공강일, 김명훈, 나보령, 송민자, 안리경, 이경림, 이지훈, 이행미, 허선애 선생, 총무를 맡은 권영희 선생께도 감사드린다. 또한, 이 출간 사업의 중요성에 공감한 우덕재단, 현대건설 및 현대자동차그룹에서 귀한 지원금을 보조해 주어 첫 결실을 맺는 데 큰 힘이 되었음을 밝힌다.

전집의 첫 결과물이 비로소 세상에 나오게 된 것은 이상에 열거한 여러 분들의 도움과 격려 덕분이다. 특히 어려운 여건 속에서 출판을 허락하신 이기웅 대표와, 이 전집의 완성도를 위해 편집자로서 각고의 노력을 기울인 이수정 실장에게 감사를 드린다. 앞으로 가야 할 길이 더 많이 남은 만큼, 서로 믿고 힘을 모아 아름다운 결실을 맺게 되길 기원한다.

끝으로 내게 이 일을 하도록 은혜를 끼치신 두 분을 언급하지 않을 수 없다. 한 분은 물론 외숙 상허이시다. 나는 어려서부터 외숙의 글을 읽으면서 문학에 뜻을 품게 되었고 그것이 문학 공부로 이어져서 결국 문학 교수로 퇴임하였으니 이 모두가 외숙의 덕분이라 아니할 수 없다. 이번에 이 전집을 펴냄으로써 그 은혜를 조금 갚은 느낌이다. 외숙이 여러 지면에서 피력하였듯이 문학은 그에게 생명처럼 소중한 것이었다. 그러므로 그가 북에서 숙청당한 후 겪었을 가장 가슴 아픈 일 중 하나는 그의 작품이 철저히 제거된 점일 것이다. 앞으로 길이 남을 이 전집의 출간이 외숙의 그 한을 풀어 드릴 수 있기를 간절히 바란다.

또 한 분은 나의 어머니이시다. 어머니가 부모를 여읜 것은 세는 나이로 이모가 열두 살, 외숙이 아홉 살, 어머니가 세 살 때였다. 타관에서 졸지에 고아가 된 삼남매는 외할머니의 손에 이끌려 철원으로 와서 친척집과 남의 집으로 뿔뿔이 흩어져 더부살이를 했다. 그렇게 젖도 채 떼기 전부터 홀로 되어 항시 피붙이가 그리웠기 때문인지 어머니는 당신의 자식들을 끔찍이 사랑하셨다. 어머니의 기구한 성장 과정과 고난의 시집살이를 알게 된 나는 어머니가 기뻐하실 일로 그 사랑을 보답하고픈 염원을 갖게 되었다. 외숙 작품의 정본(定本)을 기획한 것에도 그런 동기가 있었다. 외숙은 어머니에게 특별한 존재였다. 사고무친의 외숙이 당대 굴지의 문필가가 된 것은 어머니에게는 한없이 큰 자랑이었다. 그래서 외숙은 어머니에게는 아버지 같은 오라버니였을 뿐 아니라, 영웅이었고 우상이었다. 그 오라버니의 필생의 업적을 거두어 정리하는 일을 당신의 아들이 했다는 것은 어머니에게는 더없이 대견스러울 것이고, 그 기쁨 또한 외숙의 기쁨보다 더하면 더하지 못하지 않을 것이다.

이 전집의 간행을 결행하게 된 데에는 저승에 계신 이 두 분께 이같은 위로와 기쁨을 드리고 싶은 나의 바람이 결정적으로 작용하였다. 그래서 이 글도 두 분의 은혜에 대한 감사로써 끝맺는 것이다.

2024년 1월
김명열

차례

달밤

불우선생(不遇先生)

H군과 나는 그를 '불우선생'이라 부른다.

불우선생을 우리가 처음 알기는 작년 여름 돈의동(敦義洞) 의신여관에 있을 때다. 하루는 다 저녁때 늙은 손님 하나가 주인을 찾았다.

"이리 오너라."

부르는 소리만은 아마 그 집 대문간에서 나던 소리 중에는 제일 점잖고 위풍이 있었으리라 생각한다.

눈딱부리 주인마님은 안마루에 앉아, 저고리 가슴을 풀어헤치고 콩나물을 다듬고 있다가 너무나 놀라워서 허겁질을 해 일어섰던 것이다.

객실이 너절한 만치 우리 같은 무직자들이나, 유직자들이라 해도 무슨 보험회사 외교원 같은 입심으로 사는 친구들만 모여들어, 그악은 혼자 부리면서도 늘 밥값은 받는 것보다 떼이는 것이 더 많은 마나님이라, 찾아온 손님이 그 목소리만 점잖은 듯하여도 게서 더한 반가움은 없는 듯하였다.

주인마님은 저고리를 여미고 가래 끓는 목청을 다듬으며

"네에."

소리를 거듭하며 달려 나왔다.

그때 문간방에 있던 H군과 나는 '저 마누라의 능청 떠는 걸 좀 보리라' 하고 잠잠히 문간 쪽을 엿듣고 있었다. 그랬더니 우리의 상상과는 딴판으로 주인마님의 목소리는 고분고분하지가 않았다.

고분고분은 그만두고 무뚝뚝한 것도 지나쳐 반 역정을 내는 데는 너무나 의외였다.

"당신이 찾소? 누구를 보료?"

"아니 누구를 보러 온 게 아니오, 여관 영업 패가 붙었으니 묵으러 온 것이지…."

"무슨 손님이 보따리 하나 없단 말요?"

"허! 이게 여관업자로 무슨 무례한 말씀이오. 보따리가 밥값 내오?"

주인마누라는 겉보기와 속마음은 딴사람이었다. 아니 겉과 속이 다르다기보다 H군의 말마따나 금붕어에다 비긴다면 그 마나님은 겉과 속이 꼭 같은 사람이었다.

눈알이 불거진 것도 금붕어요 얼굴이 붉고 궁둥이가 뒤룩뒤룩하는 것도 금붕어요 또 마음이 유순한 것도 금붕어 같은 마님이었다. 팔자타령과 함께 역정이 날 때는 집을 불이라도 지르고 끝장을 내일 것 같다가도 그는 오래 성내고는 자기 속이 견디지 못하는 성미였다.

밥값들을 안 낸다고 방마다 문을 열어제끼고 야단을 친 그날일수록 오히려 옷가지를 잡혀다가라도 반찬을 특별나게 차려 내놓는, 인정 많은 마나님이었다.

그래서 그날도 처음 나가 말 나오듯 해서야 그 손님이 어딜 문안에 들어서다니, 단박 쫓겨 나가고 말 것 같았으나 결국은 우리 있는 옆방으로 방을 정해 들여앉힌 것이다.

과연 그 손님은 목소리만은 점잖스러웠다. 의복이 초췌해 그렇지 신수도 좀스럽거나 막된 사람은 아니었다. 그는 후줄근한 모시 주의[1]에 맥고모자[2]는 삼년상을 그 모자로만 치르는지 먼지가 더께로 앉고 베 헝겊조차 땀에 얼룩이 져 있었다. 툇돌 위에 벗어 놓았다가 다시 집어 툇마루 위에 올려놓는 신발도 그리 대단스럽지는 못한 누르퉁퉁한 고무신이었다.

이 새로 든 손님은 우리 방에서 같이 저녁상을 받게 되었다. 그가 든

1 周衣. 두루마기.
2 밀짚모자.

방은 겨우 드나드는 문 하나밖에 없어 낮에도 어둡고 바람이 통치 않아 웃돈을 받고 있으래도 못 견딜 방이었다.

그래서 주인마님도 여름만 되면 아예 휴등을 해 두고 말기 때문에 늦은 저녁을 불 있는 우리 방에서 같이 먹게 된 것이다.

우리는 밥상을 받기 전에 이웃방 손님과 통성을 하였다. 그는 우리에게 존장뻘이 훨씬 넘는 중노인으로 이름은 송 아무개라 하였다. 그는 별로 말이 없이 한 손으로 부채질만 하면서 밥만 급한 듯 퍼먹었다. 우리는 반 그릇도 못 먹었을 새에 그의 밥사발은 밑바닥이 긁히는 소리가 났다. 그리고 그는 밥숟갈을 놓자마자 자기 손으로 밥상을 든 채

"실례했소이다."

하면서 우리 방에서 나갔다.

그날 밤이다. 우리는 저녁 후에 가까이 있는 파고다공원에 가서 두어 시간을 보내고 오니까, 우리 옆방, 그 굴 속 같은 어두운 방 속에선 왕 왕 글 읽는 소리가 났다. 물론 새로 든 그 방 주인의 소리겠지만 그렇게 청승스럽게 잘 읽는 소리는 처음 들었기 때문에 우리는 귀를 빼앗기고 듣고 있었다. 그때는 무슨 글인지는 몰랐으나 '굴원(屈原)[3]이 기방(旣放)에'니 '행음택반(行吟澤畔)할새 안색(顔色)이 초췌(憔悴)'니 하던 마디[4]를 생각해 보면 굴원의 「어부사(漁父辭)」를 읽었던 모양이다.

우리는 무조건하고 글소리만에 그에게 경의를 느끼었다. 그리고

"송 선생님."

하고 그를 찾아 그 방은 더우니 우리 방에 와 자자고 청하였다. 그는 조금도 사양 없이 우리 방으로 왔다. 그리고 우리가 한 가지를 물으면 두 가지 세 가지씩 자기의 신변담을 비롯하여 조선의 최근 정변이며 현대

3 B.C. 343?-B.C. 277?. 중국 전국시대 초(楚)나라의 정치가이자 시인.

4 '굴원이 조정에서 쫓겨나서 강과 호수를 떠돌며 시를 읊고 방황하니, 얼굴빛이 초췌하고 몰골이 말라 죽은 나무 같았다(屈原旣放 游於江潭 行吟澤畔 顔色憔悴 形容枯槁)'는 「어부사」의 첫 구절 일부이다.

사상 문제의 여러 가지와 일본엔 백년지계를 가진 정치가가 없느니 중국에 손일선(孫逸仙)[5]이 어떠했느니 하고 밤이 깊도록 떠벌렸다.[6] 그때 그의 말 중에 제일 선명하게 기억되는 것은, 자기는 십여 년 전만 하여도 천여 석 추수를 받아먹고 살던 귀인이었다는 것과 그 재산이 한말(韓末) 풍운 속에서 하룻밤 꿈처럼 얻은 것이라 불순한 재물인 것을 깨닫던 날부터는 물 퍼내 버리듯 하였다는 것과 한동안은 『시대일보(時代日報)』[7]에도 중요 간부였었고 최근에 『중외일보(中外日報)』[8]에도 자기가 산파역을 한 사람 중의 하나였다는 것과, 오늘의 자기는 이렇게 행색이 초췌해서 서울을 객지처럼 여관으로 돌아다니지만 여섯 식구나 되는 자기 집안이 모두 서울 안에 있다는 것과 이렇게 여관으로 다니는 것은 집에선 끼니가 간데없고 친구들의 신세도 씩씩할[9] 뿐만 아니라 친구들이라야 모두 신문사 간부급의 인물들이라 그들의 체면도 생각해야겠고, 또 그네들이 요즘 와선 전날의 기상(氣像)들이 없어지고[10] 무슨 은행이나 기업회사의 중역처럼 아니꼬움 부리는 것이 메스꺼워 찾아가지 않는다는 것과, 또 이렇게 여관으로 다니면 동지라 할까 자기 같은 사람도 알아주는 사람을 만날까 함이라는 것, 이런 것들이다.

"그러면 송 선생은 송 선생을 알어주는 사람을 만나면 무슨 일을 하시겠소?"

우리가 물었더니 그는

"알어만 주는 것으로 일이 되오, 돈이 나올 사람이라야지."

하였다.

5 중화민국의 정치가 쑨원(孫文, 1866-1925). '일선'은 그의 호.
6 '조선의 최근 (…) 어떠했느니 하고' 부분은 최초 발표본(1932)과 『달밤』(1934) 수록본대로 되살렸다. 저본으로 삼은 『이태준단편집』(1941)에서는 삭제되었다.
7 1924년 3월 31일에 최남선이 발간한 신문.
8 이상협이 『시대일보』를 인수해 1926년 11월 15일 제호를 바꿔 창간한 신문.
9 숨이 가쁠. 힘에 겨울.
10 '전날의 기상들이 없어지고'는 저본에서 삭제됨.

"돈도 많이 내일 사람이라면 말입니다."

"나 그럼 신문사 하겠소. 요즘도 셋이나 있긴 하지만 그것들이 신문사요? 조선선 그런 신문사 백이 있어도 있으나마나요…."

하였다.

"선생님 댁은 서울이라면서 이렇게 다니시면 댁 일은 누가 봅니까? 자제분이 봅니까?"

"나 철난 자식 없소. 어머니가 아직 생존해 계시고 여편네하고 과수된 제수 하나하고 딸년 두울하고 아들이라곤 이제 열둬 살 나는 것 하나하고 모두 여섯 식구가 집에 있지만 난 집안일 불고[11]하지요. 불고 안 한댔자 별도리가 무에요만!"

"그럼 댁에서들은 달리 수입이 계십니까?"

"수입이 무에요. 굶는 데 졸업들이 돼서 잘들 견디지요. 몇 달에 한 번 혹 그 앞을 지날 길에 들여다보아야 그렇게 굶고들도 한 명 축가는 법 없지요. 정히 굶다 못 견디면 도적질이라도 하겠지요."

"그러면 도적질이라도 하게 두신단 말씀입니까?"

그때 H군이 물어본 말이었다. 그는 늙었으나 정력이 가득 차 보이는 눈이 더 한층 빛나며 태연히 이렇게 대답하였다.

"내가 내 식구들만 먹이기 위해서 도적질을 한다면야 그건 죄가 되지요. 그러나 제각기 제 배가 고파서 훔치는 건 벌 받을 만한 죄악은 아니겠지요. 난 그렇게 생각하고 아무런 책임감도 없이 다니오."

그날 저녁 그는 우리 방 윗목에서 잤다. 드러누워서 어찌 방귀를 뀌는지 H군이 견디다 못해 무슨 방귀를 그렇게 뀌느냐 하니 그는 '호랑이 방귀'라 하였다. '그게 무슨 말이냐' 하니까 '끼니를 규칙적으로 못 먹고 몇 끼씩 굶었다가 생기면 다부지게 먹으니까 창자 속에 이상이 일어난 표라' 하였다.

11 不顧. 돌보지 않음.

그 이튿날 아침도 주인마나님은 이 허절한[12] 손님에게 조반을 주었다. 그리고 조반상이 끝나자 나와서

"어서 두어 끼 자셨으니 다른 여관으로 가시우."

하였다. 그러나 손님도 손님이라 노염도 타지 않고

"여관에서 객을 마대다니[13] 참!"

하였다.

"왜 객을 마다오, 누가? 그럼 선금을 내시구려."

"돈 잡히고 밥 사먹는 녀석이 어디 있소?"

"그럼 어서 나가시오. 나 두 끼 밥값도 안 받을 테니 어서 가슈. 별꼴 참 다 보겠군…. 댁이 내게 무슨 친정붙이나 되시오? 무슨 턱에 내 집에 와 성화요? 암만 있어야 밥 나올 줄 아오?"

"안 내보내면 굶구 견데 보리다…."

그날 저녁은 정말 우리 밥상만 나왔다. 그러니 더웁다는 핑계로 (사실 그의 방엔 들어앉아 있을 수도 없었지만) 우리 방에 와 있으니 사람을 옆에 두고, 더구나 우리는 점심이나 먹었지만 그는 긴긴 여름날 하루를 그냥 앉아 배긴 사람을 모르는 체하고 우리만 먹을 수가 없었다.

"같이 좀 뜨십시다."

"아니오, 나는 노형네와 달러 잘 굶소. 아무렇지도 않소. 노형네가 미안할 것이니 저녁상이 끝나도록 나는 내 방에 가 있으리다."

하고 일어섰다. 그러나 우리는 일어서는 그를 잡아 앉히었다. 그리고 수저를 내오라고 어멈을 부르려니까 그는 여기 있노라 하며, 조끼에서 커다란 칼을 집어내었다.

그 칼은 이상한 칼이었다. 철물전에 가면 혹 그 비슷한 것은 있어도 그와 똑같은 것은 나는 아직 보지 못하였다. 어찌 생긴 칼인고 하니 칼

12 추레한. 누추한.

13 마다하다니.

은 칼 모양으로 되었는데 칼만 달린 것이 아니라 병마개 뽑는 것, 국물 떠먹기 좋은 움푹한 숟가락, 서양 사람들이 젓가락 대신으로 쓰는 사시창[14]까지 달린 칼이었다.

그는 숟가락을 잡아 뽑고 사시창을 잡아 뽑고 하더니 한끝으론 밥과 국을 떠먹고 한끝으론 김치 쪽을 찔러 먹는데, 젓가락을 들었다 놓았다 하는 우리보다 더 빨리 더 편리하게 먹었다. 그리고 오이지가 긴 것이 있으니까 칼날까지 열어제끼더니 숭덩숭덩 썰어 가면서 먹었다. 그 칼은 그에게 없지 못할 무기 같았다.

그는 그 이튿날 아침에도 우리 조반상에서 그 완비한 무기를 사용하였다. 그리고 우리가 밖에 나갔다 저녁에 들어오니 그는 자기 방에도 우리 방에도 있지 않았다. 주인마님에게 물어본즉 '내어쫓았다' 했다.

H군과 나는 그가 없어진 것을 적이 섭섭하게 느끼었다. 그래서 며칠 동안은 그의 인상을 이야기하며 그를 '불우선생'이라 부르기 시작한 것이다.

우리가 이 불우선생을 다시 만나 보기는 그 후 한 달쯤 지나 삼청동에서다. 그는 석양이 가까운 그늘진 삼청동 골짜기에서 그 곡선미도 없는 비쩍 마른 몸뚱이를 벌거벗고 서서 돌 위에서 무엇을 털럭털럭 밟고 있었다.

가만히 보니 두루마기는 빨아서 풀밭에 널어놓고 적삼과 중의[15]를 말리다 말고 구김살을 펴느라고 밟고 섰는 꼴이었다.

"저런 궁상 좀 보게."
하고 우리는 웃었으나 그가 불우선생인 것을 알고는 반가워 그냥 지나쳐지지가 않았다.

"허허, 이게 웬일들이시오?"

14 포크.
15 中衣. 남자의 여름 홑바지. 고의.

하고 말은 그가 먼저 내었다.

"네, 송 선생을 여기서 뵙겠습니다그려."

하고 우리가 바투[16] 가지 못하고 머뭇거리니까

"허허, 이거 실례요."

하고 껄껄 웃었다. 그러면서도 여전히 털럭털럭 빨래를 밟았다.

"왜 댁에 들어가 빨아 입지 않으시고 손수 이렇게 하십니까?"

"빨래 좀 해 입으려고 두어 달 만에 들어갔더니 집이 없어졌구려!"

"없어지다니요?"

"잡혀먹고 삼사 년이 되도록 이자나 어디 물어 왔소."

우리는 벌거벗은 그와 마주 섰기 민망하여 길게 섰지는 못하고 이내 헤어졌다. 우리는 그의 곁을 지날 때 땅바닥에 펼쳐 놓은 조그만 손수건 위에서 그의 전 소유물을 일별할 수 있었다.

전 소유물이라야 노랗게 전 참대 물부리[17] 하나, 유지 부채 하나, 반나마[18] 닳은 빨랫비누 하나, 그리고는 예의 그 칼인데 역시 그 칼이 제일 값나가는 재산 같았다.

그 후 우리는 불우선생을 거의 잊고 있었다. 그러다가 내가 어제 우연히 행길[19]에서 그를 만난 것이다.

"허! 이거 이 공이 아니시오? 참 반갑소이다."

그가 먼저 나를 알아보고 손을 내어밀었다. 나도 반가웠다. 그러나 그를 초췌한 행색 그대로 다시 만나는 것은 조금 섭섭하였다.

"그간 어떻게 지나셨습니까, 무슨 사업이나 잡으셨습니까?"

"사업이라니요…. 그저 그렇지요…. 그런데 이 공. 내가 시방 시장하

16 가까이.
17 담배를 끼워 입에 물고 빠는 물건.
18 반이 조금 넘게. 반넘어.
19 '한길'의 방언. 차나 사람이 많이 다니는 큰길.

오. 어디 좀 들어가 앉읍시다. 그리고 내 이야기도 좀 들어 주시오."

나는 그와 어느 청요릿집으로 들어갔다.

"이 공! 허!"

그렇게 낙관(樂觀)이던 그의 눈에는 눈물이 핑그르 어리었다.

"네?"

"사람 목숨처럼 궁상스럽고 찔긴 게 없구려…."

"왜 그렇게 언짢은 말씀을 하십니까? 더운 걸 좀 자시겠습니까?"

"아무게나 값싼 것으로 시키슈…. 내가 죽을 걸 살지 않었소!"

"글쎄, 신상이 매우 상하셨습니다."

"상하다뿐이겠소. 월여 전에 전찻길을 건느다가 그만 전차에 뒤통실 받혔지요. 그걸 그 당장에 전차쟁이들이 하자는 대로 못난 체하고 좇아가 병원엘 입원을 하고 고쳤드면 그다지 생고생은 안 했을 것인데 그 녀석들 욕을 몇 마디 하느라고 고집이 나서 따라가질 않고 그저 바람을 쐬구 다녔구려…. 아! 그랬드니 골속이 붓지 않나요. 이런 제기, 그러니 벌써 며칠 뒤라 전기회사로 찾아갈 수도 없고 병원으로 가자니 돈이 있길 하오, 그냥 그러고 쏘다니다가 어떤 친구의 집엘 갔더니 그 친구의 아들이 의학교에 다닌다게 좀 봐달라고 하지 않었겠소. 그랬드니 골이 썩기를 시작하니 다른 데와 달러 일주일 안에 일을 당하리라는구료. 허! 일이 별일이오. 죽는 것 아니겠소? 슬그머니 겁이 듭디다그려. 그래 그길로 몇몇 친구를 찾아다녔으나 한 사람도 만나 주지를 않어 그냥 돌아서니 그젠 눈물밖엔 나는 게 없습디다. 골은 자꾸 뜨겁고 쑤시긴 하고…. 그제는 그 끔찍할 것도 없는 집안사람들 생각이 간절해집디다그려. 그래서 뉘 집 뜰아랫방이란 말만 듣고 가 본 적은 없는 데를 두루 수소문을 해서 찾아가지를 않었겠소. 그러나 출출히 굶주리는 판에 돈 한 닢 들고 들어가지는 못하나마 병신이 돼서 죽으러 들어가구 보니 누가 반가워하겠소?"

"참, 댁에서도 경황없으셨겠습니다."

"경황이 무어요. 그래도 남 아닌 건 어머니밖엔 없습디다! 눈 어두신 어머님이 자꾸 붙들고 밤새 울으셨지요. 참 내가 불초자요…."
하고 그의 눈엔 눈물이 다시 핑그르 돌았다.

"그래 어떻게 일어나셨습니까?"

"그저 죽을 날만 기다리고 있는데 하루는 어느 친구가 어디서 들었는지 알고 인력거를 보냈습디다그려. 그땐 그만 자격지심에 그까짓 그냥 죽어 버리고 말려고 하는데 집안사람들이 그여이[20] 끌어내서 병원으로 가지 않었겠소. 그러나 병원에선 보더니 한다는 소리가 때가 늦었으니 가만히 나가 있다가 죽는 것이 고생은 덜 한다고 그리는구려. 그러니 꼴만 점점 더 사납게 되지 않었소? 그래 죽더래도 칭원[21]을 안 할 테니 수술을 하라고 했지요. 뭐 내가 살구파서 수술을 하라고 한 건 아니오. 정칠[22] 놈의 세상, 사람을 너무 조롱을 하는 것 같더라니 악이 받쳐 대들은 셈이지요, 허! 그래서 이렇게 다시 살아났구려. 그때 죽었으면 편했을 걸 다시 이렇게 욕인 줄 모르고 살아 다니는구려!"

"참 머리에 험집이 크게 나셨군요."

"고생한 데다 대면 험집이야 아주 없는 셈이죠."

"아무튼 불행 중 다행이십니다."

"욕이죠. 이렇게 살아나서 이 선생을 또 만나는 건 반가워도 이렇게 신세지는 게 다 욕이 아뇨?"

"원, 별말씀을…."

음식이 올라왔다. 나는 배갈병[23]을 들어 그의 잔에 가득히 부었다.

"드십시오."

"네…. 그런데 요즘 일중(日中) 문제가 꽤 주의를 끌지요?"

20 '기어이'의 방언.
21 稱冤. 원통함을 소호함.
22 '경칠'의 방언. 호되게 꾸짖을.
23 고량주병.

한다.

"글쎄요, 저는 그런 방면엔 문외한이올시다."

하니

"그럴 리가 있소. 저렇게 발발한 청년 시기에…. 요즘 극동 풍운이 맹랑해지거든…."

하는 데는, 불우선생은 돌연히 지난여름 의신여관에서 보던 때와 같은 형형(炯炯)한 정열의 안광이 빛나기 시작하였다. 그리고 그는 나의 음식을 먹으면서도 나를 자기가 먹이는 듯 무엇인지 나를 압박하는 것이 있었다.

청요릿집을 나와서

"송 선생, 어디로 가시렵니까?"

하니

"허! 아무 데루나 가지요. 어서 먼저 가슈."

하고는 물끄러미 서서 때 묻은 두루마기 자락을 바람에 날리며 내가 전찻길로 나오는 것을 바라보았다.

소화(昭和)[24] 7년 3월.

『삼천리(三千里)』, 삼천리사, 1932. 4; 『달밤』, 한성도서주식회사(漢城圖書株式會社), 1934; 『이태준단편집(李泰俊短篇集)』, 학예사(學藝社), 1941; 『복덕방(福德房)』, 을유문화사(乙酉文化社), 1947.

24 쇼와. 일본 히로히토(裕仁) 천황 시대(1926-1989)의 연호. 쇼와 7년은 1932년.

결혼

'내가 만일 시집을 간다면?'

이것은 그네들의 처녀 시대에 있어 무엇보다도 제일 귀중한 공상의 하나일 것이다.

시집을 간다면? 얼마나 아름다운 꿈이랴. 그것은 그네들의 모든 공상 중에 꽃일 것이다. 가장 아름답고 가장 빛나고 가장 유쾌스러운 정신 향락임에 틀리지 않을 것이다. 그네들이 몸치장을 낸다거나 구경을 나가는 것은 동무들의 속삭임과 선생님이나 부형들의 경계가 있을 것이지만, 남모르게 지나가는 공상의 거리! 그것은 누구에게 있어서나 새가 공중을 나는 것 같은 자유일 것이다.

물론 S에게도 그러한 공상이 있었다. 길지는 않으나 그러한 '꿈의 시대'가 있었다. 멀리 그가 열칠팔 세 때의 꽃다운 과거에서 이러한 공상으로 밤을 밝히던 며칠 저녁을 아직도 그는 기억할 수가 있는 것이다. 더욱 그는 앨범 속에서 호수돈[1] 때의 사진을 볼 때마다 그 생각이 뚜렷하게 떠오르곤 하였다.

S가 호수돈을 졸업하기 두어 달 전 일이었었다.

어느 날 오후 학교에서 돌아오려니까 어머니가 지전(紙錢) 두 장을 던져 주었다. 그것은 사진 값으로였다. 외가에 보내겠다니까 계집애다운 날카로운 예감이 없지도 않았지만 여러 말 묻지 않고 저고리를 갈아입고 나가서 독사진을 박았던 것이다.

1 개성 호수돈여자고등보통학교(好壽敦女子高等普通學校).

S는 자기 사진을 찾아온 이튿날 저녁에야 어머니가 귀만 떼어 주는[2] 말씀에 자기 사진의 용도를 알게 되었다.

"서울 재상가의 자손이요, 일본 가서 법률을 공부한다니까 공부도 더 바랄 것 없고 재산이야 부모 천량[3]만 하더래도 저희 당대는 먹을 테니까…."

S는

"그럼 어머니 그 남자를 보았수?"

하고 사진이라도 와 있나 묻고 싶었으나 자기도 모르게

"누가 시집가겠다나."

하고 마음과 다른 응석만 부리고 자기 방으로 뛰어 건너왔었다.

그날 저녁이었었다.

S는 수틀을 안았으나 손이 떨리는지 수틀이 떨리는지 바늘 끝이 제자리에 박히지를 않았다.

이상스런 흥분이었었다. 평소에는 침착한 때보다도 어머니에게 꾸지람이나 듣고 마음이 흥분된 때일수록 수틀을 끼고 앉던 그였지만, 그날 저녁 흥분만은 평소에 체험하던 흥분과는 성질과 정도가 같지 않은 것을 느끼었다.

S는 기어이 수틀을 옆으로 밀어 놓고 책상 서랍 속에서 두 장 남은 자기 사진을 집어내었다. 그리고 혼자 마음속으로 안타까운 듯이 이런 생각도 하여 보았다.

'그럴 줄 알았드면 머리도 빗고 박을걸! 같은 사진이라도 흐린 것과 더 똑똑한 것이 있는데…. 어떤 남자일까? 우리 체조 선생과 같은 그렇게 우락부락한 사내나 아닐까? 그렇다구 ××선생님처럼 그렇게 간사스런 사내면 어쩌나?'

2 이야기의 일부만 들려주는.
3 재산. 재물.

S는 자리에 누웠으나 잠이 오지 않았다. 밤이 깊어 억지로라도 눈을 감았으나 감은 눈앞에는 오히려 불빛보다 더 밝은 광명이 있어 무엇인지 얼른얼른하고 S의 눈을 끌며 지나가는 것이 있었다.

그것은 무엇이었는가?

S는 그날 저녁으로 그 남자를 만나 보았다. 이마가 희고 넓고 골격이 늠름한 대학생, 자기 같은 것은 한 팔뚝에 끼고 바다라도 건너뛸 만치 건강한 사내였었다.

S는 또 그날 저녁으로 자기 양주[4]가 장차 사랑의 보금자리를 틀 아늑한 주택까지 찾아보았다. 그림같이 조용한 양관[5], 각색 화초가 우거지게 핀 정원을 가진, 하얀 벽 위에 푸른 나무 그늘이 어룽거리는[6] 아름다운 집이었었다.

그뿐만 아니라 그날 저녁으로 결혼 생활의 행복까지도 느껴 보았다. 굵은 남편의 손가락을 만지며 가지런히 서서 정원을 거닐기도 하였다. 달 밝은 저녁에 우뚝한 남편의 그림자 앞에서 피아노를 열고 소나타도 울려 보았다.

이것이 어찌 죄 있는 야심이리오.

그러나 S는 이와 같이 아름다운 꿈속에서 아무런 의문도 없이 '이대로 실현해지이다' 하고 자기의 운명만을 기다리기에는 너무도 영리한 신경이었었다.

S의 어머니에게 있어 S의 아버지는 너무나 폭군이었었다. 이것을 보고 어려서부터 남성을 무서워하는 한편 반항심이 싹트며 자라난 S, 그였었다. 또

"남들은 내가 부잣집으로 시집간다고 부러워들 했지, 내가 이렇게 속

4 兩主. 부부.
5 洋館. 양옥(洋屋).
6 어른거리는.

썩는 줄은 모르구….”

하는 어머니의 넋두리에 귀가 젖으며 자라난 S, 사람의 행복은 재물에 있지 않다는 관념이 뿌리박히며 자라난 S였었다.

아버지와 말다툼을 하시고 조반도 못 잡숫는 어머니를 보고 나올 때마다 S는 평화스런 학교 뜰에 나서서 학생들의 공순한 인사를 받는 교장 선생의 웃는 얼굴이 다시 보이곤 하였었다. 그런 때마다 자기도 그 무지스런 사내들에게 시집을 가서 남의 종으로 일생을 보내느니보다 교장 선생님과 같이 일생을 처녀대로 깨끗이 늙으며 교육 사업에나 몸을 바치고 싶은 생각이 희미하게나마 가슴속에 지나가곤 하였었다.

그러므로 소낙비 같은 처녀의 정열에서 생전 처음 듣는 혼인 말이라 며칠 저녁은 밤도 새워 보았으나 그 머릿속에 그려졌던 신랑이나 스위트 홈이란 허공에 떴다 사라지는 한 가닥의 무지개와 같은 환멸의 것이었었다.

S는 어머니가 그 조심스럽게 옮기던 말씀이 점점 불쾌하게만 해석이 되었다.

“흥, 재상의 자식! 그 똥물에 튀할 조선 재상들! 그런 불명예를 명예라고! 돈, 돈 하시니 자기도 돈만 보고 보낸 친정 부모를 뻔쩍하면 쳐들면서![7] 일본 유학이면 고만인가, 리상이니 긴상이니[8] 하고 돌아다니는 꼴들을 보면!”

S는 구역이 나는 듯이 가슴을 부더안았다[9].

S는 무엇보다도 자기의 사진이 모르는 남자에게 가 있는 것이 견딜 수 없는 불쾌였었다. 저편에서는 보내지 않는데 이편에서만 응모(應募)가 되어, 그 썩어진 재상이니 돈이니 하는 바람에 몰려든 더러운 계집애들의 수많은 사진 속에서 자기의 사진도 이리 구르고 저리 구르고 하며

7 걸핏하면 거론하면서!
8 ‘리상’은 ‘이 씨’, ‘긴상’은 ‘김 씨’의 일본말.
9 ‘부여잡았다’, ‘안았다’의 방언.

당선(當選)의 처분만 바라고 있다는 것이 여간 모욕이 아니요, 여간 치사스런 짓이 아니라 생각하였기 때문이다.

다소 자존심이 눈뜬 S는 기어이 그 남자의 주소를 알아 가지고 편지를 보내어 어머니도 모르게 자기 사진을 찾아오고 말았던 것이다.

S는 호수돈을 졸업하고 곧 서울 이화전문[10]에 와서 음악을 공부하게 되었다.

그는 음악에 천재가 있어서가 아니요, 음악을 듣는 시간이 자기에게 있어 제일 행복스럽고 가치있는 시간으로 생각하기 때문에 음악을 좀 더 깊이 이해하겠다는 데서였다.

S의 혼인 문제는 서울 와서도 가끔 일어났었다.

한번은 집에서 급히 내려오라는 전보가 왔다.

S는 어머니가 늘 편치 않으시니까 놀래어 내려갔다. 그랬더니 혼인 문제였었다.

"너도 이전 나이 이십이 아니냐. 철없이 굴지 말구 지금 나[11]에 시집을 가야 한다. 음악 같은 것은 시집이 넉넉한데 풍금을 못 사 놓겠니 피아노를 못 사 놓겠니…. 외삼춘이 위정[12] 왔구나. 황주[13]서 제일가는 부자란다. 무에니 무에니 해두 지금 세상엔 돈이 있어야 산다. 네 사진을 보고 저쪽에서는 네 대답만 기다리고 있다. 인물도 잘났더라는데…."

S의 귀에는 대뜸 어디서 제일가는 부자란 말이 솜방망이처럼 걸리어 다른 말이 들어오지를 않았다.

"왜 조선서 제일가는 부자는 못 구하슈?"

"있다면야 좀 좋으냐, 그런 데는 신랑감이 없지."

10 이화여자전문학교(梨花女子專門學校).
11 나이.
12 '일부러'의 방언.
13 黃州. 황해도 황주군.

"아, 돈만 보고 가는 데야 신랑감이 아니면 어떠우. 늙은이한테라도 가지, 첩으로라도 몇째 첩으로라도."

S는 전보를 받고 어머니 병환인 줄만 알고 코러스 연습도 빠지고 온 것이 분하여 오래간만인 외삼촌 앞에서도 제법 대담스런 짜증이 곧잘 나왔던 것이다.

"나 거기 시집 안 가."

"왜?"

"부자니깐."

S는 그날 밤차로 학교로 오고 말았다.

S의 어머니는 그 후에도 친히 학교로 와서 여러 번 조르다가 종시[14] 듣지 않으니까, 저희끼리 아는 남자나 있지 않은가 하는 추측에서 새삼스런 기대와 궁금증으로 돌아가고 말았었다.

그러나 사실인즉 그때까지도 S의 가슴속은 빈 채로 있었던 것이다.

그 이듬해 봄이다.

하루는 먼 시골에서 개업하고 있는 의사인 S의 형부가 위정 S를 학교로 찾아왔다.

그것은 S에게 있어 세번째의 혼인 문제요, S의 마음도 적지 않게 움직여진 큰 사건이었었다.

신랑 될 인물은 S의 형부와 세브란스 시대[15]의 동창생으로 미국까지 가서 박사의 학위를 얻고 당시 모교에 나와 어느 과 과장으로 있는 젊은 의학자였었다.

그는 미국통의 신사인 만치 이화전문에 친지가 많았고, 따라서 상처한 후로는 의식적으로 그곳 사람들과 사귀기를 많이 하였다. 그래서 나중에는 드러내 놓고 새 아내 될 사람을 이화전문에서 고른 것이었었다.

14 終是. 끝내.
15 세브란스 의학전문대학 시절.

S는 그 속에서 자기가 누구보다도 먼저 제일 후보자로 드러난 것을 남모르게 기뻐도 하였다. 그렇게 남자라면, 지나가다 옷고름만 서로 닿아도 똥이나 묻은 것처럼 질겁을 하고 뛰던 S였만[16], 이 의학 박사에게만은 이성에 대한 동경을 어느 정도까지 품게 되었던 것이다.

그것은 첫째로 자기 형부는 자기 어머니나 외삼촌과 같이 재상의 아들이니 몇째 가는 부자니 하는 투로, 제삼자로서 먼저 평가하면서 덤비지를 않고, 그냥 이러이러한 사람이 결혼을 하고 싶어 하니 얼마 동안 서로 성격을 알도록 사귀어 보라는 신사적 권유가 S의 마음을 샀던 것이요, 둘째는 S가 중학부터 미션 학교에서 자라난 만치 미국식 남녀 관계를 엿보아 미국 가서 훌륭히 되어 온 사람은, 즉 젠틀맨은 부녀를 존경한다는 것이 S에겐 커다란 희망을 주는 조건이었었다.

S는 이 의학 박사에게서 학위보다도 그의 수입보다도 오직 젠틀맨을 믿는 데서 속마음을 허락했던 것이다.

박사는 처음엔 S의 형부와 같이, 다음부터는 자기 혼자 혹은 조그맣고 아름다운 과자 상자와 함께 S의 기숙사를 찾아왔었다.

S는 행복스러웠었다. 자기 동무들은 물론 선생들까지도 그가 아직 미스인 분은 부러워하는 정도를 지나쳐 시기들을 하였으니까.

그러나 그때 S의 행복은 남들이 부러워하는 행복은 될지언정 S 자신이 만족할 행복은 아니었었다.

S는 박사가 찾아온 면회실에서 두번째 나설 때부터 벌써 감추려야 감출 수 없는 불안이 그의 양미간을 싸고돌았다.

S는 박사와 세번째 면회를 마치고 돌아설 때엔 그만 박사와 지면한[17] 것을 후회하고 말았다.

애초부터 S가 박사에게 바란 것이 그리 위대한 것이기 때문도 아니었

16 였건만.
17 知面-. 아는 사이가 된.

었다. 위에서 말하였지만 그가 먼저 젠틀맨이기만 하면 다른 것은 그 다음 문제였었다.

그러면 박사는 젠틀맨이 아니었던가?

박사는 과연 S가 처음 상상한 대로 젠틀맨임엔 틀림이 없었다. 머리카락 한 오리 허수하게[18] 날리지 않았고 더운 때라도 백설 같은 장갑을 끼고 왔었다. 그는 S가 면회실에 들어서기도 전부터 자리를 일어섰으며 S가 앉으려는 의자에는 자기 손수건을 내어 아낌없이 먼지까지 털어 주었다.

그러나 박사의 이처럼 고등한 사교술은 자기의 목적은 잊은 듯이 자기 자신을 산 표본으로 하고, 젠틀맨이란 얼마나 위선덩어리요, 변조(變調)된 인간이란 것을 S에게 분명히 가르쳐 준 것뿐이었었다.

간단히 말하자면 결국 S는 젠틀맨이었기 때문에 사귀었던 박사를 젠틀맨이었기 때문에 절교하고 만 것이다.

S의 동무들은 또 선생들까지도 S의 정신 상태를 의심할 만치 놀라지 않을 수 없었다.

“그런 훌륭한 자리를?”

“그런 훌륭한 신랑감을!”

그 중에도 S와 친한 동무는 조용히 S를 찾아보고 억지로 권고까지 하여 보았다.

그러나 동무들의 이러한 놀람과 충고는 주관성이 강한 S의 비판력을 점점 더 밝혀 주는 한 방울의 기름, 두 방울의 기름이었었다.

S는 생각하였다. 사랑을 움키려는 투기(投機)는 천재라 할 수 있으나, 재물이나 명예를 움키려는 투기는 아름다워야 할 처녀의 행동이 아니라 하였다. 결혼은 장사도 아니요, 정치도 아니니 값이 많이 나간다 하여, 이권(利權)이 크다 하여 그것을 좇아 결정할 행동은 아니라 하였다.

18 허술하게.

"그래두 그만한 학문과 지위를 가진 사람도 드물지 않니? 닥터 아니냐?"

"난 닥터니까 더 싫다."

이렇던 S였었다.

이 S가 그 해 겨울이 되어 어떤 남자를 사랑하는 것이 드러났다.

한 주일에 두 번씩은 그 남자에게서 편지가 왔다. 편지를 받는 날 아침이면 S의 얼굴은 웃음과 희망으로 빛이 났다. 두 주일에 한 번쯤은 그 남자가 면회도 하러 왔었다. 그 남자를 보내고 난 S는 언제든지 음악실로 나비처럼 날아갔다. 그리고 자기가 좋아하는 쇼팽의 왈츠를 울리곤 하였다.

그 남자가 누구일까? 아니 어떤 사람일까?

"너는 아니?"

"나두 몰라."

"넌 한 방에 있으니깐 알겠구나?"

"그래두 모르겠어…."

기숙사 안에서는 방마다 수군거렸다.

"어떤 신사일까?"

그중에도 나어린 학생은 아마 S가 박사를 퇴하였으니까 이 사람은 박사보다도 더 높은 학위를 받은 굉장한 사람이거니 추측도 하였다.

"어떤 부자일까?"

S의 어머니는 황주서 제일가는 부자를 부족해한 딸이라, 아마 이 사람은 전 조선 안에는 몇째 안 가는 큰 부자려니 추측도 하였다.

그러나 사실인즉 그렇지 않았다. 제삼자들의 추측과는 너무나 비슷도 하지 않았다. 박사보다 더 훌륭한 학위를 가진 사람이거니, 이 사람은 전 조선적으로 굴지하는[19] 부자이거니, 이처럼 호의로 추측해 주는 S의 동무에게나 S의 어머니에겐 너무나 면목이 없으리만치 그네들의 추측과는 어긋났다.

T라는 그 남자는 학위나 재산에 들어서는[20] 백지였었다. 그는 자랑할 아무것도 없었다. 세속적 미스들의 그 구름장 위에 가 있는 눈을 끌기에는 너무나 존재가 낮았다. T에게 있는 것이 있다면 그것은 육신의 건강을 들 수 있고 예술적 정열을 말할 밖에 없다. 그렇다야[21] 아직 문명(文名)[22]도 나지 못한 한개[23] 문학청년에 불과하지마는 T 자신은 오직 그것을 자기의 생명처럼 여기기 때문이다. 그래서 진실히 살려는 번민과 그 노력이 있을 뿐이니 결혼에 들어서 학위를 말하고 돈을 말하는 사람들에게 있어서야 이 따위는 서푼짜리 값에도 나갈 리가 없을 것이었다.

그러나 S만은, S의 눈에만은 T는 백지는 아니었다. 명예나 재물에 들어 백지이듯이 자기 남편 될 자격에 들어서도 백지는 아니었었다. 오히려 S 자신으로서는 처음 발견한 백지 아닌 남자였던 것이다.

"무엇 때문에 내가 하필 T를?"

S는 가끔 자기에게 묻기도 하였다. 그리고 눈을 감고 T의 그림자를 불러내기도 하였다.

"당신은 무엇이 있소?"

"…."

T의 그림자는 언제든지 침묵하였다.

"아무것도 없다!"

S는 언제든지 T의 대답을 대신하곤 하였다. 속으로는

"당신에겐 나만이 아는 무한한 부귀가 있습니다."

하면서도 T에게 아무것도 없다는 그것이 동무들에게라도 소리쳐 자랑

19 屈指--. 손꼽히는. 뛰어난.
20 관해서는.
21 그렇다고 해야. 그래봤자.
22 글을 잘 써서 알려진 이름.
23 한낱. 기껏해야.

하고 싶은 떳떳함이었었다.

동무들이,

"너 어디 편지 쓰니?"

하고 물을 때 S는 우물쭈물하지 않았다.

"너 어디 가니?"

하고 물어도,

"나 T에게."

하고 꿀리지 않고 대답하였다. 그럴 때마다 T에게 만일 세상 여자들이 눈을 희번덕거리는 명예나 돈이 있었던들 나는 이렇게 떳떳하게

"T에게…."

하고 대답이 나오지 않으리라 하였다. S는 돈이나 명예에 끌리어 사랑을 허락하는 것은 마치 매음이나 하는 것처럼 더럽게 안 것이다.

'진실하게 살려는 노력! 그것만이면 고만이라 하였다. 오늘의 조선 사람들과 같이 인격적 자존심을 헌신짝처럼 굴리고 사는 비열한 생활자들이 어데 있으랴. 하늘을 싸덮은 검은 구름장 같은 한 거대한 굴욕 아래에서 누구가 명예를 가진 자이며 누가 부귀를 가진 자이냐, 바람 같은 거짓 것에 배불리지 말자' 하는 것이 T와 S의 공통된 신념이었다.

S는 T를 알면서부터 그는 베토벤과 같은 고난 많은 예술가의 일생을 자주 생각해 보곤 하였다. 처음부터도 자기가 한 음악과 학생으로서도 베토벤을 숭배하였거니와, 나중엔 한 남성을 동경하게 된 처녀의 정욕에서도 그 심각하고 장엄스런 베토벤의 성격을 마치 남성의 전형처럼 숭배하였다. 그는 집에서 어머니가

"얘, 아무개는 시집두 잘은 갔더라. 뒤에는 이층을 세우고 여름이면 양실에서 살구…."

하는 소리나 학교에서 동무들이,

"얘, ××의 신랑 될 사람은 파리 갔다 왔다지. 돈두 상당하다는데…."

하고 부러워하는, 이따위 소리를 들을 때마다 그는 어머니나 그런 동무

들 얼굴에 침이라도 뱉고 싶은 가볍지 않은 멸시와 분노를 느꼈었다. 그럴 때마다 S는 베토벤을 생각하곤 하였다. 베토벤이 자기 동생에게서 지주(地主)의 아무개라고 박아 가지고 다니는 명함을 받고, 그 아니꼬움에 분노하여 그 명함 뒤에다 '나는 두뇌의 소유자 루드비히 반 베토벤'이라고 적어서 면회도 거절하고 돌려보낸, 그 베토벤의 분노와 자존심을 다시금 통쾌하게 생각하곤 하였다. 그리고 여기서는 이런 생각도 하여 보았다.

'만일 나에게 두 T가 있다면? 즉 지주의 T와 두뇌의 T가 나의 양편에 서서 서로 한 팔씩을 잡아끈다면?'

S는 그럴 때마다 어렵지 않게 지주의 T에게서 손을 뿌리칠 수가 있었던 것이다.

'분노가 있이 살자, 진정한 분노는 진정한 평화를 위한 것일 것이다. 자존심이 있이 살자, 진정한 자존심은 진정한 겸손을 위한 것일 것이다.'

이렇게 S는 T를 사랑하기에 노력하였다. 자기의 사랑, 자기의 생활 전부를 좀 더 정신화시키기에 노력하였다.

S는 T와 결혼하였다. 학교를 졸업하는 즉시로 어느 아름다운 봄날 저녁에 향기 높은 라일락을 한아름 안고, 만인의 축복을 받으며 T와 결혼하였다. 그들은 행복스러웠다. S 자신이 그러하였고 T 자신이 이처럼 빛나는 시간을 가진 적이 없었다. 그들 자신뿐이 아니라 식장에 온 손님들 속에서도 아직 결혼하지 않은 사람은 누구나 다 결혼의 아름다움을 새삼스럽게 느꼈다. 결혼이란 오로지 웃음과 노래만이 있는 낙원의 문을 여는 예식과 같았다.

그러나 결혼이란 얼마나 무서운 것이랴. 얼마나 마(魔)가 많은 것이랴. 얼마나 눈물이 많은 것이랴. 얼마나 많은 천진한 젊은 남녀를 시험에 들게 하는 것이랴!

무엇? 아름다운 처녀 시대가 잘림을 슬퍼함인가?

아니다.

결혼은 연애의 무덤이라 했으니 연애의 죽음을 슬퍼함인가?

그것도 아니다.

결혼엔 마가 많다 하니 남의 시기하는 눈을 두려워함인가?

그것도 아니다.

결혼 그것이 가지고 있는 정치(政治)다. 머리를 숙이는 듯하면 어느새 등덜미까지 내려누르는 무력적 정치 그것이다.

돈이라면 침을 뱉던 S에게 돈 욕심에 눈을 뜨게 한 것은 결혼임에 틀리지 않다. 이십여 년 동안 어머니의 입으로도 넣어 주려다 넣어 주려다 넣어 주지 못하고 만 돈의 욕심을 일조일석[24]에 깨쳐 준 것은 결혼이다.

'더두 말구 집 한 채 살 돈만 있었으면!'

'더두 말구 T가 한 달에 백 원 벌이만 했으면!'

'더두 말구 천 원짜리 피아노만 하나 샀으면.'

이렇게 S는 갑작스럽게도 돈의 필요를 느끼었다. 여러 사람을 생각하는 마음보다 내 자신과 내 남편을 생각하는 마음으로 조바심을 하게 되었다. 만나는 사람마다 "언제 시가로 가느냐"고 물었다. 그럴 때마다 S는 눈앞이 아뜩하였다. 평생 우리집이라고 부를 것 같던 우리집을 남들이 "친정에 그대로 있다"고 수군거리기 시작하였다. 부잣집으로만 가라던 어머니에게 얼굴을 바로 들 기운이 없었다.

'어서 친정을 떠났으면!'

이 생각에 밤잠이 편히 들지 않았다. S는 결혼한 지 두 달이 못 되어 서울 있는 T에게 "그까짓 월급도 못 주는 신문사를 나오라"고 편지를 쓰기 시작하였다.

'수입만 상당한 데가 있으면 아모런 곳이라도 톺아보라[25]'고까지 하였다. T는 S보다 몇 곱절 괴로웠다. 그런 데다가 S는 열 번을 더 찍어 보

24 一朝一夕. 짧은 시일.
25 다 뒤져서 찾아보라.

았다. T는 안 넘어 갈 재주가 없었다.

'살구 보자! 지조라는 것이 무슨 소용이냐, 내 속뜻 하나만 변치 않으면 고만 아니냐?'

이렇게 돈에는 노근노근하여졌다[26]. 월급 안 나오는 신문사를 나오고 말았다.

원고료 주는 바람에 그 앞을 그냥 지나기도 싫던 ×신문사 문턱을 부리나케 드나들기 시작하였다. S나 T의 머릿속에는 아무것도 없었다. '어서 셋집일지언정 남과 같이 안락한 가정을 이루자, 남이야 조밥을 먹든 진흙을 파먹든 내 식구만은 이밥[27]과 고기를 먹도록 하자' 이 생각뿐이었었다.

T는 모든 자존심을 희생하였다. 나중에는 어느 친구가 관청자리 하나를 소개하는 데까지 귀를 솔깃하였다. 그래서 T는 개성으로 이것을 S와 의논하러까지 왔다.

"경찰서는 아니지만 아무튼 조선 사람을 이 모양대로 다스리는 데지…."

T는 풀이 죽어 이런 소리를 하였다.

"아무튼지 난 몰라… 난 따러갈 터야…."

S는 그런 사정은 아불관언[28]이라는 듯이 대답하였다.

T는 전보지만 주물럭거리고 앉아 있었다. 그날 오전 중으로 좌우간 전보를 쳐야 그 자리도 놓치지 않는다. 지금 T의 진퇴만을 노리고, 마치 뒷간 앞에서 서로 으르렁거리는 주린 개들처럼 모여 섰는 학사짜리들이 암만이나[29] 있는 것이다. T는 다시 한번 이런 소리도 내어 보았다.

"여보 그렇지만 어떻게 눈앞만 보구 살우?"

26 성질이 가라앉았다. 태도가 부드러워졌다.
27 쌀밥.
28 我不關焉. 상관하지 않음. 오불관언(吾不關焉).
29 얼마든지. 몇이나.

S는 주일날이라 뾰로통하여 찬송가책을 싸들고 일어서고 말았다. 그러면서도 그는 T의 얼굴에서 그때처럼 처참한 빛을 엿본 적은 없었다.

무서웠다.

'나 때문이 아닌가? 결혼 때문이 아닌가?'

S도 괴로웠다. 예배당에서 인사하는 사람마다 '어디가 아프냐'고 하였다. S는 그날도 피아노를 열어 놓고 찬송가를 인도하였으나 T의 그 처참한 모양이 자꾸 건반을 가렸다.

S는 눈을 건반에서 떼었다. 그리고 여러 사람을 둘러보았다. 그때다. S의 눈은 화경[30]처럼 빛이 났다. 그의 눈을 새삼스럽게 찌르는 것이 있던 것이다. S의 가슴속까지 피가 나라 하고 찌르는 것이 있었다. 개성과 서울 예배당에서 십여 년 동안 보아 오던 똑같은 광경이었으나 그때 S의 눈엔 너무나 새삼스럽게 드러나 보이는 것이 있었으니 그것은 같은 찬송가를 부르고 섰는 속에서 서양 사람의 모양과 조선 사람의 모양이 같지 않은 것이었었다.

그 값진 의복을 입고 살진 목청을 울리고 섰는 서양 사람들과 후적지근한[31] 두루마기를 걸치고 그 주름살 잡힌 얼굴을 비통스럽게도 움직이고 있는 조선 사람의 꼴들은 너무나 조화되지 않는 억지스러운 광경이었었다.

또 S의 머릿속에는 그 뒤를 따라 지나가는 것이 있었다. 그것은 서양 사람들의 생활과 조선 사람들의 그것과의 비교였었다. 저들에겐 앞을 막는 것이 없다. 추우면 스팀이 있다. 더우면 선풍기나 명사십리[32]가 있다. 밤이 오면 찬란한 별밭을 누워서 바라보는 아름다운 이층의 침대가 있으며, 아침이 오면 몇만 리 밖에서도 뉴욕이나 파리에서 만든 햄이나 소시지가 있다. 어느 곳을 가든지 저들을 개인적으로나 민족적으로나

30 火鏡. 돋보기.
31 후줄근한.
32 明沙十里. 곱고 부드러운 모래가 펼쳐진 바닷가.

멸시하는 곳이 없다. 자식을 낳으면 학교가 있고 벌이터가 앞서 있다. 어째서 진정으로 하느님의 은혜를 찬송하지 않을 수가 있으랴. 그러나 조선 사람에게 무슨 은혜가 있는가. 다 같은 햇발과 다 같은 샘물을 마신다 치더라도 오늘 조선 사람으로서 저들이 부르는 찬송가의 가사를 그대로 번역해 가지고 그것을 외우고 섰을 때는 아닌 것 같은 생각이 들었다.

'모두가 속임수!'

S는 건반 위에 달리던 손을 저도 모르게 우뚝 멈추고 부르르 떨었다.

'진실히 살려는 번민과 노력! 그것이다. 나는 애초부터 T의 그것을 믿었다. 그것을 사랑하였다. 결혼으로 말미암아 나나 T나 인간으로서의 향상은 있을지언정 타락이 있어서는 안 된다. 결혼으로 말미암아 청춘의 의기와 인생의 신선함과 향기를 잃어서는 안 된다!'

S는 속으로 이렇게 부르짖었다. 그리고 기도하는 틈을 타서 예배당을 나왔다.

'그 새 T가 전보나 쳤으면 어쩌나!'

S는 종종걸음 쳐 집으로 향하였다.

'T는 나의 남편이다. 나의 노예가 되어서는 안 된다!'

하면서.

1931년.

「결혼의 악마성」『혜성(慧星)』, 개벽사(開闢社), 1931. 4, 7.(2회 연재); 『달밤』, 1934.

서글픈 이야기

동경이지만 한적한 시외의 가을이었다.

우리가 있던 집 부엌켠에는 조그만 지름길이 있었다. 큰 행길이 앞에 따로 있으니까 이 길로는 별로 다니는 사람이 없었다. 아침저녁으로 두부 장수가 한 번씩 지나갈 뿐 낮이고 밤이고 늘 시들어 가는 풀숲에서 벌레 우는 소리만 일어나는 쓸쓸한 길이었다.

그런데 한번은 저녁마다 이 길을 한 번씩 지나가는 사람이 있는 것을 깨달았다.

그 사람은 '게다[1]' 소리도 내지 않았다. 구두 소리도 내지 않았다. 다만 울음 소리 같은 휘파람 소리를 날리며 지나다녔다.

그의 휘파람 소리는 퍽 구슬펐다.

어떤 사람일까?

나는 한번 일부러 부엌문으로 가서 내어다 보았다. 그런데 그 사람이 의외에도 강 군이었다.

"강 군 아닌가? 이거 참 의욀세그려."

나는 뛰어나가 그를 맞았다.

강 군도 나를 반가워하였다. 그러나 나처럼 감격은 없었다. 그는

"의외 될 것 뭐 있나."

하면서 늘 다니던 집에 들어오듯 방안을 한번 둘러보는 일조차 없이 심상스레[2] 우리 방으로 들어왔다.

1 일본 나막신.
2 尋常--. 대수롭지 않게.

그는 자라는 머리털, 수염, 손톱을 그냥 내버려두어 그런지 몹시 신색[3]이 초췌해 보였다.

"자네, 동경 와 있기가 고생되는 걸세그려?"

그는 머리를 흔들었다. 그리고

"나, 고생 집어던진 지 오라이[4]."

하였다.

"고생을 집어던지다니?"

이리하여 강 군은 자기의 허무관(虛無觀)을 우리에게 들려주었다. 노자(老子)를 말하고 장자(莊子)를 말하고 그들의 어려운 경설(經說)까지 설명해 주었다. 그는 마르크스를 비롯하여 현실적인 모든 인물, 운동을 조소하였다. 나중엔 옆에 앉았던 마르크시스트이던 김 군과 논전까지 있었는데 이론은 별문제거니와, 아무튼 강 군은 저보다 몸이 배나 강대하고 목청이 또한 그러한 김 군을 끝끝내 입기운으로도 자기의 자리를 따르지 못하게 하였다.

그는 가끔 우리에게 놀러오기 시작하였다. 김 군은 그를 싫어하나 그는 김 군을 좋아하는 데 그의 너그러움이 있었다.

나는 그를 좋아하였다. 아니 존경하였다. 답답한 때 그가 와서 몇 마디 이야기만 하고 가면 속에 샘물이 지나간 듯 시원하였다. 나중에는 그를 보기만 하여도 물처럼 시원하였다. 나는 그에게 높은 덕이 있는 것을 느끼며 그를 친구 이상으로 존경하였다.

그러나 한 가지 딱한 것이 있었다. 우리는 차츰 그를 '딱한 친구'라 부르게 되었다. 그는 몇 끼니씩 굶어 다니었다. 그냥 볼 수가 없었다. 와서 자고 가면 온 집안에 이[虱] 소동을 일으켰다. 차츰 와서 자는 것을 달갑게 여길 수가 없었다. 어떤 때는 값나가는 책이 없어졌다. 그러면 으레

3 神色. '안색'의 높임말.

4 오래다.

강 군이 그다음 날 들러서
"자네 책 한 권 갖다 잽혔네."
하였다. 딱한 친구였다.

강 군의 집은 부자란 말을 들었다. 또 그는 외아들이란 말도 들었다. 그러나 그는 아버지와 상극이라 하였다. 그는 가끔 밤중에 자는 아버지를 일으켜 앉히고,
"이 괴로운 세상에 왜 나를 낳았소?"
하고 따지었다 한다. 그러면 아버지가 어떤 때는 하도 어이없어
"이 자식아, 낸들 아느냐."
하고 웃고, 어떤 때는 하도 귀찮아서
"이놈아, 애비한테 이게 무슨 버릇이냐?"
하고 역정을 내면 강 군은 오히려 기가 막히는 듯이 껄껄껄 소리쳐 웃고 천연스레
"흥, 애비! 그건 그대가 나를 이십 년 동안 길러 준 그 정실[5] 관계를 말함이었다. 어서 그 아둔을 버리고 좀 더 무연(無然)한[6] 대국(大局)에 나서 생각해 보라. 애비는 무엇이고 아들은 무엇인가. 내 그대를 더불어 벗하여 이야기하지 못할 조건이 어디 있는가?"
하고 탄식하였다 한다.

강 군은 이런 투로 자기 부모와 이웃과 가까워지려던 것이 오히려 인연을 끊게까지 멀어진 것이었다. 이것을 가리켜 탈속이라 할까. 아무튼 풍속을 무시하는 강 군은 (자기로선 각오한 바이겠지만) 처세상 너무 불편한 점이 많았다.

한번은 나는 그를 어떤 서양인 교수의 집에 소개하였다. 영어를 아니 교수의 일을 돕고 책이나 보고 있게 하였다. 그랬더니 강 군은 나흘 만

5 情實. 사사로운 정에 이끌리는 일.
6 아득하게 너른.

에 그 집에서 나왔다. 그는 나온 까닭을 이렇게 설명하였다.

"내 손에 헌디[7] 하나 난 걸 보구 자꾸 병원엘 가라네그려. 그까짓 것으로 죽을 배도 아니요 그걸로 죽을 걸 과학의 힘으로 살아난다 치세, 그렇기로니 내 명에서 얼마를 더 살겠나. 그냥 둬도 낫는다니까 날더러 상식이 없다네그려. 그래 너야말로 몰상식한 자로다 하고 서양문명의 그릇된 출발을 한참 떠들었더니 듣기 싫여하데그려. 그래, 너희까짓 것들이 고층 건축이나 세울 줄 알지 무얼 아느냐 하고 욕해주구 나왔네."

나는 '이 사람, 내 낯을 봐서라도 어찌 그렇게 하고 나오나?' 하려다가 강 군의 태도가 너무도 언어도단이어서 아무 말 하지 않았다.

그 후에 서양인 교수를 만난즉, 그는 강 군을 정신병자라 하였다. 같은 동양인인 그의 부모까지도 강 군과 정색하여 말하지 않거늘 하물며 서양인이 그를 미친 사람으로 인정해 버리는 것은 결코 무리가 아니었다.

나는 몇 번이나 그에게 어느 정도까지는 현실에 관심하기를 바랐다. 그러나 그의 고집은 듣지 않았다. 자기의 주린 창자를 남의 신세로만 채우려 드는 것 같아서 어떤 때는 밉살머리스럽기도 하였다.

그러나 강 군은 딱한 친구로만 전부는 아니었다. 그에겐 늘 맑음과 서늘함과 향기가 있었다. 그의, 사상의 최고봉을 어루만지는 듯한 빼어난 기골을 나는 한결같이 존경하여 마지않았다.

그는 그 후 이내 어디로 갔는지 모르게 우리 주위에서 사라졌다. 나는 퍽이나 적막을 느끼었다. 사오 년이 지나는 동안 만나고 싶은 그는 한 번도 나타나지 않다가 오늘, 뜻밖에도 차중에서 그를 만난 것이다.

참말 뜻밖이다. 그를 만나보는 것만도 뜻밖이려니와 그가 이렇게 다시 변한 것도 뜻밖이다.

7 '헌데'의 방언. 피부가 헐어 상한 곳.

우리는 만나자 이내 그가 먼저 내리게 되어 긴 말을 주고받지는 못하였지만 잠깐 보아도 그는 너무나 달라져 있었다.

강 군이 안경을 쓰다니! 이것만도 나로서는 놀라지 않을 수 없는데 더구나 금니를 박은 것, "지금 같아서는 풍년인데 가을에 곡가[8]가 어떨는지" 하던 말, 동서남북 표가 달린 금시곗줄, 아들애에게 줄 것이라고 세발자전거를 사 들은 꼴, 그는 참말 몹시도 변해 버리었다.

나는 그를 작별하고 가만히 생각하니 몹시도 서글프다. 차라리 저렇게 된 강 군이라면 만나지 않았던들 어떠리! 그를 만난 것이 차라리 그의 죽었다는 소식만 못하구나! 하였다.

인생의 무상이란 생사에만 있는 슬픔이 아닌 것을 나는 새로 알았다 할까. 나는 강 군으로 말미암아 인생의 새로운 슬픔, 인생의 새로운 미움을 깨달은 듯하다. 그 고치기 쉬운 손에 헌디 하나도 고치려 하지 않던 그가 자개[9] 물린 말처럼 아가리를 떡 벌리고 앉아, 금니를 박았을 광경을 상상해 보니 몹시 강 군의 얼굴이 미워지는 것이다.

강 군은 차를 내릴 때 나더러 부디 자기 집에 한번 와 달라 하였다. 자기 아버지가 돌아간 후 자기가 집에 돌아와 과수원을 하고 있으니 얼마든지 와서 쉬라는 호의였다. 동경에서 나에게 진 약간의 신세를 도로 갚으리라는 의기까지 보였다.

나는 몹시 불쾌하다. 차라리 강 군이 전날의 그 면목으로 밥값에 붙잡힌 누추한 여관에서 나를 기다린다면 나는 얼마나 반가워 뛰어가랴. 그러나 강군은 지금 금시계를 차고 금니를 박고 시원한 사랑(舍廊)을 치고[10] 기름진 음식으로 나를 기다리겠노라 한다.

허허!

8 穀價. 곡식의 가격.
9 '재갈'의 방언.
10 치우고.

소화 7년 7월 29일 경주(慶州) 가는 길에서.

『신동아(新東亞)』, 신동아사, 1932. 9; 『달밤』, 1934; 『이태준단편집』, 1941.

산월(山月)이

산월이는 오늘 저녁에도 잊어버렸던 것처럼 제 나이를 따져 보았다.

"흥, 스물일곱! 기생은 갓 스물이 환갑이라는데…."

산월이는 머리맡을 더듬어 자루 달린 거울을 집어 들었다. 그리고 스물일곱은커녕 서른 살도 넘어 보이는 제 얼굴을 한참이나 훑어보다가 화가 나는 듯이 거울을 내던지고 거의 입버릇처럼,

"망한 녀석!"

하고는 한숨을 지었다.

이 산월이의 '망한 녀석!'이란 늘 두 녀석을 가리킨 것이다. 한 녀석은 지금으로부터 오륙 년 전에 산월이에게 미쳐서 다니다가 산월이가 그렇게 말리는 것도 듣지 않고 아편을 찌르기 시작하여 마음씨 착한 산월이의 알돈[1] 사천 원을 들어먹고 나중에는 산월이 집에서 독약을 먹고 죽어 송장 감장[2]도 감장이려니와 죄 없는 산월이를 수십 차례나 경찰서 출입을 시킨 윤가(尹哥)라는 녀석이요, 다른 한 녀석은 산월이가 스물네 살 되던 해 봄인데 제법 화채[3] 한 푼 이렇다 못 하는 뚝건달[4] 녀석 하나가 꿈결같이 하룻밤 지내고 간 뒤에 산월이의 그 매부리코만은 그냥 붙여 두었을지언정 육자배기 하나로 굶지는 않을 만큼 불려 다니던 그의 목청을 그만 절벽으로 만들어 놓고 간 이름도 성도 모르는 녀석이다.

산월이는 이 두 녀석 놀래[5]를 안 하자면서도 제가 제 신세타령을 하려

1 정성스럽게 모은 귀한 돈.
2 勘葬. 장사(葬事) 치르는 일을 끝냄.
3 花債. 해웃값. 기생이나 창기에게 대가로 주는 돈.
4 제대로 된 건달도 못되는 인물.

니까 자연 그 두 녀석이 튀어나오는 것이었다.

말하자면, 기생의 돈이라 무슨 성명이 있으료마는, 다른 기생과도 달라 박색한 탓이었던지 제법 큼직한 녀석이라고는 한 번도 건드려 보지 못한 산월이에게 있어서는, 사천 원 돈이라는 것도 일조일석에 생긴 것이 아니라, 십여 년 동안 그야말로 뼛골이 빠지도록 목청을 팔아서 푼푼이 모았던 돈이었었다. 그러나 설사 그것은 몇만 원의 큰돈이었다 하더라도 한때 즐기던 정남[6]이나 위해 써 버린 것이니 산월이 같은 마음에 누구를 칭원할 것도 아니지만 그 녀석, 그 듣도 보도 못하던 뚝건달 녀석으로 말미암아 자기에게는 둘도 없는 밑천인 목청을 결딴내인 것을 생각하면 그만 그 녀석을 찾아서 당장에 육시[7]를 내고 싶도록 치가 떨리었다.

아닌 게 아니라 산월이는 목청 하나뿐이 재산이었었다. 그의 목이 한번 그 몹쓸 병에 잠겨 버린 뒤에는 그의 생활이 너무도 소상스럽게[8] 변천하여 왔기 때문이다. 전셋집은 사글셋집으로 떨어지고 사글셋집은 다시 사글셋방으로 내려앉아 지금은 머릿장[9] 하나도 없이 여관집 빈방으로 떠돌아다니니 쓸데없는 줄은 알면서도 왜 넋두리가 나오지 않을 수 있으랴.

산월이는 열시 치는 소리를 듣고 자리에서 일어났다. 아침 열시가 아니라 밤 열시기 때문이다.

어젯밤에도 새로 세시[10]까지나 미친년처럼 싸다니다가 손발이 꽁꽁 얼어 가지고 혼자 들어서고 말 때에는 울고 싶도록 안타까웠던 것을 생각하니 오늘 저녁도 또 헛수고가 되면 어쩌나 하고, 보는 사람은 없어도

5 같은 말을 되풀이함. '노래'의 옛말. 타령.
6 情男. 정부(情夫).
7 戮屍. 이미 죽은 사람의 목을 다시 베는 일.
8 보잘것없게.
9 머리맡에 놓고 쓰는 단층 장.
10 새벽 세시. '새로'는 자정을 넘겨 새로 시작하는 시간.

무안스러운 생각부터 들어 갔다. 그리고 그저께 밤에 당한 일도 다시 눈 앞에 떠올랐다. 거의 문 앞까지 곧잘 따라오던 양복쟁이가 쓰단 달단 말도 없이 홱 돌아서서 가 버리던 것과

"여봐요, 날 좀 보세요."

하고 두어 번이나 불러 봤지만

"쑥이다[11] 쑥이야."

하면서 뺑소니를 치던 것을 생각하니 다시금 얼굴이 화끈거리기도 하였다.

그러나 이왕 막다른 골목에 나선 길이라, 산월이는 새끼손 끝으로 방울지려는 눈물을 지우며 경대 앞으로 다가앉았다. 그리고 언제나 마찬가지로 머리맡에 놓여 있는 알코올 등잔에 불을 대리고[12], 그 위에단 머리 지지는 가새[13]를 걸쳐 놓았다.

이것은 다른 기생들과 같이 남과 맵시를 다투려는 경쟁심에서 아이론[14]을 쓰는 것은 아니다. 천생으로 보기 싫게 벗어진 이마를 머리털을 내려 덮어 가리려니까, 언제든지 그에게는 아이론이 필요했던 것이다. 더군다나 요새 와서 컴컴한 골목을 찾아나가는 그에게는 분 바른 이마 위에 새까만 앞 머리털의 농간이 얼른 잘 드러나는 유혹의 손이 되는 것을 알았기도 때문이다.

눈 온 지는 오래나 바람이 지나칠 때마다 어느 구석에 쌓였던 눈인지 얼굴과 목덜미가 선뜻선뜻하였다.

산월이는 종로 네거리에 나서서는 우선 어느 길을 잡아야 할지 몰랐다. 그래서 전차 타려는 사람처럼 안전지대에 올라서 보았으나, 황금정(黃金町)[15] 편으로부터 전차가 오는 것을 보고는 얼른 찻길을 건너 종각

11 형편없다.
12 '불을 댕기고'의 방언. 불을 옮겨 붙이고.
13 '가위'의 방언.
14 iron. 불에 달궈 머리모양을 손질하던 기구. 머리인두. 아이롱.

뒷골목으로 들어섰다.

산월이는 몇 걸음을 가지 않아서 중년 신사 두 사람과 마주쳤다. 둘이 다 인버네스[16]를 입은 큰 키를 꾸부정하고 산월이 얼굴을 들여다보았다. 산월이도 한 사람과 닥뜨린[17] 것만큼은 반갑지 않았지마는 아무튼 해족해족 웃어 보였다. 그러나 그만 웃음은 아무 데서나 볼 수 있다는 듯이,

"나는 누구라구…."

하면서 다시는 돌아보지도 않고, 저희끼리 수군거리며 밝은 큰길로 나가 버렸다.

산월이는 또 얼굴이 화끈하였다. 한참 동안은 지나치는 사람도 끊기었다. 백합원[18] 앞을 지나려니까 한 자는 시궁창에 소변을 보고 섰고, 한 자는 가만히 섰는 것도 몸을 가꾸지[19] 못하고 흔드적거리더니 노는계집 같은 것이 제 앞을 지나가는 것을 보고는 성난 소처럼 씨근거리고 산월이가 미처 망토에서 손을 빼기도 전에 달려들었다.

"이런… 이게 무슨 짓이야…."

술내가 후끈거리는 사나이 입술은 어느새엔지 산월이의 입 가장을 스치고 지나갔다.

"뭐야, 이년! 더러운 년! 쌍년! 개딸년! 투엣!"

"이 사람 보게. 고…고걸 먹구 이래, 이…이런."

하는 딴 녀석도 같은 바리에 실을[20] 녀석이었었다.

산월이는 그 녀석과 입맞춘 것쯤은 그다지 분한 일이 아니었다. 그것보다는 그 녀석은 술김에 아무에게나 해 버리는 주책없는 욕설이겠지만

15 현재 을지로의 일제강점기 명칭.
16 inverness. 소매 대신 어깨 덮개가 달린 남자 외투.
17 가까이 맞선.
18 百合園. 종로에 있던 요릿집이자 사교장.
19 가누지.
20 같은 처지에 있는.

"더러운 년! 쌍년!"
하고 하필 더러운 년이라고 박는 것이 자기 밑구멍을 들춰 보고 하는 욕처럼 살을 에는 듯한 모욕을 느끼었다. 그러나 마침 그때에 우미관[21]이 파하여 골목이 뿌듯하게 사람이 쏟아져 올라왔다. 산월이는 새 정신이 번뜩 돌았다. 그는 물결같이 올려 쏠리는 사람 틈을 쑤시고 한가운데 들어섰다. 그리고 입으로 부르지만 않을 뿐이지 눈이 뒤집히도록 찾아보았다. 외투를 입었거나 인버네스를 입었거나 나카오리[22]를 썼거나 캡을 썼거나 나이가 이십이 되었거나 사십이 되었거나 기름기만 도는 사내 사람으로 자기의 눈웃음을 알아채는 사람이면 누구든지의 그 누구를 우미관 앞이 다시 비어지도록 찾아보았다. 그러나 산월이의 발등을 밟고 퉁명스럽게
"잘못됐소."
하고 힐끔 쳐다보던 노동자 한 사람밖에는 그를 아는 체하는 사람이 없었다.

산월이는 그길로 조선극장[23] 앞으로 갔다. 거기는 벌써 파한 지 한참 되어 더욱 쓸쓸하였다. 산월이는 그제야 우미관 앞에서 밟힌 발등을 톡톡 털고 나서 다시 종로 큰 행길로 나서고 말았다.

산월이는 밝은 골목이나 컴컴한 골목이나 바람만 마주치지 않는 골목이면 발길 내치는 대로 다녔다. 순경꾼의 딱따기[24] 소리에 공연히 질겁을 하고 돌아서다가 얼음 강판에 무릎을 찧기도 하면서, 이놈이 그럴듯하면 이놈도 따라 보고 저놈이 그럴듯하면 저놈의 옆도 서 보며 밤이 어느덧 새로 두점[25]에나 들어가도록 싸다녀 보았다.

21 優美館. 1910년대 초 경성 관철동에 세워진 상설 영화관.
22 '중절모(中折帽)'의 일본말.
23 朝鮮劇場. 1922년 인사동에 세워진 극장.
24 야경 돌 때 치는, '딱딱' 소리를 내는 도구.
25 새벽 두시. '점(點)'은 시각을 세던 옛 단위.

그러나 사내들은 계집이라면 수캐 떼 몰리듯 한다는 것도 산월이에겐 거짓말 같았다. 서울 바닥에 이처럼 사내가 귀할까 하고 산월이는 이날 밤에도 낙망하지 않을 수 없었다.

산월이는 피곤하였다. 돈! 돈보다도 이제는 악에 받쳐서 사람이, 사내사람이 몸이 달도록 그리워졌다.

"돈 없는 녀석이라도!"

하고 굵다란 팔로 제 몸을 끌어안아 줄 사내 사람이 못 견디게 그리움을 느끼었다. 그래서 산월이는 동관[26] 앞으로 와서 색주가[27] 집들이 많이 있는 단성사[28] 맞은편 골목으로 들어섰다.

이렇게 산월이가 제 몸이 달아서 아무 놈이라도 걸리어라 하는 판이어서 그랬던지 의외에도 훌륭한 신사 하나가 산월이를 기다렸던 것처럼 어디서 불거졌는지 열빈루[29] 앞을 들어서는 산월의 길을 딱 막고 서 있었다. 검은 외투에 검은 털모자에 수염은 구레나룻이나 살결이 흰, 어떤 방면으로 보든지 중역이나 간부급에 속할 사십 가까운 신사였다.

"오래간만입니다. 혼자 이런 데를 오셔요…. 저 모르시겠어요?"

구레나룻 신사는 산월이에게서 벌써 말인사를 받기 전에 서로 눈으로 문답이 있은 뒤라 왕청스런[30] 대답은 나올 리가 없었다.

"왜 모르긴…. 어디서 이렇게 늦었소?"

"난봉이 좀 나서요, 호호…. 그런데 벌써 전차가 끊어졌구먼요…. 어느 쪽으로 가시는지 저 좀 데려다 주셨으면!"

"가만있자, 집이 어디더라?"

"다옥정[31]이지 어디예요. 좀 바래다 주세요, 네?"

26 東-. 창덕궁의 별칭. 동구안대궐. 동관대궐. 동궐.
27 色酒家. 젊은 여자를 두고 술과 함께 몸을 팔게 하는 집.
28 團成社. 1907년 종로에 세워진 한국 최초의 상설 영화관.
29 悅賓樓. 돈의동에 있던 중국요릿집.
30 엉뚱한. 뜻밖의.
31 茶屋町. 당시 '다방골'로 불리던, 현재 중구 다동(茶洞)의 일제강점기 명칭.

산월이와 구레나룻은 말로는 아직 여기까지밖에 미치지 않았으나 걸음은 벌써 큰 행길까지 가지런히 붙어 나왔다.

구레나룻은 자동차를 불렀다. 그리고 자동차 속에서 산월이의 언 손을 주물러 주며,

"집이 조용하우?"

하고 운전사는 안 들릴 만치 은근하게 물었다. 구레나룻의 입에서는 약간 서양술 내가 퍼져 나왔다.

"나 혼자예요…, 혼자."

구레나룻은 산월이의 목을 끌어안아 보았다. 산월이는 눈치를 따라 하자는 대로 비위를 맞춰 주었다.

자동차는 어느 틈에 작은광교[32]에 머물렀다. 산월이는 먼저 차를 내리었다. 그리고 차 속에 앉은 채 찻삯을 꺼내 주는 구레나룻의 지갑 속엔 푸른 지전장이 여러 갈피나 산월이 눈에 비치일 때 산월이는 뛰고 싶도록 만족하였다.

산월이는 구레나룻을 데리고 가운데다방골[33]로 들어섰다. 걸음이 날아갈 듯이 가뜬하였다. 구레나룻도 그러하였다. 그들은 정말 나는 사람처럼 이리 성큼 저리 성큼 뛰며 걸었다.

"길바닥에 이게 웬 흙물이에요?"

산월이가 물었다.

"글쎄… 어디 수통이 터졌을까…."

"아이, 흙물이라니까 그래요."

"아까 참 이편에 불이 난 모양 같더니…."

"불이요?"

32 중구 남대문로 광통교(광교) 남쪽에 있던 작은 돌다리. 광통교보다 작아 '작은광통교' 또는 '작은광교'라 불렸다.

33 지금의 중구 다동 일대로, 위치에 따라 웃다방골, 가운데다방골, 아래다방골 등으로 불렸다.

산월이는 그리 놀랍지도 않았다. '이 가차이서[34] 불이 났든, 물이 났든, 내 방만 그대로 있으면' 하고, 깔아 놓고 나온 자리가 따뜻할 것밖에는 더 행복스러울 것이나 더 불행스러울 것이나 더 상상할 여지가 없었다.

"어딜 자꾸 먼첨 가세요. 호호, 이 골목인데."

산월이는 수통백이 골목[35]을 들어서면서 벌써 습관이 되어 속곳 허리띠에 달린 자기 방 열쇠부터 더듬었다.

그러나 웬일일까? 주인집 대문간에 달린 전등 때문에 세밤[36] 중에 들어서도 대낮같이 환하던 골목 안이 움 속처럼 캄캄할 뿐 아니라 발을 내어놓을 수가 없이 물천지였다. 산월이는 그만 가슴이 덜컹 하고 내려앉았다.

구레나룻 말이 옳았다. 불이 났던 것이다. 바로 그 집에서, 바로 그 방에서, 산월이의 앞머리나 지질 줄 알던 알코올 등잔은 산월이의 몇 가지 안 남은 방세간을 태우고 두 달 치나 세도 못 낸 남의 집 방까지 홈싹[37] 태운 후에 대문간과 행랑을 태우고 다시 안채로 옮아 붙다가 소방대 펌프질에 꺼지고 만 것이다.

산월이는 눈앞이 캄캄하였다. 그는 전신주를 끌어안고 생각하여 보았다. 아무리 생각하여도 알코올 등잔에 불을 대린 생각은 나도 끈 생각은 나지 않았다.

이때다. 죽은 듯이 컴컴하고 고요하던 주인집 안채에서는 그 호랑이 같은 주인영감의 평안도 사투리로 억센 욕설이 울려 나왔다.

"죽일 놈의 에미나이! 방세도 싫으니 나녀라[38] 나녀라 해두 안 나니더니 남의 집을…. 체… 이놈의 에미내가 들어나 와야 가랑머리[39]라도 찢

34 가까이에서.
35 상수도의 수통(水筩)이 서 있는 골목. 수통박이 골목.
36 삼경(三更). 밤 열한시에서 새벽 한시 사이.
37 전부. 완전히. 홀랑.
38 나가라.
39 '가랑이'를 속되게 이르는 말.

어 놓지그리….”

산월이는 다시 사지가 오싹하였다. 뒷걸음질을 치며 큰 골목을 다시 나왔다. 그리고 속으로 '아아, 그이!' 하고 좌우를 둘러보았다. 구레나룻은 보이지 않았다.

“여보세요?”

하고 나직이, 그러나 힘을 주어 불러 보았으나 대답도 들려오지 않았다. 또 한 번 불러 보았다. 그래도 보이지도 않고 대답도 들리지 않았다. 산월의 입술은 더 움직이려 하지 않았다.

그제야 산월이는 제 방에서 불이 난 것도 처음 안 것처럼 울음이 복받쳐 나왔다. 산월이는 그만 살얼음이 잡히는 진창 위에 그대로 주저앉았다. 그리고 꺼이꺼이 소리를 내어 울고 말았다. 몇 십 년이나 정들이고 살아오던 제 남편이나 달아난 것처럼 구레나룻이 없어진 것이 무엇보다도 산월이의 가슴을 찢어 놓는 것처럼 쓰라림과 외로움을 주었던 것이다.

1929년 12월 18일 작(作).

「기생 산월이」『별건곤(別乾坤)』, 개벽사, 1930. 1;『달밤』, 1934.

봄

바깥날이 어찌 밝고 따뜻한지, 그리고 행길에서 사람 소리들이 어찌 번화스러운지 방 안은 해가 높아갈수록 굴속처럼 음산해지고 갑갑하였다. 여간 몸살쯤으로는 누워 배길 수가 없었다.

박은 그만 어뜩어뜩[1] 현기증이 나는 머리를 반동적으로 흔들며 일어나고 말았다.

"정칠, 비나 쏟아지지 않구…."

날은 새벽녘에 든 듯하였다. 이슬비라 빗발 소리는 나지 않아도 챙에서 떨어지는 낙숫물 소리는 밤이 깊도록 멎지 않았다. 그래서 서울 사람들은 내일 하루 날이 궂을까 하여 몹시 애들을 태우는 듯 라디오는 밤중까지 내일 천후[2]를 예보하느라고 거리를 시끄럽게 했던 것이다.

월급으로 모두 주머니들이 묵직묵직해진 월말인 데다 벚꽃이 반넘어 피려는 때에 날이나 받은 듯이 알맞게 끼어 있는 일요일이니, 자연과 절연(絶緣)되어 사는 서울 사람들로서는 이날 하루의 청명을 바라는 것이 그리 과분한 욕망은 아니었다.

엊저녁 라디오는 무어라고 예언하였는지 모르거니와 날은 씻은 듯이 개었다.

그러나 박에게는 차라리 비 오기만 못하였다. 그는 굴속 같은 방안에서 이마를 찌푸리고 뒷짐을 지고 서서 갇혀 있는 사람처럼 혼자 어정거리었다.

1 어지럽고 까무러칠 듯한 모양.
2 天候. 기후(氣候).

박은 서울 사람은 아니다. 어느 시골에선지 월급 생활을 바라고 먼 서울을 기어 올라오기는 오륙 년 전이었다. 그때는 그래도 제 고장에서는 일색(一色)이라 치던 젊은 아내도 데리었었고, 경매된 땅값에서 빚을 제하고 나머지도 천여 원이나 되는 것을 손에 넣고 올라왔던 것이다.

그러나 은행이 많은 서울이라 하여 박의 돈을 저금한 채 늘어나게만 두지는 않았다. 박이 지금 다니는 인쇄소에도 들기 전 삼 년 동안 그 돈 천 원은 절그럭 소리도 한번 크게 나 본 적이 없이 연기처럼 사라졌다. 정말 그 변변치도 못했던 굴뚝 연기에 사라지고 만 것이다.

서울은 박을 몹시 쓸쓸하게 하였다. 자기 이름으로 있던 일 원짜리 천여 장이 뿔뿔이 달아났다는 그것보다도, 그를 더 외롭게 하고 한심스럽게 한 것은 그 의좋던 아내의 죽음이었다. 빈민촌에 사는 덕으로 앞집에 들었던 장질부사[3]에 내 집사람을 가로채인 것이니, 박은 그 뒤부터 그만 방울을 잃은 매처럼 어디 가 앉든 소리 없는 사람이 되고 말았다.

박은 아내 죽던 해, 열 살 나는 딸년을 그냥 두고 보다 못해 학교는 단념하고 제가 하자는 대로 담배 공장에라도 다니게 하였다. 그래서 그 후 몇 달 동안은 그 어린 손끝에서 빚어지는 푼전[4]으로 연명을 하다가, 다행으로 자기도 인쇄소에 업을 얻은 것이니, 인쇄소에 다니면서부터는 죽은 아내 생각이 더욱 간절해지곤 하였다. 찬 없는 상이나마 아내가 그 옆에 앉아 딸을 기다려 주고 자기를 기다려 준다면 얼마나 행복스러우랴 하였다. 종일 그 완강한 기계의 종이 되어 시달리다가, 집이라고 찾아들면 써늘한 아궁이 입을 벌리고 기다릴 뿐, 딸이나마 먼저 와 있어도 나을 것이, 딸은 언제든지 자기가 불 때는 밥솥이 끓을 때쯤 되어야 '아버지!' 하고 들어서는 것이었다.

"아버지!"

3 腸窒扶斯. 장티푸스.

4 푼돈.

박은 하루 한 번 이 명랑한 말소리에 모든 피곤과 우울을 씻어 버리곤 하였다.

잡지 인쇄가 몰리면 흔히 밤일이 있었다. 밤일이 있을 때마다 박은 슬펐다. 동료들은 색다른 저녁을 얻어먹고 야근비가 생기는 바람에 자진하여 밤일을 청하였으나 박만은 밤일이 큰 고통이었다. 워낙 자기 체질도 하루 열네 시간 노동을 감당하리만치 튼튼하지도 못하거니와, 제 몸보다도 딸을 생각하여서다. 아버지가 밥을 짓고 있으려니 하고 '아버지!' 하며 뛰어들었다가 컴컴한 부엌이 텅 비어 있으면 어린 것이 얼마나 허전하리, 얼마나 쓸쓸하리, 고픈 배를 졸라 가며 물을 떠다 밥이라고 지어 놓고 혼자 앉아 떠먹을 때 어찌 어미 생각인들 나지 않으리, 이런 것들이 박을 밤일에 슬프게 하는 것이었다.

그러나 박은 "나 야근비 싫소, 밤일 안 하려오" 할 그런 자유스런 노동자는 아니었다.

어제저녁 박은 그런 밤일을 사흘째나 거푸 한 피곤한 몸에 찬비를 그냥 맞으며 돌아왔다.

딸은 저녁 먹은 그릇들을 머리맡에 밀어 놓은 채 네 활개를 벌리고 잠이 들어 있었다. 박은 그 옆에 가만히 앉아 정신없이 자는 딸을 들여다보았다.

딸의 얼굴은 커 갈수록 어미의 모습이 떠돌기 시작했다. 그 감았으면서도 상글거리는 듯한 눈모[5]와 오뚝한 콧마루와 약간 오무린 듯한 입모습까지…. 그러나 딸의 얼굴에서 잡힐 듯 말 듯 하는 그전 아내의 엷은 모습은 마치 어두운 그늘 속에서 나타나는 박꽃과 같이 희미하였다. 그렇게 애달프게 보였다. 딸의 얼굴이 그다지 창백한 것은 박도 처음 느끼는 듯하였다. 쌔근쌔근하는 힘에 가쁜 숨소리, 거기에서 피어오르는 그윽한 담배 향기, 그것은 어린 딸의 눈물겨운 직업의 냄새라 생각할 때

5 눈매.

박은 코허리에 강렬한 자극을 느끼며, 딸에게서 눈을 돌리고 말았다.

'이렇게 살면 무얼 하나? 몇 해를 가야 햇볕 한 번 못 보는 시멘트 바닥에서 종 치면 일하고 종 치면 집에 오구, 집에 와선 저렇게 곯아떨어져 자구…. 또 내일도, 모레도, 일평생을…. 그런다고 돈이 뫼길 하나….'

박은 몇 번이나 혀끝으로 입술을 축이었다. 몸이 고달픈 정도를 지나쳐 열이 오르고 골치가 뛰기 시작했다. 그는 딸이 깔아놓은 이불 속으로 들어갔다. 그리고 딸이 어디서 꺾어 왔는지 벚꽃 두어 송이를 어울리지도 않는 맥주병에 성큼하니 꽂아 놓은 것을 보고 새삼스레 고향 산천이 그리워도졌다.

자기 고향은 인근에서는 산수 좋기로 치는 곳이었다. 이만 때가 되면 진달래가 앞뒷산에 불붙듯 피어올라 강물과 동리가 온통 꽃빛에 붉어 있었다. 자기는 개울에서 고기를 잡다가, 아내는 둔덕에서 나물을 캐다가

"꽃도 되운[6] 폈소…."

하고 앞뒷산을 번갈아 바라보던 생각도 났다.

이런 생각 저런 생각에 몸은 점점 달았다. 더구나 가까이 있는 행길 시계포[7]에서 심술궂은 아이처럼 찢어지는 소리로 창경원이니, 벚꽃이니, 저기압이니 하고 떠드는 라디오 소리에 박은 짜증이 더욱 났다.

"꽃구경? 정칠, 비나 더 쾅쾅 쏟아져라…."

박은 지금 같아서는 비도 올 듯하니, 내일 하루는 일을 쉬고 몸조섭[8]을 하리라 하였다. 그랬던 것이 날은 씻은 듯이 개었다.

어찌 바깥날이 밝고 따뜻한지, 그리고 행길에서 사람 소리들이 번화스러운지 방 속이 음울하여 여간해선 누워 배길 수가 없었다. 뚫어진 창구멍으로는 비 머금은 훈훈한 흙내가 꽃처럼 향기롭게 흘러들었다. 서

6 몹시. 되게. 되우.
7 시계를 고쳐 주거나 파는 가게.
8 몸조리.

울 천지는 꽃향기에 전 듯 느끼어졌다.

박은 몇 번이나 바깥날의 유혹을 받지 않으려 이불을 써 보았으나, 땀에 전 이불이끼[9]는 다른 때보다 더욱 코를 찔렀다. 그래서 그만 이불을 밀어 던지고 일어선 것이다. 딸이 공장에 가기 전이라면 딸도 오늘 하루는 꽃구경이나 하게 같이 데리고 나갈 것이나, 딸은 벌써 공장에 간 지 한 시간이나 되었다. 그렇다고 누워 배기기에는 도리어 병을 살 것 같았다.

박은 어슬렁어슬렁 집을 나섰다. 인쇄소로 갈까? 남산으로 갈까? 박은 남대문 옆에 가서 한참 망설이다가 이렇게 날 좋은 날 딸은 지금도 전깃불 밑에서 권연[10]이나 말고 섰을 것을 생각하고는, 그만 뚜벅뚜벅 아침마다 가는 발에 익은 길로 들어서고 말았다.

그러나 박이 들어서야 할 공장 문은 이 날, 박이 몸이 좀 아픈 날이요, 벚꽃이 반넘어 핀 날이요, 날 좋은 일요일이라 하여, 시계의 숫자를 잊을 리가 없었다. 박은 그 절벽처럼 굳게 닫힌 문 밖에서 기계 소리에 우릉우릉하는 육중한 건물과 함께 한참이나 불안스런 가슴만 흔들리고는 돌아서고 말았다.

박은 남산으로 갔다. 남산도 꽃과 사람 투성이었다. 박은 자기의 핏기 없는 얼굴을 남에게 보이기 싫어 꽃은 없더라도 조용한 양지쪽을 찾아갔다.

참말 아름다운 날이었다. 하늘은 가을처럼 맑고 해는 여름처럼 빛난다고 할까, 게다가 밤새도록 가는 빗발에 촉촉이 눅은 땅은 꽃처럼 훈훈하고 향기로웠다. 구석구석이 키를 다투듯 자라나는 풀잎들이며 그윽한 벌의 소리, 나비 날음, 누구에게 안 그랬으랴마는 박에게는 온전히 경이의 세계였다.

9 '이불잇'의 방언.
10 卷煙. 종이로 말아 놓은 담배. '궐련'의 원말.

'참, 세상은 아름답구나. 이렇게 좋은 봄날을 우리는 우리 것으로 누려 보지 못하는구나. 풀 한 포기 없는 시멘트 바닥에서 윤전기[11]나 돌리구…. 어디 새소리 한 마디 들을 수가 있나, 왼종일 오장육부가 뒤흔들리는 엔진 소리에 귀가 먹먹해 사는 것밖에….'

박은 세상이 원망스럽다는 듯이 보지도 않고 손이 던져지는 대로 풀 한 움큼을 잡아 뜯었다. 잡아 뜯은 풀을 가까이 갖다 보니, 그냥 풀만인 줄 알았던 것이 좁쌀알만 한 꽃들이 무수히 달려 있었다. 그것을 본 박의 마음은 더욱 다감하였다.

'그러니 시원한 구석이 무어야? 공장 감독의 말처럼 이것도 나에겐 다행이거니 하고, 더 높은 처지는 애초부터 바라지도 않는 것이 착한 사람일까? 흥, 착하단 말이 그리 귀한 것일까. 그렇지 않으면 또 무슨 순가?'

박은 벌떡 일어섰다. 놀란 짐승처럼 날래게[12] 일어섰다. 그러나 무슨 생각, 무슨 기운에 일어섰던 간에 그는 이내 나무토막처럼 쓰러지고 말았다. 빈혈한 그의 머리는 갑자기 흥분하여 격동하는 그 육신을 지배할 능력이 없었다.

박이 정신을 차리기는 가까이서 터지는 오정[13] 소리에 놀라서다. 그는 멍하니 하늘만 쳐다보고 누웠다가 죽은 아내 생각이 나서 아이처럼 엉엉 울었다. 상배[14]를 당하여야 지촉[15] 한 자루 사 들고 오는 이 없던 것이 새삼스레 외로웠고, 그렇게 알뜰하던 아내를 양지 좋은 선산 머리에 묻지 못하고, 송장 쓰레기통 같은 이태원 공동묘지에 내다버리듯 던져 둔 것도 생각할수록 가슴이 아팠다.

11 輪轉機. 대량 인쇄물을 찍을 때 사용하는 인쇄기의 하나.
12 '빠르게'의 방언.
13 午正. 낮 열두시. 정오.
14 喪配. '상처(喪妻)'의 높임말로 아내 상을 가리킴.
15 紙燭. 종이와 초. 예전에 상가에 부의할 때 사용함.

박은 점심도 굶고 해가 기울 녘까지 한 자리에 누워 있었다. 그가 누운 언덕 아래로는 수많은 사람들이 지나갔다. 어린아이들의 손을 잡은 가족들도 지나갔고, 남자끼리 여자끼리 그리고 남녀가 작반하여[16] 지나가는 패도 많았다. 그러나 혼자 지나는 사람도 적지 않았다. 혼자 지나는 사람들도 대개는 묵묵히 지나지 않았다. 어떤 사람은 휘파람 소리로, 어떤 사람은 콧소리로 슬프거나 즐겁거나 모다 저희 정서를 노래하며 지나갔다.

박은 그만 내려올 채비로 신궁[17] 앞 큰 마당으로 갔다. 거기는 장난감과 음식 장수들이 저자[18]를 이루고 있었다. 어떤 사람은 딸을 데리고 와서 풍선을 사 들리고 어떤 사람은 아들을 데리고 와서 왜떡[19]을 사 먹었다. 박은 같이는 오지 않았지만, 이내 딸의 생각을 하고 풍선이라도 하나 사다 줄까 했으나 빈 주머니 속에서 주먹만 몇 번 쥐었다 폈다 하였을 뿐, 그냥 그 앞을 지나고 말았다. 그 대신 박은 아무도 없는 구석길로 내려오다가, 큰마음을 먹고 보기 좋게 핀 벚꽃 한 가지를 우지끈하고 꺾어서 얼른 두루마기 속에 넣었다. 맥주병이나마 딸의 그 쓸쓸한 화병을 장식해 주려 함이었다.

그러나 우지끈하는 소리는 몰래 꺾는 박의 귀에만 큰 소리가 아니었던지, 박이 다섯 걸음도 옮기기 전에,

"이놈아, 게 섰어."

하는 거센 소리가 다우쳐[20] 왔다. 피할 수 없는 봉변이었다. 봉변이라야 여러 사람 앞에서 산지기 손에 귀때기 몇 개를 맞은 것과 빼앗긴 꽃가지로 목덜미를 몇 번 맞은 것뿐이지만.

16 作伴--. 동무 삼아.
17 神宮. 조선신궁(朝鮮神宮). 일제가 1912년 남산에 세워 참배를 강요한 신사.
18 시장(市場)이나 가게를 이르는 옛말.
19 밀가루나 쌀가루로 얇게 구운 과자.
20 뒤쫓아.

박은 다리가 후들후들하는 울분으로 남산을 어청어청 내려왔다.

오래간만에 일찍 들어서 보는 집이건만, 어둡고 써늘하고 빈방은 일찍 오는 보람이 없었다.

"정칠…."

박은 방에 들어서는 길로 무슨 분풀이나 하듯 딸이 신주(神主)처럼 위하는 꽃병을 발길로 차 던지었다. 아랫목 벽을 부딪고 나가떨어지는 맥주병은 피나 토하듯 쿨쿨거리며 물을 쏟았다. 쏟아진 물은 밀어 놓은 누더기 이불 섶을 적시며 뚫어진 박의 양말 바닥에까지 스며들었으나, 박의 발은 물이 찬 것도 느끼지 못하는 듯 좀처럼 움직이지 않았다.

소화 7년 1932년 2월 28일 고(稿).

『동방평론(東方評論)』, 동방평론사, 1932. 4; 『달밤』, 1934; 『이태준단편집』, 1941.

아담의 후예(後裔)

지금은 원산(元山)서 성진(城津), 청진(淸津)으로 찻길이 들어닿았으니[1]까 배편에 내왕하는 사람이 별로 없겠지만 그전, 우리가 알기로도 차가 겨우 영흥(永興)까지밖에 못 통할 때에는 그 이북 사람들은 모두 수로로 다니는 수밖에 없었다.

청진서 오는 사람이면 입신환(立神丸) 같은 직행선을 탔고, 그 이남에서 오는 사람이면 온성환(穩城丸)이니 진주환(晋州丸)이니 하는 굽도리(항구마다 들르는 배)들을 탔었다[2]. 그래서 원산의 그 넓은 관거리[3]를 쓸어 올라가고 내려가고 하는 손님들은 모두가 배를 타러 가거나 배에서 내린 사람들이었었다.

배는 무시로[4] 들어왔다. 저녁에도 뚜우 새벽에도 뚜우 소리가 났다. 그러면 객줏집 인객꾼[5]들은 물론, 친지를 맞으러 갈 사람들도 저녁을 먹다 말고, 단잠을 자다 말고 허둥지둥 부두로 달음질치는 것이었다.

뚜우 소리가 날 때마다 안 영감도 그 숨찬 턱을 덜걱거리며 부두로 달음질치곤 했다. 어떤 때는 북어(北魚) 낟가리[6] 밑에서나 배 회사 창고 기슭에서 자다 말고, 어떤 때는 일본집 쓰레기통에서 무얼 주워 먹다 말고,

1 가까이 연결되었으니.
2 입신환, 온성환, 진주환 등은 일제강점기에 운행되던 취항선으로, 배 이름에 붙는 일본식 접미사 '마루(丸)'가 붙어 있다.
3 관청이 모여 있는 거리.
4 수시로. 아무 때나.
5 손님을 여관으로 안내해 오는 심부름꾼.
6 북어를 쌓은 더미.

그렇게 달음질쳐서 가면 흔히 배는 아직 닻도 내리기 전이었다.

배가 부두에 매이면, 또 큰 배가 되어 부두에 들어오지 못하고 종선[7]이 손님을 받아 싣고 나오면 제끔[8] 앞으로 나서려는 인객꾼들 등쌀에 안 영감은 늘 뒤로 밀리었다. 뒤에서 남의 등 너머로도 상륙하는 사람이 여자인 때는 흐린 눈을 돋우는 듯 더 자주 껌뻑거리며, 고개가 더 돌아가지 않는 데까지 눈을 주어 살펴보는 것이었다. 맨 나중 사람까지 다 내리어 인객꾼들이 다시 지내 놓은 손님들을 쫓아갈 때면 안 영감도 설렁설렁, 남 보기에는 설렁설렁이지만 자기는 숨이 가쁘도록 뛰어 손님들을 쫓아갔다. 배에서 먹다 남은 실과(實果)나 과자 부스러기를 들고 가는 손님이 있으면 그 옆을 따라가며

"그거 나르 주오."

하는 것이다.

"무스게요?"

"그거 나르 주오."

"어째서요?"

"내 먹게스리…."

많은 것이 아니면 흔히는 거추장스러워서도 잘 주고 갔다. 그것을 받아 우물거리며 어시장 앞을 지나노라면 창고 앞에 늘어앉은 떡장수, 우동 장수, 도야지고기 장수 할멈들이 어느 것이고 하나는 으레 안 영감을 아는 체하였다.

"이번 배에도 딸이 앙이 왔소?"

안 영감은 울 듯한 낯으로 도리질을 하였다.

"저놈의 영감 뱃고동 소리만 나면 눈이 뻘게 달아 오지만 딸이 와야지…. 요즘 자식들이 더구나 딸자식이 무슨 애비 생각을 하겠게."

7 從船. 큰 배에 딸린 작은 배.
8 '제가끔'의 방언. 저마다 따로따로.

"그렇지 않구…. 우리두 장사르 하오만 술장사르 한다는 년이 제 좋으면 고만이지 무슨 애비 생각을 하겠소."

이것은 안 영감을 지내 놓고 장수 할멈끼리 주고받는 말이었다.

안 영감은 성이 안가(安哥)는 아니었다. 어느 떡장수 마누라가 한번은 쉰 떡을 그에게 먹이면서 그의 사정 이야기를 듣고, 안변(安邊)서 왔다고 해서 '안변 영감'이라 한 것이 귀하지 못한 사람의 이름이라 되는 대로 '안 영감'이라 불려진 것이었다.

안 영감은 동전이 두 푼만 모이어도 그 장수 할멈들에게 들고 와서 몇 번씩 되풀이하는 이야기거니와, 본래 자기는 그리 적빈[9]하지는 않아 글자도 배워서 이름자는 적는 터이며 의식(衣食)도 삼베 중의에 조밥이나마 굶고 헐벗지는 않고 살았노라 하였다. 단지 남과 같이 아들자식을 두지 못해서 딸 하나 있는 것을 데릴사위를 들였더니 그것도 자기 팔자소관인지 딸이 사내를 따르지 않고 달아났다는 것이다. 달아난 지 며칠 뒤에 '청진 쪽으로 가서 술장사를 해서 돈을 모아 가지고 아버님을 모시러 나오겠다'는 편지가 한 번 있기는 했으나 그 후 삼사 년이 지나도록 소식이 없고, 의탁할 곳은 없어 떠날 때에는 걸어서라도 딸을 찾아 청진까지 가 보려던 것이었노라 한다. 그러나 원산까지 와서는 벌써 두 여름이 되는 동안 그저 떠나 보는 날이 없이 혹시 딸이 이 배에나 저 배에나 돌아오지는 않을까 하고, 망망한 바다에 뱃소리만 기다리고 사는 것이라 한다.

사는 것이라야 남 보기엔 죽지 못해 사는 것이었다. 그러나 그도 자기 마음엔 그렇지는 않은 듯 누가 자기의 목숨을 멸시하면 그것처럼 분한 건 없어하였다. 어떤 때 장수 마누라들이 먹을 것을 주어 놓고 저희끼린 동정하는 말로

"불쌍한 늙은이랑이…."

9 赤貧. 아주 가난함.

혹은

"늙어서 고생하긴 젊어서 죽는 이만 못하당이…."

하고 지껄이면 안 영감은 화가 버럭 치밀어 가만히 놓을 그릇도 뎅그렁 소리가 나게 내어던지었다. 그러면 마누라들이라고 가만히 있지 않았다.

"앙이! 저놈의 첨지 뉘게다 골으 내오. 동전 한 푼에 오 전짜리 한 그릇으 멕이거든 고마운 줄 모르구서리…."

안 영감은 다시는 안 볼 것처럼 들어 내뺀다. 그러다가도 배가 고파 어찌 할 수 없을 때엔 어느 제삿댁들이나 찾아오듯, 다시 그 할멈들의 함지 앞으로 어슬렁어슬렁 나타났고 또 할멈들도

"저놈의 첨지, 공을 모르는 첨지, 빌어먹어 싼 첨지."

하고 욕을 퍼붓다가도 마수걸이[10]만 아니면 우동 그릇, 인절미 개를[11] 김칫국 해서 먹이곤 했다. 그 중에서도 떡장수 할멈은 몇 해 전에 소장사를 나가 죽은 자기 영감 생각을 하고 늘 고맙게 굴었고, 또 도야지고기 장수 할멈은 아들에게서 온 편지 피봉[12]을 내어 보이고 안 영감이 자기 아들의 이름과 사는 데를 알아맞히니까 글을 아는 사람이라 하여 가끔 도야지족과 순댓점으로 우대하였다.

안 영감은 비나 몹시 쏟아지어 이 장수 할멈들이 하나도 나와 있지 않는 날이면 그날이 그야말로 사는가 싶지 못한 쓸쓸한 날이었다. 빗물 뛰는 창고 처마 밑에 홀로 쭈크리고 앉아, 운무(雲霧) 속에 아득한 바다만 내어다볼 때는 종일 눈물이 멎지 않았다. 더구나 저녁때 두부 장수들이 삐이삐이 하고 지나가는 나팔 소리를 들을 때면 몸부림을 치고 싶게 의탁할 곳이 없는 것이 서러웠다. 그러나 그런 날이라도 미리 주워 두었던 담배 깜부기[13]만 넉넉하면 한결 그것이 벗이 되었다.

10 하루 중 첫번째로 물건을 파는 일.
11 몇 개를.
12 皮封. 겉봉.
13 '꽁초'의 방언.

날이 들면 안 영감은 청천백일[14]을 자기 혼자 보는 듯싶었다. 부리나케 관다리[15] 위로 올라와서 대여섯 객줏집 부엌만 거쳐 나오면 하루쯤 굶었던 배는 이내 숨이 가쁘리만치 불러 올랐다. 배만 불러 오르면 기선 소리가 날 때까지는 딸의 생각도 그리 아쉬운 것은 아니었다. 어떤 때는 혹시 뉘 집 부엌에서 고깃국물이나 얻어 마시고 나서면서는 흐릿하게나마 '딸에게 얹혀살면 이런 부잣집처럼 고깃국이야 먹여 줄라구' 하는 생각, '뭇따래기[16] 먹던 턱찌꺼기[17]나마 남의 집 음식이니까 맛이 있지' 하는 생각이 좀처럼 그를 비관하게는 하지 않았다. 또 원산은 자기 고향 안변 따위에 대이면 비길 수 없이 넓고 장한 곳이었다. 밤낮 돌아다니어도 구경거리가 끊이지 않았다. 무슨 광고가 돌면 그것도 다리가 아프도록 쫓아다녀 보고 싸움이 나면 싸움 구경, 불이 나면 불구경, 누가 오래 있다고 찾을 사람도 없고, 내 집이나 내 사람이 있는 곳이 아니니 불이 난들, 싸움이 난들 무서울 것이 없이 그저 구경거리였다.

이런 구경이 없을 때엔 정거장으로 가서 담배 깜부기를 주워 모으는 맛도 좋고, 그렇지 않으면 해변으로 나가 남들이 고기 잡는 것, 게 잡는 것을 구경하는 것도 한가한 소일거리였다. 어떤 때는 철로 길로도 오 리씩, 십 리씩 다니었다. 혹 그새 배가 들어오지나 않을까 하고 걱정하면서도 뜨거운 철로 길을 가는 줄 모르게 십 리씩은 가곤 하였다. 그것은 차에서 내어버린 찻주전자나 사이다병, 삐루[18]병 같은 것을 줍는 재미였다. 사이다병이나 삐루병은 엿장수가 받았고 찻주전자 같은 것은 모양만 예쁘면 간장 주전자로 쓰노라고 장수 할멈들이 받아 주었다.

안 영감은 자기가 주운 것을 모조리 내어놓지는 않았다. 그중에 제일

14 靑天白日. 맑은 하늘에 뜬 해.
15 관거리에 있는 다리.
16 어중이떠중이.
17 먹다 남은 음식.
18 '맥주'를 뜻하는 일본말. 네덜란드어 'bier'에서 변한 말이다.

예쁘게 생긴 찻주전자 하나와 사기 뚜껑이 달린 정종병 하나는 늘 꽁무니에 차고 다니었다. 장수 할멈들이

"그건 뭘 할라고?"

하고 물으면 씩 웃으며

"딸 줄라고."

하였다.

안 영감은 구경 중에 말광대[19] 구경과 낚시질 구경을 제일 즐기었다. 말광대가 오면 일주일이면 일주일, 이 주일이면 이 주일 동안 밥만 얻어먹으면 밤낮을 그 앞에 가서 살았다. 곡조를 알 리 없건만 또 무엇에서 나는 소린지 알 리 없건만 처량한 듯한 그 음악이 듣기 좋고, 밖에 섰는 사람들을 홀리노라고 이따금 한 번씩 휘장을 열어 보일 때 순간순간이나마 공구경[20]을 하는 재미가 좋았다. 그러다가 말광대가 훌쩍 떠나가면 안 영감은 눈물이 날 듯 자기도 그들과 한패로 다니다가 저만 떨어진 것처럼 섭섭하기 한이 없었다.

그러나 말광대는 어쩌다 한때 있는 것, 낚시질은 봄부터 가을까지 언제든지 있는 것이었다. 어떤 때는 자기 자신이 낚시질이나 나오는 것처럼 여러 집 상에서 긁어모은 고추장을 그 딸 준다는 찻주전자에 넣어 가지고, 흰밥과 팥밥덩이를 한데 신문지에 싸 끼고 해변으로 어슬렁거리고 나왔다.

낚시질꾼들은 일본 사람이 많았다. 왜 그런지 일본 사람 곁에 앉아 구경하기에는 마음이 턱 놓이지가 않아 조선 사람 곁으로 간다. 조선 사람은 어른이 적고 늘 아이들이었다. 아이들은 어른보다 짐작이 서툴러 낚시를 적당한 기회에 채이지 못하기 때문에 빈 낚시가 자주 나왔다. 보다가 딱하면 안 영감은 자기 자식이나 나무라듯 소리를 질렀다.

19 말을 타고 재주 부리는 광대.

20 공짜 구경.

"어째 저런 때 채지 않능야?… 체! 고기가 너르 잡겠다."

이런 소리가 두어 번 거퍼지면[21] 아이들은 안 영감을 흘겨보았다. 나중엔 안 영감이 일어서지 않으면 아이들이 다른 데로 낚시터를 옮기었다. 안 영감은 남이 헛낚시를 채일 때마다 낚시질을 자기가 한번 해 봤으면 싶었다. 자기가 하면 한 번도 헛낚시가 없이 번번이 고기가 나올 것 같았다.

그래 이 크지 않은 욕망을 이루어 보려던 것이 그만 어떤 일본 사람 가게 앞에서 낚싯대 도적으로 붙들린 것이었다. 그리고 그때 마침 안 영감이 빰깨나 좋이 맞을 것을 면하노라고 원산서 자선가로 유명한 B서양 부인의 눈이 이내 그 곳에 머무르게 되었고, 따라서 화전위복(禍轉爲福)[22]이라 할까, 안 영감은 B부인의 계획 중인 장래 양로원에 수용될 사람으로 따라가게 된 것이었다.

B부인 집 과수원 옆에 임시로 지어 놓은 단칸 함석집 안에는 안 영감보다 먼저 들어 있는 두 늙은이가 있었다. 하나는 안 영감보다 칠 년이나 위인 해수병쟁이[23]요, 하나는 나인 오십밖에 안 되었어도 청맹과니[24]였다.

안 영감은 처음 B부인을 따라나설 때에는

"이제야 팔자를 고치나 보다."

했으나 이 두 동료를 발견할 때 이내 정이 떨어졌다. 더구나 여러 가지 규칙이 있었다. 몇 시에 자고 몇 시에 일어날 것, 방과 뜰을 차례로 소제[25]할 것, 이를 닦을 것, 옷에 이를 잡을 것, B부인을 따라 예배당에 갔다 오는 외에는 일체 외출을 못할 것, 담배와 술을 먹지 못할 것, 실과

21 거듭되면.
22 전화위복(轉禍爲福).
23 咳嗽病--. 기침을 심하게 하는 병에 걸린 환자.
24 靑盲--. 겉으론 눈이 멀쩡해 보이나 시력을 잃은 사람.
25 掃除. 청소.

나무와 꽃나무에 손을 대이지 못할 것, 동료 간에 서로 동정하고 더욱 눈먼 사람은 도와만 줄 것, 틈틈이 성경책을 볼 것 등 정신이 얼떨떨하리만치 기억해야 될 일이 많았다.

안 영감은 이내 이 규칙을 범하였다. 낮에는 청맹과니 영감과 반찬 그릇을 손으로 더듬는다고 소리를 지르며 싸웠고, 밤에는 해수병쟁이 영감더러

"밤새도록 기침을 당나귀처럼 하니 옆에서 언제 자고 언제 제시간에 일어나느냐."

고 목침을 던지며 싸웠다. 게다가 어디서 주웠는지 담배 깜부기를 피다 두 번이나 들키었다. 그래서 안 영감은 자주 B부인에게 불려 가 문책을 당하였다.

하루는 B부인이 같은 서양 부인 하나를 데리고 나와서 무어라고 한참 저희끼리 지껄이더니 나중에 조선말로

"이 부인은 상해서 오셨는데 당신들 위해 돈 오십 원을 주셨소…. 고맙습니다 해야지."

하였다.

안 영감은 솔선하여 허리를 굽히고 고개를 꺼떡꺼떡하여 치하하는 뜻을 표하였다. 그리고 그날 종일, 그 이튿날 종일 B부인이 그 돈 오십 원을 가지고 나와 자기네 세 사람에게 노나주려니 하고 기다렸다. 나중에는 기다리다 못해 B부인 집 하인에게 물어 봤더니 하인은 무릎을 치며 웃었다.

"당신 돈 가지면 무얼 하겠소?"

"산 사람이 돈으 쓸 데 없을라구."

"글쎄, 이 안에서 어따 돈을 쓰오?"

안 영감은 한참 만에 대답이라기보다 혼잣말처럼 중얼거리었다.

"앙잉게 앙이라 이 안에사 죽은 목숨이지! 죽는 날이나 기다리고 있능 게지!"

이날부터 안 영감은 더욱 바깥이 그리워졌다. 단념하려던 딸의 생각도 불이 일 듯 몸을 달게 하였다.

"정으칠[26], 그 동안에 딸이 배에서 내렸는지 뉘 아나!"

하고 B부인에게 와 있는 것이 생각할수록 후회되었다. 더구나 조석으로 찬 없는 밥상을 마주 앉을 때마다 밥값이나 내고 먹는 것처럼 쩔게[27] 투정이 나서 자기도 '이래 가지고는 못 견디겠다'는 각오를 했다.

"남의 신세로 얻어먹고 살 바엔 마음대로 이런 것 저런 것 골고루나 얻어먹어 봐야지! 또 사람이란 게 문견이 넓어야 쓰는 것인데 이 속에서야 무얼 보고 들을 수가 있나 원!"

하고 다시금 한탄하였다. 그중에도 담배 피우고 싶은 것을 참을 때에는 흰 머리털이 한 오리씩, 이마 주름이 한 금씩 느는 것처럼 속이 조이었다. 그러나 어서 바깥 세상에 나가 그 어떤 객줏집에 가면 흔히 얻어먹어 보던 대합 넣고 끓인 미역국과, 그 어시장 앞에 늘어앉은 사람 좋은 할멈들에게 가서 인절미에 우동에 순댓점을 얻어먹기만 하면 여기 와 늙은 것쯤은 곧 회복될 것만 같았다.

어느 날 저녁, B부인 집에 온 지 이럭저럭 달포가 지나 어느덧 가을 기운이 소슬한 달밤이었다. 안 영감은 자리에 누웠다가 문득 바람결에 흘러오는 무슨 음악 소리에 귀를 목침에서 들었다. 귀를 밝히니 옆의 사람들의 코고는 소리에 목침을 집어 내던지고 밖으로 나왔다. 나와 보니 불 밝은 거리에서 멀리 흘러오는 처량한 듯한 그 음악 소리는 언젠가 한때 귀에 배었던 말광대 노는 소리가 틀리지 않았다. 안 영감은 저도 모르게 어깨가 으쓱하였다.

"저기르 못 나가? 체! 나갔다 다시 앙이 오문 그망이지, 누그르 어쩔

26 정칠. 경칠.
27 '반찬'의 방언.

테야….”

안 영감은 한참 서서 망설이다가 우수수하는 바람 소리에 사과나무 켠을 돌아다보았다. 사과 생각이 났다.

“사과르 따지 마라! 떨어진 것도 손으 대지 마라, 체….”

안 영감은 누구와 싸울 듯이 바쁜 걸음으로 사과나무 밑으로 갔다. 그리고 달빛에 주먹 같은 것이 주렁주렁 늘어진 것을 더듬더듬 만져 보고 굵은 놈으로만 먹히는 대로 땄다. 한참 만에 목을 길게 빼고 꺼르륵하고 트림을 하며 다시 방으로 들어오니 방의 사람들은 여전히 코만 골았다. 아직 초저녁이라 해수병쟁이 늙은이도 조용히 첫잠을 자고 있었다. 안 영감은 발소리를 조심하여 그래도 제 물건이랍시고 시렁 위에 간직하였던 그 사기 뚜껑 달린 정종병과 찻주전자를 내려 허리띠에 찼다. 그리고 방을 나서기 전에 다시 한번 잠든 두 늙은이를 내려다볼 때, 안 영감은 평소엔 밉기만 하던 그들에게 새삼스럽게 옚지 않은 정분을 느끼는 듯 섭섭하여 얼른 문고리가 잡히지 않았다.

‘저것들이 송장이 앙이구 무스겐고?’

이렇게 속으로 측은해하며 그들을 위해 가장 큰 선심이나 쓰는 듯이 문 밖에 나서는 길로 다시 사과밭으로 가서 굵은 것만 여남은 알 따다 그들의 방문 앞에 놓아 주었다. 그리고 다시 한번 그들을 문틈으로 엿본 후 표연히 걸음을 옮기었다.

초가을이라 하여도 밤 옷깃을 치는 바람이 더구나 늙은 품에는 얼음쪽같이 찬 것이었으나 안 영감은 흘러오는 곡마단 음악 소리에 신이 나는 듯 낮지 않은 B부인 집 담장을 그리 힘들이지 않고 뛰어넘었다.

1933년 8월.

『신동아』, 1933. 9; 『달밤』, 1934; 『이태준단편선(李泰俊短篇選)』, 박문서관(博文書館), 1939; 『복덕방』, 1947.

어떤 날 새벽

쿵.

무엇인지 안마당에서 이렇게 땅을 울리는 소리가 나는 것을 나만 들은 것이 아니었다.

아내도 눈을 뻔쩍 뜨더니 베개에서 머리를 들었다.

"무에 쿵 했지?"

"가만…."

아내는 놀란 눈을 껌벅거리며 바깥을 엿들었다.

둘이 똑같이 듣고 잠을 깨었을 때엔 분명히 꿈은 아니다. 나는 머리맡에서 시계를 집어 보았다. 그때는 새벽 네시 십분이었다.

아내는 그새 또 무슨 소리를 들었다. 그는 얼굴이 백지장처럼 해쓱해지며 나의 허리를 허둥허둥 넘어서 아랫목으로 내려가 박혔다. 그리고 내 손에서 시계를 집어다 이불 속에 넣으며 겨우 내 귀에 들리리만치

"도적놈야 도적놈."

하고는 얼굴을 이불 속에 감추었다.

그때에 내 귀에도 완연히 묵직한 우람스런 신발이 마루 끝을 우쩍 디디고 올라서는 소리가 들렸다.

'도적놈!'

그는 또 잠잠하였다. 아마 한 발만 올려 디딘 채 마루 위에 세간을 살피는 것 같았다. 그러더니 한참 만에야 또 우쩍 하고 마저 한 발을 올려놓는 것 같았다. 그리고

뿌드득.

뿌드득.

아마 신발에 눈이 묻은 듯 그는 조심성스럽게 발소리를 삼가며, 마룻방으로 되어 있는 윗방 문 앞으로 가더니 다시 까딱 소리가 없다.

그것은 마루방 문이 조용히 다루기 힘드는 유리창임에 낭패한 듯하였다.

한 이 분 동안이나 그렇게 쥐죽은 듯이 서 있던 그는 유리창에는 손도 대어 보지 않고 '이왕 사람을 깨워 놓을 바에는, 즉 강도질을 할 바에는' 하고 용기를 얻었음인지 불이 켜 있는 우리 방 앞으로 뿌드득뿌드득 다가왔다. 이번에는 서슴지 않고 덧문 고리를 꼭 잡는 소리가 났다. 그리고 지그시 힘을 들여 당겨 보더니 안으로 걸린 고리가 떡 하고 문설주에 맞히는 것을 알고는 슬며시 놓는 소리까지 소상히 났다.

이번에는 어찌할 셈일까. 윗방 유리창문은 걸려 있지 않았다. 윗방과 우리 방과는 장지문으로 칸을 막았으니, 그가 윗방의 유리창만 한번 밀어 보는 날이면 우리는 별수 없이 이 무서운 밤사람과 대면하지 않을 수 없는 운명에 있는 것이다.

그는 덧문 고리를 놓은 후 방안을 엿듣는 모양인지 꼼짝도 하지 않고 서 있었다. 그러나 우리 귀에는 그의 세찬 숨소리가 사뭇 바람처럼 문풍지를 울리고 있었다. 그리고 그 불덩어리 같은 시뻘건 누깔[1]이 어느 틈으론지 우리를 노리고 있는 것만 같아서 문을 바로 쳐다볼 용기가 없었다. 어서 무슨 소리라도 났으면 하고 숨도 크게 못 쉬고 있노라니까 쿵 하고 마루를 내려서는 소리가 났다.

"내려섰지?"

이불 속에서도 들은 아내가 물었으나 나는 작은 말조차 옮겨지지 않았다.

저 녀석이 들어올 때에는 담을 넘어 들어오기가 쉬웠지만, 나갈 때에는 어떻게 나가나 하고 우리의 귀는 그의 발밑에 깔리다시피 그의 발소

1 '눈깔'의 방언.

리만 지키고 있었다.

그랬더니 웬걸! 그는 무슨 생각이 들어갔던지 제법 툇돌 위에다 쿵쿵 눈을 털더니 덤뻑 마루 위에 다시 올라섰다.

어느 틈에 마루방 유리창이 드르르 열리었다.

나는 그제야 번개같이 나도 모르는 힘에 뻘떡 일어났다.

그러나 옷도 집어올 새 없이 장지문이 쫙 열리었다.

"이놈! 꼼짝하면⋯."

그는 이렇게 위협하며 눈투성이 된 발 하나를 우리 방에 썩 들여 놓았다.

"이놈⋯."

그는 방안을 휙 둘러보더니 시꺼먼 외투 품속에서 날이 번쩍하고 빛나는 단도를 뽑아들었다.

그러나 이 순간, 누구나 질겁을 하고 눈을 뒤집어써야 할 위급한 순간에 있어 나는 오히려 정신을 가다듬을 만치 아까의 겁과 아까의 긴장을 풀어뜨리고 말았다.

강도? 쿵 하고 마당에 들어서던 그 강도, 우쩍우쩍 마루청이 빠질 듯한 육중한 발을 가지고 이 툇마루에서 거닐던, 그 숨소리가 바람처럼 문풍지를 흔들던, 그 우람하고 감때사나운[2] 강도는 어디로 가고 뜻밖에 사람이 들어선 것 같았다.

그는 칼을 들었으나 어딘지 성경책이나 들어야 어울릴 사람처럼 보면 볼수록 인후한 인상밖에 주지 못하는 위인이었기 때문이다. 그는 너무도 우리의 상상과 어그러지는 인물이었다. 그는 복면도 하지 않았다. 그의 써늘한 눈방울엔 살기도 들어 있지 않았다.

"너도 구차한 살림인 걸 알았다. 시재[3]만 있는 대로 털어⋯."

2 억세고 사나운.
3 지금 가진 돈이나 곡식.

나는 머리맡 경대 서랍에서 아내가 맡아 가지고 쓰던 지갑을 집어내었다. 그 속에는 얼마가 들었는지도 나는 몰랐으나 돈 소리가 나기는 하였다. 지갑째 그에게 준즉, 그는 냉큼 받아서 지갑 속을 뒤지더니 일 원 한 장을 집어내었다. 그리고 다시 불 밑에 갖다 대고 절렁거리며 들여다보더니, 그대로 이불 위에 탁 내어던지고는 뒷걸음을 쳐서 성큼 마루방으로 올라섰다. 그리고 칼을 집어넣고 회중전등을 내어 마루방을 한 바퀴 돌아보더니 그대로 쏜살같이 바깥으로 나갔다.

그리고 그는 버젓이 삐걱 소리 나는 대문을 열고 나가 버렸다.

"아 아니, 그이 이마 자세 못 봤수?"

이불 속에서 땀에서 젖어 나오는 아내는 왕청같은 말을 물었다.

"그이라니?"

"아휴, 십 년 살 건 감수했네. 그런데 꼭 그이야…."

"그게 무슨 소리요? 그이라니?"

우리는, 눈이 쌓여서 마당이 훤하긴 하였으나 컴컴한 대문간에 나가기가 싫어서 마루방 유리창만 닫아걸고 그자가 섰던 자리에 눈 녹은 물을 훔치고는 다시 자리에 드러누웠다. 그리고 아내는

"정말 그인지는 몰라두 아무튼지 꼭 그이 같애."

하면서 아래와 같이 '그이'를 이야기하였다.

이 '그이'라는 윤(尹) 모(某)는 황해도 어느 산읍 사람이었다. 그가 나의 아내가 다닌 소학교(강원도 C군에 있는) 신흥학교에 오기는 지금으로부터 육칠 년 전, 나의 아내가 육학년이 되던 첫 학기였다고 한다.

그때 신흥학교에는 교원이라야 그 동리에서 일없이 노는 졸업생 몇 사람과, 신경쇠약으로 정양 삼아 교장 집에 와 묵고 있던 일본 어느 여자전문에 학적을 두었다는 서울 여자 한 분과 이 윤 선생뿐이었다. 그중에서도 졸업생들이라야 교편을 잡기에는 원체 상식으로 부족할 뿐 아니라, 어느 면소[4]에 서기 한 자리만 비었다는 소문이 와도 제각기 이

력서를 써 가지고는 달아나는 무열성이었고, 여선생이라야 그야말로 시간을 하다 말고라도 휙 떠나가면 고만인 교장 집 손님에 불과하였다. 더구나 교장이 없었다. 설립자요 교주인 교장은 기미년 이후부터 감옥에 가 있었다. 윤 선생은 신흥학교가 이와 같은 비운에 빠져 있는 것을 아주 모르고 온 것은 아닌 것 같았다고 한다.

학교는 지은 지가 오래고 거두는 사람이 없어서 눈 녹는 물이 교실마다 새었다. 그 중에도 어떤 반은 비가 오는 날이면 방 안에서 우산을 받을 지경이었으므로 날만 흐리는 것을 보아도 쉬는 시간도 없이 공부를 몰아치는 형편이었다.

그러나 이것을 본 졸업생들이나 학부형들이나 모두 자기 집 아랫목만 비가 새지 않는 것을 다행히 알 뿐이었었다.

윤 선생이 와서 일 학기가 지났다. 여름방학이 된 이튿날부터 윤 선생은 새벽조반을 지어먹고 점심을 싸 가지고 어디론지 나갔다가 어두워야 돌아오곤 하였다. 며칠 후에 이렇게 소문이 났다.

'윤 선생은 학교에서 생기는 것이 없으니까, 고향에 있는 자기 어머니에게 부치려 수리조합[5] 공사에 품팔이를 다닌다는, 윤 선생은 효자라는.'

과연 윤 선생은 골을 동이고[6] 수리조합 봇둑을 쌓는 데 가서 모군[7] 일을 하였다. 불덩어리 같은 돌멩이도 져 나르고 물이 흐르는 진흙 짐도 졌다.

윤 선생은 이 일을 만 한 달 동안 하였다. 두 번 간조[8]에 삼십여 원을 타 가지고 그는 읍으로 들어갔다.

4 面所. '면사무소'의 준말.
5 水利組合. 일제가 산미증식의 일환으로 설치한, 농지 관개용 저수지, 제방 등의 관련사업을 하는 조합.
6 머리를 끈으로 둘러 묶고.
7 募軍. 모군꾼. 잡역부. 공사판에서 삯을 받고 일하는 사람.
8 勘定. '계산', '셈'을 뜻하는 일본말.

그러나 그것은 소문과 같이 자기의 늙은 어머니에게 돈을 부치려 우편국을 찾아간 것은 아니었었다. 그는 철물점에 가서 함석을 사고 못을 샀다. 그것을 자기 등에 지고 십 리를 꾸벅꾸벅 나왔다.

물론 그 후부터 신흥학교는 비가 새어 공부를 못하게 되지는 않았다.

그 해 겨울이 왔다. 산골이므로 학부형들이 장작은 대었으나 난로가 모자랐다. 삼사학년을 한데 모으고 오륙학년을 한데 모아도 난로가 모자랐다.

동짓머리 제일 추운 때가 왔다. 윤 선생은 자기가 담임하여 가르치던 오륙학년에 일주일 동안 재가(在家) 복습을 주었다. 그리고 그날부터 윤 선생은 자기 아내에게도 자세히 이르지 않고 어디로인지 없어지고 말았다.

일주일째 되는 날 오후였다. 집으로 돌아가던 학생들은 읍길에서 윤 선생을 발견하였다. 윤 선생은 짐꾼에게 난로 하나를 지워 가지고 타박타박 따라오고 있었다. 참말 그때 윤 선생은 오륙십 된 노인처럼 다리에 힘이 없어 타박거리었다. 학생들은 그때와 같이 피곤한 윤 선생을 본 적이 없었다. 그러나 무심한 어린 학생들은 그 윤 선생이 푹 눌러쓴 방한모 속에 피 묻은 붕대가 감겨 있는 것은 발견하지 못하였다.

윤 선생은 짐꾼에게 학교를 가리키고 자기는 바로 집으로 와서 그 추운 날 냉수부터 찾으며 쓰러지고 말았다.

이마에는 끌에 찍힌 것처럼 가죽이 뚫어졌다. 두 손바닥에는 밤톨만큼씩 한 못이 박히고 손등이 성한 데가 없이 터져 있었다. 그리고 몸이 불덩어리처럼 뜨거웠다.

어디서 무슨 고역을 하고 왔을까?

어쩌다가 이마를 다쳤을까?

윤 선생은 결코 말을 하지 않았다.

"선생님. 난로 어디서 났어요?"

학생들이 물어도

"응, 그거 내가 사 왔지. 새게 돼서 좋지?"
하고, 더 물으면 다른 말을 하였다.

그러나 동리 사람들은 며칠이 안 돼서 소문을 들었다. 읍에서 멀지 않은 곳에서 금강산 가는 전찻길을 닦느라고 산 허무는 일터가 있는데, 윤 선생이 거기 와 일을 하다가 엿새째 되는 날엔 남포[9]에 터져 나가는 돌조각에 맞아 이마가 뚫어졌다는 것과, 삯전 육 원과 치료비 삼 원을 탔다는 것까지.

그 후로는 윤 선생은 학교를 위하여선 몸으로나 마음으로나 자기를 아끼지 않았다. '어떻게 하여서든지 교장이 나오는 날까지는' 하고 전심 전력하였다.

그러나 신흥학교의 운명은 윤 선생의 노력 여하에 달린 것은 아니었다. 이미 결정된 때가 있었고 결정한 곳이 있었다. 신흥학교는 자격 있는 교원 세 사람 이상을 쓰지 못한 지가 오래다. 해마다 새로 나는 교비품(校備品)을 장만하지 못하는 지가 오래다. 윤 선생은 졸업생들을 찾아다니고 청년회원들을 찾아다니고 경찰서와 군청을 드나들며 '신흥학교 후원회'를 조직하였다. 그리고 기부금 허가원을 제출하였다. 그러나 이 신흥학교에는 기부금 허가 대신에 '학교를 유지할 재원이 없는 것을 인정한다'는 이유로 학교 허가 철회와 해산 처분이 내리고 말았다.

윤 선생은 눈이 뒤집히어 군청으로 달려 들어갔다. 그러나 윤 선생의 열성을 안 곳이 있으랴. 그날 밤 학교 가까이 있는 사람들은 모두 첫잠을 울음소리에 놀라 깨었다. 그것은 윤 선생이 술에 취해서 학교 마루청을 두드리며 우는 소리였었다.

그 이튿날 아침엔 윤 선생이 미쳤다는 소문이 퍼졌다.

그것은 윤 선생이 학교 마당에 서서 십 리, 이십 리 밖에서 멋모르고 모여드는 학생들에게 마치 채마[10]밭에 들어간 닭이나 개를 쫓듯이, 조

9 도화선이 있는 다이너마이트.

약돌을 집어 가지고 팔매질을 하여 쫓아 보낸 것이다.

윤 선생은 자기도 그날로 아내와 젖먹이 딸을 데리고 그 동리를 떠나가고 말았다는 것이다.

"그래 꼭 그 사람입디까?"

"글쎄 말야, 말소리가 익으니까 이불 속에서 잠깐 몰래 보기는 했지만…. 꼭 그이 같애. 그러니 윤 선생님이 어쩌면 강도질을…."

이때다. 밖에서

"도적놈야."

"저놈 잡어라."

"이놈…."

"도적놈…."

하는 여러 사람들의 아우성이 났다. 그리고 쿵쿵쿵 하고 달음질치는 소리가 몰려오더니 바로 우리 방 들창 밑에서 꽝 하고 나가떨어지는 소리가 나자

"이놈!"

"아이쿠!"

하는 소리가 났다.

우리는 어느 틈에 들창을 열어제꼈다. 벌써 날은 새었다. 눈이 한 자 깊이나 쌓인 길바닥에 한 사람이 자빠진 것을 세 사람이 둘러쌌다. 이 세 사람 패는 모두 자다가 뛰어나온 속옷 바람들로 한 사람은 자빠진 녀석의 머리를 끄들어[11] 쥐고 담벼락에 짓찧으며, 한 사람은 팔을 비틀어 쥐고 다른 한 사람은 한 걸음씩 물러섰나 달려들며 곧은 발길[12]로 앙가

10 菜麻. 채소.

11 잡아당겨. '꺼들어'의 방언.

12 직선으로 내뻗는 발길. 곧은 발질.

슴과 넓적다리를 들이지른다[13]. 벌써 자빠진 녀석은 코피가 터져 나오고 발길이 들어갈 때마다 킥킥 하고 사지를 뒤틀었다.

그는 틀림이 없었다. 자빠져 맞는 그는 아까 우리 방에 들어왔던 강도가 틀리지 않았고, 또 여태 우리가 이야기한 그이, 윤 선생이 틀리지 않았다.

"여보, 저 이마에 흠집을 봐요, 윤 선생이에요. 좀 나가 말려요. 저런… 저런…."

나는 옷을 주워 입었다. 그리고 조금 전에 그가 열어놓고 나간 대문을 나섰다.

그러나 그는 도적이었었다. 그는 벌써 도적이 밟을 길을 걸어가고 있었다. 멱살을 잡히고 머리털을 잡히고 팔을 잡히고, 그리고 어느 틈에 이 집 저 집서 몽둥이를 들고 뛰어나온 사람들의 우락부락한 경계(警戒)에 싸여 큰 행길로 끌려 나가고 있었다.

그가 붙들린 자리는 마치 미친개를 때려잡은 자리 같았다. 발등이 덮이는 눈 위에 몽둥이들을 끌고 모여든 자리며, 더구나 그의 코피가 여기저기 떨어져 번진 것은 보기에도 처참하였다.

나는 금세 아내에게서 들은 그의 교원 생활을 생각하고 망연히 그 자리를 바라보고 섰노라니까, 아까 그 세 사람 패 중에 한 사람이 헐레벌떡거리고 다시 이리로 왔다. 그리고 이리저리 두리번거리더니 도랑 속에서 검은 나카오리 하나를 집어내더니 묻지도 않는 것을 씨근거리며 설명하여 주었다.

"이게 그놈 모자죠. 아, 우리는, 우리는 요 앞 자동차부에 있는 사람들인데, 글쎄 우리가 자는 방엘 들어와서 철궤를 들구 달아나니 하마터면 우리가 주인한테 도적놈 될 뻔하지 않었나요…. 지금 순살 불러댔죠. 아, 죽일 놈 같으니…."

13 세게 지른다.

그는 굉장히 신이 나서 그 나카오리를 헌신짝처럼 꾸겨 들고 우쭐렁거리며[14] 달아났다.

6월 25일.

『신소설(新小說)』, 건설사(建設社), 1930. 9; 『달밤』, 1934; 『복덕방』, 1947.

14 '우쭐거리며'의 방언.

코스모스 이야기

흔히 거죽이 아름다우면 속알[1]이 아름답지 못한 것이 사람이라 한다. 사람 중에도 여자는 더욱 그렇다고들 한다.

어떤 사람은 명옥이가 어진 남편을 배반한 것도 명옥이의 외모가 곱기 때문에 교만에서 나온 짓이라 하였다.

얼굴이 고우면 마음이 모질다. 일리도 있는 말이겠지만 명옥이에겐 당치 않은 말이었다. 명옥이는 얼굴만 아름답지 않았다. 그와 지내보는 사람은 누구나 그의 뜻갈[2]을 못 잊어했다. 그가 자라는 동안 그의 집엔 여러 식모 안잠자기[3]가 들어났지만[4], 어느 식모, 어느 안잠자기 하나 명옥을 얄밉다거나 눈 한번 흘겨본 일이 없었다 한다.

"우리 댁 명옥이 아가씨 같은 색시는 없어…."

이렇게 하인마다 명옥을 칭찬하였다.

학교에서도 그랬다. 학교 안에서 제일 이쁜 애가 '최명옥'이요, 학교 안에서 제일 얌전한 애가 역시 '최명옥'이었다 한다.

이만치 명옥이는 외모가 아름다웠다.

이만치 명옥이는 심덕(心德)이 착했다.

이런 명옥이가 왜 시집에서 달아났는가?

이런 명옥이에게 왜 세상은 화평한 생활을 주지 않았는가?

나는 이 점에서 명옥이 이야기를 써 보고 싶다.

1 '알맹이'의 방언. 마음.
2 마음씨.
3 남의 집에서 먹고 자며 일을 돕는 여자.
4 드나들었지만.

아름다운 몸과 아름다운 혼과 아름다운 청춘의 향기를 지닌 명옥이에겐 정열에 불타는 젊은 남자들의 화경(火鏡) 같은 눈알이 사방에서 번뜩이었다. 혹은 아름다운 사연을 적어 편지로 그의 사랑을 낚으려 하였고, 혹은 명옥의 선생을 통하여 또 직접 명옥의 부모를 통하여 청혼도 하여 보았다. 그리고 길에서, 전차에서 쓸쓸한 노력을 하는 무리들은 수가 없었다.

그러나 명옥의 가슴속에 희미하게나마 제 그림자를 세워 보는 사람은 다만 한 사람밖에 없었으니, 그 사람은 명옥이에게 편지한 사람도 아니요, 중매를 보낸 사람도 아니요, 한번이나 명옥의 뒤를 따라 본 사람도 아니다.

명옥이가 중학 다닐 때, 현정자라는 동무가 있었다. 시골서 와서 자기 오빠와 셋방을 얻고 있던 학생인데, 흔히 점심을 못 가지고 왔다. 여행 같은 것을 가면 으레 차비가 없어 빠졌다. 명옥이는 가끔 그 동무를 데리고 집에 와 맛난 것을 같이 먹었다. 그러는 동안 부모 없는 정자는 아버지처럼, 어머니처럼 믿고 사는 오빠 이야기를 명옥이에게 가끔 들려주었다.

"너희 오빠가 몇 살인데 저도 고학하면서 너까지 벌어 먹이니?"

"나보다 네 살 우야…. 그리게 새벽에 나가 우유 돌으고, 저녁이면 서양집에 가 그릇 부시고[5] 그리고도 공일날[6]은 막일까지 다닌단다."

"막일이 뭐냐?"

"노동자들 하는 일 말야, 왜 요즘 개천에 돌 쌓지 않던…. 그런 일도 다닌단다."

"그럼, 공부는 어떻게 되니?"

"그래도 우리 오빤 언제든지 평균 팔십 이상이야."

5 깨끗이 씻고.
6 空日-. 일하지 않고 쉬는 날. 일요일.

"어쩌면!"

명옥이는 정자에게서 그의 오빠 이야기를 들을 때마다 무슨 영웅의 이야기처럼 감격해 하였다. 이름이 현홍구라는 정자의 오빠를 한번 보았으면도 하였다.

한번은 정자가 이틀이나 결석하였다. 명옥이가 무슨 일인가 하고 처음으로 정자네 집을 찾아가니 정자는 명옥이를 보자 눈물이 그렁그렁하여 내달으며 말을 잘 이루지 못했다.

"정자야, 왜 어디 아펐니?"

"아니, 오빠가 앓어…."

"어딜?"

정자는 얼른 설명하지 않았다. 명옥이가 몇 번이나 달래서 물으니, 자기 오빠가 지난 공일날도 개천 일을 하다 유리가 발바닥에 들어갔다 한다. 들어간 유리는 병원에 가 빼냈으나 앞으로 세 주일 동안은 누워 있어야 낫겠다는 것이었다.

"세 주일 동안 먹을 것 있니?"

정자는 말은 없이 떨어뜨린 얼굴을 좌우로 흔들었다.

"너 왜 나한테까지 무얼 부끄러워하니?"

명옥이는 처음으로 가난한 사람의 우울을 느끼어도 보고, 절박한 불행을 눈앞에 보기도 했다.

'왜 사람에겐 빈부의 차가 있을까? 부모가 일즉 죽고 안 죽는 것은 사람의 마음대로 못하는 것이겠지만, 돈 모아 부자가 되는 것은 사람의 힘으로 될 터인데….'

이것은 정자의 슬픔을 보고 돌아오는 명옥의 의문이요, 탄식이었다.

명옥은 집에 오는 길로 어머니에게 성화하여 쌀 몇 말을 정자에게 보내 주었다. 그리고 아버지에게 여러 번 정자의 사정을 이야기하고, 정자만이라도 집에 와서 같이 있으며 학교에 다니게 애원하여 허락을 받았다.

그러나 정자는

"오빠에게 말했더니 고맙기는 하나 내 발이 다 나었으니까 남의 신세를 더 질 필요가 없다 하고 못 가게 해."

하고 서글퍼하였다.

명옥이도 서글펐다. 자기가 정자의 오빠를 만나 보고 졸라 보고도 싶었다. 그래서 한번은 학교에서 바로 정자를 자기 집으로 데리고 왔다.

"너희 오빠가 찾어오면 내 말하마."

그러나 정말 그날 저녁 홍구가 정자를 찾아왔을 때는 명옥은 혼자 나가지 못했다. 어머니를 앞세우고 그나마 한번 보았으면 하던 그 사람이 왔길래 어머니 그늘에 숨어 따라 나갔다.

홍구는 명옥이가 생각하던 것처럼 그렇게 어른답게 숙성한 사람은 아니었다. 여태 어딘지 "홍구야" "명옥아" 하고 서로 장난하고 놀고 싶은 연연한[7] 애티가 남아 있었다. 그것이 명옥이에게 명랑하고 다정한 첫인상을 주었다.

"감사합니다. 그러나 구차한 대로 저희끼리 지낼 수가 있는데 하필 댁에 폐를 끼치겠습니까?"

명옥이는 뒤에서 어머니를 꾹꾹 찔렀다. 어머니는 딸의 갸륵한 심덕을 기특히 여겨 여러 말로 정자를 자기 집에 두려 하였다. 그러나 홍구는 듣지 않았다.

"오늘 밤은 이왕 왔으니 댁에서 자게 해 주십시오. 그러나 왜 댁에 신세를 끼치겠습니까. 저는 부족하나마 내 힘으로 누이 공부까지 시키는 것이 돌아간 부모님께도 떳떳하고 저도 다행으로 압니다."

명옥이는 할 수 없이 정자를 그의 오빠에게 돌려보내고 말았다. 그러나 홍구를 존경하는 마음은 이 일로 말미암아 더욱 높아졌다.

'지금은 고생하여도 저런 남자는 반드시 훌륭해지리라.'

7 軟軟-. 여리고 약한.

이것이 명옥이가 홍구에게 가진 신앙이었다.

그 해 가을 이학기가 시작되는 날 아침 학교에서다. 명옥은 현정자가 여름 동안에 죽은 것을 처음 알았다. 빈민들이 많이 사는 불결한 거리에서 여름을 나다가 전염병에 죽은 것이었다.

명옥은 남을 위해, 아니 제 자신을 위해서도 그렇게 뼈아프게 슬퍼한 적은 없었다. 죽은 정자도 가엾거니와 하나밖에 없던 식구 누이를 잃고 혼자 지낼 홍구의 외로움도 가슴 아프게 동정되었다.

명옥은 마음 같아서는 곧 홍구를 찾아가 위로해 주고 싶었다. 그래서 학교에서 나오다가 갈래길에 서서 몇 번이나 망설여 보았다. 그러나 가지는 못했다. 만일 명옥이가 홍구를 그저 평범하게 동무의 오빠로만 여겨 왔던들 그렇게 가고 싶은 것을 못 가지는 않았을 것이다. 명옥이는 저도 분명히 모르게 홍구를 사랑하는 때문에 부끄럼이 앞섰던 것이다.

명옥이에게 혼인 문제가 났을 때, 명옥은 불현듯 몇 해 전에 본 현홍구를 생각하였다. 현홍구 외에 그의 가슴 속에 그림자라도 머물러 보는 사나이는 아무도 없었다.

그러나 명옥은 '이쁜 학생' '착한 아가씨'뿐이 아니요, 명옥은 또 '착한 딸'이었다. 아버지께서

"내 팔자가 좋아 이런 귀인에게 딸을 주게 되었다."

하고 어머니와 함께 즐거워 덤비시는데 지금 어디 있는지도 알지 못하는 현홍구를 생각하고, 더구나 현홍구는 자기를 알기나 하는지도 모르고 부모님의 기대만을 깨뜨릴 수는 없었다. 자기 생각에도 현홍구처럼 존경하는 사나이가 아닌 것만은 유감이라도 흠은 없는 신랑이었다. 아니 세상에서는 굉장히 우러러보는 사나이였다.

모두 명옥의 팔자를 부러워하였다.

"너는 복도 많이 타고났다!"

이웃 어른들의 말이었다.

“얘, 너는 굉장한 데로 시집간다드구나?”
동무들의 말이었다.
“아가씬 전생에 무슨 적덕[8]을 해서 저렇게 팔자가 좋으실까!”
하인들의 말이었다.
명옥은 호사스럽게 시집갔다.

명옥의 시집은 부자였다. 그전 같으면 재상의 자손이라 세도가 있어 귀하기도 했겠지만, 오늘날은 부하기만 하였다. 부하기만 한 것도 저마다 있는 복은 아니라 사람마다 명옥의 시집을 부러워하였다. 솟을대문이 있고 줄행랑이 있고, 작은사랑 큰사랑엔 상노[9], 차인[10]들이 욱실욱실하였다. 시부모는 맏아들 집에 있으므로 이백여 칸 큰 집 속에서 명옥이가 여왕이었다.
“새마님!”
“우리 마님!”
대청 아래에는 남녀 하인들이 조석으로 굽신거리었다.
명옥의 비위를 맞추는 것은 하인배만이 아니었다. 그의 남편은 명옥을 끔찍이 사랑하였다. 끔찍이 사랑하기 때문에 늘 명옥의 비위를 맞추었다.
“왜, 날이 더워 지치었소? 삼을 좀 다리래지?”
어떤 때는
“오늘 저녁은 나가 먹읍시다. 당신 청목당[11] 정식이 맛나다고 그랬지?”
어떤 때는

8 積德. 덕을 베풀어 쌓음.
9 床奴. 잔심부름을 하는 아이.
10 差人. 임시로 고용한 심부름꾼. 차인꾼.
11 靑木堂. 1920년경 경성 남대문 거리에 일본인이 문을 연 양식당.

"우리 여행 갑시다. 당신 가 보고 싶은 데면 어디든지…."

명옥은 가끔

"정말 나는 팔자가 좋은가 보다!"

하고 혼자 제 복을 소곤거려도 보았다.

그러나 마음 아름다운 명옥이, 좋은 선생님들에게서 여러 해 동안 정신생활의 훈련을 받은 명옥이는 풍부한 듯한 자기 생활 속에서 차츰차츰 공허를 느끼기 시작했다.

'잘 먹고 잘 입고 여러 사람을 부리고 남편의 사랑을 받고…. 아니다. 내가 잘 먹고 잘 입는 것만은 사실이다. 그러나 내 남편의 사랑은 사랑이 아니다. 진정한 사랑과는 거리가 먼 행동이다. 내 얼골이 어여쁘기 때문에 나를 좋아하는 것뿐이다. 그는 나의 젊은 살덩이 외에는 아무 교섭이 없다. 이 분을 발러라, 이 향수를 뿌리어라, 이 비단을 감어라, 웃어라, 덧니가 뵈게 웃어라, 이런 것밖에 더 다른 것을 나에게 요구할 줄 모르는 남편이 아니냐!'

명옥은 차츰 자기의 생활을 비판해 보기 시작했다. 생각해 볼수록 자기의 생활은 공허하다 했다. 창부의 생활이나 다름없다고까지 생각되었다.

하루는 낯도 익지 않은 행랑어멈 하나가 어떻게 뒤뜰 안까지 찾아들어왔다. 그리고

"새마님!"

하고 목며[12] 우는 소리로 명옥이 앞에 구부렸다.

"새마님! 다 큰 자식 하나가 그저께부터 갑자기 앓어 다 죽게 됐습니다. 약이나 한 첩 써 봐도 한이나 없겠사와서…."

이때 상노가 명옥의 약을 짜 오다가 이것을 보고 그 무례한 행랑어멈을 더러운 버러지나처럼 쫓아내었다.

12 목메어.

명옥은 견디기 어려운 괴로운 경험이었다. 자기는 몸에 아무런 병도 없으면서 행여 몸이 축갈까 하여 한 첩에 몇 원 하는 보약을 마신다. 한 집 속에서도 행랑것의 자식은 목숨이 경각에 달렸으되 일이십 전 하는 상약 한 첩을 못 먹는다. 이 엄청난 대조를 생각해 볼 때 양심에 눈멀지 않은 명옥은 손이 떨리어 약 그릇을 놓고 말았다.

명옥은 남편이 들어오면 얼마간 돈을 얻어내어 보내주리라 마음먹었다. 그러나 그날따라 남편은 늦게 들어왔고 이튿날 아침엔 잊어버렸다. 오후가 되어서 남편과 어느 양식집으로 점심을 먹으러 나가던 길이었다. 상노 아이가

"마님, 조곰 더 계시다 나가십시오, 지금 나가시단 숭한 것을 보십니다."

하였다.

"왜?"

하고 물은즉

"행랑것의 자식이 하나가 지난밤에 죽었는데 지금 들것으로 나갑니다."

하였다.

명옥은 가슴이 섬찍하고 내려앉았다. 나중에 남편을 따라 양식집에 가기는 했으나 아무것도 입에 맞지 않았다. 남편도, 자동차도 다 보기 싫었다. 집에 돌아가기도 싫어졌다. 그 행랑어멈을 만날까 봐 무서워졌다. 그 행랑어멈의 죽은 아들이 꿈에 보일까 봐도 무서워졌다.

'이 무서움을 지켜 줄 사람이 누구인가?'

명옥은 적막을 느끼었다. 자기를 볼 때 사람으로 보지 않고 한낱 향락을 위한 무슨 도구로 보듯 하는 남편이 도야지나 굼벵이처럼 징글징글해졌다.

'저 녀석은 내가 눈 하나만 멀어도 아마 헌신짝처럼 내던지려니.'

생각하니 좀 더 마음의 남편이 그리워지지 않을 수 없었다.

명옥이는 오래간만에 현홍구의 기억을 일으킨 것이다.

'지금 어디 있을까?'

'그는 반드시 훌륭한 인물이 되었을 것이다.'

'그는 반드시 행복스럽게 되었을 것이다.'

명옥은 자기 생활의 공허를 느끼면 느낄수록, 자기 남편을 멸시하면 멸시할수록 현홍구가 그리워졌다.

그러나 나래 없는 새였다. 지리한 대로 지긋지긋한 대로 그 남편과 사 년을 살았다. 남편은 그저 한결같이 명옥을 좋아하였다. 짜증을 내고 앙탈을 부릴수록 남편은 싱글거리며 명옥의 요염을 탐낼 뿐이었다.

'저 녀석이 죽기나 했으면….'

명옥은 이렇게 무서운 말이 저도 모르게 나오도록 되었다.

'나도 사람으로 살고 싶다.'

명옥의 마음은 밥 먹다 말고, 자다 말고 무시로 이렇게 부르짖었다.

가을날이었다.

명옥은 꽃을 사랑하였다. 날마다 바라보고 앉았던 화단에 서리가 내린 아침이었다.

"저런! 코스모스는 꽃이 피기도 전에 서리가 벌써 왔구나!"

명옥이는 놀라서 하는 말에 상노 아이는 예사롭게 대답하는 말이

"어디 서리가 일찍 왔습니까? 코스모스가 꽃이 피지 못했지요. 저렇게 자란 것은 꽃이 못 펴요."

"왜 저렇게 싱싱하게 잘 자란 것이 꽃이 못 피냐?"

"거름을 너무 많이 주어서, 땅이 너무 좋아서 잎만 무성했지요. 그렇게 자란 것은 꽃이 못 펴요."

명옥은 가슴이 뭉클하였다. 그 꽃 못 피는 코스모스에 자기를 비추어 본 때문이다.

그는 종일 생각하였다.

'코스모스의 행복은 꽃이 피는 데 있으리라. 비옥한 땅에서 키만 자라고 죽는 데 있지 않고 거츠른 땅에 나서라도 꽃이 피어 보는 데 코스모스의 행복이 있을 것이다. 사람도 그럴 것이다!'

명옥은 꽃이 못 피어 보고 서리 맞아 죽어가는 쓸쓸한 코스모스의 모양을 며칠이나 내려다보았다.

세상 사람은 모두 명옥을 미친년이라 하였다.

명옥은 마침내 모든 것을 내버렸기 때문이다. 세상 사람들이 저마다 부러워하는 호강살이의 모든 것을 내어버렸기 때문이다. 자기를 사람으로 살지 못하고 돈 있는 사람의 노리개로, 화초로, 도구로 존재하게 하는 모든 것, 금, 은, 금강석, 비단, 하인들, 대궐 같은 집을 모두 내어버렸다. 그는 시집에서 달아난 것이다.

세상에선 명옥의 외모가 고운 값으로 음분한[13] 계집이라고만 하였다.[14]

1932년 9월.

『이화(梨花)』, 이화여전(梨花女專) 학생기독청년회(學生基督靑年會), 1932;
『달밤』, 1934.

13 淫奔-. 음탕한.
14 최초 발표본(1932)의 결말 부분이 저본(1934)에서는 삭제되었는데, 이는 책 끝에 수록했다.

꽃나무는 심어 놓고

"자꼬 돌아봔 뭘 해, 어서 바람을 졌을 때 휑하니 걸어야지…."
하면서 아내를 돌아보는 그도 말소리는 천연스러우나 눈에는 눈물이 다시 핑그르 돌았다. 이 고갯마루만 넘어서면 저 동리는 다시 보려야 안 보이려니 생각할 때 발도 천근이나 무거워지는 것 같았다.

이 고개, 집에서 오 리밖에 안 되는 고개, 나무를 해 지고 이 고개턱을 넘어설 때마다 제일 먼저 눈에 띄곤 하던 저 우리집, 집에서 연기가 떠오르는 것을 볼 때마다 허리띠를 조르고 다시 나뭇짐을 지고 일어서곤 하던 이 고개, 이 고개에선 넘어가는 햇볕에 우리집 울타리에 빨아 넌 아내의 치마까지 빤히 보이곤 했다. 이젠 이 고개에서 저 집, 저 노랗게 가주[1] 깐 병아리처럼 새로 영[2]을 인 저 집을 바라보는 것도 마지막이로구나!

그는 고갯마루 턱에 올라서더니 짐빵[3]을 치키며, 다시 한번 돌아서서 동네를 바라보았다.

아무 델 가도 저런 동네는 없을 것이다. 읍엘 갔다 와도 성황당 턱만 내려서면 바람 한 점 없이 아늑하고, 빨래하기 좋고 먹어도 좋은 앞 개울물이며, 날이 추우면 뒷산에 올라 솔잎만 긁어도 며칠씩은 염려 없이 때더니… 이젠 모두 남의 동네 이야기로구나!

"어서 갑시다."
하면서 이번에는 뒤에 떨어졌던 아내가 눈물 콧물을 풀어 던지며 앞을

1 '갓'의 방언. 금방.
2 '이엉'의 준말.
3 '질빵'의 방언. 짐을 어깨에 걸어 메는 끈.

섰다.

그들은 고개를 넘어서선 보잘 것 없이 달아났다. 사내는 이불보, 옷꾸러미, 솥부등갱이[4], 바가지 쪽 해서 한 짐 꾸역꾸역 걸머지고, 여편네는 어린애를 머리도 안 보이게 이불에 꿍쳐서 업은 데다 무슨 기름병 같은 것을 들고 앞서거니 뒤서거니 하여 도랑이면 건너뛰고 굽은 길이면 논틀밭틀[5]로 질러가면서 귀에서 바람이 씽씽 나게 달아났다.

장날이 아니라 길에는 만나는 사람도 별로 없었다. 이따금 발밑에서 모조리[6]가 포드득 하고 날고 밭고랑에서 꿩이 놀라서 꺽꺽거리며 산으로 달아나는 것밖에 아무것도 없었다.

"길이나 잘못 들면 어째…."

"밤낮 나무 다니던 데를 모를까…."

조그만 갈랫길을 지날 때 이런 말을 주고받은 것뿐. 다시는 입이 붙은 듯 묵묵히 걸어 그들은 점심때가 훨씬 지나서야 서울 가는 큰길에 들어섰다.

큰길에는 바람이 제법 세차게 불었다. 전봇줄이 앵앵 울었다. 동지가 내일인가 모렌가 하는 때라 얼음같이 날카로운 바람결에 그들의 옷깃은 다시금 떨리었다.

바람이 차서도 떨리었거니와 그보다도 길고 어마어마하게 넓은 길, 그리고 눈이 모자라게[7] 아득하니 깔려 있는 긴 길, 그 길은 그들에게 눈에도 설거니와 발에도 마음에도 선 길이었다. 논틀과 밭둑으로 올 때에는 그래도 그런 줄은 몰랐는데 척 신작로에 올라서니 그젠 정말 낯선 데로 가는 것 같고 허턱[8] 살길을 찾아 떠나는 불안스러운 걱정이 와짝 치

4 '솥붙이'의 방언. 솥 종류를 통틀어 이르는 말.
5 논두렁과 밭두렁 위에 난 좁은 길.
6 '메추라기'의 방언.
7 시야에 다 들어오지 않을 정도로.
8 무턱대고. 함부로.

밀었던 것이다. 그래서 앵앵 하는 전봇줄 소리도 멧새나 꿩의 소리보다는 엄청나게 무서웠다. 서로 말은 하지 않았어도 사내나 아내나 다 같이 그랬다.

그들은 그 길을 그저 십 리, 이십 리 걸어 나가는 수밖에 없었다. 자동차가 지날 때는 물론, 자전차만 때르릉 하고 와도 허둥거리고 한데 모여 길 아래로 내려서면서 서울을 향하고 타박타박 걸을 뿐이었다.

그들은 세 식구였다. 저희 내외, 방 서방과 김 씨와 김 씨의 등에 업혀 가는 두 돌 되는 딸애 정순이었다. 며칠 전까지는 방 서방의 아버지 한 분까지 네 식구로서 그가 나서 서른두 해 동안 살아온, 이번에 떠나는 그 동리에서 그리운 게 없이 살았었다. 남의 땅이나마 몇 대째 눌러 부쳐오던 김 진사네 땅은 내 땅이나 다름없이 알고 마음 놓고 부쳐 먹었다. 김 진사 당대에는 온 동리가 텃세 한 푼도 물지 않고 지냈으며 김 진사가 돌아간 후에도 다른 지방에 대면 그리 심한 지주는 아니었다. 김 진사의 아들 김 의관도 돌아간 아버지의 덕성을 본받아 작인[9]네가 혼상[10]간에 큰일을 치르는 해면 으레 타작에서 두 섬 석 섬씩은 깎아 주었다. 이렇게 착한 김 의관이 무엇에 써 버리느라고 그 좋은 땅들을 잡혀 버렸는지, 작인들의 무딘 눈치로는 내용을 알 수가 없었다. 더러 읍의 사람들이 지껄이는 소리에 무슨 일본 사람과 금광을 했느니 회사를 했느니 하는 것을 들은 사람은 있고, 또 아닌 게 아니라 한동안 일본 사람과 양복쟁이 몇이 김 의관네 집을 드나들어 김 의관네 큰 개 두 마리가 늘 컹컹거리고 짖던 것은 지금도 어제께 같은 일이었다.

아무튼 김 의관네가 안성인가 어디로 떠나가고, 지주가 일본 사람의 회사로 갈린 다음부터는 제 땅마지기나 따로 가진 사람 전에는[11] 배겨

9 作人. 소작인(小作人). 땅을 빌려 농사짓고 사용료를 내는 사람.
10 婚喪. 혼인이나 초상에 관한 일.
11 아니고는.

나기가 어려웠다. 텃세가 몇 갑절이나 올라가고 논에는 금비[12]를 써라 하고, 그것을 대어 주고는 가을에 비싼 이자를 쳐서 벼는 헐값으로 따져 가고, 무슨 세납 무슨 요금 하고 이름도 모르던 것을 다 물리어 나중에 따지고 보면 농사진 품값은커녕 도리어 빚을 지게 되었다. 그들이 지는 빚은 달리 도리가 없었다. 소가 있으면 소를 팔고 집이 있으면 집을 팔아 갚는 것밖에. 그래서 한 집 떠나고 두 집 떠나고 하는 것이 삼 년 안에 오륙 호가 떠난 것이었다.

군청에서는 이것을 매우 걱정하였다. 전에는 모범촌으로 치던 동리가 폐동(廢洞)[13]이 될 징조를 보이는 것은 군으로서 마땅히 대책을 세워야 될 일이었다. 그래서 지난봄에는 군으로부터 이 동리에 사쿠라 나무 이백여 주가 나왔다. 집집마다 두 나무씩 나눠 주고 길에도 심고 언덕에도 심어 주었다. 그래서 그 사쿠라 나무들이 꽃이 구름처럼 피면 무지한 이 동리 사람들이라도 자기 동리를 사랑하는 마음이 깊어져서 함부로 타관[14]으로 떠나가지 않으리라 생각했던 것이다.

사쿠라 나무들은 몇 나무 죽지 않고 모두 잘 살아났다. 방 서방네가 심은 것도 앞마당에 것 뒷동산에 것 모두 싱싱하게 잘 자랐다. 군에서 나와 보고 내년이면 모두 꽃이 피리라 했다.

그러나 떠날 사람은 자꾸 떠나고야 말았다.

방 서방네도 허턱 타관으로 떠나기는 처음부터 싫었다. 동리를 사랑하는 마음, 자연을 사랑하는 것이나 이웃을 사랑하는 것이나 모두 사쿠라를 심어 주는 그네들보다는 몇 배 더 간절한 뼛속에서 우러나는 것이었다. 사쿠라 나무를 심었을 때도 혹시 죽는 나무나 있을까 하여 조석으로 들여다보면서 애를 쓴 사람들이요, 그것들이 가지에 윤이 나고 싹이 트는 것을 볼 때는 자연 속에 묻혀 사는 그들로서도 그때처럼 자연의 신

12 金肥. 돈 주고 사서 쓰는 화학비료.
13 동네가 없어짐.
14 他官. 자기 고향이 아닌 고장. 타향.

비, 봄의 희열을 느껴 본 적은 일찍 없었던 것이다.

"내년이면 꽃이 핀다지?"

"글쎄, 꽃이 어떤지 몰라?"

"아무튼 이 늪의 꽃이 볼 만은 하다는데."

"글쎄 그렇대…."

그러나 떠날 사람은 자꾸 떠나고야 말았다. 올겨울에 들어서도 방 서방네가 두 집째다.

그들은 사흘 만에야 부르튼 다리를 절룩거리며 희끗희끗 나부끼는 눈발 속으로 저녁 연기에 싸인 서울을 바라보았다. 그들은 날이 아주 어두워서야 서울 문안[15]에 들어섰다.

서울에는 그들을 반가이 맞아 주는 사람이 없지도 않았다.

"어디서 오십니까? 어디로 가시는 길입니까? 우리 여관으로 가십시다."

그러나

"돈이 있나요, 어디…."

하면 그 친절하던 사람들은 벌에 쏘인 것처럼 달아나곤 했다.

돈이 아주 없지는 않았다. 집을 팔아 빚을 갚고 남은 것이 몇 원은 되었다. 그러나 그 돈이 편안히 여관에 들어 밥을 사먹을 돈은 아니었다.

고달픈 다리를 끌고 교통 순사들에게 핀잔을 맞으며 정처 없이 거리에서 거리로 헤매던 그들은 밤이 훨씬 늦어서야 한곳에 짐을 벗어 놓았다. 아무리 찾아다니어도 그들을 위해서 눈발을 가려 주는 데는 무슨 다리인지 이름은 몰라도 이 다리 밑밖에는 없었다.

"그년을 젖을 좀 물리구려."

"그까짓 빈 젖을 물려선 뭘 하오."

15 門-. 사대문 안.

아이가 하[16] 우니까 지나던 사람들이 다리 아래를 기웃거려 보기 때문이었다.

그들은 어두움 속에서 짐을 끄르고 굳은 범벅과 삶은 달걀을 물도 없이 먹었다. 그리고 그 저리고 쑤시는 다리오금을 한번 펴볼 데도 없이 앉아서, 정 못 견디겠으면 일어서서 어정거리며 긴 밤을 밝히었다.

이튿날은 그래도 거기를 한데[17]보다는 낫답시고, 거적을 사다 두르고 냄비를 걸고 쌀을 사들이고 물을 길어 들이고 나무도 사들였다. 그리고 세 식구가 우선 하루를 푹 쉬었다.

눈발은 이 날도 멎지 않았다. 밤이 되어서는 함박송이로 쏟아지기 시작했다. 방 서방은 쏟아지는 눈을 바라보고 이 눈이 그치고는 무서운 추위가 오려니 생각했다. 그리고 또 싸리비를 한 자루 가져왔다면 하고도 생각했다.

그는 새벽같이 일어났다. 발등이 묻히는 눈 위로 한참 찾아다녀서 다람쥐 꽁지만 한 싸리비 하나를, 그것도 오 전이나 주고 사기는 했다. 그리고 큰 밑천이나 잡은 듯이 집집마다 다니며 아직 열지도 않은 대문을 두드렸다.

"댁에 눈 쳐 드릴까요?"

"우리 칠 사람 있소."

"댁에 눈 안 치시렵니까?"

"어련히 칠까 봐 걱정이오."

방 서방은 어이가 없어,

"허! 마당도 없는 녀석이 괜히 비만 샀군!"

하고 다리 밑으로 돌아오고 말았다.

그는 직업소개소도 가 보았다. 행랑도 구해 보았다. 지게를 지고 삯짐

16 하도. 몹시.
17 지붕이 없는 곳. 바깥.

도 져 보려고 싸다녀 보았으나 지게를 부르는 사람은 없었다. 한 학생이 고리짝을 지고 정거장까지 가자고 했지만, 막상 닥뜨리고 보니 나중에 저 혼자 다리 밑으로 찾아올 수가 있을까가 걱정되었다. 그래서,

"거기 갔다가 제가 여기까지 혼자 찾어올까요!"

하고 어름거렸더니[18] 그 학생은 무어라고 일본말로 핀잔을 주며 가 버린 것이었다.

하루는 다리 밑으로 순사가 찾아왔다. 거기로 호구조사를 온 것은 아니었다.

"다리 밑에서 불을 때면 어떻게 할 테야, 응. 날마다 이 밑에서 연기가 났어…. 다시 불을 때다가는 이 밑에서 자지도 못하게 할 터이니 그리 알어…."

정말 그날 저녁부터는 연기가 나지 않았다. 끓일 것만 있으면 다리 밖에 나가서라도 못 끓일 바 아니었지만 그날은 아침부터 양식이 떨어진 것이다.

"어떡하우?"

아내는 맥이 풀려 울 기운도 없었다. 어린것만이 빈 젖을 물고 두어 번 빨아 보다가 울곤 울곤 하였다. 방 서방은 아무런 대답도 없이 앉았다가 이따금,

"정칠 놈의 세상!"

하고 입맛을 다실 뿐이었다.

이튿날 이른 아침, 어린것은 아범의 품에서 잘 때다. 초저녁엔 어멈이 품속에 넣고 자다가 오줌을 싸면 그 다음엔 아범이 새 품을 헤치고 안고 자는 것이었다. 밤새도록 궁리에 묻혀 잠을 이루지 못하던 아범이 새벽녘에야 잠이 들어 어린것과 함께 쿨쿨 잘 때였다.

18 우물쭈물했더니. 얼버무렸더니.

김 씨는 남편이 한없이 불쌍해 보였다. 술 한잔 허투루 먹는 법 없고 담배도 일하는 날이나 일꾼들을 주려고만 살 줄 알던 남편이, 어쩌다 저 지경이 되었나 생각할 때 세상이 원망스러울 뿐이었다. 그리고 굶고 앉았더라도 그 집만 팔지 말고 그냥 두었던들 하고, 고향에만 돌아가고 싶은 생각뿐이었다.

김 씨는 생각다 못해 바가지를 집어 든 것이다. 고향을 떠날 때 이웃집에서,

"서울 가면 이런 것도 산다는데."

하고 짐에 달아 주던, 잘 굳고 커다란 새 바가지였다.

그는 서울 와서 다리 밑을 처음 나선 것이다. 그리고 바가지를 들고 나서기는 생전 처음이었다. 다리가 후들후들하였다. 꼭 일주야(一晝夜)[19]를 굶었고 어린것에게 시달린 그의 눈엔 다 밝은 하늘에서 뻔쩍뻔쩍하는 별이 보였다. 그러나 눈을 가다듬으면서 그는 부잣집을 찾았다. 보매 모두 부잣집 같았으나 모두 대문이 굳게 닫혀 있었다. 대문을 연 집, 그는 이것을 찾고 헤매기에 그만 뒤를 돌아다보지 못하고 이 골목 저 골목으로 앞으로만 나간 것이었다. 다행히 문을 연 집이 있었고, 그런 집 중에도 다 주는 것이 아니었지만 열 집에 한 집으로 식은 밥, 더운 밥 해서 한 바가지를 얻었을 때는 돌아올 길을 잃어버리고 만 것이다. 이 길로 나가 보아도 딴 거리, 저 길로 나가 보아도 딴 세상, 어디로 가야 그 개천 그 다리가 나올는지 알 재주가 없었다. 기가 막히었다. 물어볼 행인은 많았으나, 개천 이름이나 다리 이름을 모르고는 헛일이었다. 해가 높아 갈수록 길에는 사람이 들끓었고 그럴수록 김 씨는 마음과 다리가 더욱 갈팡질팡하고 있을 때 한 노파가 친절한 손길로 김 씨의 등을 두드렸다.

"어딜 찾소?"

19 만 하루.

김 씨는 울음부터 왈칵 나왔다.

"염려할 것 없소. 내 서울 장안엔 모르는 데가 없소, 내 찾아 주지…."

그 친절한 노파는 김 씨를 데리고 곧 그 앞에 있는 제 집으로 들어가 뜨끈한 숭늉에 조반까지 먹으라 했다.

"염려 말고 좀 자시우. 그새 내 부엌을 좀 치고 같이 나갑시다."

김 씨는 서울도 사람 사는 데라 인정이 있구나 하고, 그 노파만 하늘같이 믿고 감격한 눈물을 밥상에 떨구며 사양하지 않고 밥술을 들었다. 그러나 굶은 남편과 어린것을 두고 제 목에만 밥이 넘어가지 않았다. 숭늉만 두어 모금 마시고 이내 술을 놓고 노파를 따라 나섰다.

그러나 친절한 노파는 김 씨를 당치 않은 곳으로만 끌고 다녔다. 진고개[20]로 백화점으로 개천이라도 당치 않은 개천으로만 한나절을 끌고 다니고는,

"오늘은 다리가 아프니 내일 찾읍시다."

하였다. 김 씨는 가슴이 찢어지는 것 같았으나, 그 친절한 노파의 힘을 버리고 혼자 나설 자신은 없었다. 밤을 꼬박 앉아 새우고 은근히 재촉을 하여 이튿날 아침에도 또 일찌거니 나섰으나 노파는 그저 당치 않은 데로만 끌고 다녔다.

노파는 애초부터 계획이 있었던 것이다. 김 씨의 멀끔한 얼굴과 살의 젊음을 그는 삶이 살진 암탉을 본 격으로 보았던 것이다.

'어떻게 돈냥이나 만들어 써 볼 거리가 되면….'

이것이 그 노파가 김 씨를 발견하자 세운 뜻이었다.

김 씨는 다시 다리 밑으로 돌아올 리가 없었다. 방 서방은 눈에서 불이 났다.

"쥑일 년이다! 이 어린것을 생각해선들 달아나다니! 고약한 년! 찢어

20 충무로와 명동 일대의 고개 이현(泥峴).

죽일 년."
하고 이를 갈았다.

방 서방은 이틀이나 굶은 아이를 보다 못해 안고 나서서, 매운 것 짠 것 할 것 없이 얻는 대로 주워 먹였다. 날은 갑자기 추워졌다. 어린애는 감기가 들고 설사까지 났다.

밤새도록 어두움 속에서 오줌똥을 받은 이불과 아범의 저고리 섶, 바지자락은 얼어서 왈가닥거리고, 그 속에서도 어린애 몸은 들여다보는 눈이 뜨겁게 펄펄 달았다.

"어찌하나! 하느님, 이렇게 무심합니까?"
하고 중얼거려도 보았으나, 새벽 찬바람만 윙 하고 뺨을 갈길 뿐이었다.

날이 밝기를 기다려 아이를 꾸려 안고 병원을 물어서 찾아갔다.

"이애 좀 살려 주십시오."

"선생님이 아직 안 나오셨소. 그런데 왜 이렇게 되도록 두었소. 진작 데리고 오지?"

"돈이 있어야죠니까[21]…."

"지금은 있소?"

"없습니다. 그저 살려만 주시면 그거야 제 벌어서 갚지요. 그걸 안 갚겠습니까!"

"다른 큰 병원에 가 보시우…."

방 서방은 이렇게 병원집 문간으로만 한나절을 돌아다니다가 그냥 다리 밑으로 돌아오고 말았다.

방 서방은 또 배가 고팠다. 그러나 앓는 것을 혼자 두고 단 한 걸음이 나가지지 않았다. 그래도 저녁때가 되어서는 그냥 밤을 새울 수는 없어, 보지 않으리라는 듯이 눈을 딱 감고 일어서 나왔던 것이다.

방 서방이 얼마 만에 찬밥 몇 술을 얻어먹고 부랴부랴 돌아왔을 때는

21 '있어야죠'의 높임말. '-죠니까'는 '-죠'의 높임말.

날이 아주 어두웠다. 다리 밑은 캄캄한데 한참 들여다보니 아이는 자리에서 나와 언 맨땅에 목을 늘어뜨리고 흐득흐득 느끼었다. 끌어안고 다리 밖으로 나가 보니 경련이 일어나 눈을 뒤집어쓰고[22] 있는 것이었다.

"죽을 테면 진작 죽어라! 고약한 년! 네년이 이걸 버리고 가 얼마나 잘 되겠니…."

방 서방은 몇 번이나

"어서 죽어라!"

하고 아이를 밀어 던지었다가도 얼른 다시 끌어당겨 들여다보곤 했다. 그럴 때마다 아이의 숨소리는 자꾸 가빠만 갔다.

그러나 야속한 것은 잠, 어느 때쯤 되었을까 깜박 잠이 들었다가 놀라 깨었을 제는 그 동안이 잠시 같았으나 주위에는 큰 변화가 생기었다. 날이 환하게 새고 아이에게서는 그 가쁘게 일어나던 숨소리가 뚝 그쳐 있었다. 겨우 겨드랑 밑에만 미온이 남았을 뿐, 그 불덩어리 같던 얼굴과 손발은 어느 틈에 언 생선처럼 싸늘하였다.

봄이 왔다. 그렇게 방 서방을 춥게 굴던 겨울은 다 지나가고 그 대신 방 서방을 슬프게는 더 구는 봄이 왔다. 진달래와 개나리 꽃가지들은 전차마다 자동차마다 젊은 새악시들처럼 오락가락하고, 남산과 창경원엔 사쿠라 꽃이 구름처럼 핀 때였다. 무딘 힘줄로만 얼기설기한 방 서방의 가슴에도 그 고향, 그 딸, 그 아내를 생각하기에는 너무나 슬픈 시인이 되게 하는 때였다.

하루 아침, 그 날따라 재수는 있어 식전 바람에 일본 사람의 짐을 지고 남산정[23] 막바지까지 가서 어렵지 않게 오십 전 한 닢이 들어왔다. 부리나케 술집을 찾아 내려오느라니 일본집 뜰 안마다 가지가 휘어지게

22 눈이 뒤집혀.
23 南山町. 지금 남산동의 일제강점기 명칭.

열린 사쿠라 꽃송이, 그는 그림을 구경하듯 멍하니 서서 바라보았다. 불현듯 고향 생각이 난 것이었다.

'우리가 심은 사쿠라 나무도 저렇게 피었으려니…. 동네가 온통 꽃투성이려니….'

그때 마침 일본 여자 하나가 꽃그늘에서 거닐다가 방 서방과 눈이 마주쳤다. 방 서방은 무슨 죄나 지은 듯이 움찔하고 돌아섰다. 꽃결같이 빛나는 그 젊은 여자의 얼굴! 방 서방은 찌르르 하고 가슴을 진동시키는 무엇을 느끼며 내려왔다.

우선 단골집으로 가서 얼근한 술국에 곱빼기로 두어 잔 들이켰다. 그리고 늙수그레한 주모와 몇 마디 농담까지 주거니 받거니 하다 나서니, 세상은 슬프다면 온통 슬픈 것도 같고 즐겁다면 온통 즐거운 것 같기도 했다.

그러나 술만 깨면 역시 세상은 견딜 수 없이 슬픈 세상이었다.

"정칠 놈의 세상 같으니!"

하고 아무 데나 주저앉아 다리를 뻗고 울고 싶었다.[24]

1933년 1월 29일.

『신동아』, 1933. 3; 『달밤』, 1934; 『복덕방』, 1947.

24 최초 발표본(1933)의 결말 부분이 저본(1934)과 달리 길게 이어진다. '그러나 술만 깨면 (…) 울고 싶었다'로 개작되기 전 최초본의 결말은 책 끝에 수록했다.

달밤

성북동(城北洞)으로 이사 나와서 한 대엿새 되었을까, 그날 밤 나는 보던 신문을 머리맡에 밀어 던지고 누워 새삼스럽게

"여기도 정말 시골이로군!"

하였다.

무어 바깥이 컴컴한 걸 처음 보고 시냇물 소리와 쏴아 하는 솔바람 소리를 처음 들어서가 아니라 황수건이라는 사람을 이날 저녁에 처음 보았기 때문이다.

그는 말 몇 마디 사괴지[1] 않아서 곧 못난이란 것이 드러났다. 이 못난이는 성북동의 산들보다 물들보다, 조그만 지름길들보다, 더 나에게 성북동이 시골이란 느낌을 풍겨 주었다.

서울이라고 못난이가 없을 리야 없겠지만 대처[2]에서는 못난이들이 거리에 나와 행세를 하지 못하고, 시골에선 아무리 못난이라도 마음 놓고 나와 다니는 때문인지, 못난이는 시골에만 있는 것처럼 흔히 시골에서 잘 눈에 뜨인다. 그리고 또 흔히 그는 태고 때 사람처럼 그 우둔하면서도 천진스런 눈을 가지고, 자기 동리에 처음 들어서는 손에게 가장 순박한 시골의 정취를 돋워 주는 것이다.

그런데 그날 밤 황수건이는 열시나 되어서 우리 집을 찾아왔다.

그는 어두운 마당에서 꽥 지르는 소리로

"아 이 댁이 문안서…."

하면서 들어섰다. 잡담 제하고 큰일이나 난 사람처럼 건넌방 문 앞으로

1 '사귀지'의 옛말. 나누지.

달려들더니

"저, 저 문안 서대문 거리라나요 어디선가 나오신 댁입쇼?"

한다.

보니 합비[3]는 안 입었으되 신문을 들고 온 것이 신문 배달부다.

"그렇소. 신문이오?"

"아 그런 걸 사흘이나 저, 저 건넌 쪽에만 가 찾었습죠. 제기…."

하더니 신문을 방에 들어뜨리며[4]

"그런뎁쇼, 왜 이렇게 죄꼬만 집을 사구 와 겝쇼. 아, 내가 알었더면 이 아래 큰 개와집도 많은걸입쇼…."

한다. 하 말이 황당스러워 유심히 그의 생김을 내다보니 눈에 얼른 두드러지는 것이 빡빡 깎은 머리로되 보통 크다는 정도 이상으로 골이 크다. 그런 데다 옆으로 보니 짱구 대가리다.

"그렇소? 아모튼 집 찾노라고 수고했소."

하니 그는 큰 눈과 큰 입이 일시에 히죽거리며

"뭘입쇼, 이게 제 업인뎁쇼."

하고 날래 물러서지 않고 목을 길게 빼어 방 안을 살핀다. 그러더니 묻지도 않는데

"저는입쇼, 이 동네 사는 황수건이라 합니다…."

하고 인사를 붙인다. 나도 깍듯이 내 성명을 대었다. 그는 또 싱글벙글하면서

"댁엔 개가 없구먼입쇼."

한다.

"아직 없소."

하니

2 大處. 도회지.
3 옛 일본 상의의 하나로, 점원들이 걸치던 상호가 박힌 작업복.
4 안에 떨어뜨리며. 집어넣으며.

"개 그까짓 거 두지 마십쇼."
한다.
"왜 그렇소?"
물으니 그는 얼른 대답하는 말이
"신문 보는 집엔입쇼, 개를 두지 말아야 합니다."
한다. 이것 재미있는 말이다 하고 나는
"왜 그렇소?"
하고 또 물었다.
"아, 이 뒷동네 은행소[5]에 댕기는 집엔입쇼, 망아지만 한 개가 있는뎁쇼, 아, 신문을 배달할 수가 있어얍죠."
"왜?"
"막 깨물랴고 덤비는걸입쇼."
한다. 말 같지 않아서 나는 웃기만 하니 그는 더욱 신을 낸다.
"그눔의 개 그저, 한번, 양떡을 멕여대야[6] 할 턴데…."
하면서 주먹을 부르대는데[7] 보니, 손과 팔목은 머리에 비기어 반비례로 작고 가느다랗다.
"어서 곤할 턴데 가 자시오."
하니 그는 마지못해 물러서며
"선생님, 참 이 선생님 편안히 주뭅쇼. 저희 집은 여기서 얼마 안 되는 걸입쇼."
하더니 돌아갔다.
그는 이튿날 저녁, 집을 알고 오는데도 아홉시가 지나서야
"신문 배달해 왔습니다."
하고 소리를 치며 들어섰다.

5 銀行所. '은행'의 옛말.
6 볼따귀를 때려대야.
7 쥐고 흔드는데.

"오늘은 왜 늦었소?"
물으니
"자연 그렇죠."
하고 다른 이야기를 꺼냈다.
자기는 워낙 이 아래 있는 삼산학교에서 일을 보다 어떤 선생하고 뜻이 덜 맞아 나왔다는 것, 지금은 신문 배달을 하나 원배달이 아니라 보조배달이라는 것, 저희 집엔 양친과 형님 내외와 조카 하나와 저희 내외까지 식구가 일곱이란 것, 저희 아버지와 저희 형님의 이름은 무엇 무엇이며, 자기 이름은 황가인 데다가 목숨 수(壽) 자하고 세울 건(建) 자로 황수건이기 때문에, 아이들이 노랑수건이라고 놀리어서 성북동에서는 가가호호에서 노랑수건 하면 다 자긴 줄 알리라고 자랑스럽게 이야기하다가 이날도
"어서 그만 다른 집에도 신문을 갖다 줘야 하지 않소?"
하니까 그때서야 마지못해 나갔다.
우리 집에서는 그까짓 반편과 무얼 대꾸를 해 가지고 그러느냐 하되, 나는 그와 지껄이기가 좋았다.
그는 아무것도 아닌 것을 가지고 열심스럽게 이야기하는 것이 좋았고, 그와는 아무리 오래 지껄이어도 힘이 들지 않고, 또 아무리 오래 지껄이고 나도 웃음밖에는 남는 것이 없어 기분이 거뜬해지는 것도 좋았다. 그래서 나는 무슨 일을 하는 중만 아니면 한참씩 그의 말을 받아 주었다.
어떤 날은 서로 말이 막히기도 했다. 대답이 막히는 것이 아니라 무슨 말을 해야 할까 하고 막히었다. 그러나 그는 늘 나보다 빠르게 이야깃거리를 잘 찾아냈다. 오뉴월인데도 '꿩고기를 잘 먹느냐?'고도 묻고, '양복은 저고리를 먼저 입느냐 바지를 먼저 입느냐?'고도 묻고, '소와 말과 싸움을 붙이면 어느 것이 이기겠느냐?'는 둥, 아무튼 그가 얘깃거리를 취재하는 방면은 기상천외로 여간 범위가 넓지 않은 데는 도저히 당할 수

가 없었다. 하루는, 나는 '평생 소원이 무엇이냐?'고 그에게 물어보았다. 그는 '그까짓 것쯤 얼른 대답하기는 누워서 떡 먹기'라고 하면서 평생 소원은 자기도 원배달이 한번 되었으면 좋겠다는 것이었다.

남이 혼자 배달하기 힘들어서 한 이십 부 떼어 주는 것을 배달하고 월급이라고 원배달에게서 한 삼 원 받는 터이라, 월급을 이십여 원을 받고, 신문사 옷을 입고, 방울을 차고 다니는 원배달이 제일 부럽노라 하였다. 그리고 방울만 차면 자기도 뛰어다니며 빨리 돌 뿐 아니라 그 은행소에 다니는 집 개도 조금도 무서울 것이 없겠노라 하였다.

그래서 나는 '그럴 것 없이 아주 신문사 사장쯤 되었으면 원배달도 바랄 것 없고 그 은행소에 다니는 집 개도 상관할 배 없지 않겠느냐?' 한즉 그는 뚱그레지는 눈알을 한참 굴리며 생각하더니 '딴은 그렇겠다'고 하면서, 자기는 경난[8]이 없어 거기까지는 바랄 생각도 못 하였다고 무릎을 치듯 가슴을 쳤다.

그러나 신문사장은 이내 잊어버리고 원배달만 마음에 박혔던 듯, 하루는 바깥마당에서부터 무어라고 떠들어대며 들어왔다.

"이 선생님, 이 선생님 겝쇼? 아, 저도 내일부턴 원배달이올시다. 오늘 밤만 자면입쇼…."

한다. 자세히 물어보니 성북동이 따로 한 구역이 되었는데, 자기가 맡게 되었으니까 내일은 배달복을 입고 방울을 막 떨렁거리면서 올 테니 보라고 한다. 그리고 '사람이란 게 그리게 무어든지 끝을 바라고 붙들어야 한다'고 나에게 일러 주면서 신이 나서 돌아갔다. 우리도 그가 원배달이 된 것이 좋은 친구가 큰 출세나 하는 것처럼 마음속으로 진실로 즐거웠다. 어서 내일 저녁에 그가 배달복을 입고 방울을 차고 와서 쭐럭거리는[9] 것을 보리라 하였다.

8 經難. 힘든 고비를 겪음.

그러나 이튿날 그는 오지 않았다. 밤이 늦도록 신문도 그도 오지 않았다. 그다음 날도 신문도 그도 오지 않다가 사흘째 되는 날에야, 이날은 해도 지기 전인데 방울 소리가 요란스럽게 우리 집으로 뛰어들었다.

"어디 보자!"

하고 나는 방에서 뛰어나갔다.

그러나 웬일일까. 정말 배달복에 방울을 차고 신문을 들고 들어서는 사람은 황수건이가 아니라 처음 보는 사람이다.

"왜 전엣사람은 어디 가고 당신이오?"

물으니 그는

"제가 성북동을 맡았습니다."

한다.

"그럼 전엣사람은 어디를 맡았소?"

하니 그는 픽 웃으며

"그까짓 반편을 어딜 맡깁니까? 배달부로 쓸라다가 똑똑지가 못하니까 안 쓰고 말었나 봅니다."

한다.

"그럼 보조배달도 떨어졌소?"

하니

"그럼요. 여기가 따루 한 구역이 된걸이오."

하면서 방울을 울리며 나갔다.

이렇게 되었으니 황수건이가 우리 집에 올 길은 없어지고 말았다. 나도 가끔 문안엔 다니지만 그의 집은 내가 다니는 길 옆은 아닌 듯 길가에서도 잘 보이지 않았다.

나는 가까운 친구를 먼 곳에 보낸 것처럼, 아니 친구가 큰 사업에나 실패하는 것을 보는 것처럼, 못 만나는 섭섭뿐이 아니라 마음이 아프기

9 우쭐거리는.

도 하였다. 그 당자[10]와 함께 세상의 야박함이 원망스럽기도 하였다.

한데 황수건은 그의 말대로 노랑수건이라면 온 동네에서 유명은 하였다. 노랑수건 하면 누구나 성북동에서 오래 산 사람이면 먼저 웃고 대답하는 것을 나는 차츰 알았다.

내가 잠깐씩 며칠 보기에도 그랬거니와 그에겐 우스운 일화도 한두 가지가 아니었다.

삼산학교에 급사로 있을 시대에 삼산학교에다 남겨 놓고 나온 일화도 여러 가지라는데, 그중에 두어 가지를 동네 사람들의 말대로 옮겨 보면, 역시 그때부터도 이야기하기를 대단 즐기어 선생들이 교실에 들어간 새, 손님이 오면 으레 손님을 앉히고는 자기도 걸상을 갖다 떡 마주 놓고 앉는 것은 무론, 마주 앉아서는 곧 자기류의 만담 삼매로 빠지는 것인데, 한번은 도(道) 학무국[11]에서 시학관[12]이 나온 것을 이따위로 대접하였다. 일본말을 못 하니까 만담은 할 수 없고 마주 앉아서 자꾸 일본말을 연습하였다.

"센세이, 히, 오하요고사이마쓰까…. 히히, 아메가 후리마쓰. 유끼가 후리마쓰까,[13] 히히…."

시학관도 인정이라 처음엔 웃었다. 그러나 열 번, 스무 번을 되풀이하는 데는 성이 나고 말았다. 선생들은 아무리 기다려도 종소리가 나지 않으니까, 한 선생이 나와 보니 종 칠 것도 잊어버리고 손님과 마주 앉아서 '오하요. 유끼가 후리마쓰까…'[14] 하는 판이다.

그날 수건이는 선생들에게 단단히 몰리고 다시는 안 그러겠노라고

10 當者. 당사자.
11 學務局. 일제강점기 각 학교와 외국 유학생에 관한 일을 맡아보던 관청.
12 視學官. 일제강점기에 관내 학사 시찰을 맡던 고등관.
13 선생님, 안녕하세요? 비가 옵니다. 눈이 옵니까?
14 안녕. 눈이 옵니까?

했으나, 그 버릇을 고치지 못해서 그예[15] 쫓겨 나오고 만 것이다.

그는

"너의 색시 달아난다."

하는 말을 제일 무서워했다 한다. 한번은 어느 선생이 장난의 말로

"요즘 같은 따뜻한 봄날엔 옛날부터 색시들이 달아나기를 좋아하는데 어제도 저 아랫말에서 둘이나 달아났다니까 오늘은 이 동리에서 꼭 달아나는 색시가 있을걸…."

했더니 수건이는 점심을 먹다 말고 눈이 휘둥그레졌다 한다. 그리고 그날 오후에는 어서 바삐 하학(下學)을 시키고 집으로 갈 양으로 오십 분 만에 치는 종을 이십 분 만에, 삼십 분 만에 함부로 다거서[16] 쳤다는 이야기도 있다.

하루는, 나는 거의 그를 잊어버리고 있을 때

"이 선생님 곕쇼?"

하고 수건이가 찾아왔다. 반가웠다.

"선생님, 요즘 신문이 걸르지 않고 잘 옵쇼?"

하고 그는 배달 감독이나 되어 온 듯이 묻는다.

"잘 오오, 왜 그류?"

한즉 또

"늦지도 않굽쇼, 일즉이 제때마다 꼭꼭 옵쇼?"

한다.

"당신이 돌을 때보다 세 시간은 일즉이 오고 날마다 꼭꼭 잘 오오."

하니 그는 머리를 벅적벅적 긁으면서

"하루라도 걸르기만 해라. 신문사에 가서 대뜸 일러바치지…."

15 기어이.
16 '당겨서'의 방언.

하고 그 빈약한 주먹을 부르댄다.

"그런뎁쇼, 선생님."

"왜 그류?"

"삼산학교에 말씀예요, 그 제 대신 들어온 급사가 저보다 근력이 세게 생겼습죠?"

"나는 그 사람을 보지 못해서 모르겠소."

하니 그는 은근한 말소리로 히죽거리며

"제가 거길 또 들어가 볼랴굽쇼, 운동을 합죠."

한다.

"어떻게 운동을 하오?"

"그까짓 거 날마당 사무실로 갑죠. 다시 써 달라고 졸라댑죠. 아, 그랬더니 새 급사란 너석이 저보다 크기도 무척 큰뎁쇼, 이 너석이 막 불끈댑니다그려. 그래 한번 쌈을 해야 할 턴뎁쇼, 그 너석이 근력이 얼마나 센지 알아야 뎀벼들 턴뎁쇼⋯ 허."

"그렇지, 멋모르고 대들었다 매만 맞지."

하니 그는 한 걸음 다가서며 또 은근한 말을 한다.

"그래섭쇼, 엊저녁엔 큰 돌멩이 하나를 굴려다 삼산학교 대문에다 놨습죠. 그리구 오늘 아침에 가 보니깐 없어졌는뎁쇼. 이 너석이 나처럼 억지루 굴려다 버렸는지, 뻔쩍 들어다 버렸는지 그만 못 봤거든입쇼. 제길⋯."

하고 머리를 긁는다. 그러더니 갑자기 무얼 생각한 듯 손뼉을 탁 치더니,

"그런뎁쇼, 제가 온 건입쇼, 댁에선 우두[17]를 넣지 마시라구 왔습죠."

한다.

"우두를 왜 넣지 말란 말이오?"

한즉

17 牛痘. 천연두 예방을 위해 소에게서 뽑은 면역 물질.

"요즘 마마가 다닌다구 모두 우두들을 넣는뎁쇼, 우두를 넣으면 사람이 근력이 없어지는 법인뎁쇼."

하고 자기 팔을 걷어 올려 우두 자리를 보이면서

"이걸 봅쇼. 저두 우두를 이렇게 넣기 때문에 근력이 줄었습죠."

한다.

"우두를 넣으면 근력이 준다고 누가 그럽디까?"

물으니 그는 싱글거리며

"아 제가 생각해냈습죠."

한다.

"왜 그렇소?"

하고 캐이니

"우두는 ○○○들이 조선 사람 힘 못 쓰라고 넣어 주는 것인뎁쇼.[18] 뭘… 저 아래 윤 곰보라고 있는데 기운이 장산뎁쇼, 아 삼산학교 그 녀석두 우두만 넣었다면 그까짓 것 무서울 것 없는뎁쇼, 그걸 모르겠거든입쇼…."

한다. 나는

"그렇게 용한 생각을 하고 일러 주러 왔으니 아주 고맙소."

하였다. 그는 좋아서 벙긋거리며 머리를 긁었다.

"그래 삼산학교에 다시 들기만 기다리고 있소?"

물으니 그는

"돈만 있으면 그까짓 거 누가 고쓰까이[19] 노릇을 합쇼. 밑천만 있으면 삼산학교 앞에 가서 뻐젓이 장사를 할 턴뎁쇼."

한다.

"무슨 장사?"

18 이 문장은 최초 발표본(1933)에는 있으나 이후 저본(1934)에서 삭제되었다. '○○○'는 '일본인'으로 추정된다.

19 고즈카이(小使). 사환. 학교나 관공서에서 잔심부름 하는 사람.

"아, 방학 될 때까지 차미[20] 장사도 하굽쇼, 가을부턴 군밤 장사, 왜떡 장사, 습자지, 도화지 장사 막 합죠. 삼산학교 학생들이 저를 어떻게 좋아하겝쇼. 저를 선생들보다 낫게 치는뎁쇼."

한다.

나는 그날 그에게 돈 삼 원을 주었다. 그의 말대로 삼산학교 앞에 가서 뻐젓이 참외 장사라도 해 보라고. 그리고 돈은 남지 못하면 돌려 오지 않아도 좋다 하였다.

그는 삼 원 돈에 덩실덩실 춤을 추다시피 뛰어나갔다. 그리고 그 이튿날

"선생님 잡수시라굽쇼."

하고 나 없는 때 참외 세 개를 갖다 두고 갔다.

그러고는 온 여름 동안 그는 우리 집에 얼른하지[21] 않았다.

들으니 참외 장사를 해 보긴 했는데 이내 장마가 들어 밑천만 까먹었고, 또 그까짓 것보다 한 가지 놀라운 소식은 그의 아내가 달아났단 것이다. 저희끼리 금슬은 괜찮았건만 동서가 못 견디게 굴어 달아난 것이라 한다. 남편만 남 같으면 따로 살림 나는 날이나 기다리고 살 것이나 평생 동서 밑에 살아야 할 신세를 생각하고 달아난 것이라 한다.

그런데 요 며칠 전이었다. 밤인데 달포 만에 수건이가 우리 집을 찾아왔다. 웬 포도를 큰 것으로 대여섯 송이를 종이에 싸지도 않고 맨손에 들고 들어왔다. 그는 벙긋거리며

"선생님 잡수라고 사 왔습죠."

하는 때였다. 웬 사람 하나가 날쌔게 그의 뒤를 따라 들어오더니 다짜고짜로 수건이의 멱살을 움켜쥐고 끌고 나갔다. 수건이는 그 우둔한 얼굴이 새하얗게 질리며 꼼짝 못 하고 끌려 나갔다.

20 '참외'의 방언.
21 '얼씬하지'의 옛말.

나는 수건이가 포도원에서 포도를 훔쳐 온 것을 직각하였다. 쫓아 나가 매를 말리고 포도 값을 물어 주었다. 포도 값을 물어 주고 보니 수건이는 어느 틈에 사라지고 보이지 않았다.

나는 그 다섯 송이의 포도를 탁자 위에 얹어 놓고 오래 바라보며 아껴 먹었다. 그의 은근한 순정의 열매를 먹듯 한 알을 가지고도 오래 입안에 굴려 보며 먹었다.

어제다. 문안에 들어갔다 늦어서 나오는데 불빛 없는 성북동 길 위에는 밝은 달빛이 깁[22]을 깐 듯하였다.

그런데 포도원께를 올라오노라니까 누가 맑지도 못한 목청으로

"사…게…와 나…미다까 다메이…끼…까…."[23]

를 부르며 큰길이 좁다는 듯이 휘적거리며 내려왔다. 보니까 수건이 같았다. 나는

"수건인가?"

하고 아는 체하려다 그가 나를 보면 무안해할 일이 있는 것을 생각하고, 휙 길 아래로 내려서 나무 그늘에 몸을 감추었다.

그는 길은 보지도 않고 달만 쳐다보며, 노래는 그 이상은 외지도 못하는 듯 첫 줄 한 줄만 되풀이하면서 전에는 본 적이 없었는데 담배를 다 퍽퍽 빨면서 지나갔다.

달밤은 그에게도 유감한 듯하였다.

1933년 10월 4일.

『중앙(中央)』, 조선중앙일보사(朝鮮中央日報社), 1933. 11; 『달밤』, 1934; 『복덕방』, 1947.

22 명주실로 짠 비단.
23 일본 유행가의 한 구절로, '술은 눈물인가 한숨인가(酒は涙か溜息か)'라는 뜻.

아무 일도 없소

A: "에로[1]가 빠져서는 안 될 텐데…."

B: "그럼요, 지난번 ×× 신년호를 봐요. 그렇게 크게 취급한 재만동포 문제[2]니, 신간회 해소 문제[3]니 하는 것은 성명이 없어도[4] 침실 박람회는 간 데마다 화제에 오르내립디다."

C: "참, ×× 신년호는 그 제목 하나로 천 부는 더 팔았을걸. 그렇지만 너무 노골적입니다."

D: "그래두 글쎄 그렇게 안 하군 안 돼요. 잡지란 무엇으로든지 여러 사람 화두에 오르내릴 기사가 있어야 그거 어느 잡지에서 봤느냐 어쨌느냐 하고 그 책을 찾게 되지…."

E: "사실이야, 아무래도 번쩍 띄는 큰 에로 제목이 하나 있어야 돼, 더구나 봄인데."

이것은 M잡지사의 편집회의의 한 토막이었다.

그네들은 이와 같이 에로에 치중하자는 데 의견이 일치하였다. 그래서 한 편 구석에서 약간 얼굴이 붉어진 여기자만이 입을 다물고 앉았을 뿐이요, 그 외에는 저마다 우쭐렁하여 다투어 가며 에로짜리 제목을 주

1 에로틱(erotic)의 준말로 성적인 내용의 기사를 말한다.

2 일제강점기에 만주로 거점을 옮겨 항일운동을 하던 조선 동포들이 1931년 만주사변으로 일본의 위협을 받게 되면서 벌어진 여러 사건.

3 신간회(新幹會)는 민족주의와 사회주의 진영이 항일운동을 하기 위해 1927년 함께 결성한 민족운동 단체로, 일제의 압박과 양진영의 갈등으로 1931년 5월 해소안 가결 후 해체된다.

4 알려지지 않아도.

워섬기었다[5].

그러나 이번에도 결국 예정 목차에 오른 것은 역시 눈을 딱 감고 남의 말은 못 들은 체하고 앉아 있다가 제일 나중에 제일 자신이 있어 내어놓은 편집국장의 것이 되고 말았으니, 그것은 '신춘 에로 백경집(百景集)[6]'이란 그들의 용어를 빌려 말한다면 과연 '센세이션 백 퍼센트'짜리 제목이었다.

그날 저녁 K는 열한시가 되는 것을 보고 주인집을 나섰다. 그는 못 먹는 술이지만 얼굴만이라도 물들이기 위해서 선술집을 들러 나와 광희문 가는 전차를 올라탔다.

K는 M잡지사 기자다. 물론 편집국장이 지정해 준 자기 구역으로 '에로 백경'을 구하여 나선 길이다.

K는 몹시 긴장하였다. 먹을 줄 모르는 술을 곱빼기로 두 잔이나 마신 것보다도, 처음으로 유곽(遊廓)이란 데를 찾아가는 것이 더 가슴을 두근거리게 하였고, 또 M사에 입사한 지 두 주일도 못 되는 자기로서는 이것이 자기의 수완을 드러내 보일 첫 과제인 것에 더 신경이 초조하였다. 그래서 그의 머릿속에는 벌써 아무런 다른 생각이 나부낄 여지가 없었다.

저녁을 먹을 때만 하여도 그는 밥주발과 함께 자기 자신에게 가볍지 않은 멸시와 분노를 느끼며 모래알 같은 밥알을 씹었다. 그것은 자기가 M사에 처음 입사하던 날 저녁과 그 이튿날 아침 처음으로 출근하러 가던 때의 감상을 추억해 본 때문이다. 그때 자기는 M사에서 단순히 직업 하나를 구한 것으로만 해석하지 않았다. 그래서 길 위에서 낯모르는 사람들과 지나치면서도 그 사람들에게 새삼스러운 우의(友誼)와 악수(握

5 주워들은 대로 늘어놓았다.
6 백 가지 풍경, 즉 다채로운 모습을 담은 책이나 특집 코너.

手)를 느낀 것이다.

'나의 붓은 칼이 되자. 저들을 위해서 칼이 되자. 나는 한 잡지사의 기자가 된 것보다는 한 군대의 군인으로 입영한 각오가 있어야 한다.'

이러한 감격으로 가슴이 울렁거리던 것을 생각하고 오늘 저녁에 유곽으로 에로 재료를 찾아 나설 것을 생각할 때 K는 자기 자신과 M사에 대한 적지 않은 실망과 분노를 느끼지 않을 수가 없었다.

'이런 간상배(奸商輩)의 짓을 하면서도 어디 가서 조선 민중을 내세우며 떳떳이 명함 한 장을 내어놓을 수가 있을까?'

K는 씹은 밥이 목구멍으로 잘 넘어가지를 않았다.

그러나 그것도 잠깐이었었다. K는 이렇듯 델리컷한 번민은 자기의 조그만 현실 앞에서도 그리 목숨이 길지 못하였다.

"반찬이 없어서…. 방이 더웠는지, 오늘은 풍세[7]가 있길래 석탄을 두 덩이나 더 넣었지만…."

하면서 문을 열어 보는 주인마님의 상냥스러워진 얼굴, 밥값도 싫으니 방이나 내어놓으라고 밀어내듯 하다가 취직이 되었다는 말을 듣고부터는 갑자기 딴 사람처럼 상냥스러워진 그 주인마님의 얼굴을 마주칠 때, K의 그 델리컷한 번민은 봄바람 앞에 눈 슬 듯 사라지고 만 것이다. 석 달 치 밥값! 뒤축이 물러앉은 구두! K는 벌써 아직도 여러 날 남은 월급날을 꼽아 보았다. 그리고 편집국장이 자기만 따로 불러 가지고 특별히 주의시켜 주던 것이 생각났다.

"그런 데 가서는 창부나 밀매음녀[8]를 만나더라도 문학청년 식으로 센치멘탈한 인도감(人道感)을 일으켜서는 실패합니다."

하던.

K는 벌써 다른 여념이 없었다. 어떻게 하여야 크게 센세이션을 일으

7 風勢. 바람의 기세. 바람 기운.
8 허가 없이 몰래 몸을 파는 여자.

킬 기발한 에로를 붙들어서 제각기 우월감으로만 가득 찬 편집실 안에서 자기의 존재도 한몫 세워 볼 수 있을까 하는 직업적 야심밖에는 아무 것도 없었다.

K는 전차를 내려 어두컴컴한 병목정[9] 거리를 톺아 올라갔다[10]. 거리는 들어갈수록 불이 밝고 번화하여 이곳은 다시 초저녁이 오는 것 같았다. 바람은 잦았으나 이른 봄이라 하여도 귀가 시릴 만큼 쌀쌀하였다. K는 추운 것보다 아는 사람을 만날까 하여 모자를 푹 눌러썼다.

불 밝은 이집 저집 대문간에는 젊은 사내들이 두루마기짜리[11], 양복쟁이 할 것 없이 수캐 떼 모양으로 몰려섰다. K는 무시무시하였다. 그리고 어디쯤 가서 걸음을 멈춰야 할지 몰라서 무슨 딴 볼일이 있는 사람처럼 간지러운 얼굴을 숙이고 쏜살같이 올라만 갔다. 이집 저집 대문간에서 혹은 들창 안에서 계집애들이

"여보, 여보세요."

하고 완연히 K를 불렀다. 어떤 것은 술 취한 사람 모양으로 목이 잠긴 소리로

"여보, 모자 숙여 쓰고 가는 양반."

하고도 불렀다. 그런 때면 K는 더 걸음을 자주 놀렸다. 그러고 보니 얼마 안 가서 K의 앞에는 커다란 행길이 나오고 말았다.

그 행길은 보통 평범한 거리 같았다. K는 실소하지 않을 수가 없었다.

그러나 가만히 좌우를 살펴본즉 산밑으로 올라가며, 보통 상점 집과는 다른 일본식 이층집, 삼층집들이 즐비하게 놓여 있었다. 그때에 K는 옳구나 저기가 정말 유곽인가 보다 생각하였다. 그리고 가까이 가서 본즉 과연 집집마다 문안에 으슥하게 들어설 곳을 만들어 놓고, 마치 활

9 竝木町. 지금의 중구 쌍림동의 일제강점기 명칭.
10 힘들게 더듬어 올라갔다.
11 '두루마기 입은 사람'을 낮잡아 이르는 말.

동사진관[12] 문 앞에 배우들의 브로마이드를 걸어놓듯 창기들의 인형 같은 사진을 진열해 놓았다. K는 아까 지나온 조선집 거리처럼 그렇게 난잡스럽지 않은 것을 다행으로 모자는 숙여 쓴 채 너덧 집이나 문간에 들어서서 다른 사람과 함께 사진 구경을 하였다. 그러나 별로 붙잡을 것이 없었다. 그 모양으로 다니다가는 밤을 새워도 기사 될 재료는 하나도 없을 것 같았다. 그래서 K는 다시 용기를 내어 각오하였다. '이것도 기자 생활의 수난인가 보다, 나선 길이니 철저히 한번 활약해 보자' 하고, 다시 아까는 곁눈질도 못하고 지나온 좁은 거리로 되들어 섰다.

K는 무엇보다 창부들 속에 소녀가 많은 것에 놀랐다. 소녀라니까 정동녀(貞童女)[13]를 의미함이 아니라, 몸으로써 사내를 꾀이기에는 너무나 털도 벗지 않은 살구처럼, 이제 열오륙 세짜리들이 머리채를 땋아 늘인 채로 대문간에 나서서 노랫가락을 흥얼거리며, 이 너석 저 너석에게 추파를 보내는 꼴은 K가 보기에는 너무나 비극이었다. K는 고 또래 중의 하나에게 어느 틈에 손목을 붙잡히었다. 그리고 어느 집 안마당으로 끌려 들어갔다.

K는 얼굴이 화끈거리고 그 계집애의 하는 양에 흥분을 느끼기보다 측은하게만 보였으나, 아까 편집국장의 주의가 이런 때의 나의 심리를 경계함이거니 하고, 그 계집애가 하라는 대로 따라 하여 보았다. 그러나 방문을 열고 들어가자는 데는 생각할 일이었다.

이런 때에 쓰라고 준 것인지는 모르나 아무튼 사에서 밤참 값으로 몇 원씩 받아 넣은 것이 있기는 하지만 그 돈을 쓸 목적으로는 그 방에 따라 들어갈 용기가 없었다. K는 그만 툇마루에 걸터앉고 말았다.

그때 마침 빈 듯이 조용하던 옆방에서 문이 열리더니 동저고릿바람[14] 노동자 하나가 얼굴을 들지 못하고 후닥닥 뛰어나왔다. 그리고 제 뒤를

12 '영화관'의 옛말.
13 숫처녀. 동정녀.
14 두루마기와 갓을 갖추지 않은 차림새.

따라 나와 간드러지게
"안녕히 가서요. 또 오세요."
하고 인사하는 계집을 한 번 돌아다보지도 않고 무안이나 당한 것처럼 뛰어나갔다.

K는 도적놈이나 본 것처럼 가슴이 서늘하였다. 그리고 얼마 멀지 않은 곳에서 전차 소리가 울려오는 것을 듣고 '불과 지척인데 이런 세상이 있었구나!' 하는 것을 새삼스럽게 느끼었다.

계집애는,

"어서 들어와요."
하고 입술을 생긋하였다. 어느 틈에 다른 계집들이 모여들어 K의 모자를 벗기고 K의 구두끈을 끄르고, 말이나 도야지를 몰아넣듯 K를 몰아넣었다. 그리고 방문까지 닫아 주고는 모두 흩어졌다.

계집애는 K의 모자를 집어 걸었다. 그리고 경대 앞으로 가더니 물 건너온 구렁이처럼 기름이 번지르르한 머리채를 올려 어예머리[15]를 틀고 나서는 서슴지 않고 저고리를 벗었다. 그 몇 푼짜리 안 되어 보이는 인조견 저고리가 대단한 것처럼 소매들을 맞추어 개어 놓더니, 다른 저고리를 갈아입지도 않고 벗은 채로 K에게 마주 나섰다. K는 그 계집애의 속 몸을 보고 다시 한번 놀라지 않을 수 없었다.

"너 몇 살이냐?"

"그렇게 노려보지 말아요. 무서와요. 호호…."

그 계집애는 제 손으로 K의 눈을 가리며 어리광을 떨었다. 그 애티 있는 목소리엔 그렇게 어리광을 부리는 것만은 천연스러웠다.

"너 몇 살이냐?"

계집애는 그 암만 살이오 하고 묻는 대로 대답하는 것은 싱거운 줄을 알았다.

15 간단히 올려 묶은 머리.

"나 몇 살 같아 뵈우? 알문 용치?"

K는 계집애의 나이를 짐작할 수가 없었다. 말소리와 얼굴을 보면 많아야 열대여섯밖에 안 되어 보이나, 그의 젖가슴을 보면 스무 살도 훨씬 넘을 것 같았다. K는 귀신에게 홀린 것 같았다. 애티 있는 얼굴을 보고 불쌍하게만 생각하였던 K도 그 계집애의 속 몸만은 완전히 계집의 한 몫을 당할 만한 것을 볼 때 묵살하기 어려운 새로운 흥분으로 전신이 흔들리었던 것이다.

그러나 K는 그 계집애가 치마끈까지 끄르며 정식으로 흥정을 걸려 할 때 다시는 그의 나이도 물어볼 용기 없이 일 원짜리 지전 한 장을 빼어 놓고 그대로 나오고 말았다.

집집마다 문간과 들창문 앞에 왁자지껄하고 모여 섰는 어중이떠중이들은 아까와 다름없었다. K는 우선 정신을 가다듬으려 어두운 골목으로 들어섰다. 그리고 그 어두운 골목, 남의 집 담장 밑에서 새 에로 하나를 발견한 것이다.

어두운 골목에서도 다시 그늘 속에서 창부 같지도 않은 흰 두루마기 입은 여자 하나가 분명히 K를 불렀다. K가 가까이 다가선즉 그는 또 분명히

"이리 좀 오세요."

하고 앞을 서서 걸었다. K는

"옳다, 이런 것이 도꾸다네[16]로구나."

하고 그의 뒤를 쫓아 섰다. 호리호리한 키와 몸맵시가 있었다. 몇 걸음 가지 않아서 그는 돌아보곤 하였다. K의 눈에도 이상스러운 것은 이런 짓을 하는 여자 쳐 놓고 머리 매무시가 거친 것과 걸음이 빠른 것이었다. K는 무섭기도 하였다. 그러나 기사 재료로는 다시없는 흥미에 부지런

16 '특종(特種)'을 뜻하는 일본말.

히 쫓아갔다.

골목은 점점 어둡고 좁아졌다. 오막살이들만 모여 앉은 골목을 몇 번을 꼬부라졌는지 유곽촌과는 완전히 경계를 벗어났을 즈음에 그 계집은 다 쓰러져 가는 오막살이 앞에서 발을 멈추며 K를 돌아보았다.

"누추하지만 좀 들어오세요."

"들어가도 괜찮소?"

"네, 염려 마시고…."

그러나 K는 주저하다가 자기의 목적과 정체가 다른 것을 생각하고 용기를 얻었다. K는 그의 뒤를 따라 행랑도 없는 문간에 들어서니 이내 마주치는 것이 그 여자가 문을 여는 건넌방이요, 손바닥만 한 마루를 건너 안방은 불이 켜 있기는 하였으나 덧문이 닫혀 있었다. 벌써 새로 한 점은 되었을 때라 빈민촌의 밤은 죽음과 같이 고요하였다.

K는 머리끝이 쭈뼛쭈뼛하는 것을 참고 주인이 인도하는 대로 방 안에 들어섰다. 방 안은 전기도 아니요 촛불인 것이 더 그로테스크하였다.

"여기 앉으세요."

K는 앉으라는 대로 하였다.

"모자 벗으서요."

K는 그것도 하라는 대로 하였다.

방 안에는 경대 하나 없었다. 그 값싼 인조견 이불 한 채 놓이지 않았다. K는 이 여자가 너무도 살림이 구차해서 이 짓을 하는구나 추측하였다. 고생살이에 쪼들리긴 한 얼굴이나 나이 이제 이십사오 세밖에는 안돼 보이는 때라, 워낙 바탕이 동그스름한 얼굴이 곱다기보다 어딘지 품이 있어 보였다.

"저 방에는 누가 있소?"

K는 안방 쪽을 가리키며 넌지시 물었다.

"상관없는 사람이에요."

K는 이왕 이만치 발전한 이상 풍부한 내용을 과작[17]하기에 노력할 것을 잊지 않았다. 그래서 싸늘한 그 여자의 손을 잡아 보며 수작을 건네었다.

"마음 놓고 앉았을 수 있소?"

웬일일까 방긋 웃고 대답할 줄 알았던 그 여자의 입에서는 길다란 한숨만이 흘러나왔다. 방안은 더욱 쓸쓸해졌다. 그제야 K의 눈에 뜨이는 것은 그 여자의 붉은 눈알과 부성부성한[18] 눈꺼풀이었다. 그 여자는 울음에 피곤한 사람이 틀리지 않았다.

"당신도 남정네시니 노여하진 마시고 그냥 돌아가세요. 네…?"

K는 점점 의아하였다. 무슨 영문일까. 자기가 먼저 유인한 것인데…. 아무튼 단순한 에로는 벌써 깨어지고 말았다. 그렇지만 이것도 흥미 있는 재료다. K는 그 여자의 눈치만 보고 앉았노라니까 그 여자는 얼굴을 반만치 외면하면서 이런 말을 하였다.

"이렇게 된 바에야 내 몸을 애끼는 게 아니라요. 병이 있어요, 저에겐…. 그냥 가세요. 와 보시니까 아시겠지만 너무 절박한 사정이 있어 이렇게 나섰습니다."

그의 말끝에는 또 길다란 한숨이 따라 나왔다.

"대강 짐작은 하겠소."

그러나 K는 센티멘털은 금물이라는 편집국장의 부탁을 잊지 않았다. 그리고 이렇게 하는 것이 M사에서 파견한 사명인 줄 느끼며, 잔인한 것을 참고 그 여자의 손목을 잡아다려[19] 보았다. 그러니까 그 여자도 허물없이 끌려오며 외면하였던 얼굴까지 갖다 대어 주었으나, 그러나 금수가 아닌 다음에야 어찌 그 눈물 젖은 얼굴 위에서 향락을 구할 수가 있

17 '지어냄'의 의미로 추정.
18 부은 듯한. 부숭부숭한.
19 '잡아당겨'의 방언.

으리오. K는 선뜻 손을 놓고 뒤로 물러앉고 말았다. 그러고는 바람벽[20]을 둘러보다가 촛불 가까이 걸려 있는 때 묻은 사진 한 장에 눈이 머물렀다. K는 가까이 들여다보았다. 어떤 기골이 청수한[21] 중년 노인의 사진인데 관을 쓰고 중치막[22]을 입고 행전[23]을 치고 병풍을 배경으로, 걸어앉은[24] 것이 보통 서민 같지 않은 사람이다.

"누구의 사진이오?"

그 여자는 눈물을 씻을 뿐이요, 얼른 대답하지 않았다. K는 진정으로 물었다. 진정으로 집안 사정을 물음에 그 여자도 K의 사람 된 품을 믿음인지, 다음과 같이 대강은 이야기하였다.

"아버지 사진이에요. 전에 합방 전에 충청도 서산 고을 사실 때[25] 사진이래요…. 그래 이런 세상이 있어요?"

그는 설움에 말문이 막히곤 하였다.

"아버진 만세 때 대동단[26]에 끼어서 해외로 가셨습니다. 두 달 만에 북경서 한 번 편지가 있은 후로는 십여 년이 되도록 소식이 없을 때야 노래(老來)[27]에 생존해 계시리라고는 믿지도 못합니다. 어머니와 나는 지금도 수송동에 있지만, 그 집을 팔아서 오륙 년 동안 먹어 오다가 그 후에는 내가 유리 공장에 다니었지요…. 거기서도 어디 내가 잘못해서 나왔나요. 감독 녀석이 내게다 눈을 두니까 말썽이 일어나서 못 댕기게 됐지요…."

20 방을 둘러막은 벽.
21 淸秀-. 깨끗하고 빼어난.
22 옛 선비들이 걸치던, 소매가 넓고 길이가 긴 웃옷.
23 行纏. 한복의 바짓가랑이를 정강이에 감아 매는 끈 달린 천.
24 걸터앉은.
25 고을의 수령(守令)으로 지내실 때.
26 大同團. 1919년 삼일만세운동 직후 일진회 회원이던 전협(全協), 최익환(崔益煥) 등이 조직한 독립운동 단체.
27 늘그막.

K는 그 여자의 얼굴을 다시 한번 뜯어보았다. 그리고 행복스러울 때의 그 청초한 맵시가 있을 그 여자의 풍모를 상상하여 보았다.

"…식구는 단 두 식구지만 버는 사람 없이 어떻게 견딥니까. 그래서요 앞에서 싸전[28] 하는 녀석이 있어요. 그 녀석이 상처를 하고 나서 자꾸 사람을 보내길래 하는 대로 가만뒀지요."

그는 상기한 얼굴이 더 한 겹 붉어졌다.

"글쎄, 이불 한 자리 하지 않고 쌀 몇 말 갖다 놓구는… 목구멍이 보두청[29]이지요…. 남의 몸을 더럽혀 놓고 그뿐인가요, 휴…."

그는 창아[30]에 맞은 날짐승처럼 고개를 떨어뜨리고 흐득흐득 느껴 울었다. K도 눈이 뜨겁고 콧잔등이 빼근해 오는 것을 누르기 어려웠다.

"글쎄, 그 못된 병을 올려 주고는 발을 뚝 끊습니다그려. 그런 놈이 있어요? 세상에 약값이나 좀 물어 달래도 못 들은 체하지요."

"그놈을 고소를 하지요?"

K도 분해하였다.

"고소요? 그렇잖어도 고소들을 하라고 그래요. 그래서 경찰서엘 갔더니 이런 동리에 사는 때문인지 되레 나를 글쎄 밀매음을 했다고 이 뺨저 뺨 때리며 가둡디다그려…."

그는 눈을 슴벅거리며 입을 비죽거리었다.

"그러니 호소무처(呼訴無處)[31] 아냐요. 엊저녁에 일주일 만에 유치장을 나왔습니다. 밀매음을 하고 돈 못 받았다고 고소하러 왔다가 도리어 잽힌 뱃심 좋은 밀매음녀라고 신문에도 났다구들 합디다. 몹쓸 놈의 세상 같으니…."

K도 며칠 전에 두 신문에서나 그 기사를 본 생각이 났다.

28 쌀과 곡식을 파는 가게.
29 '포도청(捕盜廳)'의 변한 말.
30 '덫'의 방언.
31 억울하고 원통한 사정을 하소연할 곳이 없음.

"난 유치장에서 굶지나 않았지요. 글쎄, 육십 노인이 며칠을 굶으셨는지 말씀도 못하고 누워 계십니다그려. 그러니 내가 어떻게 합니까? 힘이 세니 강도질을 합니까? 무슨 잽혀 먹을 것이나 남았습니까? 생각다 못해 나섰지요…. 그랬더니… 어젯밤에 내가 웬 사내 하나를 데리고 이 방으로 들어오는 것을 어머니가 아신가 봐요. 무슨 이상스런 기척이 있길래 곤두박질을 해서 건너가 봤더니 벌써 어머니는 눈을 치뜨고 양잿물 그릇만 뒹굴고 있습니다그려. 사람 살리라고 소리도 쳐 보고 싶었지만 말이 나와야죠. 어머니 시체는 지금 저 방에 계십니다. 저 안방에…. 이러고 내 목숨이 살아서 무엇합니까마는 내 어머니 시체나 내 손으로 감장해야 안 합니까…."

그는 여기까지 말을 하더니 갑자기 입술을 바르르 떨고 상기되었던 얼굴이 백지처럼 질리면서 쓰러지려 하였다.

"왜 아프시오?"

"아뇨… 아뇨."

할 뿐 더 기신[32]을 차리지 못했다.

K는 그만 자기 동기간의 일처럼 울음이 터져 나오려 하였다. 그를 끌어안고 같이 소리 내어 울고 싶었다. 방바닥은 얼음같이 차 올라왔다. 그러나 K는 얼굴이 화끈하였다. '저들을 위해서 나의 붓은 칼이 되리라 한 그 붓을 들고 자기는 무엇을 쓰러 나섰던 길인가? 고약한 놈이다!' 하고 K는 얼마 안 되는 시재를 털어놓고 사람 살리라고 소리나 지를 것처럼 주먹을 쥐고 서두르며 그 집을 뛰어나왔다.

그러나 세상은 얼마나 고요하랴. 얼마나 평화스러우랴. 어디선지 야경꾼의 딱따기 소리만이 '불도 나지 않았소, 도적도 나지 않았소, 아무 일도 없소' 하는 듯이 느럭느럭하게 울려왔을 뿐이다.

32 氣神. 기력과 정신.

1931년.

「불도 나지 않었소, 도적도 나지 않었소, 아무일도 없소」『동광(東光)』, 동광사, 1931. 7; 『달밤』, 1934; 『복덕방』, 1947.

실낙원(失樂園) 이야기

나는 동경서 나올 때 오직 한 줄기의 희망이 있었을 뿐이다.

그것은 '어느 한적한 산촌, 차에서 내려 며칠을 걸어가도 좋고, 전신줄[電線]도 아직 이르지 않은, 신작로 하나 나지 않은, 그런 궁벽한 산촌이 있다면 거기 가서 원시인의 양심과 순박한 눈동자를 그대로 지니고 있는 숫된[1] 아이들을 상대로 그들을 가르치고 나도 공부하고, 이 상업문명과 거의 몰교섭한[2] 그 동리의 행복을 위해서 수공업의 문화를 일으키리라.' 이것이 나의 유일한 이상이었다. 이것을 생각할 때만 나의 팔뚝에는 힘줄이 일어섰던 것이다.

그래서 나는 P촌을 발견하였을 때, P촌에 있던 K교사가 그만두고 그 자리가 나에게 물려질 때, 나의 기쁨은 형언할 수 없었다. 나 혼자 유토피아에 든 듯했었다.

P촌은 그 촌의 자연부터 아름다웠다. 동남이 터지어서 볕이 밝고, 강 있는 벌판이 눈앞에 질펀히 깔리었으며, 서북으론 큰 산이 첩첩이 둘러 아늑하고, 물 좋고 꽃 많고 즘생[3] 많고 나무 흔한 곳이었다. 이 동리에는 팔십몇 호의 초가집과 두 기와집이 있는데, 큰 기와집 하나는 그 동리에서 제일가는 부자 이 진사네 집이요, 다른 기와집 하나는 내가 가 있게 된 학교 집이었다.

학교 이름은 신명의숙(新明義塾)이란 간판이 걸려 있었다. 이 신명의

1 순진한. 어수룩한.
2 접촉이 없는.
3 '짐승'의 방언.

숙은 그 동리에서 여러 대 전부터 학계(學契)[4]를 모아 경영해 오던 서당으로서, '아이우에오[5]' '가감승제[6]' 같은 신학문을 가르치기 시작한 지는 기미년 이후부터라 한다.

학생은 남아 사십 명, 여아 십여 명, 모두 오십이삼 명인데 세 학급으로 나뉘어 있으며, 그것을 모두 혼자 맡아 가르치는데 봉급은 일 년 회계로 백미 일백사십 두이다.

나는 만족하였다. 그 학교에는 이름은 교장이 있으나 실지에 나 혼자가 교장이요 교원이었다. 교원도 나 한 사람뿐이니 내 마음대로 모든 것을 실행할 수 있었다. 나는 홑몸이라 밥은 어느 학생 집에 부쳐 먹고[7] 자기는 학교 안에서 잤다.

교장 이하로 모든 학부형들이 다 나를 좋아하였고 학생들도 나를 따랐다. 그래서 나는 신명학교의 선생뿐이 아니었었다. 앞집, 뒷집에서 다 나에게 와서 편지를 썼다. 편지뿐만이 아니라 집안일까지 의논하러 왔다. 집안일뿐만 아니라 동리에 젊은 사람들, 구장과 동장, 그네들은 동리 일까지 나와 의논하였다. 아니 의논이라기보다 나에게 재가(裁可)를 받고 실행하게쯤, 그 동리 온통이 나를 믿어 주었다. 나는 그들에게 정성을 다하였다. 그들의 무지와 그들의 빈곤을 위해 나의 지혜껏 활약하였다.

"선생님이 우리 동리에 십 년만 계셔 주었으면 우리 동리는 모두 제 땅만 갈아 먹고살게 되겠습니다."

"십 년이 무어야, 선생님. 선생님은 고향으로 가실 생각 마시고 우리 촌에서 장개까지 들고 아주 우리 동리 어른이 되어 주십시오."

"어디 우리 동리에 선생님 배필이 될 만한 색시가 있어야지…."

4 교육이나 학비 조달을 목적으로 하는 계.
5 일본어 오십 음 중 기본이 되는 다섯 가지 음으로, 여기서는 '기초 일본어'를 뜻함.
6 加減乘除. 더하기, 빼기, 곱하기, 나누기의 사칙연산.
7 얻어먹고.

동네 사람들은 모이면 흔히 이런 소리들을 했다.

아닌 게 아니라 나는 그 동리에서 영주(永住)하고 싶었다. 장가도 가고 싶었다.

정 서방네 큰 갓난이! 나는 그를 퍽 좋아하였다. 그도 그랬다. 나는 서울과 동경에서 장미꽃 같은 계집애는 많이 보았다. 그러나 정 갓난이처럼 박꽃같이 희고 고요하고 순박한 처녀는 처음 본 것이다. 그 장식함이 없이 진정 그것이 향기를 풍기는 듯한 눈알, 뺨, P촌은 틀림없이 나의 낙원이었었다. 나는 왜 이 낙원에서 쫓기어 나왔는가?

하루는(내가 P촌에 간 지 다섯 달쯤 되어서다) 삼십 리 밖에 있는 주재소[8]에서 소장이 나왔다. 그 동안 순사는 몇 번 와서 이런 이야기 저런 이야기 물어 갔지만 소장이 오기는 처음이라, 더구나 온전히 나 때문에 경관이 오기는 처음이었다. 그는 나 보기에는 좀 무례스러웠다. 아무리 시골 학교기로니 그는 교수 중에 문을 열고 좀 나오라 하였고, 처음 말부터 '기미[9]'라 불렀으며, 내 방으로 가서는 나의 허락도 없이 책상에 놓인 책들을 끌어내어 가지고 뒤지었다. 나는 눈이 휘둥그레서 코를 훌쩍거리고 섰는 아이들과 같이 그저 그에게 겸손했을 뿐이다.

"이런 책이 무슨 필요가 있소? 저런 아이들에게 이런 것 가르치오?"

그는 대삼영(大杉榮)[10]의 『선구자의 말』[11]이란 책을 뽑아들고 물었다.

"가르치는 데 참고하는 것은 아니오. 그저 내가 보는 것이오."

"그저 보다니? 목적이 없이 본단 말이오?"

"반드시 목적이 있어야만 봅니까? 경관도 경찰 이외의 책을 보는 것

8 駐在所. 일제강점기에 순사들이 사무를 보던 경찰의 말단 기관으로, 지금의 파출소에 해당함.

9 '군(君)', '자네'와 같이 동년배나 아랫사람을 부르는 일본말.

10 오스기 사카에(1885-1923). 일본 다이쇼 시대의 노동운동가, 무정부주의자.

11 오스기 사카에 사후에 출간된 『자유의 선구(自由の先驅)』(1924)로 추정되나, 당시 '선구자의 말'이라는 제목의 한국어판이 있었는지는 불명확함.

과 마찬가지로 나도 교재 이외의 것으로 보는 것이지요."

"그런 말이 어디 있나? 우리가 다른 책을 보는 것은 소설이나 역사 같은 책을 취미로 보는 것이지만, 이런 것이 어디 취미란 말이야?"

"사람 따라 취미도 다르지요. 나는 그저 취미로 보는 데 불과하오."

"알었다!"

그는 이전에 다른 사람이 와서 묻던 것보다 더 깐깐하게 내 원적(原籍)과 이력을 캐고는 결국 『선구자의 말』 이외에도 세 책이나 새끼로 묶어 들고 갔다.

그 이튿날 호출장이 왔다. 아침 열시에 출두하라 하여 나는 새벽밥을 지어 먹고 시간을 대었다.

부장은 대뜸 이렇게 물었다.

"수신[12] 시간 있지?"

"있소."

"국어로 하나? 조선말로 하나?"[13]

"학생들의 국어 정도가 유치하여 조선말로 하오."

"유치하니까 자꾸 국어로 해서 국어 사용 습관을 길러 줘야지. 네가 국어를 잘 못하니까 국어로 못 가르치는 것이 아니냐?"

"썩 잘은 못해도 아이들에게 수신 책을 설명할 정도는 되오."

"그래?"

그는 잠깐 생각하더니 하인을 시켜 자기 딸애 형제와 또 이웃집 애들까지 다섯 아이를 불러왔다. 그리고 나더러 학교에서 가르치듯 이 애들을 상급반 학생들로 가정하고 수신을 가르쳐 보이라는 것이었다.

물론 이것은 견딜 수 없는 모욕이었다. 그러나 나는 요행으로 얻은 내 낙원을 잃지 않으려 혀를 깨물고 공순히 말했다.

12 修身. 몸과 마음을 수양시키는 목적의 일제강점기 교과목.
13 일제강점기에는 공식적으로 일본어를 '국어', 우리말을 '조선말'이라 칭했다.

"이것은 나를 모욕하는 것 같소. 내가 당신한테 교사 시험을 치러야 하오?"
하니 그는 대답이 없었다. 한참 만에 아이들을 나가라 하고 딴 이야기를 꺼냈다.

"너는 선생 노릇으로 온 것이 아니라 어떤 비밀한 계획을 실행하러 왔지?"

"아니오. 나는 아무런 비밀한 계획이 없소. 무엇을 보고 그렇게 생각하오?"

"비밀한 계획이 없다? 그러면 왜 백성이 경관을 우대하는 미풍을 없애 버리느냐 말이야, 응?"

"나는 그런 일을 한 적이 없소."

"없어? 바루 저기 앉은 저이가 김 동장네 집에 갔을 때 김 동장이 술을 사다 대접했다고 벌금을 받았지?"

"내가 받은 것도 아니거니와, 그것은 동회에서 작정하고 제사에까지도 술은 금해서 술을 사거나 먹는 사람에겐 그렇게 벌금을 받는 규측이오. 내가 한 것이 아니오."

"말 마라, 네가 오기 전엔 그런 일이 없었다. 네가 모두 시켜서 하는 것인 줄 우리가 다 알고 있다. 너는 상식이 없는 사람이야. 술이란 것은 정부에서 공공연하게 허가해서 제조 판매하는 음식물이 아니냐. 손님이 와서 음식물을 대접하였는데 벌금을 받는다? 그러면 음식을 먹고 온 사람이 그 주인에게 무슨 낯이냐 말이다. 그것은 경관과 백성의 사이를 친밀하게 못하게 하는 음모가 아니냐?"

"아무튼 그 점은 나에게 질문하실 바 아니오. 내가 그 동회의 회장도 아니요, 나는 다만 그 동리에 있는 한 청년의 자격으로 보통 회원이 된 것뿐이오."

"옳지, 네가 무슨 임원이 안 되고 보통 회원의 자격만 가지는 것부터 너의 음모란 말이야. 조종은 네가 하고 책임은 선량한 시골 청년들에게

씌운단 말이지….”

그는 조서를 꾸미는 것처럼 무엇을 적는 체도 하였다. 그러다가 그는 안색을 고치더니 이런 말을 했다.

“강 선생. 우리네 생활을 어떻게 생각하시오?”

“훌륭한 줄 아오.”

“정말이오?”

“그렇소.”

“그러면 그까짓 촌에서 쌀섬이나 받고 지낼 것이 아니라 경관이 되시오. 어떻소?”

“글쎄요. 아직 그런 문제를 생각해 본 적은 없소.”

“그러면 가서 생각해 보시오. 나는 이렇게 촌 주재소에 와 있지만, 은급[14]이 두 가지요. 시험 같은 것은 내가 잘 통과되게 할 수단이 있소. 가서 잘 생각해 보시오. 그리고 대답하도록은 이 책들은 여기 두시오.”

나는

“그렇게 생각해 주니 고맙소.”

하고 나오는 수밖에 없었다.

그러나 너무 심하지 않은가, 고지식하게 나의 대답을 기다렸다는 것은. 더구나 두 주일 후에 위정 그 때문에 순사를 보내어 대답을 독촉하는 것은! 나는

“그럴 생각이 없소.”

하고 대답을 해 보냈더니 그는 노발대발한 모양이었다. 그 후 이내 P촌 구장이 불리어갔다. 그 다음엔 교장으로 있는 이 진사의 아들이 불리어 갔다. 그네들은 갔다 와서 모두 나더러 머리를 깎아 버리라고 권하였다. 그리고 그에게 가서 덮어놓고 사과하라고 권하였다.

14 恩給. 일제강점기 정부에서 일정한 기간 일하고 퇴직한 이에게 주던 연금.

나는 그네들의 괴로운 입장을 알았다. 그리고 형식으로 하는 일이면 무엇이고 달게 받으려 하였다. 긴 머리를 가진 청년은 주의자[15]가 틀리지 않다는 소장의 의혹을 풀어 주기 위해 나는 머리를 덧빗[16]도 대지 않고 빡빡 밀어 깎았다. 그러나 덮어놓고 사과를 하라는 것은 어려운 일이었다. 나의 자존심에서가 아니라 무엇을 잘못했다고 사과할 것인지 알 수 없기 때문이다. 이것은 사과를 권하는 교장이나 구장도 알지 못하는 점이다.

아무튼 그 후 공일날을 타서 그에게로 갔다. 그리고 '당신이 나를 여러 가지로 오해하는 것 같으나 사실인즉 그렇지 않다'는 것을 말해 보았다. 그러나 그는 이미 자기의 복안[17]을 결정한 듯, 비웃을 뿐만 아니라 이런 소리를 하는 데는 나는 견딜 수 없었다.

"남을 가르치는 사람은 비겁하여서는 못쓴다. 네가 머리까지 빡빡 깎고 와서 나에게 하는 태도가 얼마나 비겁하냐?"

나는 문을 콱 닫고 나오고 말았다.

여름방학 때였다. 나는 방학 동안에도 P촌을 떠나지 않았다. 더구나 교장이 정 갓난이와 나의 사이를 짐작하고 즐기어 문제를 표면화시켜 주었다. 정 갓난이 집에서는 엄청나게 귀한 사위나 얻는 것처럼 황송해서 나의 눈치만 기다리었다.

한번은 비오는 날, 갓난이 아버지와 동생은 벌에 나가고 없는 새, 갓난이 어머니가 닭을 잡고 나를 청했다. 그리고 갓난이와 나를 한방에서 먹게 하고 자기도 이내 어디로 나가 버리어 조용히 이야기할 기회도 주었다.

나는 그날 정 갓난이의 그 불덩이같이 달은 볼 가까이 가서 분명히 그

15 主義者. 일제강점기에 공산주의자, 사회주의자를 이르던 말.
16 머리를 조금 길게 깎기 위해 이발기에 끼우는 빗 모양의 쇠붙이.
17 腹案. 속마음.

의 귀에 속삭이었다. "가을에 쌀을 받는 대로 우리 잔치합시다"라고.

나는 그날처럼 아름다운 행복을 내 손에 붙들어 본 적은 없었다.

그 후 얼마 안 되어서다. 어떻게 소문이 펴졌던지, 주재소에서 오라 해 갔더니 소장이 나의 큰 약점이나 붙잡은 듯이 발을 구르며 심문하기를

"왜 시골 어진 부녀자를 농락하느냐?"

하는 것이었다. 나는 세 시간 동안이나 힐난을 받았다. 정 갓난이와 정식 중매인 것을 증인으로 교장과 구장을 불러 대이기로 하고 겨우 놓여 나오니, 공교히 비가 무섭게 쏟아지기 시작하였다. 할 수 없이 그 거리에서 자는데 산골물이라 하룻밤 쏟아진 것이 이 거리를 둘러막은 봇둑이 위험하게 되었다. 그래도 날도 밝기 전인데 이 거리에선 소동이 일어났다.

나도 주인집에서 헌옷을 얻어 입고 봇둑으로 나가 여러 사람들과 같이 응급 공사를 했다. 두어 시간이나 물속에서 떨다가 돌아와 옷을 갈아입고 거리로 나섰을 때다. 그때

"오이!"[18]

하고 노기등등하여 부르는 소리가 났다. 소장이 다른 두 순사와 긴 장화를 신고, 날도 다 밝았는데 등을 들고 헐떡거리고 지금 들로 나가는 길이었다. 그는 다시 나에게 소리 질렀다.

"너는 교사가 아니냐? 교사가 되어 가지고 왜 공익을 모르느냐. 지금 이 동리가 위험한 상태에 있는데 너는 네 동리가 아니라고 그렇게 가만히 뻗치고 섰느냐. 못된 놈이다!"

나는 하도 어이가 없었다. 웃고 말았을 것이나 '못된 놈이다!'라고 평소에 품었던 미움으로 여러 사람이 보는 데서 욕을 보이는 것은 견딜 수가 없었다. 나도 버럭 소리를 질렀다.

18 아랫사람을 부를 때 쓰는, '어이!'와 같은 뜻의 일본말.

"무에라고? 그 말은 내가 그대에게 할 말이다. 그대는 이 동리를 경비하는 책임자가 아니냐. 누구보다도 제일 먼저 이 동리의 안위를 알고 있어야 할 그대가 남이 벌써 나가서 두세 시간 동안이나 다 막아 놓고 온 때에 이제 일어나 나오면서 누구를 보고 공익을 모른다고? 누가 그 욕을 먹어야 할 사람이냐?"

그는 자기가 늦은 것을 비로소 알고 얼굴이 푸르락붉으락 했을 뿐, 말에 궁하여

"지금은 바쁘니 이따 보자."

하고는 달아났다. 그는 아마 그 거리에 와서 이와 같이 여러 사람 앞에서 말이 막혀 보기는 처음이었을 것이다. 따라서 그의 하늘 같은 자존심은 길바닥에 깔리어진 것 같은 모욕감과 앙심을 품었을 것은 물론이라 나는 그가 "이따 보자" 하였으나 P촌으로 돌아오고 말았다.

한 사날[19] 후이다. 교장이 또 불리어 갔다 왔다. 교장의 말을 들으면 '학교에 그와 같은 사람을 두면 이학기부터는 군 학무계에 말하여 강습허가를 철회하겠다'는 것이었다.

교장이 다시 가고, 학부형 대표가 가고, 구장이 가고 하여 진정, 애원하였으나 막무가내였다.

이리하여 나는 표연히 P촌을 떠나고 만 것이다.

P촌을 떠날 때, 동리는 온통이 끓어 나와[20] 나를 보내기에 섭섭해했다. 학생들과 청년들은 이십 리 밖에까지 따라 나왔다. 이 집, 저 집서 수군거리고 부녀자들도 거적문 틈으로, 울 너머로 내어다보는 것이었다. 어디서든지 정 갓난이도 내어다보았을 것이다. 그리고 울었을 것이다. 학

19 사나흘.
20 많은 사람들이 쏟아져 나와.

생들이 엉엉 소리쳐 울었지만 소리 없이 운 정 갓난이의 마음은 더 아팠을 것이다.

나는 정 갓난이를 잊지 못한다. 그러나 그에겐 나를 단념하라고 이르고 온 것이다. 왜? 나는 P촌과 같은 낙원을 잃어버린 이상, 내 한 입도 건사하기 어려운, 경제적으로 철저한 무능자인 조선 청년의 하나인 것을 깨닫기 때문이었다.

1932년 6월 8일 고(稿).

「실낙원 이야기: 어떤 시골 교사로 잇든 이의 수기」『동방평론』, 1932. 7; 『달밤』, 1934; 『복덕방』, 1947.

은희(恩姬) 부처(夫妻)

은희! 그렇습니다. 나는 서슴지 않고 은희라 부르겠습니다.

이 '은희'란 이미 남의 아내의 이름이 되고 말았습니다. 그러나 나는 서슴을 필요 없이 은희는 '은희' 하고 전과 같이 부르겠습니다.

은희 자신이 이것을 탄할 여자가 아니요, 은희의 남편이란 그 자가 역시 이만한 것은 눈곱만치도 꺼리지 않을 위인인 것을 나는 잘 알았기 때문입니다.

은희와 나는 지금으로부터 사 년 전 초가을에 알았습니다.

은희와 나는 두번째 만날 때부터 우리끼리의 비밀을 품게 되었습니다.

그리고 은희와 나는 사귄 지 석 달 만에 흩어지고 말았습니다.

이 이야기는 흩어지게 된 동기부터를 시초로 꺼내겠습니다.

눈이 부슬부슬 내리는 훗훗한 겨울밤이었습니다.

은희는 저녁 일곱시까지 나에게 오기로 약속한 밤이었습니다. 나는 저녁밥도 설치고 여섯시 때부터 귀를 밝히고 기다렸습니다. 바람 소리만 나도 그가 오지 않나 하는 마음을 태웠습니다.

그러나 일곱시가 그냥 지났습니다. 일곱시는커녕 아홉시, 열시, 열두 점을 땅 땅 칠 때까지 나의 방문을 여는 사람은 없었습니다.

그 이튿날 아침, 물론 은희의 편지는 왔습니다. 편지 사연이란 이렇게 허무한 말이었기 때문입니다.

저녁을 먹고 나에게 올 차비로 막 문밖을 나서려니까 자기 고향 사람 하나가 찾아오더라나요. 그 남자는 은희에게 '남산이나 같이 한 바퀴 돌아오자'고 청하였다고 합니다. 은희는 눈은 내리나 어스름한 달빛이 있으므로 이것을 허락하였다구요. 그리고 자기 딴은 그길로 나에게 오려던 심속[1]이었으나 길이 미끄러워 남산에서 여러 번이나 넘어졌었고 밤도 어느 틈에 열한시나 된 것을 보고는 그만 집으로 돌아오고 말았다는 것이었습니다.

나는 이 편지를 받고 은희와 절교한 것을 지금도 나의 무리였다고는 생각지 않습니다.

나는 그 이튿날 은희가 올 것을 알고 집에 있지 않았습니다. 그의 편지도 오는 대로 돌려보냈습니다. 나중에 온 편지 한 장만은 엽서이니까 읽어 보았으나 그것도 도로 보냈다고 기억합니다. 그 엽서의 사연은 '당신은 나를 사랑하기에 너무 어리오' 하는 간단한 사연이었습니다.

나는 이렇게 은희와 절교하고 말았습니다.

그러나 절교의 형식을 밟기에는 이처럼 간단한 경로였으나, 사실에 있어 은희를 단념한다는 것은 나의 용기로는 거의 절망이었습니다.

나는 괴로웠습니다. 나는 며칠이 못 되어 오는 족족 돌려보내던 은희의 편지를 목이 말라 기다리게 되었습니다.

은희의 편지는 올 리가 없었습니다. 편지를 기다리다 못해 그 다음엔 내가 먼저 편지를 써 부쳤더니 이번에는 은희가 나의 편지를 도로 쫓아 보내고 말았습니다.

그러나 은희가 그저 그 주소에 있으면서 나의 편지를 받지 않은 것은 아니었습니다.

나는 은희가 일본 갔다는 말을 들었습니다. 그리고 행여나 하고 무시로 은희의 편지를 기다렸습니다. 어디 그것뿐입니까, 방학 때면 저녁 소나기에 옷을 맞히면서도 부질없이 부산 차 마중을 다녔더랬습니다.

그러던 은희에게서 사 년이란 세월이 흘러간 오늘에 한 장 편지가 날아왔으니 얼마나 끔찍한 일입니까. 나는 이 길지 않은 편지도 여기다 공개

하겠습니다.

'나는 이번 길에 서울 들르려 합니다. 당신이 그동안 얼마나 자랐는지 한번 만나 보고 싶습니다. 폐스럽지만 하룻밤만 묵어가게 해 주십시오.'

어제저녁입니다. 나는 은희 마중을 나갔습니다. 이발을 하고 양복에 솔질을 하고 눈이 부실 은희의 얼굴을 가지러[2] 나갔습니다.

은희는 과연 부산 차에서 내렸습니다. 새까만 외투 소매 끝에 달린 은희의 흰 손은 장갑을 벗고 내 손을 꼭 붙들어 주었습니다.

그러나 나는 내가 필요한 은희 한 사람만을 맞이한 것이 아닙니다. 은희에게는 그 일행이 있었습니다. 일행이라야 단 두 사람이니 은희 자신과 은희 남편 되는 사람 말입니다.

은희에게는 굵다란 대모테[3] 안경을 쓰고 키가 후리후리한 대학생 한 분이 은희의 차표까지 자기 주머니에서 내어주며 따라 나왔던 것입니다.

은희는 어젯밤 나의 방에서 얼굴빛도 붉히지 않고 이 대학생을 자기 남편이라고 나에게 소개하였습니다.

이러고 본 즉, 은희가 무슨 뜻으로 나를 찾아온 것일까요. 자기의 행복을 자랑시키려? 아닙니다. 나를 그다지도 모욕하기에는 은희의 마음은 너무 악하지 않은 것을 나는 믿습니다. 그러나 도시[4] 요령을 잡을 수가 없었습니다. 더구나 그들은 서울서 다른 볼일도 없었습니다. 그들은 나의 방에 들어서는 길로 여관이나 잡은 듯이 한 트렁크 속에서 제각기 낯수건과 비누를 꺼내들고 목욕들을 나갔습니다. 나는 그동안 그들의 저녁이나 준비하고 있는 수밖에 없었습니다.

그네들은 아주 침착하였습니다. 저희끼리도 하는 말이 별로 없었습

1 心-. 속에 품은 마음.
2 '마중하러'의 의미로 추정.
3 바다거북의 하나인 대모(玳瑁)의 껍데기로 만든 안경테.
4 도무지. 도대체.

니다. 저녁을 먹고 나더니 피곤하니 일찍 자게 하여 달라고 하였습니다.

나는 무슨 영문인지를 몰랐습니다. 도깨비에 홀린 사람처럼 나는 그들이 하자는 대로 하였습니다. 그래 자리를 깔았지요. 의례히(의례히라는 것보다도 마땅히 그래야 할 순서대로) 은희의 자리를 아랫목으로 따로 펴고, 그 자리와 조금 새를 두고 큰 자리를 폈습니다. 물론 이 자리에는 은희의 남편과 내가 눕되 은희의 옆을 그의 남편의 자리로 하였습니다.

그러나 그의 남편이란 어떻게 된 사람인지, 이 사람의 속은 은희의 속보다 더 갈피를 잡을 수가 없었습니다. 그는 은희 자리로 깔아 놓은 아랫목으로 내려가 누우며 이런 말을 하였습니다.

"나는 어제 배에서 자지 못해서 먼저 자겠습니다. 저보다도 은희와 전부터 아신다니 말동무나 하시지요."

은희도 서슴지 않고 웃옷을 활활 벗더니 두 팔과 두 다리와 젖가슴이 그냥 드러나는 속옷 바람으로 큰 이불 속으로 들어갔습니다. 그러고는 이불 섶을 제끼며 나에게 하는 말이었습니다.

"어서 드러누시죠."

나는 얼굴이 화끈거리어 불부터 껐습니다. 그리고 나도 속옷만 입은 채 은희의 이불 속으로 들어가고 말았습니다.

얼마 동안 방안은 빈 듯이 고요하였습니다.

그러다가 아랫목에서 코고는 소리가 높아 올 때였습니다. 은희는 이불 밑으로 손을 더듬어 내 손을 찾더니 정거장에서와 같이 꼭 붙들고는 아랫목에서도 알아들을 만치,

"참 오래간만이지요?"

하고 소리를 내었습니다.

나는 대답하는 대신에 그의 손을 가만히 뿌리치고 말았습니다.

얼마 있다 은희는 또 소리를 내었습니다.

"벌써 주무세요?"

하고.

나는 은희의 말을 한마디도 대답하지 않았습니다.

은희의 부처는 오늘 아침 차로 평양까지 가는 그들의 길을 계속하여 떠났습니다. 그들은 나에게 틈 있는 대로 자기네 집을 한번 다녀가라고 신신당부하며 은희는 손수건을 내어 흔들며, 그의 남편은 모자를 벗어 흔들며 유쾌하게 떠나갔습니다.

이야기는 여기서 그칩니다.

은희와 그 대학생은 틀림없이 결혼한 지 첫돌이 된다는 금실 좋은 부부간이었습니다.

나는 그들에게 대한 비판이 막연합니다. 다만, 은희가 나를 그냥 한번 보고 싶어서 위정 들러 주었다는 것만은 감사하게 생각됩니다. 그리고 과연 나는 은희의 말과 같이 은희를 사랑하기에 너무 유치했었는지도 모릅니다.

1928년.

『신소설』, 1930. 5; 『달밤』, 1934.

촌뜨기

장군이는 스무 날 동안 열아홉 밤을 유치장에서 잤다. 밤마다 잠들기 전에 먹은 마음, 열아홉 번 먹은 마음이언만 경찰서 문밖에 나서고 보니 그 결심은 꿈에 먹었던 마음처럼 어리둥절해지고 말았다.

"젠장, 한 이십 일 놀구 먹지 않었게…."

다리가 허청허청하였다. 그러나 그 허청거림은 속이 비었거나 기운이 탈진한 때문은 아니었다. 긴 장마를 방안에서 투전이나 낮잠으로 겪고 오래간만에 햇볕에 나서는 때처럼 운동 부족이 일으키는 현기였다.

장군이는 여러 날 만에 묶어 보는 허리띠를 다시 한번 졸라매면서 서문거리[1]로 올라섰다.

"허, 그새 멀구[2], 다래가 들어와 한물졌구나[3]…."

하면서 면소 앞을 지나려니까, 벌써 풀 센 겹옷을 왈가닥거리면서 촌사람 서넛이 둘러섰는 게 눈을 끌었다. 그리고

"댓 냥이면 싸기야 엄청나게 싸죠니까, 그게 쇳값만 해두 어디라구…."

하는 소리에 장군이는 발을 멈추고 건너다보다가 '무엇들을 그러나?' 하는 생각과 또 혹시 자기네 이웃 사람들이나 아닌가 하여 그리로 가 보았다.

촌사람들은 모두 낯선 사람들이었다. 그리고 그들이 둘러서서 하나씩 손에 들고 손톱으로 긁어도 보고 손가락으로 퉁기어 소리도 내 보는

1 철원의 한 지역으로, 서문(西門)이 있던 거리라 하여 '서문통'이라고 불림.
2 '머루'의 방언.
3 한창때가 됐구나.

것은 모두 부엌 때가 묻은 주발, 대접, 국자 같은 놋그릇들이었다.

면소의 사환인 듯한 아이는

"살랴거든 얼른 사구 돈이 없거든 물러서요. 딴 사람이나 사게…."

하고 퉁[4]을 준다.

장군이는 얼른 보아 전에도 두어 번 구경한 적이 있지만 면소에서 내어놓은 경매 물건인 것을 짐작하였다.

"거 사실랴고 그러슈?"

장군이는 면소 사환 애의 퉁에도 물러서지 않고, 주발을 그저 손에 받들고 들여다보는 갓쟁이[5]에게 물었다.

"글쎄, 싸다니 한 벌 사 볼까 하오만…."

하고 갓쟁이는 장군이를 힐끗힐끗 본다.

"사려거든 유기전[6]에 가 새걸 사슈. 새걸 못 살 형편이거들랑 헌것두 살 생각 마슈."

"왜 그렇소? 새건 삼 곱은 줘야 사지 않겠소?"

"글쎄 삼 곱, 아냐 오 곱을 주더라도 말요, 형세에 부치는[7] 사람은 장만할 때뿐이지 저런 건 다 남의 물건 되기가 쉬운 거요. 언제 집달리[8]가 나와 저렇게 집어다 놀는지 아오? 당신은 세납이 안 밀린 게로구려…."

하고 장군이가 이죽거리고 먼저 한 걸음 물러서니 그 갓쟁이도

"허긴 노형 말도 옳소."

하고 들었던 주발을 슬며시 놓고 돌아섰다.

장군이는 자기의 말 한마디에 촌사람들이 흩어져 버리는 것이 몹시 통쾌스러웠다. 우쭐렁하여 서문거리를 나서서는 자기의 결심, 열아홉

4 핀잔.
5 '갓 쓴 사람'을 낮춰 부르는 말.
6 鍮器廛. 유기(놋쇠로 만든 그릇)를 파는 가게.
7 형편이 감당하기 어려운.
8 '집행관'의 옛말. 법원에서 법률, 명령, 재판, 처분 등을 실행하는 관리.

밤 동안 유치장에서 먹은 결심을 생각해 보면서 신작로를 터벅터벅 걸었다.

그의 결심이란 다른 것이 아니라 살림을 떠엎고[9] 말리라는 것이었다.

살림이라야 가진 논밭이 없고 몇 대쨴진 몰라도 하늘에서 떨어져서는 첫 동네라는 안악굴[10] 꼭대기에서 그 중에서도 제일 외따로 떨어져 있는 오막살이를 근거로 하고, 화전(火田)이나 파먹고[11] 숯이나 구워 먹고 덫과 함정을 놓아 산짐승이나 잡아먹던 구차한 살림이었다.

그래도 자기 아버지 대에까지는 굶지는 않고 남에게 비럭질[12]은 하지 않고 살아 왔다. 그렇던 것이 언제 누구라 임자로 나서 팔아먹었는지, 둘레가 백 리도 더 될 큰 산을 삼정회사[13]에서 샀노라고 나서 가지고는 부대[14]를 파지 못한다, 숯을 허가 없이 굽지 못한다, 또 경찰서에서는 멧돼지 함정이나 여우 덫은 물론이요 꿩 창애[15]나 옹누[16] 같은 것도 허가 없이는 못 놓는다 하고 금하였다.

요즘 와서 안악굴 동네는 산지기와 관청에서 이르는 대로만 지키자면 봄여름에는 산나물이나 뜯어먹고, 가을에는 멀구, 다래나 하고 도토리나 주워다 먹고, 겨울에는 곤충류와 같이 땅속에 들어가 동면(冬眠)이나 할 수 있으면 상책이게 되었다.

그러나 큰 산속, 안악굴서 사는 사람들이라고 해서 이 장군이네부터도 갑자기 멧돼지나 노루와 같이 초식만은 할 수가 없고, 나비나 살무사

9 뒤집어엎어 끝내고.
10 '아흔아홉 골짜기'에서 비롯된 말로, 지금의 경기도 연천군 신서면.
11 화전이나 일구고. '화전'은 산지에서 나무와 풀을 태운 뒤 그 땅을 일궈 농사짓는 밭을 말한다.
12 구걸.
13 일본의 종합상사인 미쓰이물산(三井物産).
14 '화전'의 북한말.
15 짐승을 잡는 틀.
16 '올무'의 방언.

처럼 삼동[17] 한철을 자고만 배길 수도 없었다. 배길 수가 없어서가 아니라 하고 싶어도 재주가 없어서였다.

그래서 안악굴 사람들은 관청의 눈이 동뜬[18] 때문인지 엄밀하게 따지려면 늘 범죄의 생활자들이었다.

안악굴서 멧돼지와 노루의 함정을 파 놓은 것이 이 장군이 한 사람만은 아니었다. 그날, 하필 사냥을 나왔던 순사부장이 빠진다는 것이 알고 보니 여러 함정 중에 장군이가 파 놓은 함정이었다.

그래서 장군이는 쩔름거리는 순사부장의 뒤를 따라 그의 묵직한 총을 메고 경찰서로 들어왔고, 경찰서에 들어와선 처음엔 귀때기깨나 맞았으나 다음날부터는 저희 집 관솔불[19]이나 상사발[20]에 대어서는 너무나 문화적인 전기등 밑에서 알루미늄 벤또[21]에다 쌀밥만 먹고 지내다가 스무 날 만에 집으로 나오는 길이었다.

"거 광셍이 아냐?"

조짚으로 친 섬[22]에다 무언지 불룩하니 넣어 지고 꾸벅꾸벅 땅만 보고 걸어오던 광셍이가 이마를 찌푸리며 눈을 들었다.

"아 오늘이야 나오나? 그래 되겐 욕보지 않었어?"

"욕은커녕 서너 장도막[23] 놀구 먹구 나오네. 거 뭔가?"

"뜬숯[24]…. 경칠 놈에 거, 경만 치지 않으면 그 속이 되려 편하지, 이 짓을 해 먹어."

17 三冬. 겨울에 해당하는 석 달.
18 감시가 뜸한.
19 관솔(송진이 엉긴 소나무 가지나 옹이)에 붙인 불. 예전에 등불 대신 사용했다.
20 품질이 낮은 사발. 막사발.
21 '도시락'의 일본말.
22 짚으로 짠 용기.
23 場--. 한 장날과 다음 장날 사이의 기간을 세는 단위.
24 장작을 때서 만든 숯.

“거 꽤 많이 만들었네그려…. 뜬숯은 허가 없이두 괜찮은지….”
“아, 그럼, 화릿불[25] 꺼서 만드는걸 뭐….”
“어서 다녀나오게. 우리집인 그새 호랭이나 안 물어갔나 원….”
“징역을 간 줄 알고 자꾸 걱정이시데. 빨리 올라가 보게.”
장군이는 광생이를 지나쳐 놓고 속으로
‘정칠 것! 정말 호랭이게나 물려 갔으면 저두 좋구 나두 한시름 덜지….’
하면서 걸었다.

장군이는 경찰서 문 앞을 나설 때와 달라 집이 가까워질수록 걸음이 무거웠다.

“빌어먹을! 먹을 게 넉넉지 않거든 예펜네나 맘에 들든지….”

혼잣소리를 가래침과 함께 길바닥에 뱉어 버리면서 장군이는 이제 만났던 광생이의 아내 생각을 했다.

나이도 자기 처보다도 일곱이나 젊고 얼굴이 토실토실한 것이 장날 읍에 가 보아도 그런 인물은 쉽지 않았다.

처음에 자기가 장가를 들 제는 광생이는 자기보다 나이도 위면서 장가들 가망이 없어 동네 늙은이들이
“광생인 언제나 말을 타 보누.”
하는 소리가 듣기 싫어 그늘로만 피해 다니던 그였는데 작년 가을부터는 인물 좋고 나이 어린 색시를 얻었노라고 신이 나서 된 데 안 된 데[26] 말참례[27]를 하고 나서는 꼴이 다 보기 싫었다.

어쩌다 우물에서 자기 처와 광생이 처가 마주 섰는 것을 볼 양이면 광생이 처는 날아갈 듯한 주인아씨감이요, 자기 처는 그에게 짓밟힐 하님

25 ‘화롯불’의 방언.
26 처지를 가리지 않고.
27 말참견.

짜리[28]밖에 안 돼 보이었다. 그럴 때마다 장군이는 며칠씩 아내와 말이 없었고, 공연한 일에도 트집만 잡으려 들었다.

아무튼 광셍이 처가 안악굴 동네에 들어온 뒤로는 장군이 내외는 점점 새가 버그러졌다[29]. 그런 데다 살림은 갈수록 꼬였다.

"정칠 놈의 방아 같으니, 안 되는 놈은 자빠져도 코가 깨진다나…."

철둑[30]을 넘어서 안악굴 올라가는 길섶에 들면 되다 만 방앗간이 하나 있다. 돌각담[31]으로 담만 둘러쌓고 확[32]도 아직 만들지 않았고 풍채[33]도 없다. 그러나 물 받을 자리와 물 빠질 보통[34]은 다 째어[35] 놓았고, 제법 주머니방아는 못 되더라도 한참 만에 한 번씩 됫박질하듯 하는 통방아[36]채 하나만은 확만 파 놓으면 물을 대어 봐도 좋게 손이 떨어진[37] 것이었다.

장군이는 가을에 들어 이것으로 쌀되나 얻어먹어 볼까 하고 여름내 보통을 낸다, 돌각담을 쌓는다, 빚을 마흔 냥 가까이 내어 가지고 방아채 재목을 사고 목수 품을 들이면서[38] 거의 끝을 마쳐 가는데 소문이 나기를, 새술막[39] 장 풍헌[40]네가 발동긴가 무슨 조화방안가[41] 하는 걸 사온다고 떠들어들 대었다.

28 하너 정도.
29 사이가 벌어졌다.
30 철로가 있는 둑. 철롯둑.
31 '돌담'의 방언.
32 곡식을 넣고 빻을 수 있게 돌절구 모양으로 우묵하게 판 돌.
33 '풍구(風具)'의 방언. 곡물의 껍질과 먼지를 제거하는 농기구.
34 봇물을 대거나 빼기 위해 만든 통로. 봇도랑. 보동.
35 갈라. 만들어.
36 방앗공이 한쪽 구유에 물이 찼다가 다시 쏟아지면서 생기는 상하 운동에 따라 곡물을 찧는 방아. 구유방아.
37 일이 끝난.
38 품삯을 쓰면서.
39 '새숯막'에서 비롯된 말로 지금의 연천군 신서면 신탄리.
40 風憲. 조선시대에 면(面)이나 이(里)의 일을 맡아보던 사람.
41 조화(造化)방아인가. 신기한 방아인가.

그리고 발동기는 하루 쌀을 몇백 말도 찧으니까, 새술막에 전에부터 있던 물방아도 세월이 없으리라[42] 전하였다.

알고 보니 아닌 게 아니라 장 풍헌네는 아들이 서울 가서 발동기를 사오고 풍채를 사 오고, 그러고는 미리부터 찧는 삯이 물방아보다 적다는 것, 아무리 멀어도 저희가 일꾼을 시켜 찧을 것을 가져가고 찧어서는 배달까지 해준다는 것을 광고하였다. 이렇게 되고 보니 벼 두어 섬만 찧으려도 밤늦도록 관솔불을 켜 가지고 북새를 놀게[43] 더디기도 하려니와, 까부름 새를[44] 모두 곡식 임자가 가서 거들어 줘야 되는 물방아로 찾아올 사람이 있을 것 같지 않았다. 이래서 장군이는 여름 내 방아터를 잡노라고 세월만 허비하고, 게다가 빚까지 진 것을 중도에 손을 떼고 내어던지지 않을 수 없이 된 것이다.

장군이는 걸음을 멈추고 봇도랑 내인 데 물이 고인 것을 한참이나 서서 나려다보았다. 웅덩이라 바람 한 점 스치지 않는 수면(水面)은 거울같이 맑고 고요하여 나려다보는 장군이의 얼굴이 잔주름 하나 없이 비치었다.

누가 불러 보아도 듣지 못할 것처럼 꿈꾸듯 물만 나려다보고 섰던 장군이는 한참 만에 슬그머니 허리를 굽히었다. 그리고 손을 더듬더듬하여 커다란 뭉우리돌[45]을 하나 집었다.

그러고는 다시 허리를 펴서 물을 나려다보았다.

물속에는 잠긴 자기 얼굴을 간질이는 듯 어찌 생각하면 자기를 비웃는 듯도 한 빤작빤작하는 송사리 떼가 알른거리고 몰려다니었다.

철버덩!

장군이 손에 잡히었던 뭉우리돌은 거울 같은 물을 깨뜨리고 가을 산

42 인기가 없으리라.
43 부산하게 법석떨기에.
44 키질하는 일을.
45 둥글둥글하게 생긴 큰 돌.

기슭의 적막을 흔들어 놓았다. 그러나 그의 돌땅[46]에 맞고 입이 광주리만큼씩 찢어지며 올려다보는 것은 제 얼굴의 그림자뿐, 송사리 떼는 한 마리도 뜨지 않았다.

한 이틀 뒤였다.

울어서 눈이 빼꾸기 눈처럼 시뻘개진 장군이 처가 그래도 울음을 참느라고 그 장군이가 제일 보기 싫어하던 개발코[47]를 벌룽거리면서 철둑을 올라섰다.

그 뒤에는 장군이, 그 뒤에는 배웅을 나오는 이웃 사람 서넛이 따라 철둑으로 올라섰다.

그러나 철둑을 넘어서 조밭머리[48]로 해서 큰길로 나오는 건 장군이 양주뿐이었다. 그러고는 모두 높직한 철둑에 떨어져서들 가는 사람의 뒷모양만 봉우재[49]에 가리어 안 보이도록 바라보았다.

장군이는 철둑 위에 섰는 만수 어머니서껀[50], 광셍이서껀을 거의 산모롱이[51]에 가려지려 할 때 마지막으로 한번 돌아다보면서 속으로

'내길래[52] 그래두 떠나 본다!'

하였다. 그리고

'너희는 지냈니?[53] 암만 기들을 써 보렴. 몇 해나 더 견디나….'

하였다.

장군이는 안악굴서 영영 나와 버린 것이 며칠 전에 유치장에서 나올

46 물고기가 숨어 있을 만한 큰 돌을 내리쳐서 고기를 잡는 일, 또는 그렇게 치는 돌.
47 평퍼짐하고 뭉툭한 코.
48 '밭머리'는 밭의 양쪽 끝.
49 '봉화를 올리던 고개'에서 비롯된 말로, 지금의 철원군 사요리 소이산.
50 '-서껀'은 '-와', '-랑'을 뜻하는 보조사.
51 산모퉁이의 휘어 들어간 곳.
52 나이기에. 나이니까.
53 낫니? 괜찮니? 끝났니?

때처럼 속이 시원하였다.

그러나 앞에 선 아내의 쿨쩍거리는 꼴을 보면, 썩은 팔이나 다리를 자르는 것처럼 시원은 하면서도 뼛속이 저려 드는 데가 있었다.

'꾹 참자! 모진 놈이라야 산다!'

속으로 이렇게 마음을 다시 먹으면서 아내를 보지 않으려 앞을 서기도 하였다.

얼마 안 가서 선왕댕이 언덕[54]이 바라보였다. 장군이는 또 한 번 아내를 돌아다보았다. 보퉁이[55]를 인 아내는 보퉁이에 눌리어 나오는 것처럼 그저 눈물이 줄줄 흘러나리었다.

선왕댕이 언덕만 올라서면 길이 갈라지는 데다. 그냥 큰길은 장군이가 읍으로 들어갈 길이요, 바른편으로 갈라지는 지름길은 밤까시[56]로 가는 길인데, 그의 아내가 김화[57] 땅인 친정으로 갈 길이다. 읍으로 해서도 가지마는 이렇게 질러가면 십 리 하나는 얻기 때문이요, 또 장군이는 이왕 손을 나누는[58] 바엔 어서 아내를 떼어버리고 혼자 가뜬한 길을 훨훨 달아나고 싶었다. 그래서 장군이는 선왕댕이에 와선 괴나리봇짐을 짊어진 채 바윗돌에 걸터앉았다. 아내도 지척지척 따라와 보퉁이를 내려놓았다. 그리고 코를 풀더니 안악굴 쪽을 돌아다보았다.

장군이는 곰방대에 담배를 붙여 물면서 곁눈으로 힐끔 아내를 보고

"가서 아무 소리 말구 한 이태[59] 견뎌…. 친정도 내 집이드랬지 남의 집인가. 농사 밑천이나 벌어 가지면 내 어련히 찾아 안 가리…."

하고 담배를 뻑뻑 빨았다. 아내는 아무 대답은 없고 왈가닥거리는 치맛

54 '서낭당이 있는 고개'에서 비롯된 말로, 철원군 율이리(栗梨里)에서 봉우재로 넘어오는 길목.

55 물건을 보자기에 싸 놓은 것. 보따리.

56 '밤가시[율지(栗枝)]'가 변한 말로, 철원군 율이리 동쪽의 마을.

57 金化. 강원도 철원군의 읍.

58 서로 헤어지는.

59 두 해.

자락을 뒤집어 눈만 닦았다. 사방은 고요하였다. 담배 한 대가 다 타노라니까 벌에서 벼를 베어 싣고 나오는 소바리[60]가 하나 지나갔고, 그러고는 까마귀가 어디선지 날아와 선왕댕이 가래나무 썩정귀[61]에 앉더니 까악까악 짖었다.

장군이는 침을 뱉고 곰방대 통을 털었다.

"어서 가… 밤까시 앞으로 질러서…. 그까짓 한 이태 잠깐이지, 안악굴 구석에서 굶주리는 데다 댈까…."

아내는 좀처럼 먼저 일어나지 않았다. 까마귀가 또 까악까악 짖었다. 장군이는 일어나 돌팔매를 쳐 까마귀를 날리었다. 그리고 다시 앉아서

"나는 읍길로 들어갈 테야, 어서 먼저 일어나…. 십 리도 못 걸어서 열나절[62]씩 쉬기만 할까…."

아내는 그냥 앉아서 쿨쩍거리기만 하였다. 장군이는 지난밤 집에서 하듯 또 소리를 버럭 질렀다.

"되지 못하게시리…. 체… 누군 하구 싶어 하는 노릇으로 아나 봬…."

장군이 처는 눈을 슴벅거리며 일어서고 말았다. 보퉁이를 다시 집어이고 입을 비죽거리며 돌아섰다. 한참 가다 두어 번 돌아보았으나 장군이는 마주 보지 않는 체하려 눈으론 보면서도 얼굴은 다른 데로 돌리었다. 그리고 장군이도 아내의 그림자가 언덕 너머로 사라지고 말 적에는 눈물이 핑 쏟아지면서 코허리가 시큰거리었다. 그리고 목줄대기[63]에선 울음을 참노라고 찌르륵하는 소리까지 났다. 그는 손등으로 눈을 닦고 다시 곰방대를 꺼내 물었다.

희연[64] 한 대를 서너 모금에 다 태워 버리고, 저도 한 번 안악굴 쪽 큰

60 등에 짐을 실은 소. 또는 그 짐.
61 '삭정이'의 방언. 나무에 붙어 있는, 말라 죽은 가지.
62 오랫동안.
63 '목줄띠'의 방언으로, 목에 있는 힘줄.
64 囍煙. 조선총독부 전매국에서 제조한 가루담배.

산을 바라보면서 일어났다. 힁하니[65] 선왕댕이 언덕을 올라섰다.

벌에는 군데군데 사람들이었다. 그러나 장군이 눈에 제일 먼저 뜨이는 것은 이제 겨우 큰길에서 떨어져 방축머리[66]를 돌아가고 있는 아내의 그림자였다. 장군이는 발을 멈추고 멍하니 서서 바라보았다. 바라보고 섰노라니까 아내도 남편이 저를 바라보고 섰는 것을 돌아다본 듯 아내의 그림자도 움직이지 않고 한자리에 박혀 있었다. 장군이는 또 성이 버럭 나서 옆에 있기나 한 것처럼

"가, 어서…."

하고 손짓을 하였다. 아내는 남편의 손짓을 알아채인 듯 그제사 다시 움직이었다.

읍길과 밤까싯길은 갈라져 가지고도 한 오 리 동안은 평행하는 길이다. 그래서 장군이 눈에는 아내의 그림자가 조밭에 가리었다가 혹은 수수밭에 가리었다가 가끔 다시 나타나곤 하였다. 어떤 때는 까맣게 멀리 보이었다가도 어떤 때는 뜻밖에 소리를 지르면 알아들을 만치 가까이 서도 나타났다.

멀리서나 가까이서나 아내의 그림자가 보일 때마다 장군이는 걸음을 멈추고 바라보면서 생각하였다.

'읍에까지 같이 갈걸!'

장군이는 아내에게 떡이나 사 먹여서 보내고 싶었다. 친정으로 가라는 바람에 이틀이나 곡기를 하지 않은[67] 아내가 시장도 하려니와, 작년 겨울에 별로 이차떡 말을 뇌이던 것이[68] 생각났다.

큰 고개가 점점 바투 다가들었다. 큰 고개만 넘으면 읍이 보이는 데

65 홱. 빠르게.
66 '방축(防築)'은 '방죽'의 원말로, 물이 밀려들어오는 것을 막은 둑 가장자리.
67 식사를 하지 않은.
68 유난히 인절미 소리를 자주 하던 것이.

요, 밤까싯길과는 아주 산 하내[69] 막혀 버리는 데였다.

장군이는 발돋움을 하면서 밤까싯길을 바라보았다. 희끗 나부끼었던 아내의 그림자는 길이 낮은 때문인지 또 폭 가라앉았다. 장군이는 미리 우뚝한 돌각담 위로 뛰어올라가서 아내의 그림자가 다시 솟아오르기를 기다려 가지고

"여봐, 여봐…."

하고 소리를 질렀다. 아내도 남편의 그림자를 놓치지 않으려 건너다보며 가던 것이라 이내 걸음을 머물렀다. 장군이는 또 소리를 질렀다.

"이리 좀 와… 이리 좀…."

하고 이번에는 오라는 손짓을 하였다. 그러나 거리가 멀어 잘 알아듣지 못하는 모양인데, 마침 논에서 벼 베던 사람이 일어서 이 광경을 보더니 중간에서 소리를 질러 말을 전해 주었다. 그리고 어느 밭살피[70]로 나오라고 길까지 가르쳐 주는 모양이었다.

장군이는 아내가 오는 동안 돌각담에 앉아 또 곰방대를 내어 물었다. 그리고 안호주머니에 든 지전 한 장과 각전[71]으로 이 원이 채 못 되는 돈을 더듬어 보았다.

'떡은 고만두고 바루 돈으로 한 댓 냥 더 줄까? 열 냥이나 채 가지구 가게….'

장군이 처는 혹시 친정으로 가는 것을 그만두고 어데로든지 같이 가자고나 할까 하여 붉은 눈이나마 새로운 광채에 번뜩이며 허위단심으로[72] 논둑과 밭고랑을 달려왔다.

"점심이나 읍에서 사 먹구 가라구 불렀어…."

아내는 다시 낙망하는 듯 아무런 대꾸도 없이 그저 코만 벌룽거리었다.

69 산 하나가. '하내'는 '하나가'의 축약이다.
70 밭 사이의 경계선. 밭두렁.
71 角錢. 일 전이나 십 전짜리의 잔돈.
72 허우적거리며 애를 써서.

장군이는 읍에 들어서자 떡전거리[73]로 갔다. 이차떡을 두 냥어치를 사서 한 목판 수북이 담아놓고, 아내를 먹이면서 저도 몇 개 집어먹었다. 아내는 처음에는 눈만 슴벅거리고 팥고물만 묻히고 주물럭거리기만 하더니 두 개째부터 김칫국을 마셔가면서 넙적넙적 베어 물었다.

장군이는 떡장수에게 떡값을 치르고는 또 십 전짜리 다섯 닢을 꺼내었다.

"이거 받어…. 열 냥이나 채 가지고 가…."

아내는 받지 않았다. 장군이는 자꾸 손을 내어미는데 아내는 받지 않고 돌아섰다. 장군이는 또 소리를 꽥 질렀다.

"받어…."

아내는 할 수 없이 받아서 또 치마끈에 옭쳐[74] 매었다.

"이 길로만 사뭇 내려가, 그럼 큰길이 되니…. 큰길로만 자꾸 가면 알지 뭐…."

아내는 눈물에 흐린 눈으로 남편을 돌아보노라고 몇 번이나 남과 부딪히면서 아랫장거리[75]로 타박타박 나려갔다. 장군이는 멍청하니 큰길 가운데 서서 아내의 뒷모양만 바라보았다. 아내의 그림자가 거의 이층집 모퉁이로 사라지려 할 때였다. 무엇인지 갑자기 허리가 다 시큰하도록 볼기짝께를 들이받았다. 쓰러질 뻔하면서 두어 걸음 물러나 얼굴을 돌리니 얼굴에는 대뜸 불이 번쩍하는 따귀가 올라왔다. 그리고 빰을 때린 손길과 같이 날카로운 소리가 났다.

"이 자식아, 왜 큰길에 떡 막아서서 종을 울려도 안 비켜나? 촌뜨기 녀석 같으니…."

무슨 관청의 급사인 듯 양복쟁이나 노상 어린애였다. 그는 자전차 앞

73 철원군 철원읍 중리의 옛 장터 이름.
74 단단히 감아.
75 떡전거리 아래에 있던 장터.

바퀴를 들고 한번 굴려 보더니 장군이가 탄할 사이도 없이 남실[76] 자전차 위에 올라앉아 달아났다.

장군이는 멀거니 한옆으로 나서서 눈으로만 그 뒤를 쫓아 보는 수밖에 없었다. 내리막길이라 자전차는 번개같이 달아났거니와 걸어간 아내의 그림자도 벌써 사라진 지는 오래였다.

1934년 2월.

『농민순보(農民旬報)』, 농민주보사(農民週報社), 1934. 3; 『달밤』, 1934; 『이태준단편선』, 1939.

76 날름.

천사의 분노

P부인은 크리스마스를 앞두고 여러 날 전부터 서울 거리거리, 골목골목을 헤매었다. 그것은 다른 교인들 모양으로 친구들에게 보낼 선물을 준비하느라고가 아니요, 불쌍한 인간 거지들을 찾아다니느라고 하였다.

'어떻게 하면 불쌍한 사람들에게도 탄일(誕日) 날에 기쁨을 알릴 수가 있을까?'

이런 생각으로 자비한 P부인은 단 하룻저녁만이라도 불쌍한 이들을 위해 따스하고 맛있는 음식이 있는 자기 집을 열어 놓고 싶었다. 그래서 리빙룸과 식당을 한데 터놓고 난로에 불을 많이 피우고, 좋은 그림을 걸고, 크리스마스트리를 만들어 세우고, 뜨끈한 국과 밥을 장만하고, 포근포근한 융으로 만든 속옷 한 벌씩을 주고…. 이렇게 할 준비를 해 놓은 다음에 용기 있게 거리에 나와 불쌍한 사람을 찾아 다녔다.

불쌍한 사람은 한이 없었다. 또 거지 중에도 여러 모양이었다. 문둥이 같은 것을 만날 때에는 아무리 불쌍하긴 해도 우리 집으로 오란 말이 나오지 않았다. 그래서 불쌍한 사람 중에서도 비교적 몸이 깨끗한 것을 붙들고 이야기하였다. 첫째, 자기 집 골목을 자세히 가리키고 다음엔, 크리스마스가 몇 밤만 자면이라고 일러 주고, 그러고는 그날 저녁에 이 표를 가지고 부디 오라고 친절히 이르곤 하였다.

P부인은 어느 사회사업 기관에 자선부장으로도 있거니와, 자선을 선천적으로 즐겨하였다. 그래서 이번 거지들에게 나눠준 표지에도 뜻은 맞든 안 맞든 '자선표'라 하고 도장까지 새겨 찍은 것이다.

크리스마스 날 저녁, P부인 집 문 어귀에는 아직 해도 지기 전부터 거지들의 더부룩한 대가리들이 기웃거리기 시작하였다. 그러나 P부인은 약속한 일곱시가 되기를 기다렸다가 나와 문을 열었다. 그리고 절름발이, 곰배팔이[1], 소경, 늙은것, 어린것, 할 것 없이 모두 손수 맞아들였다.

거지들은 여러 달, 혹은 여러 해, 혹은 생전 처음으로 더운 물에 비누 세수를 해 보았다. 그리고 속옷 한 벌씩을 얻어 입고 눈이 부신 식탁에 둘러앉아, 보기만 하여도 입에 침이 서리는 새로 지은 흰 이밥, 갈비 곰국, 그만 그네들은 P부인의 기도하는 것도, 유성기 소리도, 모두 그런 것에 절벽[2]이었다. 다만 전신의 신경은 혀끝에 모였을 뿐이었다.

P부인은 부인대로 만족하였다. 밥이 끝난 뒤에도 과자도 노나주고 옥수수 튀긴 것도 노나주고, 차를 주고, 이야기를 하고, 피아노를 쳐 들려주고, 밤이 깊도록 손님 대접을 유감없이 했다. 그리고 나중에는 사진사를 불러다가 쾅 하고 사진까지 박고 손님들을 보낸 것이다.

어떤 거지는 흑흑 느껴 울며 은혜를 백골난망이라 하였다. 어떤 거지는 말은 없이 허리만 수없이 굽실거리고 나갔다.

P부인은 자기 방으로 올라오는 길로 침대에 엎드려 하나님께 감사하였다. 이렇게 기쁘고 의의 있게 크리스마스를 지내보기는 처음이라고 스스로 감격해 눈물까지 흘리었다. 그리고 사진을 많이 만들어 여러 친구들에게 자랑삼아 보낼 것을 기뻐하며, 천사같이 평화스럽게 잠을 얻은 것이다.

그러나 이튿날 아침, 우리 천사 같은 P부인의 가슴속엔 뜻하지 않은 분노의 불길이 폭발하였다.

그것은 다른 때문이 아니라, 그가 자기 몸뚱이처럼 끔찍이 아끼고 사랑하는 새 자동차 안에서 엊저녁에 왔던 거지 중에도 제일 보기 흉한 늙은것 하나가 얼어 죽은 때문이었다.

1 팔이 꼬부라져 붙어 펴지 못하거나 팔뚝이 없는 사람.
2 소리가 전혀 들리지 않는 상태.

1932년 4월 6일 고(橋).

『신동아』, 1932. 5; 『달밤』. 1934.

미어기[1]

고운 아가씨와 한 배를 타고 가다 파선을 당한다. 모두 저만 살려 덤비는 판에 궐[2]은 한 팔을 남을 위해 남겨, 아도 못하는[3] 그 아가씨를 구해낸다. 육지에 나와 궐의 팔에 안긴 채 가사(假死)에서 눈을 뜨는 아가씨, 처음에는

"누군데? ⋯."

하고 분별이 없었으나 파도 소리에 바다를 한번 돌아보고는, 소스라쳐 궐의 목을 끌어안는다.

나중에 알고 보니 그 고운 아가씨는 백만장자의 무남독녀! 그래서 궐은 단번에 미인을 얻고 만금을 얻고⋯.

흔히 미국식 활동사진에 나오는 '해피엔드'다.

수영 선수로 유명한 우리 오 군은 이런 천우신조[4]의 기연(奇緣) '해피엔드'를 늘 현실에서 탐내었다. 그는 벌써 몇 해 여름째 보트철만 되면 만사를 제쳐놓고 한강에서 날을 보냈다. 그래, 경찰관의 경비선도 있지만 빠진 사람이 여자인 때엔 언제든지 경비선보다 먼저 오 군이 활동하여 구해내곤 했다.

그러나 유감인 것은 건진 사람 중에 미인이었던 한 명은 살아나지 못

1 '메기'의 방언.
2 厥. '그'를 낮춰 이르는 말.
3 알지도 못하는.
4 天佑神助. 하늘과 신령이 도움.

했고, 살아난 사람 중엔 미인이나 장자[5]의 딸은 하나도 없었다. 다만 '고맙다'는 치하를 여러 번 받았고, 경찰서에서도 의협청년이란 표창을 받은 일은 있다. 그래서 집안에서 할머니들이

"이 녀석아, 멀쩡한 아내를 쫓아버리고 그 원죄를 어쩌니?"

하면 그는 태연히

"흥, 계집 하나 쫓은 걸…. 죽을 여자 살린 게 몇 명이게…."

하고 자기는 인간의 죄업보다도 선덕이 클 것을 늘 자긍하였다.

이날은 공일날인 데다 길한 꿈을 얻은 날이었다. 한강 철교 밑으로 연꽃 한 송이가 둥실둥실 떠내려 오는 것을 덤뻑 건져 옷깃에 꽂고 깨니 꿈이었다. 속으로 '옳다! 오늘은 성원(成願)이 되나 보다' 하고 아침 일찍이 백화점에 들러 수영복을 새로 사 가지고 한강으로 나갔다.

강에는 아침부터 보트가 세가 났다.[6] 여자들만 탄 것도 헤일 수 없이 많이 떴는데, 뒤집힐 듯 뒤집힐 듯 노질이 위태스런 배도 적지 않았다. 오 군은 으쓱하여 기대가 가장 컸다. 한강이 자기 품안에 들 듯 실오리만하여 보였다.

그러나 긴긴 여름날 하루, 강에는 사고(事故)라고 신 한 짝 빠진 것 없이 해가 저물었다. 보트도 남자들이 탄 것만 몇 척 남은 듯 여자들의 것은 또박또박 선창에 들어닿아 나비 같은 처녀들이 보송보송한 구두들을 털어 신고 우리 오 군 같은 것은 본체만체 뛰어나갔다.

"조런 것이 하나 빠지지 않구…. 하긴 밤에 사고가 많은 법이니까…."

오 군은 혼자 중얼거리며 강가 어느 음식점에 들어갔다. 그리고 비싼 우나기돔부리[7]를 반도 못 먹은 때 어디선지 돌발하는 소리였다.

"사람 빠졌다! 여학생이!"

"뭐?"

5 長者. 큰 부자.
6 찾는 사람이 많아서 잘 나갔다.
7 '장어 덮밥'을 뜻하는 일본말.

"여학생이 보트에서 떨어졌다!"

그야말로 대기 중이었던 오 군은 나는 듯 자신 있는 응급 활동을 개시하였다.

"어디? 어디?"

"저기, 저기."

오 군은 살같이[8] 물을 가르고 인도교 밑으로 들어갔다.

"저 사람이 달려들면 염려 없이 구하지."

"어떻게?"

"저 사람은 별명이 미어기요. 생긴 것도 미어기 같지만 물속에 들어가 십 분은 견디오. 사람 여럿 건졌소."

이것이 구경꾼들의 대화였다. 그러나 처음에는 오 군도 빈손으로 올라 떴었으나, 다시 한번 숨을 마시고 들어가더니 한참 만에 과연 여자 하나를 옆에 끼고 보아라 하는 듯이 여러 사람 쪽으로 헤어 나왔다. 경비선은 그제야 쫓아와 우리 오 군을 맞았다.

오 군은 가슴이 뛰는 기대로 배에 오르기가 바쁘게 엎드려 놓은 여자의 얼굴을 제껴 보았다. 속으로, '밉지는 않은데…' 하였다.

그러나 무슨 생각엔지 급히 다시 한번 들여다보고는 '뭐?' 소리를 치고 한 걸음 물러섰다.

"아는 사람이오?"

순사가 물었다. 오 군은 부들부들 떨 뿐, '이것이 내 아내요' 소리는 얼른 나오지 않았다. 순사는 여자의 품에서 커다란 돌멩이 하나를 뽑아내더니,

"자살이로군!"

하였다. 또, 맥을 짚어 보더니

"살겠군!"

8 쏜살같이.

하였다. 오 군은 저도 모르게 뜨거운 눈물을 아내의 젖은 얼굴에 떨구었다.

1933년 7월.

『동아일보(東亞日報)』, 1933. 7. 23; 『달밤』. 1934.

마부와 교수

하필 그 여학교 문 앞에서였다. 자갈을 실은 두 마차가 그 경사진 길을 올라가다, 앞의 말이 쿵 하고 나가동그라진 것은.

마부야 으레 하는 순서로 땀 배인 등허리에서 그 말가죽에 알른알른 닳은 물푸레 채찍을 뽑아드는 수밖에 없었다.

"이놈의 말이 그만 죽고 싶은가…."

암만 죄기어도[1] 넘어진 동물은 입에 거품만 뿜을 뿐, 일어서기는커녕 가로 박힌 눈알이 주인을 바로 쳐다보지도 못한다. 나중에는 멍에를 부려 놓고도 족치어 보나, 매가 떨어질 때마다 네 굽만 움죽움죽하여 보일 뿐, 그 이상 매도 타지[2] 않는다.

마부는 화가 밀짚 벙거지에까지 올려 뻗친 듯 그것을 벗어 내팽개치더니 길 아래 남의 밭에 가서 울짱[3]을 하나 뽑아들고 달려들었다. 그래서 다른 마부는 고삐를 나꿔 채이기, 이 마부는 저도 거의 거품을 물다시피 악을 써 매를 때리기 한참인 때였다. 벌써 하학(下學)들을 하고 돌아가는 것인지, 제복의 처녀 한 떼가 우르르 쇠문 안에서 쏟아진다.

"저런! 망측해…."

"아규머니나, 불쌍해…."

"저런!"

"저런!"

선량한 그들의 가슴은 돌발적으로 의분에 떨리었다.

1 '때려도'의 방언.
2 때려도 반응을 보이지.
3 울타리 말뚝.

"저런 망할 녀석! 힘에 부쳐 넘어진 걸 왜 자꾸 때리기만 할까…."

"저런 무도한[4] 녀석 같으니!"

"선생님, 저것 좀 말리서요."

"선생님, 가만두라고 좀 그리서요."

마침 교수 한 분이 나오다가 길도 막혔거니와, 이내 어여쁘고 선량한 제자들에게 둘러싸였다.

교수는 성큼 매질하는 마부 앞으로 나섰다.

"여보!"

마부는 소매로 이마를 씻으며 긴치 않게[5] 쳐다본다.

"왜 그다지 때리오?"

교수는 말의 주인보다 더 가까운 말의 친구이나처럼 꽤 높은 소리로 탄했다.[6] 학생들은 손뼉이라도 칠 뻔 속이 시원하였다.

그러나 마부는 '댁이 웬 걱정이냐?' 싶은 듯이 대꾸도 없이 다시 매를 드는 데는 교수도 말을 말리기보다, 제자들 앞에서 잃어지는 체면을 도로 찾기 위해서도 그냥 있을 수가 없는 듯, 다시 한 걸음 나서며 마부를 나무란다.

"글쎄 여보! 아무리 동물이기로 당신 이익을 위해 저렇게 힘의 착취를 당하고 쓰러진 걸 왜 불쌍히 여길 줄 모르오? 한참 그냥 두어 좀 쉬게 하면 큰일 나오?"

교수의 말투로 보면 자본주 격인 마부는 이번에는 대꾸를 하되

"이를테면 댁이 나보다도 더 이 말을 중히 여겨 하는 말이오?"

하고 을러센다[7]. 교수도 화가 날밖에.

"그렇소. 동물을 불쌍히 여기는 마음은 당신보다 더하오."

4 無道-. 막된. 도리에 어긋난.
5 탐탁지 않게.
6 나무랐다.
7 몰아세운다.

학생들은 또 손뼉이라도 칠 뻔, 속이 시원하였다.

"모르면 모르나 보다 하고 어서 가슈, 허…."

이것이 대담하게도 마부의 대답인 데는 둘러섰던 다른 사람들도 마부를 괘씸히 던져 보는 한편, 교수의 톡톡한 닦달이 어서 내리기를 기다렸다. 교수는 얼굴에 투지발발(鬪志勃勃)[8]하여

"고약한 사람이로군…."

하고 안경 쓴 눈을 으르댄다.

그러나 마부는 의외에 교수의 노염은 타려 하지 않고 오히려 목소리를 낮추어 어린애에게 타이르듯,

"말이란 것은 쓰러졌을 때 이내 일으켜 세우지 못하면 죽고 마는 짐승이오. 그래서 병이 들어 약을 먹이고도 눕지 못하게 허리를 떠[9] 복고개[10]에 매달아 놓는 것이오, 허허…."

하고 다시 말을 족치기 시작한다.

교수는 그만 땀은 흐르되 입은 얼고 말았다.

모여 섰던 사람들도 모두 저 갈 데로 갔다. 흥분하였던 여학생들도 모두 무슨 운동 시합에서 저희 선수가 지는 것을 보고 돌아서듯 하나씩 둘씩 말없이 흩어졌다.

1933년 9월 7일.

『학등(學燈)』, 한성도서주식회사, 1933. 10; 『달밤』, 1934.

8 싸울 마음이 강하게 일어남.
9 허리를 밑에서 떠받쳐들고.
10 '보꾹'의 방언. 지붕의 안쪽. 천장.

어떤 화제(畵題)

윤(尹) 화백은 몇 번을 걸었다 떼었다 하다가 그여이 붉은 백[1](배경)을 걸어 놓고 말았다.

그는 아내의 얼굴을 그려 보기도 처음이요, 이 붉은 백을 쳐 보기도[2] 처음이다.

아내의 붉은 코 때문이었다. 연독[3]으론지 습증[4]으론지 피부과엘 다니고, 온천엘 다니고 하여도 종시 더해 갈 뿐인 아내의 그 시뻘건 코 때문에 아내의 얼굴을 그리기도 이제야 처음이요, 또 코의 붉은 빛만이 혼자 드러나게 하지 않게 하려니까 평생 쳐 보지 않던 붉은 백을 쳐 보기도 처음이었다.

그는 땀을 뻘뻘 흘리면서도 난로에 불을 쳐 넣었다. 화실이 더울수록 아내의 얼굴이 붉어지고 얼굴 전체가 붉어질수록 코만 혼자 붉은 것이 또 좀 감추었기 때문이다.

그러나 아내는 아내대로 '더워 못 앉었겠다'고 짜증을 내었다. 더운 것만이면 참았을 것이나 더우면 땀이 흘렀고, 땀이 흐르면 특히 주의하여 바른 콧등의 분가루가 씻기기 때문이었다.

아무튼 시작한 것이라 한참을 수긋하고[5] 그리고 보니, 그림은 똑 피에 주린 미친 화가의 장난처럼 붉은 빛 이외에는 아무것도 아니었다.

1 '백그라운드(background)'의 준말.
2 배경을 그려 보기도.
3 鉛毒. 납에 있는 독. 납독.
4 濕症. 습사(濕邪). 습기 때문에 생기는 병.
5 고개를 숙이고 묵묵히.

'백을 다른 걸로 갈아 볼까? 그러면 뺨에나 턱에나 이마에 어디서 붉은 빛이 나오나?'

그는 몇 번이나 화필을 던지려다가 아내가 더욱 무안해할까 봐 꿀꺽 참고 그리는데 유치원에 갔던 아들 너석이 껑충 뛰어들었다. 그리고 한참 아버지 옆에 서서 그림을 들여다보더니

"아버지."

"오."

"엄마 얼굴이 왜 저렇게 모두 빨건가? 엄마는 코만 복숭아처럼 새빨간 게 이쁜데…."

"무어? 복숭아처럼?"

"그럼. 봐요. 엄마는 코만 복숭아처럼 새빨간 게 이쁘지 않우?"

"…."

윤 화백은 무릎을 탁 쳤다. 그리고 페인팅 나이프로 여지껏 그린 붉은 그림을 빽빽 문대고 말았다.

"얘, 뭣처럼 이뻐?"

"복숭아처럼…."

그는 아들의 그 어떤 위대한 미술가보다도 광채 있는 순수한 안광(眼光)에 자기의 눈을 씻으며, 아내의 코를 바라볼 때 아닌 게 아니라 그 병신으로만 여기었던 코는 정말 맛있는, 속 붉은 복숭아처럼 향기도 일듯이 아름답다.

'왜 내 눈은 진작 저것을 못 느끼었던고!'

윤 화백은 부리나케 다른 캔버스를 갖다 놓고 백을 마음에 드는 것으로 갈고 아내의 흰 얼굴을 그리고, 그 가운데다 천도복숭아를 그리듯 붉은 점 하나를 쿡 찍어가지고 붓끝을 다시렸다[6].

"인제 엄마 같네."

6 다스렸다. 다듬었다.

하고 아들이 손뼉을 쳤다.

윤 화백은 이 초상화의 이름을 〈코가 복숭아처럼 붉은 여자〉라 붙이었다.

1933년 9월 9일.

「코가 복숭아처럼 붉은 여자」『조선문학(朝鮮文學)』, 경성각(京城閣), 1933. 10;
『달밤』, 1934.

만찬(晩餐)

"어머니, 골이 좀 아파서 누워야겠어…."

꽃분이는 아픈 표정을 한다는 것이 신 살구 먹는 양을 하면서 어머니의 눈치를 훔쳐보았다.

"눕든지 자빠지든지 뒈지든지 하렴, 경칠 년…."

어머니가 부엌으로 나가자 꽃분이는 매지근한 아랫목에 아랫배를 깔아 붙이며 땀내 나는 이불을 뒤집어썼다. 그리고 얇은 벽을 통하여 부엌에서 풀 끓는 소리가 풀럭풀럭 울려오는 것이 자동차의 모터 소리 같아서 자동차면 이렇게 흔들리겠지 하고 궁둥이를 겁실겁실[1] 놀려도 보았다.

꽃분이는 정말 골이 아파서는 아니었다. 한잠이라도 낮에 미리 자 놓아야 밤에 정신이 나고 더욱 눈을 샛별처럼 빛내일 수 있기 때문이었다.

그러나 프로그램대로 잠은 날래 오지 않았다.

"어서 어두웠으면! 얼른 보았어도 꽤 잘생긴 사내야! 안집 아들 녀석 따위는, 피이. 그런데 요전 그 녀석처럼 영어나 자꾸 지껄이면 어쩌나?" 하고 속으로 글탄[2]을 하면서 머리맡을 더듬어 핸드백을 끌어들였다. 그리고 그 속에서 꼬깃꼬깃한 종이쪽 하나를 찾아내었다. 그리고 연필로 흘려 쓴 글을 다시금 읽어 보았다.

저는 당신을 아는 지가 오랩니다. 여기다 길게 말씀드릴 수 없어 우

1 위아래로 번갈아 움직이는 모양.
2 '끌탕'의 방언. 속 태우는 걱정.

선 저녁이나 한때 조용한 데 모시고 가 먹을 기회를 청하오니 실례지만 내일 오후 다섯시까지 제 주인집으로 와 주시기 바랍니다. 주인집은 KK동 일번지입니다.

꽃분이가 어제저녁에 D극장에서 어떤 남자와 눈이 맞았다가 파해 나오는 판에 그에게서 받은 종이쪽이었다.

꽃분이는 안집 시계가 네시를 치는 것을 듣고는 일어나 바들바들 떨면서 찬물에 세수를 하였다.

윤곽은 고왔으나 빈혈을 상징하는 그의 누른 얼굴빛은 늘 그의 자존심을 상해 놓았기 때문에 꽃분이는 아무리 추운 날이라도 독에서 찬물을 떠다 하였다. 그리고 세수라기보다 마찰식으로 비비고 닦는 것이었다.

단발한 머리였으나 그가 경대에서 일어서기는 한 시간 뒤였었다. 그리고 바깥날이 추워서기보다 체면상 털양말이 생각나서 어머니의 주머니를 뒤져 보았으나, 그 속에는 풀 팔아 넣은 동전 몇 푼뿐이라 전차비로 다섯 닢밖에는 집어내지 못하였고, 종아리가 시릴 것 같았으나 모양을 보자니 인조견 양말을 안 신을 수가 없었다.

풀 바가지를 걸어 놓은 대문간을 나설 때마다 케이프를 두른 꽃분이는 몹시 불쾌하였다.

제 집을 나서면서도 남의 집에를 몰래나 들어왔던 것처럼 밖에 인기[3]부터 살피고 살짝 뛰어나서는 것이었다. 그러고는 곧 어머니를 위해서 마음 아픈 우울이 큰길에 나올 때까지 그를 따르는 것이었다.

"아들도 없으신 우리 홀어머니! 어떻게 해서나 내 힘으로 저 풀 장수 노릇을 고만두시게 해드렸으면!"

3 人氣. 인기척.

하는.

꽃분이는 KK동이 서대문 밖 독립문 근처인 줄은 알기 때문에 개명[4] 앞까지는 전차로 나왔다. 그리고 서대문 우편국 안의 시계를 엿보았다.

"다섯시 이십분!"

하고, 그는 벌써 이십 분 동안이나 자기를 기다리고 앉았을 그 사나이의 마음이 눈에 보이는 듯 반갑고 만족스러웠다. 더구나 자기를 여왕으로 하고 열리어질 조그만 밤의 나라, 밤의 낙원을 상상해 볼 때, 그는 종아리가 시린 것도, 귀가 차가운 것도 깨닫지 못하였다.

속으로 '어디쯤이나 될까?' 하고 독립문을 바라보는 때였다. 벌써 해는 떨어지고 불이 들어와 어스름한 거리 위에는 파출소의 붉은 전등이 유난히 두드러졌다.

"옳지!"

하고 파출소로 가서 드르르 하고 유리창을 밀었다.

"KK동 일번지가 어디쯤 될까요?"

"뭐요? KK동 일번지라뇨? 뉘 집을 찾는 셈이오?"

하고 순사는 지도도 보지 않고 퉁명스럽게 반문하는데, 꽃분이는 말문이 막히어 어물어물하고 섰으려니까

"KK동 일번지는 저어기 저 감옥소요, 서대문형무소 말요. 그런데 뉘 집을 찾는 셈이오?"

"감옥이야요? KK동 일번지가…."

꽃분이는 그 핏기 없는 얼굴이 그만 냉수마찰 이상으로 붉어져서 파출소를 나왔다. 그리고 그제사 자기가 헛물켠 것을 비로소 깨달았다.

바람을 등지고 들어오니 몸은 그리 춥지 않아도 종아리와 귀는 얼음이 닿는 것처럼 차갑다 못해 쓰라리었다. 그리고 집으로 바로 돌아왔으

4 '감영(監營)'이 변한 말. 조선시대에 각도 관찰사가 직무를 보던 관아로, 서울은 서대문 가까이 있었다.

면 어머니가 잡숫는 찬밥 끓인 것이라도 한술 먹었을 것을 공연히 마음은 그대로 달아 C백화점으로 갔다. 그리고 몸이 훈훈히 녹도록 한 시간 동안이나 백화점의 층층을 오르내리었다. 그러나 추운 몸은 녹이었으나 고픈 배는 돈 없이 채울 재주가 없었다.

늦게서야 집에 돌아오니 어머니는 내일 팔 풀을 쑤어 놓고 부뚜막에 앉아 그것을 뜨고 있었다.

김이 무럭무럭 떠오르는 풀가마! 그리고 구수한 풀 누룽갱이[5] 냄새! 꽃분이는 양식집에서 먹어 본 그레이비[6] 생각이 나서 발을 그냥 지나치지 못하였다.

"어머니, 내가 좀 뜨리까?"

"그래라. 것두 허리가 아프고나…."

꽃분이는 숟가락을 들고 와 우선 풀을 한옆으로 밀어 놓고 누룽갱이를 긁어다 입에 넣어 보았다. 아무 맛도 없었다. 오직 찬 입 속에 따스한 맛뿐, 그리고 코에는 구수한 냄새뿐. 그러나 그의 입술은 따스함과 구수함만으로라도 꼭 다물고 숟가락을 빨지 않을 수 없었다. 그리고 숟가락이 다시 풀가마로 나려갈 때는 부엌이 어두우나 꽃분의 눈에는 눈물이 반짝하였다.

그러나 풀 누룽갱이 숟갈이 두번째 입으로 올라갈 때는 속으로

'설탕이나 있었으면!'

하면서 눈물을 씻었다.

1929년 3월 15일 작(作).

「모던껄의 만찬」『조선일보』, 1929. 3. 19; 『달밤』, 1934.

5 '누룽지'의 방언.
6 gravy. 육즙 소스.

까마귀

색시

지금 생각하니 우리는 일 년이나 같이 있던 사람을 성도 이름도 모르고 말았다.

마구 나선[1] 사람이 아닌 데다 나이도 아직 젊어서 '어멈'이니 '식모'니 부르기엔 좀 야박스러웠다. 아내가 먼저 '색시'라 하였고 나중엔 아이들까지 '아주머니'라 하래도 '색시, 색시' 하였다. 나도 맞대고

"물 주우."

라거나

"상 가져 가우."

할 때는 아무런 대명사도 쓰지 않았지만 남에게 그를 말할 때는 역시 '색시가 어쩌구 어쩌구…' 하였다.

그는 그렇게 '색시'로서 피차에 아무런 불편도 없는 듯, 그의 성이 무엇인지 이름이 무엇인지는 갈 때까지 드러나지 않고 말았다.

색시가 우리집에 오기는 작년 늦은 봄이었다. 내가 저녁때 집에 들어서니까 웬 보지 않던 아낙네가 마당에 풍로[2]를 내다 놓고 얼굴이 이글이글해서 불을 불고 있었다. 그 연기가 가주 모종 낸 한련(旱蓮) 밭에 서리는 것을 보고 나는 마침 사랑으로 나오는 아내더러

"거 누구유? 누군데 하필 화초밭에다 대구 연길 불어?"

물었다.

1 험한 일을 가리지 않고 하겠다고 작정한.

2 風爐. 음식을 조리하던 화로의 하나.

"저어…."

하다가 아내는 내 말이 퉁명스러운 뜻을 알았던지 다시 안마당으로 올라가

"색시이, 거기 화초밭 아뉴? 연길 글루 불지 말구 저쪽으루 불문 좋지…."

하였다. 그러니까

"아유! 그까짓 한련인데 뭘 그렇게 위허시나요? 어쩌문이나…."

하고 그는 일어서는데 목소리뿐만 아니라 키와 허우대가 안사람치고는 엄청나게 우람스러웠다.

그런데 그의 대답이 그렇게 호들갑스러운 데다 이내 킬킬킬 웃어 그런지 나는 그것을 더 탄할 나위도 없었거니와 '웬만해선 성은 잘 내지 않겠군' 하는 인상을 그에게 가졌다.

남을 두어 보면 제일 성가신 것이 왜쭉비쭉해서 성 잘 내는 것이었다. 숟가락 하나를 다시 씻어 오래도 이내 얼굴빛이 달라지고 찌개 한 번 다시 데워 오래도 부젓가락[3] 내던지는 소리가 이내 부엌에서 나오는, 그런 신경질인 식모에 진절머리가 나서 일은 차라리 칠칠치 못하더라도 이번엔 제발 우리가 눈치 보지 않고 부릴 수 있는 사람을 바라던 김이라 아내는 무론[4]이요 나도 속으로는 처음부터 탐탁해했다. 그런데 그때 아내의 말이

"좀 너무 젊지? 과부래는구랴 저 나에…."

하는 소리를 듣고는 그의 불행도 불행이려니와 그런, 속에 슬픔이 있는 사람을 한식구로 둔다는 것은 그리 유쾌하지는 못하였다.

"그런데 어디 사람인데 우리집을 알구 왔수?"

"저 돈암리서 더 가문 무네미[5]라구 있대나, 거기가 친정집인데 왜 접

3 화로에 꽂아 두고 쓰는 쇠젓가락.

4 물론.

5 지금의 서울 강북구 수유동(水踰洞)의 옛 이름. 무너미. 무넘이.

때 와 바누질하던 늙은이 있지? 그 늙은이 조카래."
"으응 그런데?"
"그런데 참한 데만 있으문 재가할 작정인데 어디 그렇게 쉬우? 친정은 넉넉지두 못하구 그래 바람두 쐴 겸 홧김에 저희 아즈머니한테 우리 집 얘길 듣구 왔다는구랴."
"거 잘됐수."
"그런데 웃어 죽겠어."
"왜?"
"아까두 괜히 킬킬거리지 않습디까? 여간 잘 웃지 않어."
"웃는 집에 복이 온다는데 거 잘됐군."
하고 우리도 웃었다.
"그래두 글쎄 청춘에 과부가 돼서 생각험 좀 기맥힐 테유? 그런데 얼굴서껀 어디 근심 있는 사람 같애? 괜히 킬킬대구 웃는 게."
"여태 철이 덜 나 그렇겠지."
나는 그가 철없어 그렇거니만 여겼다.

아무튼 색시는 웃기를 좋아하였다. 그가 와서부터는 조용하던 안에서 가끔 웃음판이 벌어졌다. 가끔 아내가 허리를 가누지 못하고 뛰어나와 이야기하는 것을 들으면
"글쎄 색시가 즈이 시에미 됐던 늙은이 입낼[6] 내는데…."
어떤 때는
"저번에 석쇠 팔러 왔던 청인(淸人) 입낼 내서…."
또 어떤 때는
"무당 입낼…."
하고 번번이 입내를 잘 내어 웃기는 것이라 했다. 남을 잘 웃길 뿐 아니

6 입내를. 흉내를.

라 남을 웃겨 놓고는 자기도 그 서슬에 한바탕 숨이 막히도록 웃어대는 것인데 그렇게 하루 한두 차례씩 웃는 일이 없어서야 속이 답답해 어떻게 사느냐는 것이었다.

제 속에 불덩이가 있는 사람이라 그렇게 웃고 지내려는 것이 자기를 위해서도 좋겠지만 따라 웃는 사람들도 해로울 것은 없었다. 다만 일에 거친 것이 있어 갈수록 탈이었다.

그는 무엇이든지 가만히 놓는 일이 없었다. 부엌에서 그릇 잘 깨트리는 것은 말만 들었지만 세숫대야 같은 것도 허리를 굽히고 놓는 일이 별로 없었다. 뻣뻣이 선 채 내던지기가 일쑤여서 사기가 튀고 우그러들게 하는 것은 나도 여러 번 보았다. 아내가 왜 그렇게 선머슴처럼 구느냐고 그러면

"화가 치미는 걸 어떡해요."

하는 것이 제일 잘하는 대답이요,

"그까짓 걸 뭘 그리세요."

하는 것이 다음으로 잘하는 대답이었다.

그는 다른 경우에서도 그 '그까짓 걸'이란 말을 많이 썼다. 그에게는 아까운 게 없는 것 같았다. 밥도 시키는 대로 하기를 싫어하였다. 공연히 한 사람쯤은 더 먹을 것을 지어 가지고 이 그릇에 미루고 저 그릇에 굴리다가 쉬면 내다 버리기를 좋아하였고 나무도 아궁이 미어지게 처넣고야 땔 줄을 알았다. 모든 게 그의 손에선 물처럼 헤펐다. 내가 알기에도 기름이 떨어졌느니 초가 떨어졌느니 하고 아내가 사다 달라는 부탁이 다른 식모 때보다 갑절이나 잦았다. 아내가 아무리 잔소리를 해도 기름병이나 초병을 막아 놓고 쓰는 일이 없다 한다.

"뭬 힘들어 그걸 못 막우?"

하면

"쓸랴구 할 때 마개 막힌 것처럼 답답한 일이 세상에 어딨세요."

하고 남이 막아 놓은 것까지 화를 내는 성미였다. 하 어떤 때는 성이 가

시어 아내가

"그리구 어떻게 시집살일 했수?"

하면

"그래두 시아범 작잔 힘든 일 잘 해낸다구 칭찬만 했는데요."

하고 킬킬거리었고

"그건 그런 힘든 일을 며느리한테 시키는 집이니까 그렇지 인제 가지게[7] 사는 집으루 가두?"

하면

"인제 내 살림이문 나두 잘 허구 싶답니다."

하는 뱃심이었다.

그는 별로 죽은 남편에 대해서는 말이 없었고 조용히 앉기만 하면 다시 시집갈 궁리였다. 월급이라고 몇 원 받으면 그날 저녁엔 해도 지기 전에 저녁을 해치우고 문안으로 들어가서 분이니 크림이니 하는 화장품만 쓸데없이 여러 가지를 사들이었고, 우리가 무슨 접시나 찻잔 같은 것을 사 오면 이건 얼만가요 저건 얼만가요 하고 가운데 나서 덤비다가 으레

"나두 인제 살림허문 저런 거 사 와야지…. 화신상회[8]랬죠?"

하고 벼르는 것이었다. 벼를 뿐 아니라 전기다리미만은 몹시 신기했던지 둘째번 월급을 받아서는 그것부터 하나 사다 가지었다.

"색신 어떤 사람헌테 가길 소원이우?"

하고 아내가 한번은 물어보니

"인물 잘나구 먹을 거나 있으문 되죠 뭐…. 사내가 좀 시원시원허구…."

하다가 마침 웬 중학생 한 패가 하모니카를 불면서 우리집 앞을 지나가

7 '갖추고'의 옛말.
8 和信商會. 일제강점기에 조선인이 세운 최초의 백화점. 화신백화점.

는 것을 보더니

"참! 전요 저 하모니카 잘 부는 사람이 좋아요."

하고 킬킬거리고 또 한바탕 웃었다 한다. 하모니카를 불되 한 옆으로 뿡빠뿡빠 하고 군소리를 내어 가면서, 이를테면 베이스를 넣어 가면서 불어야 하고 모자는 '캡'이라고 이름은 모르되 형용을 가리키며 그것을 삐뚜름히 쓰는 청년이 자기 마음에 드는 사람이라고, 그 뒤에 다시 한번 이야기한 일도 있다 한다.

그가 우리집에 살기 두어 달 되어서다. 삼복 지경인데 어디 나갔다 들어오니 아내가 아이를 보고 아이 보는 아이가 저녁을 짓고 있었다.

"왜 색신 어디 갔수?"

물으니

"신랑 선보러 갔다우…. 저희 큰어머니래나 늙은이가 와서 청량리 어딧 사람인데 죽은 후취라구 서루 보구 합당험 한다구 데려갔다우."

하고 아내가 설명하였다.

"만일 안 되면?"

"제 맘에 안 맞음 오늘 밤으루라두 도루 온댔어."

우리는 갑자기 식모가 없어져 일시 불편하기는 하나 색시가 다시 돌아오기보다는 좋은 자국[9]을 만나 아주 주저앉기를 바랄 뿐이었다.

그러나 색시는 그 이튿날 아침 아직 조반도 먹기 전인데 문밖에서부터 킬킬거리면서 다시 우리집에 나타났다.

"저런! 왜? 왜 합당치가 않습디까?"

아내가 물으니 대답도 없이 그냥 킬킬거리기만 하면서 안으로 뛰어들어갔다. 나중에 아내에게 들으니 사내라는 게 나이도 사십이 넘었거니와 눈이 바늘로 꼭 찔러 놓은 것처럼 답답스러웠고 전실 자식이 셋이

9 좋은 자리 또는 혼처.

나 되고 살림이라곤 부엌을 들여다보니 놋그릇 하나 눈에 뜨이지 않으며 말인즉 금붙이라고 해서 처음엔 정말 금비녀인가 보다 했으나 나중에 그 집안 꼴을 보고는 믿어지지가 않아 허리를 뚝 꺾어 보니 속이 멀쩡한 백통[10]이라 그 사내 면전에다 집어 내동댕이를 치고 달려와 저희 집에서 자고 온다는 것이었다.

그 뒤에도 두 번이나 그 큰어머니라는 노인이 와서

"이번엔 네 맘에두 들라."

하면서 다리고 갔으나 색시는 번번이 그 이튿날 아침이면 킬킬거리고 다시 나타나곤 하였다.

우리도 나중엔 딱하였다. 시집갈 데가 있는 사람을 억지로 잡아 두는 것은 아니지만 새색시 놀음을 내일 하게 될지 모레 하게 될지 몰라, 서면 손을 닦달하고[11] 앉으면 눈썹을 그리고 하는 그를 걸레 만지지 않는다고 잔소리하는 우리가 극성스러 보였고 왜 선머슴처럼 덤벙거리다가 일을 저지르냐고 탄하는 우리만 심한 주인이 되는 것 같았다. 더구나 있어날수록 자기에게 직접 권한자인 내 아내에게 벗나가기[12] 시작하였다. 무어든지 물어보고 하기를 싫어하였다. 두부 장수가

"두부 두시랍쇼?"

하여도 주인 된 사람에게 물어보는 것이 온당하련만 제 마음대로

"오늘은 한 모 두."

"오늘은 고만두."

하는 것이었다. 게다가 내가 없는 때 혹 손님이 찾아오더라도 내 아내에게 전갈하는 것이 아니라 자기가 내 아내처럼 척 나서서 이러니저러니 하고 쓸데없는 대꾸를 하다가 나중엔 이름도 묻지 않고 보내기가 일쑤였다. 이런 것이 다 아내의 비위를 건드린 데다 한번은 이런 일이 있

10 은백색으로, 구리, 아연, 니켈의 합금.
11 매만져 가꾸고.
12 (성격이나 행동이) 엇나가기.

었다.

늘 그가 하는 말이

"한번 낮에 문안 좀 들어갔으문…. 찾어볼 집이 있는데…."

하였다. 그래 하루는 날도 좋고 조반도 일찍 해 먹은 날이어서 마음 놓고 나가 그 찾아봐야 할 집을 찾아보고 오라 하였다. 아내의 파라솔을 빌려 달래서 파라솔까지 빌려주고 월급에서 얼마를 먼저 달래서 그것도 달라는 대로 먼저 주었는데, 그런데 이 색시만이 없어진 것이 아니라 아이 보는 아이도 갓난이를 업은 채 어디로 갔는지 보이지 않았다. 색시가 다리고 나갔으려니는 생각되지 않는 일이어서 우리는 산으로 개천으로 평생 가 보지 않던 집집으로 종일 찾아다니었다. 그러나 우리는 찾아내지 못하고 있는데 나중에 나타나는 것을 보니 문안에 들어갔던 색시가 앞세우고 오는 것이었다. 갓난이는 어느 틈에 뒤져내어선지 새 양복을 입히고 아이 보는 아이는 저고리만 갈아입혀서 제가 낳은 아이를 저희 집 아이 보는 아이에게 업혀 가지고 다니듯, 타박타박 앞세우고 갔다 오는 것이었다.

"아아니 걔들은 왜 모두 끌구 갔다 오?"

"…."

색시는 대답이 없이 킬킬거리고 안으로 뛰어 들어갔다.

"아, 얼말 찾어다닌 줄 아우? 그게 무슨 짓유? 왜 제 맘대루 어린애꺼정 데리고 댕규?"

"…."

색시는 저도 어이없는 듯, 웃기는 그쳤으나 무어라고 이유를 설명하지는 않았다. 아내는 애꿎은 아이 보는 아이만 나무라고 말았으나 저녁이 되니 갓난이가 기침을 하고 몸이 달기 시작하였다. 나도 성이 났지만 아내는 나보다 더할 수밖에 없었다. 안으로 들어가더니 한참이나 음성을 높여 언짢은 소리를 퍼붓고 나왔고 나와서는 내일 아침엔 다시 식모 없이 살더라도 저희 집으로 보내 버릴 작정이었다.

그러나 그 이튿날 아침에 우리는 색시를 보고 가라는 말이 나올 수 없었다. 그는 두 눈이 모두 새빨갛게 충혈이 되었고 눈시울은 온통 벌에 쏘인 것처럼 부어 있었다. 같이 잔 아이 보는 아이에게 물어보니 초저녁부터 아침까지 제가 잠이 깰 때마다 보았는데 볼 때마다 옷도 끄르지 않고 앉아서 울더라는 것이었다.

우리는 그 말을 듣고 남에게 너무 심하게 했나 보다 하고 가라는 말은 커녕 그의 눈치만 보고 며칠을 지내다가 그의 마음이 아주 풀린 뒤에 아내가 그까짓 일에 밤을 새 울 것이 무엇이냐고 물었다 한다. 그랬더니 색시는 오래간만에 킬킬거리고 한바탕 웃고 나서

"내가 과분 줄 아세요? 정말?"

하고 이야기하기를, 자기 남편 되었던 사람은 지금 눈이 시퍼렇게 살아서 어느 은행에 급사로 다닌다는 것, 저희 내외간에는 의가 그리 나쁘지는 않은 것을 시어미가 이간질을 붙여 못 살고 나왔다는 것, 그새 그 녀석이 장가를 들었는지도 공연히 궁금하고 또 들었다면 어떤 년인지, 그 년이 자기만 한가 못한가도 알고 싶고 그리고 이왕 그놈의 집에 자기의 얼굴을 비칠 바엔 거짓말로라도 자기는 그새 너희까짓 놈의 집보다는 몇 갑절 훌륭한 데로 시집을 가서 이렇게 아이를 낳고 아이 보는 아이까지 두고 깨가 쏟아지게 산다는 의기를 보여 주고 싶어서 우리 갓난이를 제 아이처럼 아이 보는 아이에게 척 업혀 가지고 갔더랬다는 것이었다.

아내는 그 말을 듣고 그의 면전에선 웃고 말았으나 그런 사정인 줄은 모르고 몹시 나무랬던 것을 뼈아프게 후회하였다. 그리고 인제부터는 동생처럼 타일러서 그의 결점을 고쳐 주고 상당한 자리만 있으면 우리라도 중매를 나서 줄 작정이었다.

그러나 색시는 당사자가 되어 그런지 워낙 성질이 괄괄해 그런지 제삼자인 우리가 보기에는 너무나 침착하지 못하였다. 아직 보이지도 않는 행복을 부득부득 움키려 덤비었다. 개울 건너 우리집과 마주 띄는 집에 전문학교 학생 두엇이 주인[13]을 정하고 왔다. 그들은 아침이면 이를

닦으며 저녁이면 담배를 피우며 가끔 우리 마당을 건너다보았다. 그들은 마주 뵈니까 무심코 건너다보는 것이되, 이쪽의 우리 집 색시는 첫번부터 그들에게 과민하였다. 아침저녁으로 분세수[14]를 하고 틈틈이 무색옷[15]을 내어 입고 그들이 학교에서 돌아올 시간쯤 되면 으레 머리를 고쳐 빗고 그러고는 그들이 눈에 뜨이면 무슨 일이든지 하다 말고 내어던지었다. 마당을 쓸다 그들이 보이면 비를 놓아 버리었고, 물을 길러 가다 그들이 보이면 길바닥에 바께쓰를 놓고 와서는 아이 보는 아이더러 아이는 자기가 안을 터이니 대신 가서 물을 길어 오라 하였다. 아무리 동정을 하려 해도 너무 밉살머리스러웠다. 그런 데다 우물에 가서 그 집 식모를 만나면 그 키 큰 학생은 성질이 어떠냐 키 작은 학생은 성질이 어떠냐 누가 더 부자냐 장가들을 갔는지 안 갔는지 아느냐 별별 어림도 없는 것을 다 캐어물어서 나중엔 별별 구설이 다 우리집으로 모여들었다. 그러나 그를 집에서 나가 달라고는 얼른 할 수가 없었다. 올라갈 나무든지 못 올라갈 나무든지 간에 유일한 희망이 그 건넛집 마당의 두 전문학교 학생인데 그들을 마주 바라볼 수 있는 유일한 전망대인 우리집 마당에서 그를 떠나 달라는 것은 그의 유일한 희망을 빼앗는 것이 되기 때문이다.

그러나 그에게 올 냉정한 운명은 냉정한 채로 와 버리고 말았다. 하루는 일요일인데 점심때 좀 지나서 웬 말쑥한 두 여학생이 건넛집 마당에 나타났다. 그 두 남자 전문학교 학생과 하나씩 짝을 지어 희희낙락하게 놀았다. 풀밭에 둘씩 머리를 모으고 소곤소곤 앉았기도 했고 갑자기 뛰어 일어나 손뼉을 치며 흐하하거리기도 했다. 동네 사람이 다 보이게 미륵당 길에 산보도 하고 저녁까지 한데서 먹은 듯 밤에도 꽤 늦도록 그들의 높은 웃음소리가 우리 마당으로 풍겨 왔다.

13 숙소.
14 粉洗手. 덩어리 분을 개어 바르고 하는 세수.
15 물감을 들인 천으로 만든 옷. 물색옷.

이날 우리집 색시의 정신은 어디 가 있는지 알 수 없었다. 부엌에 들어가면 부엌에서 뎅그렁하고 무에 깨어졌고 장독대로 가면 장독대에서 철그렁하고 무에 금 가는 소리가 났다. 흐하하 하고 건너 마당에서 그 여학생들의 웃음소리가 건너올 때마다 색시는 자기가 잘 웃던 것은 잊어 버린 듯

"정칠 넌 허파 줄이 끊어졌나, 정칠 년들…."

하였다.

다음 공일날 건넛집 마당에는 또 그 두 여학생이 나타났다. 우리집 색시는 이날도 무얼 하나 깨트렸다 한다. 그리고

"정칠 년들, 허파 줄이 끊어졌나, 정칠 년들…."

소리를 종일 중얼거리었고 다시 그 다음 공일이 오기 전에, 그 전기다리미가 제일 무거운 것인 보따리를 꾸려 이고 그만 무네미라는 저희 집으로 가 버리고 말았다.

그 뒤 우리는 색시의 소식을 모른다. 어디 가서든지 자리잡고 살게 되면 잊지 않고 편지하겠노라고 번지까지 적어 놓고 가더니 벌써 반년이 되어도 소식이 없다. 어서 그 전기다리미에 녹이 슬기 전에, 그 캡을 삐뚜름히 쓸 줄 알고 하모니카도 베이스를 넣어 불 줄 아는 그런 신랑을 만나야 할 터인데….

8월 15일.

『조광(朝光)』, 조광사, 1935. 11; 『가마귀』, 한성도서주식회사, 1937;
『이태준단편집』, 1941; 『복덕방』, 1947.

우암노인(愚菴老人)[1]

愚菴老人[2]은 어렴풋이 意識이 돌자 소스라쳐 눈을 떴다. 그리고 얼른 손부터 입으로 가져가려 했으나 맥없이 던져졌던 손은 시든 호박잎 같아서 그렇게 날래게는 움직여지지 않았다.

老人은 손에 보냈던 마음을 혀끝으로 옮기었다. 혀도 침이 말라서 녹슨 나사 같은 것을 억지로 이끌어다 비로소 아래위 잇몸을 스치어 보았다. 그리고 듬성듬성 반도 못 되게나마 남은 어금니들이 그냥 붙어 있다는 것을 認識하면서 함께 '꿈이었구나!' 하는 認識도 얻었다.

"후우."

老人은 가쁘던 숨을 몰아내었다. 그래서 가슴은 약간의 시원함을 느낄 수 있었으나 마음은 도리어 그 숨소리에 눌린 듯 무거워졌다.

'이게 원, 무슨 언짢을 증졸꼬?'

돌아누우며 창에 붙은 유리 쪽을 바라보았으나 거기에도 아직 光明은 그림자도 이르지 않은 밤중대로다.

'기용이가 늦도록 보채는 소리가 났는데….'

老人은 귀를 밝히었다. 귓속에는 무슨 버러지가 들어간 듯 버석거리고 쑤군거리어서 다른 소리는 찾을 수가 없었다. 그래 고개를 길게 빼어 들고도 한참 만에야 밖에서는 아무 소리도 울려오는 것이 없는 것을 믿

1 이태준이 본문에 한자를 그대로 노출한 실험적 작품. 여기서도 작가의 의도를 살려 한자를 그대로 표기했다. 그는 수필 「소설」에서 한자의 사용은 사소설(私小說)의 맛, 수필적인 풍미를 가하는 데는 가장 효과적이나, 의음어, 의태어가 많은 우리말의 풍부함을 살리기에는 맞지 않다고 한 바 있다.

2 이 글의 최초 발표본인 「어둠」(1934)에서는 '海石老人(해석노인)'이라는 이름으로 등장한다.

을 수가 있었다.

'이 녀석이 좀 자는 게로군! 에미두 좀 눈을 붙여 보겠군….'

하고 老人은 다행스러워 하였다.

그러나

'그런데 그게 무슨 요망스런 꿈이람!'

꿈을 다시 생각할 때 老人의 마음은 다시 무거워졌다.

老人은 꿈에 아래윗니가 몽창[3] 빠진 것이다. 윗니가 빠지면 웃어른이 돌아가고 아랫니가 빠지면 아랫사람이 죽는다는 말이 있다. 그런데 분명히 윗니와 아랫니가 한꺼번에 빠지었다. 웃어른은 돌아가려야 돌아갈 웃어른이 없지만 아랫사람은 있다. 더구나 七十이 불원[4]한데 이제 겨우 젖 떨어진 외아들 기용이가 장감[5]으로 몸져누운 끝이다. 아무래도 이 심상치 않은 꿈자리는 가냘픈 기용의 운명에 무슨 豫言을 주는 것으로는 지나치게 또렷한 것 같았다.

"허! 하필… 원!"

老人은 머리맡을 더듬더듬하여 성냥갑부터 찾아 가지고 자리에서 일어났다. 남포[6] 걸린 데로 가서 불을 대려 놓고는 다시 자리로 와 희연을 한 대 꾹꾹 눌러 담았다. 그리고 불을 붙이려 등피[7] 꼭대기로 담배통을 가져가다가야 남폿불이 뿌우연 무리가 서서 빙글빙글 도는 것을 처음 느끼었다.

老人은 두어 번 눈을 비비었다. 다시금 눈을 껌적거려 보아도 남폿불은 여전히 올빼미 누깔처럼 붉고 누르고 푸른 무리가 빙글빙글 돌았다.

3 '몽땅'의 방언.
4 不遠. 머지 않음.
5 長感. 긴 감기. 또는 腸感. 장티푸스.
6 램프. 남포등.
7 남포등에 씌우는 유리로 된 물건.

'저건 또 무슨 증조람?'

老人은 자기의 낡은 視力의 錯覺임을 깨닫기 전에 먼저 不安스러운 神祕感에 부딪힘이었다.

담배를 한참 만에 붙이어 빠끔빠끔 서너 모금 빨다가 허리띠를 묶고 버선을 신고 저고리 소매를 끼우면서 일어섰다.

그리고 이따가 안에서 날까 봐 미리 헛기침을 두어 번 기치고[8] 밖으로 나와 가만가만 안마당으로 들어섰다.

"젠장 남들은 메누리가 조심스러 해만 떨어져도 안 출입이 어렵다는 데…."

새삼스럽게 슬하가 쓸쓸함을 탄식하면서 건넌방 미닫이 앞으로 들어섰다. 그리고 숨을 죽이느라고 기운 없는 턱을 흔덩거리면서[9] 유리 쪽으로 넌지시 방 안을 들여다보았다.

기용이 모자는 생각했던 것처럼 잠들어 있었다. 기용이는 어미의 팔과 베개를 을러[10] 베고 새빨갛게 단 입술을 붕어처럼 동그랗게 벌리고 가슴을 높이 들먹거리었다.

'내일은 김 주부 약을 그만 끊어 버려? 양의를 믿어봐? ….'

老人은 한참 생각하고 섰다가야 기용 어미의 자는 양도 살펴보았다. 방에 외풍이 없이 하라고 이른 자기 말대로 불을 많이 때인 듯, 이불은 나려놓지도 않고 속곳 바람으로 사지를 펴드러뜨리고[11] 있다. 윗도리도 반이나 드러났으되, 또 이제 서른넷밖에 안 난 젊은 小室이로되 老人의 神經은 淡淡한 채로 움직임이 없었다. 느낀다면, 弱한 지게꾼이 무거운 짐을 쳐다보듯 一種의 壓力을 느낄 뿐이었다.

"저것두 불쌍한 것…."

8 (기침을) 하고. 깇고.
9 흔들거리면서. 흔뎅거리면서.
10 함께.
11 사지를 쫙 벌리고.

하면서 역시 이 방 남폿불에서도 시퍼런 무리가 도는 것을 깨닫자 곧 사랑으로 나오고 말았다.

자식이 무엔지 이 愚菴老人은 기용이 모가 두번째의 小室이었다. 처음엔 팔자에 없는 걸 굳이 욕되게 바라랴 하고 깨끗이 두 늙은이끼리 偕老나 할 작정이었으나 쉰이 되던 해 겨울 어느 날 밤인데 큰마누라가 자진하여 웬 젊은것 하나를 다려다 사랑에 밀어 넣었다.

그게 처음 본 소위 小室이었으나 그 후 三年을 살아 보되 역시 딸도 아들도 소생이 없으므로 대수롭게 받들지 않았더니 흐지부지 남의 사람이 돼 버리고 말았고, 그런 다음부터는 예서 제서 찾아드는 것이 많아 나중엔 말막음으로 하나 붙든 것이 이 기용이 모였다.

허허실수로 아들을 하나 얻은 愚菴老人은 한동안은 침침하던 눈까지 다시 밝아지는 듯 음식에까지 새 맛을 느끼었다.

"사람이 죽는 날 죽드라도 이렇게 사는가 싶은 날이 있어야…."

老人은 末年에 이르러 人間樂을 새로 한번 느끼었다.

그러나 이 한 가지의 밝은 事實은 여러 가지의 어두운 그늘을 가지고 왔다.

큰마누라는 자진하여 젊은것 하나를 사랑방에다 밀어 넣어 주던 때와는 딴사람처럼 영감의 자리 옆을 떠나는 데 寬大하지 못하였다.

"그걸 글쎄 어느 세월에 길러 가지구 자식이라구 후살[12] 맡겨 보누…."

하고 기용의 存在를 헐기 시작하였다. 또

"조심해요 괜히… 젊은것들이 늙은이 곯는 걸 돌본답디까?"

하고 공연히 앙칼진 소리도 하였다.

달라진 것은 큰마누라뿐도 아니었다. 기침 한 번을 크게 못하던 기용

12 후사를. 뒷일을.

이 모도 기용을 낳아 놓고부터는 발을 구르는 듯 대청이 울리게 가래를 돋우는 것이었다.

老人은 一種의 幻滅을 느끼었다. 이들의 豹變하는 성미는 老人이 믿어 온 婦德의 美를 虛無스럽게 하였고 家風을 어지럽히며 家長으로서의 자기의 치신[13]까지 깎이는 것 같았다.

"…인제두 후년 봄에나 소학교, 소학교가 육 년, 중학교가 오 년, 그리구두 전문학교니 대학이니…."

아닌 게 아니라 큰마누라의 말대로 기용에게 絶望이 안 되기도 어려웠다. 더욱 작년 봄부터 현저하게 食慾이 減退되고 手足이 차지고 視力이 한층 더 침침해 감을 돌볼 때 자기는 앞으로 고작 견디어야 기용의 소학교 졸업이나 볼지 말지였다.

"그러니 그까짓 게 겨우 이까짓 집이나 한 채 물려 갖구 무얼 먹고 무얼 입구 무얼루 공부하구…."

뿐만 아니라 자기가 죽은 뒤에 헐벗는 처자식이 남들에게 '저게 아무개 에펜네요 아무개 아들이오' 하는 말을 들어 자기 이름이 가장 불명예스럽게 굴러다닐 것을 생각하니 문득 '공연한 걱정거리를 샀군!' 하는 후회까지도 났다.

'어느 이십 안 자식이라니[14]….'

그렇다고 기용이를 자식이 아니거니 돌릴 수도 없는 일이다.

愚菴老人은 다시 버선을 뽑고 저고리를 벗고 여전히 올빼미 눈처럼 시퍼렇고 싯누런 무리가 도는 남폿불을 무슨 殺生이나 하듯 다섯 번 여섯 번 숨이 차게 불어서야 끄고 자리에 누워 버렸다.

"풍전등화라구 해두 불도 끄려면 힘들어…."

13 '처신'을 낮잡아 이르는 말.

14 '흔히 이십 안 자식이라고 하더니'의 뜻. 최초 발표본 「어둠」에는 '이삼십에 얻어야 제 자식이지'로 되어 있다.

혼자 이렇게 중얼거리고 사람의 목숨도 저런 것이거니도 생각해 보았다. 바람에 촛불 꺼지듯 하는 목숨도 있겠지만 꺼질 듯 꺼질 듯하면서도 한없이 질기게 끌어 나중에는 제 진에[15] 나가떨어지는 그런 떡심[16] 같은 목숨도 있으려니 하였다. 그리고 행여 자기의 臨終이 그런 것일까 봐 겁이 나기도 했다.

'죽음!'

老人은 다시 잠에 들기가 힘들었다. 될 수 있는 대로 安靜하려 깔끄러운 눈은 감았으나 귀에서 사뭇 징을 치듯 소란스럽고 무시무시한 소리가 일어나기 시작했다. 다시 눈을 떠 천장을 바라보았다. 천장은 끝이 없다. 그냥 아무것도 아니 보이는 시커먼 어둠은 한이 없이 높은 것도 같고 한이 없이 깊은 것도 같았다. 그리고 죽음이란 아무것도 안 보이는 저런 빛의 것이려니도 생각하니 방 안이 갑자기 깊고 깊은 산속이나 바닷속처럼 견딜 수 없이 쓸쓸스러웠다. 그리고 이 끝없이 깊은 어둠과 쓸쓸함이 이제부터는 큰마누라보다도 작은마누라보다도 기용이보다도 더 가깝게 사귀어 나가야만 할 그것임을 깨달을 때, 老人은 무서운 野獸와나 마주치는 듯 머리끝이 쭈뼛 곤두솟았다.

'저 짐생!'

시커멓게 생긴 무슨 그림자는 한 걸음 덥석 앞으로 다가서는 것 같았다.

보숭보숭하던 이마에는 땀기까지 촉촉이 끼친다.

"후우…."

愚菴老人은 머리맡을 더듬었다. 성냥갑을 찾음이다. 담배라도 다시 한 대 붙여 물고 싶었거니와 그보다는 불이, 한 점의 불티라도 불빛이 그리워서였다.

15 지쳐서.
16 억세고 질긴 힘줄.

1934년 6월 17일 작(作).

「어둠」『개벽(開闢)』, 개벽사, 1934. 11; 『가마귀』, 1937.

삼월

창서는 하학하기 전에 미리 서무실에 가 기차 할인권을 얻었다. 그러나 할인권을 써도 전차비까지 일 원은 가져야 집에 갈 수 있다. 이학기가 반이나 지나도록 이학기 치 수업료가 그저 밀린 창서에겐 용돈 같은 것은 떨어졌다기보다 처음부터 없었다.

"너 돈 한 일 원 없니?"

"왜?"

"나 집에 좀 가게."

"흥! 벌써 색시 생각이 나는 게로구나?"

하고 동무는 딴청을 하였다.

"참 그래서 간다문 좋게…. 있거든 좀 꿰라[1]."

"없는데…."

"너 있니? 일 원만…."

"일 원 못 돼. 그렇지만 이 자식 바른대로 자백해라. 색시 생각이 나가지? 그렇다면 우리 반에서 걷어서라도 주마."

창서는 떠들썩하게 웃음판이 되는 동무들에게서 세 사람의 주머니를 털어 차비를 만들었다.

'이백 원!'

시골 가는 완행차는 전깃불도 아니다. 석탄을 때는 것처럼 그을음만 시꺼멓게 피어오르는 남포를 물끄러미 쳐다보면서 창서는 다시금 손가락을 꼽아 보았다. 수업료가 이제도 졸업까지는 두 학기 것이 육십 원

1 꿔 줘라.

돈, 삼월까지 다섯 달 치 하숙비가 일오는 오, 오오는 이십오 해서 칠십 오 원, 동창회비니 사은회비니 무엇무엇 해서 십오 원은 될 것이요 졸업하고 나는 날은 제복 제모로 그냥 다닐 수 없을 것이니 양복 일습[2]이 모자까지 오십 원은 들 것이다. 아무리 줄여 잡아도 꼭 이백 원이다.

'꼭 이백 원! 아버지 말씀대로 하면 알톨 같은[3] 이천 냥이로구나!'

차는 유리창이 새뽀얘지며 몹시 쿵쿵거리었다. 굴속을 지나가는 것이다.

'굴!'

굴은 이미 끝이 났다. 그러나 창서의 마음은 어두운 굴속으로만 한없이 끌려 들어가는 것 같았다.

정거장에서 오 리나 되는 집이지만 그리 늦지 않게 들어섰다. 거친 길바닥에 구두 소리는 별로[4] 저벅거리어서 안마당에 들어서기도 전에

"형님 온다!"

"오빠 오네!"

하고 구멍 뚫어진 문들이 열리었다. 창서는 봉당[5]에 올려 쌓인 볏섬들이 다른 때와 달리 마음에 찔리어서 그것부터 둘러보면서 안방으로 들어갔다. 시어머니와 마주앉아 무슨 마름개질[6]을 하던 아내는 반짇고리를 안고 윗방으로 올라가 버리고 어머니는

"어제부터 기다리구 저녁을 해 뒀는데…."

하면서 아랫목 자리를 내어 준다.

"아버진 어디 가셨수?"

"저 위 안협[7] 집이 가신가 보다."

2 一襲. 옷, 그릇, 기구의 한 벌.
3 속이 꽉 차서 실속이 있는.
4 별나게.
5 방 앞이나 안방과 건넌방 사이의 흙마루. 토방(土房).
6 옷감을 치수에 맞게 자르는 일. '마름질'의 방언.
7 安峽. 강원도 이천 지역의 옛 지명.

"마당질[8]은 다 됐수?"
"뭐 헐거나 몇 알 되니. 날씨가 좋아 버얼써 해쳤단다."
"짐장[9]은?"
"짐장두 했지…. 짐장 걱정을 다 허는구나. 시장하겠다."
하고 어머니는 남폿불을 더 돋우고 벽장에서 삶은 밤을 한 목판 꺼내 주고 대견스럽게 아들을 쳐다보고 들여다보고 하다가 며느리를 따라 부엌으로 나갔다.
"형님! 저 아버지 어제 안협 집 영감하구 쌈하셨어…."
어머니가 나가자 지금 보통학교 육학년인 사내 동생이 남포 밑으로 바투 나앉으면서 은근스럽게 일렀다. 그러자 윗방에서 누이동생이 지금 겨우 걸음발 타는[10] 창서의 아들을 안고 나려왔다. 창서는 아이를 받아 안으면서 물어보나마나 빚 쓴 것 때문이려니는 하면서도
"왜 싸우셨어?"
하고 누이더러 물었다.
"뭐 괜히 그리셨지."
누이는 오빠가 속상해할까 봐 될 수 있는 대로 그런 이야기를 감추려는 눈치다. 창서는 더 묻지 않고 모르는 처녀를 바라보듯 물끄러미 누이의 몸매를 살펴보다가 화제를 돌리었다.
"너, 머리 틀구 있으렴?"
"뭘, 틀 줄두 모르는걸."
누이는 밤 껍질을 까며 얼굴이 다홍빛이 되었다. 보통학교만 마치고 들어앉은 지가 여섯 해, 작년 가을에 정혼은 하여 놓고 올가을에는 성례를 시키기로 하고 있었는데 그것도 예정대로 될 것 같지 않았다. 아버지가 창서를 왔다 가라 한 것 속에는 누이의 혼인 문제도 무론 들어 있는

8 곡식을 떨어 낟알을 거두는 일.
9 '김장'의 방언.
10 걷기 시작하는. 걸음마를 타는.

것이다.

"영수 자식 인제 내 학교서 막 패 줄 테야."

사내 동생은 그저 자기의 화제를 계속한다. 영수란 자기와 한 반인 안협 집의 막내아들이다. 창서와 누이는 웃고 말았으나 차라리 그렇게 분풀이가 용이하게 될 수 있는 동생의 처지와 계획이 부럽기도 하였다.

창서가 밤참 같은 저녁을 먹고도 한참이나 있으니까야 울타리 밖에서 아버지의 음성이 들리었다. 누구와 말다툼을 하고 난 듯, 거친 음성으로

"안 그런가? 제 자식은 공부합네 하고 중학교 하나 벤벤이 못 마치구 돈만 쓰구 다니잖나. 내 자식 대학교 마치는 게 그눔이 역심[11]이 나 그리는 게야 그놈이… 으뭉한 놈 같으니…."

하고 침을 퉤퉤 뱉는 소리다.

"누구허구 같이 오시는 게지?"

"우리 일꾼이 따라 올라가더니 같이 오시는 게로구나?"

창서는 밖으로 나가 아버지를 맞았다. 아버지는 아들을 보자 공연히 떠들며 왔다는 듯이 반이나 센 수염에서 침부터 닦았고 방에 들어와서는 성을 푸느라고 안 나오는 트림을 목을 길게 빼이면서 담배를 피워 들었다. 그리고 아들이 저녁을 먹었느냐고 자기 마누라에게 넌지시 물어보고는 아들더러는

"어서 건너가 자거라, 늦었는데…."

하였다.

창서는 자기 방으로 건너왔다.

오래간만에 만날 때마다 남처럼 수줍어하는 아내, 그는 불을 죽이고야 소곤소곤 이야기를 하였다.

"아버님과 어머닌 당신 졸업만 하면 그날로 큰 수가 생길 줄 알구 계

11 逆心. 못마땅히 여기는 마음.

시다우."

"그리게 말유…."

창서는 그렇지 않아도 아까 울타리 밖에서 나던 아버지의 "내 자식 대학교 마치는 게 그놈이 역심이 나서…" 하던 소리가 잊혀지지 않았다.

"뭐, 요즘 새루 군수가 갈려 왔대나 읍에…."

"그래?"

"그런데 퍽 젊대…. 대학교 마치구 이내 돼서 왔다구들 그러면서…."

"그래?"

"어머니서껀 저 아래 외삼춘서껀은 당신도 인제 이내 군수가 된다구 그린다우."

"…."

창서는 서글펐다.

"되기 어려우?"

"당신두 내가 군수나 됐으면 좋겠수?"

"…."

아내는 그 시누이와 같이 보통학교만 졸업한 여자라 소위 인텔리층의 시대적 번민을 충분히 이해할 만한 교양은 없었다. 그러나 남편에게서 가끔 들은 말이 있고 막연히 기분으로나마 남편의 이상(理想)이 시아버지나 시어머니나 외삼촌 같은 사람들과는 전혀 다르다는 것쯤은 어렴풋이 짐작해 온 아내라 그러한 반문에 얼른 '그럼'이라고는 대답이 나오지 않았다.

"참 딱한 일유."

"그러게 말유. 졸업하고 이내 아무 데라도 취직이 안 되우?"

"…."

창서는 눈만 어둠 속에서 껌벅거리었다.

"대학 출신도 취직하기 그렇게 어려운가 뭐?"

"그럼… 더구나 끈이 없는 사람은…."

"인제도 한 이백여 원이 있어야겠단다구 아버님이 그러시던데 또 그렇게 들우 정말?"

"그럼…."

"그럼 시뉘 혼인 어떻게 허우? 시뉘는 내년에 해두 괜찮을 것처럼 말합디다만 저쪽서 꼭 올루 해얀다구 접대두 시삼춘댁 될 마누라가 다녀갔는데."

"아버닌 올에 곡가 시세가 좋다구 베하구 두태[12]는 모두 팔면 한 이백 원 되긴 하겠다구 그리십디다만 다 팔면 뭘 먹나…. 참 우리 논, 논 말유."

"응?"

"거 금능조합[13]엔 팔백 원에 잽혔다죠?"

"그렇지 아마."

"그걸 팔아 버릴랴구 당신하구 의논할랴구 오랜 거야…. 그러구 안협집 빚이 이자알러[14] 천 원 돈이라는구려. 두 군데 빚이 모두 당신이 쓴 거 아뉴?"

"…."

"논은 거 하나 있는 걸 우리 일꾼이 다 판단 말 듣군 몇 번이나 아깝댔는지…. 그러니깐 아버진 인제 서울 서방님이 대학교만 나오면 그까짓 논이 다 뭐냐구 인제 김 서방두 양복하구 자전거나 타구 편지 심부럼이나 다니게 된다구 그리셨다우."

"흥… 논을 팔아서라두 시원하게나 됐으면 좋겠는데."

"그러게 말야… 값을 기껏 받구 팔아두 두 군데 빚을 치르면 당신 쓸 이백 원이 남을지 말지 하대는구랴…. 어제 구장두 와 그러는데…."

"…."

12 豆太. 콩과 팥.
13 '금융조합(金融組合)'의 옛 발음. 일제강점기의 농업협동조합.
14 까지. 함께.

"내년 사월이 또 어머니 한갑이시지… 후년엔 아버님 한갑이시구… 참…."

"…."

"아버님은 말끝마다 난 인전[15] 모른다, 내년 삼월꺼정이지 하시면서 당신을 하늘처럼 믿는데…. 그리구 자랑이 여간 아니시라우. 안협 집 영감이 요즘 빚 독촉을 성화하듯 하는 게 뭐 당신이 대학 졸업하는 걸 샘이 나 덤비는 거라구 그렇게 욕을 하셨다우. 그래 쌈을 다 하셨는데 아까두 올라가시더니 또 그런 소릴 하셨나 봐. 내려오시면서 내 자식이 대학교 어찌구 안 그리십디까?"

"…."

"되련님두 내년 봄엔 중학교에 가야지…. 그건 당신이 으레 시킬 걸루 아시구들 걱정두 않구 계신데…."

"…."

창서는 잠든 체하고 잠자코 말았으나 잠이 올 리 없었다. '괜히 공불 했구나!' 하는 생각 따위는 인제는 시들푸들하였다.

'차라리 차라리… 삼월이 오기 전에 아버지와 어머닌 희망을 안으신 채….'

하는 생각을 다 하면서 닭 우는 소리를 들었다.

을해년(乙亥年) 11월 21일.

『사해공론(四海公論)』, 사해공론사, 1936. 1; 『가마귀』, 1937.

15 '인제'의 방언.

손거부(孫巨富)

손 서방도 성북동에서는 꽤 인기 있는 사람이다. 무슨 일이 벌어지거나, 혼인이거나 초상이거나 집터 닦는 데거나 우물 파는 데거나 하다못해 뉘 집 아이가 넘어져 다쳐 가지고 떠들썩하는 데라도, 손 서방이 아니 나서는 데는 별로 없다. 일정한 직업도 없지만 천성이 터벌터벌하여서 남의 말참례하기를 좋아하고 아무한테나 허튼소리를 잘 걸다가 때로는, 당치 않은 구설도 듣는 수가 더러 있지만 아무튼지 떠들썩하는 자리에는 누구보다도 잘 올리는[1] 사람이 손 서방이다. 그래 자기도 어디서 문소리 한번만 크게 들려와도 이내 그리로 달려가는 버릇이거니와 저쪽에서들도 혼상 간에 마당이 좀 왁자해져야 될 일이 벌어진 집에서는 으레 손 서방을 찾아다니며 데려간다.

그래도 웬일인지 한번도 술은 취해서 다니는 것을 보지 못하였고 또 아무리 입에 거품을 물고 여러 사람과 떠들다가도 안면이 있는 듯한 사람만 지나가면 으레 획 돌아서 깍듯이 인사하는 것도 그의 특성이다. 나더러도 그리 친하기 전부터 아침이면 으레

"지금 사진[2]협쇼?"

저녁이면 으레

"이제 나오십쇼."

하는 것이다.

1 '어울리는'의 방언.
2 仕進. 벼슬아치가 정해진 시간에 근무지로 출근함.

작년인데 그때가 봄인지 첫여름인지는 잊었지만 늘 지나다니기만 하던 손 서방이 하루는 우리집으로 들어왔다.

"이 댁 선생님이 계신가 원…."

혼잣말처럼 지껄이면서 들어서는데 책이면 아마 사륙배판(四六倍版)[3]이나 되리만 한 널판때기 하나를 들고 왔다.

"어서 오시오."

"네 계시군요 마침."

"그건 뭡니까?"

"네에 허…."

그는 눈을 슴벅거리고 잠깐 히죽히죽 웃기만 하더니

"문패 하나 써 줍시사구 왔습니다."

하였다.

"그류 무슨 문팬데 그렇게 큰 데다 쓰우?"

"어디 제 이름만 씁니까? 벨 걸 다 쓸걸입쇼 인제."

"벨 거라뇨?"

"거저 제가 써 달란 대루만 써 주십쇼."

나는 더 물을 것 없이 먹과 붓을 가지고 마루로 나와 그 판때기를 받아 들었다.

"그럼 뭐라구 쓰라구 불루."

"가만 겝쇼…."

그는 힐긋 문간 쪽을 돌아보더니 손을 휘 둘러메면서 무슨 짐승을 내어 쫓듯

"가 요런… 망할 것들이…."

하였다. 보니까 다른 때도 늘 그의 꽁무니에 줄줄 따라다니던 그의 두 아들이었다. 한 너석의 얼굴이 쑥 나왔다가 코를 훌쩍하고 움츠리면 다

3 사륙전지를 접어 나오는 인쇄물 규격 중 하나로 188×257밀리(B5) 정도 된다.

른 한 녀석의 것이 또 쑥 나왔다가 그렇게 하고 움츠렸다.

"아이들이 온 게로구려."

"원 망할 새끼들이 똥 누러 갈 새도 없이 쫓아댕깁니다그려."

"가만 두. 그러문 어떠우. 어서 들어오래우."

하니까 그는 점잖게

"그럼 들어들 와."

하고 혀를 찟찟 채었다.

들어오는 것을 자세히 보니 하나는 열 살쯤 되어 보이고 하나는 대여섯 살 돼 보이는데 눈썹이 적고 눈이 귀리눈[4]이요 입만 미어기처럼 넓적한 것이 히죽대는 것서껀 똑 저희 아버지의 얼굴이었다.

"그래 뭐라구 쓰라우?"

"첫번엔 성북동을 써야겠습죠?"

"글쎄요. 그러나 번지는 따루 써 붙이지 않우? 그리고 호주의 이름만 크게 쓰지…. 우리도 그렇게 했는데?"

"아놀시다. 거 따루따루 성가십죠. 모두 한데 쓰시구 아주 남자가 몇이요 여자가 몇이요 장자엔 누구요 차자엔 누구라구 다 써 주십쇼. 그래야 만약에 순포막[5]서 호구조살 와두 여러 말이 없이 간단 말씀야요."

"거 그럴듯허우…. 그래 이렇게 큼직한 걸 가져왔구려."

"그러믄요."

하고 그는 코를 벌룽거리며 그 귀리눈의 저희 작은아들의 볼기짝을 투덕투덕거리었다.

나는 이런 문패를 처음 써 볼 뿐 아니라 호구조사 오는 순사한테 방패막이로 한다는 그의 말이 우습기도 하고 또 그의 어리숙함에 일종의 취미[6]도 느끼었다. 우선 첫머리엔 '고양군 숭인면 성북리[7]'라 쓰고

4 가늘고 작은 눈.
5 巡捕幕. 순검이 일을 보던 작은 막. 지금의 파출소.
6 흥미.

"거기가 몇 번지요?"
물었다.
"번지 그까짓 안 쓰면 어떻습니까?"
"왜 안 쓴단 말요? 아 장자 차자 이름을 다 쓴다면서 정작 번질 안 쓰면 되우?"
"우린 아직 번지 없답니다."
"번지가 없다뇨?"
"그게 개천둑에다 진 집입죠. 이를테면 국유집죠. 알아들으시겠습니까? 그래 인제 면에서 나와 번질 매겨 주기 전엔 아직 모릅니다."
"글쎄 그렇다면 몰라두…. 호준 당신요?"
"네 호주라구 쓰시구 그 밑에단 손거부라구 쓰시는데 손나라 손 자 클 거 부자 부 그렇습죠."
"이름이 아주 배부르구려."
"그래두 배가 고픈 때가 많어 걱정이랍니다."
해서 우리는 같이 웃었다. 나는 그가 하라는 대로 '호주'를 쓰고 '손거부'를 썼다.
"그럼 장자를 쓰기 전에 손 서방 부인부터 쓰는 게 옳지 않우?"
"그까짓 건 써 뭘 헙니까?"
"그까짓 거라뇨? 부인은 식구가 아뇨?"
"헤에 쓰실 것 없죠. 그까짓… 에펜네가 사람값에 갑니까 어디…."
"에에 여보, 그래두 부인이 있길래 저렇게 아들을 낳지 않었소? 부인 성씨가 뭐요, 이름서껀?"
"거 뭐, 쓰실 것 없대두요. 이름이 뭔지두 여태껏 이십 년을 살어야 모릅죠."
하고 저희 삼부자가 다 히죽거리고 웃었다.

7 지금의 서울 성북동으로, 일제강점기 당시의 행정구역이다.

"그럼 부인은 빼구 장자엔 이름이 뭐요?"
"이 녀석인데 대성이랍니다."
"큰 대허구 이룰 성 자요?"
"네."
"또 차자엔? 쟤요?"
"네 복성이랍니다."
"복 복 자 이룰 성 자?"
"네."
"거 이름이 모두 훌륭허우."
"저 아래 구장님이 지셨답니다."
"참 잘 지셨소."
"헤!"
하고 손 서방은 침을 밷더니
"어디 이름대루 갑니까? 저두 이름대루 됐다면 부럴 게 없게요."
하였다.
"인제 정말 거부 될 날이 있을지 알우."
"틀렸습니다. 싹이 노랬는걸입쇼."
"왜요? 인제 벌문 되지…. 이담엔 남자가 몇이구 여자가 몇이라구 쓰랬죠?"
"네 남이 우리 삼부자알러 삼이요, 여가 일이라 하십쇼."
"딸은 없구려?"
"하나 있다 잃었답니다."
"거 고명딸이 될 걸 잃었구려."
"잘 죽었습죠. 딸자식이란 제 돈과 제 지체가 있구 말이지 좀 천헙니까? 어떤 녀석이 제 자식을 갈보나 창기루 아 팔구퍼 팔겠습니까? 돈과 지체 없다 보니 그리 되는 겁죠."
"그렇게 보면 참 딸자식이 천허긴 허우 딴은…."

"아 그럼요. 이런 사내자식들야 팔아먹으랴 팔아먹을 수가 있냐 말씀야요. 그리게 예로부터 아들 아들 허는 거 아닙니까?"
하고 또 아들이 기특한 듯 두 녀석의 노랗다 못해 빨간 머리를 한 손으로 하나씩 쓰다듬었다.

"꽤 아이들을 귀애하는구려?"

"그럼입쇼. 내가 뭬 천량이 남과 같이 있습니까, 일가친척이 있길 헙니까. 그저 이 녀석들 기르는 재미죠."

"자 다 썼수. 한번 읽으리까?"

"네."

"고양군 숭인면 성북리, 호주 손거부, 장자 대성, 차자 복성, 남 삼, 여 일 그러우. 됐수?"

"네 좋습니다. 그런데 그 끝에 도합은 안 매기십니까?"

"도합이라뇨?"

"인구가 도합에 사 인이라구요."

나는 다시 붓에 먹을 찍었다.

"인구라구? 식구라는 게 좋지 않겠소?"

"인구가 도합 사 인이라 허십쇼."

그가 쓰라는 대로 '인구 도합 사 인'까지 마저 써 주었다.

그 다음부터 손 서방은 일이 있건 없건 우리집에 자주 들렀다.

"이달 XX날이 쳉결입니다. 아십쇼?"

또

"이달 XX날 요 아래 XX학교서 우두 넣는답니다. 아십니까?"

이런 소식을 그는 동네 소임[8]보다도 더 빠르게 일러 주었고,

"저어 건너 살구나무배기 터[9]가 매 평 팔 원씩에 팔렸답니다."

8 일을 맡은 사람. 하급 임원.

혹은

"요 너머 논꿀서 지난밤에 도적을 튕겼에요.[10] 소문 들으셨에요?"

이런 것도 일부러 찾아와 일러 주곤 하였다.

한번은 오더니

"오늘은 뭐 여쭤드릴 게 있어 온 게 아니라 좀 선생님과 의논할 게 있어 왔습니다."

하였다.

"의논할 게 있어요? 여기 와 앉으슈."

"네."

역시 꽁무니에 따라 들어오는 두 아들 중에 큰 녀석을 가리키면서

"아 이 녀석이 제법이란 말입니다. 아마 애비보단 날랴는가 봅니다."

하였다.

"나야지 못해 쓰우."

"아 학교에 자꾸 다니겠답니다그려. 거 보내야 옳겠습죠?"

"옳구 여부가 있수. 늦었지요."

"허긴 이 세상에 괄셀[11] 안 받구 살랴문 공부가 있어야겠드군요…. 그래 요 아래 XX학교에 가 사정을 했더니 내일 학생 될 아일 데리구 오라구 허드군요."

"거 잘됐수."

"공부 시키는 게 여불없이[12] 좋은 일입죠?"

"아 글쎄 으레 시켜야 할 게죠. 여북한[13] 사람이 자식을 가리키지 못허우."

9 살구나무가 심어져 있는 터.

10 논골이라는 동네에서 지난밤에 도적을 쫓아냈어요.

11 괄세를. '괄시를'의 방언.

12 위불없이. 틀림없이.

13 오죽한.

"그럼 됐습니다…. 좀 어정쩡해서 선생님 말씀을 듣구 헐랴구 왔습죠."

그 이튿날 아침인데 손 서방은 동저고릿바람이나 깨끗이 빨아 다린 것을 입고 학교에 가는 길이라고 우리집에 들렀다.

"선생님! 황송합니다만 헌 모자 있으시면 잠깐 좀 빌리십쇼."

"쓰구 가시게?"

"네."

"두루매기두 없이요?"

"없으면 대숩니까? 거저 맨머릿바람[14]이 인사가 아닐 것 같구… 또 맨머릿바람으로 애비 되는 게 학교에 드나들면 자식의 기를 꺾어 놓는 거란 말씀야요. 알아들으시겠습니까?"

"알었수. 내 모자 쓰구 갔다오."

그는 골이 커서 그런지 자리가 잡히지 않아 그런지 떠들썩하게 얹혀지는 내 소프트[15]를 쓰고 기운이 나서 나갔다. 그러나 그 뒤에 따라가는 그의 두 아들 녀석들부터 쳐다보고 서로 꾹꾹 찌르며 웃었다.

그 뒤부터 대성이 녀석은 날마다 학교에 간답시고 책보를 끼고 지나갔고 손 서방은 전보다는 좀 뜸하게 보이었다.

"웬일유? 요즘은 잘 만날 수 없으니?"

한번은 물으니

"아 공부 하나 시키는 게 전과 달습니다그려[16]. 책 사 주 월사금[17] 주허구 돈을 달랍죠. 또 다 굶어두 학교에 갈 놈야 어떻게 굶깁니까? 그래 진일 마른일 막 쫓아댕깁니다."

14 머리에 아무것도 쓰지 않은 차림새.
15 soft. 펠트로 만든 중절모.
16 '다릅니다그려'의 방언.
17 月謝金. 다달이 내는 수업료.

하면서 힝하니 달아났다. 한번은 손에 피를 뚝뚝 흘리면서 올라왔다.

"아, 웬일유?"

"채석장서 일허다 돌에 짓찧답니다."

"대단허우."

"엄지손가락 하내 아휴… 아마 못쓰게 됐나 봅니다."

그 후 얼마 안 있어서다. 아침에 산보삼아 뒷산으로 올라갔더니 미륵당 쪽 골짜구니에서 웬 울음소리가 났다. 아이의 울음소리인데 엄살하는 것을 보아 매를 맞는 소리였다. 슬금슬금 그쪽으로 가까이 가 보니 손 서방이 저희 큰아들 애를 끌고 올라와서 때리는 것이었다.

"이 이눔 새끼… 애빈 먹을 걸 못 먹구 가리키… 가리켜 보는데 이눔 새끼 뭐 학교엔 안 가구 진고개루만 싸댕겨…."

목에 핏대가 일어선 손 서방은 회초리라기보다 몽둥이에 가까운 나무로 아들을 못 달아나게 두 손을 묶어 쥐고 등덜미를 내리패었다. 그러는데 이내 어디선지 태중이라도 만삭에 가까운 듯한 그의 아내가 무거운 걸음을 비칠거리며 달려들었다.

"글쎄 왜… 아일 줙이려들우? 걔가 잘못했수 어디? 학교서 오지 말랬단 걸 어떡허우 그럼…."

아들이 이내 어미에게 휩쌔자 손 서방은 더 때릴 수가 없어 침을 뱉고 매를 놓았다.

"학교서 왜 오지 말래? 아 월사금을 안 냈나 후원회빌 안 냈나… 그눔의 새끼 핑계지…."

"핑계가 뭐야… 마전집[18] 아이가 와 그리는데 선생 말귈 못 알아듣는다구 오지 말랬다구 그리든걸그래…. 벨눔의 학교 다 봤어…. 못 알아들으문 알아듣드룩 가리켜 주는 게 아니라…."

나는 그날 그 학교 사람 하나를 만나 이 대성이의 이야기를 물어보았

18 생베나 무명을 삶거나 빨아 볕에 말려서 희게 하는 일을 하는 가게.

더니
"저능아예요. 당최 것두 웬만해야 가리켜 먹지 않어요. 아주 쇠대가린걸…."
하는 것이었다.

며칠 뒤에 손 서방이 그 문패, 그의 말대로 벨 걸 다 쓴 문패를 다시 떼어 들고 왔다. 역시 그의 뒤엔 대성이 복성이가 주레주레 따라 들어왔다.
"어서 오."
"네… 저… 그제 아침에 아들 또 하나 낳습니다."
"저런! 순산하셌소?"
"네 국밥 잘 먹습니다."
"참 반가우."
"이름 하나 지어 주십쇼. 아주 문패에다두 써 주십사구 이렇게 떼 들구 왔습죠."
"이름요?"
"네… 대성이 복성이허구 성자가 행렬자처럼 됐으니 무슨 성이루 하나 져 주십시오."
"구장님더러 마저 지시래지오?"
"요즘 안 계시답니다. 아 아무 자나 좋은 자루 하나 지십쇼그려."
"아무 자나 좋은 자? …손 서방이 셋째 아들은 뭬 되길 바라우?"
"어디 이름대루 됩니까?"
"그래두…."
그는 잠깐 먼 산을 쳐다보더니
"이눔은 글을 잘해서 국록(國祿)을 좀 먹게 됐으면 좋겠습니다."
하였다.
"국록? 그럼 록 자루 합시다. 복 록(祿) 자가 있으니. 손녹성이라 거 참 괜찮우."

"녹생이…. 좋겠습죠. 손녹생이라… 부르기두 십상 좋은뎁쇼…. 그럼 삼자에 녹성이라구 또 써 너야겠습죠."

"그럽시다. 인구 수노 하나 또 늘구."

나는 먹과 붓을 내어 그 문패에다 '삼자 녹성'을 더 써 넣고 '인구 도합 사 인'에는 '오 인'으로 고쳐 주었다. 그리고 먹장난을 하려는 대성이더러

"이놈 왜 학교엔 안 댕겨?"

하였더니 손 서방이

"참!"

하고 놀래면서

"말씀드리구 가자던 걸 잊을 뻔했군요…. 그 녀석 공부 안 시키겠습니다."

하였다. 그리고 내가 '왜 안 시키느냐'고 묻기 전에 이내 말을 계속하였다.

"뭐, 대학교까지나 시켜야지 그렇지 않군 무슨 회사나 상점 고씨까이밖에 못 된대니 그걸 누가 시킵니까. 막벌이해 먹는 게 마음 편헙죠. 안 그렇습니까? 그래 학교서두 자꾸 데릴러 오구 저두 그냥 댕기겠단 걸 애저녁에 고만두라구 말렸습니다."

"글쎄요…."

나는 대성이가 산에서 매 맞던 것을 보았고 그 학교 선생에게서 들은 말도 있어서 손 서방의 말이 거짓인 것을 아나 그냥 곧이듣는 체할 수밖에 없었다.

"녹생이 녹생이 자꾸 불러야 입에 올르지. 헤… 고맙습니다."

손 서방은 아들 이름 하나가 더 는 문패를 들고 두 아들의 앞을 서서 우쭐렁거리며 나갔다. 나가다 말고 다시 돌아서더니

"참 모레가 기 다는 날이랍죠. 그날은 기 달었나 안 달었나 조살 나온답니다. 기 꼭 다십쇼. 괜히…."

하고 나갔다.

1935년 9월 19일.

『신동아』, 1935. 11; 『가마귀』, 1937; 『이태준단편집』, 1941.

까마귀

“호오.”

새로 사 온 것이라 등피에서는 아직 석유 내도 나지 않는다. 닦을 것도 별로 없지만 전에 하던 버릇으로 그렇게 입김부터 불어 가지고 어스름해진 하늘에 비춰 보았다. 등피는 과민하게도 대뜸 뽀얗게 흐려지고 만다.

“날이 꽤 차졌군….”

그는 등피를 닦으면서 아직 눈에 익지 않은 정원을 둘러보았다. 이끼 앉은 돌층계 밑에는 발이 묻히게 낙엽이 쌓여 있고 상나무[1], 전나무 같은 상록수를 빼어놓고는 단풍나무까지 이미 반넘어 이울어[2] 어떤 나무는 잎이라고 하나도 없이 설멍하게[3] 서 있다. ‘무장해제를 당한 포로들처럼’ 하는 생각을 하면서 그런 쓸쓸한 나무들이 이 구석 저 구석에 묵묵히 섰는 것을 그는 등피를 다 닦고도 다시 한참이나 바라보다가야 자기 방으로 정한 바깥채 작은사랑으로 올라갔다.

여기는 그의 어느 친구네 별장이다. 늘 괴벽한 문체를 고집하여 독자를 널리 갖지 못하는 그는 한 달에 이십 원 남짓하면 독방을 차지할 수 있는 학생층의 하숙생활조차 뜻대로 되지 않았다. 궁여의 일책으로 이렇게 임시로나마 겨우내 그냥 비워 두는 친구네 별장 방 하나를 빌린 것이다. 내년 칠월까지는 어느 방이든지 마음대로 쓰라고 해서 정자지기가 방마다 문을 열어 보이는 대로 구경하였으나 모다 여름에나 좋을 북

1 ‘향나무’의 방언.
2 시들어.
3 꽉 차지 않고 빈 데가 많게.

향들이라 너무 음습하고 너무 넓고 문들이 많아서 결국은 바깥채로 나와, 상노들이나 자는 방이라는 작은사랑을 치우게 한 것이다.

상노들이나 자는 방이라 하나 별장 전체를 그리 손색 있게 하는 방은 아니었다. 동향이어서 여름에는 늦잠을 자지 못할 것이 흠일까 겨울에는 어느 방보다 밝고 따뜻할 수 있고 미닫이와 들창도 다 갑창[4]까지 들인 데다 벽장문과 두껍닫이[5]에는 유명한 화가인지 아닌지는 몰라도 낙관이 있는 사군자며 기명절지(器皿折枝)가 붙어 있다. 밖으로도 문 위에는 추성각(秋聲閣)이라 추사체의 현판이 걸려 있고 양쪽 처마 끝에는 파랗게 녹슨 풍경이 창연히 달려 있다. 또 미닫이를 열면 눈 아래 깔리는 경치도 큰사랑만 못한 것 같지 않으니, 산기슭에 나붓이[6] 섰는 수각(水閣)과 그 밑으로 마른 연잎과 단풍이 잠긴 연당(蓮塘)이며 그리고 그 연당 언덕으로 올라오면서 무룡석으로 석가산[7]을 모으고 잔디밭 새에 길을 돌린 것은 이 방에서 나려다보기가 기중일[8] 듯싶었다. 그런 데다 눈을 번뜻 들면 동편 하늘이 바다처럼 트이고 그 한편으로 훤칠한 늙은 전나무 한 채가 절벽같이 가려 섰는 것이다. 사슴이[9] 뿔처럼 썩정귀가 된 상가지에는 희끗희끗 새똥까지 묻히어서 고요히 바라보면 한눈에 태고(太古)가 깃들이는 듯한 그윽한 경치이다.

오래간만에 켜 보는 남폿불이다. 펄럭 하고 성냥불이 심지에 옮기더니 좁은 등피 속은 자옥하게 연기와 김이 서리었다가 차츰차츰 밝아지는 것이었다. 그렇게 차츰차츰 밝아지는 남폿불에 삥 둘러앉았던 옛날 집안 사람들의 얼굴이 생각나게, 그렇게 남폿불은 추억 많은 불이다.

그는 누워 너무나 고요함에 귀를 빼앗기면서 옛사람들의 얼굴을 그

4 甲窓. 두껍게 종이를 발라 미닫이 안쪽에 끼우는 덧창.
5 열 때 문짝이 옆벽에 들어가 보이지 않도록 만든 미닫이 문.
6 넓고 평평하게. 나부죽하게.
7 石假山. 돌을 산 모양으로 쌓은 것.
8 그중 가장 나을.
9 '사슴'의 방언.

려 보다가 너무나 가까운 데서 까아악 까아악 하는 까마귀 소리에 얼른 일어나 문을 열었다. 바깥은 아직 아주 어둡지 않았다. 또 까아악 까아악 하는 소리에 치어다보니 지나가면서 우는 소리가 아니라 바로 그 전 나무 썩정가지에 시커먼 세 마리가 웅크리고 앉아 그러는 것이었다.

"까마귀!"

까치나 비둘기를 본 것만은 못하였다. 그러나 자연이 준 그의 검음과 그의 탁한 음성을 까닭 없이 저주할 필요는 느끼지 않았다. 마침 정자지기가 올라와서

"아, 진지는 어떡하십니까?"

하는 말에, 우유하고 빵이나 먹고 밥 생각이 나면 문안 들어가 사 먹는다고, 그래도 자기는 괜찮다고 어름어름하고 말막음으로

"웬 까마귀들이? …."

하고 물었다.

"네 이 동네 많습니다. 저 낭구[10]엔 늘 와 사는걸입쇼."

"그래요? 그럼 내 친구가 되겠군…."

하고 그는 웃었다.

"요 아래 돼지 길르는 데가 있습죠니까. 거기 밥찌께기 같은 게 흔하니까 그래 까마귀가 떠나질 않습니다."

하면서 정자지기는 한 걸음 나서 팔매 치는 형용을 하니 까마귀들은 주춤하고 날 듯한 자세를 가지다가 아래를 보더니 도로 앉아서 이번에는 '까르르…' 하고 GA 아래 R이 한없이 붙은 발음을 하는 것이다.

정자지기가 나려간 후 그는 다시 호젓하니 문을 닫고 아까와 같이 아무렇게나 다리를 뻗고 누워 버렸다.

배가 고팠다. 그는 또 그 어느 학자의 수면습관설(睡眠習慣說)이 생각났다. 사람이 밤새도록 그 여러 시간을 자는 것은 불을 발명하기 전에

10 '나무'의 방언.

할 일이 없어 자기만 한 것이 습관으로 전해진 것뿐이요 꼭 그렇게 여러 시간을 자야만 될 리는 없다는 것이다. 그는 이 수면습관설에 관련하여 식욕이란 것도 그런 것으로 믿어 보고 싶었다. 사람은 하루 꼭꼭 세 번씩 으레 먹어야 될 것처럼 충실히 먹는 것이나 이것도 그렇게 많이 먹어야만 되게 되어서가 아니라, 애초에는 수효 적은 사람들이 넓은 자연 속에서 먹을 것이 쉽사리 손에 들어오니까 먹기만 하던 것이 습관으로 전해진 것뿐이요 꼭 그렇게 세 끼씩이나 계획적으로 먹어야만 될 리는 없을 것 같았다. 그런데, 사람이 잠을 자기 위해서는 그처럼 큰 부담이 있는 것은 아니나 먹기 위해서는, 하루 세 번씩 먹는 그 습관을 지키기 위해서는 얼마나 큰, 얼마나 무거운 부담이 있는 것인가. 그러기에 살려고 먹는 것이 아니라 먹으려고 산다는 말까지 생긴 것이 아닌가 생각되었다.

'먹을려구 산다! 평생을 먹을려구만 눈이 뻘개 허둥거리다 죽어? 그건 실로 인간의 모욕이다.'

그는 쓴웃음을 지으며 지금 자기의 속이 쓰려 올라오는 것과 입 속이 빡빡해지며 눈에는 자꾸 기름진 식탁이 나타나는 것을 한낱 무가치한 습관의 발작으로만 돌려 버리려 노력해 보는 것이다.

'어디선가 루날[11]은 예술가는 빵 한 근보다 꽃 한 송이를 꺾는다고, 그러나 배가 고프면? 하고 제가 묻고는 그러면 그는 괴로워하고 훔치고 혹은 사람을 죽일지도 모른다. 그렇더라도 글쓰기를 버리지는 않을 게라고 했다. 난 배가 고파할 줄 아는 그 얄미운 습관부터 아예 망각시켜 보리라. 잉크는 새것이 한 병 새벽 우물처럼 충충히[12] 담겨 있것다 원고지도 두툼한 게 여남은 축 쌓여 있것다!'

그는 우선 그 문 앞으로 살랑살랑 지나다니면서 '쌀값은 오르기만 허

11 쥘 르나르(Jules Renard, 1864~1910). 프랑스의 소설가.
12 흐리고 침침하게.

구… 석탄두 들여야겠는데…'를 입버릇처럼 하던 주인마누라의 목소리를 십 리나 떨어져서 은은한 풍경 소리와 짙은 어둠에 함빡 싸인, 이 산장 호젓한 방에서 옛 애인을 만난 듯한 다정스러운 남폿불을 돋우고 글만을 생각하는 데 취할 수 있는 것이 갑자기 몸이 비단에 싸이는 듯, 살이 찔 듯한 행복이었다.

저녁마다 그는 남포에 새 석유를 붓고 등피를 닦고 그리고 까마귀 소리를 들으면서 어둠을 기다리었다. 방 구석구석에서 밤의 신비가 소곤거려 나올 때 살며시 무릎을 꿇고 귀한 손님의 의관처럼 공손히 남포 갓을 들어 올리고 불을 켜는 것이며 펄럭거리던 불방울이 가만히 자리잡는 것을 보고야 아랫목으로 물러나 그제는 눕든지 앉든지 마음대로 하며 혼자 밤이 깊도록 무얼 읽고 무얼 생각하고 무얼 쓰고 하는 것이다. 그래서 아침이면 늘 늦도록 자곤 하였다. 어떤 날은 큰사랑 뒤에 있는 우물에 올라가 세수를 하고 나면 산 너머로 오정 소리가 울려오기도 했다. 그러다가 이날은 무슨 무서운 꿈을 꾸고 그 서슬에 소스라쳐 깨어 보니 밤은 벌써 아니었다. 미닫이에는 전나무 가지가 꿩의 장북[13]처럼 비끼었고[14] 쨍쨍한 햇볕은 쏴아 소리가 날 듯 쪼여 있었다. 어수선한 꿈자리를 떨쳐 버리는 홀가분한 기분과 여기 나와서는 처음 일찍 깨어 보는 호기심에서 그는 머리를 흔들고 미닫이부터 쫙 밀어 놓았다. 문턱을 넘어드는 바깥 공기는 체온에 부딪히는 것이 찬물 같았다. 여윈 손으로 눈을 비비며 얼마나 아름다울 아침일까를 내어다보았다. 해는 역광선이어서 부신 눈으로 수각을 더듬고 연당을 더듬고 잔디밭 길을 더듬다가 그 실뱀 같은 잔디밭 길에서다. 그는 문득 어떤 여자의 그림자 하나를 발견한 것이다.

13 '장목'의 방언. 꿩의 꽁지깃.
14 비스듬히 비치었고.

여태 꿈인가 해서 다시금 눈부터 비비었다. 확실히 여자요 또 확실히 고요히 섰으되 산 사람이었다. 그는 너무 넓게 열렸던 문을 당황히 닫아 버리고 다시 조그만 틈으로 내어다보았다.

여자는 잊어버린 듯 오래도록 햇볕만 쏘이고 서 있다가 어디선지 산새 한 마리가 날아와 가까운 나뭇가지에 앉는 것을 보더니 그제야 사뿐 발을 떼어놓았다. 머리는 틀어 올리었고 저고리는 노르스름한 명줏빛인데 고동색 스웨터를, 아이 업듯, 두 소매는 앞으로 늘어뜨리고 등에만 걸치었을 뿐, 꽤 날씬한 허리 아래엔 옥색 치맛자락이 부드러운 물결처럼 가벼운 주름살을 일으키었다. 빨간 단풍잎 하나를 들었을 뿐, 고요한 아침 산보인 듯하다.

'누굴까?'

그는 장정(裝幀) 고운 신간서(新刊書)에처럼 호기심이 일어났다. 가까이 축대 아래로 지나가는 것을 보니 새 양봉투 같은 깨끗한 이마에 눈결은 누여 쓴 영어 글씨같이 채근하다[15]. 꼭 다문 입술, 그리고 뾰로통한 콧봉오리에는 약간치 않은 프라이드가 느껴지는 얼굴이었다.

'웬 여잔데?'

이튿날 아침에도 비교적 이르게 잠이 깨었다. 살며시 연당 쪽을 내어다보니 연당 앞에도 잔디밭 길에도 아무도 사람이라고는 보이지 않았다. 왜 그런지 붙들었던 새를 날려 보낸 듯 그는 서운하였다.

이날 오후이다. 그는 낙엽을 긁어다가 불을 때고 있었다. 누군지 축대 아래에서 인기척이 났다. 머리를 쓸어 넘기며 나려다보니 어제 아침의 그 여자다. 어제 그 옷, 그 모양, 그 고요함으로 약간 발그레해진 얼굴을 쳐들고 사뭇 아는 사람을 보듯 얼굴을 돌리려 하지 않고 걸음을 멈추고 섰는 것이다. 이쪽은 당황하여 다시 머리를 쓸어 넘기며 일어섰다.

15 '차근하다'의 방언. 차분하다.

"X 선생님 아니세요?"
여자가 거의 자신을 가지고 먼저 묻는다.
"네, XXX입니다."
"…."
여자는 먼저 물어 놓고 더 말이 없이 귀밑까지 발그레해지는 얼굴을 폭 수그렸다. 한참이나 아궁에서 낙엽 타는 소리뿐이었다.
"절 아십니까?"
"…."
여자는 다시 얼굴을 들 뿐, 말은 없다가 수줍은 웃음을 머금고 옆에 있는 돌층계를 회뚝회뚝[16] 올라왔다. 이쪽에서는 낙엽 한 무더기를 또 아궁에 쓸어 넣고 손을 털었다.
"문간에 명함 붙이신 걸루 알었에요."
"네…."
"저두 선생님 독자예요. 꽤 충실한…."
"그러십니까? 부끄럽습니다."
그는 손을 비비며 여자의 눈을 보았다. 잦아든 가을 호수와 같이 약간 꺼진 듯한, 피곤한 눈이면서도 겨울 별 같은 찬 광채가 일어났다.
"손수 불을 때시나요?"
"네."
"전 이 집 정원을 저희 집처럼 날마다 산보 와요, 아침이문…."
"네! 퍽 넓구 좋은 정원입니다."
"참 좋아요…. 어서 때세요."
"네, 이 동네 계십니까?"
"요 개울 건너예요."
이날은 더 이야기가 나올 새 없이 부끄러움도 미처 걷지 못하고 여자

16 넘어질 듯 불안하게 걸어가는 모양.

는 돌아가고 말았다.

그는 한참 뒤에 바깥 행길로 나와 개울 건너를 살펴보았다. 거기는 기와집 초가집 여러 집이 언덕에 층층으로 놓여 있었다. 어느 것이 그 여자가 들어간 집인지 짐작조차 할 수 없었다.

이날 저녁에 정자지기를 만나 물었더니

"그 여자 병인이올시다."

하였다. 보기에 그리 병색은 아니더라 하니

"뭐 폐병이라나요. 약 먹누라구 여기 나왔는데 숨이 차 산엔 못 댕기구 우리 정자루만 밤낮 오죠."

하였다.

폐병! 그는 온전한 남의 일 같지 않게 마음에 쓰였다. 그렇게 예모[17] 있고 상냥스러운 대화를 지껄일 수 있는 아름다운 입술이 악마 같은 병균을 발산하리라는 사실은 상상만 하기에도 우울하였다.

그러나 그다음 날부터는 정원에서 그 여자를 만나 인사할 수 있는 것이 즐거웠고 될 수만 있으면 그를 위로해 주고 그와 더불어 자기의 빈한한 예술을 이야기하고 싶었다. 그래서 그 여자가 자기의 방문 앞으로 왔을 때는 몇 번이나

"바람이 찹니다."

하여 보았다. 그러나 번번이

"여기가 좋아요."

하고 여자는 툇마루에 걸터앉았고 손수건으로 자주 입과 코를 막기를 잊지 않았다. 하루는

"글쎄 괜찮으니 좀 들어오십시오."

하고 괜찮다는 말에 힘을 주었더니 여자는 약간 상기가 되면서 그래도 이쪽에 밝히 따지려는 듯이

17 禮貌. 예절에 맞는 몸가짐.

"전 전염병 환자에요."
하고 쓸쓸한 웃음을 지었다.
"글쎄 그런 줄 압니다. 괜찮으니 들어오십시오."
하니 그제야 가벼운 감격이 마음속에 파동 치는 듯, 잠깐 멀리 하늘가에 눈을 던지었다가 살며시 들어왔다. 황혼이었다. 동향 방의 황혼이라 말할 때의 그 여자의 맑은 눈 속과 흰 잇속만이 별로 또렷또렷 빛이 났다.
"저처럼 죽음에 대면해 있는 처녀를 작품 속에서 생각해 보신 적 계서요, 선생님?"
"없습니다! 그리구 그만 정도에 왜 죽음은 생각허십니까?"
"그래두 자꾸 생각하게 되어요."
하고 여자는 보일 듯 말 듯한 웃음으로 천장을 쳐다보았다. 한참 침묵 뒤에
"전 병을 퍽 행복스럽다 했어요 처음엔…."
하고 또 가벼이 웃었다.
"…."
"모두 날 위해 주구 친구들이 꽃을 가지구 찾어와 주구 그리구 건강했을 때보다 여간 희망이 많지 않어요. 인제 병이 나으면 누구헌테 제일 먼저 편지를 쓰겠다, 누구헌테 전에 잘못한 걸 사과하리라 참 벨벨 희망이 다 끓어올랐에요…. 병든 걸 참 감사했에요 그땐…."
"지금은요? …."
"무서와졌에요. 죽음두 첨에는 퍽 아름다운 걸루 알었드랬에요. 언제든지 살다 귀찮으면 꽃밭에 뛰어들 듯 언제나 아름다운 죽음에 뛰어들 수 있는 걸 기뻐했에요. 그런데 이렇게 닥뜨리고 보니 겁이 자꾸 나요. 꿈을 꿔두…."
하는데 까악까악 하는 소리가 바로 그 전나무 썩정가지에서인 듯, 언제나 똑같은 거리에서 울려왔다.

"여기 나와선 까마귀가 내 친굽니다."
하고 그는 억지로 그 불길스러운 소리를 웃음으로 덮어 버리려 하였다.

"선생님은 친구라구꺼정! 전 이 동네가 모두 좋은데 저게 싫여요. 죽음을 잊어버리면 안 된다구 자꾸 깨쳐 주는 것 같어요."

"건 괜한 관념인 줄 압니다. 흰 새가 있듯 검은 새도 있는 거요 소리 맑은 새가 있듯 소리 탁한 새도 있는 거죠. 취미에 따런 까마귀도 사랑할 수가 있는 샌 줄 압니다."

"건 죽음을 아직 남의 걸로만 아는 건강한 사람들의 두개골을 사랑하는 것 같은 악취미겠지요. 지금 저헌텐 무서운 짐생이에요. 무슨 음모를 가지구 복면허구 내 뒤를 쫓아다니는 무슨 음흉한 사내같이 소름이 끼쳐요. 아마 내가 죽으면 저 새가 덥석 날러와 앞을 설 것만 같이…."

"…."

"죽음이 아름답게 생각될 때 죽는 것처럼 행복은 없을 것 같어요."
하고 여자는 너무 길게 지껄였다는 듯이 수건으로 입을 코까지 싸서 막고 멀거니 어두워 들어오는 미닫이를 바라보았다.

이 병든 처녀가 처음으로 방에 들어와 얼마 안 되는 이야기를 그의 체온과 그의 병균과 함께 남기고 간 날 밤, 그는 몹시 우울하였다.

무슨 말을 하여야 그 여자를 위로할 수 있을까?

과연 그 여자의 병은 구할 수 없는 것일까?

어떻게 하면 그 여자에게 죽음이 다시 한번 꽃밭으로 보일 수 있을까?

그는 비스듬히 벽에 기대어 이것을 생각하다가 머릿속에서 무엇이 버스럭거리는 소리를 들었다. 가만히 이마에 손을 대니 그것은 벽장 속에서 나는 소리였다. 그는 벽장을 열고 두어 마리의 쥐를 쫓고 나무때기처럼 굳은 빵 한쪽을 꺼내었다. 그리고 한 손으로는 뒷산에서 주워 온 그 환약과 같이 동그라면서도 가랑잎처럼 무게가 없는 토끼의 배설물을 집어 보면서 요즘은 자기의 것도 그렇게 담박한 것이 틀리지 않을 것을 미소하였다. '사람에게서도 풀내가 나야 한다' 한 철인 소로[18]의 말이 생각났으며 사람도 사는 날까지 극히 겸손한 곤충처럼 맑은 이슬과 향기로운 풀잎으로만 만족하지 못하는 것을, 그 운명이 슬픈 생각도 났다.

'무슨 말을 하여 주면 그 여자에게 새 희망이 생길까?'

그는 다시 이런 궁리에 잠기었고 그랬다가 문득

'내가 사랑하리라!'

하는 정열에 부딪히었다.

'확실히 그 여자는 애인을 갖지 못했을 거다. 누가 그 벌레 먹는 가슴에 사랑을 묻었을 거냐!'

그는 그 여자의 앉았던 자리에 두 손길을 깔아 보았다. 싸늘한 장판의 감촉일 뿐, 체온은 날아간 지 오래였다.

'슬픈 아가씨여 죽더라도 나를 사랑하면서 죽어 다오! 애인이 없이 죽는 것은 애인을 남기고 죽기보다 더욱 슬플 것이다…. 오래 전부터 병균과 싸워 온 그대에겐 확실히 애인이 있을 수 없을 게다.'

그는 문풍지 떠는 소리에 덧문을 닫고 남포에 불을 낮추고 포[19]의 슬픈 시 「레이븐」[20]을 생각하면서

"레노어! 레노어!"

하고, 포가 그의 애인의 망령을 불렀듯이 슬픈 음성을 소리쳐 보기도 하였다. 그 덮을 것도 없이 애인의 헌 외투 자락에 싸여서, 그러나 행복스럽게 임종하였을 레노어의 가엾고 또 아름다운 시체는, 생각하여 보면 포의 정열 이상으로 포근히 끌어안아 보고 싶은 충동도 일어났다. 포가 외로운 서재에 앉아 밤 깊도록 옛 책을 상고[21]할 때 폭풍은 와 문

18 헨리 데이비드 소로(Henry David Thoreau, 1817-1862). 미국의 사상가, 수필가.

19 에드가 앨런 포(Edgar Allan Poe, 1809-1849). 미국의 시인, 소설가.

20 「갈까마귀(The Raven)」(1845). 포의 대표작 중 하나로, 연인을 잃고 비탄에 빠진 남자가 한밤중에 날아든 말하는 갈까마귀와 대화하는 내용의 시.

21 詳考. 꼼꼼하게 따져서 참고함.

을 열어젖뜨렸고 검은 숲속에서는 보이지도 않는 까마귀가 울면서 머리 풀어헤친 아름다운 레노어의 망령이 스르르 방 안 한구석에 들어서곤 하였다.

'오오 나의 레노어! 너는 아직 확실히 애인을 갖지 못했을 거다. 내가 너를 사랑해 주며 내가 너의 주검을 지키는 슬픈 애인이 되어 주마!'

그는 밤이 너무나 긴 것을 탄식하며 어서 날이 밝기를 기다리었다.

그러나 밝는 날 아침은 하늘은 너무나 두껍게 흐려 있었고 거친 바람은 구석구석에서 몰려나오며 눈발조차 희끗희끗 날리었다. 온실 속에서나 갸웃이 내어다보는 한 송이 온대지방 꽃처럼, 그렇게 가냘픈 그 처녀의 얼굴이 도저히 나타나기를 바랄 수 없는 날씨였다.

'오 가엾은 아가씨! 너는 이렇게 흐린 날 어두운 방 속에 누워 애인이 없이 죽을 것을 슬퍼하리라! 나의 가엾은 레노어!'

사흘이나 눈이 오고 또 사흘이나 눈보라가 치고 다시 며칠 흐리었다가 눈이 오고 그리고 날이 들고 따뜻해졌다. 처마 끝에서 눈 녹는 물이 비 오듯 하는 날, 오후인데 그 가엾은 아가씨가 나타났다. 더 창백해진 얼굴에는 상장(喪章) 같은 마스크를 입에 대었고 방에 들어와서는 눈꺼풀이 무거운 듯 자주 눈을 감았다 뜨면서

"그간 두어 번이나 몹시 각혈을 했어요."

하였다.

"그러나…."

"의사는 기관에서 터진 피래지만 전 가슴에서 나온 줄 모르지 않어요."

"그래두 의사가 더 잘 알지 않겠어요?"

"의사가 절 속여요. 의사만 아니라 사람들이 다 날 속이려구만 들어요. 돌아서선 뻔히 내가 죽을 걸 이야기허다두 나보군 아닌 체들 해요. 그래서 벌써부터 난 딴 세상 사람처럼 따돌리는 게 저는 슬퍼요. 죽음이 그렇게 외로운 거란 걸 날 죽기 전부터 맛보게들 해요."

아가씨의 말소리는 떨리었다.

"그래두… 만일 지금이라두 만일… 진정으루 사랑하는 사람이 있다면 그 사람의 말만은 곧이들으시겠습니까?"

"…."

눈을 고요히 감고 뜨지 않았다.

"앓으시는 병을 조금도 싫어하지 않고 정말 운명을 같이 따라 하려는 사람만 있다면…?"

"그럼 그건 아마 사람이 아니겠지요. 저헌테 사랑하는 사람이 있긴 있어요…. 절 열렬히 사랑해 주어요. 요즘두 자주 저헌테 나와요."

"…."

"그는 정말 날 사랑하는 표루 내가 이런, 모두 싫여허는 병이 걸린 걸 자기만은 싫여허지 않는단 표루 하루는 내 가슴에서 나온 피를 반 컵이나 되는 걸 먹기까지 한 사람이야요. 그렇지만 그게 내게 위로가 되는 줄 아세요?"

"…."

그는 우울할 뿐이었다.

"내 피까지 먹구 나허구 그렇게 가깝게 해두 그는 저대로 건강하구 저대루 살아가야 할 준비를 하니까요. 머리가 좋으면[22] 이발소에 가구, 신이 해지면 새 구둘 맞추구, 날마다 대학 도서관에 다니면서 학위 받을 연구만 하구 있어요. 그러니 얼마나 저허군 길이 달러요? 전 머릿속에 상여, 무덤 그런 생각뿐인데…."

"왜 그런 생각만 자꾸 하십니까?"

"사람끼린 동정하구퍼두 동정이 안 되는 거 같어요."

"왜요?"

"병자에겐 같은 병자가 되는 것 아니곤 동정이 못 될 겁니다. 그런데

22 풍성하면. 무성하면.

어떻게 맘대루 같은 병자가 되며 같은 정도로 앓다, 같은 시각에 죽습니까? 뻔히 죽을 사람을 말로만 괜찮다 괜찮다 하구 속이는 건 이쪽을 더 빨리 외롭게만 만드는 거예요."

"어떤 상여를 생각하십니까?"

그는 대담하게 이런 것을 물어 주었다. 그렇게 하는 것이 그 아가씨의 세계에 접근하는 것이 될까 하였다.

"조선 상여는 참 타기 싫여요. 요즘 금칠 막 한 자동차두 보기두 싫여요. 하아얀 말 여럿이 끌구 가는 하아얀 마차가 있다면… 하구 공상해 봤어요. 그리구 무덤두 조선 무덤들은 참 암만해두 정이 가질 않어요. 서양엔 묘지가 공원처럼 아름답다는데 조선 산수[23]들이야 어디 누구의 영원한 주택이란 그런 감정이 나요? 겉에 둘 수 없으니 흙으루 덮구 그냥 두면 비에 패이니까 잔디를 심는 것뿐이지 꽃 한 송이 심을 데나 꽂을 데가 있어요? 조선 사람처럼 죽는 사람의 감정을 안 생각해 주는 사람들은 없는 것 같아요. 괜히 그 듣기 싫은 목소리루 울기만 허구 까마귀나 뫼들게 떡 쪼가리나 갖다 어질러 놓구…."

"…."

"선생님은 왜 이렇게 외롭게 사세요?"

"…."

그는 아무 대답도 하지 않았다. 그 여자에게 애인이 없으리라 단정한 자기의 어리석음을 마음 아프게 비웃었고 저렇게 절망에 극하여 세상 욕심이라고는 털끝만치도 없는 거룩한 여자를 애인으로 가진 그 젊은 학도가 몹시 부러운 생각뿐이었다.

날은 이미 황혼에 가까웠다. 연당 아래 전나무 꼭대기에서는 아직, 그 탁한 소리로 울지는 않으나 그 우악스런 주둥이로 그 검은 새들이 썩정귀를 쪼는 소리가 딱딱 울려왔다.

23 '산소'의 방언.

"까마귀가 온 게지요?"

"그렇게 그게 싫으십니까?"

"싫여요. 그것 뱃속엔 아마 별별 구신 딱지가 다 든 것처럼 무서워요. 한번은 꿈을 꾸었는데 까마귀 뱃속에 무슨 부적이 들구 칼이 들구 시퍼런 불이 들구 한 걸 봤어요. 웃지 마세요. 상식은 절 떠난 지 벌써 오래요…."

"허허…."

그러나 그는 웃고, 속으로 이제 까마귀를 한 마리 잡으리라 하였다. 그 배를 갈라서 그 속에는 다른 새나 조금도 다를 것이 없는 내장뿐인 것을 보여 주리라. 그래서 그 상식을 잃은 여자의 까마귀에 대한 공포심을 근절시키고 그래서 죽음에 대한 공포심까지도 좀 덜게 해 주리라 마음먹었다.

그는 이 아가씨가 간 뒤에 그길로 뒷산에 올라 물푸레나무를 베다가 큰 활을 하나 메었다. 꼿꼿한 싸리로 살을 만들고 끝에다는 큰 못을 갈아 촉을 박고 여러 번 겨냥을 연습하여 보고 까마귀를 창문 가까이 유혹하였다. 눈 위에 여기저기 콩을 뿌리었더니 그들은 마침내 좌우를 의뭉스런 눈으로 두리번거리면서도 나려와 그것을 쪼았다. 먼 데 것이 없어지는 대로 그들은 곧 날듯 날듯이 어깨를 곧추세우면서도 차츰차츰 방문 가까이 놓인 것을 쪼며 들어왔다. 방 안에서는 숨을 죽이고 조그만 문구멍에 살촉을 얹고 가장 가까이 들어온 놈의 옆구리를 겨냥하여 기운껏 활을 다려 가지고 쏘아 버렸다.

푸드득 하더니 날기는 다 날았으나 한 놈이 죽지에 살이 박힌 채 이내 그 자리에 떨어졌고 다른 놈들은 까악까악거리면서 전나무 꼭대기로 올라갔다. 그는 황망히 신을 끌며 떨어진 놈을 쫓아 들어가 발로 덮치려 하였다. 그러나 까마귀는 어느 틈에 그의 발밑에 들지 않고 훨쩍 몸을 솟구어 그 찬란한 핏방울을 눈 위에 휘뿌리며 두 다리와 한 날개로 반은 날고 반은 뛰면서 잔디밭 쪽으로 더풀더풀 달아났다. 이쪽에서도 숨차게 뛰어 다우쳤다. 보기에 악한과 같은 짐승이었지만 그도 한낱 새였다. 공중을 잃어버린 그에겐 이내 막다른 골목이 나왔다. 화살이 그냥 박힌 채 연당으로 나려가는 도랑창에 거꾸로 박히더니 쌕쌕 하면서 불덩어리인지 핏방울인지 모를 두 눈을 뒤집어쓰고 집게 같은 입을 딱 딱 벌리며 대가리를 곧추들었다. 그리고 머리 위에서는 다른 놈들이 전나무에서 나려와 까악거리며 저희 가족을 기어이 구하려는 듯이 낮게 떠돌며 덤비었다.

그는 슬그머니 겁이 나기도 했으나 뭉우리돌을 집어 공중의 놈들을 위협하며 도랑에서 다시 더풀 올려솟는 놈을 쫓아 들어가 곧은 발길로 멱투시[24]를 차 내던지었다. 화살은 빠져 떨어지고 까마귀만 대여섯 간[25] 밖에 나가떨어지며 킥 하고 빼들적거리었다[26]. 다시 쫓아가 발길을 들었으나 그때는 벌써 까마귀는 적을 볼 줄도 모르고 덮어 누르는 죽음과 싸울 뿐이었다. 그는 두근거리는 가슴으로 이 검은 새의 죽음의 고민을 나려다보며 그 병든 처녀의 임종을 상상해 보았다. 슬픈 일이었다. 그는 이내 자기 방으로 돌아왔고 나중에 정자지기를 시켜 그 죽은 까마귀를 목을 매어 어느 나뭇가지에 걸게 하였다. 그리고 어서 그 아가씨가 나타나면 곧 훌륭한 외과의(外科醫)나처럼 그 검은 시체를 해부하여 까마귀의 뱃속에도 다른 날짐승과 똑같이 단순한 조류의 내장이 있을 뿐, 결코 그런 무슨 부적이거나 칼이거나 푸른 불이 들어 있지 않다는 것을 증명하리라 하였다.

그러나 날씨는 추워 가기만 하고 열흘에 한 번도 따뜻한 해가 비치지 않았다. 달포가 지나도록 그 아가씨는 나타나지 않았다. 날씨는 다시 풀어져 연당에 눈이 녹고 단풍나무 가지에 걸린 까마귀의 시체도 해부하

24 '멱살'의 방언. 목 부분.
25 間. 길이의 단위. 한 간은 약 1.8미터.
26 곧 죽을 듯이 사지를 버둥거렸다. 빠르적거렸다.

기 알맞게 녹았지만 그 아가씨는 나타나지 않았다.

하루는, 다시 추워져 싸락눈이 사륵사륵 길에 떨어져 구르는 날 오후이다. 그는 어느 잡지사에 들어가 곤작(困作)[27] 한 편을 팔아 가지고 약간의 식료를 사 들고 다 나온 길인데 개울 건너 넓은 마당에는 두어 대의 검은 자동차와 함께 금빛 영구차 한 대가 놓여 있는 것이다.

그는 가슴이 섬찍하였다. 별장 쪽을 올려다보니 전나무 꼭대기에서는 진작부터 서너 마리의 까마귀가 이 광경을 나려다보며 쭈크리고 앉아 있었다.

'그 여자가 죽은 거나 아닌가?'

영구차 안에는 이미 검은 포장에 덮인 관이 실려 있었다. 둘러섰는 동네 사람 속에서 정자지기가 나타나더니 가까이 와 일러 주었다.

"우리 정자루 늘 오던 색시가 갔답니다."

"…."

그는 고요히 영구차를 향하여 모자를 벗었다.

"저 뒤에 자동차에 지금 오르는 사람이 그 색시하구 정혼했던 남자랩니다."

그는 잠자코 그 대학 도서실에 다니며 학위 얻을 연구를 한다는 청년을 바라보았다. 그 청년은 자동차 안에 들어앉자, 이내 하아얀 손수건을 내어 얼굴에 대었다. 그러자 자동차들은 영구차가 앞을 서며 고요히 굴러 떠나갔다. 눈은 함박눈이 되면서 펑펑 쏟아지기 시작하였다. 그 자동차들의 굴러간 자리도 얼마 안 있어 덮어 버리고 말았다.

까마귀들은 이날 저녁에도 별다른 소리는 없이 그저 까악까악거리다가 이따금씩 까르르으 하고 그 GA 아래 R이 한없이 붙은 발음을 내곤 하였다.

27 애써서 더디게 쓴 글.

을해년(乙亥年) 12월.

『조광』, 1936. 1; 『가마귀』, 1937; 『복덕방』, 1947.

순정(純情)

현은 수굿하고 밥만 퍼먹다가 책상에 놓았던 박 취체역[1]의 쪽지에 다시 한번 눈을 던지었다.

"내 아홉점 반까지 사랑에 있을 터이니 신문사에 가는 길에 좀 들르게."

현은 마음이 뒤숭숭하였다. '설마 그 일이야 아닐 테지' 하면서도 어제 편집국 회의 때의 광경이 자꾸 머리에 떠올랐다.

'그렇잖으면 그저께도 신문사서 만났드랬는데 오늘 갑자기 무슨 할 말이 있을까?'

아무튼 현은 다른 날 아침보다 한 이십 분 이르게 주인집을 나섰다. 박 취체역이 기별한 대로 그의 사랑으로 찾아간 것이다.

박 취체역도 그때 마침 조반상을 물린 듯, 그 번지르르한 입술에 이쑤시개를 문 채 인사를 받으며

"들어오게. 기다렸네."

하였다. 그리고 들어가 미처 앉기도 전에 그는 말을 꺼내었다.

"뭐 어저께 편집회의가 있었다구?"

현은 가슴이 섬찍하였다.

"있었습니다."

"건 한 달에 몇 번씩 하는 건구?"

"정기로 하는 건 매월 한 번이구요 임시로 하는 때도 있습니다."

"어저께 한 건 정기 회의던가?"

1 取締役. 주식회사의 이사를 이르던 말.

"네."

"건 사원이 다 하나?"

"편집국은 전원이구 영업국에서도 부장급 이상은 다 참례합니다."

"그래…."

하고 박 취체역은 그제야 이쑤시개를 뽑아 미닫이 밖으로 내어던지고 양치질을 다시 한번 하더니

"그런 게 아니라 내 좀 자네헌테 일러 줄 말이 있어 오랬네."

하였다. 현이 지금 다니는 신문사에 들어가기는 오로지 이 박 취체역의 힘을 입음이었다.

"네."

현은 옷깃을 바로잡았다.

"내 전하는 말 듣군 다 믿질 않네만 작년에 도청에 취직됐을 때 자네한 걸 보드래두 자네가 여태 너무 선모습으루 군단 말일세. 너무 교젯속[2]을 몰라…."

"…."

"혹여 신문사에 대한 불평이 있드라두 그런 데서 만인 좌석에서 말을 하면 간부들의 체면이나 감정이 어떻게 돌아갈 걸 좀 생각해 말해야지… 안 그래?"

"일르시는 건 명심하겠습니다. 그러나 제가 그분들의 체면이 상할 말씀을 드린 건 없는데요."

"무론 제 속이야 그럴 테지…. 그걸 난 알기에 좋은 말로 일러 주는 거야…. 뭐 월급봉질 올려다 달랬다면서?"

"네 그건 이렇습니다. 워낙 편집회의가 시작될 때도 누구는 회의하고 누구는 방청만 하는 게 아니라 전원이 다 발의하고 비평해서 좋은 결론을 얻자는 게 목적이라구 번번이 국장이 선언하는 거구요 또 편집 이외

2 교제상 일어나는 미묘한 거래.

의 거라두 신문사 발전에 관한 거면 무어든, 비록 불평이라두 속에 두구 있지 말구 말을 해야 참고가 된다구 되려 요구한 겁니다. 그런데 월급봉투는 말씀하시니 말이지 저뿐인가요 어디? 월급날은 모두 한두 마디씩 으레 하는 말입니다. 회계부에서 회계할 건 다 해 가지고 계산서까지 다 집어너서 주는 바엔 왜 전 사원이 모두 동(動)해 가지구 노동자들이 삯전 타듯 줄을 져 서게 하느냐 말야요. 그건 체재루 봐두 숭허구 사원에게 대한 대우두 아니구 또 일에도 능률 관계가 있는 거 아닙니까? 전 사원이 동하는 것보다 한 사람이 올라와 조용히 한 바퀴 돌아 나려가면 받는 사람도 기분이 좋지 않겠습니까?"

"글쎄…."

"지금 제도는 월급 받는 게 아니라 월급 타는 겁니다. 받는 거허구 기분부터 다르지 않습니까? 그리구 그런 것두 불평을 말하지 말랬으면 저두 나서지 않애요. 회의의 목적이 사업의 원만한 발전을 위한 거니 불평이라두 품고만 있지 말구 다 쏟아 놔얀다구 하게 한 말이 아니겠습니까?"

"글쎄 난 그 사무상 관곈 자센 모르겠네만… 아무튼 그게 전 사원이 가진 불평이래면 왜 다른 사람들은 몇 해씩 잠자쿠 있어 오는데 자넨 인제 일 년두 못된 사람이 유독 맡아 가지구 나서느냔 말이지…. 다른 사람은 속 없대나? 다 있어두 교젯속에 닳구 닳어서 웃사람 눈치 보게 말않는 거 아닌가? 거기 그 사람들은 자네보다 속이 또 한 겹 있단 말일세."

"그건 그 사람들의 잘못인 줄 압니다. 전…."

"어째서?"

"그럼 아예 그런 불평을 입 밖에 내지 말아얄 것 아닙니까? 그런데 외려 저보다두 돌아서선 더 불평들이거든요. 그러면서 정작 그런 말 할 기회엔 잠자쿠 있는 건 안팎이 있는 사람들 아닙니까?"

"원… 딱허이…. 그게 글쎄 속이 두 겹이 생겨서 그렇다니까…. 자넨 지금 속이 한 겹야. 한 겹 속 가지군 처세 못하여 이 세상에선."
"…."
"생각해 봐요. 남들은 왜 입이 없어 잠자쿠 있는 줄 아나?"
"그럼 대체 편집회읜 왜 하는 겁니까…. 전 그까짓 대내적인 월급 주는 방법 같은 건 그리 문제 아닙니다. 그래 어제두 그건 말이 나온 김이니 한 거지만 전 광고에 대해서 더 의견을 말했습니다. 사실은 그걸 전 더 열렬하게 말했구 또 앞으루두 기회 있는 대루 이건 역설할 작정입니다."
"광고에 대해서?"
"네."
"광골 어쩌라구?"
"광고두 조선 민중에게 읽히는 거 아니겠습니까?"
"그렇지. 보지 않는대면 누가 돈 내구 광골 내누."
"그렇다면 다른 기사와 마찬가지루 양심이 있게 취급해얄 것 아닙니까?"
"양심이 있으락게?"
"독자가 그 광고를 보구 이로울 건가 해로울 건갈 생각하구 내얄 거 아닙니까?"
"…."
"수입이 느는 것만 생각하구 독자는 속아서 돈을 쓰든지 말든지 비열한 향락에 빠지든지 말든지 생각 않는 건 지금 조선 같은 데서 소위 민중을 지도한다는 기관으루서야 생각해 봐야 되지 않겠습니까?"
"광고에 그렇게 나쁜 게 있나?"
"얼마든지 있습니다. 협잡 광고루만 부정 이익을 보는 장사가 지금 조선두 굉장히 늘어갑니다. 더구나 갖은 음탕한 문굴 다 써 가지구 청소년들의 야비한 호기심을 일으켜서 돈을 빼앗는 걸 그냥 묵인하는 건 전 큰 악덕이라구 봅니다. 사설 쓰는 지면과 광고 나는 지면이 다른 사람

명의로 따로 발행된다면 모르겠습니다. 한 사람의 것으론 그런 모순이 어딨습니까?"

"글쎄… 그래두 수입이 있어야 사업을 지탕할 것 아닌가?"

"아닙니다. 그 수입의 자세한 숫잔 모르겠습니다만 광고 전부가 그런 게 아니니까요. 그런 협잡 광고나 추잡스런 광골 안 낸다구 그리 큰 타격이 있을 린 없습니다. 또 신문끼리 경쟁하는 것두 말입니다. 공연한 허장성세루 몇 천 원씩 들여 힘에 부치는 선전술로만 일삼는 것보담 실질적으로 조선 민중에게 남보다 더 유익한 기사를 많이 내구 남보다 해로운 기사는 광고부터 받지 않는 걸루 그런 걸루 경쟁의 수단을 삼는다면 그건 사 정신에 모순이 안 되는 일이요 또 다른 신문이나 독자에게 대해서 얼마나 떳떳한 선전이 되구 자랑이 되겠습니까? 그런 걸 좀 말했는데 그 의견을 정당히 토의는 해 보려지 않구 얼굴빛부터 달려져 가지구 변명에만 급급했구 심지어 이렇게 박 선생님을 통해서 절 탄압하랴는 건 그게 다 무슨…."

하고 현은 목에 핏대를 세웠다.

"허어 그게… 자네 말두 옳으이. 허나 차소위[3] 책상물림[4]의 말이야…. 신문두 상업 정책을 떠나선 그 자체가 견딜 도리가 없는 걸세. 그렇게 광고주들한텐 간부들도 쩔쩔매는 거 아닌가? 그저 잠자쿠 수굿하구 시키는 일만 하게나…."

"…."

"전에 매관매직할 때 돈 있는 사람은 돈을 내구 벼슬을 샀지. 그렇지만 돈 없는 선비는 뭘로 벼슬헌 줄 아나? 양반집 사랑에 가 가래침 타굴[5] 다 들여마셨어. 너 고을 한 군데 시킬 테니 그 타구 들여마셔라 허니까 늘름 타구를 들여마시구 원을 해먹은 사람도 있네. 그런 비위 그런 뱃심이라

3 此所謂. 이야말로.
4 책상에 앉아 글공부만 해 세상일을 잘 모르는 사람.
5 타구를. '타구'는 가래나 침을 뱉는 그릇.

야 사는 걸세. 요즘은 벨세상으루 아나?"

"그게 뱃심입니까 어디? 그렇게 비열하게 처세하란 말씀이십니까?"

"허… 꼭 그러란 게 아니라 세상에 나설랴면 웃사람 섬길 줄두 알아야 된단 말이지…. 자넨 너무 고지식하게 사사물물[6]에 선악을 비평해 나갈랴구 허니 그런 협량[7]으룬 오늘 같은 수단으루 사는 사회선 못 견디네…. 아에 이번 편집회의 때부턴 잠자쿠 앉었게. 나두 주주룬 대주줄세. 그렇지만 내 사람이라군 자네 하나 아닌가? 잠자쿠 있으면 내 낯을 봐서두 자넬 늘 평기자루 두겠나? 어서 가 보게…."

하고 박 취체역은 자기도 옷을 갈아입으려 일어섰다. 현은 그의 '내 사람이라군 자네 하나 아닌가?' 하는 말에도 대뜸 귀가 거슬렸으나 저편에서 먼저 자리를 일어서니 어쩔 수 없이 따라 일어서 나오고 말았다.

현은 신문사로 가지 않고 공연히 다른 길을 걸었다. 이 불쾌한 기분을 그냥 갖고는 신문사에 들어간댔자 잠자코 제자리에 앉아 일이 손에 잡힐 것 같지 않았다. 또 잠자코 그 간부들을 보기만 할 것이 생각만 해도 괴로웠다. 그렇다고 들어가는 길로 그들을 만나 곡직[8]을 캐기에는 더욱 불쾌한 일임을 알았다. 또 불쾌한 생각은 그들에게뿐 아니었다. 자기의 힘으로 입사를 시켰다고 해서 으레 자기의 병정이나 자기의 끄나풀로 여기는 박 취체역도 다시는 만나고 싶지 않게 불쾌하였다. 자기의 실력으로라면 무슨 부장 아니라 국장이라도 되어서 떳떳할 바이지만 어떤 재력의 배경으로 올라앉아 가지고는 여러 부하들에게 '저건 아무개의 병정 아무개의 보발꾼[9]'으로 지목을 받기는 생각만 해도 치사스러웠다.

현은 신문사에는 몸이 아파 결근하겠다고 전화를 걸고 그길로 저녁에나 만나기로 한 경옥에게로 갔다.

6 事事物物. 모든 일과 사물. 삼라만상.
7 狹量. 좁은 도량. 좁은 속.
8 曲直. 사리의 맞음과 틀림.
9 步撥-. 조선시대에 급한 공문을 빠른 걸음으로 알리는 일을 하던 사람.

"왜 사엔 안 가셨어요? 지금 가시는 길이야요?"

"아니요."

"왜 오늘 노실 날인가요? …."

"아니요."

"그럼 왜 안 가세요?"

"그저 가기 싫여서요."

현은 경옥에게 신문사에 가지 않는 이유를 말하고 싶지 않았다. 다른 때 같으면 그런 일일수록 즐기어 이야기하고 애인 경옥의 비판을 청할 것이나 요즘 와 현은 경옥에게까지 그렇게 단순만 할 수가 없게 되었다. 또 경옥이도 그런 것은 캐어묻지 않고 저녁에 할 이야기를 지금 한다는 듯이 잠깐 침묵으로 기분을 바꾸어 갖고는 살며시 현의 눈치를 보더니

"저는요…."

하였다.

"…."

"전 어머니나 언니 말을 다 그냥 믿는 건 아니라두…."

"네…?"

"누구보다두 날 위해서 진정에서 내 결혼을 간섭한다는 것만은 믿겠어요."

"그럼 당신 어머니나 언니의 말을 좇는단 말이지요?"

"…."

"간단히 말허문 그리로 약혼한단 말입니까?"

"…."

경옥은 대답하기 어려운 대답 대신에 얼른 눈을 적시어 보인다.

"당신 어머니나 당신 언니가 당신을 위해 진정일 건 누가 몰루? 나두 언제부터 그런 말은 허지 않었소? 그러나 생활이나 행복에 대한 견해가 서루 달지 않우? 당신의 교양이 그들만 못하거나 그들 정도에 불과한 거

라면 모르겠소. 그래 당신의 교양이 그들의 행복관에 만족하겠소? 내가 자꾸 꾀는 것 같소만 그걸 생각하고 하는 말이오?"

"글쎄 난 뭐 어머니처럼 그이가 고문 파쓰[10]를 해서 곧 군수루 나간다는 걸 그렇게 탐탁해하는 건 아냐요…. 그래두 글쎄 육신으로 생활하는 이상 먹구 입을 건 있어야 안 해요? 제가 어디 큰 재산을 바래요?"

"…."

현은 얼굴만 붉히었다.

"생활비 있고 생활이 되는 거 아냐요?"

"그리게 누가 지금 결혼허재우? 생활할 길이 열리도록 참아 달라는 거 아니오? 사랑하기만 한다면 그게 무슨 그리 급한 문제요?"

"글쎄 딱허시네…. 그렇게 언제까지든지 기분으루만 나가시면 어떡해요. 딸자식을 밤낮 두구 멕이길 어느 부모가 좋아해요? 뻔히 자기넨 허구 싶은 자릴 두구."

"그리게 당신이 취직하라니깐…."

"난 취직은 싫예요. 아무튼지 저쪽에다 이번 월요일 날 확답을 헌다구 했대요. 그 안에 무슨 결말을 지시든지…."

"…."

"난 인전 가만히 인형 노릇만 하겠어요. 당신이 그 안에 무슨 구체안이 있어 곧 혼인한대면 난 아주 이상적으로 되는 거구 당신이 벨 도리가 없다면 유감이지만 어떡해요! …."

하고 경옥은 또 손수건을 눈으로 가져갔다.

"그럼 당신은 사랑은 없어도 밥뎅이만 있으면 만족하겠단 말이구려? 그다지 당신이 타락했소?"

"그게 타락이라구 보는 게 난 너머 단순헌 생각인 것 같어요. 먹을 게 있는데 더 좋은 걸 탐낸다면 그건 허영이니 타락이니 허겠죠. 그렇지만

10 고문(高文) 패스. 일제강점기 고등문관(高等文官) 선발 시험에 통과함을 뜻함.

유령이 아니구 창잘 가진 동물인데 어떻게 먹을 걸 초월해서 살아요?"

"…."

현은 저쪽에 확답하는 날이라는 월요일이 며칠이나 남았나를 속으로 꼽아보면서 경옥과 우울한 채 헤어졌다.

그 월요일을 하루를 남기고 토요일 날 저녁이었다. 현은 평안북도 어느 광산에 가 있는 아버지에게서 온 편지를 들고 경옥을 찾아갔다.

"경옥 염려말우."

경옥은 현의 얼굴이 기쁜 표정으로 차는 것에 말이 안 나오게 놀라웠다.

"이 편지 보우. 아버지가 요즘 광산 뿌로커로 다니시드니…."

"무슨 기쁜 소식이야요?"

경옥은 가슴이 뛰었다. 편지 사연을 내어 보니, 이번에 큰 금광 하나를 매매시키고 한 사오만 원 생겼다는 것과, 자기는 아직 이것으로 만족하고 고향에 돌아가고 싶지는 않다는 것과, 네가 아직 독신으로 객지에서 고생하는 것을 보기 딱했다는 것과, 한 이만 원 주려 하니 그리 준비하고 있으라는 것과 일간 상경하리라는 것이었다.

"아버지더러 내가 곧 결혼할 테니 만 원만 더 달래 볼까?"

"그류 참! 이만 원이라두 한 오륙천 원 들여 집이나 짓구 그 나머지룬 땅을 좀 사든지 저금하구 이자만 찾어쓰든지 허문 살지 않겠수? 아이 좋아!"

하고 경옥은 불길한 꿈자리에서 깨어나듯 어수선한 머리를 흔들어 버리고 오직 현에게의 사랑만으로 다시 경기구(輕氣球)와 같은 정열의 팽창을 느끼었다. 나중엔 한결같이 현만을 생각하고 있지 못했음을 혀를 깨물고 싶게 후회하면서 울기까지 하였다.

그러나 그 월요일 아침이었다. 경옥에게는 현에게로부터 속달편지 한 장이 배달되었다.

경옥! 나는 진정으로 너를 사랑했었다. 너같이 아름다운 이성에게 핏방울이 번지는 내 순정을 바치게 될 때, 또 너의 그 맑은 아침의 한 송이 풀꽃과 같은 순결한 처녀의 사랑이 내 불타는 가슴에 마주 안길 때, 오! 나는 이 세계에서 행복의 왕자로 자긍하였었다. 누가 이 세상을 파사[11]라 하였는가? 누가 왜 이 세상을 불구뎅이라 하였는가? 나는 그들의 어리석음을 비웃으며 너와 나의 그 깨끗하고 또 뜨거운 순정만이면 어느 거리에 가서나 어느 사회에 들어가서나 오직 아름답게 낙원을 건설하며 천국의 백성으로 살아갈 것을 믿었다. 그런데 너는 어디서 그런 망령된 지식을 배웠느냐? 사랑보다는 밥덩이라는, 또 너는 어디서 그런 교활한 말재주를 배웠느냐? 인형 노릇만 하겠다는, 내가 기적과 같은 금력을 얻어 같이 살게 되면 그것은 이상적으로 되는 것이고 그렇지 못하면 유감이지만 어떻게 하느냐고 그러며 너는 눈물만은 그래도 흙물이 아닌 것을 흘리었다. 오! 더러운 눈물! 왜 하느님은 악마에게도 눈물을 주시었는가! 너는 확실히 악마였다. 나는 너에게 빠지어 생전 처음으로 마음에 없는 수단, 그것을 다 부려 보았다. 아버지의 편지라는 것은 내가 너를 속인 것이다. "이만 원! 아이 좋아라" 하고 너는 참새와 같이 기쁨에 발딱거리었지? 나는 그때처럼 인간의 표정이 미운 것을 본 적이 없었다. 하물며 그것이 내 애인 네 얼굴에서임을 깨달을 때에랴! 나는 와서 울고 나는 혼자 절망하였다. 세상에 만나고 싶은 사람이 하나도 남지 않고 없어져 버린 내 외로움! 나는 더 더럽히기 전에 내 가슴을 내 손으로 가르고 내 고독한 순정을 맑고 넓은 허공에 날려 버리려는 것이다.

11 婆娑. 괴로움 많은 인간 세계를 뜻하는 불교 용어. 사바(娑婆).

이런 사연이 있는 편지였다.

1935년 10월 4일.

『사해공론』, 1935. 11; 『가마귀』, 1937.

바다

"야! 과연!"

"무스게라능야?"

"멀기[1] 말이오 멀기…. 과연 기차당이."

"무시거?"

"멀기 말임둥. 과연 무섭지 앙이오?"

이들은 지껄인다기보다 고함을 치되, 여간 곁에서가 아니면 알아듣기 어려웠다.

파도는 정말 소리만 들어도 무서웠다. 비도 채찍처럼 휘어박지만[2] 빗소리쯤은 파도가 쿵 하고 나가떨어진 뒤에 스러지는 거품 소리만도 못한 것이요, 다만 이따금 머리 위에서 하늘이 박살이 나는 듯한 우렛소리만이 파도와 다투어 기승을 부린다.

"옥순 아버이허구 또 뉘 배레 못 들어왔능야?"

"냐? 무스게라오?"

"뉘 배레 못 들어왔능야?"

"옥순 아버이과 왈룡이너 부자랑이."

"야 그거…."

해도 다 지나간 듯, 바다도 하늘도 캄캄해만 졌다. 다른 때는 이 언덕에 나서면 시오리[3]라고는 하지만 아래윗동리처럼 알른거리던 배기미[4]

1 '바다의 큰 물결'을 뜻하는 방언. 격랑.
2 세차게 내리꽂지만.
3 '십오 리(里)'의 옛말.
4 함경북도 동해안의 작은 항구. 이진만(梨津灣).

[이진(梨津)]의 불빛도, 이 날은 한정 없이 올려솟는 파도와 그 부서지는 자옥한 안개 속에 묻혀 버리고 바다는 불똥 하나 보이지 않는, 온전한 암흑이었다. 이 암흑 속에서 물이라기보다 산이 무너지는 듯한 파도 소리, 그리고 귓등을 갈기고 젖은 옷자락을 찢어 갈 듯이 덤비는 바람과 빗발, 게다가 가끔 자지러지게 우렛소리가 정수리를 내려찧는 것이다.

"제에메[5]."

부대 쪽으로 등을 가리고 쪼크리고 앉아 바들바들 떨던 옥순이는 어머니를 불렀다.

"…."

귀에 느껴지는 것은 폭풍우와 파도 소리뿐, 어머니의 대답은 들리지 않는다.

"제에메."

시커먼 그림자의 곁으로 바싹 다가서며 다시 불러 보았다.

"…."

번쩍, 번갯불에 켜졌던 어머니의 얼굴은 조갑지[6] 속처럼 해쓱한 것이 그냥 바다 쪽만 향하고 서 있는 것이다.

"제에메."

또 한 번 부르면서 마침 서너 번이나 재우쳐서[7] 일어나는 번갯불에 휘좌우를 둘러보니 웅성거리던 이웃 사람들은 어느 틈에 거의 다 흩어졌다. 모다 저희 아버지나 저희 지아비는 아니라는 듯, 슬금슬금 빠져 들어간 이웃 사람들이 원망스러운 생각과 함께 외로움이 울컥 솟았다. '정말 왈룡이가 못 살어오는 날은?' 옥순은 또 한 번 가슴속에 방망이질이 일어났다.

5 '어머니'를 부르는 방언.
6 '조가비'의 방언.
7 잇따라. 재촉해서.

"제에메."

"…."

"그만 들어가장이. 모다 들아들 갔소…. 여기 섰으문 어찌겠소?"

옥순이는 어머니의 비 흐르는 손을 잡아다렸다.

"앙이 옥순네 아즈망임둥?"

이런 데서도 목소리 큰 것을 들어 황 생원이었다.

"황 새윙이오? 이거 어찌겠소!"

그제야 옥순 어머니는 입을 열었다.

"어찌긴 무실 그리 염려르 함둥? 괘난스리…."

"이거 아무래두 당한 일이랑이. 어찌문 좋소? 이거 어찌오 이거르! …."

"낸장[8]… 앙이 물녘[9]에서 늙으면서두 그리 겁이 많소? 왈룡이너 아즈망인 어찌겠소. 그 집인 부재오[10]. 두 식구랑이. 그래두 그 아즈망인 집으루 들어간 지 오래오. 날래 들어갑세."

"…."

"멀기랑 게 바다 중간에사 이리 모질게 치는 법이 있소? 어디 파선이 무슨 파선이오. 지금 들어왔다가 어디다 배르 대겠소? 그래 부러 앙이 들어오능 거랑이…."

황 생원은 기어이 옥순네 모녀를 이끌고 들어왔다.

깜박깜박하는 고망어[11] 기름불, 그것이나마 심지를 돋워 가면서 이 모녀는 어제저녁과 마찬가지로 귀를 곧추세우고 밤을 새워 앉아 있었다. 황 생원의 말과 같이 설혹 배가 성한 채 있더라도 육지에 나와 검접[12]

8 '젠장'의 방언.
9 물가.
10 부자(父子)요.
11 '고등어'의 방언.
12 달라붙음.

을 할 수가 없을 것을 짐작은 하면서도, 그래도 누워서 다리를 뻗고 눈을 붙일 수는 도저히 없었다.

"어찌 살았길 바래겠능야! 그러껜[13] 이만 못한 멀기에두 배기미 사람들이 둘이나…."

"…."

파도 소리는 조금도 낮아 가지 않았다. 빗소리조차 밖에서 맞으며 들을 때보다 더 요란스러웠다. 겨울 난 문풍지에는 급한 바람이 몰려들 때마다 푸르럭푸르럭 부우부우 하는 소리가 났다. 마치 파선을 당하는 사람들의 혼 나간 소리처럼 무시무시하기도 했다.

"네 홍인만 아니문 이번 문어잽이사 앙이 나갈거르."

어머니의 입에서는 기어이 딸의 탓이 나오고 말았다.

옥순이는 왈룡이와 정혼한 지가 삼 년째다. 해마다 '이번 가을엔 성례를 시켜야 시켜야' 별러 왔지만 한 해는 이쪽 집에서 배를 고치게 되면, 한 해는 저쪽 집에서 그물을 새로 사도록만 되었다. 올 가을에는 어떻게 하든지 성례를 시켜야 한다고 두 집 아버지들은 이른 봄부터 덤비어 웬만한 풍랑, 웬만한 추위, 웬만한 피곤은 가리지 않고, 또 후리질[14] 따위로는 촌사람들의 뉘[15]투성이 조 알갱이나 구경하게 되므로 어떻게 배기미로 가지고 가서 은전이 되고 지전이 될 수 있게 방어니 문어니 되미[16]니 하고 물길을 멀리 나가서라도 값나갈 생선을 쫓아다니게 된 것이다.

이번에도 멀리 나갈 날씨가 아니었다. 새풍[17]이 세었다. 갈매기들이 오 리 밖을 나가 뜨지 않고 '가충구치' 끝으로만 모여들었다. 이걸 보면서도 옥순 아버지와 왈룡이네 부자는 '너덜령'[18] 끝을 돌아 사뭇 나가기

13 그러께는. 지지난해는.
14 넓게 치는 후릿그물로 물고기를 잡는 일.
15 곡식의 껍질.
16 '도미'의 방언.
17 '동풍'의 방언.
18 '가충구치'와 '너덜령'은 함경도 지방의 한 지명으로 추정.

만 했던 것이다.

새벽녘이 되어서야 빗소리는 멎었다. 그러나 바람 소리와 파도 소리는 더욱 높아지는 것만 같았다. 가마골[19]에 옹크리고 엎딘 고양이만이 눈을 붙였을 뿐, 옥순이와 그의 어머니는 뜬눈으로 밤을 새웠다. 드므(물독) 옆으로 샛창이 훤해 오는 것을 보자 어머니는 왈룡 어머니에게나 가 본다고 나가 버리었다. 옥순이도 이내 밖으로 나왔다. 바람은 뼈가 저리게 찼다. 힝하니 언덕으로 나갔다. 먹장 같은 구름이 군데군데 얇아지긴 했으나 푸른 하늘은 아직 손바닥만치도 드러나지 않았다.

밝은 때 보는 파도는 더 어마어마스러웠다. 산더미 같은 것이 불끈 올려솟아서는 으리으리한 절벽을 이루고 그것은 이내 거대한 야수의 아가리처럼 희끗하는 이빨을 악물면서 와르릉 소리를 치고 눈보라같이 육지를 휩쓸어 나왔다.

'간나아 멀기….'

옥순은 그 물의 절벽이 닥뜨려 올 때마다 이를 악물고 바르르 떨었다. 그 능글능글한 물의 절벽으로 마주 내닫고도 싶었다.

'어서 윤선[20]이라두 하나 지나능 거르 봐두….'

울뚝불뚝 뒤에 뒤를 이어 올려솟는 파도의 산 때문에 아무리 발돋움을 하여야 먼 바다를 내다볼 수평선이 눈에 걸리지 않는다. 옥순이는 눈물을 씻고 옹크리고 앉았다가 마을 쪽에서 자기 어머니와 왈룡 어머니와 왈룡이 누이 채봉이가 나오는 것을 보고는 이내 일어섰다. 왈룡 어머니나 채봉이는 자기 어머니보다도 더 몇 갑절 자기를 탓할 것을 생각하고는 그들에게 죄나 진 것처럼 얼른 길을 돌아 집으로 들어왔다.

집 안은 여러 날 비었던 것처럼 휑한 맛이 새삼스러워 윗방에서 아버

19 아궁이에서 불 기운이 들어가는 방고래로 추정.
20 輪船. 기선(汽船)의 옛말. 화륜선.

지의 음성이 나는 듯, 정지[21] 뒷길에서 왈룡이의 휘파람 소리가 지나가는 듯, 옥순은 집 속이 못 견디게 서글프고 무시무시해졌다. 그러나 바깥보다는 덜 추웠다. 이불을 끌고 가마목[22]으로 가 고양이가 일어나는 자리에 쓰러지고 말았다.

두어 달 뒤, 바다는 언제 그런 풍랑이 있었느냐는 듯이 갓난아이들도 나가 놀게 잔잔하고 하늘도 그런 풍운이 있은 것은 아득한 태초의 전설이라는 듯이 양떼 같은 구름송이만 수평선을 둘러 피어오르는, 따갑되 명랑한 여름날 아침이었다.

옥순은 모랑함지[23]를 끼고 새까맣게 그슬리고 쪼들린 얼굴이 땀기에 함빡 배어 소리도 안 나는 모새[24]밭을 밟으며 바다로 나오고 있었다. 아버지가 생존했을 때 같으면 누가 그냥 주어도 내어버릴 것밖에는 소용이 없던 가락미역, 그리고 모새가 어적어적하는 바둑조개, 방게 같은 것도 이제는 맨소금국에라도 그것들이 손쉬운 반찬이요 또 제 손으로 따들이고 주워 들이지 않으면 구할 수 없는 귀물들이 되었다.

"야 옥순아!"

반이나 나왔는데 구장이 부채를 든 손으로 뛰어나오다 말고 손짓을 하며 불렀다.

"내 말임둥?"

"어망이레 찾는다."

"무스게오?"

"너으 어망이레 찾는당이."

옥순이는 곧 다시 나올 셈으로 함지는 모새밭에 놓아두고 돌아섰다.

21 '부엌'의 방언.
22 아랫목.
23 '작은 함지박'의 일종으로 추정.
24 가늘고 고운 모래.

'무슨 일일까? 어머니가 찾으시면 어머니가 나서 부르시지 않구? ….'

옥순은, 며칠 전에 술이 잔뜩 취해 가지고 와서 아버지가 못 다 갚은 빚 독촉을 하고 나중에는 어머니에게 손찌검까지 하려고 덤비던 그, 사람 잘 치는 구장임을 생각할 때, 소름이 오싹 돋는 것을 발바당[25]에까지 느끼었다.

"제에메 어디 있음둥?"

옥순이가 구장의 뒤를 따라 저희 집 정지로 들어서자 어머니는 보이지 않았기 때문이다. 어머니가 보이지 않을 뿐 아니라 웬 보지 못하던 양복쟁이 하나가 더럽기는 했으나 말끔히 쓸어 놓은 노존[26] 위에 운동화를 신은 채 각반[27] 친 다리를 떡 벋치고 섰는 것이다.

"냐? 어디서 찾슴둥?"

"가망이 있거라 인추 온당이…."

하더니 구장은 이내 양복쟁이에게

"숙성함넝이…."

하였다. 안경을 쓰고 윗수염을 제비꼬리처럼 기른 양복쟁이는 이번에는 한 다리를 척 문턱에 올려 딛고 저고리를 뒤적거리더니 피죤[28] 갑을 꺼내었다. 먼저 구장에게 권하고 저도 한 개를 입에 물더니 그것을 문 채 옥순에게

"당신 이림이 뭐요?"

하였다. 말투가 앞대[29] 사람이다.

"옥숭이꼬마."

"옥순이…."

25 '발바닥'의 방언.
26 '삿자리'의 방언으로, 갈대를 엮어서 만든 자리. 갈자리.
27 脚絆. 일제강점기에 군복이나 작업복에서 발을 가볍게 하기 위해 종아리를 싸매던 띠.
28 일제강점기 고급담배 상표.
29 남쪽 지방. 남도.

그는 옥순이가 면구스러울 정도로 옥순의 얼굴 생김을 뜯어보았다. 그러다가 옥순이가 휙 돌아서니까

"나 성냥 좀 주."

하였다.

"무스게오?"

"비지깨[30] 말이랑이."

하고 옆에 섰던 구장이 싱글거리며 통역처럼 하였다.

옥순이는 부뚜막으로 가서 성냥갑을 집어다 구장에게 주었다. 양복쟁이는 잠시도 놓치지 않고 안경알 속으로, 혹은 안경알 너머로 옥순의 이모저모를 노려보았다. 구장보다 노상 젊은 사람이다. 담배에 불을 붙이더니

"저 색시 청진 더러 가 봤소?"

하고 들떼놓고[31] 물었다.

"…."

옥순이가 잠자코 있으니까 구장이

"청징이 무스게오 배기미나 가 봤지비…."

하더니

"무스거 오래 보나마나 하당이. 이 동네선 제일 똑똑함넝이…."

하였다. 그래도 양복쟁이는 다시 한번 힐끔 눈을 던지더니

"나 물 한 그릇 주시오. 응? 미안하오만."

하면서 노존 위에 던지었던 맥고모자를 집어 들었다. 그리고 물이 먹고 싶어서가 아니었던 만큼 물그릇을 가져올 때와 물그릇을 도로 받을 때의 옥순의 손과 얼굴에만 그의 안경은 확대경처럼 번뜩이었다.

입에 물었던 물을 뱉을 겸 양복쟁이는 밖으로 나갔다. 구장도 따라 나

30 '성냥'의 방언. 불 피우는 도구.
31 꼭 집어 말하지 않고. 얼버무리며.

가 무어라고 한참이나 수군거리더니 양복쟁이는 아주 사라져 버리고 구장만이 갑자기 점잖은 기침 소리를 내며 다시 들어왔다.

"옥순아 네 어찌겠능야?"

"무스거 말임둥?"

"게 앉아 내 말으 들어 보랑이…."

"…."

"너 이제두 물녘으루 나가드라만 사철 그리겠능야? 요즘에사 방게나 마풀[32]으 주서다 끓이기루 죽지야 앙이허겠지. 그러나 겨울이문 어찌겠능야. 무스거 주서다 먹겠능야?"

"…."

"딸은 자식이 앙이겠능야? 딸두 자식이지비 남자만 자식이겠능야? 산 어망이두 모셔야겠구 돌아간 아방이 빚두 자식이 돼 갚을 도리르 해야지 않능야?"

"무스거 해서 갚슴둥?"

"…. 그렁이 내 말으 들으라능 거다. 폐일언허구서리 네 이제 그 어른으 따라 청진으루 가거라…."

"…."

"청진으루 가서 귀경두 하구 세상이 어떻다는 것두 약간 눈으 떠야지비. 직업으 가지라능 거다."

"직업으? 무시겜둥? 비지깨 공장임둥?"

"치! 그까짓 비지깨 공장에 너르 보내겠능야?"

"그럼 무시겜둥?"

"내 너르 못 갈 데 지시르 할 리 있능야? 이제 그 어릉이 청진서 고등식당으 경영한당이. 나진에다 지점으 두구 지금 지점으르 들어가는 길인데 너만치한 아더르 삼사 명으 모집한당이…."

32 말과 풀. 해조(海藻).

"…."

"직업에 귀청이 있능야? 또 그게 어째 천하겠능야. 식당에서 점잖은 신사더르 접대하능 게 무실에 천업이겠능야?"

"내사…."

"네 생각으 해 보랑이… 무실에…."

"내사 그렁 거 싫스꼬마…."

"무시거? 앙이 네 무신 공뷔 있능야 재강이 있능야 사람이랑 게 남녀르 막론허구 대처에 가 구불러야 때르 뺏능이라…."

"…."

"좀 조캥이? 아, 곱운 우티[33]가 있어 맛있는 요리도 먹어 손님들으게 귀염으 받어 돈으 모아…. 모으능 게 무시게냐, 당장에 앙이 네 간다구만 허문 당장에 비단우티르 해 주구 선월급으루 돈 백 웡이나 준당이…. 그러문 네 어른 빚으 갚구두 너희 어망이 배기미루 댕기며 생선 장사할 미청이 너끈하게 되지 앓겡이? 그 노릇으 앙이하구 네 무스거 하겠능야?"

"내사 실스꼬마…."

옥순은 벌써 구장의 속이 뻔히 들여다보이는 것 같았다.

"앙이… 배기미 술장수 간나들처리 술으 팔라능 건 줄 아능야? 손님 접대하능 거랑이… 교제하능 거랑이."

"…."

"너느 어째 좋응 거르 좋은 주르 모르능야? 채봉이는 첫마디에 좋아 나서드라."

"채봉이? 채봉이레 감둥?"

"그러므… 앙이 가구 무실하갱이…. 채봉인 청진이나 가는 줄 아능야? 나진으루 간당이. 나진 지점으루 간당이… 야?"

33 '옷'의 방언.

구장은 갑자기 말소리를 낮추어 옥순의 귀에다 약간 호주[34] 냄새를 풍기며 이렇게 속삭이었다.

"네 얼굴이 채봉이보다 낫다구 너르 청진 본점으루 갖다 앉히겠다드라. 좋지 앙이냐?"

"…."

"네 비단우티나 입구 분이나 싹 발라 봐라, 너르 곱아 앙이할 사람이 누구겠냐! 무실 이 구석에서 썩갱이? …. 치…."

"…."

옥순은 어리둥절할 뿐, 그래서 다시는 대답이 없이 바다로 나오고 말았으나 그렇게 해서 설혹 아버지의 빚을 갚고 어머니를 살리고 제 몸에 고움과 편안함이 돌아온다 하더라도 그것은 모든 동리 사람들의 손가락질과 쑥덕거림과 침을 뱉기는 '쌍짓'이란 생각이 점점 또렷해졌다.

'사람은 어째 갈매기처리 물에 뜨지 못하구 빠져죽능야?'

옥순은 잔잔한 바다를 내어다보니 어느 쪽에서고 왈룡이가 철벅철벅 걸어 나올 것만 같았다. 그러나 그것은 꿈속에서나 있을 수 있는 일인 것을 깨달을 때, 그리고 "겨울이문 어찌겠능야. 무스거 주서다 먹겠능야?" 하던, 구장의 말, 다른 모든 말은, 우습게 들으려면 우습게 들을 수 있지만 이 말 한마디만은 하늘이 나리는 말이나 다름없이 무서웠던 것을 깨달을 때, 옥순은 눈앞이 아찔하며 쓰러질 것 같았다.

뚜우.

청진(淸津)서 배기미로 들어오는 윤선(기선) 소리다. 이 배를 타고 채봉이는, 그 양복쟁이와 함께 나진(羅津)으로 가고 이 배가 웅기(雄基) 이북까지 갔다 돌쳐나오는[35] 편에, 옥순이는 구장과 같이 배기미로 가서 바로 그 배에 돌쳐나오는 그 양복쟁이를 만나 청진으로 가게 되었다.

34 胡酒. 중국술 또는 고량주.

먼저 선선히 대답한 채봉이가 떠나기 전날부터 울며불며 몸부림을 치었고 옥순이는 도리어 한번 대답한 이후로는 남 보는 데, 더구나 어머니 보는 데 눈물 한 방울 떨구지 않았다.

'저 배에 채봉이는 가구 마능구나!'

모다 자기 탓이거니 생각하니 까맣게 멀리 뵈는 배기미 거리에서 어느 구석에서고 충혈된 채봉의 눈이 자기를 흘겨보는 것만 같았다.

'이리구 어찌 살겡이.'

이날 옥순은 채봉이가 탔을 그 윤선이 너덜령 끝에 한 줄기의 연기만 남기고 사라지는 것을 보고는 그 전날 감돌이네가 복어알을 한 모랭이[36]나 감자밭머리에 파묻은 것을 본 생각이 났다. 조심조심 남의 눈을 피해 가며 옥순은 감돌네 감자밭머리로 가서 그것을 파내었다. 거름기도 없는 샛노란 모래밭, 복어알은 깨끗한 채 싱싱한 채 파낼 수가 있었다. 치마 속에 감추어 들고 집으로 와 보니 어머니는 딸의 청진 갈 옷을 지으러 재봉틀이 있는 구장네 집으로 가서 아직 오기 전이었다. 소금을 조금 뿌리고, 누가 와 열어 보더라도 얼른 알지 못하게 미역 오리[37]로 위를 덮어서 울타리 썩은 것을 뜯어다 땀을 흘리며 끓이었다. 다른 때의 찌개보다 이상하게 빨리 끓는 것 같았다. 달큼한 냄새가 나고 웬 일본장 냄새까지 풍기는 것 같았다. 숭어 장조림이나 하는 듯 입안에 침이 서리었다. 냄비 뚜껑을 열어 보니 보기에도 먹고 죽는다는 것은 공연한 말같이 먹음직스러웠다. 얼른 바깥으로 뛰어나가 누가 오지 않나 살피고 들어와서는 그새 거품이 넘어 뿌시시거리는 냄비를 손을 데이며 내어놓았다.

제일 큰, 전에 아버지의 숟가락이던 것을 집어다 국물 한 숟갈을 떠 들었다. 그러나 완연히 음식이건만 이것을 먹으면 죽는 것이기 때문에

35 돌아서 다시 나오는.

36 '작은 함지박'의 일종으로 추정. '널모랭이'는 통나무를 파서 만든 함지의 북한말.

37 가늘고 긴 조각. 미역을 세는 단위.

먹으려는 자기, 죽으면 어머니가 어떻게 될까? 어머니를 위해 이왕 대답해 놓은 바엔 죽어도 청진 가 죽는 게 옳지 않은가? 이런 생각이 번개같이 오고가고 하는 새 떠서 들었던 국물은 어느 결에 반이나 노존에 떨어지고 말았다.

'죽는 년이 아무 때문….'

옥순은 숟갈을 내던지고 사기 탕기를 갖다 알까지 건져서 그릇이 넘치도록 따르었다. 그리고 흔들거리는 손으로 눈을 꼭 감고 입에 갖다 대었다. 눈을 감았던 때문인지, 손이 떨리었던 때문인지 누가 옆에서 콱 떠다민 것처럼 뜨거운 국물이 덥석 입술을 올려 물었다. 깜짝 놀래어 탕기를 떨굴 뻔하고 손바닥으로 입술을 쌌다. 어디선지 생선 냄새를 맡고 고양이가 야옹거리면서 앞에 나타나 말뚱말뚱한 눈알을 굴리고 쳐다본다.

"저리 가…."

고양이는 혀끝을 내어 아래턱을 핥을 뿐, 달아나지 않았다. 그러는데 굴뚝 쪽에서 인기척이 난다.

옥순은 얼른 탕기에 담았던 것까지 냄비에 쏟아서 골방으로 가지고 갔다. 뜨겁지만 않은 것이면 여기서라도 마셨을는지도 모른다.

"옥순아아."

하고 어머니가 찾는 소리에 얼른 빈 동이 속에 숨겨 두고 정지로 내려왔다.

"무신 냄새야 이게?"

"아무것도 앙이오."

"무스거 끓였능야?"

불자리를 보고 묻는 어머니에게 더 아무것도 아니라고 할 수는 없었다. 그러나 바른대로 댈 수도 없는 것이라 얼른 말머리를 돌리었다. 억지로 좋아하는 기색을 지어

"다 됐소?"

하고 어머니가 옆에 끼고 온 울긋불긋한 새 옷을 받아 들었다.
"초마[38] 기장이 길 것 같당이…."
하면서 어머니도 속으로는 편할 리 없지마는 이런 경우에선 모녀간이 모다 귀한 손님 사이와 같이 서로 흔연한 안색을 갖추기에 힘을 쓴다.

옥순이는 이날 밤, 몇 번이나 어머니 몰래 골방으로 올라가려 하였다. 그러나 그럴 때마다 어머니는 자지 않고 있다가
"어째 아직 앙이 자능야?"
하고 딸을 될 수 있는 대로 위로하려 하였다. 그럭저럭하다 옥순이는 깜박 잠이 들었다가 깨어 보니 벌써 날이 밝았다.

날이 밝자 옥순네 집에는 이른 아침부터 찾아오는 사람이 많았다. 옥순이의 비단옷을 구경하러 오는 사람, 옥순이를 이별하러 오는 사람, 옥순의 어머니를 위로하러 오는 사람, 또는 팔려 가는 처녀를 멸시와 천한 흥미에서 구경하러 오는 사람, 똑 무슨 잔칫집과 같았다. 그 틈에서 옥순의 모녀는 정신을 차릴 수가 없었다.

"날이 좋아 윤선으 타기 좋갔당이."

철없이, 윤선을 타고 청진 구경을 갈 옥순을 부러워하는 어떤 계집애의 말이다.

"어서 새 우티르 입구 나서 봐라."

어떤 안질이 난 늙은이가 눈을 닦으며 하는 소리다.

점심때 조금 전이다. 어서 물에 나가 목욕을 하고 와 새 옷을 입고 구장집에 가서 점심을 먹고 구장과 같이 배기미로 가야 될 판이었다. 옥순은 따라나오는 경순이, 서분이, 왕례, 다 좋은 구실로 들여쫓고 혼자 가충구치 끝으로 나왔다. 어머니가 주는 시뻘건 비누 한 장을 받아 들고.

날씨는 아름답다기보다 고요하였다. 잔물결 하나 일지 않았다. 해당화가 반이나 모래밭에 떨어진 것은 며칠 전의 바람엔 듯하였다. 웅웅거

38 '치마'의 방언.

리는 꿀벌의 소리, 반짝반짝거리는 금모새, 정신이 다 아릿해지는 해당화 향기, 옥순은 깜박 잠이 들 듯한 피곤과 정신의 마취를 느끼곤 하였다. 그러다가는 몇 번이나 발바닥이 뜨끈뜨끈한 바위 끝으로 기어나가 세 길도 더 될 물 밑이 한 뼘처럼 모래알 하나하나까지 들여다뵈는 물속을 엿보곤 하였다.

구름이 뭉게뭉게, 무슨 아름다운 동리처럼, 꽃밭처럼, 아늑한 골짜기처럼 피어올랐다. 가깝거니 하고 쳐다보면 까맣게 바다 저편이었다.

그 구름동리, 그 구름꽃밭, 그 구름골짜기에 가면 꼭 왈룡이가 있을 것 같았다. 가만히 귀를 옹송그리면[39] 왈룡이의 부르는 소리조차 들려오는 것도 같았다.

'왈룡이구나!'

하다가 제 생각에 놀라 다시 들으면 그것은 해당화 꽃가지에서 나는 왕벌의 소리이다.

점심때가 되어 옥순의 어머니와 구장댁이 찾아 나왔을 때는, 옥순은, 비누만 새것인 채 바위 위에 남겨 놓았을 뿐, 이미 육지에서는 사라진 뒤였다.

『사해공론』, 1936. 7; 『가마귀』, 1937; 『이태준단편선』, 1939.

39 기울이면. 오므려 움츠리면.

점경(點景)

불그스름한 황토는 미어진[1] 고무신에만 묻은 것이 아니라 새까맣게 탄 종아리에도 더러 튀었던 자국이 있다. 바지는 어른이 입다가 무릎이 나가니까 물려준 듯 아랫도리는 끊어져 달아난 고쿠라[2] 양복인데 거기 입은 저고리는 조선 적삼이다. 적삼은 거친 베것[3]이라 벌써 날카로워진 바람 서슬에 똘똘 말려 버렸다.

이러한 옷매무새에 깎은 지 오랜 텁수룩한 머리를 쓴 것뿐인 한 사내아이, 그는 화신백화점 진열창 앞에 서서 그 안을 들여다보는 데 골독했다[4].

"웬 자식야?"

무슨 의장병(儀仗兵)처럼 차린 게이트 보이가 내다보고 욕설을 던지되 그의 귀는 먹은 듯,

"털 담요! 가방! 꽨[5] 크이! 오라! 운석이 아버지가 서울 올 때면 아버지가 정거장으로 지구 다니던 그 따위구나!"

아이는 다 풀린 태엽처럼 다시 움직일 가망이 없던 눈알을 한번 힐긋 굴리며 눈을 크게 열었다. 눈은 곧 쌍까풀이 되며 윗눈꺼풀에 무엇이 달라붙은 것처럼 켕기었다[6]. 그래서 아이는 이내 눈을 감아 버린다.

눈을 감자 귀는 또 앵 소리를 내인다. 거리의 잡음은 다 어디로 가고

1 해어져 찢어진.
2 두꺼운 무명 직물을 뜻하는 일본말.
3 베옷.
4 汨篤--. 골똘했다.
5 꽤는. 꽤나.
6 팽팽해졌다.

모깃소리 같은 앵 소리만이 답답스럽게 귀에 박혀졌다. 한참 만에 그 소리가 빠져나갈 때에는 이마와 콧날에서 식은땀이 이슬처럼 솟치었고[7] 아랫도리가 후들후들 떨리었다.

"이 자식아 왜 가라는데 안 가?"

하는 소리가 났다. 그 소리를 무슨 소린가 하고 정신 차려 깨달으려 할 때 게이트 보이는 발길로 저보다 어려 보이는 이 아이의 정강이를 찼다. 아이는 입을 딱 벌리고 차인 정강이를 들었으나 게이트 보이의 찬란한 복장에 눌리어 한마디 대꾸도 못하고 이내 비실비실 피해 달아났다.

그러나 화려한 진열창은 또 이내 다른 것이 눈을 끌었다. 아직도 화신백화점이었만 여긴 다른 상점이겠지 하고 서서 들여다보았다.

'저건 뭘까?'

아이의 눈은 또 쌍까풀이 졌다.

'과자! 과자 곽들!'

아이의 상큼한 턱 아래에서는 아직 여물지도 않은 거랭이뼈[8]가 몇 번이나 오르락나리락하였다.

'뭐! 사 원 이십 전! 저것 한 곽에!'

아이는 멍청하니 서서 지전 넉 장하고 십 전짜리 두 닢을 생각해 보았다. 그리고 그 돈을 생각해 보는 마음은 이내 꿈속같이 생기를 잃은 머리에서 지저분스러운 여러 가지 추억을 일으켰다. 한 달에 팔십 전씩 석 달 치 월사금 이 원 사십 전이 변통되지 않아서 우등으로 육학년에 올라가긴 했으나 보통학교를 그만두고 만 것, 좁쌀 값 스물몇 냥 때문에 아버지가 장날 읍 바닥에서 상투를 끄들리고 뺨을 맞던 것, 그리고 어머니가 동생을 낳다가 후산을 못했는데 약값 외상이 많다고 의사가 와 주지 않아서 멀쩡하게 돌아가신 것…. 아이는 눈물이 핑 어리고 말았다. 그래

7 솟구쳤고.
8 목울대. 목젖 뼈.

서 울긋불긋한 과자 곽들이 극락에 가 비단옷을 입고 있는 어머니로 보였다.

'엄마!'

아이는 마음속으로 불러 보았다.

'그래 걱정 말아. 내가 네 옆에서 언제든지 봐줄게…. 이 돈으로 어서 뭐든지 사 뭐.'

하는 소리가 아이의 귀에는 또렷하게 들리는 것 같았다. 그래

"어디? 어머니?"

하고 둘러보면 어머니는 간데없고 요란한 전차 소리만 귀를 때린다.

아이는 저는 몰라도 남 보기엔 한편 다리를 약간 절었다. 그건 발목을 삔 때문은 아니요 힘에 부친 먼 길을 여러 날 계속해 걸어서 한편 발바당이 부은 때문이다.

아이는 향방 없이 길 생긴 대로 따라 걸은 것이 탑동공원[9]까지 갔다. 그리고 가만히 보니까 팔각정이 『조선어독본』[10]에서 본 기억이 났고 공원은 아무나 들어가 쉬는 데라는 생각은 나서 여기는 기웃거리지도 않고 들어갔다.

먼저 눈에 뜨이는 건 실과 장수들이다. 광주리마다 새로 따서 과분(果粉)이 뽀얀 포도와 배와 사과들이 수북수북 담긴 것들이다.

아이는 '하나 먹었으면!' 하는 욕심은 미처 나지 못했다. '저게 그림이 아닌가? 진열창에 놓인 게 아닌가?' 하는 의심부터 났다. 그리고 웬 양복한 사람이 그 옆에 돌아서서 기다랗게 껍질을 늘어트리며 사과를 벗기는 것과 그 밑에서 자기보다도 더 헐벗은 아이가 손을 벌리고 서서 그 껍질이 어서 떨어지기를, 그리고 땅에 떨어지기 전에 받으려 눈과 입을

9 塔洞公園. 우리나라 최초의 근대식 공원. 탑골공원. 파고다공원.

10 일제강점기에 보통학교에서 사용된 조선어(한국어) 교과서로, 조선총독부가 발행했다.

뾰족하게 해 가지고 섰는 것을 보고야 모두가 꿈도, 그림도, 진열창도 아닌 것을 깨달았다. 그리고 바투 가서 양복 신사가 어석어석 먹는 입과 껍질을 질겅질겅 씹는 아이의 입을 보고서야 그제는 바짝 말랐던 입안에 침기[11]가 서리고 목젖이 혼자 몇 번이나 늘름거리었다.

'재처럼 껍질이라도 먹었으면!'

주위를 둘러보니 배를 사서 깎는 사람이 멀지 않은 곳에 있다.

아이는 뛰는 가슴을 진정하지 못하며 그리로 갔다. 한 걸음만 더 나서면 그 두껍게 벗겨지는 배 껍질에 손이 닿을 만한 데서 발을 멈추었다. 그러나 아이의 손은 저도 모르게 앞으로 나가는 반대로 뒷짐이 져졌다. 배 껍질은 거의 거의 칼에서 떨어지려 하는데 아이의 뒷짐져진 손은 좀처럼 떨어지지 않는다.

아이는 배를 깎는 사람을 쳐다보았다. 조선 두루마기에 빛 낡은 맥고모자를 쓴 어른인데 눈이 조그맣고 여덟팔자수염이 달린 얼굴이다.

'저이가 내가 이렇게 배가 고픈 걸 알아줬으면! 그래 그 껍질이라도 먹으라고 주었으면!'

하는데 그 여덟팔자수염이 한번 찡긋하면서 입이 열리더니 맑은 물방울이 뚝뚝 떨어지는 배의 한편 모서리를 덥석 물어 떼인다. 아이는 깜짝 놀래어 그 사람의 발 앞을 나려다보았다.

"저런!"

아이는 소리 지를 만치 낙망하였다. 그 두껍게 벗겨진 배 껍질이 그새 흙에 떨어졌을 뿐 아니라 그 사람은 넓적한 구둣발로 그것을 짓이기었고 작은 두 눈을 해끗거리며 '요걸 바라구 섰어?' 하는 듯한 멸시를 아이에게 던지는 것이다. 아이는 얼굴이 화끈하여 그 자리에서 물러선다.

'무슨 까닭일까?'

아이는 낙엽이 떨어지는 백양나무 밑으로 가서 생각해 보았다. 암만

11 침이 도는 기운.

생각해도 모를 일이었다.

'자기가 먹지 않고 버리는 건데 남두 못 먹게 할 게 무언가?'

아이는 한참 만에 까부러지려는 정신을 이상한 소리에 다시 눈을 크게 뜨고 가다듬는다. 웬 키가 장승 같은 서양 사람 남녀가 섰는데 남편인 듯한 사람이 벤또만 한 새까만 가죽갑을 안고 거기 붙은 안경만 한 유리알을 저한테 향하고 손잡이를 돌리는 소리였다. 아이는 얼른 일어서 옆을 보았다. 옆에는 아까 그 아이, 저보다도 헐벗은 아이가 역시 어디선지 사과껍질을 한 움큼 들고 와 질겅거린다. 가만히 보니 그 서양 사람의 알지 못할 기계의 유리알은 자기와 그 애를 번갈아 향하면서 소리를 낸다. 아이들은 그게 활동사진 기계인 줄은, 그리고 그 서양 사람들이 본국으로 돌아가 그들의 행복된 가족을 모여 앉히고 놀릴 것인 줄은 알 리가 없다. 그러나 이 아이는 그 알지 못할 기계의 눈알이 자기를 쏠 때마다 왜 그런지 무섭다. 그래서 일어나 달아나려 하니까 웃기만 하고 섰던 서양 여자가 얼른 손에 들었던 새빨간 지갑을 열더니 은전 한 닢을 내어던진다.

'돈!'

그때 아이는 비수 같은 의식이 머릿속을 스치자 나는 듯 굴러가는 돈으로 달려들었다. 그러나 오 전 한 닢에 달려든 것은 자기만은 아니었다. 그 사과껍질을 먹고 섰던 아이는 무론, 웬 시커멓게 생긴 어른도 하나가 달려들었고 그 어른의 지카타비[12] 신은 발은 누구의 손보다도 먼저 그 백통전[13]을 눌러 덮치었다. 두 아이는 힐끔하여 원망스럽게 그를 쳐다보았다. 쳐다보니 돈을 밟은 지카타비 발의 임자는 의외에도 돈은 얼른 집으려 하지 않고 그냥 기계만 틀고 섰는 서양 사람을 금세 달려들어 멱살이나 잡을 듯이 부릅뜬 눈을 노리는 것이었다. 그러니까 서양 사

12 일본 버선 모양의 작업용 신발.
13 --錢. 백통으로 만든 돈. 백통화.

람 부부는 이내 기계를 안은 채 돌아서 다른 데로 갔고 이 사람은 그제야 돈을 집더니 무어라고 중얼거리면서 행길 쪽으로 보이지도 않게 팔매를 쳐 버렸다. 그리고 역시 흘긴 눈으로 두 아이와 모여 선 사람들을 둘러보더니 그도 다른 데로 어청어청 가 버렸다.

'웬일일까? 웬 사람인데 심사가 그 지경일까?'

아이는 이것도 모를 일이었다. 자기가 가지지 않으면서 남도 못 집어 갖게 하는 것이 이 아이로선 터득하기 어려운 의문이다.

그날 밤, 아이는 자정이나 된 때, 어느 벤치 위에서 곤히 자다가 공원지기에게 들키었다.

"이늠아 나가!"

"여기서 좀 잘 테야요."

"뭐야? 이 자식 봐!"

하고 왁살스런 손은 아이의 등어리를 움키어 끌어내었다.

"그냥 둬두는[14] 데서 좀 자문 어때요?"

공원지기는 대답은 없이 아이의 머리를 한 번 더 쥐어박으며 팔을 질질 끌어다 행길로 밀어내고 무거운 쇠문을 닫았다.

"꼬라[15]! 거기 왜 섰어?"

이번엔 칼 소리가 절그럭거리는 순사가 나타났다. 아이는 소름이 오싹하였다. 그러나 순사는 아이에게로 오는 것이 아니라 역시 이제 공원에서 자다가 쫓겨나온 듯, 그래도 공원 안을 넘싯이[16] 들여다보고 섰는 한 어른에게로 오는 것이다. 어른은 힐끗 순사를 한번 마주 보더니 쏜살같이 돌아서서 전찻길을 건너가는데 그는 시커먼 지카타비까지, 낮에 그 돈을 집어 버리던 사나이가 틀리지 않았다.

아이는 '그 사람도 거지드랬나' 하고 이상한 느낌이 솟아 그의 뒤를 바

14 '두어두는'의 줄임말. 있는 그대로 두는.
15 '이놈아', '이 자식아'를 뜻하는 일본말.
16 자꾸 넘어다보는 모양. 넘성거리며.

라보는데 정신이 번쩍 나게 목덜미에서 철썩 소리가 난다.

"가라! 이놈의 자식아!"

아이는 질겁을 하였다. 순사를 한번 쳐다볼 사이도 없이 한편 발바닥이 부은 다리로 끝없는 밤거리를 달음질쳤다.

1934년 8월.

『중앙』, 1934. 9; 『가마귀』, 1937.

철로(鐵路)

송전(松田)[1] 정거장은 간이역(簡易驛)이다. 플랫폼 위에, 표를 찍고 들어간 손님들이나 잠깐 앉았으라고 지어 놓은 것 같은 바라크[2] 한 채가 일반 대합실이요 역원실(驛員室)의 전부이다. 그래 순사나 운송점원 아닌 사람도 누구나 입장권 없이 무상출입을 하게 되었다. 우연히 바람 쏘이러 나갔다가도 아는 사람을 맞을 수 있고 그리 친하지 않은 사람이 가는 데도 여럿이 따라 나와 떠나는 이를 즐겁게 해 줄 수 있다. 그리고 화원(花園)이 없는 데라 달리아라도 꽃이 보고 싶으면 언제든지 여기로 올 수 있고, 유리창만 다 밀어 놓으면 별장들보다 더 시원하니 어떤 사람은 낮잠을 자러도 이리로 나온다. 이런 것은 간이역이 가진 미덕이다.

철수도 정거장에 무시로 들어왔다. 처음으로 기차가 개통되었을 때는, 바다에서 들어와 오후는, 흔히 정거장에서 해를 보냈다. 날이나 궂어 바다에 나가지 못할 날이면 옳다 내 세상이다 하고 종일을 정거장에서 한 시간이라는 것이 얼마나 긴 동안인지도 모르면서 네 시간만 있으면 온다, 다섯 시간만 있으면 온다, 하는 기차만 무작정 기다리고 있는 것이 낙이었다.

기차는 큰 장난감같이 보이었다. 객차나 기관차를 떼었다 달았다 하는 것이며 빽 빽 하는 기적소리, 언덕을 올라갈 때면 치치팡팡거리는 소리, 밤이면 이마에다 불을 달고 꼬리에는 새빨간 새끼등을 단 것, 모다

1 강원도 통천군의 마을. 해수욕장으로 유명하다.
2 baraque. 막사. 임시로 지은 숙소.

재미있으라고 만든 것 같았다. 그것을 타고 오는 사람, 가는 사람, 손님들도 모두가 무슨 볼일이 있어 다니는 것이 아니라 장난으로 타 보기 위해 다니는 것만 같았다.

'나는 언제나 한번 저놈을 타 보나?'

혼자 몇 달을 별러서 양 한 돈[3]을 내고 고저(庫底)[4]까지는 타 보았다. 그 눈이 어찔하게 빠르던 것, 굴속으로 지나갈 때, 생판 대낮인데도 밤중처럼 캄캄하던 것,

'야! 나도 육지에서 무슨 벌이를 하면서 늘 기차를 타고 다녔으면!'

하는 욕망이 절로 치밀었다.

그러나 바다는 여간해서 놓아주지 않았다. 동틀 머리[5]에는 으레 잠이 깨어졌다. 철썩거리는 파도 소리는 어서 일어나라고 부르는 것 같았다. 부르는 것 같지 않더라도, 아무리 생각하더라도 다른 도리는 없었다. 아무리 일찍 깨어도 한 번도 바쁘지 않은 아침은 없다. 어머니가 조반을 짓는 동안 열 봉(천 개)이나 되는 낚시에 섶(생홍합)을 까 가며 미깟(미끼)을 찍어(끼워) 놔야 한다. 아무리 서둘러도 어머니의 어서 밥 먹고 나가라는 재촉이 늘 앞선다.

급한 밥을 먹고 일어서 나오면 배만은 하루같이 바다가 그리운 듯, 멀기(파도)가 들어올 때마다 꽁지를 들먹거리었다. 물을 서너 바가지 퍼버리고 나서 여남은 번 노질만 하면 으레 아침 하내바람[6]은 육지로부터 살곱게[7] 불어 나왔다. 돛을 달고 앉아 담배를 한 대 피워 물어야 그제야 후우 하고 한숨이 나가고 제 세상을 만난 듯 마음이 턱 놓이기는 하나 아침볕만 늠실거리는 망망한 바다로 모래섬에 지저귀는 물제비 소리만

3 한 냥 한 푼.
4 통천군의 마을.
5 동틀 무렵.
6 '하늬바람'의 방언. 서쪽에서 부는 바람.
7 살살. 부드럽게.

들으며 나가는 것은 한없이 외롭기도 하였다.

고기나 잘 물리지 않아서 배에서 다시 낚시를 골라 가지고 두벌잡이[8]나 하게 되는 날은 두시 차가 뚜우 하고 치궁(致弓)[9] 굴속을 빠져나와 뱀 같은 것이 달려감을 보면 낚시 앉힌 것은 그냥 내버리고라도 어서 육지로 나오고만 싶었다.

두벌잡이를 안 하는 날도 집으로 들어올 때는 아침에 바다로 나올 때처럼 늘 바빴다. 바람이나 아침바람이 바뀌지 않고 그냥 하내바람이 내 불기만 해서 갈지자로 엇먹어[10] 들어오게 되는 날은 더 마음이 안타까웠다.

'오늘은 황길네 배보다 먼저 팔아 버려야 할 텐데.'

'오늘은 별장에서들 좀 사러 와야 할 턴데….'

안말[11]이나 촌에서들 오는 사람은 물건 타박만 할 뿐 아니라 돈 가진 이가 별로 없다. 모다 감자나 좁쌀이나 된장, 고추장 따위다. 돈으로 들어와야 몇십 전 자기가 얻어 가지고 담배도 사 피워 본다.

한 사 년 전 송전 불녘[12](해변)에 별장들이 새로 생긴 해 여름이었다. 한번은 고기를 잡아 가지고 나오니 함지들을 끼고 섰는 촌아낙네들 사이에 아룽아룽[13]한 치마를 짧게 입고 단발한 머리가 오똑 올려솟은 처녀가 바윗등에 서 있었다. 가까이 들어와 보니 나이가 거의 자기 또래인데 그렇게 이쁘게 뵈는 처녀는 처음이었다. 정거장에 나가 차 안에 앉은 여학생도 많이 보았지만 그렇게 눈서껀 입서껀 귀서껀 정신 나게 생긴 처녀는 본 적이 없었다. 그 처녀는 가재미가 펄떡펄떡 뛰는 것을 보고

8 두 번 낚시질하는 것.
9 통천군의 마을.
10 똑바로 가지 못하고 좌우로 비껴가며.
11 안마을. 마을 안.
12 '모래가 있는 바닷가나 강가'를 뜻하는 북한말.
13 '아롱아롱'의 큰말. 여러 빛깔의 무늬가 고르게 퍼진 모양.

내우[14]도 없이 뱃전으로 다가오더니 새하얀 팔을 척 걷고 만져 보았다. 그리고

"이거 한 마리 얼맙니까?"

하고 물었다. 철수는 이런, 나이 열칠팔이나 된 처녀에게서 공대[15]를 받아 보기는 처음이라 옆의 사람들이 좀 부끄러웠다.

"한 드럼[16]에 사십 전 주우다."

하였더니

"한 드럼이 몇 마립니까?"

하고 또 그 동그란 눈을 쌍까풀이 지게 뜨며 물었다. 옆에서 누가 스무 마리가 한 두름이라 가르쳐 주니 얼른 오십 전짜리 은전을 꺼내 주며 한 두름 달라고 하였다. 사 놓기는 하고 들고 가기 무거워하는 것을 보고 철수는 자기가 해수욕장까지 들어다 주었다.

그때, 그 길에서 그 처녀는 조금도 부끄러워하지 않고, 별것을 다 물었다. 고기를 어떻게 잡느냐, 낚시는 어떻게 생겼느냐, 무슨 고기 무슨 고기가 잡히느냐, 풍랑을 만나면 어떻게 되느냐, 저기 빤히 보이는 섬이 무슨 섬이냐, 여기서 그 섬까지 몇 리나 되느냐, 종일이라도 같이만 있으면 물어보는 것이 한이 없을 것 같았다.

그 뒤부터 그 처녀는 자주 생선을 사러 나왔고 많이 사는 날은 으레 철수가 들어다 주었다. 들어다 줄 때마다 처녀는 철수에게 바다에 관한 여러 가지를 물었다. 물을 때마다 철수는 무어든지 잘 대답하였다. 모다 철수로서 넉넉히 대답할 수 있는 것이었다. 알섬은 왜 이름이 알섬이냐 물으면 바다의 날짐승들이 봄이면 모다 그 섬으로 모여들어 알을 까기 때문이라 설명해 주었고 바람이 육지에서 내어부는데 어떻게 돛을 달고 들어오느냐 물으면 한 손으로는 돛 모양을 하고 한 손으로는 키 모양

14 '내외'의 방언.
15 恭待. 상대에게 높임말을 씀.
16 '두름'의 방언. 물고기를 한 줄에 열 마리씩 두 줄로 엮은 스무 마리를 세는 단위.

을 내어가며 바람과 반대 방향으로도 진행할 수 있는 것을 떠듬거려서나마 설명해 주었다. 그러면 처녀는 가던 걸음을 다 멈추고

"어쩌문!"

하고 감탄하곤 하였다. 그 감탄을 받을 때마다 철수는 바다 위를 그냥 뛰어나갈 듯 신이 났다.

그러다 어느덧 바다에 찬물이 들어 그 처녀의 그림자가 불녘에서 사라지고 말았을 때 철수는 그렇게 서운한 감정이란 일찍이 느껴 본 적이 없었다. 정거장에 나와서

'여기서 차를 타고 갔겠구나!'

생각하면서 멀리 산모롱을 돌아가 버린 철로길만 바라볼 때는 가슴이 찌르르하였다.

가으내, 겨우내, 봄내, 철수는 무시로 그 별장집 처녀를 생각하다가 다시 해수욕철을 맞이하였다. 은근히 기다려지는 마음에 아침 차에는 나올 새가 없으나 저녁 다섯시 차에는 으레 정거장으로 나오곤 했다. 철에 맞지는 않으나 전에 아버지가 쓰던 나카오리를 털어 쓰고 오월 단오 때 고저로 씨름하러 가서 사 신고 온 운동화를 내어 신고 바다에서 들어오면 부리나케 정거장으로 오곤 하였다.

"너 어드메 가니?"

아는 사람이 물으면 대뜸 얼굴이 시뻘개지며 말문이 막혀 어름거리면서도 여전히 나오곤 하였다.

그러나 처녀는 어느 날인지 아침 차에 나린 듯하였다. 그래서 역시 고기 사러 오매리(梧梅里)[17] 불녘으로 나온 것을 만나 보게 되었다.

철수는 가슴이 뛰어 얼굴을 잘 들지 못하였다. 일 년 동안 처녀는 엄청나게 몸이 피었다. 머리는 그저 자른 대로였으나 쪽만 틀어 놓는다면 벌써 아이를 낳은 황길이 처만 못하지 않을 몸피[18]였다. 그러나 처녀는

17 통천군의 마을.

조금도 내우 티가 없이 먼저 알아보는 체하고

"나 모르겠소?"

소리를 다 하였다. 철수는 얼굴이 후끈거리어 짠 바닷물에 세수를 해 가며 묻는 말에도 잘 대답을 못하고 비슬비슬 피하기까지 하였다.

이 해 여름도 고기를 많이 사는 날은 늘 들어다 주곤 하였다. 그러다 찬물이 들어서면 어느 날에 떠나는지 처녀의 그림자는 다시 볼 수 없게 된다. 정거장에 나가면 산모롱에 철로길만 아득하였다.

작년에도 또 처녀는 철수가 마중나오는 낮차에는 나리지 않았다. 으레 서울서 밤차를 타는 듯했다. 그런데 이번에는 잘랐던 머리를 길러 가지고 쪽을 틀고 왔었다. 쪽을 틀어 그런지 철수의 눈에는 아직도 처녀라기에는 지나치게 어른인 편이었다. 자기는 스물두 살, 처녀는 아무래도 열아홉이나 갓 스물은 되었으리라 하였다. 그리고

'혼인을 했나 보다!'

생각해 보았다. 왜 그런지 그런 생각은 슬픈 생각이었다.

'혼인을 했으면 저희 시집으로 갔을 테지 또 친정집 별장으로 왔을 리가 있나? 왜 못 와? 다닐러 올 수도 없어?'

철수는 혼자 물어보았다. 나중에는 아낙네들 지껄이는 소리를 유심히 들어보기도 하였다. 촌 아낙네들은 여학생이 나타날 때마다 으레 그의 소문거리를 잘들 알아내 지껄이기 때문이다. 그러나 한 아낙네도 그 처녀가 시집을 갔거니, 아직 안 갔거니를 지껄이지는 않았다.

이 해 여름에도 그 처녀가 고기를 사러 오면 철수는 다른 사람의 눈을 피해 가며 싸게 팔았고 또 무거운 것이면 으레 전과 같이 이야기를 하면서 들어다 주었다. 하루는 바다 이야기 아닌 것도 물었다.

"외금강(外金剛)까지 가자면 여기서 몇 시간이나 걸립니까?"

18 체구. 몸통의 굵기. 몸의 살찐 정도.

철수는 이것은

"모르는데요."

할 수밖에 없었다.

"외금강까지 가는 데 여기서부터 정거장이 몇이나 됩니까?"

그것도 철수는 알지 못했다. 처녀는 자꾸 물었다.

"요다음 정거장이 고저, 그 다음은 어딘가요?"

"통천(通川)입니다."

"통천 다음엔요?"

"모르겠는데요."

철수는 여간 분하지 않았다. 왜 미리 외금강까지 몇 시간이나 걸리고 정거장은 몇이고 무슨 정거장 무슨 정거장이 차례로 놓였는지 그렇게 여러 번 정거장에 나다니면서도 진작 그것쯤 알아 두지 못해 가지고, 자기는 무어든 잘 아는 줄 알고 묻는 처녀에게 모른다는 대답만 하게 되었나, 하고 여간 분하지 않았다. 그리고 생각해 보면 자기는 송전서 외금강 가는 데만 모르는 것이 아니라 송전서 북으로 안변(安邊)까지 가는 데도 잘 모른다. 시간이 얼마 걸리는 것이나 정거장이 몇인 것은 무론, 정거장 이름도 겨우 패천(沛川)과 흡곡(歙谷) 둘밖에는 생각나지 않는다.

'나는 육지는 너무 모르는구나!'

생각이 났다.

'그 처녀는 육지에 사는데….'

철수는 적지 않은 불안을 느끼었다.

'그 처녀가 모래섬 같은 데 혼자 산다면!'

철수는, 어디는 몇 길이나 되고 어디다 낚시를 놓으면 무슨 고기가 물리고, 섭을 따려면 어느 섬으로 나가야 하고 전복을 따려면 어떤 날씨라야 하고, 이런 것은 눈을 감고도 휑한 바다를 내다보면서 한숨을 쉬었다. 그리고 그길로 정거장으로 가 낯익은 아이들을 붙잡고 남으로 간성

(杆城)까지, 북으로 원산(元山)까지 가는, 위의 세 가지 지식을 배우려 하였다. 그러나 한 아이도 시원하게 그것을 가르치지는 못할 뿐 아니라 또 정거장 이름은 단 다섯을 차례대로 외기가 힘들었다.

철수는 그것이 일조일석엔 얻을 수 없는 공부임을 깨닫고 그 뒤로는 거의 날마다 저녁때면 정거장으로 나왔다. 보통학교 다니는 아이들을 붙들고 손을 꼽아 가며 배워 그 처녀가 서울로 돌아갈 무렵에는 동해북부선(東海北部線)[19] 스물다섯 정거장 이름을 다 외우게 되었다. 내년에 와서 다시 한번만 물어 주었으면 얼마나 좋으랴 싶었다.

그러나 올여름에도 해수욕 철이 되자 그 처녀가 오기는 왔으되 그런 것은 물어볼 기회조차 가지려 하지 않았다. 아무리 무겁도록 생선을 많이 사더라도 그것을 들어다 줄, 그리고 이야기 동무가 될 하이칼라 청년 하나가 금년에는 따라와 있었다.

'저 자식이 웬 자식일까?'

청년은 키가 늠름하고 이마가 미끈한데 웃을 때 보니 백금니가 보이었다.

철수로는 얼른 알 수가 없었다. 둘이서는 눈꼴이 실 만치, 무인지경처럼 히룽새룽[20]거리었다. 고기를 사면 으레 청년이 돈을 치르고 처녀는 청년이 들었던 사진기를 받아 가졌다. 그러면 작년까지도 자기가 들어다 주던 생선꾸러미는 그 청년이 들고 자기와는 일찍이 한 번도 그렇게 붙어 서 본 적이 없게 가까운 사이로 나란히 걸어가는 것이다.

'혼인을 했나 저자허구? 오래비나 아닌가? 오래비면 무슨 희롱을 서로?'

철수는 팔월 달의 그 빛나는 해가 잘 보이지 않았다. 며칠 되지 않아

19 함경남도 안변과 강원도 양양을 잇던 철도선으로, 1929년 안변-흡곡 구간을 시작으로 1937년 양양까지 개통했다. 이 소설 속 지명들은 이 철도선이 지나는 역들이다.

20 자꾸 채신없이 까부는 모양. 희룽희룽.

이웃 아낙네들은 그 처녀와 청년의 소문을 지껄이었다.

"작년 가을에 정혼을 했다덩가 메칠 앙이 쉬구 서울로 간답대. 성례르 하러…."

아닌 게 아니라 다른 해 같으면 아직 반도 안 있었는데 하루는 오더니 내일 밤차로 서울 가져가게 생홍합 한 초롱[21]만 산 채로 따다 달라고 아주 석유 초롱까지 가지고 나왔다. 생걸 그렇게 많이 갖다 무엇에 쓰느냐고 물었더니 처녀는 조금도 거리낌없이

"집에 큰일멕이[22]가 좀 있어 그래요."

하였다.

이튿날 저녁, 철수는 섭 한 초롱을 둘러메고 꾸벅꾸벅 정거장으로 들어왔다. 처녀와 그 백금니박이 청년은 진작부터 나와 차를 기다리고 있었다. 낯익은 처녀의 어머니만이 자기에게로 오더니

"수고했네."

하고 전보다 후하게 섭 값을 내어주었다. 그리고 차가 오거든 찻간에 좀 올려놔 주고 가라고 부탁하였다.

하늘엔 별이 총총하다. 처녀는 저희 약혼자와 어깨나 서로 결은 듯이[23] 붙어서 여러 사람의 눈을 피하느라고 새파란 포인트 라이트[24]가 있는 쪽으로 걸어갔다.

이윽고 기차는 들이닿았다. 철수는 떨리는 가슴을 억지로 진정하면서 섭 초롱 놓아둔 데로 갔다. 전에는 장난감처럼 재미있게만 보이던 기차가 이렇듯 마음을 아프게 해 줄 줄은 몰랐다. 한 손으로도 번쩍 들릴 섭 초롱이 두 손으로도 무거웠다. 억지로 찻간에 올려놓았더니 웬 사람

21 석유나 물 등 액체를 담는 양철통.
22 큰 일거리.
23 팔을 끼고.
24 철도의 신호등.

이 와서 어깨를 툭 친다. 돌아다보니 그 백금니박이 청년이다. 왜 그러느냐 묻기도 전에 그는

"저 앞 이등차로 가져와 빨리."

하고 앞서 가는 것이다. 철수는 어리둥절해서, 차는 빨리 떠난다는 생각에서만, 어느 모서리에 부딪혔는지 정강이가 으스러지는 것 같은 것도 만져 볼 새 없이 다시 섶 초롱을 안고 이등차로 달려갔다. 미처 놓기도 전에 청년은 또

"빨리 내려가 차 떠나."

하고 소리를 쳤고 하마터면 고꾸라질 뻔하면서 뛰어나리니 그 처녀는 어느 자리에 앉았는지 자기의 넘어질 뻔하는 꼴에 깔깔 웃는 소리만 굴러 나왔다.

이등찻간은 벌써 저만치 달아났다. 정강이 벗겨진 데를 한 번 어루만져 보는데 차는 벌써 꼬리에 달린 새빨간 테일 라이트[25]가 이마 앞을 스치고 달아났다.

철수는 쫓아가기나 할 것처럼 얼른 철도로 나려섰다. 테일 라이트는 깊은 바닷속으로 닻[碇]이 가라앉아 들어가듯이 어둠 속으로 뱅글뱅글 도는 듯이 졸아들면서 달아난다. 그 뒤에 희미하게 떠오르는 두 줄기의 대철[26], 뚝뚝 뚝뚝 뚝뚝 뚝뚝 마치 철수의 가슴처럼 울린다. 그러나 대철의 울리는 소리는 철수의 가슴처럼 그냥 계속하지는 않았다. 그 테일 라이트가 산모롱으로 사라지고 말았을 때는 숨넘어간 뱀과 같이 조용하였다. 맨발에 밟히어지니 싸늘할 뿐이다. 철수는 멍하니 섰다가 언젠지 저도 모르게 발을 떼어 놓았다.

뚜우.

얼마 안 걸어 차가 다시 패천을 떠나는 소리가 별 밝은 하늘을 울려

25 미등(尾燈).

26 大鐵. '철로'의 방언으로, 폭이 넓고 큰 레일.

왔다.

"벌써 패천을!

패천 다음엔

흡곡,

자동(慈東),

상음(桑陰),

오계(梧溪),

안변."

작년 여름에 달포를 두고 애를 써 외워 넣은 그 정거장 이름들이다. 철수는 울음이 나오려는 입속으로 그것을 외우며 자꾸 걸었다.

병자(丙子) 8월 하한(下澣)[27] 송전(松田)서.

『여성(女性)』, 조선일보사출판부, 1936. 10; 『가마귀』, 1937; 『이태준단편집』, 1941.

27 한 달 중 21일에서 말일까지의 기간. 하순(下旬).

장마

"가만히 눴느니 반침[1]이나 좀 열어 보구려."

"건 또 무슨 소리야?"

"책이 모두 썩어두 몰루?"

하고 아내는 몰래 감추어 두고 쓰는 전기다리미 줄을 내다가 곰팡을 턴다.

"책두 본 사람이 좀 내다 그렇게 털구려."

"일이 없어 그런 거꺼정 하겠군! 좀 당신 건 당신이 해 봐요. 또 남보구만 그런 것두 못 보구 집에서 뭘 했냐 마냐 하지 말구…."

"쉬, 고만둡시다. 말이 길면 또 엊저녁처럼 돼."

하고 나는 마룻바닥에서 일어나 등의자로 올라앉았다. 등의자도 삶아낸 것처럼 눅눅하다. 적삼고름으로 팔 놓은 데를 쓱 문대겨 보니 송충이나 퀘트린[2] 것처럼 곰팡이와 때가 시퍼렇고 시커멓게 묻어난다. 나는 그제야 오늘 아침에 새로 입은 적삼인 것을 깨닫고 얼른 고름을 감추며 아내를 보았다. 아내는 아직 전기다리미 줄만 마른 행주로 훔치고 있었다. 보았으면 으레 '어린애유? 남 기껀 빨아 대려 입혀 노니까…' 하고, 한마디, 혹은 내가 가만히 듣고 있지 않고 맞받으면 열 마디 스무 마디라도 나왔을 것이다.

늙은 내외처럼 흥흥거리기만 하고 지내는 것은 벌써 인생으로서 피곤을 느낀 뒤이다. 젊은 우리는 가끔가다 한 번씩 오금을 박으며[3] 꼬집

1 半寢. 큰 방에 딸린, 물건을 넣어 두는 작은 공간.
2 터뜨린.
3 약점을 잡아 논박하며.

어 떼듯이 말총을 쏘고 받는 것도 다음 시간부터의 새 공기를 위해서는 미상불[4] 필요한 청량제이기도 하다.

그러나 요즘 두 주일 동안은 비에 갇혀 내가 나가지 못한 때문인지 공연히 말다툼이 잦았다. 부부간의 말다툼이란 (우리의 길지 못한 경험에선) 언제든지 지내 놓고 보면 공연스러웠던 것이 원칙으로 우리가 엊저녁에 말다툼한 것도 다툴 이유로는 여간 희박한 내용이 아니었다. 소명[5]이란 년이 하루에 옷을 네 벌을 말아[6] 놓았다는 것이 동기였다. 해는 나지 않고 젖은 옷은 썩기만 하는데 왜 자꾸 비를 맞고 나가느냐고 쥐어박으니 아이는 악을 쓰고 울었다. 나는 드끄러우니까[7] 탄할밖에 없었다. 아이들이란 비도 맞고 놀아 버릇을 해야 감기 같은 것에 저항력도 생기는 것인데 어른이 옷을 말려 대일 수가 없다는 이유로 감금을 하려 들뿐만 아니라 구타까지 하는 것은 무슨 몰상식, 무책임한 짓이냐고 하였더니 아내는 지지 않고 책임이라 하니 그런 책임이 어째 어멈에게만 있고 아비에겐 없을 리가 있느냐는 것이다. 또 그러게 아이들이 하루에 옷을 몇 벌을 말아 놓든지 달리지[8] 않게 왜 옷을 여러 벌 사다 놓지 못하느냐? 또 젖은 옷도 썩을 새 없이 말릴 만한 그런 설비 완전한 집을 왜 지어 놓지 못하느냐? 그러고도 큰소리만 탕탕하고 앉았는 건 남편이나 아비 된 자로서 무슨 몰상식, 무책임한 짓이냐 하고 우리집 경제적 설비의 불완전한 점은 모조리 외고 있었던 것처럼 지적해 가면서 특히 '왜 못 하느냐'에 강한 악센트를 내 가며 나의 무능을 힐책하는 것이었다.

이런 경우에 나의 말막음은 역시 태연한 것으로

"또 이건 무슨 약속 위반이야? 혼인하기 전에 물질적으로는 어떤 곤

4 未嘗不. 아닌 게 아니라. 정말.
5 이태준의 큰딸 이소명(李小明, 1931-?).
6 '더럽혀'의 방언.
7 '시끄러우니까'의 방언.
8 모자라지.

란이 있든지 불평하지 않기로 약속한 건 누구야?"

그래도 저쪽에서 나오는 말이 많으면 최후로는

"그럼 마음대로 해 봐."

이다. 이 마음대로 해 보라는 말은 가장 함축이 많은 술어(術語)로서 저쪽에서 듣고만 있지 않고

"마음대로 어떻게 하란 말야?"

하고 해석을 요구하는 경우에는 얼마든지 폭탄적 선언으로 설명을 들려줄 수 있는 것이니 아내의 비위를 초점적으로 건드리는 데는 가장 효과 있는 말이 된다.

어제는 이 술어를 설명하는 데까지 이르렀더니 아내의 골은, 밤 잔 원수가 없다[9]는 말은 아무 의미도 없게, 아침까지 풀리지 않은 모양이었다.

비는 어쩌면 그칠 듯하다. 나는 마루 밑에서 구두를 꺼냈다. 안팎으로 곰팡이가 파랗게 피었다.

"여보."

나는 엊저녁 이래 처음으로 의논성스럽게[10] 아내를 불러 본다.

아내는 힐끗 보기만 한다.

"여보."

"부르지 않군 말 못 하나."

"곰팡이가 식물이든가? 동물이든가?"

"승겁긴…."

나는 사실 가끔 싱겁다.

오래간만에 넥타이를 매느라고 거울을 들여다보았더니 수염이 마당의

9 '밤 잔 원수 없고 날 샌 은혜 없다'는 속담으로, 타인에게 진 신세나 은혜는 물론, 복수해야 할 원한도 때가 지나면 잊게 된다는 말.

10 議論性---. 의논을 하는 것처럼 온화하게.

잡초와 함께 무성하다.

'면도를 하구 나가?'

면도칼을 꺼내 보니 녹이 슬었다. 여럿이 쓰는 물건 같으면 또 남을 탓했을는지 모르나, 나 혼자밖에 쓰는 사람이 없는 면도칼이라, 녹이 슨 것은 틀림없이 내가 물기를 잘 닦지 못하고 둔 때문이다. 녹을 벗기려면 한참 갈아야 되겠다. 물을 떠오너라, 비누를 좀 내다 다우, 다 귀찮은 노릇이다. 링컨과 같은 구레나룻을 가진 이상(李箱)[11]의 생각이 난다. 사내 얼굴에는 수염이 좀 거칠어서 야성미를 띠어 보는 것도 좋은 화장일지 모른다. 그러나 내 수염은 좀 빈약하다. 사진을 보면 우리 아버지는 꽤 긴 구레나룻이셨는데 아버지는 나에게 그것을 물리지 않으셨다.

아직 열한점, 그러나 낙랑(樂浪)[12]이나 명치제과(明治製菓)[13]쯤 가면, 사무적 소속을 갖지 않은 이상이나 구보(仇甫)[14] 같은 이는 혹 나보다 더 무성한 수염으로 커피잔을 앞에 놓고, 무료히 앉았을는지도 모른다. 그러다가 내가 들어서면 마치 나를 기다리기나 하고 있었던 것처럼 반가이 맞아 줄는지도 모른다. 그리고 요즘 자기들이 읽은 작품 중에서 어느 하나를 나에게 읽기를 권하는 것을 비롯하여 나의 곰팡이 슨 창작욕을 자극해 주는 이야기까지 해 줄는지도 모른다.

나는 집을 나선다. 포도원 앞쯤 나려오면 늘 나는 생각, '뻐스가 이 돌다리까지 들어왔으면'을 오늘도 잊어버리지 않고 하면서 개울물을 나려다본다. 여러 날째 씻겨 나려간 개울이라 양치질을 하여도 좋게 물이 맑다. 한 아낙네가 지나면서

"빨래하기 좋겠다!"

11 시인, 소설가로 본명은 김해경(金海卿, 1910-1937).
12 낙랑파라(樂浪 Parlor). 1931년 이순석이 소공동에 개업한 다방으로, 아래층은 찻집, 위층은 아틀리에로 사용했다.
13 일본의 유명한 과자점의 경성 분점으로, 명과(明菓)라고 불렸다.
14 소설가 박태원(朴泰遠, 1910-1986)의 호.

하였다.

이런 맑은 물을 보면 으레 '빨래하기 좋겠다!'나 느낄 줄 아는, 조선 여성들의 불우한 풍속을 슬퍼한다.

푸른 하늘은 한 군데도 보이지 않는다. 고개에 올라서니 하늘은 더욱 낮아진다. 곰보네 가게는 유리창도 열어 놓지 않았고, 세월 잃은 아스꾸리[15] 통은 교통방해가 되리만치 길가에 나와 넘어졌다.

"저따위가 누굴 속이긴… 내가 초약[16]이 되는 거야. 이리 내애…."

열두어 살밖에 안 된 계집애 목소리 같은 곰보 아내의 날카로운 소리다. 나는 곰보가게라고 하지만 다른 사람들은 흔히 안주인을 표준으로 곱추가게라고 한다. 얼굴은 늘 회충을 연상하게 창백한데, 좀 모두가 소규모여서 그렇지, 그만하면 이쁘다고 할 수 있는 눈이요, 코요, 입을 가지어서 곱추만 아니었다면 곰보로는 을러 보지도 못할 미인이다. 병신이 되었기 때문에 할 수 없이 이 고갯마루 턱에다 빙수가게나 내고 앉았는 곰보에게 온 모양으로, 속으로는 남편을 늘 네까짓 것 하는 자존심이 떠나지 않는 모양이었다. 가끔 지나는 귓결에 들어 보아도 색시는 그 패이다[17] 만 앳된 목소리로 남편에게 '저따위가' 어쩐다는 소리를 잘 썼다. 그러면 아내와는 아주 딴판으로 검고 우악스럽게 생긴 남편은 '요것이…' 하고 눈을 히뜩거리며 쫓아가 어디를 쥐는지 '아야얏' 소리가 반은 비명이요, 반은 앙탈이게 멀리 지난 뒤에도 들리는 것이었다. 사내는 그 가냘픈, 그리고 방아깨비 다리처럼 꺾어진 색시에게 비겨, 너무나 우람스럽게 튼튼하다. 어떤 날 보면 보성학교[18] 밑에서부터 고갯마루 턱 저희 가게 앞까지 사이다니 바나나니를 한짐이나 되게 장 본 것을 실은 자

15 '아이스크림'의 일본식 발음.

16 草約. 화투놀이에서 난초 넉 장을 갖추었을 때 이루는 약(約).

17 목소리가 굵어지다가. 패다.

18 普成學校. 현재 보성중고등학교의 전신으로, 당시는 혜화동에서 성북동 넘어가는 고개에 있었다.

전차를, 사뭇 탄 채로 올라오는 것이었다. 그런 장정에게 한번 아스러지게 잡히고 앙탈스런 비명을 내이는 것도, 그 색시로서는 은연히 탐내는 향락의 하나일지도 모른다. 비는 오고 물건은 팔리지 않고 먹을 것은 달린다 하더라도 남편과 단 둘이 들어앉아 약이니 띠니 하고 무슨 내기였던지 화투장이나 제끼는 재미도, 어찌 생각하면 걱정거리 많은 이 세상에서 택함을 받은 생활일지도 모른다.

비는 다시 뿌린다. 남산은 뽀얗게 운무 속에 들어 있다. 고개는 올라올 때보다도 나려갈 때가 더 무엇을 생각하며 걷기에 좋다.

얼굴 얽은[19] 이와 등 곱은 이의 부처(夫妻), 저희끼리 '난 곰보니 넌 곱추라도 좋다' '난 곱추니 넌 곰보라도 좋다' 하고 손을 맞잡았을 리는 없을 것이요 누구라도 새에 들어서서, 그러나 한쪽에 가서는 신랑이 곰보라는 말을 반드시 하였을 것이요, 또 한쪽에 가서는 신부가 곱추라는 것을 반드시 이야기하고서야 되었을 것이다.

'자기와 혼인하려는 처녀가 곱추라는 말을 들었을 때, 그 총각의 심경은 어떠하였을 것인가?'

나는 생각하기에도 괴롭다.

아직도 고개는 더 나려가야 한다.

'우리 부처는 어떻게 되어 혼인이 되었더라?'

나는 우리 자신의 과거를 추억해 본다. 나는 강원도, 아내는 황해도, 내가 스물여섯이 되도록, 한 번도 본 적도 없고 들은 적도 없었다. 다만 인연이란 내가 잘 아는 조 양이(지금은 그도 여사이나) 내 아내와도 친한 동무였다. 그렇다고 처음부터 조 양 때문에 우연히 서로 보고 로맨스가 일어난 것도 아니었다. 혹 그런 기회가 있었더라도 나면 모르나, 내 아내란 위인이 결코 로맨스의 여왕이 될 소질은 피천[20] 한 푼 어치도 없

19 마맛자국 난.
20 매우 적은 액수의 돈.

는 사람이다. 애초부터 결혼을 문제 삼아 가지고 조 양이 우리 두 사람을 맞대 놓았다. 조 양은 저쪽에다 나를 무엇이라고 소개했는지는 모르지만 나한테다는

"첫째 가정이 점잖고, 고생은 못 해 봤으나 무어든 처지대로 감당해 나갈 만한 타협심이 있고, 신여성이라도 모던과는 반대요, 음악을 전공하나 무대에 야심이 있는 것이 아니라 취미에 그칠 뿐이요 인물은 미인은 아니나 보시면 서로 만족하실 줄 압니다."

하였다. 나는 곧 만날 기회를 청했었다. 조 양은 이내 그런 기회를 주선해 주었다. 나는 이발을 하고 양복에 먼지를 털어 입고 구두를 닦아 신고 갔었다. 내가 보기만 하는 것이 아니라 나도 뵈키는 터이라 얼떨떨하여서 테이블만 굽어보고 있었으나, 대체로 그가 다혈질이 아닌 것과 겸손해 뵈는 것과 좀 수줍은 티가 있는 것과 얼굴이 구조무자[21] 형(型)인데 마음에 싫지 않았다.

'그러나 결혼엔 사랑이 있어야 한다는데, 사랑을 언제 해 가지고 결혼에 도달할 건가? 이렇게 미리부터 결혼을 조건으로 하고 만나는 데는 순수한 사랑이 얼크러질 리가 없다. 이건, 아무리 서로 마음에 들어 활동사진에 나오는 것 같은 러브신을 가져 본다 하더라도 어데까지 결혼하기 위한 선보기의 발전이지 로맨스일 리는 없다….'

나는 차라리 만나 본 것을 후회하였다. 다만 조 양을 그의 인격으로나 교양으로나 우정으로나 모든 것을 믿는 만큼, 모든 것을 맡겨 버리고 서로 미지의 인(人)인대로 약혼이 되게 하였다면, 그랬다면 그 혼인식장에 가서나 아내의 얼굴을 처음으로 대하는, 그 고전적인, 어리숙한 흥미란, 얼마나 구수한 것이었으랴. 나는 그렇게 못한 것을 지금까지도 후회하거니와 나는 이왕 만나 본 김에야 좀 더 사귀어 볼 필요가 있다 하고, 한

21 구조 다케코(九條武子, 1887-1928). 일본의 교육자, 가인(歌人), 사회운동가. 다이쇼 시대를 상징하는 미인으로 꼽힘.

번 같이 산보할 기회를 청해 보았다. 저쪽에서 답이 오기를 자기도 그렇게 하고 싶다고 하였고, 토요일 오후에는 두시서부터 다섯시까지, 세 시간 동안은 학교에서 나가 있을 수 있는데, 무슨 공원이나 극장 같은, 번잡한 데는 싫다고 하였다.

나는 그때, 서대문턱 전차 정류장에서 그를 만나 가지고 어데로 걸어야 좋을지 몰랐다.

"어느 쪽으로 걸을까요?"

"전 몰라요."

하고 그는 붉어진 얼굴로 주위를 둘러보았다. 그는 동무나 선생을 만날까 봐 얼른 그 자리를 떠나자는 눈치였다.

"이 성 밑으로 올라갈까요?"

그는 잠자코 걷기 시작했다. 한참 올라가다가

"그럼 이 산 위로 올라가 볼까요?"

하고 향촌동[22] 위를 가리켰더니

"거긴 동무들이 산보 잘 오는 데에요."

하였다. 할 수 없이 나는 중학 때 원족(遠足)[23]으로 진관사(津寬寺) 가던 길을 생각하였다. 서대문형무소 앞을 지나 무학재[24]를 넘어서면 저 세검정(洗劍亭)에서 나려오는 개천이 모래도 곱고, 물도 맑았다. 철도 그때와 같이 가을이라 곡식 익는 향기와 들국화와 맑은 하늘과 새하얀 모새길이 곧 우리를 반길 것만 같았다. 그래서 먼지가 발을 덮는 서대문형무소 앞을 참고 걸어서 무학재를 넘어섰다. 고개만 넘어서면 곧 길이 맑고 수정 같은 개천이 흐르리라고 믿었던 것은 나의 착각이었다. 얼마를 걸어도 먼지만 풀석풀석 일어난다. 거름마차만 그 코를 찌르는 냄새에다 먼지를 일으키며 지나간다. 자동차나 한번 지나면 한참씩 눈도 뜰 수가

22 서울 종로구 행촌동.
23 소풍.
24 무악재. 서울 서대문구 현저동과 홍제동 사이의 고개.

없고 숨도 쉴 수가 없다. 벌써 한 시간이나 거의 소비했다. 조용한 말이라고는 한마디도 못 해 보았다. 그 세검정서 나려오는 개천은 여간 더 멀리 걷기 전에는 만날 것 같지도 않았다. 햇볕은 제일 뜨거운 각도로 우리를 쏘았다. 나는 산을 둘러보았다. 이글이글 단 바위뿐이다. 그러나 산으로나 올라가 앉을 자리를 찾는 수밖에 없었다. 산은 나무가 좀 있는 데를 찾아가니 맨 새빨갛게 송충이 먹은 소나무뿐이었다. 그리고 좀 응달이 진 데를 찾아가 앉으니, 실오리만 한 물줄기에는 빨래꾼들이 천렵[25]이나 하듯 법석이었다. 빨랫방망이들 소리에 우리는 여간 크게 발음을 하지 않고는 서로 알아들을 수가 없었다.

아내는 성북동으로 처음 나와 볼 때, 왜 그때 이렇게 산보하기 좋은 데를 몰랐느냐고 나를 비웃었고, 소설을 쓰되 연애소설은 쓸 자격이 없겠다 하였다. 나의 변명은 그때 우리는 연애가 아니었다는 것이다.

그런 소리를 하면 아내는 실쭉해져서

"그럼 한이 풀리게 연애를 한번 해 보구려."

하는 것이다.

아닌 게 아니라 가끔 연애욕이 일어난다. 이것은 누구에게나 영원한 식욕일지도 모른다. 또 얼마를 해 보든지 늘 새로운 것이어서 포만될 줄 모르는 것도 이것일지 모른다.

버스는 오늘도 놀리고 간다. 우산을 접으며 뛰어가려니까 스타트해 버린다. 나는 굳이 버스의 뒤를 보지 않으려, 그 얄미운 버스 뒤에다 광고를 낸 어떤 상품의 이름 하나를 기억해야 할 의무를 가지지 않으려 다른 데로 눈을 피한다.

벌써 삼 년째 거의 날마다 집을 나와서는 으레 버스를 타지만, 뛰어오거나 와서 기다리거나 하지 않고 오는 그대로 와서, 척 올라탈 수 있게,

25 川獵. 냇물에서 하는 고기잡이.

그렇게 버스와 알맞치 만나 본 적은 한 번도 없다. 그 여러 백 번에 한두 번쯤은 그런 경우가 있는 편이 도리어 자연스러운 일일 것 같은데 아직 한 번도 그 자연은 오지 않는다.

'그러나 어디로 먼저 갈까?'

나는 한참 생각하다가 어느 편으로고 먼저 오는 버스를 타기로 한다. 총독부행(總督府行)이 먼저 온다. 꽤 고물이 된 자동차다. 억지로 비비고 운전수 뒷자리에 앉았더니 기계에 기름도 치지 않았는지 차를 정지시킬 때와 스타트시킬 때마다 무엇인지 불부삽[26]자루만 한 것을 잡아다렸다 밀었다 하는데 그놈이 귀가 찢어지게 삐익삐익 소리를 낸다. 그러나 이 총독부행의 코스를 탈 때마다 불쾌한 것은 돈화문(敦化門) 정류장을 거쳐야 하는 데 있다. 거기 가서는 감독이 꼭 가래야만 차가 움직이는데 감독의 심사는 열 번에 한 번도 차를 곧 떠나게 하는 적은 없다. 차 안에 모든 눈이 '이 자식아 얼른 가라구 해라' 하는 듯이 쏘아보기를, 어떤 때는 목욕탕에 들어앉았을 때처럼 '하나 두울…' 하고 수를 헤어[27] 보면, 무릇 칠십 팔십까지 헤도록 해야 가라고 하는 것이다. 그나 그뿐이 아니라 뻔쩍하면 앞차로 갈아타라 뒷차로 갈아타라 해서, 어떤 신경질 승객에게서는 '바가야로[28]' 소리가 절로 나오게 되는데 제일에 나 같은 키 큰 승객이 욕을 보는 것은 기껏 자리를 잡고 앉았다가 앉을 자리는 벌써 다 앉아 버린, 다른 차로 가서 목을 펴지 못하고 억지로 바깥을 내다보는 체하며 서서 가야 하는 것이다.

"망할 자식, 무슨 심사루 차를 이렇게 오래 세워 둬."

또

"저 자식은 밤낮 앞차로 갈아타라고만 하더라, 빌어먹을 자식…."

하고 욕이 절로 나오지만, 생각해 보면 그 감독이란 친구도 고의로 그러

26 아궁이나 화로의 재를 치거나 옮길 때 쓰는 삽. 부삽.
27 '세어'의 방언.
28 '바보 자식'을 뜻하는 일본말.

는 것은 아닐 뿐 아니라 승객 일반을 위해서는 그런 조절, 정리가 필요할 것은 무론이다.

그러나 이런 사회학적 사고(思考)는 나중 문제요 먼저는 모다 저 갈 길부터 바빠서 욕하고 눈을 흘기고 하는 것이 보통이니, 이것은 조선 사회에 아직 나 같은 공덕교양(公德教養)이 부족한 분자가 많기 때문인지는 몰라도 아무튼 버스 감독이란 것도 형사나 세관리(稅關吏)만 못하지 않게 친화력과는 담 쌓은 직업이다.

오늘도 다행히 차는 바꿔 타란 말이 없었으나 헤기만 했으면 아마 일흔은 헤었을 듯해서야 차가 움직이었다.

안국동(安國洞)서 전차로 갈아탔다. 안국정(安國町)이지만 아직 안국동이래야 말이 되는 것 같다. 이 동(洞)이나 리(里)를 깡그리 정화(町化)[29]시킨 데 대해서는 적지 않은 불평을 품는다. 그렇게 비즈니스의 능률만 본위로 문화를 통제하는 것은 그릇된 나치스의 수입이다. 더구나 우리 성북동을 성북정이라 불러 보면 '이 주사'라고 불러야 할 어른을 '리상'이라고 남실거리는[30] 격이다. 이러다가는 몇 해 후에는 이가니 김가니 박가니 정가니 무슨 가니가 모다 어수선스럽다고 시민의 성명까지도 무슨 방법으로든지 통제할는지도 모른다.

모든 것에 있어 개성(個性)을 살벌하는 문화는 고급한 문화는 아닐 게다.

"조선중앙일보사 앞이오."

하는 바람에 종로까지 다 가지 않고 나린다. 일 년이나 자리 하나를 가지고 앉았던 데라 들어가면 일은 없더라도, 인전 하품 소리만큼도 의의가 없는 '재미 좋으십니까?' 소리밖에는 주고받을 것이 없더라도, 종로 일대에서는 가장 아는 사람이 많이 모여 있는 곳이라 과히 바쁘지 않으

29 전통적인 행정구역 명칭인 '동'이나 '리'를 일본식 명칭인 '정(町, 마치)'으로 바꾸는 것.
30 입을 가볍게 놀리는.

면 으레 한 번씩 들러 보는 것이 나의 풍속이다.

그러나 들어가서는 늘 싱거움을 느낀다. 나도 전에 그랬지만 손목만 한번 잡아 볼 뿐, 그리고 옆에 의자가 있으면 앉으라고 권해 볼 뿐, 저희 쓰던 것을 수긋하고 써야만 한다. 나의 말대답을 하다가도 전화를 받아야 한다. 손은 나와 잡고도

"얘! 광고 몇 단인가 알아봐라."

소리를 급사에게 질러야 한다. 선미(禪味)[31] 다분한 여수(麗水)[32]가 사회부장 자리에서 강도나 강간 기사 제목에 눈살을 찌푸리고 앉았는 것은 아무리 보아도 비극이다. 『동아』에선 빙허(憑虛)[33]가 또 그 자리에서 썩는 지 오래다. 수주(樹洲)[34] 같은 이가 부인잡지에서 세월을 보내게 한다.

"이렇게까지들 사람을 모르나?"

좋게 말하자면 사원들의 재능을 만점으로 가장 효과적이게 착취할 줄들을 모른다. 내가 한번 신문, 잡지사의 주권자가 된다면, 인재 배치에만은 지금 어느 그들보다 우월하겠다는 자신에서 공연히 썩는 이들을 위해, 또 그 잡지 그 신문을 위해 비분(悲憤)해 본다.

"왜 벌써 가시렵니까?"

"네."

나는 언제나 마찬가지로 동경(東京) 신문 몇 가지를 뒤적거리다가는 그들이 나의 친구가 되기에는 너무 시간들이 없는 것을 느끼고 서먹해 일어선다.

31 탈속한 취미.
32 시인, 평론가 박팔양(朴八陽, 1905-1988)의 필명. 당시 『조선중앙일보』 사회부장으로 있었다.
33 소설가 현진건(玄鎭健, 1900-1943)의 호. 당시 『동아일보』 사회부장으로 있었다.
34 시인, 영문학자 변영로(卞榮魯, 1898-1961)의 호. 당시 『신가정(新家庭)』의 편집인으로 있었다.

"거 소설 좀 몇 회 치씩 밀리게 해 주십시오."[35]

"네."

대답은 한결같이 시원하다. 그러나 미리는 안 써지고 쓸 재미도 없다. 이것은 참말 수술이라도 해야 할 악습(惡習)이다. 이러고 언제 신문소설이 아닌 본격 장편을 한 편이라도 써 보나 생각하면 병신처럼 슬퍼진다.

출판부로 나려와 본다. 여기 친구들도 바쁘다. 돌리는 의자를 끝까지 치켜올리고는 그 위에서도 양말을 벗어 내던진 발로 뒤를 보듯 쪼크리고 앉아 팔을 걷고 한 손으로는 담뱃재를 툭툭 떨어 가면서, 한 손으로는 박짝박짝 철필[36]을 긁어 나려가는, 아명(兒名) 신복(信福)[37] 씨는 바쁜 사람 모양의 전형일 것이다.

"원고 써 주서서 감사합니다."

"웬 원고는요?"

난 몇 번 부탁은 받았으나 아직 써 보낸 것은 하나도 없다고 기억된다.

"인제 써 주시면 감사하겠단 말씀이죠."

하고, 역시 여기서 '간즈메[38]'가 되어 있는 윤(尹) 동요작가[39]가 해설해 준다.

"그럼 인제 써 드리리다."

하였더니 그 말이 떨어지기 바쁘게 신복 씨는 의자를 뱅그르르 돌리며 나려서더니 원고지와 펜을 갖다 놓는다.

"수필 하나 써 주십시오."

"무슨 제목입니까?"

"'바다' 하나 써 주십시오."[40]

35 이때 상허는 소설 「황진이」를 『조선중앙일보』에 연재하고 있었다.
36 鐵筆. 등사지(謄寫紙)에 사용하는 송곳 모양의 필기구.
37 아동문학가, 출판인 최영주(崔泳柱, 1905-1945)의 본명.
38 '통조림'의 일본말로, 외부와 단절되어 갇혀 있는 상태를 뜻함.
39 아동문학가 윤석중(尹石重, 1911-2003).

나는 작문 한 시간을 하지 않으면 안 되게 되었다.

"바다!"

머얼리 쳐다보이는 것은 비에 젖은 북한산이다. 들리는 건 처마 물 떨어지는 소리와 공장에서 윤전기 돌아가는 소리다.

"바다!"

암만 바다를 불러 보아도 내가 그리려는 바다는 오백오십 리를 동으로 가야 나올 게다. 한 줄 쓰다 찍, 두 줄 쓰다 찍, 작문시간에 학생들에게 심히 굴지 말아야 할 것을 느낀다. 파리가 날아와 손등에 앉는다. 장마 파리는 구더기처럼 처끈처끈[41]하고 스멀거리는 감촉을 준다. 날려버리면 이내 또 그 자리에 와 앉는다. 이런 때 끈끈이를 손등에다 발랐으면 요 파리란 놈이 달라붙어 가지고 처음 날릴 때 멀리 달아나지 않은 것을 얼마나 후회할까 생각해 본다. 그러다 보니 '바다'를 써야 할 것을 한참이나 잊어버리고 있었다.

"이 선생님."

"네?"

"『조광(朝光)』 내월호(來月號) 어느 날 나오는지 아십니까?"

"모릅니다."

하고 가만히 생각해 보니 알더라도 모른다고 해야 할 대답이다. 신문들의 경쟁보다 잡지들의 경쟁은 표면화되어 있다. 『중앙』과 『조광』에 다 그만치 놀러 다니는 나를 이 두 군데서 다 이런 것을 묻기도 하는 반면 요시찰인(要視察人)시[42]할지도 모른다. 모른다가 아니라 그럴 줄 알아야 할 사실이다. 좀 불쾌하다. 또 깨달으니 '바다'를 한참이나 잊어버리고 있었다.

40 상허는 이때 쓴 수필 「바다」를 『중앙』 1936년 8월호에 발표하고, 수필집 『무서록』(1941)에 개고하여 수록한다.
41 (물기 있는 것이) 달라붙는 느낌.
42 감시해야 할 사람 취급.

말동무가 그립다. 조광사(朝光社)[43]에 들러 보고 싶은 생각도 난다. 그러나 들르나마나다. 뻔한 노릇이다. 노산(鷺山)[44]은 전화로 맞추고 가기 전에는 자리에 없기가 일쑤요, 일보(一步)[45]는 직접 편집에 양적(量的)으로 바쁜 이요, 석영(夕影)[46]은 삽화 그리기에 한참씩 눈을 찌푸리고 빈 종이만 나려다보아, 얼른 보기엔 한가한 듯하나 질적(質的)으로 바쁜 이다.

바로 낙랑으로 가니, 웬일인지 유성기[47] 소리가 나지 않는다. 그러나 문만 밀고 들어서면 누구나 한 사람쯤은 아는 얼굴이 앉았다가 반가이 눈짓을 해 줄 것만 같다. 긴장해 들어서서는 앉았는 사람부터 둘러보았다. 그러나 원체 손님도 적거니와 모다 나를 쳐다보고는 이내 시치미를 따고 돌려 버리는 얼굴뿐이다. 들어가 구석자리 하나를 차지하고 앉는다. 불쾌하다. 내가 들어설 때 쳐다보던 사람들은 모다 낙랑 때가 묻은 사람들이다. 인사는 서로 하지 않아도 낙랑에 오면 흔히는 만나는 얼굴들이다. 그런 정도로 아는 얼굴은 숫제 처음 보는 얼굴만 못한 것이 보통이다. 그런 얼굴들은 내가 들어서면, 나도 저이들에게 그런 경우에 그렇게 할 수 있듯이

'저자 또 오는군!'

하고 이유 없이 일종의 멸시에 가까운 감정을 가질 것과, 나아가서는

'저자는 무얼 해 먹고살길래 벌써부터 찻집 출근이람?'

하고 자기보다는 결코 높지 못한 아무 걸로나 평가해 볼 것에 미쳐서는 여간 불쾌하지 않다.

커피 한 잔을 달래 놓았으나 컵에 군물이 도는[48] 것이 구미가 당기지

43 조선일보사 출판부. 월간 종합지 『조광』을 발행했으며, 함대훈, 김내성, 이은상, 안석주 등이 편집인으로 있었다.

44 시조작가, 사학자 이은상(李殷相, 1903-1982)의 호.

45 신극운동가, 소설가, 번역가 함대훈(咸大勳, 1906-1949)의 호.

46 삽화가, 문필가, 영화인 안석주(安碩柱, 1901-1950)의 호.

47 留聲機. 축음기.

않는다. 그 원료에서부터 조리에까지 좀 학적(學的) 양심을 가지고 끓여 논 커피를 마셔 봤으면 싶다. 그러면서 화제 없는 이야기도 실컷 지껄여 보고 싶다.

나는 심부름하는 애를 불렀다.

"너 이층에 올라가 주인 좀 내려오래라."

"아직 안 일어나셨나 분데요."

"지금 몇 신데 가서 깨워라."

"누구시라고 여쭐까요?"

"글쎄 그냥 가 깨워라 괜찮다."

하고 우기니깐야 그 애는 올라간다.

주인은 나와 동경 시대에 사귄 '눈물의 기사' 이 군[49]이다. 눈물에 천재가 있어 공연한 일에도

"아하!"

하고 감탄만 한번 하면 곧 눈에는 눈물이 차 버리는 친구로 밤낮 찻집에 다니기를 좋아하더니 나와서도 화신상회에서 꽤 고급(高給)[50]을 주는 것도 미술가를 이해해 주지 못한다는 불평으로 이내 그만두고 이 낙랑을 차려 놓은 것이다.

그는 나를 만나면, 늘 조용히 하고 싶은 말이 있노라 했다. 한번은 밤에 들렀더니 이층에 있는 자기의 방으로 끌고 가서, 자기가 연애를 하는 중이라고 말하였다. 상대자는 서울 청년들이 누구나 우러러보지 않는 사람이 없는, 평판 높은 미인인데, 그 모다 쳐다만 보는 높은 들창의 열쇠를 차지한 행운의 사나이는 자기란 것과, 그렇게 되기 위해서는 열몇 달이라는 시일을 두고 이 낙랑의 수입을 온통 걸어 가면서 뭇 사나이의

48 물이 잘 섞이지 않고 위에 따로 도는.

49 이순석(李順石, 1905-1986). 공예가, 디자인교육자로, 도쿄 우에노미술학교 도안과를 졸업했다.

50 높은 급여.

마수를 막아 가던 이야기를 눈물이 글썽글썽해서 하였다. 그러고는

"자네 알다시피 내겐 처자식이 있지 않나? 이를 어쩌면 좋은가?"

하고 그것을 좀 속시원하게 말해 달라 하였다. 나는 오래 생각할 것도 없이 만일 내 자신에게 그런 경우가 생기어도 그렇게밖에는 할 도리가 없기 때문에

"단념해 보게."

하였다.

"어느 편을?"

하고 그의 눈은 최대한도의 시력을 내었다.

"연인을."

하니

"건 죽어도…."

하였다.

"그럼 연애를 그대로 하게나."

하였더니

"아낸 그냥 두구 말이지?"

한다.

"그럼, 몰래 하는 연애까지야 아내가 간섭 못 할 것 아닌가? 결혼을 할 작정이면 몰라도…. 자네 결혼까지 하고 싶은가?"

하였더니

"그럼… 그럼…."

하고 그는 고개를 숙이었다. 나는

"죽어도 단념할 수는 없다니 자네 나갈 탓이지 제삼자가 뭐라고 용훼[51]하나?"

하고 물러앉으려 하였더니 그는 내 손을 덤뻑 잡고

51 容喙. 말참견을 함.

"아직 우린 순결하네. 끝까지 정신적으로만 사랑해 나갈 순 없을까?"
묻는 것이었다.

"그건 참 단념하는 것만은 못하나 좋은 이상이긴 하네."
하였더니 그는

"이상이라? 그럼 불가능하리란 말일세그려?"
했다. 그리고 그 여자의 초상화 그린 것을 내다보이며

"미인 아닌가?"
하면서 울었다.

그 뒤 얼마 만에 만났더니 그는 얼굴이 몹시 상했고 한편 손 무명지를 붕대로 칭칭 감고 있었다. 왜 그러냐 물었더니

"생인손[52]을 앓아 짤라 버렸네."
하는데 그 대답이 퍽 부자연스러웠다. 나는 감격성 많고 선량한 그가 그 연애사건으로 말미암아 단지(斷脂)한 것임을 직각하였으나 여럿이 있는 데서라 다시 묻지는 못하였는데 영업이 잘 되지 않아 낙랑도 팔아 버리고 동경으로나 다시 가 바람을 쐬겠다고 하면서 낙랑 인계할 만한 사람이 있거든 한 사람 소개해 달라고 하는 양이 여러 가지 비관이 있는 모양이었다. 그 뒤로는 다시 못 만났는데 심부름하는 아이는 한참 만에 나려오더니

"주인 선생님이 일어나섰는데 어디루 나가섰나 봐요. 아마 댁으로 진지 잡수러 가섰나 봐요."
하는 것이다.

"집에? 집에 가 잡숫니 늘?"

"어쩌다 조선 음식 잡숫고 싶으면 가시나 봐요."
한다. 구보도 이상도 나타나지 않는다. 비는 한결같이 구질구질 나린다. 유성기 소리가 나기 시작한다. 누구든지 한 사람 기어이 만나 보고만 싶

52 손가락 끝에 종기가 나서 곪는 병.

다. 대판옥(大阪屋)[53]이나 일한서방(日韓書房)[54]쯤 가면 어쩌면 월파(月坡)[55]나 일석(一石)[56]을 만날지도 모른다.

'친구?'

나는 이것을 생각하며 낙랑을 나서 비 나리는 포도(鋪道)를 걷는다. 낙랑의 이 군만 해도 서로 친구라고 부르는 사이다. 그러나 그가 그의 집으로 갔나 보다고 할 때, 나는 그의 집안을 상상하기에 너무나 막연하다. 그의 어머니는 어떤 부인이요 아버지는 어떤 양반이요 대체 이 군은 어디서 났으며 소학교는 어디를 다녔으며 어릴 때의 그는 어떤 아이였더랬나? 나는 깜깜이다. 그가 만일 친상을 당했다 하더라도 나는 어떤 노인이 죽은 것을 의미하는 것인지 막연할 것이다. 그의 조상에는 어떤 사람이 났었나, 그의 어린애들은 어떻게 생긴 아이들인가, 모다 깜깜하다.

'이러고도 친구 간인가? 친구라 할 수 있는 것인가?'

생각이 들어간다. 생각해 보면 오늘 만나 본 중앙일보사의 모든 사람들, 또 지금부터 만났으면 하는 구보나 이상이나 월파나 일석이나 모다 안 그런 친구는 하나도 없지 않은가? 모다 한 신문사에 있었으니깐 알았고 한 학교에 있으니깐 알았고[57] 한 구인회원이니깐 안 것[58]뿐이 아닌가? 직업적으로, 사무적으로, 자주 만나니까 인사하고 자주 인사하니까 손도 잡고 흔들게 되고 하는 것뿐이지 더 무슨 애틋한, 그리워해야 할 인연이나 정분이 어데 있단 말인가? '친구 간에 어쩌고 어쩌고…' 하는 말이 모다 쑥스럽지 않은가? 그러자 나는 몇 어렸을 때 친구 생각이 난다.

용기, 흥봉이, 학순이, 봉성이…. 그들은 정말 친구라 할 수 있을까?

53 대판옥호서점(大阪屋號書店). 일제강점기 충무로에 있던 서점.
54 일제강점기 충무로에 있던 서점.
55 시인, 영문학자 김상용(金尙鎔, 1902-1951)의 호.
56 국어학자 이희승(李熙昇, 1896-1989)의 호.
57 상허가 이화전문(梨花專門)에서 강의할 때 김상용, 이희승을 알게 된 일.
58 구인회(九人會)는 1933년 결성된 문학동인회로, 박태원, 이상이 동인으로 함께 있어 알게 된 일.

어려서 발가벗고 한 개울에서 헤엄을 치고 자랐다. 그래서 용기 다리에는 무슨 흠집이 있고 봉성이 잔등에는 기미가 몇인 것까지도 안다. 학순이는 대운동회 때, 나와 이인삼각(二人三脚)의 짝이 되어 일등을 탄 다음부터 더 친하게 놀았다. 그들의 조부모는 어떤 사람들이고 부모는 어떤 사람들이고 죄 안다. 그들의 집안 풍경까지도 소상하다. 누구네 집 마당에는 수수배나무가 서고, 누구네 집 뒷동산에는 밀살구나무가 선 것까지도….

'참! 지난봄에 학순에게서 편지 온 걸….'

나는 아직 답장을 해 주지 못한 것을 깨닫는다. 몇 가지 부탁이 있은 것까지 모른 체해 버리고 만 것이 생각난다. 그때 즉시 답장을 하지 못한 것은 바빠서라기보다 그냥 모른 척해 버리고 싶었기 때문이다. 그의 편지 사연은 지금도 기억할 수 있다.

> 어느 잡지책에선가 보니 자네가 『달밤』이란 소설책을 냈데그려. 이 사람 내가 얘기책 좋아하는 줄 번연히 알면서 어째문 그거 한 권 안 보내 준단 말인가? 그런데 책 이름을 어째 그렇게 지었나? '추월색(秋月色)'이니 '강상명월(江上明月)'이니만치 운치가 없지 않은가? 그런데 내용은 물론 연애소설이겠지? 하여간 한번 읽어 보고 싶네. 부디 한 권 부쳐 주기 바라며 또 한 가지 부탁은 돈은 못 부치나 담배꽁댕이를 모아 담아 먹으려 하니 아조 죄꼬만 고불통[59] 물부리 하나만 사서 『달밤』과 함께 똘똘 말아 부쳐 주게. 야시(夜市)에 가면 십 전짜리 그런 고불통이 있다대….

소학교 이후 그는 농촌에만 묻혀 있으니 남의 창작집을 『추월색』[60] 따위 이야기책과 비겨 말하려는 것이 무리는 아니나 좀 불쾌하기도 하고

59 흙을 구워서 만든 담배통.

『달밤』을 보낸댔자 그의 기대에 맞을 리가 없을 것이 뻔하여 그 고불통까지도 잠자코 내버려뒀던 것이다.

나는 후회한다. 그가 알고 읽든, 모르고 읽든, 한 책 보내 주어야 할 정리에 쥐뿔같은 자존심만 내인 것을 후회한다.

나는 진고개로 들어서서 고불통 마도로스파이프[61]부터 눈여겨보았다. 하나도 십 전 급의 것은 없다. 모다 오륙 원 한다. 이런 것은 그에게 『달밤』이 맞지 않을 이상으로 당치 않을 것들이다.

대판옥 서점으로 들어섰다. 책을 보기 전에 사람부터 둘러보았으나 아는 이는 한 사람도 없다. 신간서도 변변한 것이 보이지 않는데 장마 때에 무슨 먼지가 앉았을라고 점원이 총채를 가지고 와 두드리기 시작한다. 쫓기어 나와 일한서방으로 가니 거기도 아는 얼굴은 하나도 없는 듯하였는데 그 아는 얼굴이 아니었던 속에서 한 사람이 번지르르한 레인코트를 털면서 내 앞으로 다가왔다.

"이 군 아냐?"

그의 목소리를 듣고 보니 전에 안경 안 썼던 때의 그의 얼굴이 차츰 떠올라 온다.

"강 군…."

나도 그의 성을 알아맞혔다. 중학 때 한 반이었던 사람이다. 그는 나의 손을 잡고, 흔들면 흔들수록 옛날 생각이 솟아나는 듯 자꾸 흔들기를 한참 하더니 나를 본정 그릴[62]로 다리고 간다. 클락[63]에 들어서 모자를 벗는 것을 보니 머리는 상고머리요 레인코트를 벗는 것을 보니 양복저고리 에리[64]에는 일장기 배지를 척 꽂았다. 테이블을 정하고 앉더니 그

60 최찬식(崔瓚植)이 1912년 회동서관에서 출간한 신소설.
61 담배통이 크고 뭉툭하며 대가 짧은 서양식 담뱃대.
62 본정(本町, 혼마치)은 충무로의 일제강점기 이름으로, '본정 그릴'이라는 양식집이 있었다.
63 영어 클락룸(cloakroom)의 준말. 외투나 소지품 보관소.
64 '옷깃', '칼라'의 일본말.

는 그 일장기 꽂힌 옷깃을 가다듬고

"그간 자네 가쓰야꾸부리[65]는 신문잡지에서 늘 봤지."

하였고 다음에는

"그래 돈 좀 잡았나?"

하는 것이다.

"돈?"

하고 나는 여러 가지 의미의 고소(苦笑)를 그에게 주었다. 그리고

"자넨 좀 붙들었나?"

물었더니

"글쎄 낚시는 몇 개 당거 놨네만…."

하고 맥주를 자꾸 먹으라고 권하더니 자기도 한 잔 들이켜고 나서는

"자네도 알겠지만 세상일이 다 낚시질이데그려. 알아듣겠나? 미끼가 든단 말일세, 허허…."

하고 선웃음을 치는 것이 여간 교젯속에 닮지 않았다.

"나 그간 저어 황해도 어느 해변에 가 간사지[66] 사업 좀 했네."

"간사지라니?"

나는 간사지가 무엇인지 모른다. 그는

"허 안방도련님일세그려."

하고 설명해 주는데 들으니 조수가 들락날락하는 넓은 벌판을 변두리를 막아 다시는 조수가 못 들어오게 하고 그 땅을 개간한다는 것이다.

"한 사오십 정보(町步)[67] 맨들어 놨네."

하더니 내가 그 사업의 가치를 잘 몰라주는 것이 딱한 듯

"잘 팔리면 오십만 원쯤은 무려할[68] 걸세. 난 본부에 들어가서두 막 뻗

65 '활약상'의 일본말.
66 간석지(干潟地). 갯벌.
67 땅 넓이의 단위. 일 정보는 약 삼천 평.
68 無慮-. 걱정 없을.

치네."
하는 것이다.

"본부라니?"

나는 간부(姦夫)와 대립되는 본부(本夫)는 아닐 줄 아나 그것도 무엇인지 몰랐다.

"허 이 사람 서울 헷 있네그려. 본불 몰라? 총독불!"

하고 사뭇 무안을 준다. 그리고 자기는 정무총감한테 가서도 하고픈 말은 다 한다고 하면서, 간사지란, 지도에도 바다로 들어가는 것인데 그것을 훌륭한 전답지로 만들어 놓았으니 국토를 늘려 논 셈 아닌가 하면서

"안 해 그렇지 군수 하나쯤이야 운동하면[69] 여반당[70]이지."

하고 보이를 크게 부르더니 날더러 뭘 점심으로 시켜 먹자고 한다. 런치를 시키더니

"여보게."

하고 목소리를 고친다.

"말하게."

"자네 여학교에 관계한다데그려?"

"좀 허지."

"나 장개 좀 들여 주게."

하고 또 선웃음을 친다.

몹시 불쾌하다. 점심만 시키지 않았으면 곧 일어나고 싶다.

"이 사람 친구 호사 한번 시키게나그려. 농담이 아니라 진담일세. 나 지금 독신일세."

나는 그에게 아직 미혼이냐 이혼이냐 상배를 당했느냐 아무것도 묻지 않았고 친구라는 말에만 정신이 번쩍 났다. 그는 역시 친구라는 말을

69 힘쓰면. 준비하면.
70 '여반장(如反掌)'의 방언. 손바닥 뒤집듯 일이 매우 쉬움.

태연히 쓴다.

"친구 간에 오래 격조했다 만났는데 어서 들게."

하고 맥주를 권하였고

"친구 간 아니면 갑자기 만나 이런 말 하겠나."

하고 트림을 한다.

런치가 나오기 시작한다. 나는 이 사람이 금세 '세상일은 다 낚시질이데그려' 하던 말을 잊을 수 없다. 이것도 그의 낚시질인지 모른다. 내가 미끼를 먹는 셈인지도 모른다.

"여잔 암만해두 인물부터 좀 있어야겠데… 자넨 어떻게 생각하나?"

나는 '옳지 낚시질 시작이로구나' 하고

"글쎄…."

하였을 뿐이다. 생각하면 낚시질이란 반드시 어부 편에만 이익이 돌아가는 것은 아니다. 고기가 미끼만 곧잘 따 먹어 셀 수도 없지는 않은 것이다. 그가 비싼 것을 시키는 대로, 그가 권하는 대로 내 양껏 잘 먹고 잘 소화해 볼 생각이 생긴다.

그는 나중에

"자넨 문학가니까 연애나 결혼이나 그런 방면에 나보다 대갈 줄 아네. 자네가 간택한 여자라면 난 무조건하고 복종할 테니 아예 농담으로 듣지만 말게…. 내 자랑 같네만 본부에 있는 친구들서껀, 참 자네 X사무관 아나?"

한다.

"알 택 있나."

"메칠 안 있으면 도지사 돼 나갈 걸세. 그런 사람들도 당당한 재산가 영양[71]들만 소개하지만 자네 소개가 원일세. 소설에 나오는 것 같은 쪽 뽑은 신여성 하나 천해 주게. 내 어려운 살림은 안 시킬 걸세."

71 令孃. 윗사람의 딸을 높여 부르는 말. 영애(令愛).

그리고

"친구 간이니 말일세만 독신 된 후론 자연 화류계 계집들과 상종이 되니 몸도 이전 괴롭고 첫째 살림 꼴이 되나 어디…."

하더니 명함 한 장을 꺼내 주고 서울 오면 교제상 어쩔 수 없어서 비전옥(備前屋)[72]에 들어 있으니 자주 통신을 달라 한다. 그리고 길에 나와 헤어져서 저만치 가다 말고 돌아서더니

"꼭 믿네."

하고 소리를 지르는 것이다.

그가 이제부터 또 누구에게 '낚시는 몇 개 당거 봤네만' 하는 말에는 오늘 나에게 런치 먹인 것도 들어갈는지도 모른다.

비는 그저 나린다. 못 먹는 맥주를 두어 고뿌[73]나 먹었더니 등어리가 후끈거린다. 이런 것이 다 나에게도 교젯속 공부일지 모른다.

지금쯤 아내는 골이 풀어졌을 듯도 하다. 그러나 내가 들어서면 또 절로 새침해질는지도 모른다.

'내 어려운 살림은 안 시킬 걸세.'

하던 강 군의 말이 잊혀지지 않는다.

'난 아내에게 어려운 살림을 시키는 남편이다!'

나는 낙랑 뒤를 돌아 중국 사람들의 거리로 들어섰다. 아내가 젖이 잘 나지 않던 어느 해다. 누가 중국 사람들이 먹는 도야지족을 사다 먹이라 하였다. 사다 먹여 보니 젖이 잘 나왔다. 여러 번 먹어 보더니 맛을 들여 젖은 안 먹이는 지금도 그것만 사다 주면 좋아한다. 나는 천증원(天增園)[74]에 들러 제일 큰 것으로 하나 샀다. 그리고 그길로는 한도(漢

72 소공동에 있던 일본 여관.
73 '잔'을 뜻하는 일본말. 네델란드어 'kop'에서 변한 말이다.
74 서울 태평로에 있던 중국요릿집.

圖)[75]로 갔다. 고불통은 다른 날 사 보내기로 하고 우선 『달밤』만 한 책을 학순에게 부치었다.

우리 성북동 쪽 산들은 그저 뽀얀 이슬비 속에 잠겨 있다.

병자(丙子), 8월 9일 송전(松田)에서.

『조광』, 1936. 10; 『가마귀』, 1937.

75 '한성도서주식회사(漢城圖書株式會社)'의 준말. 1920년 설립된 출판사로, 종로 견지동에 사무실이 있었다. 이태준의 책을 비롯해 많은 문학 책을 출간했다.

복덕방(福德房)

철썩, 앞집 판장[1] 밑에서 물 내버리는 소리가 났다. 주먹구구에 골독했던 안 초시[2]에게는 놀랄 만한 폭음이었던지, 다리 부러진 돋보기 너머로, 똑 멩이[3]를 쪼으려는 닭의 눈을 해 가지고 수챗구멍을 내다본다. 뿌연 뜨물에 휩쓸려 나오는 것이 여러 가지다. 호박 꼭지, 계란 껍질, 게피[4] 해 버린 녹두 껍질.

"녹두 빈자떡[5]을 부치는 게로군, 흥…."

한 오륙 년째 안 초시는 말끝마다 '젠장…'이 아니면 '흥!' 하는 코웃음을 잘 붙이었다.

"추석이 벌써 낼모레지! 젠장…."

안 초시는 저도 모르게 입맛을 다시었다. 기름내가 코에 풍기는 듯 대뜸 입안에 침이 흥건해지고 전에 괜찮게 지낼 때, 충치니 풍치니 하던 것은 거짓말이었던 것처럼 아래윗니가 송곳 끝같이 날카로워짐을 느끼었다.

안 초시는 그 날카로워진 이를 빈 입인 채 빠드득 소리가 나게 한번 물어 보고 고개를 들었다.

하늘은 천리같이 트였는데 조각구름들이 여기저기 널리었다. 어떤 구름은 깨끗이 바래[6] 말린 옥양목[7]처럼 흰빛이 눈이 부시다. 안 초시는

1 板墻. 널판장. 널빤지로 친 울타리.
2 初試. 유식한 양반을 높여 이르던 옛말.
3 '모이'의 방언.
4 '거피(去皮)'의 방언. 곡식의 껍질을 벗김.
5 빈대떡.
6 볕이나 약물로 빛깔을 희게 해.

이내 자기의 때 묻은 적삼 생각이 났다. 소매를 나려다보는 그의 얼굴은 날래 들리지 않는다. 거기는 한 조박[8]의 녹두 빈자나 한 잔의 약주로써 어쩌지 못할, 더 슬픔과 더 고적함이 품겨 있는 것 같았다.

혹혹 소매 끝을 불어 보고 손끝으로 튀겨 보기도 하다가 목침을 세우고 눕고 말았다.

"이사는 팔하고 사오는 이십이라 천이 되지…. 가만… 천이라? 사로 했으니 사천이라 사천 평… 매 평에 아주 줄여 잡아 오 환씩만 하게 돼두 사 환 칠십오 전씩이 남으니 그럼… 사사는 십육 일만육천 환하구…."

안 초시가 다시 주먹구구를 거듭해서 얻어낸 총액이 일만구천 원, 단 천 원만 들여도 일만구천 원이 되리라는 심속이니, 만 원만 들이면 그게 얼만가? 그는 벌떡 일어났다. 이마가 화끈했다. 도사렸던 무릎을 얼른 곧추세우고 뒤나 보려는 사람처럼 쪼크렸다. 마코[9] 갑이 번연히 빈 것인 줄 알면서도 다시 집어다 눌러 보았다. 주머니에는 단돈 십 전, 그도 안경다리를 고친다고 벌써 세번짼가 네번째 딸에게서 사오십 전씩 얻어 가지고는 번번이 담뱃값으로 다 내어보내고 말던 최후의 십 전, 안 초시는 주머니에 손을 넣어 그것을 집어내었다. 백통화 한 푼을 얹은 야윈 손바닥, 가만히 떨리었다. 서(徐) 참위(參尉)[10]의 투박한 손을 생각하면 너무나 얇고 잘망스러운[11] 손이거니 하였다. 그러나, 이따금 술잔은 얻어먹고, 이렇게 내 방처럼 그의 복덕방에서 잠까지 빌어 자건만 한 번도, 집 거간[12]이나 해 먹는 서 참위의 생활이 부럽지는 않았다. 그래도 언제든지 한 번쯤은 무슨 수가 생기어 다시 한번 내 집을 쓰게 되고, 내

7 玉洋木. 빛이 희고 발이 고운 무명.
8 '조각'의 방언.
9 일제강점기 담배 상표의 하나로, 값싼 담배에 속함.
10 대한제국 시기 위관(尉官) 계급 중 하나.
11 '잔망스러운'의 방언. 행동이나 모양새가 잘고 처신 없는.
12 居間. 사람들 사이에서 흥정을 붙임.

밥을 먹게 되고, 내 힘과 내 낯으로 다시 한번 세상에 부딪혀 보려니 민어졌다.

초시는 전에 어떤 관상쟁이의 '엄지손가락을 안으로 넣고 주먹을 쥐어야 재물이 나가지 않는다'는 말이 생각났다. 늘 그렇게 쥐노라고는 했지만 문득 생각이 나 나려다볼 때는, 으레 엄지손가락이 얄밉도록 밖으로만 쥐어져 있었다. 그래 드팀전[13]을 하다도 실패를 하였고, 그래 집까지 잡혀서 장전[14]을 내었다가도 그만 화재를 보았거니 하는 것이다.

"이놈의 엄지손가락아 안으로 좀 들어가아, 젠장."

하고 연습 삼아 엄지손가락을 먼저 안으로 넣고 아프도록 두 주먹을 꽉 쥐어 보았다. 그리고 당장 내어보낼 돈이면서도 그 십 전짜리를 그렇게 쥔 주먹에 단단히 넣고 담배 가게로 나갔다.

이 복덕방에는 흔히 세 늙은이가 모이었다.

언제, 누가 와, 집 보러 가잘지 몰라, 늘 갓을 쓰고 앉아서 행길을 잘 내다보는, 얼굴 붉고 눈방울 큰 노인은 주인 서 참위다. 참위로 다니다가 합병 후에는 다섯 해를 놀면서 시기를 엿보았으나 별수가 없을 것 같아서 이럭저럭 심심파적으로 갖게 된 것이 이 가옥중개업이었다. 처음에는 겨우 굶지 않을 만한 수입이었으나 대정[15] 팔구년 이후로는 시골 부자들이 세금에 몰려, 혹은 자녀들의 교육을 위해 서울로만 몰려들고, 그런 데다 돈은 흔해져서 관철동(貫鐵洞), 다옥정(茶屋町) 같은 중앙지대에는 그리 고옥만 아니면 만 원대를 예사로 훌훌 넘었다. 그 판에 봄 가을로 어떤 달에는 삼사백 원 수입이 있어, 그러기를 몇 해를 지나 가회동(嘉會洞)에 수십 칸 집을 세웠고 또 몇 해 지나지 않아서는 창동(倉洞) 근처에 땅을 장만하기 시작하였다. 지금은 중개업자도 많이 늘었고

13 여러 가지 옷감이나 천을 팔던 가게.
14 欌廛. 장롱을 만들어 파는 가게.
15 일본 다이쇼(大正) 천황 시대(1912-1926)의 연호로, 대정 8-9년은 1919-1920년.

건양사(建陽社)[16] 같은 큰 건축회사가 생기어서 당자끼리 직접 팔고 사는 것이 원칙처럼 되어 가기 때문에 중개료의 수입은 전보다 훨씬 준 셈이다. 그러나 이십여 칸 집에 학생을 치고 싶은 대로 치기 때문에 서 참위의 수입이 없는 달이라고 쌀값이 밀리거나 나뭇값에 졸릴 형편은 아니다.

"세상은 먹구살게는 마련야…."

서 참위가 흔히 하는 말이다. 칼을 차고 훈련원에 나서 병법을 익힐 제는, 한번 호령만 하고 보면 산천이라도 물러설 것 같던, 그 기개와, 오늘의 자기, 한낱 가쾌(家儈)[17]로 복덕방 영감으로 기생, 갈보 따위가 사글셋방 한 칸을 얻어 달래도 네 네 하고 따라나서야 하는, 만인의 심부름꾼인 것을 생각하면 서글픈 눈물이 아니 날 수도 없는 것이다. 워낙 술을 즐기기도 하지만 어떤 때는 남몰래 이런, 감회를 이기지 못해서 술집에 들어선 적도 여러 번이다.

그러나 호반(虎班)[무인(武人)]들의 기개란 흔히 혈기에서 나오는 것이기 때문인지 몸에서 혈기가 줆을 따라 그런 감회를 일으킴조차 요즘은 적어지고 말았다. 하루는 집에서 점심을 먹다 듣노라니 무슨 장사치의 외우는[18] 소리인데 아무래도 귀에 익은 목청이다. 자세히 귀를 기울이니 점점 가까이 오는 소리인데 제법 무엇을 사라는 소리가 아니라 "유리병이나 간장통 팔겄소" 하는 소리이다. 그런데 그 목청이 보면 꼭 알 사람 같아, 일어서 마루 들창으로 내어다보니 이번에는 "가마니나 신문 잡지나 팔겄소" 하면서 가마니 두어 개를 지고 한 손에는 저울을 들고 중노인이나 된 사나이가 지나가는데 아는 사람은 확실히 아는 사람이다. 그러나 그를 어디서 알았으며 성명이 무엇이며 애초에는 무엇을 하

16 조선물산장려회와 조선어학회 운동에 참여한 '건축왕' 정세권(鄭世權, 1888-1965)이 설립한, 우리나라 최초의 근대적 건설업체.
17 집 매매 흥정을 붙이고 보수를 받는 것을 직업으로 하는 사람. 집주릅.
18 '외치는'의 옛말.

던 사람인지가 감감해지고 말았다.

"오오라! 그렇군… 분명… 저런!"

하고 그는 한참 만에 고개를 끄덕이었다. 그 유리병과 간장통을 외우는 소리가 골목 안으로 사라져 갈 즈음에야 서 참위는 그가 누구인 것을 깨달아낸 것이다.

"동관(同官)[19] 김 참위… 허!"

나이는 자기보다 훨씬 연소하였으나 학식과 재기가 있는 데다 호령 소리가 좋아 상관에게 늘 칭찬을 받던 청년 무관이었었다. 이십여 년 뒤에 들어도 갈데없이[20] 그 목청이요 그 모습이었다. 전날의 그를 생각하고 오늘의 그를 보니 저윽[21] 감개에 사무치어 밥숟가락을 멈추고 냉수만 거듭 마시었다.

그러나 전에 혈기 있을 때와 달라 그런 기분이 오래 가지는 않았다. 중학교 졸업반인 둘째 아들이 학교에 갔다 들어서는 것을 보고, 또 싸전에서 쌀값 받으러 와 마누라가 선선히 시퍼런 지전을 내어 헤이는 것을 볼 때 서 참위는 이내 속으로

'거저 살아야지 별수 있나. 저렇게 개가죽을 쓰고 돌아다니는 친구도 있는데… 에헴.'

하였을 뿐 아니라 그런 절박한 친구에다 대이면 자기는 얼마나 훌륭한 지체냐 하는 자존심도 없지 않았다.

'지난 일 그까짓 생각할 건 뭐 있나. 사는 날까지… 허허.'

여생을 웃으며 살 작정이었다. 그래 그런지 워낙 좀 실없은 티가 있는 데다 요즘 와서는 누구에게나 농지거리[22]가 늘어 갔다. 그래 늘 눈이 달리고[23] 뾰르통한 입으로는 말끝마다 젠장 소리만 나오는 안 초시와는

19 동료 관리.
20 틀림없이.
21 '적이'의 방언. 꽤나.
22 점잖지 않은 장난이나 농담.

성미가 맞지 않았다.

"쫌보[24]야 술 한잔 사 주랴?"

쫌보라는 말이 자기를 업수여기는[25] 것 같아서 안 초시는 이내 발끈해 가지고 "네깟 놈 술 더러 안 먹는다" 한다.

"화투패나 밤낮 떼면 너희 어멈이 살아온다덴?"

하고 서 참위가 발끝으로 화투장들을 밀어 던지면 그만 얼굴이 새빨개져서 쌔근쌔근하다가 부채면 부채, 담뱃갑이면 담뱃갑, 자기의 것을 냉큼 집어 들고 다시 안 올 듯이 새침해 나가 버리는 것이다.

"조게 계집이문 천생 남의 첩감이야."

하고 서 참위는 껄껄 웃어 버리나 안 초시는 이렇게 돼서 올라가면 한 이틀씩 보이지 않았다.

한번은 안 초시의 딸의 무용회 날 밤이었다. 안경화(安京華)라고, 한동안 토월회(土月會)[26]에도 다니다가 대판(大阪)[27]에 가 있느니 동경에 가 있느니 하더니 오륙 년 뒤에 무용가로라 이름을 날리며 서울에 나타났다. 바로 제일회 공연 날 밤이었다. 서 참위가 조르기도 했지만, 안 초시도 딸의 사진과 이야기가 신문마다 나는 바람에 어깨가 으쓱해서 공표[28]를 얻을 수 있는 대로 얻어 가지고 서 참위뿐 아니라 여러 친구를 돌라줬던[29] 것이다.

"허! 저기 한가운데서 지금 한창 다릿짓하는 게 자네 딸인가?"

남은 다 멍멍히[30] 앉았는데 서 참위가 해괴한 것을 보는 듯, 마땅치 않

23 피곤해서 눈꺼풀이 꺼지고.
24 '졸보'의 옛말. 재주 없고 좀스럽게 생긴 사람.
25 '업신여기는'의 방언. 업수이여기는.
26 1923년 도쿄 유학생들이 중심이 되어 결성한 신극운동 단체.
27 일본의 오사카.
28 空票. 공짜표.
29 나누어줬던.
30 아무 생각이 없이 멍하게.

은 어조로 물었다.

"무용이란 건 문명국일수룩 벗구 한다네그려."

약기는 한 안 초시는 미리 이런 대답으로 막았다.

"모르겠네 원… 지금 총각놈들은 모두 등신인가 바…."

"왜?"

하고 이번에는 다른 친구가 탄하였다.

"우린 총각 시절에 저런 걸 보문 그냥 못 배기네."

"빌어먹을 너석… 나잇값을 못 하구, 개야 저건 개…."

벌써 안 초시는 분통이 발끈거려서 나오는 소리였다.

한 가지가 끝나고 불이 환하게 켜졌을 때다.

"도루, 차라리 여배우 노릇을 댕기라구 그래라. 여배운 그래두 저렇게 넓적다린 내놓구 덤비지 않더라."

"그 자식 오지랖 경치게 넓네. 네가 안방 건는방이 몇 칸이요나 알았지 뭘 쥐뿔이나 안다구 그래? 보기 싫건 나가렴."

하고 안 초시는 화를 빨끈 내었다. 그러니까 서 참위도 안방 건넌방 말에 화가 나서 꽤 높은 소리로

"넌 또 뭘 아니? 요 쫌보야."

하고 일어서 버리었다.

이 일이 있은 후 안 초시는 거의 달포나 서 참위의 복덕방에 나오지 않았었다. 그런 걸 박희완(朴喜完) 영감이 가서 데리고 왔었다.

박희완 영감이란 세 영감 중의 하나로 안 초시처럼 이 복덕방에 와 자기까지는 안 하나 꽤 쑬쑬히[31] 놀러 오는 늙은이다. 아니 놀러 오기만 하는 것이 아니라 와서는 공부도 한다. 재판소에 다니는 조카가 있어 대서업(代書業) 운동을 한다고 『속수국어독본(速修國語讀本)』[32]을 노상 끼고

31 자주. 상당히 많이.

와 그 『삼국지』 읽던 투로

"긴상, 도꼬에 유끼이마쑤까."[33]

어쩌고를 외고 있는 것이다.

그러나 『속수국어독본』 뚜껑이 손때에 절고, 또 어떤 때는 목침 위에 받쳐 베고 낮잠도 자서 머리때까지 새까맣게 절어 조선총독부편찬(朝鮮總督府編纂)이란 잔 글자들은 보이지 않게 되도록, 대서업 허가는 의연히[34] 나오지 않는 모양이었다.

"너나 내나 다 산 것들이 업은 가져 뭘 허니. 무슨 세월에… 흥!"

하고 어떤 때, 안 초시는 한나절이나 화투패를 떼다 안 떨어지면 그 화풀이로 박희완 영감이 들고 중얼거리는 『속수국어독본』을 툭 채어 행길로 팽개치며 그랬다.

"넌 또 무슨 재술 바라구 밤낮 화투패나 떨어지길 바라니?"

"난 심심풀이지."

그러나 속으로는 박희완 영감보다 더 세상에 대한 야심이 끓었다. 딸이 평양으로 대구로 다니며 지방 순회까지 하여서 제법 돈냥이나 걷힌 것 같으나 연구소를 내느라고 집을 뜯어고친다, 유성기를 사들인다, 교제를 하러 돌아다닌다 하느라고, 더구나 귀찮게만 아는 이 아비를 위해 쓸 돈은 예산에부터 들지 못하는 모양이었다.

"애, 낡은 솜이 돼 그런지, 샀바누질이 돼 그런지 바지 솜이 모두 치어서[35] 어떤 덴 홑옷이야. 암만해두 사쓸 한 벌 사 입어야겠다."

하고 딸의 눈치만 보아 오다 한번은 입을 열었더니

"어련히 인제 사 드릴라구요."

하고 딸은 대답은 선선하였으나 샤쓰는 그해 겨울이 다 지나도록 구경

32 일제강점기 조선총독부에서 발행한, 일본어를 빨리 익히도록 한 책.
33 '김 씨, 어디 가십니까'라는 의미의 일본말.
34 依然-. 여전히.
35 한쪽으로 쏠리거나 뭉쳐서.

도 못 하였다. 샤쓰는커녕 안경다리를 고치겠다고 돈 일 원만 달래도 일 원짜리를 굳이 바꿔다가 오십 전 한 닢만 주었다. 안경은 돈을 좀 주무르던 시절에 장만한 것이라 테만 오륙 원 먹은 것이어서 오십 전만으로 그런 다리는 어림도 없었다. 오십 전짜리 다리도 있지만 살 바에는 조촐한[36] 것을 택하던 초시의 성미라 더구나 면상에서 짝짝이로 드러나는 것을 사기가 싫었다. 차라리 종이 노끈인 채 쓰기로 하고 오십 전은 담뱃값으로 나가고 말았다.

"왜 안경다린 안 고치셨어요?"

딸이 그날 저녁으로 물었다.

"흥…."

초시는 말은 하지 않았다. 딸은 며칠 뒤에 또 오십 전을 주었다. 그러면서 어떻게 들으라고 하는 소리인지

"아버지 보험료만 해두 한 달에 삼 원 팔십 전씩 나가요."

하였다. 보험료나 타먹게 어서 죽어 달라는 소리로도 들리었다.

"그게 내게 상관있니?"

"아버지 위해 들었지 누구 위해 들었게요 그럼?"

초시는 '정말 날 위해 하는 거문 살아서 한 푼이라두 다우. 죽은 뒤에 내가 알 게 뭐냐' 소리가 나오는 것을 억지로 참았다.

"오십 전이문 왜 안경다릴 못 고치세요?"

초시는 설명하지 않았다.

"지금 아버지가 좋고 낮은 걸 가리실 처지야요?"

그러나 오십 전은 또 마코 값으로 다 나갔다. 이러기를 아마 서너 번째다.

"자식도 소용없어. 더구나 딸자식…. 그저 내 수중에 돈이 있어야…."

초시는 돈의 긴요성을 날로 날로 더욱 심각하게 느끼었다.

36 고급스러운.

"돈만 가지면야 좀 좋은 세상인가!"

심심해서 운동 삼아 좀 나다녀 보면 거리마다 짓느니 고층 건축들이요 동네마다 느느니 그림 같은 문화주택[37]들이다. 조금만 정신을 놓아도 물에서 가주 튀어나온 미어기처럼 미낀미낀한 자동차가 등덜미에서 소리를 꽥 지른다. 돌아다보면 운전수는 눈을 부릅떴고 그 뒤에는 금 시곗줄이 번쩍거리는, 살진 중년 신사가 빙그레 웃고 앉았는 것이었다.

"예순이 낼모레… 젠장할 것."

초시는 늙어 가는 것이 원통하였다. 어떻게 해서나 더 늙기 전에 적게 돈 만 원이라도 붙들어 가지고 내 손으로 다시 한번 이 세상과 교섭해 보고 싶었다. 지금 이 꼴로서야 문화주택이 암만 서기로 내게 무슨 상관이며 자동차, 비행기가 개미떼나 파리떼처럼 퍼지기로 나와 무슨 인연이 있는 것이냐, 세상과 자기와는 자기 손에서 돈이 떨어진, 그 즉시로 인연이 끊어진 것이라 생각되었다.

"그러면 송장이나 다름없지 뭔가?"

초시는 이런 질문을 자신에게 던지는 지가 이미 오래였다.

"무슨 수가 없을까?"

또

"무슨 그루테기가 있어야 비비지!"

그러다도,

"그래도 돈냥이나 엎질러 본 녀석이 벌기도 하는 게지."

하고, 그야말로 무슨 그루터기만 만나면 꼭 벌기는 할 자신이었다.

그러다가 박희완 영감에게서 들은 말이었다. 관변(官邊)[38]에 있는 모 유력자를 통해 비밀리에 나온 말인데 황해 연안에 제이(第二)의 나진(羅

37 일제강점기에 서양주택의 공간구조와 외관을 따라 지어진 주택.
38 정부나 관청 쪽. 그 계통.

津)이 생긴다는 말이었다. 지금은 관청에서만 알 뿐이나 축항(築港)[39] 용지(用地)는 비밀리에 매수되었으므로 불원(不遠)하여 당국자로부터 공표가 있으리라는 것이다.

"그럼 거기가 황무진가? 전답들인가?"

초시는 눈이 뻘게 물었다.

"밭이라데."

"밭? 그럼 매 평 얼마나 간다나?"

"좀 올랐대. 관청에서 사는 바람에 아무리 시굴 사람들이기루 그만 눈치 없겠나. 그래두 무슨 일루 관청서 사는진 모르거든…."

"그래?"

"그래 그리 오르진 않었대…. 아마 평당 이십오륙 전씩이면 살 수 있다나 보데. 그러니 화중지병[40]이지 뭘 허나 우리가…."

"음…."

초시는 관자놀이가 욱신거리었다. 정말이기만 하면 한 시각이라도 먼저 덤비는 놈이 더 먹는 판이다. 나진도 오륙 전 하던 땅이 한번 개항된다는 소문이 나자 당년[41]으로 오륙 전의 백 배 이상이 올랐고 삼사 년 뒤에는, 땅 나름이지만 어떤 요지(要地)는 천 배 이상이 오른 데가 많다.

'다 산 나이에 오래 끌 건 뭐 있나. 당년으로 넘겨두 최소한도 오 환씩야 무려할 테지….'

혼자 생각한 초시는

"대관절 어디란 말야 거기가?"

하고 나앉으며 물었다.

"그걸 낸들 아나?"

"그럼?"

39 선착장.
40 畵中之餠. 그림의 떡.
41 當年. 바로 그 해.

"그 모씨라는 이만 알지. 그리게 날더러 단 만 원이라도 자본을 운동하면 자기는 거기서도 어디어디가 요지라는 걸 설계도를 복사해낸 사람이니까 그 요지만 산단 말이지. 그리구 많이두 바라지 않어, 비용 죄다 제치구[42] 순이익의 이 할만 달라는 거야."

"그럴 테지… 누가 그런 자국을 일러 주구 구경만 하자겠나…. 이 할이라… 이 할…."

초시는 생각할수록 이것이 훌륭한, 그 무슨 그루터기가 될 것 같았다. 나진의 선례도 있거니와 박희완 영감 말이 만주국이 되는 바람에 중국과의 관계가 미묘해지므로 황해 연안에도 으레 나진과 같은 사명을 갖는 큰 항구가 필요할 것은 우리 상식으로도 추측할 바이라 하였다. 초시의 상식에도 그것을 믿을 수 있었다.

오늘은 오래간만에 피죤을 사서, 거기서 아주 한 대를 피워 물고 왔다. 어째 박희완 영감이 종일 보이지 않는다. 다른 데로 자금운동을 다니나 보다 하였다. 서 참위는 점심 전에 나간 사람이 어디서 흥정이 한 자리 떨어지느라고인지 아직 돌아오지 않는다. 안 초시는 미닫이틀 위에서 다 낡은 화투를 꺼내었다.

"허, 이거 봐라!"

여간해선 잘 떨어지지 않던 거북패[43]가 단번에 똑 떨어진다. 누가 옆에 있어 좀 보아 줬으면 싶었다.

"아무래두 이게 심상치 않어… 이제 재수가 티나 부다!"

초시는 반도 타지 않은 담배를 행길로 내어던졌다. 출출하던 판에 담배만 몇 대를 피우고 나니 목이 컬컬해진다. 앞집 수채에는 뜨물에 떠나려가다 막힌 녹두 껍질이 그저 누렇게 보인다.

42 제외하고.
43 화투나 골패를 거북 모양으로 벌여 놓고 혼자 젖히며 운수를 점쳐 보는 놀이.

"오냐, 내년 추석엔…."

초시는 이날 저녁에 박희완 영감에게서 들은 이야기를 딸에게 하였다. 실패는 했을지라도 그래도 십수 년을 상업계에서 논 안 초시라 출자(出資)를 권유하는 수작만은 딸이 듣기에도 딴사람인 듯 놀라웠다. 딸은 즉석에서는 가부를 말하지 않았으나 그의 머릿속에서도 이내 잊혀지지는 않았던지 다음날 아침에는, 딸 편이 먼저 이 이야기를 다시 꺼내었고, 초시가 박희완 영감에게 묻던 이상으로 지지콜콜히 캐어물었다. 그러면 초시는 또 박희완 영감 이상으로 손가락으로 가리키듯, 소상히 설명하였고 일 년 안에 청장[44]을 하더라도 최소한도로 오십 배 이상의 순이익이 날 것이라 장담 장담하였다.

딸은 솔깃했다. 사흘 안에 연구소 집을 어느 신탁회사(信託會社)에 넣고 삼천 원을 돌리기로 하였다. 초시는 금시발복[45]이나 된 듯 뛰고 싶게 기뻤다.

"서 참위 이놈, 날 은근히 멸시했것다. 내 굳이 널 시켜 네 집보다 난 집을 살 테다. 네깟 놈이 천생 가쾌지 별거냐…."

그러나 신탁회사에서 돈이 되는 날은 웬, 처음 보는 청년 하나가 초시의 앞을 가리며 나타났다. 그는 딸의 청년이었다. 딸은 아버지의 손에 단 일 전도 넣지 않았고 꼭 그 청년이 나서 돈을 쓰며 처리하게 하였다. 처음에는 팩 나오는 노염을 참을 수가 없었으나 며칠 밤을 지내고 나니, 적어도 삼천 원의 순이익이 오륙만 원은 될 것이라 만 원 하나야 어디로 가랴 하는 타협이 생기어서 안 초시는 으실으실 그, 이를테면 사위 녀석 격인 청년의 뒤를 따라나섰다.

일 년이 지났다.

44 淸帳. 빚을 깨끗이 갚음.
45 今時發福. 바로 복이 들어옴.

모다 꿈이었다. 꿈이라도 너무 악한 꿈이었다. 삼천 원 어치 땅을 사 놓고 날마다 신문을 훑어보며 수소문을 하여도 거기는 축항이 된단 말이 신문에도, 소문에도 나지 않았다. 용당포(龍塘浦)[46]와 다사도(多獅島)[47]에는 땅값이 삼십 배가 올랐느니 오십 배가 올랐느니 하고 졸부들이 생겼다는 소문이 있어도 여기는 감감소식일 뿐 아니라 나중에, 역시, 이것도 박희완 영감을 통해 알고 보니 그 관변 모씨에게 박희완 영감부터 속아 떨어진 것이었다. 축항 후보지로 측량까지 하기는 하였으나 무슨 결점으로인지 중지되고 마는 바람에 너무 기민하게 거기다 땅을 샀던, 그 모씨가 그 땅 처치에 곤란하여 꾸민 연극이었다.

돈을 쓸 때는 일 원짜리 한 장 만져도 못 봤지만 벼락은 초시에게 떨어졌다. 서너 끼씩 굶어도 밥 먹을 정신이 나지도 않았거니와 밥을 먹으러 들어갈 수도 없었다.

"재물이란 친자 간의 의리도 배추밑 도리듯 하는 건가?"

탄식할 뿐이었다. 밥보다는 술과 담배가 그리웠다. 물론 안경다리는 그저 못 고치었다. 그러나 이제는 오십 전짜리는커녕 단 십 전짜리도 얻어 볼 길이 없다.

추석 가까운 날씨는 해마다의 그때와 같이 맑았다. 하늘은 천 리같이 트였는데 조각구름들이 여기저기 널리었다. 어떤 구름은 깨끗이 바래 말린 옥양목처럼 흰빛이 눈이 부시다. 안 초시는 이번에도 자기의 때 묻은 적삼 생각이 났다. 그러나 이번에는 소매 끝을 불거나 떨지는 않았다. 고요히 흘러나리는 눈물을 그 더러운 소매로 닦았을 뿐이다.

여름이 극성스럽게 덥더니, 추위도 그럴 징조인지 예년보다 무서리가 일찍 나리었다. 서 참위가 늘 지나다니는 식은(殖銀)[48] 관사(官舍)에들

46 황해도 해주의 포구.
47 평안북도 염주군 간석지에 둘러싸인 작은 섬으로, 압록강 하구의 부동항(不凍港).
48 '조선식산은행'의 준말.

울타리가 넘게 피었던 코스모스들이 끓는 물에 데쳐낸 것처럼 시커멓게 무르녹고 말았다.

참위는 머리가 띵 하였다. 요즘 와서 울기 잘하는 안 초시를 한번 위로해 주려, 엊저녁에는 다리고 나와 청요릿집으로, 추탕집으로 새로 두 점을 치도록 돌아다닌 때문 같았다. 조반이라고 몇 술 뜨기는 했으나 혀도 그냥 뻑뻑하다. 안 초시도 그럴 것이니까 해는 벌써 오정 때지만 끌고 나와 해장술이나 먹으리라 하고 부지런히 나려와 보니, 웬일인지 복덕방이라고 쓴 베 발이 아직 내어걸리지 않았다.

"이 사람 봐아… 어느 땐 줄 알구 코만 고누…."

그러나 코고는 소리는 들리지 않았다. 미닫이를 밀어젖힌 서 참위는 정신이 번쩍 났다. 안 초시의 입에는 피, 얼굴은 잿빛이다. 방 안은 움 속처럼 음습한 바람이 휭 끼친다.

"아니…?"

참위는 우선 미닫이를 닫고 눈을 비비고 초시를 들여다보았다. 안 초시는 벌써 아니요 안 초시의 시체일 뿐, 둘러보니 무슨 약병인 듯한 것 하나가 굴러져 있다.

참위는 한참 만에야 이 일이 슬픈 일인 것을 깨달았다.

"허! …."

파출소로 갈까 하다 그래도 자식한테 먼저 알려야겠다 하고 말만 듣던 그 안경화 무용연구소를 찾아가서 안경화를 다리고 왔다. 딸이 한참 울고 난 뒤다.

"관청에 어서 알려야지?"

"아니야요. 아스세요[49]."

딸은 펄쩍 뛰었다.

"아스라니?"

49 하지 마세요.

"저…."

"저라니?"

"제 명예도 좀…."

하고 그는 애원하였다.

"명예? 안 될 말이지, 명옐 생각하는 사람이 애빌 저 모양으루 세상 떠나게 해?"

"…."

안경화는 엎드려 다시 울었다. 그러다가 나가려는 서 참위의 다리를 끌어안고 놓지 않았다. 그리고

"절 살려 주세요."

소리를 몇 번이나 거듭하였다.

"그럼, 비밀은 내가 지킬 테니 나 하자는 대루 할까?"

"네."

서 참위는 다시 앉았다.

"부친 위해 보험 든 거 있지?"

"네 간이보험이야요."

"무슨 보험이든… 얼마나 타게 되누?"

"사백팔십 원요."

"부친 위해 들었으니 부친 위해 다 써야지?"

"그럼요."

"에헴 그럼… 돌아간 이가 늘 속사쓸 입구퍼 했어. 상등 털사쓰를 사다 입히구 그 우에 진견[50]으로 수의 일습 구색 맞춰 짓게 허구…. 선산이 있나, 묻힐 데가?"

"웬걸요 없어요."

"그럼 공동묘지라도 특등지루 널찍하게 사구… 장례식을 장하게[51]

50 진짜 명주. 본견.

해야 말이지 초라하게 해 버리면 내가 그저 안 있을 게야. 알아들어?"
"네에."
하고 안경화는 그제야 핸드백을 열고 눈물 젖은 얼굴을 닦았다.

안 초시의 소위 영결식이 그 딸의 연구소 마당에서 열리었다.
서 참위와 박희완 영감은 술이 거나하게 취해 갔다. 박희완 영감이 무얼 잡혀서 가져왔다는 부의(賻儀) 이 원을 서 참위가
"장례비가 넉넉하니 자네 돈 그 계집애 줄 거 없네."
하고 우선 술집에 들러 거나하게 곱빼기들을 한 것이다.
영결식장에는 제법 반반한 조객들이 모여들었다. 예복을 차리고 온 사람도 두엇 있었다. 모다 고인을 알아 온 것이 아니요 무용가 안경화를 보아 온 사람들 같았다. 그중에는, 고인의 슬픔을 알아 우는 사람인지, 덩달아 기분으로 우는 사람인지 울음을 삼키느라고 끽끽 하는 사람도 있었다. 안경화도 제법 눈이 젖어 가지고 신식 상복이라나 공단 같은 새까만 양복으로 관 앞에 나와 향불을 놓고 절하였다. 그 뒤를 따라 한 이십 명 관 앞에 와 꾸벅거리었다. 그리고 무어라고 지껄이고 나가는 사람도 있었다.
그들의 분향이 거의 끝난 듯하였을 때,
"에헴!"
하고 얼굴이 시뻘건 서 참위도 한마디 없을 수 없다는 듯이 나섰다. 향을 한 움큼이나 집어 놓아 연기가 시커멓게 올려솟더니 불이 일어났다. 후 후 불어 불을 끄고, 수염을 한번 쓰다듬고 절을 했다. 그리고 다시
"헴…."
하더니 조사(弔辭)를 하였다.
"나 서 참윌세 알겠나? 흥… 자네 참 호살세 호사야…. 잘 죽었느니.

51 크고 성대하게.

자네 살았으문 이만 호살 해 보겠나? 인전 안경다리 고칠 걱정두 없구…
아무튼지….”
하는데 박희완 영감이 들어서더니
“이 사람 취했네그려.”
하며 서 참위를 밀어냈다.
박희완 영감도 가슴이 답답하였다. 분향을 하고 무슨 소리를 한마디 했으면 속이 후련히 트일 것 같아서 잠깐 멈칫하고 서 있어 보았으나
“으흐윽….”
하고 울음이 먼저 터져 그만 나오고 말았다.
서 참위와 박희완 영감도 묘지까지 나갈 작정이었으나 거기 모인 사람들이 하나도 마음에 들지 않아 도로 술집으로 나려오고 말았다.

정축(丁丑), 초춘(初春).

『조광』, 1937. 3. 1; 『가마귀』, 1937; 『이태준단편선』, 1939; 『복덕방』, 1947.

돌다리

무연(無緣)

처음에는 고기를 잡는 재미에 가나 차츰은 낚는 맛에요, 낚는 데 자리가 잡히면 그로부터는, 하필 물에 가야만 낚시질이 아닌 듯하다. 밝는 날 아침에 떠나기 위해 이날 저녁 등 밑에 앉아 끊어진 실을 잇는 것이나, 뜰망[1]이나 어롱[2]을 매만지는 것부터 이미 낚시질이며 물동무와 함께 누워 지난 어느 한때의 낚고 끊기던 이야기로 흥을 돋움도 또한 낚시질이니 지금 내가 이런 이야기를 쓰는 것조차 한 낚시질일 수 없지 않을 것이다.

한번 송전(松田)서, 한번 인천(仁川)서 배를 타고 나아가 낚시질을 해 보았다. 그것으로 바다 낚시질을 말하는 것은 심히 망령될 것이나 바다 낚시질은 좀 소란하고 좀 노동에 가깝고 꽤 물리는 날은 직업적인 결과를 갖게 되는 것만은 사실인 것 같았다.

맑고 고요하고 짐스럽지 않기는 아무래도 민물 낚시질이라 생각한다.

내가 서울서 처음 민물 낚시질을 가 본 데는 동대문 밖 중랑천(中浪川)이다. 논물이 빠지는 데다가 회기리(回基里) 쪽으로부터 하수도도 이리 합치는 모양으로 물내가 퀴퀴하고 물리는 것도 미어기 따위 잡고기가 흔한데 반두질꾼[3], 주앵이질꾼[4], 미역감는 패, 잡인이 너무 모여 시비

1 물고기를 들어올리는 데 쓰는 망.
2 魚籠. 물고기를 잡아서 담아 두는 작은 바구니.
3 '반두'는 양쪽 끝에 가늘고 긴 막대 손잡이가 있는 그물로, '반두질꾼'은 이 그물로 물고기를 잡는 사람.
4 '주앵이'는 '좽이'의 방언으로, 원뿔 모양의 그물 아래 추가 달려서 물에 던지면 쫙 퍼져 가라앉도록 한 낚시 도구. '주앵이질꾼'은 이 그물로 물고기를 잡는 사람.

부도처(是非不到處)[5]는 아니었다.

다음으로 가 본 데가 소래(蘇來) 저수지다. 경인선으로 가 소새[소사(素砂)]서 나려 마침 버스가 있으면 대야리(大也里)까지 타고 없으면 장찬[6] 십 리 길을 걸어야 하는 데다. 얕은 줄[7]밭이 많고 깊은 데는 돌로 쌓은 둔덕에 앉게 되므로 바닥도 좋지 못하고 사람도 너무 뜨거워진다. 그러나 가끔 손아귀가 번[8] 붕어를 낚을 수 있는 맛에 공일날 같은 때는 무려 삼사십 명은 모이는 데다.

서울서 과히 떨어지지 않은 망우리(忘憂里) 고개 너머 수택리(水澤里)에 좋은 늪들이 서너 자리나 있는 것은 훨씬 뒤에 알게 되었다. 이시미[9]가 나와 송아지를 먹고 들어갔다는, 좀 오래고 깊은 소(沼)나 늪에는 으레 있는 전설이 여기도 있는 만치 두 간 반 낚싯대[10]에 으레 길반[11]은 서는 깊은 물이었다.

고기만을 탐내지 않는 바에는 역시 앉을 자리 좋은 데가 으뜸으로, 자리를 가려 앉으면 물도 맑은 편이요, 울멍줄멍[12] 먼 산의 전망도 일취[13] 있는 데다. 붕어도 소래서보다 더 큰 것이 가끔 나타났고 어쩌다가는 잉어가 덤벼 줄을 끊거나 한눈파는 새 낚싯대째 끌고 달아나기도 일쑤였다. 은비늘이 물 위에 솟아 뛰고 해오라기 한가히 조는 모양도 수향[14] 경치로는 제격이었다.

5 세상 시비가 닿지 않는, 세속을 떠난 곳.
6 長-. 거리가 먼.
7 갈대나 부들과 같이 뿌리와 줄기 밑동이 물속에서 자라는 수생식물.
8 몸통이 한손에 들 정도보다 큰.
9 '이무기'의 방언.
10 우리나라에서 낚싯대의 길이는 보통 간(間, 1.8미터)으로 표기하며, 두 간 반은 약 4.5미터이다.
11 한 길 하고 반. 사람의 키 하나 반 정도의 깊이.
12 큼지막한 것이 여기저기 벌여 있는 모양. '올망졸망'의 큰말.
13 一趣. 그 나름의 흥취.
14 水鄕. 못이나 하천이 있는 지역.

그러나 원체 사람이 너무 모여들었다. 버스를 나리는 데서부터 경쟁들이다. 잘 물리는 자리에 앉으려는 것은 욕심이라기보다 누구나의 상정(常情)일 것이나 젊은이도 십오 분은 걸리는 데를 늙은이가 뛰는 것은, 뛰다가 그예 떨어지고 마는 것은, 더욱 좁은 논틀길이어서 더 뛰지 못하는 늙은이를 떠다밀고 앞서 달아나는 것은, 어느 쪽이나 함께 아름다워 보일 리 없다.

"물립니까?"

남의 옆을 고요히 지나는 교양이 별로 없다. 또 잘 물리어도 잘 물린다고 대답하는 정직도 그리 없다. 곤드레[15]가 한 시간만 까딱 안 하면 벌써 탄식이 나온다. 두 시간만 되면 그만 자리를 옮긴다. 다음 자리에서부터는 욕이 나온다. 용왕님이 옆에 있기만 하면 언어맞았지 별 수 없을 것이다. 온 늪의 고기를 제 자리에만 끌어 모을 듯이 깻묵[16]과 반죽 미끼를 아낌없이 퍼붓는다. 옆의 친구가 여간해서는 그냥 견디지 못하고 미끼 던지는 경쟁이 일어난다. 이렇게 고기들은 낚시를 찾을 겨를이 없이 그만 배가 불러 버리는 것이다. 제일 질색인 것은, 큰 고기에 마음이 들뜬 친구다. 소위 '낭에'라고, 납이 호두알만치나 달린 것으로 남은 다 쫓아 버릴 듯이 혼자 털버덩대고 돌아다니는 것이다. 시정에서 부리던 얌치[17]와 악지[18]와 투기를 그냥 가지고 오는 사람이 거의 전부인 것이다.

'좀 멀드라도 이런 사람들헌테 시달리지 않을 데가 없을까?'

수십 년 잊어버리었던 데가 진작부터 생각났고 희미한 기억이 차츰 소명해지는[19] 데가 있었다. 강원도 동주(東州)[20] 따[21] 어느 산촌으로, 산

15 낚시의 찌.
16 기름을 짜고 남은 깨의 찌꺼기로, 낚시 밑밥으로 쓴다.
17 염치없는 짓을 일컫는 작은 말. 얌체.
18 안될 일을 무리하게 하려는 고집.
19 昭明---. 뚜렷해지고 선명해지는.
20 강원도 철원의 옛 이름.
21 '땅'의 옛말.

촌이면서 물이 많아 '용못'이란 이름을 가진 동리다. 어려서는 자주 가 보던 외가댁 동네다.

외조부님께서 낚시질을 즐기셨다. 손수 낚싯대를 다듬으시고 손수 줄을 드리셨다[22]. 지금 우리가 사다 쓰는 도구와는 다르다. 참대[23]가 귀한 데라 서울 인편이 있을 때, 대설대[24]보다는 배나 굵고, 한 발[25]은 훨씬 넘어서 자르면 끝이 간필[26] 붓두껍[27]만 할 대와, 길이가 그것과 거의 비등할 왕대를 쪼개인 죽편을 사 온다. 통대[28]는 불에 쪼여 굽은 데를 바로잡고, 대설대 만들 듯 마디를 뚫는다. 자루엔 소뿔을 깎아 아로새겨 박고 끝은 터질 염려가 없도록 명주실로 감은 후에 밀[29]을 먹인다. 죽편으로는 그 끝에 꽂을 휘추리[30]를 다듬는 것이다. 이것도 굽은 데를 잡은[31] 다음, 처음에는 칼을 쓰고 다음에는 사금파리로 다듬어, 다시는 트집도 아니 가고 물도 아니 먹게 기름칠을 해 가며 끝을 돌을 달아 몇 달이고 매달아 두는 것이다. 이것을 거꾸로 꽂으면 통대 속에 잠겨 버리고, 바로 꽂으면 전체가 꿩의 장북을 든 것처럼 중동[32]이 처지는 법 없이 쪽 뻗어야 쓰는 것이다. 어려서 몇 번 들어 본 기억이나 요즘 사다 쓰는 낚싯대처럼 중동이 무거운 법은 결코 없는 것이다. 실도 명주로 세 벌로 드려 가락나무[33] 물을 들이고 그것을 청석돌[34]에 감아 기름을 머금여 밥솥

22 여러 가닥의 실을 하나로 꼬셨다.
23 왕대. 굵은 대나무.
24 '담배설대'의 방언으로, 담배통과 물부리 사이에 끼워 맞추는 가느다란 대.
25 두 팔을 양옆으로 폈을 때의 길이.
26 簡筆. 편지 쓰기에 알맞은 가는 붓.
27 붓촉에 끼워 두는 뚜껑.
28 자르지 않은 통째로의 대나무.
29 밀랍.
30 가늘고 긴 나뭇가지.
31 바로잡은.
32 사물의 가운데 부분.
33 떡갈나무.
34 점판암.

에 쩌내는 것이다. 여간 공이 아니었다. 낚시도 머슴아이를 시켜 휘이는 것이라 미늘[35]이 커서 여간해선 고기가 떨어지지 않는 것이요 목줄[36]도 흰 말총을 뽑아다 매는 것으로 물 속에 들어가면 투명해 고기 눈에 잘 뜨일 리도 없다. 고기 종댕이[37]는 장마 때 같은 때 댑싸리[38]로 손수 결으시었고 받침대에는 무슨 글인지 한문인데 잔글씨로 여러 줄 새긴 것을 본 생각이 난다.

이 외조부님께서는 '당금질[39]'이라고, 앉아서 하는 낚시질만 다니시었다. 내가 몇 번 따라가 본 데는 '쇠치망'이라는 데다. 동네 앞을 지나 나려오는 약간 흐린 개울물과 금학산(金鶴山)[40] 깊은 산골짜기에서부터 '칠송정'이니 '선비소'니 여러 소(沼)를 이루며 흘러 나려오는, 차고 맑은 '한내천'이 합수되는 데다. 석벽 밑은 아무리 가문 때라도 바닥이 들여다보이지 않는다. 이시미가 나와 소를 잡아먹어 쇠치망이란 이름이 생겼다는 데로, 고기도 흐린 물 것과 맑은 물 것이 다 모이는 데다. 싯누런 붕어도 있고, 무지개처럼 오색이 영롱한 '무당치리'도 있고, 은비늘에 청옥빛이 도는 '참마자' 떼와 검고 가시는 세나 맑은 물 고기 중에서도 제일급인 '꺽지'도 있다. 비가 오는 때거나 비가 든 직후여서 물이 붉은 때에는 지렁이 미끼로 붕어와 드럭마자와 미어기를 잡는 것이요 물이 맑아지면 여울담[41]에서 돌미끼[42]를 잡아 참마자와 꺽지를 낚는 것이다.[43] 매미 소리뿐, 그리고 저 아래 여울담에서 물소리뿐, 무한 고요한

35 낚시 끝 안쪽에 고기가 물면 빠지지 않게 만든 작은 갈고리.
36 낚시를 매어 가지줄에 이어주는 줄.
37 '종다래끼'의 방언으로, 작은 바구니.
38 명아줏과의 한해살이풀.
39 '담금질'의 방언으로, 여기서는 낚시를 물에 드리워 놓고 가만히 앉아 기다리는 낚시질을 뜻함.
40 강원도 철원군 동송읍에 있는 산.
41 여울에 물이 고여 있는 곳.
42 곤충의 한 종류.
43 무당치리, 참마자, 드럭마자는 잉엇과 민물고기, 꺽지는 한국 고유종 농어과 민물고기.

주위였다. 내가 갑갑해하는 눈치면 외조부께서는 낚시는 담가 놓은 채 나를 이끌고 원두막으로 가시었다. 참외는 진흙밭에서 아침 이슬에 딴 '백사과[44]'였다. 희고 동글고 홈마다 푸른 줄이 진 것인데 배꼽을 따면 불그스름한 것은 무르익은 표였다. 요즘 멜론을 연상시키는 향기와 단맛인데 그 연삭삭한[45] 맛은 멜론이 당치 못할 것이다.

그러나 나는 외조부님보다는 외삼촌들을 따라다니기가 더 즐거웠다. 외삼촌들은 당금질은 갑갑하다고 하지 않았고 그물을 가지고 선비소로 가거나 낚시질이면 '여울놀이[46]'를 하였다. 당금질보다 낚싯대도 경쾌하고 낚시도 파리 한 마리를 끼이면 고만이게 작다. 곤드레도 수수깡 속보다는 훨씬 가는 무슨 나무의 속을 뽑아 쓴다. 여울에 들어서서 낚시를 흘리는 것이다. 여울 고기는 여간 민활하지[47] 않아, 곤드레가 미처 채일 새가 없이 고기 그것처럼 노는 것이다. 물은 흘러 나려가고 고기는 거슬러 끌려 올라오므로 낚싯대에 실리는 탄력은 갑절이나 더하다. 장마 뒤면 가끔 호화스러운 무당치리가 끌려 나온다. 은어[鮎[48]] 비슷하게 생긴 것으로 등은 검으나 몸은 푸른 바탕에 붉은빛이 거칠게 주욱 죽 그어졌다. 배에는 약간 누른빛까지 돌아 여울놀이에서는 가장 유쾌한 꽃고기[49]다. 가문 때에는 이보다 맑고 기름지기는 더한 '갈베리' '날베리[50]'들이 물린다. 선비소에서부터 '진소'까지 오 리도 못 되는 데를 나려가는 동안, 두 사발들이 종댕이가 차 버리는 것이 항용[51]이다. 낚시를 물 만한 놈이면 적어도 찌뽐짜리[52]에서부터 굵은 놈은 거의 한 자에

44 노르스름한 빛이 도는 재래종 흰 참외.
45 부드럽고 사근사근한.
46 여울에서 하는 낚시.
47 날쌔고 활발하지.
48 일본어로 은어를 '아유(鮎)'라고 함.
49 빛깔이 아름다운 고기.
50 눈이 붉고 몸이 은색인 피라미를 뜻하는 방언.
51 흔히. 늘. 항상.

이르는 놈이 간혹 있다.

그물을 가지고 선비소로 갈 때는 종댕이는 안 된다. 아예 옥수수나 오이를 따러 다니는 다래끼를 들고 간다. 큰 바위를 둘러 그물을 치고 돌을 들어다 바윗등을 드윽 득 갈면 신짝만큼한 꺽지, 뚝지[53], 날베리들이 나와 그물을 쓰는 것이다. 선비소는 물이 맑고 강변이 깨끗하여 천렵들을 많이 오는 덴데, 옛날, 어떤 선비가 여기 바위 위에 나와 글을 읽다가 책이 바람에 날려, 그것을 집으려다 빠져 죽어서 선비소란 이름인 만치 도깨비 많기로도 유명한 데였다. 낮에라도 아이들끼리만은 무서워 못 오는 데다. 그러나 조금도 어두운 인상을 주는 데는 아니다. 등성이가 잣나무숲인 석벽이 좌청룡 우백호로 둘리어 남향 볕이 언제든지 뜨거웠고 속속들이 자갈이어서 아무리 헤엄을 쳐도 물이 흐리지 않는다. 탐스런 들백합[54]이 석벽에 늘어져 웃고 구름을 인 금학산은 늘 명상에 조는 처사(處士)[55]의 풍도(風度)[56]였다. 나는 용못을 생각하면 먼저 선비소부터 그리워지곤 하였다.

우리가 서울 온 후로 외가와 내왕이 드물어졌고, 더욱 나는 공부로, 세상살이로 서울서도 다시 나돌아 전전하기를 여러 해에 외조부님도 이미, 내가 강호(江戶)[57]에 있을 때 옥루(玉樓)에 오르셨고[58], 외삼촌들도 누대 살아오던 용못을 버리고 만주 어디로, 북지[59] 어디로 흩어졌다 하니, 나와 용못은 점점 인연이 멀어지고 만 것이다.

그러던 것이 낚시질로 인해 물을 찾게 되었고, 물녘에 앉아 떠오르는

52 '지뼘짜리'의 방언. 엄지손가락과 집게손가락을 벌린 만큼의 길이인 지뼘 정도 크기의 물고기.
53 꺽짓과의 민물고기. 꺽저기.
54 나리꽃.
55 초야에 묻혀 살던 선비.
56 풍채와 태도.
57 에도. 도쿄의 옛 이름.
58 돌아가셨고.
59 北地. 중국의 화북 지방.

데는 진작부터 용못이었다. 그러나 길이 외지고 이제는 찾아가야 누가 낯을 알 만한 데도 아니어서 나 혼자 전설의 하나로 즐길 뿐이더니, 낚시터를 찾아다녀 볼수록 사람멀미가 못 견딜 지경이요, 청유(淸遊)[60]가 아니라 때로는 욕되는 적이 없지 않아, 그 매미 소리뿐이요, 그 들백합의 웃음뿐인 쇠치망과 선비소에 한번 낚시를 담가 보고 싶은 욕망이 더욱 간절해지어 그에 지난 여름에는 뜻을 정하고, 여러 날 앞서부터 행장을 갖추다가 바람 잔 날을 택해 새벽차로, 어느 고운님을 뵈오러 가는 길이 그처럼 설레랴 싶게 용못을 찾아갔던 것이다.

아아! 십 년이면 산천도 변한다는 십 년이 두어 번 지났기로 과연 세월에는 산천도 못 믿을 것이던가! 동네 한가운데 있는 '큰돌다리' 밑에 소녀 하나가 나와 걸레를 헤우는데[61] 흙탕이 이니, 개울이 아니라 그만 조그만 도랑이 되어 버렸구나! 전에는 겨울에도 얼음 위에서 떡메로 때리면 얼음이 살가는[62] 바람에 손뼉 같은 붕어가 자빠져 뜨던 데다. 이 개울물이 어찌해 이다지 줄었느냐 물었으나 걸레 빠는 소녀는 예전 개울은 본 적도 없으니 내 묻는 것만 부질없었다. 농사가 한참 바쁜 머리라 동네는 비인 듯 고요하였다. 누구를 만난대야 서로 알아볼 리도 없겠기에 예전 외갓집이던 집이 있는 윗말 쪽은 바라만 보고 우선 낚시부터 담가 보고 싶은 욕심에 쇠치망으로 향하였다.

걸을 만치 걸었다. 저만치, 어드메쯤이 쇠치망이려니 하는 데서 나는 더욱 요령을 잡을 수 없어 한참이나 망설이었다. 분명 쇠치망일 데를 산을 뭉개 메꾸고 빨건 진흙길이 비탈을 돌아간 것이다. 김매는 농군에게 물은즉, 거기가 쇠치망이 옳다 한다. 뒷산 골짜기에 광산이 생겨 화물자동차가 드나드느라고 길을 닦아 쇠치망의 소(沼)는 없어진 지 오래다 한

60 격조가 높은 깨끗한 놀이.
61 '헹구는데'의 방언.
62 금이 가는.

다. 그 앞에 다가가 보니, 흐르는 물도 좁은 목으로는 성큼 뛰어 건널 정도다. 다시 농군에게 돌아와 물으니, 앞개울 물은 수리조합 저수지에 수원을 빼앗기어 겨우 논에서 빠지는 물이나 나려오는 것이며 선비소를 거쳐 흘러오는 한내천조차 수도 수원지가 되어 읍의 사람들이 먹어 말리는 때문이라 했다. 그러면 선비소도 물이 줄었느냐 물으니, 물이 뭐요 아마 그냥 갯장변[63]이리다 한다. 허무한 노릇이다. 왔던 길이니 옛 추억이나 더듬을까 하여 땀을 흘리며 선비소로 올라가니 등성이에 잣나무 숲은 배코를 치듯[64] 하얗게 깎이고, 공동묘지가 된 듯 무덤이 됫박 덮이듯 했다. 그새 여기 사람이 저렇듯 많이 죽었는가! 물이 보일 만한 덴데 보이지 않는다. 가까이 가니까야 물소리가 난다. 흐르는 소리가 아니라 한번 나고 그치는 소리인데 어떻게 되어 난 물소리인지 이상하다. 내 걸음에서 나는 것이 아닌 자갈 밟는 소리가 들린다. 그쪽을 살피니, 웬 하얀 귀신 같은 노파가 선비소의 바로 석벽 밑에서 올려솟는 것이다. 나는 등골이 오싹해 걸음을 멈추었다.

무얼까? 주춤주춤 자갈밭으로 올라서더니 꾸부정하고 업딘다. 자갈을 주워 치마폭에 담는 것이다. 한참 담더니 허리를 펴고 돌아서 주춤주춤 석벽 밑으로 나려가는 것이다. 물은 보이지 않으나 물소리가 난다. 아까 들은 것도 자갈을 물에 쏟는 소리였었다. 파뿌리 같은 머리가 또 올려솟는다. 주춤주춤 자갈밭으로 올라서더니 또 자갈을 집히는 대로 치마폭에 담아 가지고는 다시 나려간다. 나는 판단하기에 곤란하였다. 선비소에는 여러 가지 도깨비의 전설이 있다 하나 밤도 아니요, 낮이라도 운권청천[65]인데 도깨비라 보기에는 내 자신의 상식을 너무 멸시해야 된다. 사람이라 보기에는, 이런 처소에 옴직하지 않은 백발노파일 뿐 아니라 돌을 주워다 물을 메운다는 것이 이해할 수 없는 행동이다. 사방을

63 '과거 물터였으나 물이 빠진 터'로 추정.
64 머리를 빡빡 밀어 깎듯.
65 雲捲晴天. 구름이 걷히고 하늘이 맑게 갬.

둘러보니 산밭에서 김매는 사람들이 처처에 있다. 나는 용기를 얻어 부러 자갈 소리를 크게 내며 석벽 밑에서 물소리를 내이고 다시 주춤주춤 올라서는 노파를 향해 나아갔다.

"여보슈?"

노파는 탁 풀어진 뿌연 눈으로 헐떡이며 마주 보기만 한다.

"돌은 왜 담어다 물에 넣소?"

대답이 없다. 꾸부정하고 그저 자갈을 줍더니 또 물로 나려간다. 또 올라오는 것을 소리를 질러 물었다.

"물을 아주 메꿔 버릴려구 그러시오?"

그제야 노파는 고개를 끄덕인다.

"왜요?"

역시 말은 없이 자기의 행동만 계속한다.

쇠치망만 그리 못하지 않게 깊고 넓던 여기가 자갈이 내리밀려 평지처럼 변작[66]이 되었는데 물줄기가 여기는 아주 끊어져 버리었다. 다만 석벽 밑에만 겨우 두어 칸통[67] 되게 자작자작한 물이 남았을 뿐인 것을 이 알 수 없는 노파가 부지런히 메꾸고 있는 것이었다.

금학산만은 예와 같았다. 흰 구름을 이고 태평스럽게 졸고 있다. 석벽을 더듬으니 들백합도 몇 송이 시뻘겋게 피어 있기는 하였다. 연목구어(緣木求漁)[68]란 말을 생각하며, 어구(漁具)를 벗어 놓고 불볕에 앉아 한참 쉬어 가지고는 다시 동네를 향해 들어오는 수밖에 없었다. 노파는 쉬지도 않고 땀을 철철 흘려 가며 지성으로 돌을 물에 나르고 있었다.

차미막을 겨우 하나 찾았다. 맨 요새 '긴마까[69]'뿐이다. '백사과'니 '감

66 變作. 원래의 모습을 다르게 바꿈.
67 '칸통'은 넓이의 단위로, 두어 칸통은 두어 평가량 되는 넓이.
68 '나무에 올라가서 물고기를 구한다'는 뜻으로, 불가능한 일을 굳이 하려 함을 일컬음.
69 일본말 '긴마쿠와(金真桑)'에서 비롯된 말로, 노란 참외를 뜻함.

사과[70]'니 '먹사과[71]'니는 이젠 절종이 되었다는 것이다. 그것도 개홧속에 맞지 않아 그런지, 긴마까처럼 잘 열리지부터 않고 잘 찾지들도 않는다는 것이다.

차미까지도 고전이 되어 버리는가! 나는 종로에서 사 먹는 것보다 좀 신선하기는 한 긴마까를 먹으며 이 차미막 주인에게서 그 선비소의 백발노파의 수수께끼를 겨우 풀었다.

그는 도깨비도 망령난 늙은이도 아니라 한 슬픈 어머니였다. 그의 작은아들이 병신을 비관하여 선비소에 빠져 죽었다는 것이다. 넋이라도 건져 주려 물굿[72]을 했더니 물에서 나오는 넋은 자기 아들이 아니라 의외에도 자기 아들보다 몇 십 년 앞서 빠져 죽은, 안마을 어떤 집 종년이었다. 물귀신은 그렇게 언제든지 대신 들어가는 사람이 있어야 나온다는 것으로, 다시 누가 빠지기 전에는 암만 물굿을 한들, 자기 아들의 넋은 건질 바이 없었다[73]. 살아서도 병신으로 구석으로만 돌던 것이 죽어서까지 외딴 벼랑 밑 우중충한 물속에서 일구영천[74] 천도될 길이 없을 것을 생각하고는 몇 번이나 그 어머니는 자기를 그 물에 던지었으나 번번이 큰아들에게 건짐을 받아 작은아들을 대신할 물귀신이 되지 못하다가, 마침 선비소가 물이 줄고 장마 때면 자갈만 내리쏠려 변작이 되는 통에, 옳구나 하늘이 무심치 않다! 하고 날마다 나와 그 얼마 되지 않는 물을 메꾸기 시작한 것이라 한다. 허황하나 이 또한 인생의 얼마나 진실한 사정이기도 한가!

나는 윗말로 올라서 우리 외가댁이던 집을 찾았다. 중년 할머니가 손자인 듯 갓난애를 업고 마당에서 말멍석[75]에 닭을 쫓고 있었다. 지나가

70 겉은 푸르고 속이 감처럼 붉은 참외. 개구리참외.
71 빛깔이 검으나 달고 맛있는 참외.
72 물에서 하는 굿.
73 건질 도리가 없었다.
74 '한없이 길고 오랜 세월'의 의미로 추정.
75 '맷방석'의 방언으로, 매통이나 맷돌을 쓸 때 밑에 까는, 짚으로 만든 방석.

던 사람인데 사랑 구경이나 하겠노라 청하니, 아들이 출타하고 없으나 들어가 쉬이라 한다.

사랑 마당에 들어서니 기억은 찬찬하나[76] 눈에 몹시 설어진다. 누마루가 어렸을 때 우러러보던 것처럼 드높지는 않다. 삼면 둘러 걸분합[77]이던 것이 유리창이 되었다. 전면에 '호상루(濠想樓)'란 현판이 붙었었는데 없어졌고, 붕어 달린 풍경도 간데없다. 사랑방은 미닫이가 닫혀 있었다. 누마루 밑을 돌아 연당으로 가 보았다. 연은 한 포기도 없이 창포만 무성한데 개구리들만 놀라 물로 뛰어든다. 밤이면 개구리들이 어찌 드끄럽도록 울었던지, 외조부께서 잠드실 동안은 하인을 시켜 돌을 던져 울지 못하게 하던 연당이다. 연당 건너 초당이 그저 있다. 삼간 사랑이 겨울이면 너무 휑뎅그렁하시다고 단칸방에 단칸마루를 달아 지어 삼동에만 드시던 초당이다. 새 주인은 이 초당은 돌보지 않는 듯, 이엉 썩은 물이 벽과 기둥에 흉업게 흘렀다. 영창 바로 위에 무슨 글 여러 줄의 흔적이 있다. 종이가 몹시 삭았다. 이것이 이 집에 남은 우리 외조부님의 유일한 필적이나 아닌가 해 반가이 나아가 살펴본즉, 안노공(顔魯公)[78]체의 둔중한 운필[79]이 과연 그 어른 모습다웠다.

坐茂樹以終日 濯淸泉以自潔 採於山美可茹 釣於水鮮可食 起居無時 惟適之安(좌무수이종일 탁청천이자결 채어산미가여 조어수선가식 기거무시 유적지안)[80]….

76 세세하나.
77 한옥에서 마루나 방 앞에 설치하는, 들어 올려 걸어 놓을 수 있게 만든 분합문(分閤門).
78 '노공(魯公)'은 중국 당나라의 서예가 안진경(顔眞卿)의 호.
79 運筆. 붓의 움직임.
80 중국 당나라의 문인이자 사상가인 퇴지(退之) 한유(韓愈, 768-824)의 「반곡으로 돌아가는 이원을 보내며 쓰다(送李愿歸盤谷序)」의 일부.
무성한 나무 아래 앉아 종일 보내고, 맑은 샘에서 몸을 씻어 스스로 깨끗하게 하기도 하고, 산에서 나물을 캐면 맛있어 먹을 만하고, 물에서 고기를 잡으면 신선해 먹기 좋고, 기거에 정해진 때가 없으니, 오직 편한 대로 할 뿐이라.

더 읽을 수가 없이 아래는 종이가 삭아 떨어져 버리었다. 그 초당에 잘 울리는, 속기 없는 좋은 글이다. 나중에 돌아와 상고해 보니 한퇴지(韓退之)의 글이었다. 글은 비록 남의 것이나 한때 생활은 바로 이 어른의 것이었었다.

'기거무시 유적지안….'

나는 초당 마루에 걸어앉아 멀리 금학산 머리에 구름을 바라보며 이런 생각을 입 속에 다스렸다.

'이 초당 주인께서 지금껏 현세해 계시다면 오늘의 쇠치망과 선비소에 심경이 어떠실 것인가?

잘 사시다 잘 가시었다!

자연도 주인과 함께 오고 주인과 함께 가는 것인지 몰라!

기거무시의 생활부터 없으며 이제는 전설일 밖에 없는 그런 청복[81]을 시정에서 파는 속취 분분한 물감 칠한 낚싯대로 더불어 낚으러 다닌다는 것은 그 생각부터가 한낱 부질없는 꿈이런가!'

외가댁 문중에서 아직 몇 집은 이 동리에 계신 줄 짐작하나 나는 수굿하고, 그 아들의 넋을 물을 메꿈으로써 건지기에 골독한 늙은 어미의 애달픔을 한편 내 속에 맛보며 길만 걸어 동구 밖을 나서고 말았다.

한 사조의 밑에 잠겨 산다는 것도, 한 물 밑에 사는 넋일 것이었다. 상전벽해(桑田碧海)라 일러는 오나 모든 게 따로 대세의 운행이 있을 뿐, 처음부터 자갈을 날라 메꾸듯 할 수는 없을 것이다.

임오(壬午) 3월.

『춘추(春秋)』, 조선춘추사(朝鮮春秋社), 1942. 6; 『돌다리』, 박문서관, 1943.

81 清福. 청아하고 한가하게 사는 복.

심란한 것뿐, 무슨 이렇다 할 병이 있어서도 아니요 자기 체질에 저혈(猪血)[1]이 맞으리라는 무슨 근거를 가져서도 아니었다. 손이 바쁘던 때는, 어서 이 잡무에서 헤어나 조용히 쓰고 싶은 것이나 쓰고 읽고 싶은 것이나 읽으리라 염불처럼 외어 왔으나 이제 막상 손을 더 대이려야 대일 수가 없게 되고 보니 그것들이 잡무만은 아니었던 듯 와락 그리워지는 그 편집실이요 그 교실들이었다.

사람이 안정한다는 것은 손발이 편안해지는 데 있는 것은 아니었다. 한은 한동안 문을 닫고 손발에 틈을 주어 보았다. 미닫이 가까이 앉아 앙상한 앵두나무 가지에 산새 나리는 것도 내다보았고 가랑잎 구르는 응달진 마당에 싸락눈 뿌리는 소리도 즐겨 보려 하였다. 그러나 하나도 마음에 안정을 가져오지 않을 뿐 아니라 점점 신경을 날카롭게, 메마르게 해 주는 것만 같았다. 이번 사냥은 이런 신경을 좀 눅여 보려는 한갓 산책에 불과한 것이었다.

한은 즐거웠다. 오래간만에 학생 때 친구 윤을 만나는 것도 반가웠다. 편지 한 장으로 구정(舊情)[2]을 생각하여 모든 것을 주선해 놓고 부르는 그의 우정이 감사하였다. 오래간만에 촌길을 걸을 것, 험준한 산마루를 달려 볼 것, 신에게서 받은 자세대로 힘차게 가지를 뻗은 정정한 나무들을 쳐다볼 수 있을 것, 나는 꿩을 떨구고, 닫는[3] 노루와 멧도야지를 고꾸라트릴 것, 허연 눈 위에 온천처럼 용솟음쳐 흐를 피, 통나무 화톳불에

1 돼지 피.
2 옛정.
3 빨리 뛰어가는.

가죽째 구워 뜯을 짐승의 다리, 생각만 하여도 통쾌한 야성적인 정열이 끓어올랐다. 아무리 문화에 길들었어도 사람의 마음 한구석에는 야성에의 향수가 늘 대기하고 있은 듯하였다.

월정리(月井里)[4]에서 차를 나리니 윤은 약속대로 두 포수와 함께 폼[5]에 나와 기다리고 있었다. 윤은 한의 손을 잡고,

"그냥 만나선 어디 알겠나?"

하며 의심스럽게 쳐다보았다. 한 역시 한참 마주 들여다보지 않을 수 없었다.

"열다섯 해란 세월이 인생에겐 이렇게 긴 걸세그려!"

대합실에 나와 포수들과 지면(知面)을 하고 담배를 한 대씩 피워 물고 찻길을 건너 서북편으로, 촌길로는 꽤 넓은 길을 걷기 시작하였다. 늙은 포수는 꿩철[6] 따위는 아예 재지도 않는다고 하였고 젊은 포수만이, 우선 저녁 찬거리라도 장만해야 한다고, 탄자(彈子)[7]를 재이더니 길섶으로만 꼬리를 휘저으며 달아나는 '도무[8]'라는 개의 뒤를 따랐다. 전에는 황무지였으나 수리조합 덕에 개간이 되어 한 십 리 들어가도록은 뫼초리[9] 한 마리 일지 않는 탄탄대로였다. 여기를 걷는 동안, 한은 윤에게서 대서업자(代書業者)로서 본 인생관이라고 할까 세계관이라 할까 단편적이나마 솔직하긴 한 이야기를 심심치 않게 들었다. 결국, 민중이란 어리석은 것이란 것, 이 어리석은 무리들에게 도의를 베푸는 손은 너무 먼 데 있는데 그렇지 않는 손들은 그들의 주위에 너무 가까이, 너무 많이 있다는

4 강원도 철원의 마을로, 서울과 원산을 잇던 철도인 경원선(京元線)에서 철원과 가곡(佳谷) 사이의 간이역.
5 플랫폼. 승강장.
6 꿩 사냥용 탄환.
7 탄알.
8 '톰(Tom)'의 일본식 발음.
9 '메추라기'의 방언.

것이다.

그래 그들은 행복하기가 쉽지 못하다는 것이다. 학창을 처음 나와서는 그들을 위해 의분도 느꼈었으나 자기 하나의 의분쯤은 이른바 홍로점설(紅爐點雪)[10]에 불과하였고, 그런 모리배[11]들만의 존읍 사회에 끼어 일이 년 생계를 세우는 동안, 어느 틈엔지 현실에 영리해졌다는 것이요, 그 덕에 오늘에 이르런 사무실 문을 닫고 이렇게 삼사 일씩 나와 놀아도 집에서 조석 걱정은 않게끔 되었노라 실토하였다. 그리고 읍 사람들은 너무 겉약고[12] 촌사람들은 너무 무지몽매하다는 것을 몇 번이나 한탄하였다.

차츰 엷게 눈이 깔린 산기슭이 가까워졌다. 동네를 하나 지나서부터는 논 대신 밭들이 나오며 길도 촌맛이 나기 시작했다. 꼬리가 점점 긴장해지던 도무란 놈이 그루만 남은 콩밭으로 뛰어들었다. 사람 눈에는 아무것도 보이지 않는데 개는 코를 땅에 붙이고 썰썰 매암[13]을 돌면서 내음을 해 나간다. 젊은 포수는 총을 바로 잡고 바짝 따라선다. 일행은 길 위에 서서들 바라보았다. 불과 오륙십 보 안에서다. 아무것도 보이지 않던 밭고랑에서 푸드득 하더니 수염낭[14] 같은 장끼 한 마리가 뜬다. 날개도 제대로 펴기 전에 총부리에서 흰 연기가 찍 뻗더니 탕 소리와 함께 꿩은 그 순간 물체가 되어 밭둑에 툭 떨어지는 것이었다. 한은 꿩을 주으러 뛰어갔으나 개가 먼저 와 물었다. 한이 달래 보았으나 개는 쏜살같이 저희 주인에게로 달아났다. 주인이 꿩을 받으니 개는 주인의 다리에 제 등어리를 문대기며 끙끙대며 기고 뛰고 하였다. 주인에게 충실하기만 한 것이 아니라 제 공을 되도록 크게 알리려는 공리욕(功利欲)도 개

10 빨갛게 달궈진 화로 위에 눈 몇 송이 뿌린 것과 같다는 뜻으로, 큰일을 할 때 작은 힘으로는 아무 도움이 되지 않음을 이르는 말.
11 수단과 방법을 가리지 않고 이익만을 추구하는 사람. 모리지배(謀利之輩).
12 실제로는 어리석은데 겉으로 보기에만 약고.
13 '맴'의 본말.
14 繡-囊. 수를 놓은 작은 주머니. 수엽낭(繡葉囊).

의 강렬한 근성인 듯하였다.

꿩은 죽지 밑에 피가 좀 배어 나왔을 뿐, 그림같이 고요해 있었다. 푸드득푸드득 공간을 파도를 치듯 하며 세차게 날던 것, 어느 불꽃이, 어느 솟는 새암[15]이 그처럼 싱싱한 생명이었으랴만 탕 소리 한번 순간에 이처럼 모든 게 정지해 버린다는 건, 분수없이 허무한 것이었다. 아무튼 사냥 기분은 이 장끼 한 마리에서부터 호화스러워지는 것 같았다.

장산[16]들은 아직도 아득하더니 여기서도 시오리나 들어가서야 이들의 근거지가 될 동네가 나타났다. 이발소가 있고 여인숙이 있고 주재소(駐在所)까지 있는 꽤 큰 거리였다. 뜨뜻한 갈자리 방에 간소한 여장들을 끄르고 우선 꿩을 뜯고 국수를 누르게 하였다. 한은 시장했기도 했지만, 한 산기슭에서 자란 때문일까 꿩과 모밀이 그처럼 제격인 것은 처음 맛보았다.

점심을 치르고 나니 해는 어느덧 산머리에 노루 꼬리만큼밖엔 남지 않았다. 여기서도 오 리는 올라가야 해마다 해 보아 몰이에 익숙한 사람들이 있는 산마을이 있고 그 마을 뒷등부터가 곧 노루며 멧도야지며 때로는 곰까지도 나오는 목이 산갈피[17]마다 무수히 있어, 대엿새 동안은 날마다 새 골짜기를 떨어 볼 수 있다는[18] 큰 사냥터라는 것이었다.

몰이꾼을 마퀴려[19] 늙은 포수만이 윗마을로 올라가고 한과 윤과 젊은 포수는 거리에 남았다. 꿩은 해가 질 무렵에도 나리는 것이라고 이들은 다시 꿩 사냥을 나섰다. 과연 도무는 낮에보다는 꿩을 흔하게 퉁기었다.[20] 총은 한 마리나 혹은 두 마리인 경우에는 으레 하나씩은 떨구었다.

15 '샘'의 본말.
16 壯山. 크고 웅장한 산.
17 산 하나하나의 사이. 골짜기.
18 훑어내 볼 수 있다는.
19 어떤 일을 하기로 미리 정하러.
20 자주 날아오르게 했다.

그러나 십여 마리씩 떼로 몰린 데서는 개와 총이 사정(射程) 안에 들어서기 전에 어느 한 놈이고 먼저 날았고, 한 놈만 날면 우르르 따라 날아버렸다. 어둑스레해서 거리로 들어설 때는 눈발이 부실부실 날리었다. 기름진 까투리며 장끼며 다섯 마리나 차고 들고 신등에 눈을 털며 남폿불 빠안한 촌방에 들어서는 정취엔 한은 도회에 남기고 온 몇 친구가 그리웠다. 발을 씻고 불돌[21]을 제쳐 놓고 싸리나무 불에 말리고, 꿩을 볶아 저녁을 먹고, 주인집 젊은이를 불러내어 국수 내기 화투를 치고, 자정이나 되어 이가 저린 동치밋국에 꿩과 모밀의 그 깔끄럽고도 미끄러운 밤참을 먹고, 밤국수 먹으러, 혹은 밤낙수질[22] 다니다가, 혹은 딴 동네 처녀에게 반해 다니다가 도깨비한테 홀리던 이야기로 두시가 넘어서야 잠들이 들었다.

눈들이 부성한 이튿날 아침은, 술 먹은 뒤처럼 머리가 터분하고[23] 속이 쓰렸다. 한은 그것이 도리어 심리적으로는 구수하였다. 꿩 한 자웅에 사 원이 넘는다는 말을 들으니 더욱, 진작 이런 촌에 와 밭날갈이[24]나 장만하고 총 허가나 맡았더면, 하는 후회도 났다.

자연 늦은 조반이 되었다. 눈은 겨우 발자국 나리만치 깔리었고 바람은 잔잔하여 사냥하기에는 받은 날씨라 하였다.

열시나 되어 윗마을에 닿았다. 카랑카랑한 늙은 포수는 몰이꾼을 넷이나 다리고 일곱시서부터 길에 나와 섰노라고 성이 나 있었다.

이내 산으로 들어섰다. 몰이꾼들은 듬성듬성 새를 두어 산기슭, 산 낮은 허리, 중허리, 상허리에 늘어서고 포수들과 윤과 한은 산등을 타고 넘어 두 골짜기 만에 가 목을 잡되, 가장 긴요한 목에 늙은 포수가 앉고 다음 목에 젊은 포수가 앉고, 잘못되어 처지면 이리도 짐승이 빠질는지

21 화롯불이 쉽게 사위지 않도록 눌러 놓는 돌.
22 '밤낚시질'의 방언.
23 개운하지 않고 답답하고.
24 며칠 동안 갈아야 할 만큼 큰 밭.

도 모른다는 목에 윤과 한이 섰기로 하였다. 이들은, 만일에 짐승이 오는 눈치면 소리를 질러 다른 목으로 에워만 놓으라는 것이었다.

거의 한 시간이 걸려서야 뚜우 뚜우 소리들이 들려왔다. 아래위로 맞받으면서 가닥나무[25]를 뚜드리면서 산을 싸고 넘어왔다. 산비둘기가 몇 마리 날았을 뿐, 짐승은 나타나지 않았다. 포수들은 이번엔 다음 산의 자차분한[26] 솔밭 속으로 들어서며 자귀를 해 나가기[27] 시작하였다. 늙은 포수는 이내 꽤 큰 노루의 발자국을 찾아내었다. 자국 난 데 눈을 만져보더니 이날 아침에 지나간 것이 틀리지 않다 하였다. 한 등성이를 넘었을 때다. 갑자기 도무의 이악스럽게[28] 짖는 소리가 났다. 늙은 포수는 아뿔싸! 하며 혀를 찼다. 개가 너무 멀리 앞질러 가 퉁긴 것이었다. 송아지 같은데 목과 다리만 날씬한 것이 벌써 꺼불거리고[29] 다음 산비탈을 뛰고 있었다. 늙은 포수는 큰 사냥터에 핑 사냥개를 다리고 왔다고 찡찡거렸다. 개는 임자가 불러도 자꾸 짐승만 다우쳤다.

"저 노룬 오늘 백 리도 더 갈 거요."

포수들은 그 노루는 단념하고 다른 데 몰이를 붙였다. 또 허탕이었다. 그 다음 산마루에서 불을 해 놓고 점심들을 먹을 때다. 한은 배는 아직 든든하나 다리가 아팠다. 담배를 한 대 피워 물고 꽤 높은 고개의 분수령에 앉아 멀리는 첩첩한 산등성이를 내어다보는 맛과 가까이는 아람찬[30] 참나무들의 드센 가지들을 쳐다보는 것만도 통쾌하였다.

몰이꾼들은 베보자기를 끌러 놓고 싯누런 조밥 덩이들을 김치 쪽에 버무려 우적우적 탐스럽게 먹었다. 그 숫된 사나이들과 화톳불에 둘러앉아 인생의 한때를 쉬어 보는 것도 즐거운 일이었다. 그들의 비인 보자

25 '떡갈나무'의 방언.
26 잘고도 차분한.
27 짐승의 발자국(자귀)을 따라 나가기. 자귀를 짚어 나가기.
28 악착스럽게. 아득바득하게.
29 크고 세게 흔들며.
30 '아름찬'의 방언. 두 팔로 껴안았을 때 가득한.

기들이 다시 그들의 꽁무니에 채워지고 곰방대들을 꺼내 물 때다. 포수 하나가 무어라고인지 소리를 꽥 질렀다. 몰이꾼의 하나가 총을 집어 들고 만적거린 것이었다.

"그 사람이 총 묘릴 몰라서요?"

"알구 모르구."

"그 사람이 노룰 다 쐈는걸요."

"노루를 쏘다니?"

하는데, 침이 지르르한 두터운 입술이 벌쭉거리며 얼굴이 시뻘개진 당자가 불 앞으로 왔다. 혼솔[31]이 희끗희끗 닳았으나 곤색 양복 조끼를 저고리 위에 입은 것이나 챙이 꺾이었으나 도리우치[32]를 쓴 것이나 지카타비를 신은 것이나 몰이꾼 패에서는 이채[33]였다. 그러면서도 얼굴만은 어느 쪽에서 보든지 두리두리한 것이, 흰자위 많은 눈이 공연히 실룽거리는 것이라든지 기중 어리숙해 보이는 사람이었다.

"아, 자네가 언제 총을 놔 봤나?[34]"

늙은 포수가 물었다.

"왜 난 쏘믄 총알이 안 나간답디까?"

우쭐렁한 대답이었다.

"이런 젠장 누가 총알이 안 나간댔어! 언제 놔 봤느냈지?"

그는 아이처럼 흐하하 웃었다. 그리고 대뜸 신이 났다.

"사람 쏠 뻔하던 얘기 할까유?"

"어디 들어 보세."

"아! 하마틈 맹꽁이쇨[35] 차는 걸…."

31 홈질로 꿰맨 옷의 솔기.
32 '사냥 모자'를 뜻하는 일본말. 헌팅캡.
33 異彩. 두드러지게 눈에 뜨임.
34 쏴 봤나?
35 '수갑을'의 속어.

"요 아래 참나뭇굴서 그랬대지?"

"그럼유! 아, 꿩만 보구 냅다 쏘구 났더니 바루 그쪽에 숯 굽는 패가 둘이나 섰는 걸 금세 보군 깜박 야저먹었지[36]. 가만 보니까 사람이 둘이 다 간 데가 없군요! 맞았음 쓰러졌지 별수 있겠나유? 집으루 삼십육곌 부를랴는데 아, 한 녀석이 도낄 잔뜩 들구 성큼성큼 내려오지 않갔나유? 그땐 다리가 떨려 뛸 수두 없구…. 예끼 정칠 이왕 저눔 도끼에 죽느니 총으루 한 방 먼저 갈겨나 본다구 총을 바짝 쳐들었죠. 저눔이 소릴 지를 것만 같어서 겨냥을 할 수가 있어야쥬. 그냥 어림만 대구 잔뜩 들구서 가까이만 오길 기다렸쥬. 아, 셤이 시커머뭉투룩헌 여간 감때가 아니쥬! 저만큼 오길래 방아쇨 지끈 당겼죠. 아, 귀에선 앵 소리가 났는데 총이 굴르지두[37] 않구 연기두 안 나가구 저눔은 그냥 털레털레 벌써 앞으루 다 왔갔나유! 탄잘 얼결에 재지두 않구 방아쇠만 댕겼으니 나가긴 뭬 나가유! 아, 인전 이눔 도끼에 대가릴 찍히구 마는구나! 허구 앞이 캄캄해지는데 얼든[38] 정신을 채려 보니까 그잔 벌써 쇠고삐 한 기장[39]은 지나서 나려가구 있지 않갔나유? 보니까 한 손엔 숫돌을 들구 개울루 도낄 갈러 가는 걸 모루구… 흐하하…."

한바탕 산마루에 웃음판이 벌어졌다.

"아니 총은 웬 총인데?"

그의 사촌이 한때 면장으로 총을 가지고 있었다는 것이었다. 그는 아직도 너머 동리에서 볏백이나 거둬들이고 산다는 것이었다.

이날은 오후 참에도 결국 탕 소리를 못 내어 보고 나려오고 말았다. 다음날도 노루 한 마리와 도야지 한 마리를 퉁기고도 몰이꾼들이 몰린 덴

36 야자버렸지. '잊어버렸지'의 속어.
37 뒤로 되튀지도.
38 '얼른'의 방언.
39 소의 굴레에 매고 끄는 줄 길이.

너무 몰리고 뜬 데는 너무 띄어 어느 한 마리도 총목[40]에 몰아넣지 못하고 말았다.

사흘째 되는 날은, 윤이 아침결에 나가더니 꿩을 두 마리나 쏘아 와, 한은 기운도 지치고 하여 점심에 국수나 눌러 먹는다는 핑계로 혼자 거리에 떨어지고 말았다.

저녁상이 나오도록 사냥꾼들은 돌아오지 않았다. 상을 물리고 거리길에 나서 어정거리는 때였다. 쿵 소리가 시커먼 병풍처럼 둘린 뒷산 어느 갈피에서 울려 나왔다. 연이어 또 한 방 쿵 울리었다. 한은 궁금했으나 기다리는 수밖에 없었다. 포수들은 그 후 두 시간이나 뒤에 나타났다. 황소만 한 멧도야지를 잡았다는 것이다. 참나무를 베어 그 위에 얹어 싣고 끄노라니 제대로 나려올 리가 없었다. 옆으로 굴러 한번 도랑에만 떨구면 여간해 끌어올릴 수가 없었다. 겨우 윗동네 앞까지 와서는 몰이꾼들도 허기가 져 모다 흩어졌다는 것이다. 윤은, 한더러, 오늘 밤 안으로는 피가 식지 않을 것이니 올라가자 하였으나 한은 저녁 먹은 것도 그저 뭉클한 채요, 어둡고 춥기도 하였고, 또 꼭 저혈을 먹기 위해 온 소위 피꾼도 아니요, 포수의 말에 의하면 식은 피라도 중탕을 하여 데우면 조금도 다를 것이 없다 하므로 이튿날 식전에들 올라가기로 한 것이다.

세수들만 하고 해돋이에 윗마을로 올라왔다. 동네 사람들은 벌써 허옇게 나와 둘러싸고 있었다. 그 속에서 몰이꾼 하나가 불거져 뛰어오더니,

"뭔지 변이 생겼습니다."

했다.

"무슨?"

"어떤 눔이 밤에 와 밸 온통 갈러 필 죄 쏟아 놓구, 열[41]은 떼두 못 가구

40 총잡이들이 지키고 있는 좁은 길.

41 '쓸개'의 방언.

터뜨려만 놓구, 살두 여러 근이나 떼 갔군요!"

가 보니 정말 그대로였다. 빛깔이나 털의 거침부터 짐승이라기보다 여러 백 년 된 고목의 한 토막 같은 게 쓰러졌다. 도적은 그 배만 가르지 않고 뒷다리 살을 썩둑썩둑 베어 갔다. 그것을 총질한 늙은 포수는 입술이 파래졌다.

"이건 이 동네 사람 짓이 틀림없죠."

하더니 구장 집을 물었다.

"구장은 찾어 어떻게 허시료?"

"가만들 계슈. 내게 맡기슈."

늙은 포수는 구장을 시켜 동네 젊은 사람들을 모조리 구장네 사랑으로 모이게 하였다. 모다 칠팔 인밖에 안 되는데 그중에 네 사람은 이들의 몰이꾼들로, 그 도끼 갈러 나려가는 숯쟁이를 총으로 쏘았다는 곰색 양복 조끼짜리도 물론 끼어 있었다. 이간방[42]에 쭈욱 둘러 좌정[43]이 되기를 기다려 늙은 포수는, 한편 어금니는 빠졌으나 말은 야무지게 입을 열었다.

"이게 한 사람의 짓이지 두 사람의 짓두 아닌 걸 가지구 이렇게 동네 여러분네를 오시란 건 미안헌 줄두 모르지 않쇠다만, 사세부득[44] 이쯤 된 게니 잠깐만 용서들 허슈…. 내 방법이란 한 가지밖엔 없쇠다. 쥐인장 물을 둬 대야만 뜨끈허게 데워 내오슈…. 고기에 탐내 그랬겠수. 쓸개에 탐이 났지만 어둬서 쓸개는 터뜨리기만 해 놓구 왔던 김이니 고기두 떼 간 게지…. 아무튼 그 고길 오늘 아침에 삶어 놓구 뜯어 먹구 왔을 게요. 뱃속을 보선목이니 뒤집어 보잘 순 없을 게구… 뜨건 물에 손을 당거 봄 고기 주므른 사람 손이면 뜨는 게 있습넨다[45]…."

42 두 칸짜리 방.
43 坐定. 자리잡아 앉음.
44 事勢不得. 어쩔 수 없는 상황이라 이렇게 할 수밖에 없음.
45 '있습니다'의 방언.

좌중이 일시에 눈들이 서로 손으로 갔다. 모다 둘씩은 가진 손이었다. 모다 울툭불툭 마디들이 험한 손이었다. 선한 일이고 악한 일이고 시키는 대로 할 뿐인, 죄 없는 손들이었다. 더구나 꾀로 살지 않고 힘으로 살기에, 도회지 사람들의 발보다도 더 험해진 그 순박한 손들에게 이런 야박스런 모욕이란 생후 처음들일 것이었다. 한은 한편이긴 하나 늙은 포수가 오히려 얄미웠다. 이 자리에 한 손도 그 죄의 기름이 뜨는 손은 없기를 바랐다. 그러나 데운 물그릇이 나오기 전에 여러 사람의 시선을 혼자 쪼이는 손이 있었다. 곤색 양복 조끼의 손이었다. 깍지도 껴 보고, 무릎 밑에 깔아도 보고, 허리춤을 긁적거려도 보고 나중엔 완전히 떨리어 곰방대를 내어 담배를 담았다. 눈치 빠른 늙은 포수는 얼른 끼고 앉았던 화로를 내밀었다. 담뱃불을 붙이느라고 길게 빼인 고개가 어딘지 어색할 뿐 아니라 불에 갖다 대이는 대통[46]이 덜덜 떨리었다. 늙은 포수는 버럭 소리를 질렀다.

"저 사람이 담밸 붙여 뭘 붙여?"

양복 조끼는 그만 입에서 놓쳐 버린 곰방대를 화로에서 집느라고 쩔쩔매었다. 늙은 포수는 옴팡한 눈으로 그를 할퀴듯 쏘아보았다. 그만 양복 조끼의 얼굴은 화로보다도 더 이글거렸다. 늙은 포수는 문을 열어젖뜨리며 안으로 소리를 쳤다.

"쥐인장, 물 데 내올 것두 없쇠다."

그리고,

"한 사람만 남구 죄 없는 분들은 하나씩 일어나 나가슈."

하였다. 끝내 못 일어서기는커녕, 고개도 못 들고 남아 있는 것이 이 양복 조끼였다. 늙은 포수는 어느새 철썩 그의 귀때기를 갈겼다.

결국 구장이 나와, 자기 동리에서 생긴 불상사를 사과하였고, 이쪽의 처분을 기다리노라 하였다. 늙은 포수에게서는 이내 계산이 나왔다.

46 담뱃대의 담배 담는 부분. 담배통.

"피가 그 돼지헌테서 다섯 사발만 나왔겠소? 소불하[47] 다섯 사발 치구두 오십 원 허구, 쓸개가 어제 저 사람 제 입으루두 사십 원짜린 염려 없을 게라구 그랬소. 사십 원 허구, 뒷다릴 함부루 썰어 놨으니 가죽이 못 쓰게 되잖었소? 가죽 값 십 원만 허구, 백 원만 물어 노슈. 오늘 이 지경 됐으니 사냥헐 맛 있게 됐소? 오늘 하루두 우린 손해요."

"참, 손해가 많으시군요! 허나 이 사람이야 단돈 십 원을 해낼 주제가 어디 되나요. 요 너머 이 사람 사춘이 한 분 계시니 내 넘어가 의논허구 과히 억울치 않두룩 마련하오리다. 아무튼 주재소에만 알리지 말구 내려가 기달려 주시기요."

늙은 포수는 주재소 말이 저쪽에서 나온 김이라 오후 세시까지 기다려서 소식이 없을 때는 주재소에 고소를 한다고 하였고,

"저따위 덜된 저석은 몇 해 감악소[48] 밥을 멕여야 사람 구실을 헐 거요."

하고 을러메었다.[49]

아무튼 도야지를 각을 떠[50] 석 짐이나 지워 가지고 거리로 나려왔다. 식전에 십 리 길을 걸은 속이라 모다 시장했으나 한 사람도 고기 맛이 있을 리 없었다. 뒷일은 늙은 포수에게 맡기고 한과 윤은 젊은 포수를 다리고 꿩 사냥을 나갔다가 어스름해서야 돌아와 보니, 일은 더욱 상서롭지 못하게 번져 있었다. 양복 조끼의 사촌형이 돈 삼십 원을 주며, 이 돈만으로는 포수가 들을 리가 없으니 또 주재소에서도 소문으로라도 벌써 모르고 있을 리 없을 것이니, 주재소로 가서 때리는 대로 맞고, 그저 죽을 때라 잘못했노라 하고, 이 돈 삼십 원밖엔 해 놓을 수가 없으니, 이 돈으로 무사하게 처분해 달라고 빌라고 일러 보냈는데 돈 삼십 원을

47 少不下. 적게 잡아도.
48 '감옥'을 속되게 이르는 말. 까막소.
49 위협하였다. 을러대었다.
50 부위별로 나누어.

넣은 양복 조끼는 주재소로도 포수에게로도 나타나지 않았다. 밤이 이슥해서는 그가 월정리역에서 어디로 가는 것인지 차표 사는 것을 보았다는 소문까지 퍼지었다.

사냥은 이렇게 마치고 말았다.

차가 창동을 지나니 자리가 수선해지는 바람에 한은 깜박 들었던 잠을 깨었다. 집이 있는 서울이 가까워 온다. 그러나 한은 조금도 반갑지 않았다. 그는 생각하였다. 단돈 삼십 원으로도 달아날 수 있는 그 양복 조끼에게는 세상이 얼마나 넓으랴! 싶었다.

『춘추』, 1942. 2; 『돌다리』, 1943.

영월(寧越) 영감

작년 가을, 어느 비 오는 날이었다. 성익은 집에 들어서자 사랑 마루에 웬 누르퉁퉁한 지우산[1]과 검은 지카타비 한 켤레가 놓인 것에부터 눈이 미치었다. 한 손에 찬거리를 사 든 길이라 안으로 들어가 아내에게 들은즉, 자기는 처음 보는 어른인데, 아이들더러, 나두 너희 할아범이야 하는 것을 보아, 아마 당신 아저씨뻘 되는 양반인 게라고 하였다. 옆에서 어린것 하나는, 아주 무섭게 생긴 할아버지야 하였다. 나와 뵈니, 정말 성익도 어렸을 때는 무서워하던 영월 아저씨였다.

성익은 참 뜻밖이요 오래간만에 뵙는 아저씨였다. 혼인한 지 십 년이 넘는 성익의 아내는 이번이 처음이도록 여러 해 동안을 뵐 수 없던, 생사조차 모르던 영월 아저씨였다.

젊어 영월(寧越) 고을을 지내어[2] 영월댁이라, 영월 영감이라, 영월 아저씨, 영월 할아버지로 불리어지는 인데, 키가 훤칠하고, 이글이글 타는 눈방울이 늘 술 취한 사람처럼 화기[3] 띤 얼굴에서 번뜩일 뿐 아니라 음성이 행길에서 듣더라도 찌렁찌렁 울리는 데가 있는 어른이어서, 영월 할아버지 오신다 하면 아이들은 울음을 그치었다. 위엄은 아이들이나 하인배에뿐 아니라 그분과 동년배요 항렬로는 도리어 위 되는 이라도 영월 영감이 오는 눈치면 으레 물었던 담뱃대를 뽑아 들고 길을 비키었다. 세도가 정상 시가 아닌 때에 득세(得勢)를 하는 것은 소인 잡배의 무리라 하고, 읍에 한 번 가는 일이 없이 온전히 출입을 끊었다가 기미년

1 기름 먹인 종이로 만든 우산.
2 고을의 수령을 지내어.
3 和氣. 생기 있는 기색. 혹은 열이 올라 벌건 기운.

일에 사오 년 동안 옥사생활을 거친 후로는, 심경에 큰 변화를 일으킨 듯, 논을 팔고, 밭을 팔고, 가대[4]와 종중(宗中)[5]의 위토(位土)[6]까지를 잡혀 쓰면서 한동안 경향 각지로 출입이 잦았었다.[7]

그러나 무슨 이권이나 세도를 얻으러 다니는 것 같지는 않다가 한번은 그 예사로운 출입으로 나간 것이 소식이 끊이기를 십오륙 년, 대소가[8]가 모다 궁금하게 여기던 것조차 이제는 지쳐 버리게 되었는데, 이렇게 서울서 문득 찢어진 지우산과 지카타비로 조카 성익의 집에 나타난 것이었다.

"그간 어디 가 계셨습니까?"

"일소부주(一所不住)[9]지 안 당긴 데 있나…."

음성이 높은 것, 우묵하게 꺼지기는 하였으나 그 푸른 안정[10]이 쏘아 나오는 눈, 그리고 저녁상에서 설익은 갈비를 다시 구워 올 것도 없게 실패쪽[11]처럼 벗겨 자시는 것을 보면 그 식사나 기력의 정정함도 옛 풍모 그대로였다. 그러나 이마와 눈시울에 잘고 굵은 주름들은 너무나 탄력을 잃었다. 더구나 머리와 수염이 반이 넘어 흰 것을 뵙고는, 성익은, 이분도 시대의 운명을 어쩌기는커녕 자기 자신이 그 운명 속에 휩쓸리고 마는 것이 아닌가 하는 서글픔이 가슴이 뿌지지하게 느껴졌다[12].

"아저씨두 이전 반백이나 되셨군요?"

"반백은 넘었지. 허!"

4 家垈. 집터와 전발 전체.
5 문중(門中). 가문.
6 묘에서 지내는 제사 비용을 마련하기 위해 경작하던 토지.
7 "세도가 (…) 잦았었다" 부분은 최초본(1939)에는 있으나 저본(1943)에서는 삭제됨.
8 大小家. 온 집안.
9 한곳에 오래 머물지 않고 떠돌아다님. 일소부재.
10 眼精. 눈의 정기.
11 실을 감는 실패의 쪽나무.
12 "성익은 (…) 느껴졌다"는 최초본을 되살림. 저본에는 "성익은 가슴이 뿌지지했다"로 축약됨.

하고 그 수염을 한번 쓸어 보면서,

"빈발여하백(鬢髮如何白)고 다인적학로(多因積學勞)[13]라더니 내 백발은 적학로도 아니고… 허허!"

하고 크게 웃었다. 그리고 조카가 이것저것 물었으나 별로 대답이 없이 손자 되는 어린것의 머리만 쓰다듬다가,

"세월밖에 헤일 게 없구나! 대답할 게 없으니 아무것두 묻지 말아…. 내가 다녀갔단 말 시굴집에들 알릴 것두 없구…. 네게 온 건 돈 얼마 변통해 쓸까 하구 왔는데…."

하였다. 성익은 그래도 그동안 대소가 소식들부터 알려 드리고 나서,

"얼마나 쓰실 일입니까?"

물었다.

"한 천 원 가까이 됐으면 좋겠다."

성익은 얼른 마루 아래 놓인 이 아저씨의 지카타비 생각이 났다. 이분이 금광을 하시는 것이나 아닌가? 하였으나 아무것도 묻지 말라는 말을 먼저 받았다. 아무튼 비록 행색은 초췌할망정 생사조차 알리지 않다가 십여 년 만에 찾는 조카에게 자기 개인 밥값 같은 것이나 궁해서 돈 말을 할 영월 아저씨로는 믿어지지 않았다. 성익은 할 수 없이 무리를 해서 모아 온 고완품(古翫品)[14]에 손을 대었다. 고려청자 찻종 하나와 단계석(端溪石)[15] 벼루 하나를 이튿날 식전에 들고 나가 천 원은 못다 되고 칠백 원을 만들어다 드리었다. 돈이 칠백 원이란 말만 들었을 뿐, 영월 영감은 헤어 보지도 않고 빛 낡은 양복 조끼 안주머니에 넣더니 저녁때가 가까웠는데도 떠나야 한다고 나섰다. 비는 그저 지적지적 나리었다.

"애장품을 없애 줘 미안타. 그러나 그런 건 누가 보관튼 보관돼 갈 거구…."

13 수염과 머리는 어찌하여 세었는고, 공부의 노고가 쌓인 원인이로다.
14 골동품.
15 중국의 광둥성 돤시(端溪) 지방에서 나는 벼룻돌.

하면서 마당에 나려 화단에서 비에 젖는 고석(古石)[16]을 잠깐 눈주어 보더니,

"어디서 구했니?"

하였다.

"해석(海石)[17]입니다. 충남 어느 섬에서 온 거라는데 파는 걸 사 왔습니다."

"넌 너의 아버닐 너무 닮는구나! 전에 너의 아버니께서 고석을 좋아하셔서 늘 안협(安峽)으로 사람을 보내 구해 오셨지…. 그런데 난 이런 처사취미(處士趣味)[18]엔 대 반대다."

"왜 그러십니까?"

"더구나 젊은이들이… 우리 동양 사람은, 그중에두 우리 조선 사람이지 자연에들 너무 돌아와 걱정이야."

"글쎄올시다."

"자연으루 돌아와야 할 건 서양 사람들이지. 우린 반대야. 문명으루, 도회지루, 역사가 만들어지는 데루 자꾸 나가야 돼…."

이렇게 영월 영감은 목소리가 더 우렁차지며 얼굴이 더 붉어지며 가을비에 이끼 끼는 성익의 집 마당을 부산하게 나섰다.

돈을 언제 갚는단 말도, 어디 와 있다는 말도, 성익도 기다리지도 않았지만 전혀 소식이 없다가 꼭 돌이 되어 요전 달 하순이었다.

하루는 세브란스 병원에서 성익에게 메신저 보이가 왔다. 박대하란 환자를 대신해 쓴다 하고 곧 좀 외과 진찰실로 와 달라는 것이었다. 박대하란 영월 영감이다. 성익은 곧 달려갔다. 간호부가 가리키긴 하나 누군지 알아볼 수 없게 얼굴 온통이 붕대 뭉치가 되어 진찰대에 누워 있었

16 괴상하게 생긴 돌. 괴석(怪石).
17 화산의 용암이 갑자기 식어서 굳어진 돌.
18 유유자적하며 사는 사람의 취미.

다. 멀겋게 부푼 입술이 번질번질한 약을 바르고 콧구멍과 함께 숨을 쉴 정도로 내어놓아졌을 뿐, 눈까지 약칠한 가제에 덮여 있는 것이다. 송장이 아닌가 싶었다.

"이분이?"

"네 박대하 씨라구요. 광산에서 다치셨대요. 입원을 허실 텐데 시내에 보증인이 있어야니까요."

하고 간호부는 환자의 귀 가까이로 가더니

"불러 달라시던 분 오셨에요."

하였다. 환자의 육중한 입술이 부르르 떨리었다. 성익은 덥석 환자의 손을 끌어 쥐었다. 뜨거웠다.

"성익이냐?"

분명히 영월 아저씨였다.

"네, 이게 웬일입니까?"

"뭐, 허, 답답해라…. 대단친 않구… 자꾸 보증인인갈 세래[19] 널 알렸다."

"다치신 덴 얼굴뿐입니까?"

"그럼."

"어디서 다치셨는데, 누구 같이 온 사람두 없습니까?"

간호부가 복도로 나와 같이 온 사람을 가리켜 주었다. 우중충한 복도에 섰는 흙물이 시뻘건 동저고릿바람의 장정이었다.

"당신이오?"

"네."

남포를 놓는데, 세 방을 한꺼번에 놓는데, 심지 하나가 중간에서 불이 꺼지는 것을 보고 그것마저 들어가 대려 놓는데 먼저 타들어 간 것이 의외에 빨리 터졌다는 것이다.

19 세우라고 해서.

"광산은 어디요?"

"거기가 양평 따입지요. 그런데 과히 오래 가든 않는답니까?"

"글쎄 아직 모르겠소."

하고 성익은 그제야 의사에게로 왔다. 머리를 돌에 맞아 뇌진탕을 일으켰으나 반 시간도 못 돼서 정신을 차렸다는 정도니까 궤맨 자리만 아물면 뇌엔 별일이 없을 것이요 얼굴은 전면적으로 매연과 모래에 타박상을 받았으나 큰 상처는 없고, 안과에서 보았는데 눈도 동공은 상하지 않았으니까 중증의 결막염 정도니까 며칠 치료하면 뜰 수 있으리란 것이다.

성익은 다행으로 알고 아저씨를 병실로 옮기고 곧 입원 수속을 끝내었다. 그리고 아저씨께 돌아오니 그의 앞에는 광부가 꾸부리고 무슨 부탁을 듣고 서 있었다.

"아마 한 길은 더 울렸으리[20]…."

"그렇습죠."

"허니 천변[21]두 울리지 않었나 조심해서들 보구, 내 나가길 기대릴 게 아니라 따 내게들…."

"그립죠."

"서 덕대[22]보구 따들어 가다[23] 재바닥[24]만 비치거든 감석[25]을 골라내게 좀 보내 달라구 그러게."

"네."

"어서 떠나게. 중상은 아니라구 염려들 말라구 그리게."

"네 그럼…."

20 흔들렸으리.
21 '천반(天盤)'의 방언으로, 갱도나 채굴 현장의 천장.
22 광산 소유자와 계약해 광부들을 데리고 광물을 캐는 사람.
23 돌을 깨 들어가다.
24 끊긴 광맥의 아래쪽에서 다시 나타난 광맥.
25 유용한 광물이 일정 정도 이상으로 들어 있는 광석. 감돌.

광부가 나간 뒤에 성익은 잠깐 멍청히 서서 병실 안을 둘러보았다. 다른 침대 하나에는 아직 환자가 없다. 두 쪽 유리창에도 도시의 하늘답지 않게 전선줄 한 오리 걸리지 않고 유리 그대로 멀뚱하다. 누워 있는 영월 아저씨는 번질번질한 부푼 두 입술이 있을 뿐, 모다 흰 붕대와 흰 약과 흰 홑이불에 덮여 있다. 비었다기보다 시체실에 혼자 섰는 것처럼 서뭇해진다[26]. 저분이 금광을? 그럼, 저분이 여태껏 찾아다닌 것도 금이던가? 금? 그럼, 내 돈 칠백 원도 금광에 투자한 셈이던가? 성익은 씁쓰레한 군침을 입안에 다시며 침상 앞으로 나섰다.

"아저씨."

"성익이냐? 이거 답답해 어디 견디겠나!"

영월 영감은 시울이 팅팅히 부어 떠지지 않는 눈을 눈썹만 슴벅거려 본다.

"그런데 어찌실려구 뻐언히 위험한 델 들어가셨습니까?"

"인정(人情)처럼 고약한 게 없거든…. 첨에는 심질 십여 척씩 늘이구두 뒤돌아볼 새 없이 뛔나오더랬는데 것두 몇 해 다뤄 보니 심상해져 겁이 어디 나? 사람이 비켜야만 터질 것처럼 믿어진단 말이야."

"그런데 아저씨께서 금광을 허시리라군 의욉니다."

"어째?"

"막연히 그런 생각이 듭니다."

"막연이겠지…. 힘없이 무슨 일을 허나? 홍경래두 돈을 만들어 뿌리지 않었어?[27] 금 같은 힘이 어딨나? 금 캐기야 조선같이 좋은 데가 어딨나? 누구나 발견할 권리가 있어, 누구나 출원하면 캐게 해, 국고 보조까지 있어, 남 다 허는 걸 왜 구경만 허구 앉었어?"

"이제 와 아저씬 금력을 믿으십니까?"

26 선득해진다.
27 "홍경래두 (…) 않었어?" 부분은 최초본(1939)에는 있으나 저본(1943)에서는 삭제됨. 홍경래(洪景來, 1771-1812)는 조선 순조 때 농민 항쟁을 일으켰던 인물.

"이제 와서가 아니라 벌써 여러 해 전부터다. 금력은 어디 물력뿐이냐? 정신력도 금력이 필요한 거다."

"그래 광을 허십니까?"

"그럼."

"허면 꼭 금을 캘 걸 믿으십니까?"

"암, 못 캐란 법은 어딨나? 왜 못 될 걸 믿어?"

"그러나 사실에 성공하는 사람이 천에 하나나 만에 하나 아닙니까?"

"억만에서 하나기루 그 하나이 자기가 되길 계획해 못쓸까? 사람이란 그다지 계획력이 미약한 걸까?"

"글쎄올시다."

"글쎄올시다가 아니야. 그렇게 막연히 살아 무슨 전도[28]가 있나? 천에 하나, 만에 하나가 저절루 자기가 되길 바라선, 요행히 되길 바라선, 건 허영이지, 건 투기지. 그런 요행이야 천에 하나 만에 하나밖에 없을 게 당연지사겠지. 그러나 끝까지만 나가면야 천이면 천, 만이면 만 다 성공할 게 원측이지."

"그래두 일생을 광산으로 다녀두 보따리를 벤 채 죽는 사람이 얼마든지 있지 않습니까?"

"…."

영월 영감은 부푼 입술이 거북한 듯 말 대신 고개를 젓는다.

"참 말씀 그만두시죠. 입술두 퍽 부섰는데."

"말꺼정 못 하군 정말 죽은 거 같게…. 그런 것들은 다 투기자들이지. 물욕부터 앞서 제가 실패한 원인을 반성할 여유가 없이 나가구, 또 뻔히 경험으로 봐 안 될 것두 요행만 바라구 나가거든…. 그런 사람들 실패하는 거야 원형이정[29]이지…. 나두 벌써 십여 차 실패다. 그러나 똑같은 실

28 前途. 앞날. 장래.

29 元亨利貞. 사물의 근본 원리나 도리. '틀림없다', '분명하다'의 의미로 쓰임.

팬 한 번도 안 했다. 똑같은 실팰 다시 허기 시작허면야 건 무한한 거다. 그러나 금을 캐는 데 있을 실패가 그렇게 무한한 수로 있을 건 아니지. 실패를 잘만 해서 실패된 원인만 밝혀 나간다면야 실패가 많아질수록 성공에 가까워 가는 게 아니냐? 난 그걸 믿는다."

"…."

"조선 땅엔 금은 아직 무진장이다. 어느 시대구 어느 나라서구 불변 가치를 갖는 게 금밖에 또 있니? 금만 한 힘이 있니?"

"…."

"금을 금답게 쓰지 못하는 자들이 얼마나 많이들 금을 캐내니? 땅이 울 게다! 땅이…."

하고 영월 영감은 홑이불을 밀어 던지고 석수(石手)처럼 돌때에 뿌우연 손을 올려 가슴 위에 깍지를 꼈다.

이튿날부터 영월 영감은 광산에서 기별이 오기를 기다렸다.

"몇 자 안 나려가 재바닥이 비칠 건데… 맥형[30] 생긴 게 틀림은 없는데…."

그리고 사흘부터는 의사를 조르기 시작하였다.

"허! 이거 일월을 못 보니 꼭 죽었소그려. 언제나 눈을 뜨? 머린 이내 아물겠소?"

"맘이 급허시면 더 더딥니다. 눈은 차츰 부기가 낫기 시작합니다만 머리야 젊은 사람과 달라 어디 그렇게 빨리 아뭅니까?"

"내가 늙어 그러리까?"

"조그만 헌디 하나라두 연령관계가 큽니다. 신진대사 차이가 크니까요."

의사가 나간 뒤 한 시간이나 지나서다. 속으로는 그저 그 생각이었던

30 암석의 갈라진 틈을 따라 유용한 광물이 묻혀 있는 부분.

듯,

"내가 지금 사십만 같애두! 사십만…."

하고 한숨을 쉬는 것이었다.

"이론이 그렇지, 그것 아무는 데 며칠 상관이 될라구요."

"어디 이것뿐이냐? 매사에 일모도원[31]이다! 넌 올에 몇이지?"

"서른둘입니다."

"서른둘! 호랑이 같은 때로구나! 왜들 가만히들 있니?"

"…."

한참 침묵이 지나서다.

"너 낼 산에 좀 갔다 와 다우."

"산에요?"

"광산에 가, 그새 작업을 어떻게 했는지두 좀 알구, 나온 걸 어떤 돌이구 간에 한 가지씩 가져오너라. 엊저녁 꿈엔 돼지를 다 봤는데…."

"돼지요?"

"미신이나 금광 허는 사람들이 돼지 보길 바라지들… 돼질 보면 금이 난다구들, 허허…."

영월 영감은 차츰 제 빛이 돌아오는 입술에 빙그레 웃음을 띠었다.

성익은 아저씨가 일러 준 대로 이튿날 자동차로 양평(楊平)을 지나 풍수원(豊水院)[32]이란 데로 왔다. 여기서는 사람을 하나 사 가지고 동북간으로 고개라기는 좀 큰 산을 넘어 아저씨의 광산을 찾았다. 다박솔[33]이 깔린 펑퍼짐한 산허리에 서너 군데나 생흙이 밀려 나와 사태 난 자리처럼 쌓였다. 가까이 가 보니 흙이 아니라 모다 돌이었다. 굿막[34]과 화약고도

31 日暮途遠. 날은 저물고 갈 길은 멀다. 몸은 늙고 쇠약한데 아직 해야 할 일은 많다는 뜻.
32 강원도 횡성군 서원면 유현리에 있는 지명.
33 '다복솔'의 방언으로, 가지가 많이 퍼져 탐스럽고 소복한 어린 소나무.
34 광부들이 쉬거나 연장을 보관하기 위해 구덩이 밖에 지은 작은 집. 갱사(坑舍).

이내 나타났으나 사람이라고는 질통꾼[35] 서너 명만 보였다. 질통꾼들에게 서 덕대를 물으니 굿[36] 속에서 작업 중이라 한다. 굿 속으로 따라 들어가려 하였으나 바닥이 질고 천반에선 여기저기 기름과 철분에 시뻘건 샘물이 낙숫물 떨어지듯 하여 달리 차리지 않고는 들어설 수가 없다. 우선 서 덕대를 좀 나오라고 이르고 땀이나 들이려[37] 냉장고같이 시원한 굿 초입에 서 있었다. 굿 속은 키 큰 사람은 모자가 닿으리만치 낮다. 통나무로 좌우 벽선[38]과 천반을 버티어 들어갔다. 간드레[39] 불을 든 질통꾼들이 한 삼십 간 들어가서는 꼬부라져 사라지고 만다. 거기까지는 수평이다. 그 뒤는 캄캄하여 도무지 짐작을 할 수가 없다. 물방울 떨어지는 소리뿐 가만히 귀를 기울여야 쿠웅쿠웅 바위 울리는 소리가 은은히 돌아 나온다. 그쪽은 저승과 같이 아득하고 신비스럽다.

'저 속에서 금이 난다!'

성익은 담배를 피워 물고 생각하였다.

그 몇만분지, 몇십만분지의 일인 금을 얻으려 산을 헐고 바위를 뚫고… 그 적은 비례의 하나를 찾기 위해 몇만 배, 몇십만 배의 흙을 파내고 돌을 쪼아 내고…. 성익은 고개를 기다랗게 내밀어 광산 전체를 쳐다보았다. 까아맣게 올려다보이는 석벽도 이 산의 봉우리는 아직 아니었다.

'하나를 위해 구만구천구백구십구의 헛일을 해야 하는….'

성익는 한숨이 나왔다. 어렸을 때 풀기 어려운 산술 숙제를 받던 생각이 난다. 그러나 이내 또, 아저씨의 "사람이란 그다지 계획력에 미약한 거냐?" 하던 말도 생각난다.

35 질통으로 광석, 버력 등을 져 나르는 일꾼.
36 갱도(坑道).
37 식히려.
38 기둥에 붙여 세우는 네모진 굵은 나무.
39 광산의 갱 안에서 불을 켜서 들고 다니는 카바이드 등(燈).

'계획? 내 자신에겐 지금 무슨 계획이 있는가?'

성익은, 굿막 퇴장[40]에 걸터앉아 아무 의식이 없이 머르레한[41] 눈으로 건넛산을 바라보는, 그 풍수원서 데리고 온 사람의 꼴에서 자기를 발견하는 것 같은 허무함을 느끼었다.

다시 붙인 담배를 반이나 태웠을까 그때 굿 속에서 사람들이 나타났다.

"내가 서이관이오."

하고 나서는 서 덕대는 늙은 푼수로는 야무진 목소리다.

"우리 광주[42] 영감 좀 어떠신가요?"

"차츰 나 가십니다. 도모지 감석인갈 보내지 않으니까 궁금허시다구 좀 가 보래 왔습니다."

"허!"

서 덕대는 굿막 퇴장으로 와 담배부터 피워 문다. 전체가 까맣고, 딴딴하게 몽친[43] 것이 엿누룽갱이 같은 늙은이다. 침을 찍 뱉어 버리더니,

"영감 운이 아직 틔질 않어…. 영감 운이 틔셔야 우리네두 고생한 끝이 나겠는데…."

하는 꼴이 좋은 바닥[44]이 아직 비치지를 않는 모양이다.

"그럼 아직 광석이랄 게 나오지 않습니까?"

"나오기야 나오죠. 허잘 것 없는 게 나오니 그런 거야 자동차비가 아까워 어떻게 보내 드리나요."

"더 따들어 가면 좋은 게 나올 것 같습니까?"

"허! 그걸 장담헐 수 있나요. 장담두 많이 해 봤죠만 이전 내 입으룬

40 높고 편평하게 다진 흙마루. 토방.
41 정신이 나가서 멍한.
42 鑛主. 광업권을 가진 사람. 광산의 주인.
43 '뭉친'의 작은 말.
44 광맥(鑛脈).

장담 않죠."
"그럼 이 광산이 영감 보시겐 신통치 않은가 봅니다그려?"
"것두 장담 아뇨? 내 눈두 과히 어둡진 않죠. 금전[45]밥을 먹는 지두 서른대여섯 해 되죠. 당구[46] 십 년 격으루 산을 보면 대강 짐작은 납니다만 난 이전 산 보구 쫓아다니진 않소."
"그럼, 뭘 보십니까?"
"산에 한두 번 속았겠소? 난 이전 광주 보구 쫓아다니지요. 이 영감님 모시구 다니는 지두 벌써 칠 년째죠만 인덕이 그만허시구야 금줄 못 잡을 리 있나요."

성익은 겉옷을 바꿔 입고 서 덕대를 따라 굿 속 작업 현장을 구경하고, 물이 충충히 고여 개구리들만 끓는 쨉[47]이라는, 수직으로 나려뚫은 광구도 몇 군데 구경하고는 그래도 질이 좀 나은 것이라는 회색 차돌 몇 덩이를 싸 들고 풍수원으로 넘어와 밤을 자고 이튿날 오후 한시나 돼서 병원으로 돌아왔다.

병원에서는 영월 영감보다 의사가 더 성익을 기다리고 있었다. 간호부가 성익을 보자,
"잠깐만 거기 계셔요."
하고 병실에 들어가기 전에 무슨 일이 있다는 듯이 의사 있는 데로 달려가는 것이다. 성익은 가슴이 섬찍하여 주춤하고 섰었으나 두어 방만 지나가면 아저씨의 병실이라 우선 병실로 가 문을 열었다. 아저씨는 여전히 침대에 누웠다. 그러나 문소리 나는 쪽을 향해 '성익이냐?' 불러 봄직한 그가 문소리 난 것도 모를 뿐 아니라 두 손을 쳐들어 합장도 아니요 박수도 아닌 손짓을 하고 있는 것이다. 머리맡에는 보지 않던 얼음주머

45 金鑛. 금광.
46 堂狗. 서당개.
47 '광맥을 찾기 위해 시험 삼아 조금 파 본 곳'의 의미로 추정.

니도 달려 있다.

"아저씨."

"…."

"아저씨."

"누구야… 응?"

성익은 가슴이 철렁 나려앉는다.

"저야요, 성익이야요."

"오오."

그제야 영월 영감은 벌떡 일어나 앉는다.

"누세요."

"이리 내…."

그러나 눈은 아직 열리지 않는다. 한 손으로 한쪽 눈을 억지로 벌리려 한다. 성익은 얼른 붕산수에 적신 약솜을 뜯어 눈곱을 닦아 드리었다. 그리고,

"어디 어디…."

하고 내어미는 아저씨의 손바닥을 보고는 광석을 놓기 전에 다시 한번 놀라지 않을 수 없다.

"아저씨 손바닥이…."

"어서 이리 내."

성익은 아저씨의 다른 편 손바닥도 펼쳐 보았다. 양편이 똑같다. 검붉은 포도빛의 혈반이 은단알만큼 녹두알만큼 꽃 피듯 번져 있는 것이다. 그리고 뜨거운 것이다. 그러나 당자는 아직 자기 피부에 그런 이상이 나타난 것도 모르는 것 같다. 광석 하나를 받아들더니 광선이 제일 환한 쪽으로 상체를 돌린다.

"가져온 것 다 인 내라."

신문지에 싼 채 다 그의 앞으로 가 펼쳐 들었다. 더듬더듬 하나씩 하나씩 모조리 만져 보고, 들어 보고, 그 다시 푸르스름해진 입술에 갖다

혀끝까지 대어 보곤 하더니 그중에서 역시 서 덕대가,

"모두 요놈만 갈애두."

하던 것을 용하게 골라내어 한 손으로 눈곱 낀 눈을 벌리었다. 그 눈에 유리창은 너무 밝았다. 광선이 아니라 독한 연기를 쏘인 듯 눈물이 핑 쏟아져 다시는 벌리지도 못하고 만다.

"누세요. 제가 말씀드릴게요."

"서 덕대가 뭐래?"

"퍽 좋은 바닥이 나왔답니다."

"어떤?"

"차돌인데 맥이 넓구 여간 질이 좋지 않다구 안심허시랍니다."

"노다지가 나오다니?"

"네?"

성익은 아저씨의 정신 상태가 아무래도 의심스러웠다.

"아저씨."

아저씨는 두 손에 한 움큼씩 광석을 움켜쥔 채 얼음주머니를 뒤통수로 때리며 벌떡 뒤로 드러누워 버린다.

간호부가 그제야 나타난다. 이쪽에서 뭐랄 새도 없이,

"선생님이 좀 오시래요."

하고 앞선다.

의사는 다른 환자의 처방을 끝내어 간호부에게 주어 버리더니 이렇게 말한다.

"지금 들어가 보셨지요?"

"네, 손바닥에 그런데…."

"네, 네…."

의사는 영월 영감의 진찰부를 꺼내 놓더니 보지는 않고,

"손바닥과 발바닥에 모두 피하 출혈이 현저하게 드러났습니다."

한다.

"어떤 딴 증세가 난 겁니까?"

"패혈증입니다. 더 의심할 수 없는…."

"패혈증이라뇨?"

"피가 썩는 겁니다. 어떤 상처로 미균이 들어가 가지군…. 아마 그 머리 다치신 상처겠죠. 광산 같은 데서 애초에 소독이 완전히 됐을 리 있습니까?"

"걸 어째 진작 모르셨나요?"

"건 모릅니다. 발증(發症)이 되기까진 모르는 겁니다. 또 미리 안댔자 지금 의학으론 테라폴 따위 살균제나 놓는데 그런 걸룬 절망입니다."

"절망이야요?"

"벌써 피 대부분이 상했습니다. 가족에 곧 알리시구 유언이라두 들어두시죠."

성익은 복도로 나와 한 십 분 동안 제정신을 차리기에 애를 썼다. 정신을 차려 가지고는 우선 우편국으로 가 이분의 두 아들에게 다 전보를 쳐 주었다. 그리고 성익은 또 한 가지 생각이 났다. 얼른 자동차로 종로로 와서 광석 표본을 진열창에 많이 늘어놓은 무슨 광산 사무손가를 찾았다. 팔지 않는다는 것을 성냥갑만 한 유리갑에 넣은 노다지 한 덩어리를 억지로 샀다. 영월 영감은 의사의 예언대로 최후의 맑은 정신이 돌아왔다. 방 안은 어스름한 황혼이다. 성익은 간호부에게 불을 켜라 일렀다. 그리고 약솜으로 아저씨의 두 눈을 닦고 최대한도로 띄어드리었다. 지네미[48] 상한 고기 눈처럼 머르레한 눈동자는 이내 눈물에 잠기고 만다.

"아저씨, 이걸 자세 보세요."

"이게… 에! 노다지로구나!"

"많이 나왔습니다."

48 '지느러미'의 방언.

"오! 오…."

영월 영감은 말이 놀라는 것처럼 우쩍 상반신을 일으켰다. 두 주먹을 뛰려는 말발굽처럼 움켜들었다. 주먹은 손가락 가락가락 부르르 떨리면서 펼쳐진다. 그러나 눈은 자기 힘으로 떠지지 않는다. 부들부들 팔째 떨리던 주먹은 탁 자기 얼굴을 휩싸 때리더니 "아휴!" 하고 성익의 팔에 쓰러지고 말았다.

성익은 차마 유언을 묻지 못하였다.

두 아들이 나타났을 때는, 영월 영감은 이미 시체실로 옮겨진 뒤였다.

성익은 아저씨의 화장장에서 돌아오는 길 버스 안에서 만상제 봉익에게 물었다.

"자넨 몇이지 올에?"

"형님보다 내가 두 살 아래 아뉴?"

성익은 눈을 감고 잠깐 멍청히 흔들리다가 중얼거리었다.

"서른! 서른둘! 호랭이 같은…."

『문장(文章)』, 문장사, 1939. 2–3.(2회 연재); 『이태준단편선』, 1939; 『돌다리』, 1943.

뒷방마님

윤은 담배 가게를 둘이나 지나쳤다. 그런데 저만치 또 하나 나타난다. 우편국 안 우표 파는 구멍처럼 유리를 뚫고 얼굴 하얀 소녀가 시퍼렇게 쌓인 해태[1] 갑 옆에서 이쪽을 내다보기까지 한다.

'저렇게 모퉁이마다 점령허구 앉았는 걸 봄, 담배란, 인생에게 밥보다 옷보다두 더 소중한 건지두 몰라!'

이런 생각을 하면서 윤은 저고리와 바지의 주머니 바닥마다 다시 한 번 손끝으로 쓸어 본다. 각전이란 오 전짜리 한 닢 걸리지 않는다. 그의 손은, 팽팽한 조끼 윗주머니에 찌른, 네 겹으로 겹쳐진 오 원짜리 지폐로 왔다. 아까 접을 때 빨각거리던[2] 소리가 다시 손톱 끝에 느껴진다.

'이걸 부실러[3]?'

그새 담배 가게는 닥쳤다. 얼굴 하얀 소녀는, 윤을 얼굴은 보지 않고 닦은 지 오랜, 볼이 터진 구두에만 살짝 눈을 던지더니 '흥!' 하기나 하는 것처럼 턱을 고이며 얼굴을 딴 데로 돌린다.

"허, 고년!"

윤은 입안은 좀 텁텁했으나 담배 가게를 또 그냥 지나치기를 '잘했다!' 하였다.

하루 배급 쌀이 일 원 이십 전, 장작이 한 단에 오십 전, 고기나 이삼십 전어치, 채소라야 일이십 전, 오 원짜리를 부시른댔자 오늘은 아내의 내어미는 손에 떳떳할 수가 있으나, 그러나,

1 일제강점기 총독부 전매국 초창기에 발매된 궐련 형태의 고급 담배.
2 빳빳한 종이가 뒤틀리며 내는 소리.
3 잔돈을 만들어.

“거 밤낮 일 원, 이 원, 안달이 나 어디 살겠수?”
하고, 십 원짜리, 하다못해 오 원짜리라도 한뭉 들고 나가, 남처럼 고기라도 시목[4]으로 한 근씩 척척 사들고 들어와 보고 싶어하는 아내의, 작으나 절실하기는 한 욕망을 단 하루라도 이뤄 주고 싶던 것도, 윤 자신에게 있어서도 작으나 절실하기는 하던 욕망이라,

‘담배야 잠시 참는다구 살이 내리랴! 아내더러, 거 들어올 때 담배나 둬 갑 사 가지구 오, 하면 오늘 담배는 아내도 군소리가 없으렷다!’
하고 윤은 담배 가게가 다시 나서건 말건, 부지런히 집을 향해 걷는데, 큰길을 건너 다시 골목길로 들어서서다. 저만치 웬 마나님 한 분이 앞섰는데 그 뒷모양, 그 걸음걸이가 대뜸 눈에 익다. 머리엔 공단 조바위[5], 왼편 손엔 회색 책보, 손목엔 까만 염주, 바른손으론 흰 양산을 낮수건으로 중동을 질끈 동여 짚었다.

‘뒷방마냄!’

윤은 볼수록 그 아장거림이나 약간 체머리[6]끼가 있어 보이는 것까지 뒷방마님이 틀리지 않았다. 그 왼편 손에 든 책보 속에는 그분이 좋은 곳으로 가기 위해 벌써 여러 해째 외우는, 윤도 여러 번 보았고, 한번은 뚜껑을 다시 매어드린 적도 있는, 그 『밀다심경(蜜多心經)』[7]이 들어 있을 것도 틀리지 않았다. 윤은 이런 생각들이 혈관에서 일어나는 것처럼 전신이 화끈함을 느끼며 우뚝 길 위에 서 버리었다.

뒷방마님은 골목을 바른편으로 접어들었다. 윤은 얼른 다시 걸었다. 골목은 다시 틔었다. 뒷방마님은 그저 양산을 짚는다기보다 끌며 타박타박 걷고 있었다.

4 豕-. 돼지 목살.
5 부녀자들의 방한모.
6 머리가 저절로 흔들리는 병적 현상.
7 『반야바라밀다심경(般若波羅蜜多心經)』의 축약으로, 『반야심경』과 같은 말.

뒷방마님은, 윤이 낳기 전부터 이미 윤의 집 식구였다. 윤의 어머니가 시집올 때 친정에서 다리고 온 침모[8]로서, 자식도 친척도 없는 여인이었다. 윤의 어머니를 주인이라기보다 자기 딸처럼 아끼어 윤의 어머니가 부엌에 나려서게 되면, 바느질감을 붙들었다고 해서 그냥 앉아 있지 않았다. 다른 하인이 없어서가 아니라 윤의 어머니의 시집살이면 무어든 대신 맡아서 자기 손발로 해내고 싶어했다. 그런 다심한[9] 정과 의리에는 윤의 아버지도 일찍부터 감동되어, 내외간 말다툼 한마디 그 뒷방마님 듣는 데서는 크게 하기를 미안해 여겼다. 윤에게도, 그의 할머니나 외할머니보다 오히려 살뜰히 굴었다. 커서 중학에 다닐 때까지도 할머니에겐 떼쓰지 못할 것을 이 뒷방마님한테는 곧잘 떼를 썼다.

뒷방이 그의 방이었던, 뒷방마님은 바늘귀가 안 보일 때까지 여러 식구들의 옷을 지어대었다. 그러나 요즘 침모들처럼 월급이란 것이 없었다. 그는 단지 이 집에서 식구의 한 사람으로 쳐주는 데 만족하였고, 이 집 식구의 한 사람으로 이 집에서 죽을 것을 바랄 뿐이었다. 그랬는데 윤의 집이 갑자기 몰락이 되어 집 한 칸 남지 않게 된 것이었다. 셋집 살림으로 나서게 되어 윤의 할머니까지 그의 딸네 집으로 처소를 옮기게 되는 형편에 이르러, 이 뒷방마님에게만 뒷방이 안재할[10] 리 없었다. 그때는 이미 눈이 어두워 침모로 오랄 데도 없어, 마침내 양로원으로 가 염주를 헤이고 앉았게 된 것도 이미 삼 년 전의 사정이었다.

윤의 집 식구들은 뒷방마님을 잊는 적이 있어도 뒷방마님만은 윤의 집을 잊는 적이 없는 듯, 매달은 아니라도 매 철은 따라서 꼭꼭 와 주었다. 손목에 벌써 길든 지 오랜 염주를 걸고 그 언제 어디서 죽을지 몰라 잠시를 나와도 놓는 법이 없다는 『밀다심경』 책보를 들고 자기 양산은 겨울이나 여름이나 구별이 없으면서도 윤의 옷을 보고는 으레 봄이면

8 針母. 남의 집 바느질 일을 하고 품삯을 받는 여자.
9 다정한.
10 안전하게 있을.

"여태 솜것을 못 벗었구나!" 가을이면 "여태 솜것을 못 입었구나!" 하고 혀를 쯧쯧 차곤 했다. 한번은 "돈이 다 어딜 가 썩누?" 하였다. 윤이 "돈은 있으면 멀 하실려우?" 물었더니 "너희 아버진 물 쓰듯 하던 걸 넌 지금이 한참인데 얼마나 답답허겠니!" 하였고, 윤이 "이담 내 돈 잘 벌어 잘 쓰는 걸 보구 돌아가슈" 하였더니 "그래라 그땐 날 더두 말구 삼 원만 다구" 하였다.

어느 드팀전에 어느 해 여름에 적삼감 한 가지 끊은 게 한 이 원 된다 하였고 자기가 가면 할머니나처럼 반가워하는 몇 아는 집 아이들에게 군밤이라도 몇 톨씩 사 가지고 한번 가 보고 싶다는 것이었다.

윤은 그 후부터는 뒷방마님을 생각하면 '삼 원'이 생각났고, 어쩌다 삼 원 돈을 만지게 되면 문득 뒷방마님 생각이 나곤 하였다. 이제 오 원 지폐를 몸에 지니고 앞에 가는 노인이 뒷방마님인 것을 알았을 때 전신이 화끈 달아올랐음은 오로지 이런 기회를 맘속에 오래 별러 왔기 때문이었다.

'삼 원! 얼른 이 오 원짜릴 담밸 사구 바꾸자!'

뒷방마님의 뒷모양이 저만치 막다른 데서 다시 옆 골목으로 꼬부라지려는 데서였다. 새로 나타나는 담배 가게로 뛰어들었다.

"피죤 한 갑만 주슈."

"그건 바꿀 게 없는걸요."

윤은 잠깐 어쩔 줄 모르다가 뒷방마님의 뒷모양이 다른 골목 안으로 사라지는 것을 보고 얼른 오 원짜리를 도로 집어넣고 뒤를 따랐다.

이번에 나서는 골목은 제법 번화하였다. 반찬 가게와 과일전도 여기저기 있었다. 뒷방마님은 이 세상 모든 시설이 이미 자기에겐 한 가지도 상관이 없다는 듯이 돌아보기는커녕 곁눈 한 번 팔지 않고 그냥 앞만 향해서 타박타박 걸을 뿐이었다. 마치 그의 인생의 종점을 향해 나아가는 그의 운명을 보는 듯 번잡한 거리로되 그분의 그림자는 산협(山峽) 속에처럼 호젓해 보였다. 윤은 얼른 과일전으로 들어갔다.

"사과 좀 살 테니 이거 바꿀 거 있겠소?"

"웬걸요. 이제 이 위 싸전에서 바꿔가서…."

윤은 얼른 다시 길로 나섰다.

'예라 오 원짜리채 그냥 드리자! 삼 원의 거이 갑절, 얼마나 좋아허실까! 우리 집에 와 일생을 희생한 어른 아니냐? 이까짓 오 원 한 장을 그냥 드리지 못허구 부슬르지 못해 발발 떠는 내 꼴이… 에이!'

윤은 몇 걸음 뛰었다. 이제는 '뒷방마냄 어딜 가세요?' 하면 이내 알아듣고 돌아설 만한 거리에 왔을 때다. 바로 싸전 앞인데 배급쌀 사러 온 사람들이 늘어섰다. 그들의 그, 물건을 산다기보다, 목숨을 사는 것 같은, 진실하고 긴장한 태도들은, "배급 쌀은 외상두 없다. 어디 가 한 줌인들 꿀 수나 있는 줄 아니?" 하시던 어머니의 말씀을 집에서 듣던 몇 갑절 큰 소리로 질러 주는 것 같았다.

윤은 그만 뛰던 속력 그대로 뒷방마님에게 내처[11] 뛸 힘이 없어지고 말았다. 휘휘 둘러보았다. 윤은 육고집[12]으로 들어섰다.

"얼른 고기 반 근만 주슈."

하나같이 뚱뚱한 육고집 주인은 청룡도[13]만 한 칼을 들고 어기죽어기죽 창구멍으로 오더니,

"얼마치라구요?"

하고 다시 말을 시킨다.

"반 근이래지 않었소? 그런데 오 원짜리 하나 바꿀 거 있겠소?"

"돈 오 원 없을라구…."

하면서 돌아서더니 쇠갈고리에 열을 지어 걸어 놓은, 갈비를 한참, 시목을 한참, 다리를 한참, 어디서 베어 와야 할지 몰라 쳐다만 보더니, 결국

11 계속해서. 줄곧.
12 肉庫-. 고기 파는 가게. 푸줏간. 정육점.
13 靑龍刀. 반달형 날의 긴 칼.

도로 첫머리로 와 시목에서 주먹만치 베어 온다. 저울추가 놓기가 바쁘게 떨어진다.

다시 어청어청 가더니 이번엔 다리에서 한 점 떼어 온다. 그만 저울추가 반대로 지나쳐 올라간다.

"여보 급허우."

윤은 행길을 내다보았다. 꽤 멀어지긴 했어도 뒷방마님의 뒷모양은 그냥 길 위에 있다. 오 원짜리는 벌써 디민 지 오래다. 육고집 주인은 바구니에서 각전을 헤이기 시작하였다.

"거 일 원짜리 지전 없소?"

"그 양반, 각전은 돈 아뇨?"

"급허니까요."

그나마 각전은 사 원도 채 못 되는 모양이었다. 허리띠에 찬 주머니에서 열대[14]를 꺼내더니 각전 바구니를 얹어 놓은 커다란 괴목 궤[15]를 열기 시작하는 것이었다.

윤은 다시 행길을 내다보았다. 희끗, 분명히 뒷방마님의 뒷모양이 또 샛골목으로 빠지는 순간이었다.

"얼른요."

육고집 주인의 투박한 주먹이 지전, 각전 한데 뭉쳐 내미는 대로 받아 들기가 바쁘게 윤은 뛰었다. 그 희끗 사라지던 골목에 다다라 본즉, 길은 다시 갈라져 두 갈래였다. 어느 쪽에도 뒷방마님의 뒷모양은 보이지 않는다. 윤은 잠깐 망설이다가 좁은 골목부터 뛰어 들어갔다. 뒷방마님의 걸음으로 더 가지 못했을 데까지 가 보나 없다. 도로 나와 다른 골목을 또 그만치 뛰어 보았다. 여기서도 만나지 못하였다.

'그럼, 이 근처 어느 집에 들어가신 거나 아닐까?'

14 '열쇠'의 방언.
15 회화나무로 만든 보관함.

그러나 물을 사람도, 귀를 엿들을 데도 없는 것이었다.

윤은 몇 가지 후회가 안타깝게 치밀었으나 그만 담배를 한 갑 사서 피우며 집으로 돌아오고 말았다.

그 뒤, 고작 한 보름 지났을까 한 어느 날 저녁이다. 윤의 집에는 부고 한 장이 배달되었다. 바로 양로원에서 온, 경주 김씨, 뒷방마님의 부고였다.

16년[16] 11월 12일.

『돌다리』, 1943.

16 쇼와 16년. 1941년.

농군(農軍)

이 소설의 배경 만주는 그전 장작림(張作霖)[1] 정권 시대임을 말해 둔다.

1

봉천[2]행 보통급행 삼등실, 나리는 사람보다 타는 사람이 더 많다. 세면소에는 물도 떨어졌거니와 거기도 기대고, 쭈크리고, 모다 자기 체중에 피로한 사람들로 빼곡하다. 쳐다보면 시렁도 그뜩, 가죽 가방, 헝겊 보따리, 신문지에 꾸린 것, 새끼에 얽힌 소반, 바가지 쪽, 어떤 것은 중심이 시렁 끝에 겨우 걸치어 급한 커브나 돌아간다면 밑엣사람 정수리를 내려치기 알맞다.

차는 사리원(沙里院)[3]을 지나 시뻘건 진흙 평야를 달린다. 한쪽 창에는 해가 뜨겁다. 북으로 달릴수록 벌써 초겨울의 풍경이긴 하나 훅훅 찌는 사람 내 속에 종일 앉았는 얼굴엔 햇볕까지 받기에 진땀이 난다.

개다리소반에 바가지 쪽들이 차가 쿵쿵거리는 대로 들썩거리는 시렁 밑이다.

"뜨겁죠 할아버지? 이걸 내립시다."

스물두셋 된 청년, 움푹한 눈시울엔 땀이 흥건하다.

"그냥 둬… 뜨거운 게 낫지. 밖을 볼 수 있어야지."

할아버지는 지적지적한 눈을 슴벅거리면서 담뱃대를 내어 희연을 담

1 중화민국 시대의 군인, 정치가 장쭤린(1873-1928)으로, 만주 봉천 군벌의 통령을 지냈다.

2 奉天. 중국 랴오닝성(遼寧省)의 도시 선양(瀋陽)의 만주국 때 명칭.

3 황해도 봉산군의 도시.

는다. 두어 모금 빨더니 자기 담배 연기에 기침이 시작된다. 멎을 듯 멎을 듯, 이 노인의 등이 굽은 것은 이 기침병 때문인 듯하다. 땀을 쭉 빼더니 겨우 진정하고 이내 담배를 털어 고무신으로 밟아 버린다.

"그리게 아버닌 담밸 끊으서야 한대두."

맞은편에 끼어 앉아 걱정하는 아낙네도 머리가 반백은 되었다.

"거 윤 풍헌이 차에서 피라구 한 봉지 사 주게…. 망한 눔의 기침, 물이나 갈아 먹음 원 어떨지…."

똑 수염이 염소 같은 턱은 그저 후들후들 떨면서 햇볕 뜨거운 창밖을 머르레 내다본다.

"흙두 되운 뻘겋다. 저기서 곡식이 돼?"

"뻘겋기만 허지 돌이야 어딨에요? 한새울겉이 돌 많은 눔으 데가 어딨에요. 우리 동네니깐 떠나기 안됐지 농토야 한 자리 탐날 게 있나요?" 하며 청년도 눈을 찌푸리며 창밖을 내다본다.

"우리 가는 덴 흙이 댓진[4] 같대지?"

"한 댓 핸 거름 않구두 조 이삭 하내 개꼬리만큼씩 수그러진대니까요."

"채심이가 거짓말야 했겠니…."

영감은 창에서 물러나더니 군입을 쩍쩍 다신다.[5]

"거 웃골 석갓[6]은 괜히 팔았느니라."

"또 아버닌!"

하고, 청년에겐 어머니요, 노인에겐 며느리인 듯한 아낙네가 노인의 말문을 막는다.

"글쎄 할아버지두 되풀일 허심 뭘 허세요? 묫자리가 백이문 뭘 해요. 여간 사람 아니군 허갈 맡아야 쓰잖어요?"

4 담뱃대 속에 낀 진.
5 (음식을 먹지 않으면서) 입을 쩝쩝 다신다.
6 '멧갓'의 방언으로, 나무를 함부로 베지 못하게 가꾸는 산.

"몰래두 잘들만 쓰더라 원."
하고 노인은 수그리더니 침을 퉤 뱉는다. 그리고 들릴락 말락 하게 혼잣말처럼 지껄였다.

"그저 난 병만 들건 차에 얹어라…. 칠십 년이나 살던 델 두구 어디 가 묻히란 말이냐! 한새울 사람들이 아무 밭머리에구 나 하나 감장 안 해주겠니…."

"아버닌 자계[7] 생각만 허시는군! 재 아버진 뭐 묻구퍼 공둥메다[8] 묻었나…."
하더니 아낙네는 여태 무릎 위에 얹었던 신문 뭉치를 펼친다. 팥알들이 꼬실꼬실 마른 시루떡 부스러기다. 파리가 와 붙은 대로 아들한테 내민다.

"싫수."

"입두 짧기두 허지…. 너두 참, 배고프겠다."
하고 이번엔 영감 옆에 앉은 처녀인지, 색시인지 분간 못할 젊은 여자에게 내어민다. 살갈[9]이 맑지는 않은데 햇볕을 못 본 얼굴인 듯, 너리[10]도 없는 이빨이 누렇게 보이도록 창백하다. 트레머리[11]인지 쪽인지 손질은 많이 했으나 뒤룩거린다. 갓 스물은 되었을까 눈이 가늘고 이마가 도드라진 것이 약삭빠르게는 보인다. 시루떡을 집으려 오는 손이 새마다 짓물렀던 자리가 있다.

어떤 손가락 사이엔 아직도 붕산 말[12] 같은 가루약이 묻어 있다. 햇볕에 구릿빛으로 그을은 노인, 아낙네, 청년, 이들과는 동떨어져 보인다. 그러나 한 일행이다.

7 '자기의'의 줄임말.
8 공동묘(共同墓)에다가.
9 '살갗'의 옛말.
10 잇몸이 헐어 피나 고름이 나오는 병.
11 가르마를 타지 않고 뒤통수 한가운데에 틀어 붙인 머리.
12 末. 가루.

무어라는 소리인지 차 안은 한쪽 끝에서부터 수선스러워진다. 차장이 들어섰다. 차장이니 남의 어깨라도 넘어 헤치고 들어오며 차표 조사다. 이 청년은 이내 조끼에서 차표 넉 장을 내어 든다.

차장 뒤에는 그냥 양복쟁이 하나가 뒷짐을 지고 넘싯넘싯 차장이 찍는 차표와 그 차표를 낸 승객을 둘러보며 따라온다. 차장은 청년의 손에서 넉 장 차표를 받아 말없이 찍기만 하고 돌려준다. 그런데 양복쟁이가 청년에게 손을 쑥 내미는 것이다. 청년은 조끼에 집어넣으려던 차표를 다시 내어주었다. 양복쟁이는 차표에서 장춘(長春)[13]까지 가는 것을 알았을 터인데도,

"어디꺼정 가?"

묻는다.

"장춘꺼지요."

"차는 장춘까지지만 거기선?"

"네…."

청년은 손이 조끼로 간다. 만주 어느 지명 적은 것을 꺼내려는 눈치다.

"이리 좀 나와."

청년은 조끼에 손을 찌른 채 가족들을 둘러보며 일어선다. 가족들은 눈과 입이 다 뚱그레진다. 청년은 속으로 경관이거니는 하면서도,

"왜요 어디루요?"

맞서 본다.

"오래니깐…."

청년은 양복쟁이의 흘긴 눈을 따라가는 수밖에 없다. 찻간 끝에 변소만 한 방, 차장의 붉은 기와 푸른 기가 놓인 책상, 그리고 양쪽에 걸상이 있었다.

"앉어… 어… 이름이 뭐?"

13 창춘현. 중국 지린성(吉林省)에 있는 도시.

"윤창권입니다."

"쓸 줄 아나?"

"네."

창권은 손가락으로 책상 위에 '尹昌權'이라 써 보인다.

"원적은?"

"강원도 ××군…."

형사가 적는 대로 글자까지 불러 준다.

"누구누군가? 젊은 여잔 아낸가?"

"네."

"어째 얼굴이 혼자 그렇게 하얀가?"

"공장에 가 있었습니다."

"무슨?"

"읍에 고치실 켜는 공장입니다."

"응, 방적회사 말이로군?"

"네."

"늙은인?"

"조부님입니다."

"아버진?"

"안 계십니다."

"부인넨 어머닌가?"

"네."

"만주엔 누가 가 있나?"

"저희 동네서 한 삼 년 전에 간 황채심이란 이가 있습니다. 그이가 늘 들어만 옴 농산 맘대루 질 수 있대서요. 그런데 조선 사람들만 한 삼십 가구 한데 돼서 땅을 여러 백 섬지기[14] 사기루 했다구요. 한 삼사백 원어

14 논밭 넓이의 단위로, 볍씨 한 섬의 모 또는 씨앗을 심을 만한 논밭의 넓이.

치만 맡아두 대여섯 식군 걱정 없을 만치 논을 풀 수 있대나요."

"황채심이… 그자는 믿을 만헌가? 사람이?"

"네, 전에 동장두 지내구 저 댕긴 사립학교 선생님이더랬습니다."

"돈 얼마나 가지구 가나?"

"한 오백 원 됩니다."

"오백 원, 웬 건가?"

"밭허구 산허구 집서껀 판 겁니다."

"집두 있구 밭두 있으면 왜 고향서 안 살구 가는 거야?"

"밭이라구 모두 삼백이십 원 받은걸요. 조선서 삼백이십 원짜리 밭이나 가지군 살 수 있어야죠. 남의 소작도 해 봤는데 땅 나쁜 건 품값두…."

"듣기 싫여…. 아내가 벌었다며?"

"네 돈 쓸 일은 걸루 다 메꿔 나갔습죠. 그렇지만 밤낮 공장에만 갖다 둘 수 있습니까?"

마침 차가 꽤 큰 정거장에 머문다. 형사는 수첩을 집어넣더니, 쓰다 달다 말도 없이 차를 나린다.

"애 무슨 일이냐?"

어머니가 따라와 진작부터 서 있었던 것이다.

"괜찮어요. 으레 조사허는 건데요."

"글쎄, 그래두…."

어머니와 아들은 뒤를 돌아보며 서로 이끌며 저희 자리로 돌아왔다.

2

이튿날 새벽, 차 속은 몹시 추웠다. 어제 조선에서처럼 자리가 붐비지는 않아 한 자리에 둘씩은 제대로 앉을 수가 있으나 다리를 뻗어 볼 도리는 없었다. 할아버지와 어머니가 한 자리에서 서로 마주 보듯 양편으로 기대어 입을 떡 벌리고 잠이 들었고, 맞은편 자리에서 창권이 양주는 진작부터 잠이 깨어 있었다.

"여기가 어딜까?"

"… ."

남의 집에 가서 자고 깬 것처럼 차 안이 휭 한 게 서툴러 보인다. 자는 얼굴이기도 하지만 할아버지, 어머니, 다 남처럼 서먹해 보인다. 창권은 이웃집에 주고 온 강아지 생각이 문득 난다.

"몇 점이나 됐을까?"

"글쎄."

창권은 뒤틀어 기지개를 켜고 창장[15]을 치밀고 밖을 내다본다. 동이 훤히 트기 시작한다.

"벌써 밝는데."

아내도 목을 길게 빼 내다본다.

"아무것두 뵈지 않네."

"인제 조꼼만 더 감 땅이 뵈겠지."

"밤새도록 왔으니 얼마나 멀어졌을까!"

둘이는 다시 눈을 감아 본다. 몇 달을 간대도 다시 돌아갈 수 없을 만치 조선이 멀어진 것 같다.

"왜 벌써 깼어?"

하고 창권은 아내의 몸으로 바투 가 기대 본다. 아내의 몸은 자기보다 한결 따스하게 느껴진다.

"공장에선 늘 이만때 깨던걸 뭐."

아내가 공장에서 나와 버렸을 때는 집을 팔아 버리고 동넷집 단칸방 하나를 빌려 임시로 들어 있을 때였다. 아내와 몸 운기[16]라도 같이 통해 보는 것은 달포 만이다. 만주로 간대야 쉽사리 저희 내외만의 방을 가져 볼 것 같지 않다.

15 窓帳. 창에 둘러치는 휘장.

16 몸에서 나오는 따뜻한 기운.

“가문 집은 어떡허우?”

“봐야지…. 아무케나 서너 칸 세야겠지[17].”

“겨울 안으루 질 수 있을까?”

“그럼.”

“말르나 벽이?”

“그래두 살게 마련이겠지.”

창권은 아내의 손을 꽉 잡아보고 놓는다. 아내는 눈물이 글썽해진다.

창권은 다시 창밖을 주의해 내다본다. 시커멓던 유리창에 희끄무레하게 떠오르는 안개, 그 안개 속에서 다시 떠오르는 땅, 창권이네게는 새 세상의 출현이다. 어룽어룽 누비 바탕 같은 것이 지나간다. 그 어룽이는 차츰차츰 밭이랑으로 변한다. 밭이랑은 까마득하게 끝이 없다.

“밭들 봐! 야…!”

아내도 또 다가와 내다본다.

“아이, 벌판이 그냥 밭이죠!”

어쩌다 버드나무가 대여섯씩 모여 서고 거기엔 무덤인지 두엄 가리[18]인지 한둘씩 있을 뿐, 그냥 내처 밭이다.

“저렇게 넓구야 거름을 낼래 낼 수 있어!”

“저걸 어떻게 다 갈까!”

“젠장 저기 뿌리는 씨알만 해두!”

“그리게 말유!”

지붕 낯선 이곳 사람들의 부락이 지나간다. 길에는 푸른 옷 입은 사람들이 나타나기 시작한다. 멀거니 서서 지나가는 차를 구경하는 것이겠지만 창권이 내외에겐 이상히 무서워 보인다. ‘밭이 암만 많음 어쨌단 말야? 다 우리 임자 있어. 뭐러 오는 거야?’ 하고 흘겨보는 것만 같다.

17 세워야겠지.
18 풀이나 짚을 썩힌 거름을 쌓은 더미.

창권은 허리띠 밑으로 손을 넣어 전대를 더듬어 본다.

3

장자워푸(姜家窩堡)[19], 눈이 모자라게 찾아보아야 한두 집, 두세 집, 서로 눈이 모자랄 거리로 드러난다. 이런, 어느 두세 집이 중심이 되어 장자워푸란 동네 이름이 생겼는지 알 수 없다. 산은커녕 소 등어리만 한 언덕도 없다. 여기 와 개간권 운동을 해 가지고 황무지를 사기 시작하는 조선 사람들도 처음에는 어디를 중심으로 하고 집을 지어야 할지 몰랐으나 차차 자기네의 소유지가 생기자 그 땅 한쪽에 흙을 좀 돋우고 돌 하나 없는 바닥에다 돌 주초[20] 하나 없이 청인에게서 백양목 따위 생나무[21]를 사다가 네 귀 기둥만 세우면 흙으로 쌓아 올리는 것이, 근 삼십 호 늘어앉게 된 것이다. 그래서 이제는 장자워푸라면 이 조선 사람들 동네가 중심이 되었다.

창권이네가 온 데도 여기다. 창권이네도 중국옷을 입은 황채심이가 시키는 대로 황무지를 십오 상(十五晌, 약 삼만 평)을 삼백 원을 내고 샀다. 그리고 이십 리나 가서 밭머리에 선 백양목을 사서 찍어다 부엌을 중심으로 하고 양쪽에다 캉[22](걸어앉을 정도로 높은 온돌)을 만들었다. 그리고, 채심이가 시키는 대로 좁쌀을 열 포대, 옥수수 가루를 다섯 포대 사고, 소금을 몇 말 사고, 겨우내 땔 조, 기장, 수수 따위의 곡초를 산더미처럼 두어 낟가리[23] 사서 쌓고, 공동으로 사 온 베씨[24] 값을 내고, 봇

19 지린성 창춘현 완바오산(萬寶山) 일대의 조선인 부락. 이 소설은 1931년 7월 일제의 술책으로 이곳에서 조선인 농민과 중국인 농민 사이에 벌어진 분쟁인 완바오산사건을 배경으로 한다. 상허는 이 지역을 방문한 뒤 1938년 4월 「이민부락견문기」를 『조선일보』에 연재하고 이를 『무서록』(1941)에 「만주기행」이라는 제목으로 수록한다.

20 柱礎. 기둥 밑에 괴는 돌. 주추. 초석.

21 베어낸 지 얼마 안 되어서 물기가 아직 마르지 않은 나무.

22 '구들'의 옛말.

23 낟알이 붙은 곡식을 그대로 쌓은 더미.

24 '볍씨'의 방언.

도랑을 이퉁허(伊通河)[25]란 내에서 삼십 리나 끌어오는 데 쿨리(苦力[26], 그곳 노동자) 삯전으로 삼십 원을 부담하고 그러고는 빈손으로 날마다 봇도랑 째는 것이 일이 되었다.

깊은 겨울엔 땅속이 한 길씩 언다. 얼기 전에 삼십 리 대간선(大幹線)[27]은 째어 놓아야 내년 봄엔 물이 온다. 이것을 실패하면 황무지엔 잡곡이나 뿌릴 수밖에 없고, 그 면적에 잡곡이나 뿌려 가지고는 그 다음해 먹을 수가 없다.

창권이넨 새로 와서 지리도 어둡고, 가역[28]도 끝나기 전이라 동네에서 제일 가까운 구역을 맡았다. 한 삼 마장[29] 길이 되는 대간선의 끝 구역이었다. 그것을 쿨리 다섯 명을 다리고, 넓이 열두 자, 깊이 다섯 자로, 얼기 전에 뚫어 놔야 한다. 여간 대규모의 수리공사(水理工事)가 아니다. 창권은 가역 때문에 처음 얼마는 쿨리들만 시키었으나, 날이 자꾸 추워지는 것이 겁나 집일 웬만한 것은 어머니와 아내에게 맡기고 봇도랑 내는 데만 전력하였다.

쿨리들은 눈만 피하면 꾀를 피웠다. 우묵한 양지쪽에 앉아 이를 잡지 않으면 졸고 있었다. 빨리 하라고 소리를 치면 그들도 알아들을 수 없는 말로 마주 투덜대었다. 다행히 돌은 없으나 흙일은 변화가 없어 타박타박해 힘들고 지리했다.

이런 일이 반이나 진행되었을까 한 때다. 땅도 자꾸 얼어들어 일도 힘들어졌거니와 더 큰 문제가 일어났다. 이날도 역시 모다 제 구역에서 제가 맡은 쿨리들을 다리고 일을 하는데 쿨리들이 먼저 보고 둔덕으로 뛰어올라 가며 뭐라고 떠들어댔다. 창권이도 둔덕으로 올라서 보았다. 한

25 창춘시의 하천.
26 '막노동꾼'을 뜻하는 영어 속어 'coolie(cooly)'의 중국식 말.
27 수로에서 중심이 되는 큰 간선.
28 家役. 집을 짓거나 고치는 일.
29 '마장'은 '리(里)'와 같은 단위이나, '오 리'와 '십 리' 외의 거리는 보통 '마장'을 쓴다.

편 쪽에서 갈까마귀 떼처럼 이곳 토민[30]들이 수십 명씩 무더기가 져서 새까맣게 몰려오는 것이다.

"마적떼 아닌가!"

그러나 말을 탄 사람은 하나도 없다. 그들은 더러는 이쪽으로 몰려오고 더러는 동네로 들어간다. 창권은 집안 식구들이 걱정된다. 삽을 든 채 집으로 뛰어 들어가다가 그들 한패와 부딪쳤다. 앞을 턱 막아서더니 쭉 에워싼다. 까울리, 까울리방즈[31], 어쩌구 한다. 조선 사람이냐고 묻는 눈치다. 그렇다고 고개를 끄덕이니까 한 자가 버럭 나서며 창권이가 잡은 삽을 낚아챈다. 창권은 기운이 부쳐서가 아니라 얼떨결에 삽자루를 놓쳤다. 삽을 빼앗은 자는 삽을 번쩍 쳐들고 창권을 내려치려 한다. 창권은 얼굴이 퍼렇게 질려 뒤로 물러났다. 창권에게 발등을 밟힌 자가 창권의 등덜미를 갈긴다. 그러고는 일제 깔깔 웃어댄다. 삽을 들었던 자도 삽을 휘휘 두르더니 밭 가운데로 팽개쳐 버린다. 그러고는 창권의 멱살을 잡고 봇도랑 내는 데로 끄는 것이다.

창권은 꼼짝 못하고 끌렸다. 뭐라고 각기 제대로 떠들고 삿대질이더니 창권을 봇도랑 바닥에 꼬꾸라트린다. 창권이뿐 아니라 봇도랑 일을 하던 쿨리들도 붙들어 가지고 힐난이다. 봇도랑을 못 내게 하는 모양이다. 그러자 윗구역에서, 또 그 윗구역에서 여기 말 할 줄 아는 조선 사람들이 나려왔다. 동리에서도 조선 사람들이 소리를 지르며 나타났다. 창권은 눈이 째지게 놀랐다. 윗구역에서 나려오는 조선 사람 하나가 괭이를 둘러메고 여기 토민들 몰켜선[32] 데로 뭐라고 여기 말로 호통을 치면서 그냥 닥치는 대로 찍으려 덤벼드는 것이다. 몰켜섰던 토민들은 와 흩어져 버린다. 창권을 둘러쌌던 패들도 슬금슬금 물러선다. 동리에서는

30 土民. 토착민.

31 '고려방자(高麗房子)'의 중국식 발음으로, '고려 놈들'이라는 뜻. 중국인들이 한국인을 낮추어 부르던 말.

32 한 곳에 촘촘히 모여선.

조선 부인네들 몇은 식칼을 들고, 낫을 들고 달려들 나오는 것이다. 낫과 식칼을 보더니 토민들은 제각기 사방으로 흩어져 달아난다. 창권은 사지가 부르르 떨렸다.

'여기선 저럭해야 사나 부다! 아니, 이 봇도랑은 우리 목줄이 아니고 뭐냐!'

아까 등덜미를 맞고, 멱살을 잡히고 한 분통이 와락 터진다. 다리 오금이 날갯죽지처럼 뻗는다.

"덤벼라! 우린 여기서 못 살면 죽긴 마찬가지다!"

달아나는 너석 하나를 다우쳤다. 뒷덜미를 나꿔챘다. 공중걸이[33]로 나가떨어진다. 또 하나 쫓아가는데 뒤에서 어머니의 목소리가 난다. 어머니가 달려오며 붙든다.

이 장자워푸를 수십 리 둘러 사는 토민들이 한 덩어리가 되어 조선 사람들이 보동[34] 내는 것을 반대하는 것이었다.

반대하는 이유는 극히 단순한 것이었다. 보동을 내어 논을 풀면[35] 그 논에서들 나오는 물이 어디로 가느냐? 였다. 방바닥 같은 들이라 자기네 밭에 모다 침수가 될 것이니 자기네는 조선 사람들 때문에 농사도 못 짓고 떠나야 옳으냐는 것이다. 너희들도 그 물을 끌어다 벼농사를 지으면 도리어 이익이 아니냐 해도 막무가내였다. 자기넨 벼농사를 지을 줄도 모르거니와 이밥을 못 먹는다는 것이다. 고소하지도 않을 뿐 아니라 배가 아파진다는 것이다. 그럼 먹지는 못하더라도 벼를 장춘으로 가지고 가 팔면 잡곡을 몇 배 살 돈이 나오지 않느냐? 또 벼농사를 지을 줄 모르면 우리가 가르쳐 줄 터이니 그대로 해 보라고 하여도 완강히 반대로만 나가는 것이었다. 그리고 조선 사람이 칼이나 낫으로 덤비면 저희에게도 도끼도 몽둥이도 있다는 투로 맞서는 것이다.

33 공중에서 거꾸로 나가떨어짐. 공중제비.

34 봇도랑.

35 논에 물을 대면.

조선 사람들은 일은 계속하기가 틀렸다. 쿨리들이 다 달아났다. 땅이 자꾸 얼었다. 삼동 동안은 그냥 해토(解土)되기만 기다리는 수밖에 없고, 해토가 된다 하여도 조선 사람들의 힘만으로는, 못자리는 우물물로 만든다 치더라도, 모낼 때까지 봇물을 끌어오게 될지 의문이다.

그러나 이 보동 이외에 달리 살길은 없다. 겨울 동안에 황채심과 몇몇 이곳 말 잘하는 사람들은 나서 이웃 동네들을 가가호호로 방문하였다. 보동을 낸다고 물을 무제한으로 끌어오는 것이 아니요 완전한 장치로 조절한다는 것과 조선서는 봇물이 오면 수세(水稅)를 내면서까지 밭을 논으로 만든다는 것과 여기서도 한 해만 지어 보면 나도 나도 하고 물이 세가 나게 될 것과 우리가 벼농사 짓는 법도 가르쳐 주고, 벼만 지어 놓으면 팔기는 우리가 나서 주선해 줄 것이니 그것은 서로 계약을 해도 좋다고까지 역설하였으나 하나같이 소귀에 경 읽기였다. 뿐만 아니라 어떤 동네에선 사나운 개를 내세워 가까이 오지도 못하게 하였다.

조선 사람들은 지칠 대로 지치고 악만 남았다.

추위는 하루같이 극성스럽다. 더구나 늦게 지은 창권이네 집은 벽이 모다 얼음장이 되었다. 그냥 견딜 수가 없어 방 안에다 조짚을 엮어 둘러쳤다. 석유도 귀하거니와 불이 날까 보아 등잔도 별로 켜지 못했다. 불 안 켜는 밤이면 바람 소리는 더 크게 일어났다.

창권이 할아버지는 물을 갈아 먹어 낫기는커녕 추위 때문에 기침이 더해졌다. 장근[36] 두 달을 밤을 새더니 그만 자리보전을 하고 눕고 말았다. 하 추우니까 인젠 조선 나가는 차에까지 내다 실어 달라는 성화도 못 하고 그저 불만 자꾸 더 때 달라다가, 또 머루를 달여 먹으면 기침이 좀 멎는 법인데, 머루만 좀 구해 오라고 아이처럼 조르다가, 섣달그믐을 못 채우고 눈보라 제일 심한 날 밤, 함경도 사투리 하는 노인, 경상도 사투리 하는 노인, 평안도 사투리 하는 이웃 노인들에게 싸여, 오래간만에

36 將近. 거의.

돋아 놓은 석유 등잔 밑에서 별로 유언도 없이 운명하고 말았다.

4

봄이 되었다. 삼십 리 봇도랑은 조선 사람들의 다시 참호(塹壕)가 되었다. 땅이 한 치가 녹으면 한 치를 걷어 내고 반 자가 녹으면 반 자를 파내인다. 이 눈치를 챈 토민들은 다시 불온해졌다. 그러나 조선 사람들은 봇도랑에 나갈 때 괭이나 삽만 가지고 나가지 않았다. 있는 물자는 이 황무지와 이 봇도랑을 위해 남김없이 바쳐 버렸다. 이것을 버리고 돌아설 데는 없다. 죽어도 여기밖에 없다. 집도 여기요 무덤도 여기다. 언제 토민들이 몰려오든지, 오는 날은 사생결단이다. 낫이 있는 사람은 낫을 차고, 식칼밖에 없는 사람은 식칼을 들고 봇도랑으로 나왔다.

토민들은 조선 사람들이 사생결단을 하고 달려드는 것을 알았다. 그들은 할 수 없이 저희 관청에 진정을 하였다.

쉰징(순경)들이 한둘씩 여러 번 말을 타고 나타났다.

나타날 때마다 조선 사람들은 현(縣) 정부로부터 현 지사의 인이 찍힌 거주권과 개간권의 허가장을 내어 보였다. 그러나 그네들은 그런 관청과는 아무런 관련이 없는 사람들처럼, 저희 관청 문서를 무시하고 덤비었다.

그러나 삼십 리 긴 보동에 흩어진 사람들을 일일이 어쩔 수는 없어 그냥 동네 가까운 데로만 다니며 울근거리다가[37] 저희 갈 길이 늦을 듯하면 그냥 어디로인지 사라져 버리곤 하였다.

조선 사람들은 밤낮 없이, 남녀노소 없이 봇도랑을 팠다. 물길이 될지, 무덤이 될지 아무튼 파는 길밖에 없었다.

토민들은 자기네 관헌[38]이 무력한 것을 보고 돈을 걷어서 군부의 유

37 싸울 기세를 보이다가.
38 관직에 있는 사람. 관료.

력한 사람을 먹였다는 소문이 돌았다. 아닌 게 아니라 순경 대신 총을 멘 군인들이 나타나기 시작하는 것이다. 처음엔 다섯 명이 와서 잠자코 봇도랑을 한 십 리 올라가며 보기만 하고 갔다. 다음날엔 한 이십 명이 역시 총을 메고 말을 타고 나왔다. 황채심 이하 사오 인이 그들의 두목 앞으로 나가 자초지종을 이야기하고, 역시 현 정부에서 얻은 개간 허가장을 보이고 또 여기 삼십 호 조선 농민은 가지고 온 물자는 이 황무지와 보동에 남김없이 바쳤기 때문에 이 황무지에 물을 대고, 모를 꽂지 못하는 날은 죽는 날일 수밖에 없다는 것을 간곡히 사정하였다. 그러나 그 군인들은 한다는 소리가,

"타우첸바(돈 내라)."

"늬문 구냥 화칸(너희 딸 이쁘다)."

이따위요, 이쪽 사정은 한 사람도 귀담아듣지 않았다.

이날 밤 조선 사람들은 동회를 열었다. 여기서도 군대의 우두머리를 먹이자는 공론도 없지 않았지만 애초에 개간권 허가운동을 할 때에도 공안국장(公安局長)에게 돈 오백 원, 현 지사 부인에게 삼백 원을 들여 순금 손목고리[39]를 해다 바쳤던 것이다. 이제는 삼십 호 집집마다 털어 모은대도 단돈 오십 원이 못 될 것이다. 그것으로는 구석구석에서 벌리는 입을 하나도 제대로 씻기지 못할 것이다. 생각다 못해 여기서도 현 정부에 진정을 해 보는 수밖에 없다는 공론이 돌았다. 진정서를 꾸며 가지고 이튿날 황채심이가 장춘으로 갔다.

그런데 사흘이 되어도 황채심이가 돌아오지 않는다.

다른 한 사람이 갔다.

또 돌아오지 않는다.

이번엔 두 사람이 갔다.

역시 돌아오지 않는다.

39 '팔찌'의 방언.

가는 족족 잡아 두고 보내지 않는 것이 틀림없었다. 무장한 군인들은 수십 명이 봇도랑에 나와 이리 몰리고 저리 몰리고 하면서 봇도랑을 파지 못하게 으르대고 욕하고 때리고 하였다.

그러나 매 맞는 것은 죽는 것보다 나은 것이 너무나 엄연하다. 병정들이 저쪽으로 가면 이쪽에선 그냥 팠다. 이쪽으로 오면 저쪽에서 그냥 팠다.

얼마 안 파면 물곬[40]은 서게 되었다.

병정들은 나중엔 총을 놨다[41]. 총소리는 이들에게 물길이 아니면 무덤이란 각오를 더욱 굳게 하였다. 총소리를 들으면서도 멀리서는 자꾸 팠다.

총알이 날아와 흙 둔덕을 폭 파헤쳐 놓는다. 어떤 사람은 도리어 악이 받쳐 웃통을 벗어 던지고, 보아라 하는 듯이 흙삽을 더 높이 더 높이 떠올려 던졌다.

창권이네 식구도 모다 봇도랑에 나와 있었다. 창권이는 안사람들만 집에 두기 안 되었고, 어머니나 아내는 또 창권이만 보동에 두면 무슨 일이 나는 것도 모르고 있을까 봐 따라 나왔다.

봇도랑 속은 거의 한 길이나 우묵해지고 양지가 되어 집에 있기보다 따스하고 그 구수하고 푹신한 흙은 냄새도 좋고 만지기에도 좋았다. 물만 어서 떨떨 굴러와 논자리들이 늠실늠실 넘치도록 들어가만 준다면 논은 해 먹지 않고 그것만을 보고 죽더라도 한이 풀릴 것 같았다. 까마득한 삼십 리 밖, 이 푹신푹신한 생흙바닥으로 물이 고이며 흘러오리라고는, 무슨 꿈을 꾸고 나서 그것을 생시에 바라는 것같이 허황스럽기도 했다. 더구나 여기 토민들 가운데는, 이퉁허보다 여기 지면이 높기 때문에 조선 사람들이 암만 봇도랑을 내어도 물이 올 리가 없다고 장담을 하

40 물이 빠져나가는 길.
41 쐈다.

는 패도 있다는 것이다. 그러나 황채심이란 전에 조선서 세부측량 때 측량 기수도 따라다녀 본 사람이다. 그가 지면고저(地面高低)에 어두울 리 없다.

창권이네가 맡은 구역은 제일 끝 구역이다. 여기만 물이 지나간다면 흙이 태곳적부터 썩어 댓진 같은 황무지는 문전옥답[42]으로 변하는 날이다. 삼만 평이면 일백오십 마지기[두락(斗落)]는 된다. 양석[43]씩만 나 준다면 삼백 석 추수다. 대뜸 허리띠 끈을 끌러 놓게 되는 날이다. 무연한 벌판에 탐스런 모춤[44]이 끝없이 꽂혀 나갈 광경을 그려 보면 팔죽지가 근지러워진다. 창권은 후닥닥 뛰어 일어나 날 깊은 괭이를 내려찍는다. 잔돌 하나 없는 살흙[45]은 허벅지게 퍽 박힌다.

5

아흐레 만에 황채심만이 순경들에게 끌리어 돌아왔다. 현 정부에서는 거주권도 개간권도 다 승인한다는 것이다. 다만 논으로 풀지 말고 밭으로만 일구라는 것이다. 그것을 들을 수 없다고 주장하였더니 가는 족족 잡아 가두었고 나중에는 황채심을 시켜 조선 이민들에게 밭으로만 개간하도록 설복을 시키려 끌고 나온 것이다.

이날 밤이다. 황채심은 순경들이 못 알아듣는 조선말로 도리어 이민들을 격려하였다.

“여러분, 여러분네 알다시피 저까짓 땅에 서속[46]이나 심자구 우리가 한 상에 이십 원씩 낸 건 아뇨. 잡곡이나 거둬 가지군 그 식이 장식요[47].

42 門前沃畓. 집 가까이에 있는 기름진 논.
43 兩石. 쌀 두 석(섬). 약 쌀 네 가마.
44 서너 움큼씩 묶은 볏모나 모종의 단.
45 돌이나 모래가 섞이지 않은 흙.
46 黍粟. 기장과 조.
47 전과 변함없이 마찬가지요.

우리가 만리타관[48] 갖구 온 거라군 봇도랑에 죄다 집어넣소. 것두 우리만 살구 남을 해치는 일이면 우리가 천벌을 받어 마땅하오. 그렇지만 물만 들어와 보, 여기 토민들도 다 몽리[49]가 되는 게 아뇨? 우린 별 수 없소. 작정한 대루 나갈 수밖엔…. 낮에 일할 수 없음 밤에들 나와 팝시다. 낼이구 모레구 웬만만 험 물부터 끌어넣고 봅시다….”

어세[50]와 팔짓을 보아 순경들도 눈치를 챘다. 대뜸 황채심의 면상을 포승줄로 후려갈긴다. 코피가 쭈르르 쏟아진다. 와아, 이민들은 몰리고 흩어지고 어쩔 줄을 몰랐다.

황채심은 그길로 다시 끌려갔다.

이민들은 최후로 결심들을 했다. 되나 안 되나 이 밤으로 가서 물부터 끌어넣기로 했다. 십여 명의 장정이 이퉁허로 밤길을 올려달렸다. 그리고 제각기 제 구역에서 남녀노소가 밤이슬을 맞으며 악에 받쳐 도랑 바닥을 쳐낸다.

새벽녘이다. 동리에서 한 오 리쯤 윗구역에서다. 무어라는 것인지 지르는 소리가 났다. 중간에서 같이 질러 받는다. 창권이는 둑으로 뛰어올라 갔다. 또 무어라고 소리가 질러 온다. 그쪽을 향해 창권이도 허텅 소리를 질러 보냈다. 그러자 큰길 쪽에서 불이 반짝 하더니 탕 소리가 난다. 그러자 쉴 새 없이 탕탕탕 몰방[51]을 친다. 창권은 두 발자국이나 뛰었을까. 무에 아랫도리를 후려갈겨 고꾸라졌다.

“익….”

얼른 다시 일어서려니까 남의 다리다. 띠구르르 굴러 도랑 바닥으로 떨어졌다.

어머니와 아내가 달려왔다. 총소리는 위쪽에서도 난다. 뭐라고 하는

48 萬里他官. 고향에서 멀리 떨어진 고장. 만리타향.
49 蒙利. 물을 받음. 이익을 얻음.
50 語勢. 말의 기운.
51 沒放. 한곳을 향해 한꺼번에 쏘거나 터뜨림.

것인지 또 악쓰는 소리가 온다. 또 총소리가 난다. 조용하다.

창권의 넓적다리에선 선뜩선뜩 피가 터지었다. 총알이 살만 뚫고 나갔다. 아내의 치마폭을 찢어 한참 동이는 때다. 무에 시커먼 것이 대가리를 휘저으며 도랑 바닥을 설설 기어오는 것이다. 아내와 어머니는 으악 소리를 지르고 물러났다. 아! 그것은 뱀이 아니었다. 물이었다. 윗녘에서 또 소리를 질렀다. 물 나려간다는 소리였다. 아, 물이 오는 것이었다.

창권이네 세 식구는 그제야 와락 눈물이 쏟아졌다.

물줄기는 대뜸 서까래처럼 굵어졌다.

모다 물줄기로 뛰어들었다. 두 손으로들 움켜 본다. 물은 생선처럼 찬 것이 펄펄 살았다. 물이다. 만주 와서 처음 들어 보는 물 흐르는 소리다. 입술이 조여든 창권은 다시 움켜 흙물인 채 뻘꺽뻘꺽 들이켰다.

물은 기둥처럼 굵어졌다.

어디서 또 총소리가 몰방을 친다.

물은 철룩철룩 소리를 쳐 둔덕진 데를 때리며 휩쓸며 나려쏠린다. 종아리께가 대뜸 지나친다. 삽과 괭이를 둔덕으로 끌어올렸다.

동이 튼다.

두 칸통 대간선이 허옇게 물빛이 부풀어 오른다. 물은 사뭇 홍수로 내려쏠린다. 괭이자루가 떠나려온다. 삽자루가 껍신껍신[52] 떠내려 온다.

"저런!"

사람이다! 희끗희끗, 붉은 거품 속에 잠겼다 떴다 하며 나려오는 것이 사람이다. 창권은 쩔룩거리며 뛰어들었다. 노인이다. 총에 옆구리를 맞은 듯 한편 바짓가랑이가 피투성이다. 바로 창권이 할아버지 운명할 때 눈을 쓸어 감겨 주던 경상도 사투리 하던 노인이다. 창권은 가슴에서 뚝 하고 무슨 탕개[53] 끊어지는 소리가 났다. 차라리 제 가슴 복판에 총알이

52 잠겼다가 떠올랐다가 하여 보였다가 안 보였다가 하는 상태.
53 물건을 감거나 묶은 줄을 죄는 장치.

와 콱 박혔으면 시원할 것 같다.

피와 물에 흥건한 노인의 시체를 두 팔로 쳐들고 둔덕으로 뛰어올랐다.

'아! ….'

창권은 다시 한번 놀랐다.

몇 달째 꿈속에나 보던 광경이다. 일망무제[54], 논자리마다 얼음장처럼 새벽하늘이 으리으리 번뜩인다. 창권은 더 다리에 힘을 줄 수 없어 노인의 시체를 안은 채 쾅 주저앉았다. 그러나 이내 재처[55] 일어났다. 어머니와 아내에게 부축이 되며 두 주먹을 허공에 내저었다. 뭐라고인지 자기도 모를 소리를 악을 써 질렀다. 위쪽에서 위쪽에서 악쓰는 소리들이 달려 나려온다.

물은 대간선 언저리를 철버덩철버덩 떨궈 휩쓸면서 두 칸통 보동이 뿌듯하게 나려쏠린다.

논자리마다 넘실넘실 넘친다.

아침 햇살과 함께 물은 끝없는 벌판을 번져 나간다.

『문장』, 1939. 7; 『조선작품연감(朝鮮作品年鑑)』, 인문사(人文社), 1940;
『이태준단편집』, 1941; 『돌다리』, 1943.

54 一望無際. 한눈에 볼 수 없을 정도로 아득하고 넓음.
55 다시.

토끼 이야기

현은 잠이 깨이자 눈을 부비기 전에 먼저 머리맡부터 더듬었다. 사기대접에서 밤샌숭늉[1]은 얼음에 채인 맥주보다 오히려 차고 단 듯하였다. 문득 전에 서해(曙海)[2]가, 이제 현도 술이 좀 늘어야 물맛을 알지 하던 생각이 난다.

'지금껏 서해가 살았던들, 술맛, 물맛을 같이 한번 즐겨 볼 것을! 그가 간 지도 벌써 십 년이 넘는구나!'

현은 사지를 쭈욱 뻗어 기지개를 켜고 파리 나는 천장을 멀거니 쳐다본다.

『중외(中外)』[3] 때다. 월급날이면, 그것도 어두워서야 영업국에서 긁어 오는 돈 백 원 남짓한 것을 겨우 삼 원씩, 오 원씩 나눠 들고, 그거나마 인력거를 불러 타고 호로[4]를 내리고 나서기 전에는, 문밖에 진을 치고 선 빵 장수, 쌀장수, 양복점원들에게 털리고 말던 그 시절이었다. 현은 다행히 독신이던 덕으로 이태나 견디었지만, 어머님을 모시고, 아내와 자식과 더불어 남의 셋방살이를 하던 서해로서는, 다만 우정과 의리를 배불리는 것만으로 가족들의 목숨까지를 지탱시켜 나갈 수는 없었다.

"난 『매신』[5]으로 가겠소. 가끔 원고나 보내우. 현도 아무리 독신이지

1 지난밤 잠자리 머리맡에 준비해 둔 숭늉. 밤잔숭늉. 밤잔물. 자리끼.
2 소설가 최학송(崔鶴松. 1901-1932)의 호.
3 『중외일보(中外日報)』의 준말.
4 '(마차나 인력거 등의) 덮개'를 뜻하는 일본말.
5 『매일신보(每日申報)』의 준말. 일제강점기 동안 발행된 조선총독부의 기관지.

만 하숙빈 내야 살지 않소."

현은 그 후 『중외』에 있으면서 실상 『매신』의 원고료로 하숙집 마누라의 입을 겨우 틀어막곤 하였다. 그러다 『중외』가 기어이 폐간이 되자, 현은, 그까짓 공연히 시간만 빼앗기던 것, 인젠 정말 내 공부나 착실히 하리라 하고, 서해가 쓰라는 대로 잡문을 쓰고 단편도 얽어 하숙비를 마련하는 한편, 학생 때에 맛 모르고 읽은 태서(泰西)[6] 대가(大家)들의 명작들을 재독하는 것부터 일과를 삼았었다. 그러나 사람은 조금만 틈이 생기어도 더 큰 욕망에 눈이 텄다. 공연히 남까지 다려다 고생을 시켜? 하는 반성이 한두 번 아니었으나 결국 직업도 없이, 집 한 칸 없이, 현은 허턱 장가를 들어 놓았다. 제 한몸 이상을 이끌어 나간다는 것은 확실히 제 한몸 전신으로 힘을 써야 할 짐이었다. 공부고 예술이고 모다 제이 제삼이 되어 버렸다. 배운 도적질이라 다시 신문사밖에는 떼를 쓸 데가 없다. 다행히 첫아이를 낳기 전에 월급은 제대로 나오는 『동아』에 한 자리를 얻어, 또 신문소설이라도 한옆으로 써내는 기술을 가져, 그때만 해도 한 평에 이삼 원씩이면 살 수가 있었으니, 전차에서 나려 이십 분이나 걷기는 하는 데지만, 우선은 집 걱정을 면할 오막살이가 묻어오는 이백여 평의 터를 샀고, 그 후 부(府)[7]로 편입이 되고 땅 시세가 오르는 바람에 터전 반을 떼어 팔아 넉넉히 십여 칸 기와집 한 채를 짓게까지 되었다.

"인전 집은 쓰고 앉았으니 먹구 입을 걸…."

현의 아내는 살림에 재미가 나는 듯하였다. 재봉틀 월부를 끝내고, 간이보험을 들고, 유성기도 이웃집에서 샀다는 말을 듣고 그 이튿날로 월부로 맡아 오더니, 이제는 한 걸음 나아가 현이 어쩌다 소리판을 한둘 사 들고 와도,

6 서양을 예스럽게 이르는 말.
7 일제강점기에 군(郡)보다 위의 등급으로 설치한 지방 행정 구역으로 지금의 시(市)에 해당함.

"그건 뭣 허러 삼 원씩 주고 사오, 음악이 밥 주나! 그런 돈 날 좀 줘요."

하였고, 여름이면 현은 패스 덕이긴 하지만 혼자만 싸다니는 것이 미안하여 한 이십 원 만들어다, 아이들 다리고 가까운 인천이라도 하루 다녀오라고 주면, 아침에는 인천까지 갈 채비로 나섰다가도 고작 진고개로 가로새어[8] 백화점 식당에나 들어갔다가는, 냄비, 주전자, 찻종, 그런 부엌세간을 사서 아이들에게까지 들려 가지고 들어오기가 일쑤였다.

이 현의 아내는 바로 이들 집에서 고개 하나 너머 있는 M여전 문과 출신이다. 오막살이에서나마 처음에는 창마다 유리를 끼우고, 꽃무늬의 커튼을 드리우고 벽에는 밀레의 〈안젤루스〉[9]를 걸고, 아침저녁으로 화분을 가꾸었다. 때로는 잠든 어린것 옆에서 조슬랭의 자장가[10]도 불렀고, 책장에서 비단 뚜껑 한 책을 뽑아다 브라우닝[11]을 읊기도 하였다. 아이가 둘이 되면서부터, 그리고, 그 흔한 건양사 집들이 좌우 전후에 즐비하게 들어앉는 것을 보면서부터는 모교가 가까워 동무들이 자주 찾아오는 것을 도리어 싫어하였고, 어서 오막살이를 헐고 번듯한 기와집을 지어 보려는 설계에 파묻히게 되었다. 〈안젤루스〉에 먼지가 앉거나 말거나, 화초분이 말라 시들거나 말거나 그의 하루는 그것들보다 더 절박한 것으로 프로가 꽉 차지는 것 같았다.

현은 일 년에 하나씩은 신문소설을 썼다. 현의 야심인즉 신문소설에 있지 않았다. 단편 하나라도 자기 예술욕을 채울 수 있는 창작에 자기를 기르며 자기를 소모시키고 싶었다. 나아가서는, 아직 지름길에서 방황하는 이곳 신문학을 위해 그 대도(大道)로 들어설 바 교량이 될 만한 대

8 중간에 옆길로 빠져서.
9 장 프랑수아 밀레(Jean François Millet, 1814-1875)의 〈만종(L'Angélus)〉을 가리킴.
10 프랑스 작곡가 뱅자맹 고다르(Benjamin L. P. Godard, 1849-1895)가 쓴 4막의 오페라 「조슬랭(Jocelyn)」에 나오는 자장가.
11 로버트 브라우닝(Robert Browning, 1812-1889). 영국 빅토리아 시대의 시인.

작이 그의 은근한 본원[12]이기도 했다. 인물의 좋은 이름 하나가 생각나도 적어 두어 아끼었고, 영화에서 성격 좋은 배우 하나를 보아도 그의 사진을 찢어 모아 두었다.

그러나 머릿속에서 구상만으로 해를 묵을 뿐, 결국 붓을 들기는 몰아치는 대로 몰아쳐질 수는 있는 신문소설뿐이었다.

현의 신문소설이 시작되면 독자보다는 현의 아내가 즐거웠다. 외상값 밀린 것이 풀리고 단행본으로 나와 중판이나 되면 뜻하지 않은 목돈에 가끔 집안이 윤택해지기 때문이다.

'그러나 나도 소위 불혹지년(不惑之年)이란 게 낼모레가 아닌가! 밤낮 이것만 허다 까부러질 건가? 눈 뜨면 사로 가고 사에 가선 통신 번역이나 허고… 고작 애를 써야 신문소설이나 되고….'

현의 비장한 결심이 그렇지 않아도 굳어질 무렵인데 『동아』가 『조선』과 함께 고스란히 폐간이 되는 것이었다.

명랑하라, 건실하라, 시대는 확성기로 외친다. 현은 얼떨떨하여 정신을 수습할 수 없는 데다, 며칠 저녁째 술이 취해 돌아왔던 것이다.

밤잔숭늉에 내단(內丹)[13]이 씻긴 듯 속은 시원하였으나 골치는 그저 무겁다.

'술이 좀 늘어야 물맛을 알지…. 흥, 신문사 십 년에 냉수 맛을 알게 된 것밖에 는 게 무언고?'

다시 숭늉 그릇을 이끌어 왔으나 찌꺼기뿐이다. 부엌 쪽 벽을 뚝뚝 울리어 아내를 불렀다.

"기껀[14] 주무셌우?"

"물 좀."

12 本願. 본래 가진 소원.
13 뱃속의 뜨거운 기운.
14 한껏.

아내는 선선히 나가 물을 떠 가지고 와 앉는다. 앉더니 물을 자기가 마시기나 한 것처럼 목을 길게 빼이며 선트림을 한다. 아내는 벌써 숨을 가빠하는 것이다. 한 딸, 두 아들이어서 꼭 알맞다고 하던 것이 다시 네 번째의 임신인 것이었다.

"나 당신헌테 헐 말 있어요."

평시에 잔소리가 없는 만치 현의 아내는 가끔 이런 투로 현의 정색을 요구하였다.

"요즘 당신 심경 나두 모르진 않우. 그렇지만 당신 벌써 사흘째 내려 술 아뉴?"

현은 잠자코 이마를 찌푸린 채 터부룩한 머리를 쓸어 넘긴다.

"술 먹구 잊어버릴 정도의 거면 애당초에…. 우리 여자들 눈엔 조선 남자들 그런 꼴처럼 메스껍구 불안스런 건 없습디다. 술루 심평[15]이 피우? 또 작게 봐 제 가정으루두 어디 당신들 사내 하나뿐유? 처자식 수두 룩허니 두구, 직업두 인전 없구, 신문소설 쓸 데두 인전 없구…. 왜 정신 바짝 채리지 않구 그류?"

현은, 듣기 싫어 소리를 치고 다시 이불을 뒤집어썼으나, 또 반동적으로 이날도, 그 이튿날도 곤주[16]가 되어 들어왔으나, 사실 아내의 말에 찔리기도 하였거니와 저 혼자 취한다고 세상이 따라 취하는 것도 아니요 저 혼자나마도 언제까지나 취할 수도 없는 것이었다.

현은 아내의 주장대로 그 송장의 주머니에서 턴 것 같은, 가슴이 섬찍한 퇴직금이지만, 그것을 밑천으로 토끼를 기르기로 한 것이다.

뉘네 집에서는 처음 단 두 마리를 사 온 것이 일 년이 못 돼 오십 평 마당에 어떻게 주체할 수 없도록 퍼지었고, 뉘 집에서는 이백 원을 들여 시작했는데 이태가 못 되어 매월 평균 칠팔십 원 수입이 있다는 것은 현

15 '셈평'의 방언. 생활의 형편.
16 '고주'의 방언. 고주망태.

의 아내가 직접 목격하고 와서 하는 말이었고, 토끼 기르는 책을 얻어다 주어 현은 하루 저녁으로 독파를 하니, 토끼를 기르기에는 날마다 붙잡히는 일이기는 하나 날마다 신문소설을 써 대는 것보다는 마음의 구속은 적을 것 같았고, 신문소설을 쓰면서는 본격 소설에 손을 대일 새가 없었으나, 토끼를 기르면서는 넉넉히 책도 읽고 십 년에 한 편이 되더라도 저 쓰고 싶은 소설에 착수할 여력도 있을 것 같았다. 이런 것은 시대가 메가폰으로 소리쳐 요구하는 명랑하고, 건실한 생활일 수도 있는 점에 현은 더욱 든든한 마음으로 토끼 치기를 결심하였다. 그리고 우선 아내의 뒤를 따라 아내와 동창이라는, 이백 원을 들여 지금은 매달 칠팔십 원씩을 수입한다는 집부터 견학을 나섰다.

그 집 바깥주인은 몇 해 전에 『동아』에서도 사진을 이단으로나 내인 적이 있고, 그의 연주회 주최를 다른 사와 맹렬히 다투기까지 하던, 한때 이름 높던 피아니스트였다. 피아니스트답지는 않게 거칠고 풀물이 시퍼런 손으로 현의 부처를 맞아 주었다. 마당엔 들어서기가 바쁘게 두엄 내보다는 노릿한 내가 더 나는 훗훗한 냄새가 풍겨 나왔다. 목욕탕에 옷 벗어 넣는 궤처럼 여러 층, 여러 칸으로 된 토끼집이 작은 고층건물을 이루어 한편 마당을 둘러있었다. 칸칸이 새하얀 토끼들이 두 귀가 빨쪽하니 앉아 연분홍 눈을 굴리며 입을 오물거린다. 현은 집에 아이들 생각이 났다. 동화의 세계다. 아동문학을 하는 이에게 더 적당한 부업같이도 생각되었다. 현 부처는 피아니스트 부처에게서 양토(養兎) 경험담을 두 시간이나 듣고, 보고 더욱 굳어지는 자신으로 돌아왔다. 와서는 곧 광주 가네보[17] 양토부로 제일 기르기 쉽다는 메리켄[18]으로 이십 마리를 주문하였다. 곧 목수를 다려다 토끼장을 짰다. 토끼장이 끝나기도 전에 '오늘 토끼를 부쳤다'는 전보가 왔다. 현은 아이들을 다리고 산으로 가

17 일본 기업 종연방적주식회사(鍾淵紡績株式會社)의 약어식 명칭. 일제강점기에 광주에 공장을 두고 섬유를 생산하고, 각종 잡화를 제작해 판매했다.

18 당시 일본에서 사육되던 토끼 종의 하나.

풀과 아카시아 잎을 뜯어 왔다. 두부 장수에게 비지도 마취었다. 수분 있는 사료만으로는 병이 나는 법이라 해서 간조사료(乾燥飼料)[19]도 주문하였다. 사흘 만에 이 작고 귀여운 현의 집 새 식구 이십 명은 천장을 철사로 얽은 궤짝에 담기어 한 명도 탈 없이 찾아들었다. 그들은 더위에 할락거리기는[20] 하면서도 그저 궤짝 속이 저희 안도(安堵)인 듯, 밖을 쳐다보는 일이 없이 태연히 주둥이들만 오물거리었다. 자연의 한 동물이라기보다 시험관 속에서 된 무슨 화학물(化學物) 같았다. 아이들과 아내는 즐기어 끄르며 덤비었으나, 현은 뒤에 물러서서 그 작은, 그 귀여운, 그리고 박꽃처럼 희고 여린 동물에게다 오륙 명의 거센 인생의 생계를 계획한다는 것을 생각할 때 확실히 죄스럽고 수치스럽기도 하였다.

아무튼 토끼가 와서부터 현은 잠시도 쉬일 새가 없었다. 먹이를 주고 다음 먹이의 준비까지 되어 있으면서도 얼른 손을 씻고 방으로 들어와지지가 않았다. 토끼장 앞으로 어정어정하는 동안 다시 다음 먹이 시간이 되고, 다시 그 다음 먹이를 준비해야 되고 장 안을 소제해야 되고, 현은 저녁이나 되어야 자기의 시간으로 돌아올 수가 있었다.

차츰 밤 긴 가을이 깊어졌다. 워낙 구석진 데라 더구나 저녁에는 찾아오는 친구가 별로 없었다. 현은 저녁만이라도 홀로 조용히 등을 밝히고 자기의 세계를 호흡하는 것이 즐거웠다. 십 년 전, 독신일 때 하숙집에서 재독하기 시작했던 태서 명작을 다시금 음미하는 것도 즐거웠고, 등불을 멀찍이 밀어 놓고 책장을 살피며 근대의 파란중첩한[21], 인류의, 문화의, 문학의 뭇 사조(思潮)의 물결을 더듬으며, 한 새 사조가 부딪치고 지나갈 때마다 이 귀퉁이 저 귀퉁이 부스러트리기만 해 오던 장편(長篇)의 구상을 계속해 보는 것도 얼굴이 달도록 즐거움이었다.

많지는 못한 장서나마 현은 한가히 책장을 쳐다볼 때마다 감개무량

19 저장과 유통을 위해 건조시킨 가축의 먹이.
20 할딱거리기는.
21 파란만장한.

하기도 하였다. 일목천고(一目千古)[22]의 감을 느끼는 것이다. 새 책은 날마다 나온다. 또 새 책은 날마다 헌 책이 된다. 한때는 인류 사상의 최고봉인 듯이 그 앞에는 불법도 성전도 무색하던 것이 이제는 그 책의 뚜껑 빛보다도 내용이 앞서 퇴색해 버리고 말았다. 그 뒤에 오는 다른 새 것, 또 그 뒤를 따른 다른 새 것들, 책장 한 층에만도 사조는 두 시대, 세 시대가 가지런히 꽂혀 있는 것이다.

'지나가 버린 낡은 사조의 유물들! 희생된 것은 저 책들뿐인가? 저 저자들뿐인가? 저 책들과 저 저자들뿐이라면 인류는 이미 얼마나 복된 백성들이었으랴마는, 인류는 언제나 보다 나은 새 질서를 갈망해 헤매지 않으면 안 되었었다.'

새 사조가 지나갈 때마다 많으나 적으나, 또 그 전 것을 위해서나 새 것을 위해서나 반드시 희생자는 났다. 그 사조가 거대한 것이면 거대한 그만치 넓은 발자취로 인류의 일부를 짓밟고 지나갔다. 생각하면 물질 문명은 사상의 문명이기도 하다. 한 사상의 신속한 선전은 또 한 사상의 신속한 종국을 가져오기도 한다. 예전 사람들은 일생에 한 번이나 겪을지 말지 한 사상의 난리를 현대인은 일생 동안 얼마나 자주 겪어야 하는가. 청(淸)의 시인 이초(二樵)가 일신수생사(一身數生死)[23]라 했음은, 정히 현대의 우리를 가리킴이라 하고, 현은 몇 번이나 책장을 바라보며 쓴 웃음을 지었다.

'일신수생사! 사상은 짧고 인생은 길고….'

토끼는 듣던 바와 같이 빠르게 번식해 나갔다. 스무 마리가 아카시아 잎이 단풍 들 무렵엔 사십여 마리가 되어 북적거린다. 토끼장도 다시 한

22 한눈에 오랜 역사를 훑음.

23 이초는 중국 청대의 시인이자 화가 여간(黎簡, 1747-1799)의 호. 이태준의 수필 『무서록』에 실린 「두 청 시인 고사」에 그의 시론(詩論)이 인용되어 있는데, '일신수생사'는 그 한 구절로, '일생 사는 동안에 죽고 사는 것이 여러 번이다'라는 뜻이다.

오십 마리 치를 늘쿠려[24] 재목까지 사들이는 때다. 문제가 일어났다. 먹이의 문제다. 풀과 아카시아 잎의 저장을 충분히 할 수 없어 비지와 간조사료에 오히려 믿는 바 컸었는데 두부 장수가 가끔 거른다. 오는 날도 비지를, 소위 실적의 반도 못 가져온다. 간조사료도 선금과 배달비까지 후히 갖다 맡겼는데도 오지 않는다. 콩이 잘 들어오지 않아 두부 생산이 준 것, 그러니 두부 대신 비지 먹는 사람이 는 것, 그러니 비지는 두부보다도 더 귀해진 셈이다. 간조사료란 잡곡의 겨[糠]인데 무슨 곡식이나 칠분도(七分搗)[25] 내지 오분도로 찧으니 겨가 나올 리 없다. 알고 보니 최근까지의 간조사료란 전년의 재고품이었던 것이다. 현의 아내는 동분서주하였으나, 토끼는커녕 닭을 치던 집에서들까지 닭을 팔고, 닭의 우리를 허는 판이었다.

현의 아내는 억울한 일을 당할 때처럼 며칠이나 얼굴이 붉어 있었으나 결국 토끼를 기름으로써의 생계는 단념하는 수밖에 없었다. 토끼를 헐값이라도 치이기 시작하였다. 그러나 가죽이면 얼마든지 일시에 처분할 수가 있으나 산 것째로는 어디서나 먹이가 문제라 길이 막히었다. 사십여 마리를 일시에 죽이자니 집 안이 일대 도살장이 되어야 한다. 한꺼번에 사십여 마리의 가죽을 쟁을 쳐[26] 말릴 널판도 없거니와 단 한 마리라도 칼을 들고 껍질을 벗길 위인이 없다. 현은 남자면서도 닭의 멱 하나 따 본 적이 없고, 현의 아내 역(亦), 한번은, 오막살이집 때인데, 튀하기는 한[27] 닭 한 마리를 옹근[28] 채 사 왔더니 닭의 흘겨 뜬 죽은 눈이 무서워 신문지로 덮어 놓고야 썰던 솜씨였다. 더 늘리지나 말고 오래는 걸리더라도 산 채로 처분하는 수밖에 없었다. 산 채로 처분하자니 팔리

24 '늘리려'의 방언.
25 현미를 찧어서 쌀겨의 칠 할을 깎아내는 일.
26 반반하게 펴서 말리거나 다려서.
27 (뜨거운 물에 잠깐 넣었다가 꺼내어) 털을 뽑기는 한.
28 온전한.

는 날까지는 어떻게 해서나 굶겨 죽이지는 않아야 한다. 부드러운 풀은 벌써 거의 없어진 때다. 부엌에서 나오는 것은 무청뿐이요 밖에서 얻을 수 있는 것은 클로버뿐이다. 클로버도 며칠 안 있으면 된서리를 맞을 즈음인데 하루는 현의 아내가 그의 모교인 M여전 운동장이 클로버투성이인 것을 생각해냈다. 그길로 고개를 넘어 모교에 다녀오더니, 학교에서는 해마다 사람을 사서 뽑는데도 당할 수가 없어 잔디를 버릴까 봐 걱정이니 제발 뜯어라도 가라는 것이라 한다. 현은 입맛을 쩍쩍 다시다가, "당신이 가기 싫음 내가 가리다. 오륙[29]이 멀쩡해 가지구 미물이라두 기르던 걸 굶겨 죽여야 옳우?" 하는 아내의 위협에, 아내가 홑몸도 아닌 때라, 또 다른 곳도 아니요 저희 모교 마당에 가서 토끼밥을 뜯고 앉아 있는 정상[30]이 어째 정도 이상으로 가긍하게[31] 머릿속에 떠올라, 그만 대팻밥모자[32]를 집어 쓰고 동저고릿바람인 채 고무신을 끌고, 막 학교에서 돌아오는 큰 녀석에게까지 다래끼를 하나 둘러메워 가지고 고개를 넘어 M여전으로 왔다.

운동장에는 과연 잔디와 클로버가 군데군데 반반 정도로 대진이 되어 있었다.

'나야 이렇게 동저고릿바람에 농립[33]을 눌러썼으니 누가 알아볼라구…. 또 알아본들 현 아무개란 하상[34]….'

하학이 된 듯 운동장에는 과년한 여학생들이 설멍하니 다리들을 드러내고 발리볼을 던지기도 하고 자전차를 타고 돌기들도 한다. 현은 남의 집 안마당에 들어서는 것 같은 어색함을 느꼈으나 수굿하고 한편 여

29 五六. 오장육부. 온몸.
30 情狀. 사정과 형편.
31 可矜--. 불쌍하고 가엾게.
32 나무를 대팻밥처럼 얇게 깎아 엮어 만든 여름 모자.
33 農笠. 여름에 농사일을 할 때 쓰는 모자.
34 何嘗. 까짓것. 따지고 보면.

가리[35]에 물러앉아 클로버를 뜯기 시작하였다.

"아버지."

"왜?"

아들애는 아직 우두머니 서서 언덕 위에 장엄하게 솟은 교사와 여학생들이 자전차 타는 것만 바라보고 있었다.

"우리 엄마두 여기 학교 나왔지?"

"그럼… 어서 이 시퍼런 풀이나 뜯어…."

이 아버지와 아들의 짧은 대화를 학생 두엇이 알아들은 듯,

"얘 너희 엄마가 누군데?"

하며 가까이 온다. 현의 아들애는 코만 훌석 하고 돌아선다. 현은 힐긋 아들을 쳐다본다. 그 쳐다보는 눈이, 가끔 집에서 '떠들면 안 돼' 하던 때 같다. 아들애는 잠자코 제 다래끼를 집어다 클로버를 뜯기 시작한다.

"이거 뜯어다 뭘 허니?"

"토끼 메게요."

"토끼! 너희 집서 토끼 치니?"

"네."

학생들은 저희도 뜯어서 현의 아들 다래끼에 담아 준다.

"너희들 뭣 허니?"

현의 등 뒤에서 다른 학생들 한 떼가 몰려온다. 현은 자기까지 아울러 '너희들'로 불려지는 것같이 화끈해진다.

"우린 요쓰바[36] 찾는다누."

딴은 그들은 토끼밥을 뜯어 주기 위해서가 아니라 저희들 '행복'을 찾기 위해서였다.

"나두, 나두…."

35 '언저리'의 방언.
36 四葉. '네잎클로버'의 일본말.

그들은 모이를 본 새떼처럼 클로버에 몰려 앉는다. 현은 수굿하고 다른 쪽을 향해 뜯어 나가며, 자기의 아내도 한때는 브라우닝의 시집을 끼고 이 운동장 언저리를 거닐다가 저렇게 목마르듯 '행복의 요쓰바'를 찾아보았으려니, 그 '행복의 요쓰바'와 함께 푸른 하늘가에 떠오르던 그의 '영웅'은 오늘 이 마당에 농립을 쓰고 앉아 토끼밥을 뜯는 사나이는 결코 아니었으려니, 이런 생각에 혼자 쓴 침을 삼켜 보는데 무엇이 궁둥이를 툭 때린다. 넓은 마당에 까르르 웃음이 건너간다. 현의 각도로 섰던 발리볼 선수 하나가 볼을 놓쳐 버렸던 것이다.

현은 다음날 오후에도 큰 너석을 다리고 M여전 운동장으로 왔다. 클로버는 아직도 한 댓새 더 뜯어 갈 수가 있었다. 그러나 이날이 마지막이게 이날 밤에 된서리가 와 버린 것이다. 현의 아내는 마침 김장 때라 무청과 배추 우거지를 이집 저집서 모아들였다. 그러나 그것도 잠시 한철이었다. 현은 생각다 못해 한두 마리씩이라도 없애 보려 대학병원에 그리 친치도 못한 의사 한 분을 찾아가 보았다. 십여 넌째 대이는[37] 사람이, 그도 요즘은 한두 마리씩 더 갖다 맡기어 걱정이라는 것이었다. 현은 대학병원에서 돌아오는 길에 어느 책사[38]에 들렀다. 양토법에 관한 책에는 토끼의 도살법까지도 쓰여 있기 때문이다. 전에 아내가 빌려 온 책에서는 그만 기르는 법만 읽고 돌려보낸 것이다.

토끼를 죽이는 법, 목을 졸라 죽이는 법, 심장을 찔러 피를 뽑아 죽이는 법, 물에 담가 죽이는 법, 귀를 잡고 어느 다리를 어떻게 잡아다려 죽이는 법, 동맥을 잘라 죽이는 법, 그리고 귀와 귀 사이의 골을 망치로 서너 번 때리면 오체를 바르르 떨다가 죽게 하는 법, 이렇게 여섯 가지나 쓰여 있었다.

37 '대는'의 방언. 납품하는.
38 서점.

현은 먼지 낀 책을 도로 제자리에 꽂고 주인의 눈치를 엿보며 얼른 책사를 나와 집으로 돌아왔다.

오는 길로, 옷을 갈아입는 길로, 토끼 한 놈을 꺼내었다. 묵직하고, 포근하고, 따뜻하고, 뻐들컹거리고[39], 눈을 똘망거리고…. 교미기가 지난 놈들이라 새끼 때의 화학물감(化學物感)[40], 박꽃감[41]은 인전 아니요, 놓기는커녕 웬만침 서투르게만 붙잡아도 뻐들컹하고 튕겨져 산으로 치달을 것만 같은 '짐승'이다.

현은 단단히 앙가슴과 뒷다리를 움켜쥐고 마루로 왔다. 딸년이 방에서 나오다가 소리를 친다.

"애들아 아버지가 토끼 꺼냈다!"

큰 너석 작은 너석이 마저 뛰어나온다.

"왜 그류 아버지?"

"병 났수?"

"마루에 가둬. 우리 가지구 놀게."

"이뻐서 그류 아버지?"

딸년은 제 손에 들었던 빵쪽을 토끼의 입에다 갖다 대인다. 토끼는 수염을 쭝긋거리더니 빵쪽을 물어 떼이려 한다. 현은 잠자코 아까 책사에서 본 여섯 가지 방법을 생각해낸다.

"왜 그류 아버지?"

"가 저리들."

현은 그제야 소리를 꽥 질렀다. 아내가 부엌에서 나온다. 현은 아내의 해산달이 멀지 않았음을 깨닫는다. 현은 등솔기에 오싹함을 느끼며 토끼를 다시 안고 뒤꼍으로 왔다. 아내가 따라오며 그역[42], 왜 그러느냐고

39 '뻐드럭거리고'의 방언. 팔다리나 몸을 느리고 세게 내젓고.
40 화학물 같은 느낌.
41 --感. 박꽃 같은 느낌.
42 -亦. 그 역시. 그 또한.

묻는다.

"뭘 허러 아이처럼 따라댕겨?"

아내는 얼른 물러나지 않는다. 현은 도로 토끼를 갖다 넣고 만다. 암만 생각하여도 그 목을 졸라 쥐고, 빠들적거리는 것을 이기느라고 같이 힘을 쓰며 뒤어쓰는[43] 눈을 나려다보고 숨이 끊어지기를 기다리는 노릇, 현은 그 목을 졸라 죽이는 법에 자신이 생기지 못한다. 심장이 어드메쯤이라고 그 폭신한 가슴을 더듬어 송곳을 들이박기는, 남의 주사침 맞는 것도 제대로 보지 못하는 현으로는 더욱 불가능한 일이요, 쥐처럼 덫 속에 든 것도 아닌 것을 물속에 끌어넣기나, 귀와 다리를 붙잡고 척추가 끊어지도록 잡아 늘리는 것이나, 그 어린아이처럼 따스하고 발랑거리는 목에서 동맥을 싹둑 잘라 놓는 것이나, 자꾸 돌아보는 것을 앞으로 숙여 놓고 망치로 뒤통수를 때리는 것이나 현으로는 생각할수록 소름이 끼치고, 지금 아내의 뱃속에 들어 있는, 마치 토끼 형상으로 꼬부리고 있을 태아를 위해 이런 짓은 생각만으로도 죄를 받을 것만 같았다.

김장철이 지나가자 토끼 먹이는 더욱 귀해서 사람도 먹기 힘든 두부와 캐비지로 대이는데 하루에 일 원 사오십 전씩 나간다. 이렇게 서너 달만 먹인다면 그 담에는 토끼 오십 마리를 한목 판다 하여도 먹잇값밖에는 나올 게 없다. 서너 달 뒤에 가서는 토끼 문제뿐만 아니다. 토끼 때문에 이럭저럭 사오백 원이 부서졌고, 김장하고 장작 두 마차 들이고, 퇴직금 봉지엔 십 원짜리 서너 장이 남았을 뿐이다.

'어떻게 살 건가?'

어느 잡지사에서 단편 하나 써 달란 지가 오라다[44]. 독촉이 서너 차례나 왔다. 단돈 십 원 벌이라도 벌이라기보다, 단편 하나라도 마음 편히

43 흰자위만 보이게 위로 뜨는.
44 '오래다'의 옛말.

앉아 구상해 보기는 다시 틀렸으니 종이만 펴 놓을 수 있으면 어디서고 돌아앉아 쓰는 게 수다. 하루는 있는 장작이라 우선 사랑에 군불을 뜨뜻이 지피고, '이놈의 토끼 이야기나 써 보리라' 하고 들어앉아 서두를 찾느라고 망설이는 때였다.

"여보, 어디 계슈?"

하는 아내의 찾는 소리가 난다. 내다보니 얼굴이 종잇장처럼 해쓱해진 아내는 두 손이 피투성이다.

"응!"

"물 좀 떠 줘요."

"웬 피유?"

아내의 표정을 상실한 얼굴은 억지로 찡기어 웃음을 짓는다. 피투성이 두 손은 부들부들 떤다. 현의 아내는 식칼을 가지고 어떻게 잡았는지, 토끼 가죽을 두 마리나 벗겨 놓은 것이다. 현은 머리칼이 쭈뼛 솟았다.

"당신더러 누가 지금 이런 짓 허래우?"

"안 험 어떡허우? 태중은 뭐 지냈수?[45] 어서 손 씻게 물 좀 떠 놔요."

하고 아내는 토끼털과 선지피가 엉킨 두 손을 쩍 벌려 내어민다. 현의 머릿속은 불현듯, 죽은 닭의 눈을 신문지로 가려 놓고야 썰던 아내의 그전 모습이 지나친다. 콧날이 찌르르하며 눈이 어두워졌다.

피투성이의 쩍 벌린 열 손가락, 생각하면 그것은 실상 자기에게 물을 요구하는 것이 아니었다. 현은 펄썩 주저앉을 듯이 먼 산마루를 쳐다보았다. 산마루엔 구름만 허옇게 떠 있었다.

소화 16년 정월(正月) 11일.

『문장』, 1941. 2; 『돌다리』, 1943.

45 '임신 중인 게 무슨 벼슬이오?' 정도의 의미로 추정.

석양(夕陽)

매헌(梅軒)[1]은 벼르던 경주 구경을 하필 삼복지경에 나서게 되었다. 가을에 동행하자는 친구도 더러 있었으나 가을은 좋으나 친구까지는 그다지 기다리고 싶지 않았다.

성미가 워낙 아무나 더불어 쉽게 투합되지 않았다. 아무리 허물없는 친구라도 그는 혼자만치 편치 못했다. 여럿이 왁자하며 천 리를 가기보다 홀로 백 리를 가는 것이 더 멀리 가는 맛이기도 했다. 그래 그는 틈이 난 김에 복더위를 그다지 꺼리지 않고 나서 버리었다.

부여가 백제의 고도(古都)이듯, 경주는 신라의 고도라는 것밖에는, 그는 경주에 대한 별로 지식을 준비하지 못하였다. 뷰로[2]에 가 차표를 사면서도 경주 안내 같은 것 한 장 청하지 않았다. 신을 가벼운 것으로 바꾸어 신고 하이킹 단장[3]을 짚었을 뿐, 가방 하나도 들지 않았다. 어디 못가 본 데를 새로 구경 간다는 것보다는 한때나마 번루(煩累)[4]를 떠나 본다는, 최소한도의 단순을 생활해 본다는, 또는 고독에 환원해 본다는, 그런 정취에 더 쏠리는 편이라, 살림을 그냥 가방에 꾸역꾸역 넣어 들고 나설 필요가 무엇인가 싶었다. 그리고 경주를 다녀왔다면 으레 몇 군데서 기행문을 조를 것이나, 원고지도 한 장 넣지 않았다. 그는 정신을 차리고 보기보다 정신을 늦꾸고[5] 쉬고 싶었다. 그는 그만치 벌써 갖가지로

1 상허의 부친 이창하(李昌夏, 1876-1909)의 호로, 이 소설 속 주인공의 호로 사용하고 있다.
2 bureau. 여행사 사무소.
3 短杖. 지팡이.
4 번거로운 근심과 걱정.
5 '늦추고'의 방언.

피로했는지도 모른다. 그저 주머니에 돈 한 가지만 과히 부족되지 않게 넣은 것으로 든든하였다.

남북이 그냥 여름의 한중간이라 차는 달리어도 봄새[6]나 가을처럼 철다툼[7] 한 군데 보이지 않는다. 게다가 여러 번 지나 본 경부선이라 차창은 별로 매력이 없이 저물어 버렸다. 대구서 갈아탈 때는 아직도 어두웠고 두어 역 지나서부터야 창밖은 낯선 풍경을 드러내 주었다. 같은 푸른 벌판이나 이슬빛이 찬란해 아침다웠다. 반야월(半夜月)[8]이란, 시흥을 돋우는 역명(驛名)도 지나갔고 김이 피어오르는 강가엔 농부보다도 부지런한 어부의 낚대 드리운 모양도 시골 맛이었다. 볕이 차츰 따가워 차창을 나려 버릴까 할 즈음에 경주에 닿은 것이다.

조선집의 윤곽인 정거장을 나서니 바른편에 석탑이 한자리 섰다. 벌써 뜨겁기 시작한 해는 결코 동쪽 같지 않은 데서 쏘아 온다. 이모저모 부서지고 갈라지고 한 탑은 돌이 아니라 몇만 년 전 지층(地層)에서 나온 무슨 동물의 사등이뼈[9]같이 누르퉁퉁하다. 산이 삥삥 둘리었는데 자차분하게 깔리다 만 시가는 경주가 아니라 경주의 부스러기란 느낌이었다.

매헌은 지팡이를 얼마 끌지 않아 납다대한[10] 여관으로 들어섰다. 방은 차지할 것도 없이 툇마루에 앉아 조반을 치르고, 담배를 한 대 피우고는 박물관으로 찾아왔다.

조금만 더 넓었으면 거닐기 좋은, 운치 있는 정원이다. 대개 파편들이나 석물(石物)들이 정을 끈다. 정거장 앞에서 본 탑과는 빛이 주는 인상이 전혀 달라, 도자기 중에도 이조(李朝) 것처럼 생활이 그냥 풍겨 나왔

6 봄이 지나는 동안.
7 철을 놓치지 않으려 서두르는 일. 또는 계절이 바뀌는 양상.
8 대구 동구 일대의 옛 지명.
9 '척추뼈'의 방언.
10 '납대대한'의 방언. 나즈막하고 수수한.

다. 잎이 무성한 모과나무 밑에 서서 석등(石燈)이 결코 지난 시대의 유물 같지 않았고, 그 뒤뚝거리는 신라의 토기(土器)들과는 달라, 중후한 곡선으로 조각된 우물 돌들은, 이날 아침에도 붉은 손들이 그 옆에서 쌀을 씻고 나물을 헹군 듯 손때조차 알른거리는 것이다.

진열실에 들어가서는, 왕관이라야 기이할 뿐이고, 그가 감격한 것은 봉덕사종(奉德寺鐘)[11]에서다. 물러설수록 웅대하였고 가까이 볼수록 수없이 엉킨 섬세였다. 웅대와 섬세가 완전히 합일된 것으로, 그는 문학상의 최대작 『전쟁과 평화』를 읽고 났을 때의 감격을 이 종 앞에서 다시 한번 맛보는 것 같았다. 그러나 이 종에서는, 굉이[12]를 끌러 한 번 때려 본다면 웅장한 소리보다는 슬픈 음향이, 그 자신이 지닌 전설보다도 오히려 슬픈 음향이 울어날 것 같았다.

거리로 나선 그는 목이 말랐다. 그러나 빙숫집보다는 고완품점(古翫品店)이 먼저 눈에 띄었다. 신라 토기에는 그다지 애착이 없으면서도 그의 호고벽(好古癖)[13]은 이런 집 앞을 그냥 지나지 못했다. 와전(瓦塼)이 쌓이고 와당(瓦當)이 쌓이고 토기가 늘어놓이고, 그리고 여기 고적의 틀에 넣은 사진, 그림엽서들이었다. 와전이나 와당은 볼 만한 것이 없었다. 토기에는 서울서는 보기 드문, 단순한 음각(陰刻)으로도 꽤 변화를 일으킨 것이 몇 가지 눈에 뜨인다. 이것도 사들고 다니고 싶지 않으나 공연히 버릇처럼 골라 보는데 가게 안이 숨이 가쁘게 무덥다. 지지미[14] 샤쓰 바람으로 옆에 와 섰는 소년에게 물을 한 그릇 청했다. 소년은 이내 안으로 들어갔다. 그러나 물그릇을 쟁반에 받쳐 들고 나타나는 것은 소년이 아니라 웬 소녀다. 미목[15]이 청수한 데 매헌은 놀랐다. 맑으면서도

11 통일신라시대의 범종으로, '성덕대왕신종', '에밀레종'이라고도 한다. 국보 제29호.
12 '공이'의 방언으로, 여기서는 종을 치는 나무막대를 의미함.
13 옛 것을 좋아하는 버릇.
14 가스사로 짠 면직물의 하나. 신축성이 있는 여름 속옷감.
15 眉目. 얼굴 모습. 용모.

가느스름한 눈매와 두 볼 진 볼룩한 턱이 고요하고 듬직한 인상을 준다.

"물이 꽤 차군!"

"우물에서 새로 떴어요."

의젓한 말소리를 듣고 보니 가슴서껀 키서껀 소녀는 아니다. 흰 바탕에 초록 나뭇잎이 듬성듬성 찍힌 수수한 원피스로 위아래가 설멍하니 드러났다. 볕에 약간 끌기는[16] 했으나 알맞추 부른 팔과 다리엔 잠깐 본 동작이나 꽤 세련된 '도회'가 풍기는 처녀다. 매헌은 반가웠다. 딸의 동무래도 좋을 나이지만 도회 사람에겐 도회적인 것만으로도 고향 사람처럼 반가운 듯했다. 아마 어느 전문학교에 가 공부하다 방학에 와 있나 보다 했다.

매헌은 거의 다 마신 물 대접을 놓고 다시 주무르던, 주전자도 아니요 항아리도 아닌 토기를 들고 먼지를 불었다.

"더 좀 이상허게 된 건 없나 원!"

"이상헌 거요?"

"좀 재밌게 되구…."

"이상허구 재밌게 되구… 평범허더라두 오래 둬두 애착이 변허지 않을 걸 고르시는 게 좋지 않어요?"

매헌은 입이 얼어 처녀의 얼굴부터 다시 쳐다보았다. 너무나 그의 말엔 훌륭한 함축이 있다. 오래 두고 보아도 애착이 변하지 않을 평범이란 그 처녀 자신의 얼굴을 가리키기도 함인 듯, 그냥 담담할 뿐인 표정인데 무한 애착이 간다.

"어떤 게 그런 걸까? 하나 골라 주시오."

처녀는 사양치 않고 두어 군데 손을 망설이다가 이조기(李朝器)라면 제기(祭器)라고 할, 높은 굽 위에 연잎처럼 널따랗게 펼쳐진 하나를 집어내었다.

16 '그을기는'의 방언.

"딴은 실과라도 담어 노면 훌륭헌 정물 그릇이 되겠군!"

"빈 대루 놓구 봄 더 정물이죠."

처녀는 역시 간단히 해 버리는 말인데 깊이가 있다. 고완품을 다루는 집 딸이기로 다 이럴 수야 있으랴 하고 처녀의 교양에 감탄하면서 매헌은 얼른 돈을 치르기가 아까워졌다. 좀 더 그의 교양과 지껄여 보고 싶었다. 그러나 앉을 자리도 없고 무엇보다 무더워서, 여기 어느 여관이 나으냐고 묻고는 나와 버리었다.

그 처녀에게 들은 여관을 찾아 점심을 먹고, 다시 나서 첨성대(瞻星臺)와 석빙고(石氷庫)를 보고, 반월성(半月城) 등성이를 걸어 계림(鷄林)을 지나 문천(蚊川)[17]을 끼고 오릉(五陵)으로 향하였다.

꽤 늘어지게 걷는 길이었다. 언양가도(彦陽街道)에 나서서야 다리 건너로 옛 능원(陵園)다운 울창한 송림이 바라보인다.

표식이 선 좁은 길은 어둡도록 소나무에 덮여 있었다. 천천히 걸어 땀이 들 만해서다. 소나무들이 좌우로 물러서며 아늑한 공지가 트이는데 봉분이라기보다 기름기름한[18] 잔디의 산이 부드런 모필로 그은 듯한 곡선으로 허공을 향해 붕긋붕긋 올려솟는 것이다. 신라의 시조 박혁거세(朴赫居世)를 비롯해 다섯 능이 한자리에 모여 있음이었다. 바라볼수록 그야말로 초현실적인 기이한 풍경이다. 가까이 이를수록 담이 가리워 발돋움을 하나 시원히 바라보이지 않는다. 긴 담을 끼고 나가 보았다. 문이 잠겨 있었다. 할 수 없이 정문을 지나 겨우 봉분의 상반 윤곽만이 엿보이는 대로 계속해 담을 끼고 돌았다. 대소가 다르고 고저가 다른 다섯 봉분의 곡선은 보는 각도마다에서 얼마씩 다른 리듬과 하모니를 일으켰다. 거의 한 바퀴가 끝날 즈음에서다. 지형이 약간 도독해[19] 있어 발돋움을 하기에는 가장 편리한 곳이었다. 매헌은 단장에 힘을 주고 발뒤

17 현재의 경주 남천(南川).
18 조금씩 모두 긴.
19 가운데가 솟아올라.

축을 최고한도로 솟구어 능 안을 엿보았다. 그러나 시원치 않고 오래 견딜 수도 없다. 그만 수건을 내어 땀을 씻는데 문득 공중에서,

"이리 올라와 보세요."

하는 소리가 난다. 놀라 돌려 쳐다보니, 꽤 높은 소나무 중턱에서다. 매헌은 머리가 쭈뼛하였다.

"올라오세요. 여기서가 제일 좋게 봬요."

매헌은 말소리를 인식하자 순간 반갑기도 했다. 그러나 주위가 너무 호젓한 데라 무슨 착각이나 아닌가 싶어 얼른 움직이지 못했다. 땅도 아니요 몇 길이나 될 높은 나무 위에서 나려다보는 처녀는, 분명, 처음부터 이상한 매력을 풍기던 그 고완품점의 처녀였다.

"웬일이오?"

"전 늘 와요."

"그 높은 델 어떻게 올라갔소?"

"올라오세요. 전 윗가지로 더 올라갈 수 있어요."

나무 밑에는 그의 푸른 파라솔과 흰 헝겊 구두가 두 짝 다 쓰러진 채 놓여 있었다. 매헌은 나무 밑으로 왔다. 쓰러진 처녀의 구두를 집어 바로 세워 놓아 주었다. 신 바닥에는 엷게나마 땀자리가 또렷이 배어 있었다. 그는 한결 마음에서 괴이감을 떨어버리며 벗어 들었던 웃저고리는 낮은 가지에 걸드리고[20] 구두를 벗고 처녀가 시키는 대로 엉금엉금 나무를 탔다. 처녀는 앉았던 가지에서 일어나 더 윗가지로 올라갔다.

"떨어지리다! 난 이만치서두 좋으니 그냥 앉어 있어요."

"괜찮어요. 더 올라오서요. 더 올라오세야 더 좋은 걸 보세요."

결국 처녀가 앉았던 자리까지 올라왔다.

"아! 여기선 봉분들의 조화가 더…."

"더 뭐야요? 형용해 보세요."

20 걸쳐 드리우고.

쳐다보니 처녀의 다리가, 발로는 거의 자기 머리를 밟을 만치 가까이 드리워 있었다.

"형용이요?"

"퍽 니힐[21]허지 않어요?"

"니힐!"

오릉의 아름다움은 이 처녀가 발견한 이 소나무의 중턱에서가 가장 효과적인 포즈일 것 같았다. 볼수록 그윽함에 사무치게 한다. 능이라기엔 너무나 소박한 그냥 흙의 모음이다. 무덤이라기엔 선에 너무나 애착이 간다. 무지개가 솟듯 따에서 일어 따으로 가 잠긴 선들이면서 무궁한 공간으로 흘러간 맛이다. 매미 소리가 오되 고요하다. 고요히 바라보면 울어야 할지, 탄식해야 할지 그냥 나중엔 멍해지고 만다. 처녀의 말대로 니힐을 형용사로 쓰는 수밖에 없을 것이다.

"여기 능들이 모다 이렇소?"

"괘릉(掛陵), 무열왕릉(武烈王陵) 다 가 봐두 이런 맛은 여기뿐인가 봐요."

"그래 여기 가끔 오시오?"

"네, 전 경주서 여기가 젤 좋아요. 어제도 왔더랬어요."

"혼자 무섭지 않소?"

"무서운 맛이 아주 없음 무슨 맛이게요."

쳐다보려야 처녀의 얼굴은 보이지 않는다. 숙성하다고 할까, 교양이 치우쳤다고 할까, 그의 정신은 그의 몸에 지나친 데가 있는 것 같았다.

"경주가 고향이오?"

"경주 온 지 몇 해 안 돼요."

"경성이더랬소?"

"…."

21 nihil. 허무. 공허.

매헌은 굳이 캐어묻기도 안되어 화제를 돌리었다.

"그렇지만 당신 같은 젊은 여성이 뭣 허러 이런 옛 능에나 자주 와 니힐을 즐기시오?"

처녀에게서는 이번에도 대답이 나려오지 않는다.

"혼자 조용히 쉬는 델 내가 와 떠들어 미안허우."

"저 아깐 책 보드랬어요."

"책이오?"

"네."

매헌은 담배를 피워 물었다. 얼마 뒤부터 위에서는 책장 넘기는 소리가 났다. 매헌은 경주에 잘 왔다 싶었다. 오릉의 신비한 곡선들은 사람에게 신비한 안식을 준다.

해는 첫 봉분 위에 그늘이 들기 시작했다. 매미 소리도 이런 데서 듣는 것은 더욱 유장하다.

어느덧 담배를 세 대나 피우고 나니 능 안은 그늘에 덮여 버린다.

"많이 쉬셨어요?"

위에서 처녀가 정적을 깨뜨렸다.

"잘 쉤소! 여기서 당신을 못 만나드면 오릉을 헛보고 갈 뻔했구려!"

"전 인전 오금이 아퍼졌어요."

매헌도 일어나 나무를 나려왔다. 나려와서 다시 놀란 것은 그 처녀가 들고 나려오는 책에였다. 바로 지난봄에 내인 자기의 수필집이다. 반가운 한편 무안스러웠다. 이런 니힐을 말하는 교양으로 본다면 비웃음을 면치 못할 초기의 감상문들이 꽤 여러 편 실렸기 때문이다.

"요 앞에 냇물이 퍽 맑답니다."

"같이 걸어도 괜찮소?"

"오세요. 인전 포석정(鮑石亭)엔 아마 못 가실 거야요."

책을 낀 처녀의 걸음은 더욱 도시적인 보법이었다. 상체가 짧고 하체가 길어 양장에 을리는 체격이다. 얼마 걷다가 매헌은 물었다.

"그 책 재미있습디까?"

"더런 좋은 글이 있어요."

"그 사람 것 다른 것두 읽었소?"

"이인 소설을 아마 더 쓰죠? 소설은 난 별루 안 읽어요."

"왜요?"

"글쎄요…. 소설엔요 많인 못 봤어두요 너무 교훈이 많이 나오는 거 같어요."

"그 책엔 그런 게 없습디까?"

"더러 있어요. 그래두 꽤 친헐 수 있는 이 같어요. 좀 고독헌 인가 봐요."

"고독 예찬이 많지 아마?"

"읽어 보셨나요 이 책?"

하며 처녀는 책을 쳐들어 보인다. 매헌은 그저 자기를 감춘 채,

"읽었지요."

해 버린다.

"고독을 예찬허누랍시구 쓴 건 되려 고독을 수다로 만들어 놓았죠?"

매헌은 얼굴이 화끈했다. 처녀는 말을 계속했다.

"제의(題意)가 고독이 아닌 글에서 차라리 이이가 지닌 고독미가 은연히 잘 드러난 거 같어요."

"상당히 예리허군요! 저자가 아마 당신 같은 독잘 가진 줄 알면 퍽 다행으로 생각할 거요."

"선생님은 뭘 허시는 분이세요?"

"나요?"

갑자기 눈부신 햇빛이 닥쳤다. 솔밭이 끝나자 강변이다. 처녀는 아직껏 둘이의 대화는 무시해 버리듯 돌아다보지도 않고 이글이글 단 모새 위로 파라솔도 접어 든 채 뛰어나가는 것이다. 매헌은 어쩔 줄 몰라 다시 소나무 그늘로 들어섰다. 그리고 또 차츰, 이게 정말 현실인가? 자기 눈씨의 의혹이 생기었다.[22] 그, 소녀는 결코 아닌, 더구나 교양으로는 어

느 어른의 경지보다도 높은 그 처녀가 그리 멀리도 가지 않아 있는 웅덩이 앞에서 기탄없이 옷을 활활 떨어버리는 것이다. 반짝이는 모새 위에 푸른 먼 산을 배경으로 한순간 상큼 서 보는 나체, 그 신비한 곡선들의 오릉 속에서 뛰어나온 요정이 아니고 무엇이랴! 탐방탐방… 물은 비낀 햇빛에 금쪽으로 뛰었다. 처녀는 그 속에 흐뭇이 잠긴다. 이윽고 상반신을 드러내더니,

"덥지 않으세요?"

소리를 지르는 것이다. 분명히 인간의 소리다. 매헌은 천재(天才)와 천치(天痴)는 일치된다는 말을 생각했으나 이 처녀를 천치로 업수여길 수는 없었다. 어슬렁어슬렁 그 다음 웅덩이로 나려가 땀을 씻고 다시 올라왔을 때는, 처녀는 옷을 입고 파라솔을 받고 발만 맨발로 무슨 곡조인지 나직한 노래를 부르며 어정어정 걷고 있었다.

매헌은 되도록 이 처녀의 기분에 간섭하지 않으려 하였다. 그의 천진(天眞)을 상해하고 싶지도 않았고, 옆에 사람이 있되 혼자이고 싶은 때는 곧 기탄없이 혼자가 될 수 있는 그의 자연 그대로의 태도를 그는 본받고도 싶어졌다. 큰길 다리 밑에까지 서로 혼자처럼 걸었다.

"이 다리 아래가 퍽 시원허답니다."

"참 서늘하군!

"조곰 더 있어야 큰길은 식을 거야요."

하며 처녀는 발은 물에 담근 채 잔디에 자리를 잡고 앉는다. 매헌도 같은 모양으로 옆에 앉았다. 다리 위로는 자전차도 버스도 사람들도 지나간다.

"실례지만 무슨 학교에 다녔소?"

"저요?"

처녀는 드물게 미소를 띤다.

22 자기 눈을 의심했다.

"내가 나이 자랑이야 헐 게 되오만 나도 딸이 중학에 다니는 것두 있다우. 반말을 쓴다구 어찌 알지 말우."

"전요 그런 덴 태평이랍니다. 해라라두 허세요."

"아깐 내가 속일래 속인 게 아니라 제면쩍어[23] 내란 말을 안 했소만 사실은 그 책이 부끄럽지만 내가 쓴 거라오."

"네? 매헌 선생님이세요?"

"내 호(號)라우."

"어쩌면요!"

"그렇게 정독을 해 주니 고맙소."

"그런 줄두 모르구 전 아까 마구 말씀드렸죠!"

"어디 막이오? 여간 절실허지 않었소."

"어쩌면요…."

처녀는 암만해도 '우연'이 믿어지지 않는 듯했다. 담담하던 두 눈동자가 날카로운 초점을 일으킨다. 매헌은 먼저 뜨거워지는 눈을 돌이켰다.

"선생님의 글을 읽구 상상했던 선생님관 아주 딴 이세요."

"어떻게 다루?"

"다니지 마세요. 글만 못허세요."

"글만…."

"퍽 실제적인 인물이실 것 같네요."

매헌은 껄껄 웃고,

"실제적인… 글 장수니까! 그러나 글 역 내 것이니까 난 역시 기뻐."

하였지만, 속으로는 자기 글에 약간 질투가 가는 심사다.

얼마 전 일이다. 어느 책갈피에서 자기의 동경 유학 시절 사진이 나왔었다. 자기인 줄 얼른 몰랐다. 내가 이렇게 젊었었나! 내가 이렇게 남에게 정열적 인상을 줄 수 있었나! 감탄하였고, 지금의 얼굴을 거울 속에

23 '겸연쩍어'의 방언.

비춰 보고는 그만 사진을 찢고 싶던 충동이었던 것이 매헌은 문득 여기서 생각이 났다.

물은 미뭉히[24] 소리 없이 흘러 오릉 앞을 감돌아 나려간다. 바닥에서는 모새들도 흘러 발을 간질인다. 매헌은 서글펐다. 자기의 얼굴에서, 글에서보다 몇 배 더 발랄하였을 낭만의 피를 뽑아 간 것은, 이 물처럼 흘러가고 거슬러 올 줄 모르는 세월이었다.

"전 동지사(同志社)[25] 다니다 고만뒀어요."

"왜요? 영문과더랬소?"

"네. 어머니두 돌아가시구, 경주가 경도보다 더 있구 싶어서요."

"어머님께서 언제 돌아가셨소?"

"지난봄에 대상[26] 치렀어요."

"아버지께선 상점에 계슈?"

"반야월에 가 계세요. 과수원이 있는데 올부터 열기 시작했다나요. 그래 여긴 제가 지키구 있는 셈이죠."

"그런데 이렇게 나다뉴?"

"일갓집 아일 하나 둔걸요. 난 뭐든지 내 맘대루 하게 내버려 두라구 어머니가 유언해 주셨어요. 난 세상에 젤 귀헌 유산을 받은 셈이야요. 어머니께선 내 성질을 어려서부터 잘 이해해 주셨에요."

"훌릉헌 어머님을 여옛구랴!"

"전 그래두 고독해허지 않을려구 해요. 생각험 고독허지 않은 사람이 있겠어요?"

"실례요만 이름이 뭐요?"

"옳지, 저 봐!"

"왜 그러오?"

24 그득히 고여.
25 도시샤대학(同志社大學). 일본 교토에 있는 사립종합대학.
26 大祥. 사람이 죽은 지 두 돌 만에 지내는 제사.

"실례란 말 잘 쓰시는 것, 이름부터 알려시는 것, 그런 게 선생님의 실제성이세요. 제가 바로 알아맞혔죠?"

매헌은 저윽 무안스러웠다. 그리고 그 무안이 걷히면서부터는 자기에게도 먼 옛날에 잃어버리었던 '천진'이 전신에 소생하는 것 같았다.

처녀는 뒤로 들어앉으며 발을 물에서 들어내었다. 새파란 잔디 위에서 물을 떨치기나 하는 것처럼 꼼지락거리는 열 발가락, 매헌은 와락 고와졌다. 그의 정신보다는 모든 게 앳되어 보이는 이 처녀의 형체에서도 그의 발가락은 더욱 앳되어 보였다. 매헌은 두 손에 어린아이의 볼기에와 같은 단순한 감촉욕이 후끈 달았다. 얼른 처녀의 두 발을 붙들었다. 어느 틈에 한 손은 손수건을 꺼내었다. 물을 발가락 새마다 닦고 모새를 턴 구두 속에 제 짝씩 발을 넣어 주고 단추를 똑 똑 잠가 주었다. 어떻게 손이 자연스러웠는지 나중에 오히려 놀라웠다. 처녀는 역시 아무렇지도 않은 태도였다.

큰길에 올라서서는 매헌은 담배를 피워 물고, 처녀는 어릴 때 부르던 노래 같은 사사조의 무슨 곡조를 또 콧노래하며 걸었다. 다시 서로 혼자처럼 얼마를 제 생각들로 걸었다.

"선생님 낼 불국사 안 가시겠어요?"

"좀 안내해 주겠소?"

"덥지만 선생님 가신다면!"

"갑시다, 그럼."

매헌의 여관 앞에 이르러서는, 내일 차 시간을 의논하고 헤어졌다.

다시 온욕(溫浴)을 하고 저녁상을 물리고 나니 단열밤[27]이라 어느덧 초경[28]은 지났고 몸도 굳은 자리에 뻗어 보고 싶게 곤했다. 그래 누웠으나 잠은 오지 않는다.

27 짧은 밤.
28 初更. 저녁 일곱시에서 아홉시 사이.

어쩌면 그 처녀가 저녁 뒤에 놀러라도 와 줄 것 같다. 가까인 모기 소리와 멀리론 개구리 소리가 무인지경처럼 호젓하다. 어쩌면 그 처녀가 이쪽에서 산보 삼아 저희 상점으로 와 주지 않을까 하고 기다릴 것도 같다. 그렇다고, 해태 한 갑을 거의 다 뽑으면서도 매헌은 얼른 자리를 일지는 못했다. 나다닐 때에는 별로 다른 줄 모르겠어도 이렇게 한번 자리에 털썩 누웠다가는 좀처럼 일어나지지 않는다. 이런 때 집에서는, 아내가, 왜 점점 게을러 가슈? 하였으나 매헌 자신은 게으름이 아닌 것을 벌써 수삼 년 전부터 은근히 깨달아 오는 것이다.

'모든 게 혈긴가 보다!'

매헌은 메마른 두 손을 배 위에 맞잡고 무엇인지 자기의 마디마디 뼈를 해마다 무게를 가해 누르는 그 무형한 힘에게 편안히 인종(忍從)하려 하였다.

이튿날, 처녀는 첫차 시간에 먼저 나와 있었다. 그 원피스, 그 맨발에 그 흰 구두, 그 파라솔이었다. 매헌은 저만치 처녀를 발견하자 그의 앞으로 뛰어갔다. 퍽 반가웠다. 아침은 자기 인정에도 다시 오는 것 같은 신선이었다.

'청춘! 청춘은 청춘 그것만으로도 얼마나 미덕이냐!'

한 정거장 다음이지만 매헌은 이등표를 샀다. 타 보는 것은 다음이요 우선 사는 기분이었다.

시골 아침 차 이등실은 비어 있었다. 처녀는 아무 자리에나 창 가까이가 앉아 버린다. 넓은 찻간에 하필 그 처녀와 무릎을 맞대이려 들어갈 용기가 나지 않아, 매헌은 마주는 바라 뵈는 딴 자리에 앉았다.

"저게 안압지야요."

"이것두 무슨 능이래요."

매헌은, 안압지보다, 능보다, 아침 식탁이 기름졌던 듯, 가을 실과처럼 윤택해진 처녀의 입과 잇속과 오락 오락이[29] 살아나는 것 같은 살랑

대는 처녀의 이마 머리칼에 더 황홀한 정신을 두었다. 그러나 차는 햇볕과 바람이 그대로 비치고 풍기게만 달리지 않았다. 휘우뚱 돌아 처녀의 얼굴을 그늘지게도 달리었다. 처녀의 얼굴이 밝았다 어두웠다 서너 번에 불국사역이었다.

좁은 하이야[30] 한 대는 손님을 터지게 실었다. 좁은 데서니 처녀는 매헌보다도 넓은 자리가 필요했다.

"괜찮대두요. 편히 푹 앉으세요."

그러나 매헌은, 더욱 차가 뛸 때마다 말을 타듯 옹송그리며 십 리 언덕을 올랐다.

"어때요? 사진보다 실지가 좋지요 여긴?"

차에서 나려 몇 걸음 옮기지 못하고 둘이는 우뚝 서 버린 것이다. 절이라기엔 너무나 목가적인 서정이 무르녹았다. 청운교(靑雲橋), 백운교(白雲橋) 흐르는 듯한 돌층계에는 곧 무희(舞姬)라도 나타나 춤추며 나려올 듯하다.

"전 여기 옴 저 돌층계를 오르락나리락허는 게 젤 좋아요! 신라 여자들은 어떤 신발이었을까?"

매헌은 처녀를 따라 백운교를 올라 청운교를 올라 자하문(紫霞門) 안을 들어섰다. 한 길이나 돌을 세워 싸돌린 신라 독특한 양식이라는 대웅전의 단아한 기단(基壇), 동편엔 다보탑, 서편에는 석가탑, 매헌은 종교적 의의는 떠나, 탑이란, 사람이 쳐다볼 수 있는 미술품으로는 최고의 형식일 거라 했다. 공간과 입체의 조화, 어느 희랍의 인체가 이처럼 자연스럽고 장엄하랴.

"여기서껀 저기서껀 빈 주초가 많지 않어요? 이 절 경내에 건물이 이천여 간이나 있었대요!"

"얼마나 즐비했을까!"

29 한 오라기 한 오라기.

"그게 일조에 불이 붙었으니 여기가 황황 붙는 불바다였을 것 아니에요? 그 불바다 속에 이 두 탑만이 떡 버티구 섰었을 걸 상상해 보세요. 얼마나 영웅적이구 비극이었을까요!"

그 말을 듣고 보니 탑들은 더한층 엄연해 보인다. 돌을 쫀 것이 아니라 녹여 부은[주조(鑄造)] 듯한 부드러운 곡선들의 다보탑은 여성적인 미의 극치요, 간소하나 머리털 하나의 틈이 없이 짜인 석가탑은 금강역사(金剛力士) 백을 뭉쳐 세운 듯한 강력적인 인상이다. 다보탑과 잘 대조가 되는 남성적 미의 극치다.

매헌은 처녀와 가지런히 범영루(泛影樓)에 걸어앉아 탑머리에 지나는 구름을 기다리며 보내며 한나절을 저희들도 구름인 듯 유유히 지내었다.

호텔에 와 점심을 같이 하였다. 복도라기보다 전망대로서 서늘한 등의자가 군데군데 놓여 있었다. 처녀는 영지(影池)를 향해 가장 전망이 좋은 자리로 매헌을 이끌었다. 매헌은 담배를 들고, 처녀는 태극선을 들고 깊숙이 의자에 의지해 먼 시선을 들었다. 몇십 리 기장이나 될까, 뽀얀 공간을 건너 검푸른 산마루를 첩첩이 둘리었는데 그 밑에 한 골짜기가 번쩍 거울처럼 빛난다.

"저게 영지로군!"

"네, 아사녀(阿斯女)가 빠져 죽었다는…. 전 여기서 내다보는 이 공간이 말헐 수 없이 좋아요!"

딴은 오릉과 일맥상통하는 유구한, 니힐이 떠돈다. 가만히 살펴보면 작은 구릉들이 있고, 숲들이 있고, 꼬불꼬불 길이 달아나고, 꼬불꼬불 냇물이 흘러가고, 산모퉁이마다 작은 마을들이 있고, 논과 밭들이 있고, 그리고 그 위에 구름이 뜨고, 다시 그 구름의 그림자가 마을 위에 혹은 냇물 위에 던져져 있고…. 무심히 보면 그냥 푸르스름한 땅과 뿌연 대기

30 hire. '전세 자동차'를 뜻하는 일본식 말.

(大氣)뿐, 아무것도 없노라 하여도 그만일 것이었다.

매헌은 피우던 담배를 버리고 긴 하품을 쉬었다. 얼마 아니 하여 둘이는 쿨쿨 잠이 들어 버렸다.

얼마를 잤는지 아랫도리에 해가 뜨거워 매헌이 먼저 깨었다. 땀이 전신에 흥건해 있었다. 처녀도 이마에 땀이 방울방울 돋았다. 매헌은 손수건을 내어 가장 정한 데로 처녀의 이마에부터, 땀을 씻는다기보다 날쌔게 묻혀내 주었다. 모르고 콜콜 잔다. 양편으로 봉긋한 가슴이 숨소리와 함께 솟았다 낮았다 한다. 부채를 들어 고요히 그에게 바람을 일으켜 보내며 매헌은 처녀의 숨소리를 따라 하여 보았다. 자기보다 훨씬 빠름에 놀란다. 자기가 다섯 번을 쉬일 새 그는 여섯 번은 쉬어야 된다. 매헌은 길동무에게서 떨어져 버리는 고독을 맛보며 다시금 올려솟는 처녀의 이마에 땀을 씻어 준다. 햇볕은 점점 그의 얼굴을 범했다. 처녀는 입을 옴짓해[31] 침을 삼키며 눈을 떴다.

"아, 아무 꿈두 없이 잤네요!"

"잘했소."

"죽음이 그런 걸까요?"

"글쎄!"

둘이는 도랑으로 나려와 목마[32]를 했다. 해는 빛이 붉어지며 산머리에 뉘엿거리었다. 처녀는 호텔 앞 매점에서 불국사 사진이 찍힌 부채를 한 자루 샀다. 그리고 저녁차에 나려가는 자동차표를 미리 한 장 샀다.

"왜 석굴암엔 안 갔다 가려구?"

"전 저녁차에 집에 가요."

더 문답하지 않았다. 자동차 시간은 아직도 한 시간이나 남았다. 둘이는 다시 백운교, 청운교를 올라 다보탑 뒤로 해서 절 뒷산을 올랐다. 장

31 갑자기 가볍게 움직여. '옴칫해'의 방언.
32 등목.

마에 군데군데 패였으면서도 잔디 길이 거닐기 좋게 솔밭 사이로, 비스듬한 언덕으로 깔려 있었다. 언덕에 이르렀을 때 해를 가린 구름은 장밋빛으로 탔다. 둘이는 석양을 향해 풀 위에 앉았다. 영지는 순간순간 연짓빛을 띠었다. 산마루 마루들에 서기(瑞氣)[33]가 돌고 어디선지 바람결이 선들선들 날아온다. 처녀는 부채를 폈다. 부채에도 처녀의 얼굴에도 석양은 황홀히 물들었다.

"선생님."

"응?"

"저 여기다 뭐 하나 써 주세요."

매헌은 선선히 그의 부채를 받았다. 만년필을 뽑아 잠깐 석양을 향해 생각하였다. 그리고 이의산(李義山)[34]이란, 옛 시인의 석양시 한 편을 써 주었다.

夕陽無限好　　석양무한호
只是近黃昏　　지시근황혼[35]

석양은 무한 좋으나 다못[36] 황혼이 가까워 온다는 한탄이었다. 매헌은 자기 자신의 석양을 느끼고 이 글이 생각난 것이다. 영리한 처녀는 이 부채를 받고 그 위에 이윽도록[37] 고요히 눈을 감았다.

"제가 인제 편지해 드릴게요."

33 상서로운 기운.
34 '의산'은 중국 당나라의 시인 이상은(李商隱, 812-858)의 자.
35 이의산의 「등낙유원(登樂游原)」의 일부. 시의 전문은 다음과 같다.

向晚意不適　날 저물자 심사가 울적해져서
驅車登古原　수레 몰아 옛 언덕에 올랐더니
夕陽無限好　석양은 한없이 좋은데
只是近黃昏　다만 황혼이 가깝구나

36 '다만'의 방언.
37 오래도록.

석양은 긴 것이 아니었다. 둘이는 이내 일어섰으나 나려오는 길은 이미 황혼이었다. 매헌은 정거장까지 따라 나가 귀여운 한때 길동무를 어두운 밤차에 보내 주었다.

매헌은 불국사에서 사흘을 묵었다. 그러면서도 석굴암에도 올라가지 않았다. 날마다 호텔 복도에 앉아 영지 쪽을 향해 무료히 바라보다 석양을 맞이하곤 하였다.

집에 돌아와 며칠 안 기다려 처녀에게서 편지가 왔다. 경주는 가을이 좋다고 하였고, 그중에도 오릉이나, 불국사 호텔에서 영지에의 전망이 더욱 그렇다고 하였다. 가을에 오신다면 그때는 자기도 불국사에 가서 며칠 묵으며 동무해 드릴 수가 있으리라 하였다. 그리고 그의 이름은 타옥(陀玉)이라 쓰여 있었다.

'타옥!'

매헌은 곧 답장을 썼다. 자기도 가을에 다시 한번 가기로 마음먹고 왔노라는 것과 더구나 타옥과 함께 가 보려 석굴암은 아껴 둔 채 왔노라 하였다. 그리고 자기 수필집을 한정판으로 한 권을 구하여 함께 부쳐 주었다.

타옥에게서는 또 편지가 왔다. 책 보내 준 것과 석굴암 아껴 둔 것을 감사하였고 어서 경주에 가을이 오기를 고대한다 하였다.

가을은 왔다. 당해 놓고 보니 매헌한테는 너무 속히 왔다. 또 멈짓멈짓하는 동안에 가을은 가 버리는 것도 너무 속하였다. 일정한 어디 출근 시간이 있어야만 행동이 구속되는 것은 아니었다. '청복(淸福)도 복이라 내게는 무신(無信)[38]한가 보오!' 하는 탄식하는 편지를 보내고 이듬해 가을을 기약하는 수밖에 없었다.

매헌은 가끔 타옥을 그리었다. 경주가 아니라 타옥이었다. 타옥일진

38 소식이 없음. '찾아오지 않음'을 의미함.

댄 하필 가을이랴 싫어지기도 했다.

매헌은 몇 번이나 아침에만은, '나 오늘 어쩜 시굴 좀 갈 듯허우' 하고 집을 나왔다. 나와 생각하면 타옥을 만나기 위해 간다는 것이 어쩐지 스스로 민망해지곤 하였다.

'내가 타옥을 사랑하는 거나 아닐까?'

매헌은, 아마 지금의 자기의 호흡은 타옥과 육 대 사쯤이나 될 것이라고 스스로 비웃고 어슬렁어슬렁 집으로 돌아와 탁자 위에 놓인, 그 타옥이가 '빈 대로 놓구 봄 더 정물이죠' 하던 신라 토기를 장시간을 정좌하여 바라보곤 하였다.

그러나 인생의 위기는 노소를 한가지로 어느 철보다도 봄인 것인가!

매헌은 봄을 지그시 못 보내어 진달래가 져 버리기 전에 경주에 나려오고야 말았다. 타옥은 반가이 맞아 주었다. 그러나 매헌은 경이라 할까 환멸이라 할까 타옥을 만나는 순간 일변해 버리는 자기의 심경을 어떻게 수습해야 좋을지 몰랐다. 딴, 전혀 다른 타옥이었다. 경주에 있는 타옥은 역시 유유히 가을을 기다려 만나도 좋을 타옥이었다. 자기를 하루가 급하게 속을 조여 온 것은 매헌 자신 속에 생겨난 한 요녀(妖女)였던 듯, 진정한 타옥의 앞에 서자 매헌의 한 가달[39] 사념(邪念)은 뿌리째 뽑혀 사라지고 마는 것이었다.

"선생님은 그래두 낭만이 계신가 봐!"

타옥은 이런 말조차 예사롭게, 아니 물처럼 담담한 얼굴로 지껄였다. 매헌의 흐렸던 안정은 그 담담한 물에 단박 씻기었다. 매헌은 악몽에서 깬 듯, 다시금 속으로,

'차라리 다행한 일이다!'

하였다.

둘이는 먼저 오릉으로 왔다. 그 소나무에 타옥이 먼저 오르고 매헌이

39 '가닥'의 방언.

따라 올랐다. 오릉의 니힐한 맛은 봄이나 여름이나 다를 것 없었다.

이들은 이날로 불국사로 왔다. 백운교, 청운교의 긴 층계는, 한결같이, 곧 무희라도 나타나 춤추며 나려올 것만 같은 서정이었다. 솔잎일망정 딴 기운을 띠어 푸르건만, 다보탑과 석가탑은 그저 한 빛깔 한 자세였다.

'오, 두 스핑크스여! 언제까지나 저렇게 서 있을 건가!'

매헌은 저윽 처량해졌다.

호텔에 왔을 때는 이미 영지가 짙은 황혼에 묻혀 버린 뒤다. 남폿불 밑에서 저녁을 먹고 남폿불 밑에서 옛 전설을 음미하고 문학을 이야기하고 미술을 이야기하고, 나라 나라들의 흥망을 이야기하고, 때로는 깊어 가는 밤 자최[40]에 귀를 기울여 이 밤의 달은 지금 지구의 어드메쯤을 희멀거니 비치고 있을까를 의논하고, 아무래도 매헌 편이 곤하여 먼저 드렁드렁 코를 골았다.

이튿날은 석굴암으로 올라왔다. 석굴은 자연과는 사귀지 않은 오로지 인조미(人造美)의 전당이었다. 예술의 황홀경이었다. 타옥의 말대로 돌에서 근육과 능라[41]의 미를 느낀다는 것은 감탄할 따름이었다. 타옥은 불타의 무릎 위에 떨어진 바른편 손의 새끼손가락만은 떼어 가지고 싶다 하였다. 처음엔 매헌은 그냥 보여지는 대로의 개념이나 얻으면 그만이라 하였다. 그러나 너무나 정력적인 미의 압도에는 정신을 차리지 않고는 견딜 수가 없었다. 먼저 석굴을 구조에부터 눈을 더듬기 시작했다. 매헌은 이내 피로를 느끼었다.

밖으로 나와 한참 쉬어 가지고 불상들을 살펴보기 시작했다. 정면의 불타상은 무슨 찬사를 드리는 것이 오히려 경망스럽기만 할 것 같았다. 불타상 바로 뒤에 섰는 십일면관음(十一面觀音), 아무리 고운 여자라도

40 '자취'의 옛말.
41 綾羅. 비단.

정말 숭고한 미란, 종교를, 또는 철학을 체득하지 않고는 발휘하지 못하는구나! 깨달았다. 매헌은 타옥을 불렀다. 십일면관음 앞에 가지런히 세웠다. 십일면관음의 도독한 손등을 쓰다듬고 그 손으로 역시 도독한 타옥의 손을 쓰다듬었다. 지천명(知天命)이 내일모레인 자기의 그 집요한 삿된 정욕을, 만나는 일순에 돈망경(頓忘境)[42]에 빠뜨려 놓는 타옥도 역시 자기에겐 숭고한 영원의 여성이었다.

'타옥!'

굴 안은 한결 엄숙한 정적이었다.

매헌은 타옥과 함께 불국사에서 사흘을 지내었다.

매헌은 사흘 동안, 타옥은 이조백자와 같은 여자라 생각하였다. 화려한 그릇들은 앉을 자리를 다투는 것이요 주인이 눈을 다른 데로 줄까 새오는[43] 것이요 보면 볼수록 소란스럽고 피로해지는 것이나 이조백자는 모두가 그와 딴 쪽이다. 바쁜 때는 없는 듯 보이지 않으나 고요한 때는 바로 옆에서 기다리고 있었다. 고요히 위로와 안식을 주며 싫어지는 날이 없는 영원의 그릇이다.

매헌은 서울에 돌아오는 길로 자기가 문갑 위에 두고 일야[44] 애무하던 이조백자의 필가(筆架)[45] 하나를 타옥에게 보내 주었다. 정말 가을이 오고 또 봄이 오고 다시 가을이 오고, 그동안 타옥과의 순결한 한묵(翰墨)[46]은 끊어지지 않았다.

매헌은 어느 책사와 전작(全作) 한 편을 약속하였다. 가을 안으로 출간해야 한다는 것을 초겨울이 되도록 탈고가 되지 않았다. 달포를 책상

42 까맣게 잊어버리는 상태.
43 '시기하는'의 옛말.
44 日夜. 밤낮.
45 붓걸이.
46 편지. 문한(文翰)과 필묵(筆墨). 글을 짓거나 쓰는 것.

에 꼬부리고 앉았더니 옆구리와 어깨가 결리는 것은 물론, 전과 달라 현기까지 난다. 날이 차츰 차지어 방을 덥히니 기름기 없는 피부가 조이는 것은 마음까지 윤습[47]을 잃어버리게 하였다. 매헌은 그예 집에서 탈고를 못 하고 해운대 온천으로 가지고 왔다.

경주와 가까운 데라 오는 길로 타옥에게 알리었다. 그러나 원고를 끝내는 날 다시 알릴 터이니 그때 오라 하였는데 타옥은 다음 기별을 기다리지 않고 먼저 나타난 것이다.

타옥은 만발(滿發)이었다. 그의 무늬 돋친 연두저고리는 그의 얼굴을 연당에 솟은 한 송이 연꽃으로 보여 주었다. 매헌에겐 늙음이 오는 새 타옥에겐 청춘이 절정으로 올려달은 듯하였다. 으레 그랬을 것이었다. 만나서 이야기는 편지에서 사연보다 오히려 담박한 그였으나 그의 만발한 청춘의 광채만으로도 매헌에겐 간곡함이 폐부에 스며들었다.

"타옥이가 저렇듯 고왔던가?"

"저를 얼마나 밉게 보셨더랬길래!"

"난 많이 늙었지!"

"늙는단 것도 정신 문제가 아니겠어요?"

"그럴까!"

타옥은 탕을 다녀 나와 김이 모락모락 이는 손으로 매헌의 만년필을 가만히 빼앗았다. 매헌은 어찔해지는 눈을 한참이나 감았다가야 일어서 타옥과 함께 해변으로 나왔다.

바닷가는 바람이 제법 쌀쌀하였다. 파도도 제법 일었다. 매헌은 외투깃을 일으키고 목을 움츠렸으나 타옥은 고름을 허순히[48] 묶은 동저고릿바람으로 앞을 서 뛰어나갔다.

"어서 오세요."

47 潤濕. 축축함.
48 느슨히.

매헌은 이 해변에 여러 번째지만 처음으로 뛰어 보았다.

"선생님."

"응?"

타옥은 불러 놓고 멍하니 바다만 내다보았다.

"선생님."

"왜?"

"파도 소리 좋아허세요?"

"그럼!"

"파도 소릴 들음 타고르[49]의 명상이 일어나군 허죠?"

"타고르를 연상허기엔 난 너머 추운걸!"

"파도두 날씨는 물론이구요, 거기 해변 생긴 것 따라, 모새 따라, 물 자체의 맑구 흐린 것 따라 소리가 얼마씩 다를 거야요. 세상의 육지 변두리를 죄다 다녀 봤으면! 어디 파도 소리가 기중 좋을까?"

"대단헌 명상이시군!"

"파도 소린 참 유구허죠!"

"저 종아리가 좀 시릴까?"

펄럭거리는 검은 서지[50] 치마 아래로 밋밋한 두 다리, 그 다리가 엷은 비단 양말을 팽팽히 잡아다려 신은 것도 매헌에겐 새로 느끼는 타옥의 감촉이었다.

이날 저녁이다. 해변에서 옹송그리고 들어온 매헌은 훈훈한 저녁 식탁에서 반주까지 서너 홉 하고 나니, 전신이 혼곤해졌다. 식탁에서 물러나 타옥과 몇 마디 지껄이지 않아 깜박 잠이 들곤 했다. 놀라 눈을 떠 보면 그 동안이 얼마나 짧은 것이었던지, 얼마나 긴 것이었던지, 타옥은 쓸쓸히 혼자 천장을 바라보고 있었다. 당황하여 아닌 것처럼 빽빽한 눈

49 라빈드라나트 타고르(Rabīndranāth Tagore, 1861-1941). 인도의 시인, 사상가.
50 serge. 짜임이 튼튼한 모직물.

알을 굴려 보는 매헌 역 무한히 속으로 쓸쓸하였다. 자기 잠든 새 타옥의 영혼은 넌지시 다른 사람과 대화를 하고 있은 것같이 질투다운, 쓰릿한 고독이 메마른 가슴을 콱 찌르는 것이었다.

"내가 졸았지 그만?"

"여러 날 너머 무릴 허셨나 봐요. 과로허심 안 되세요."

"그리 과로랄 것두 없는데…. 그래 경주 근방에서두 고려자기가 더러 난다구?"

"경주랬어요 누가? 김해(金海)서요. 저어 계룡산(鷄龍山) 계통 같으나 계룡보단 훨씬 유헌[51] 게 가끔 출토된다는군요."

"무안(務安) 것 비슷헌 게 있지… 그게…."

매헌은 또 깜박해 버렸다.

"선생님."

"…."

"선생님."

"그게… 그게 그렇지만 고련 아니구…."

"일찍 주무세요."

타옥은 후스마[52]를 열고 옆방으로 가 버렸다. 매헌은 또 의자에 앉은 채 졸았다. 얼마쯤 뒤에 눈을 떠 보니 술이 홱 깨이며 오싹 추워진다. 탕으로 갔다. 한 시간이나 후끈히 몸을 데워 가지고 나오니 자리에 들어가기가 아깝도록 정신이 맑아진다. 또 최근의 경험으로 보아 초저녁에 잠깐이라도 졸고 나면 일찍 눕는대야 여간해 잠이 오지 않는 법이다. 담배를 피워 물고 붓을 들기 시작했다.

붓을 든 동안처럼 시간이 빠른 때는 없다. 어느 틈에 손이 시리도록 몸이 식었을 때, 바시시 후스마가 열리었다. 헝큰 머리를 한 손으로 매

51 柔한. 부드럽고 순한.
52 안팎에 두꺼운 종이를 겹바른 장지. 맹장지.

만지며 한 손으로는 자리옷[53]을 여미며 타옥이가 나타났다.

"몇 신 줄 아세요?"

그제야 매헌은 시계를 들여다보았다. 새로 두시가 가까웠다.

"무리허지 마시래두요, 네?"

매헌은 붓을 던지고 기지개를 켜고 일어났다. 잠에 취했던 타옥은 봉긋한 턱 아래까지 복사꽃으로 붉으면서도 새뽀얘 있었다.

"그만 주무세요."

"자께."

타옥은 다시 제 방으로 가더니 제 베개를 들고 왔다. 그리고 매헌의 베개를 집어다 제자리에 놓았다.

"선생님이 저 방에 가 주무세요."

"왜?"

"글쎄요."

"왜?"

"글쎄요."

하며 타옥은 매헌의 자리에 누워 버리는 것이었다.

매헌은 더 묻지 않았다. 따스하게 녹은 자리를 주는 타옥의 마음에 그윽이 입맞추고 그 온천보다는 향기롭기까지 한 타옥의 체온 속에 푸근히 묻혀 버리었다.

얼마를 잤을까 해운대에 와 처음 늦잠이었다. 눈을 떠 보니 창장 사이로 햇볕이 눈부시다. 시계를 집으려 머리맡을 더듬으니 웬 종이 한 장이 집힌다. 집어다 보니 타옥의 글씨다.

선생님 전 갑니다. 최근에 약혼을 했습니다. 어제저녁에 이야기 끝

53 잠옷.

에는 이런 말씀도 드릴려고 했으나 그만 기회가 없었습니다. 오늘 아침 배에 그이가 동경으로부터 와요. 부산으로 마중을 가려니까 선생님 깨시기 전에 그만 가 버리게 되는 거야요. 용서하세요, 네? 너머 무리허시지 마시고 편안히 쉬시며 좋은 작품을 잘 완성시켜 가지고 올라가시기 바랍니다.

선생님! 저희들 장래를 축복해 주세요, 네?

매헌은 벌떡 일어났다. 머리맡에는 이 편지뿐이 아니었다. 원고 쓰던 책상에 두었던 담배와 성냥과 깨끗이 부신 재떨이까지 갖다 가지런히 놓아 주고 간 것이었다.

매헌은 한참이나 턱을 고이고 눈을 감았다가 타옥의 편지를 다시 읽어 보았다. 후스마를 홱 열어 보았다. 텅 비어 있었다. 비었던 방에서는 찬 기운이 음습해 왔다. 매헌은 담배를 집었다. 반 갑이 넘어 남은 것을 차례차례 다 태우고야 겨우 일어났다.

'가 버리었구나!'

종일 마음이 자리잡히지 않았다. 술도 마셔 보았다. 담배를 계속해 피워도 보았다. 저녁녘이 되자 바람은 어제보다 더 날카로운 것 같으나 매헌은 해변으로 나와 보았다.

파도 소리는 어제와 다름없었다. 타옥의 말대로 파도 소리는 유구스러웠다.

석양은 해변에서도 아름다웠다. 그러나 각각으로 변하였다. 너무나 속히 황혼이 되어 버리는 것이었다.

임오(壬午) 정월(正月) 염칠일(念七日)[54].

『국민문학(國民文學)』, 인문사, 1942. 2; 『돌다리』, 1943.

54 '염일(念日)'은 초하룻날부터 스무번째 되는 날로, '염칠일'은 27일을 가리킨다.

돌다리

정거장에서 샘말 십 리 길을 나려오노라면 반이 될락말락한 데서부터 샘말 동네보다는 그 건너편 산기슭에 놓인 공동묘지가 먼저 눈에 뜨인다.

창섭은 잠깐 걸음을 멈추고까지 바라보았다.

봄에 올 때 보면, 진달래가 불붙듯 피어 올라가는 야산이다. 지금은 단풍철도 지나고 누르테테한 가닥나무들만 묘지를 둘러, 듣지 않아도 적막한 버스럭 소리만 울릴 것 같았다. 어느 것이라고 집어내일 수는 없어도, 창옥의 무덤이 어디쯤이라고는 짐작이 된다. 창섭은 마음으로 '창옥아' 불러 보며 묵례를 보냈다.

다만 오뉘[1]뿐으로 나이가 훨씬 떨어진 누이였었다. 지금도 눈에 선하다. 자기가 마침 방학으로 와 있던 여름이었다. 창옥은 저녁 먹다 말고 갑자기 복통으로 뒹굴었다. 읍으로 뛰어 들어가 의사를 청해 왔다. 의사는 주사를 놓고 돌아갔다. 그러나 밤새도록 열은 나리지 않았고 새벽녘엔 아파하는 것도 더해 갔다. 다시 의사를 다리러 갔으나 의사는 바쁘다고 환자를 다려오라 하였다. 하라는 대로 환자를 다리고 들어갔으나 역시 오진(誤診)을 했었다. 다시 하루를 지나 고름이 터지고 복막(腹膜)이 절망적으로 상해 버린 뒤에야 겨우 맹장염인 것을 알아내인 눈치였다.

그때 창섭은, 자기도 어른이기만 했으면 필시 의사의 멱살을 들었을 것이었다. 이런, 누이의 허무한 죽음에서 창섭은 뜻을 세워, 아버지가 권하는 고농(高農)[2]을 마다하고 의전(醫專)으로 들어갔고, 오늘에 이르

1 '오누이'의 준말.
2 일제강점기 고등농업학교의 준말.

러는, 맹장 수술로는 서울서도 정평이 있는 한 권위가 된 것이다.

'창옥아, 기뻐해 다구. 이번에 내 병원이 좋은 건물을 만나 커지는 거다. 개인병원으론 제일 완비한 수술실이 실현될 거다! 입원실 부족도 해결될 거다. 네 사진을 크게 확대해 내 새 진찰실에 걸어 노마….'

창섭은 바람도 쌀쌀할 뿐 아니라, 오후 차로 돌아가야 할 길이라 걸음을 재우쳤다.

길은 그전보다 넓어도 졌고 바닥도 평탄하였다. 비나 오면 진흙에 헤어날 수 없었는데 복판으로는 자갈이 깔리고 어떤 목은 좁아서 소바리가 논으로 미끄러져 들어가기 십상이었는데 바위를 갈라내어서까지 일매지게[3] 넓은 길로 닦아졌다. 창섭은, '이럴 줄 알았더면 정거장에서 자전거라도 빌려 타고 올걸' 하였다.

눈에 익은 정자나무 선 논이며 돌각담을 두른 밭들도 나타났다. 자기 집 논과 밭들이었다. 논둑에 선 정자나무는 그전부터 있은 것이나 밭에 돌각담들은 아버지께서 손수 쌓으신 것이다.

창섭의 아버지는 근검으로 근방에 소문난 영감이다. 그러나 자기 대에 와서는 밭 하루갈이[4]도 늘쿠지는 못한 것으로도 소문난 영감이다. 곡식값보다는 다른 물가들이 높아졌을 뿐 아니라 전대(前代)에는 모르던 아들의 유학이란 것이 큰 부담인 데다가,

"할아버니와 아버지께서 나를 부자 소린 못 들어도 굶는단 소린 안 듣고 살도록 물려주시구 가섰다. 드럭드럭[5] 탐내 모아선 뭘 허니, 할아버니께서 쇠똥을 맨손으로 움켜다 너시던 논, 아버니께서 멍덜[6]을 손수 이룩허신 밭을 더 건 논으로 더 기름진 밭이 되도록, 닦달만 해 가기에도 내겐 벅찬 일일 게다."

3 모두 다 고르고 가지런하게.
4 하루 동안 경작할 수 있는 땅 넓이.
5 어떤 행동을 잇따라 계속하는 모양. 더럭더럭.
6 돌이 많은 곳.

하고, 절용(節用)해 쓰고 남는 돈이 있으면 그 돈으로는 품을 몇씩 들여서까지 비뚠 논배미[7]를 바로잡기, 밭에 돌을 추려 바람맞이로 담을 두르기, 개울엔 둑막이하기, 그러다가 아들이 의사가 된 후로는, 아들 학비로 쓰던 몫까지 들여서 동네 길들은 물론, 읍길과 정거장 길까지 닦아 놓았다. 남을 주면 땅을 버린다고 여간 근실한 자국이 아니면 소작을 주지 않았고, 소를 두 필이나 매고[8] 일꾼을 세 명씩이나 두고 적지 않은 전답을 전부 자농(自農)으로 버티어 왔다. 실속이 타작(打作)만 못하다는 둥[9], 일꾼 셋이 저희 농사 해 가지고 나간다는 둥 이해만을 따져 비평하는 소리가 많았으나 창섭의 아버지는 땅을 위해서는 자기의 이해만으로 타산하려 하지 않았다. 이와 같은 임자를 가진 땅들이라 곡식은 거둔 뒤, 그루만 남은 논과 밭이되, 그 바닥들의 고름, 그 언저리들의 바름, 흙의 부드러움이 마치 시루떡 모판[10]이나 대하는 것처럼 누구의 눈에나 탐스럽게 흐뭇해 보였다.

이런 땅을 팔기에는, 아무리 수입은 몇 배 더 나은 병원을 늘쿠기 위해서나 아버지께 미안하지 않을 수 없었다. 그러나 잡히기나 해 가지고는 삼만 원 돈을 만들 수가 없었고, 서울서 큰 양관(洋館)을 손에 넣기란 돈만 있다고도 아무 때나 될 일이 아니었다.

'아버지께선 내년이 환갑이시다! 어머니께선 겨울이면 해마다 기침이 도지신다. 진작부터 내가 모서야 했을 거다. 그런데 내가 시굴로 올 순 없고, 천생 부모님이 서울로 가시어야 한다. 한동네서도 땅을 당신만치 못 거둘 사람에겐 소작을 주지 않으셨다. 땅 전부를 소작을 내어맡기고는 서울 가 편안히 계실 날이 하루도 없으실 게다. 아버님의 말년을 편안히 해 드리기 위해서도 땅은 전부 없애 버릴 필요가 있는 거다!'

7 논두렁으로 둘러싸인 논 하나하나의 구역.
8 (가축을) 기르고.
9 '자작농이 소작을 주는 것만 못하다는 둥'의 의미.
10 '목판'의 방언.

창섭은 샘말에 들어서자 동구에서 이내 아버지를 뵐 수가 있었다. 아버지는, 가에는 살얼음이 잡힌 찬물에 무릎까지 걷고 들어서서 동네 사람들을 축추겨[11] 돌다리를 고치고 계시었다.

"어떻게 갑재기 오느냐?"

"네. 좀 급히 여쭤 봐야 할 일이 생겼습니다."

"그래? 먼저 들어가 있거라."

동네 사람 수십 명이 쇠고삐 두 기장은 흘러나려간 다릿돌을 동아줄에 얽어 끌어올리고 있었다. 개울은 동네 복판을 흐르고 있어 아래위로 징검다리는 서너 군데나 놓였으나 하룻밤 비에도 일쑤 넘치어 모다 이 큰 돌다리로 통행하던 것이었다. 창섭은 어려서 아버지께 이 큰 돌다리의 내력을 들은 것이 아직도 기억에 남아 있다.

"너희 증조부님 돌아가시어서다. 산소에 상돌[12]을 해 오시는데 징검다리로야 건네올 수가 있니? 그래 너희 조부님께서 다리부터 이렇게 넓구 튼튼한 돌루 노신 거란다."

그 후 오륙십 년 동안 한 번도 무너진 적이 없었는데 몇 해 전 어느 장마엔 어찌 된 셈인지 가운데 제일 큰 장이 나려앉아 떠나려갔던 것이다. 두께가 한 자는 실하고 폭이 여섯 자, 길이는 열 자가 넘는 자연석 그대로라 여간 몇 사람의 힘으로는 손을 대일 엄두부터 나지 못하였다. 더구나 불과 수십 보 이내에 면(面)의 보조를 얻어 난간까지 달린 헌다헌[13] 나무다리가 놓인 뒤의 일이라 이 돌다리는 동네 사람들에게 완전히 잊어버린 채 던져져 있던 것이었다.

집에 들어가니, 어머니는 다리 고치는 사람들 점심을 짓느라고, 역시 여러 명의 동네 여편네들과 허둥거리고 계시었다.

"웬일인데 어째 혼자만 오느냐?"

11 부추겨.
12 무덤 앞에 제물을 올려놓기 위해 놓은 돌 상.
13 '한다하는'의 방언.

어머니는 손자 아이들부터 보이지 않음을 물으신다.

"오늘루 가야겠어서 아무두 안 다리구 왔습니다."

"오늘루 갈 걸 뭘 허 오누?"

"인전 어머니서낀 서울로 모셔 갈 채빌 허러 왔다우."

"서울루! 제발 아이들허구 한데서 살아 봤음 원이 없겠다."

하고 어머니는 땅보다, 조상님들 산소나 사당보다 손자 아이들에게 더 마음이 끌리시는 눈치였다. 그러나 아버지만은 그처럼 단순히 들떠질 마음이 아니었다.

아버지는 아들의 뒤를 좇아 이내 개울에서 들어왔다. 아들은, 의사인 아들은, 마치 환자에게 치료방법을 이르듯이, 냉정히 채견채견히[14] 이야기를 시작하였다. 외아들인 자기가 부모님을 진작 모시지 못한 것이 잘못인 것, 한집에 모이려면 자기가 병원을 버리기보다는 부모님이 농토를 버리시고 서울로 오시는 것이 순리인 것, 병원은 나날이 환자가 늘어 가나 입원실이 부족되어 오는 환자의 삼분지 일밖에 수용 못 하는 것, 지금 시국에 큰 건물을 새로 짓기란 거의 불가능의 일인 것, 마침 교통 편한 자리에 삼층 양옥이 하나 난 것, 인쇄소였던 집인데 전체가 콘크리트여서 방화(防火) 방공(防空)으로 가치가 충분한 것, 삼층은 살림집과 직공들의 합숙실로 꾸미었던 것이라 입원실로 변장하기에 용이한 것, 각 층에 수도, 가스가 다 들어온 것, 그러면서도 가격은 염한[15] 것, 염하기는 하나 삼만이천 원이라, 지금의 병원을 팔면 일만오천 원쯤은 받겠지만 그것은 새 집을 고치는 데와, 수술실의 기계를 완비하는 데 다 들어갈 것이니 집값 삼만이천 원은 따로 있어야 할 것, 시골에 땅을 둔대야 일 년에 고작 삼천 원의 실리가 떨어질지 말지 하지만 땅을 팔아다 병원만 확장해 놓으면, 적어도 일 년에 만 원 하나씩은 이익을 뽑을 자

14 '차근차근히'의 방언.
15 시가보다 싼.

신이 있는 것, 돈만 있으면 땅은 이담에라도, 서울 가까이라도 얼마든지 좋은 것으로 살 수 있는 것…. 아버지는 아들의 의견을 끝까지 잠잠히 들었다. 그리고,

"점심이나 먹어라. 나두 좀 생각해 봐야 대답허겠다."

하고는 다시 개울로 나갔고, 떨어졌던 다릿돌을 올려놓고야 들어와 그도 점심상을 받았다.

점심을 자시면서였다.

"원, 요즘 사람들은 힘두 줄었나 봐! 그 다리 첨 놀 제 내가 어려서 봤는데 불과 여남은이서 거들던 돌인데 장정 수십 명이 한나잘을 씨름을 허다니!"

"나무다리가 있는데 건 왜 고치시나요?"

"너두 그런 소릴 허는구나. 나무가 돌만허다든? 넌 그 다리서 고기 잡던 생각두 안 나니? 서울루 공부 갈 때 그 다리 건너서 떠나던 생각 안 나니? 시쳇사람[16]들은 모두 인정이란 게 사람헌테만 쓰는 건 줄 알드라! 내 할아버니 산소에 상돌을 그 다리로 건네다 모셨구, 내가 천잘[17] 끼구 그 다리루 글 읽으러 댕겼다. 네 어미두 그 다리루 가말 타구 내 집에 왔어. 나 죽건 그 다리루 건네다 묻어라…. 난 서울 갈 생각 없다."

"네?"

"천금이 쏟아진대두 난 땅은 못 팔겠다. 내 아버님께서 손수 이룩허시는 걸 내 눈으루 본 밭이구, 내 할아버님께서 손수 피땀을 흘려 모신 돈으루 장만허신 논들이야. 돈 있다고 어디 가 느르지논[18] 같은 게 있구, 독시장밭[19] 같은 걸 사? 느르지 논둑에 선 느티나문 할아버님께서 심으

16 요즘 사람.
17 『천자문』을.
18 철원군 사요리 일대의 논으로, 비옥한 땅으로 알려짐.
19 철원군 율이리 용담(龍潭)의 선비소 위에 있는 밭. '독선생을 두고 배우던 집안 글방'이라는 의미의 '독서당(獨書堂)'이 변한 말로, 그만큼 잘살던 집안의 밭이라는 뜻.

신 거구 저 사랑마당의 은행나무는 아버님께서 심으신 거다. 그 나무 밑에를 설 때마다 난 그 어룬들 동상이나 다름없이 경건한 마음이 솟아 우러러보군 헌다. 땅이란 걸 어떻게 일시 이해를 따져 사구 팔구 허느냐? 땅 없어 봐라. 집이 어딨으며 나라가 어딨는 줄 아니? 땅이란 천지만물의 근거야. 돈 있다구 땅이 뭔지두 모르구 욕심만 내 문서 쪽으로 사 모기만 하는 사람들, 돈노이[20]처럼 변리만 생각허구 제 조상들과 그 땅과 어떤 인연이란 건 도시 생각지 않구 헌신짝 버리듯 하는 사람들, 다 내 눈엔 괴이한 사람들루밖엔 뵈지 않드라."

"…."

"네가 뉘 덕으루 오늘 의사가 됐니? 내 덕인 줄만 아느냐? 내가 땅 없이 뭘루? 밭에 가 절하구 논에 가 절해야 쓴다. 자고로 하늘 하늘 허나 하늘의 덕이 땅을 통허지 않군 사람헌테 미치는 줄 아니? 땅을 파는 건 그게 하늘을 파나 다름없는 거다."

"…."

"땅을 밟구 다니니까 땅을 우섭게들 여기지? 땅처럼 응과(應果)[21]가 분명헌 게 무어냐? 하늘은 차라리 못 믿을 때두 많다. 그러나 힘들이는 사람에겐 힘들이는 만큼 땅은 반드시 후헌 보답을 주시는 거다. 세상에 흔해 빠진 지주들, 땅은 작인들헌테나 맡겨 버리구, 떡 도회지에 가 앉어 소출은 팔어다 모다 도회지에 남비[22]해 버리구, 땅 가꾸는 덴 단돈 일 원을 벌벌 떨구, 땅으루 살며 땅에 야박한 놈은 자식으로 치면 후레자식 셈이야. 땅이 말을 할 줄 알어 봐라. 배가 고프단 땅이 얼마나 많을 테냐? 해마다 걷어만 가구 땅은 자갈밭이 되니 아나? 둑이 떠나가니 아나? 거름 한 번을 제대로 넣나? 정 급허게 돼 작인이 우는 소리나 해야 요즘 너

20 돈놀이.
21 응당한 결과.
22 濫費. 재물을 헤프게 씀. 낭비.

희 신의(新醫)[23]들 주사침 놓듯, 애꿎인 금비[약품비료(藥品肥料)]만 갖다 털어 넣지. 그렇게 땅을 홀댈 허군 인제 죽어서 땅이 무서서 어딜루 들 갈 텐구!"

창섭은 입이 얼어 버리었다. 손만 부비었다. 자기의 생각은 너무나 자기 본위였던 것을 대뜸 깨달았다. 땅에는 이해를 초월한 일종 종교적 신념을 가진 아버지에게 아들의 이단적(異端的)인 계획이 용납될 리 만무였다. 아버지는 상을 물리고도 말을 계속하였다.

"너루선 어떤 수단을 쓰든지 병원부터 확장허려는 게 과히 엉뚱헌 욕심은 아닐 줄두 안다. 그러나 욕심을 부련 못쓰는 거다. 의술은 예로부터 인술(仁術)이라지 않니? 매살 순탄허게 진실허게 해라."

"…."

"네가 가업을 이어 나가지 않는다군 탄허지 않겠다. 넌 너루서 발전헐 길을 열었구, 그게 또 모리지배(謀利之輩)의 악업이 아니라 활인(活人)[24]허는 인술이구나! 내가 어떻게 불평을 말허니? 다만 삼사 대 집안에서 공들여 이룩해 논 전장[25]을 남의 손에 내맡기게 되는 게 저윽 애석헌 심사가 없달 순 없구…."

"팔지 않으면 그만 아닙니까?"

"나 죽은 뒤에 누가 거두니? 너두 이제두 말했지만 너두 문서 쪽만 쥐구 서울 앉어 지주 노릇만 허게? 그따위 지주허구 작인 틈에서 땅들만 얼말 곯는지 아니? 안 된다. 팔 테다. 나 죽을 임시[26]엔 다 팔 테다. 돈에 팔 줄 아니? 사람헌테 팔 테다. 건너 용문이는 우리 느르지논 같은 건 한 해만 부쳐 보구 죽어두 농군으루 태났던 걸 한허지 않겠다구 했다. 독시장밭을 내논다구 해 봐라, 문보나 덕길이 같은 사람은 길바닥에 나앉드

23 서양 의술로 병을 고치는 의사.
24 사람의 목숨을 구하여 살림.
25 田莊. 개인이 소유하고 있는 경작지.
26 臨時. 무렵.

라두 집을 팔아 살려구 덤빌 게다. 그런 사람들이 땅 임자 안 되구 누가 돼야 옳으냐? 그러니 아주 말이 난 김에 내 유언이다. 그런 사람들 무슨 돈으로 땅값을 한목 내겠니? 몇몇 해구 그 땅 소출을 팔아 연년이 갚어 나가게 헐 테니 너두 땅값을랑 그렇게 받어 갈 줄 미리 알구 있거라. 그리구 네 모(母)가 먼저 가면 내가 묻을 거구, 내가 먼저 가게 되면 네 모만은 네가 서울루 그때 다려가렴. 난 샘말서 이렇게 야인(野人)으로 나 죄 없는 밥을 먹다 야인인 채 묻힐 걸 흡족히 여긴다."

"…."

"자식의 젊은 욕망을 들어 못 주는 게 애비 된 맘으루두 섭섭허다. 그러나 이 늙은이헌테두 그만 신념쯤 지켜 오는 게 있다는 걸 무시하지 말어 다구."

아버지는 다시 일어나 담배를 피우며 다리 고치는 데로 나갔다. 옆에 앉았던 어머니는 두 눈에 눈물을 쭈루루 흘리었다.

"너희 아버지가 여간 고집이시냐?"

"아뇨. 아버지가 어떤 어른이신 건 오늘 제가 더 잘 알었습니다. 우리 아버진 훌륭헌 인물이십니다."

그러나 창섭도 코허리가 찌르르하였다. 자기의 계획하고 온 일이 실패한 것쯤은 차라리 당연하게 생각되었고, 아버지와 자기와의 세계가 격리되는 일종 결별의 심사를 체험하는 때문이었다.

아들은 아버지가 고쳐 놓은 돌다리를 건너 저녁차를 타러 가 버리었다. 동구 밖으로 사라지는 아들의 뒷모양을 지키고 섰을 때, 아버지의 마음도, 정말 임종에서 유언이나 하고 난 것처럼 외롭고 한편 불안스러운 심사조차 설레었다.

아버지는 종일 개울에서 허덕였으나 저녁에 잠도 달게 오지 않았다. 젊어서 서당에서 읽던 백낙천(白樂天)[27]의 시가 다 생각이 났다. 늙은 제비 한 쌍을 두고 지은 노래였다. 제 뱃속이 고픈 것은 참아 가며 입에 언어 물은 것은 새끼들부터 먹여 길렀으나, 새끼들은 자라서 나래에 힘을 얻자 어디로인지 저희 좋을 대로 다 날아가 버리어, 야위고 늙은 어버이 제비 한 쌍만 가을바람 소슬한 추녀 끝에 쭈그리고 앉았는 광경을 묘사하였고, 나중에는, 그 늙은 어버이 제비들을 가리켜, 새끼들만 원망하지 말고, 너희들이 새끼 적에 역시 그러했음도 깨달으라는 풍자의 시였다.

노인은 어두운 천장을 향해 쓴웃음을 짓고 날이 밝기를 기다려 누구보다도 먼저 어제 고쳐 놓은 돌다리를 보러 나왔다.

흙탕이라고는 어느 돌틈에도 남아 있지 않았다. 첫곬로도, 가운뎃곬로도 끝엣곬로도 맑기만 한 소담한 물살이 우쭐우쭐 춤추며 빠져 나려갔다. 가운뎃장으로 가 쾅 굴러 보았다. 발바닥만 아플 뿐 끄떡이 있을 리 없다. 노인은 쭈루루 집으로 들어와 소금 접시와 낯수건을 가지고 나왔다. 제일 낮은 받침돌에 나려앉아 양치를 하고 세수를 하였다. 나중에는 다시 이가 저린 물을 한입 물어 마시며 일어섰다. 속의 모든 게 씻기는 듯 시원하였다. 그리고 수염의 물을 닦으며 이렇게 생각하였다.

'비가 아무리 쏟아져도 어떤 한정을 넘는 법은 없다. 물이 분수없이 늘어 떠나려갔던 게 아니라 자갈이 밀려 나려와 물구멍이 좁아졌든지, 그렇지 않으면, 어느 받침돌이 밑이 물살에 궁굴러[28] 쓰러졌던 그런 까닭일 게다. 미리 바닥을 치고 미리 받침돌만 제대로 보살펴 준다면 만년을 간들 무너질 리 없을 게다. 그저 늘 보살펴야 허는 거다. 사람이란 하늘 밑에 사는 날까진 하로라도 천리(天理)에 방심을 해선 안 되는 거다….'

「석교(石橋)」(일문 번역본) 『국민문학』, 1943. 1; 『돌다리』, 1943.

27 '낙천'은 중국 당나라의 시인 백거이의 자(字). 소설 속의 시는 「연시(燕詩)」 혹은 「연자가(燕子歌)」의 일부.
28 '굴러'의 방언.

그 밖의 단편

오몽녀(五夢女)[1]

이 작품은 오직 나의 처녀작이란 애착에서 여기 거둔다. 모델소설이 아닌 것, 여기 나오는 현실도 지금은 딴판인 십오륙 년 전 옛날임을 말해 둔다.

서수라(西水羅)라 하면 저 함경북도에도 아주 북단, 원산, 성진, 청진, 웅기를 다 지나 마지막으로 붙어 있는 항구다.

이 서수라에서 십 리쯤 북으로 들어가면 바로 두만강가요 동해변인 곳에 삼거리라는 작은 거리가 놓였다. 호수는 사십여에 불과하나, 주재소가 있고 객줏집이 사오 처나 있고 이발소 하나 있고 권연, 술, 과자, 우편 절수[2] 등을 파는 잡화점이 하나 있고, 그리고는 색주가 비슷한 영업을 하는 집 외에는 모두 농가들이다.

그런데 이 사오 처 되는 객줏집의 하나인 제일 윗머리에 지(池) 참봉(參奉)[3]네라고 있다.

이 지 참봉은 벼슬을 해서 참봉이 아니라 젊었을 때부터 실명이 되어서 어느 때부터인지 참봉 참봉하고 불러온다. 그는 부업으로 점도 치고 푸닥거리도 하고 하지만 워낙 작은 곳이라 그런 것이 많지 못하고, 객주를 한대야 철도 연변[4]도 아닌 두메 국경이라 보행객이 많아야 한 달에 오륙 인에 지나지 못한다. 그러니 눈먼 지 참봉이 가난뱅이로 살 것은 사실이다. 식구는 단둘인데 그는 사십이 넘은 이 지 참봉과 갓 스물에

1 최초 발표본(1925)은 이 단행본 수록본(1939)과 차이가 커서 책 끝에 전문을 수록했다.
2 切手. 일제강점기에 '우표'를 이르던 말.
3 '맹인'을 이르던 옛말.
4 沿邊. 도로나 철도를 끼고 따라가는 언저리 일대.

나는[5] 오몽내[6]다.

누구나 오몽내는 지 참봉의 딸인 줄 안다. 그러나 기실은 총각으로 늙어온 지 참봉이 아홉 살 된 오몽내를, 점치러 다닐 때 길잡이로 삼십몇 원에 사다 길러 온 것이다. 그런데 벌써 오륙 년 전부터는 혼례는 했는지 안 했는지 이웃사람들도 모르건만 지 참봉과 오몽내는 부부와 같은 생활을 해 온다.

이렇게 단둘이 살아오므로 지 참봉은 오몽내를 끔찍이 사랑해 오건만 오몽내는 그와 반대였다. 어째서 팔려는 왔든, 자기는 앞길이 꽃 같은 젊은 계집이요 같이 살아갈 남편이란 아버지뻘이나 되는 늙은 소경이라 불만할 것도 무리는 아니다.

오몽내는 어쩌다 좋은 반찬이 생기더라도 남편을 먹이는 법이 없다. 한자리에 마주 앉아 먹건만 보지 못하는 남편은 먹든 못 먹든 저만 집어 먹으면서도 조금도 미안해하지 않는다. 그런 때문이라고 할지 모르나 지 참봉은 북어처럼 말랐다. 두 눈이 퀘엥하게 붙은 얼굴에는 개기름이 쭈르르 흐르고 있다. 풋고추만 한 상투에는 먼지가 하얗게 앉고, 그래도 망건은 늘 쓰고 앉았다.

그러나 오몽내는 그와 반대로 낫살[7]이 차 갈수록 살이 오르고 둥그스럼한 얼굴은 허여멀겋고 뺨에는 늘 혈색이 배어 있었다. 미인이라기보다 그저 투실투실하게, 복성스럽게 생겼다 할까, 그러나 이 조그마한 두 멧거리에선 일색인 체 꼬리를 치기에는 넉넉하였다.

이렇게 인물은 훼언한 오몽내건만 자라나기를 빈한하게 자랐고, 눈먼 남편을 속여 오는 버릇이 늘어 남까지 속이기를 평범히 하게 되었다. 남의 것이라도 제 맘에만 들면 숨기고 훔치고 하였다. 어쩌다 손님이 들

5 갓 스물 난.
6 '내'는 '너'의 방언. 상허는 최초 발표본에서 '*五夢女*'였던 것을, 1939년 단행본 수록을 위해 개작하면서 한글인 '오몽내'로 바꿔 표기한다.
7 '나잇살'의 준말.

때나 자기가 입덧[8]이 날 때는 돈 들이지 않고 곧잘 맛난 반찬을 장만하였다.

때는 팔월 중순, 어느 날인지는 모르나 내일이 오몽내의 생일이다. 그래서 오몽내는 입쌀[9] 되나 사고, 미역 오리나 뜯어 오고 이제는 어두웠으므로 생선 장만을 하러 나오는 길이다. 으스름한 달밤에 바구니를 끼고, 맨발로 보드러운 모래를 사뿐사뿐 밟으며 바닷가로 나왔다. 물에 대어 있는 배 앞에 가서는 우뚝 서더니, 기침을 한번 하고는 뒤를 휙 돌아보고 아무도 없음을 살핀 다음에 고기잡이배 속으로 날름 들어갔다.

오몽내는 생선이나 백합(白蛤)이 먹고 싶은 때면 늘 이 배에 나와 주인 없는 새 들어갔다.

이 배 주인은 한 이태 전에 웅기서 들어왔다는 금돌(金乭)이라는 총각인데 워낙 어부의 자식이라 바다에 익숙해서 혼자 여기 와서도 어업을 하고 있었다. 금돌이는 종일 잡은 생선과 백합을 그날 저녁과 이튿날 아침에 별러서[10] 파는 까닭에 그가 저녁에 팔 것을 지고 거리로 들어오면, 그 배에는 다음날 아침에 팔 것들이 남아 있고, 금돌이는 다 팔고 나오느라면 늘 밤이 으슥했었다. 오몽내는 늘 이 틈을 타서 생선과 백합을 훔쳐 들였다.

오늘 밤에도 마음을 턱 놓고, 배 안에 들어와 생선을 바구니에 주워 담을 때, 아차, 배가 갑자기 움직이었다. 오몽내는 질겁을 해 뛰어나와 본즉, 배는 벌써 나리지 못할 만큼 뭍을 떠났다.

이것은 여러 번이나 도적을 맞은 금돌이가 하필 그날은 고기도 한 번 팔 것밖에 더 잡지 못하여, 누가 훔쳐가나 한번 지켜볼 겸, 나가지 않고 있었던 것이다. 금돌이는 오몽내임을 알 때, 이 거리에선 화초로 여기는

8 입맛이 떨어짐.
9 멥쌀을 잡곡이나 찹쌀에 상대해 이르는 말.
10 나눠서.

오몽내임을 알 때, 그는 큰 생선이 절로 안에 떨어진 듯 즐거웠다. 우선 배를 띄우는 것이 상책이라 하고, 몰래 배부터 뭍에서 떼어 놓고 노를 젓기 시작한 것이다.

오몽내는 눈이 똥그래 어쩔 줄을 몰랐다. 소리도 못 칠 형편이다. 어스름한 달빛 속에서 오몽내와 금돌을 실은 배는 뭍에서 보이지 않을 만치 나와 돛을 내렸다.

금: "앙이 아즈망이시덤둥?"

오: "…."

금: "놀래지 마십경이. 어찌헐 쉬 있음둥?"

오몽내는 얼른 안색을 고치고 생긋 웃어 준다. 그리고

오: "생원(生員)에? 어찌겠음둥, 배르 대랑이."

금돌이는 싱글거리면서 오몽내의 곁으로 다가서더니, 부들부들 떨리는 손을 오몽내의 어깨로 가져간다. 그리고 엷은 구름 속에 든 달을 가리켜 보인다. 오몽내도 피하려 하지 않고 같이 달을 쳐다보고 나직한 소리로,

오: "배르 대랑이, 배르 대구선 무슨 노릇이 못될 게 있음둥? 이왕지새에…."

그러나 배는 움직이지 않았다.

오몽내는 금돌이를 안 뒤로 지 참봉에게 대한 불만이 더욱 커갔다. 저도 모르게 가끔 금돌이와 지 참봉을 비교해 보는 버릇이 박혔다. 비교해 보고 날 때마다 금돌이 생각이 났다. 그날 밤, 금돌이가 "또 오랑이, 뉘 알겠음둥? 낼 나주(내일 밤)에두 고대하겠으꼬마. 꼭 나오랑이" 하던 말이 자꾸 생각났다. 오몽내는 생일이 지난 지 십여 일 후에 기어이 바구니를 끼고, 이번에는 배가 비지 않고, 금돌이가 있기를 오히려 바라면서 다시 바다로 나왔다.

세번째부터는, 오몽내는 금돌이 배에 다니기를 심심하면 이웃집 말

다니듯[11] 하였다. 지 참봉이 점이나 쳐서 잔돈푼이나 생기면 오몽내는 그 돈을 노리었다가는 병을 들고 술집으로 갔다. 그러면 그날 밤엔, 지 참봉은 술 냄새도 못 맡아도, 금돌이는 얼근해서 뱃전을 장구삼아 치면서 오몽내의 등을 어루만졌다.

이곳은 국경이라, 무장단(武裝團)[12]과 아편, 호주(胡酒), 담배 등의 밀수입자들 때문에 경관의 객줏집 단속이 엄한 곳이므로 객이 들면 그 밤으로 주재소에 객보(客報)[13]를 써 가야 한다. 만일 한 번이라도 잊어? 영업 중지는 물론, 주인은 구금이나 벌금을 당한다.

지 참봉네도 객이 들면 그날 저녁으로 객보책을 내어 객에게 쓰여 가지고 오몽내가 늘 주재소로 가지고 간다. 그 주재소엔 소장 외에 순사 두 명이 있다. 그중에 남 순사는 늘 오몽내를 볼 때마다 공연히 여러 말을 걸고 이내 놓아주지 않았다.

구월에 들어서 어느 날 저녁이다. 어떤 보행객 하나가 지 참봉네 집에 들어 자고 갈 양으로 저녁을 시켜 먹고 누웠다가 서수라에 들어오는 뱃고동 소리를 듣고 그 배를 타러 그 밤으로 서수라로 가 버린 일이 있다. 그래 객보를 할 새가 없었다. 그때 마침 주재소엔 소장은 어느 촌으로 총사냥을 가고, 다른 순사는 청진서(清津署)로 출장 가고, 남 순사 혼자 있었다. 남 순사는 좋은 기회로 여기고 오몽내를 객보 안 한 죄로 유치장에 갖다 넣었다. 그리고 지 참봉에게 가서는

"무쉴에[14] 객보르 앙이 함둥? 쇠쟁(所長)이 뇌했습데. 아무렇거나 내 좋을 데루 말하겠으꼬마. 쉬얼히[15] 놓이겠습지. 과히 글탄으 마십껑이[16]."

11 마실 다니듯.
12 만주에 횡행하던 마적단으로 추정.
13 숙박업소에서 손님이 들어오고 나가는 상황을 기록해 관청에 보고하던 일.
14 '왜'의 방언.
15 '쉽게', '빨리'의 방언.
16 너무 걱정을 마십시오.

하여 지 참봉은 절을 백배나 하고 소장에게 잘 말을 해서 속히 나오게 해 달라고 애걸하였다.

밤이 어서 으슥해서 거릿집들이 불을 다 끄기를 기다려 가지고 남 순사는 주재소로 돌아왔다. 그리고 유치장 문을 열어 놓았다. 그리고 고르지 못한 어조로,

"오몽내. 내 쇠쟁 모르게 특별히 숙직실에 재우능 게야…. 나오랑이."

이렇게 자기가 자야 할 숙직실에 오몽내를 들여보내고, 자기는 저희 집으로 간다고 하면서 쇠를 밖으로 잠그고 저벅저벅 가 버렸다.

산산한 유치장에서 쪼크리고 앉았던 오몽내는 남 순사의 친절함을 퍽 감사했다. 조그마한 단칸방이나 새로 도배를 하고, 불을 덥도 춥도 않게 알맞추 때어서 봄날같이 훈훈하다. 게다가 푸근푸근한 산동주[17] 이부자리가 펴져 있는 것이다. 오몽내는 아무렇게나 이불 위에 쓰러져 보았다. 잠이 도리어 달아날 만치 편안하였다. 게다가 남포가 놀란 것처럼 크게 켜 있는 것이다.

'남 순사레 어째 나르 여기다…?'

오몽내는 마음이 싱숭생숭해졌다. 무슨 소리가 나면 남 순사가 오나 해서 벌떡 일어나 보기도 하나 남 순사는 나타나지 않았다.

'오늘 나주엔 금돌이레 고대할 게구마….'

오몽내는 뒤숭숭한 대로 얼마 만에 잠이 들고 말았다. 잠든 지 그리 오래지 않아서다. 오몽내는 무엇인가 입술에 선뜩함을 느끼었다. 불은 꺼진 채로 완연히 찬 기운이 끼치는, 밖에서 들어온 사람이었다.

"내랑이… 쉬이…."

남 순사의 목소리가 틀리지 않았다.

그 후 남 순사는 오몽내를 으레 만나야 할 것으로 생각했으나 주재소 숙

17 山東紬. 중국 산둥 지방에서 나는 명주.

직실은 으레 조용한 처소는 아니었다. 하룻밤은 술이 얼근한 김에 남 순사는 용기를 얻어 지 참봉네 집으로 들어섰다. 바깥방을 엿들으니 여러 사람의 소리가 난다. 매가 동으로 갔느니 서로 갔느니 하고 지 참봉은 매를 날려 버린 사냥꾼들과 점을 치고 있었다. 남 순사는 숨을 죽이며 정지를 지나 정지 윗방으로 갔다. 오몽내는 마침 집에 있었다.

점이 끝나 사냥꾼들은 가고, 지 참봉은 복전[18]을 받아 주머니에 넣으며 뜨뜻한 정지로 자러 나려왔다. 더듬더듬 목침을 찾다가 지 참봉의 손은 웬 구두 한 짝을 붙들었다. 처음엔 그것이 무엇인지 몰라 한참이나 어루만져 보았다. 바닥에 척척한 흙이 묻은 것으로 신발이 틀리지 않은 것, 구두라는 것이 틀리지 않은 것 이 거리에서 이런 신발이면 순사가 틀리지 않을 것을 믿었다. '순사!' 지 참봉은 구두를 떨굴 뻔하게 놀랐다. 그러고는 다음 순간엔 구두가 으스러지게 꽉 붙잡았다. 동자 없는 눈이 몇 번이나 희번덕거렸다. 입가엔 쓴웃음이 흘렀다. 오몽내가 요즘 와 밤이면 자기 옆에 있기를 꺼리는 것, 골방에도 가 보면 베개뿐, 오몽내는 자리에 없다가 밝으면 어디서 목소리부터 나타나는 것, 진작부터 의심은 했지만 이렇게 그 증거를 손에 움켜 본 적은 없다. 지 참봉은 가만가만 정지 윗간으로 가 귀를 솟구었다. 지 참봉은 두 팔을 부들부들 떨었다. 곧 더듬으면 식칼이 잡힐 것 같았으나 눈 없는 자기가 잘못하다는 어느 놈인지도 모르고 퉁기기만 할 것 같다. 지 참봉은 다시 그 골방 문 밑을 물러나 구두 한 짝만 움켜쥐었다. 두 짝 다 찾아볼까 하는데 문 열리는 소리가 난다. 방 안에서 나오던 사람들은 정지에 지 참봉이 앉았는 바람에 주춤 물러서는 눈치다. 성큼성큼 앞을 지나 달아나려는 눈치에 지 참봉은 소리를 질렀다.

"뉘구요? 구둬 있어사 뛰지비?"

남은 그제야 구두 한 짝을 찾아봐야 소용없을 것을 알았다. 맨발로라

18 福田. 복을 받기 위해 내는 돈이라는 말이나, 여기서는 복채(卜債)의 의미임.

도 뛰지 못할 바는 아니지만 지 참봉 손에 잡힌 그 구두 한 짝은 너무나 뚜렷한 증거품이 된다. 남 순사는 할 수 없이 지 참봉의 입부터 막고 돈장이나 집어 주지 않을 수 없게 되었다.

그 뒤에는 오몽내가 없기만 하면 지 참봉은 으레 남에게 간 줄 알게 되었다. 그런데 금돌의 마음도 점점 달게 되었다. 오몽내가 자기 배에 나오는 도수[19]가 점점 줄어가는 때문이다. 적어도 사흘에 한 번씩은 나오던 오몽내가 닷새, 엿새를 항용 건너는 것이다. 금돌은 오몽내에게 의심을 품기 시작하던바, 하루 아침은 해 뜰 머리인데, 소장네 집으로 생선을 팔러 가다가 오몽내가 주재소 숙직실 쪽에서 나타나는 것을 보았다. 못 본 체하고 숨어 섰던 금돌은 그제야 오몽내의 다른 소행을 알았다. 금돌은 지 참봉만 못지않게 주먹을 떨었다. 그리고 금돌은 이날 쌀을 대엿 말 싣고, 간장, 된장, 나무, 먹을 물, 쟁개비[20] 해서 배에 두둑이 실었다. 그리고 오몽내가 나오기를 기다렸다.

기다리던 오몽내는 그 이튿날 밤, 그리 깊지 않아 역시 바구니를 끼고 나타났다. 금돌은 오몽내가 배에 오르기가 바쁘게 배를 띄웠다. 배는 밤으로 한 십 리 밖에 있는 무인도에 닿았다.

지 참봉은 젊은 아내를 아무리 기다리나 들어오지 않는다. 그날 밤이 그냥 새고, 밝는 날이 그냥 지나고, 이틀, 사흘 감감하다. 화가 치밀어 점통도 흔들어 볼 여유가 없다. 여유가 있다 치더라도 점까지 쳐 볼 필요가 없다.

'남가의 농간이다! 틀림없다!'

더 생각해 볼 필요도 없다 하였다. 그래 오몽내가 나간 지 사흘 만엔 지 참봉은 남 순사를 기별해 오게 하였다. 남이 들어서자 지 참봉은 날

19 度數. 횟수.
20 무쇠나 양은으로 만든 작은 냄비.

쌔게 그의 절그럭거리는 칼자루를 붙들었다. 그리고 악을 썼다.

"이놈! 오몽내 내놔라. 네놈 짓이지비 뉘 짓이갱이…. 이 칼루 네 죽구 내 죽구…."

하고 붙은 눈을 부릅뜨며 덤비었다. 남은 꼼짝없이 뒤집어쓰게 되었다.

남은 우선 지 참봉의 입을 막아놔야겠기에 모두 자기의 짓이라 거짓 자백하였다. 그리고 정말 자기도 오몽내가 아쉽다. 어떤 놈의 짓인지 이 밤으로, 거리의 술집들을 뒤지고 서수라나 웅기까지 가더라도 기어이 오몽내를 찾아내고 싶었다. 남 순사는 지 참봉에게 오늘 밤으로 오몽내를 데려온다고 장담을 하고 나왔다. 나와서는 거릿집들을 이 잡듯 하였으나 오몽내가 나타날 리 없다. 지 참봉은 점점 남 순사만 조르게 되었다. 남 순사는 급했다. 오몽내가 기껏해야 서수라나 웅기로 나간 것이 틀리지 않은 것 같은데 거기까지 다니며 찾자니 일자가 걸린다. 그동안을 지 참봉이 묵묵히 앉아 기다려 줄 것 같지 않다. 이런 소문이 소장의 귀에 들어만 가면 순사도 떨어지고 낯을 들고 다닐 수도 없다. 오몽내는 생각할수록 아쉽다. 지 참봉 이상으로 분하다. 고작해야 서수라나 웅기, 어떤 술집에 들어박혔을 것만 같다. 가기만 하면 단박 뒤져낼 자신이 생긴다. 뒤져내어서는 우선 오몽내를 며칠 데리고 지내고 싶다. 오몽내는 그새 분도 바르고 물색옷도 입고 탯가락[21] 내는 것도 좀 배웠을 것 같다. 그런 때 벗은 오몽내를 찾아다 다시 지 참봉에게 더럽히고 싶지가 않다.

"지 참봉만 없으면 찾아 놓는 오몽내?"

남은 입속에 걸쭉한 침을 삼킨다.

남은 밀수입자들에게서 압수한 독한 호주를 한 병, 역시 압수품인 아편을 얼마 떼어 넣고 밤늦어 지 참봉을 찾아간 것이다.

지 참봉은 여편넨 달아나고, 눈은 멀고, 재물은 없고, 누구든지 자살한

21 態--. 맵시를 부리는 몸짓이나 몸가짐.

것으로 알게 되었다. 남은, 이젠 오몽내는 찾기만 하면 내 것이라 하고 서수라로 웅기로 싸다녔으나 허탕만 잡고 오륙 일 만에 돌아왔다. 돌아와 보니 오몽내는 어디선지 하루 앞서 멀쩡해 돌아와 있는 것이다. 남은 오몽내를 만나자 잠깐 어쩔 줄을 몰랐다. 그간 자기가 범죄 중에 가장 큰 것을 범하면서까지 애먹은 생각을 하면, 또 어떤 놈과 어디로 가 그렇게 여러 날씩 파묻혀 있다 온 생각을 하면 당장 잡아다 족치고 싶으나 이왕 지나간 것보다는 앞으로의 욕심이 목 밑에서 꿀꺽거린다. '인전 내 해[22] 다!' 하는 느긋한 손으로 유들유들한 오몽내의 볼을 꾹 찝었다 놓으면서

"앙이 어디루 바람이 났읍데?"

"요 아래 방진으 좀…."

"방진은 무싈에?"

"히히…."

남 순사는 슬그머니 오몽내를 위협하였다. 너의 남편이 죽은 것은 너 때문이니까 너는 살인자나 마찬가지다. 네가 잡혀가지 않을 길은 하나밖에 없다. 그 길은 내 첩이 되는 것이다, 하고 달래기도 하였다.

그러나 오몽내는 남 순사의 첩 노릇보다는 금돌의 아내 노릇이 이름부터도 나은 것이요 정에 들어서도 그랬다. 오몽내는 우선 남이 쌀말부터, 이부자리부터 끌어들이는 대로 받아들였다. 그러고는 금돌이와 내통을 해 동산(動産)이란 것은 놋숟갈 한 가락까지라도 모조리 배로 빼어내었다. 그리고 남 순사가 오마던 자정이 가까워 올 임시에 오몽내까지 배로 뛰어나왔다.

이들의 배는 이 밤으로 돛을 높이 달고 별빛 푸른 북쪽 하늘을 향해 달아났다.

「오몽녀(五夢女)」『시대일보(時代日報)』, 1925. 7. 13; 『이태준단편선』, 1939.

22 것.

구장(區長)의 처(妻)

어떤 여자의 편지

윤마리아 선생님. 저를 아직껏 선생님께서 전과 같이 마음속에 품어 두고 계신지는 모르겠습니다. 그러나 이 글을 쓰는 제가 옛날 고명숙(高明淑)임을 아실 때는 아마 두 눈을 꼭 감으시고 사 년 전의 옛일을 새삼스럽게 생각하여 내실 줄 압니다.

아, 선생님. 선생님께서는 그때 그길로 태평양을 건너가시었지요. 저는 그 뒤로 선생님의 소식을 알아볼 길이 없었고 또 알아보려고 애써 보지도 못하였습니다. 그러다가 사 년이나 지나간 이즈음에 선생님께서 높으신 학위를 받으시고 금의환향하셨단 소식은 간단한 신문기사로 알았습니다. 그리고 곧 서울로 올라가 선생을 찾아뵈오려 하였으나 아직 떠나지 못하였습니다. 구월 달도 며칠이 안 남았으므로 시월 달에나 틈을 얻을 것 같습니다. 그동안이 급하도록 저는 그 뒤에 죽지 않고 살아온 나의 경과를 간단하게나마 선생님께 알려 드리고 싶어서 이 붓을 들었습니다.

아, 선생님. 사 년 전 그때에 이 고명숙! 그 얼마나 더러운 년이더랬습니까! 그렇게 열렬하게 사랑하던 이 씨를 버리고 이놈에게 속고 저놈에게 속으면서…. 이렇게 할까 저렇게 할까 하고 시원한 길을 찾지 못해서 울며불며 헤매고 있을 때 선생님께서 저를 다려다 선생님과 같이 있게 하시었지요. 그리고 아무 남자하고도 교제를 끊게 하셨지요. 그때는 저도 남자라곤 다시 대하기도 싫었습니다. 석 달 동안이나 밖에 한 번 나가지 않고 마음을 가라앉히기에 애를 썼으나 그것은 풍랑 만난 작은 배가 돛을 내림에 지나지 않았습니다. 그러므로 저는 그때 깊은 산속으로 들어가서 몇 해 동안이든지 내 심서[1]가 가라앉고, 작더래도 내 한몸은

이 세상에서 이끌어 갈 만큼 의지에 중추(中樞)가 서는 날까지는 수양이 필요하다 하였습니다. 그러던 차에 선생님의 소개로 H 서양 부인을 알게 되어 선생님과 같이 그에게 시집 안 가기를 맹세하고 신학을 배우러 미국 길을 떠났던 것이지요. 그러나 아, 그러나 선생님. 왜 제가 횡빈[2]까지 가서 배는 내일 아침에 떠나려 하는데 선생님께 말 한마디 없이 편지 한 장 써 놓지 않고 그만 종적을 감추었으리까?

아, 그때 이 명숙을 얼마나 고약한 년으로 아셨을까요! 저의 생사를 몰라 애쓰실 것도 저를 찾으시느라고 그 이튿날 배에 못 가실 것도 깨닫지 못하였던 그때의 나의 마음을 나로도 어떠하였었다고 가리킬 수 없습니다. 그때 선생님께서 물론 그 배로 떠나시지 못하셨겠지요. 두 주일 동안이나 다음 배를 기다리시며 저의 종적을 아시려고 얼마나 애를 쓰셨을까요.

아, 선생님 제가 어서 선생님 앞에 가서 울면서 모든 것을 감사하고 사죄하여야지요.

아, 선생님. 이 말랑말랑한 사람의 몸속에는 굳은 것이라곤 오직 뼈만인 줄 알았더니 강철보다 더 굳은 무엇이 있습디다. 내가 싫어서 차 버린 사람이 어쩌면 그렇게도 그리워지리까. 첫사랑! 그의 힘은 참으로 위대한 것이야요. 가는 모래에 덮이었던 바위가 비와 바람이 지나갈수록 그의 형체를 점점 더 크게 나타내는 것과 같은 것이에요.

부산을 떠날 때에도 눈물이 흐르고 너무 안타까워서 연락선이 떠나기 전에 그만 내리고 말고 싶었으나 옆에 선생님이 계셔서 그도 못하였습니다. 시집 안 가기를 맹세하고 신학을 배우러 미국 가기로 결심한 것이 내가 한 일 같지 않고 누가 강제로 시키는 것같이 원망스러웠습니다. 참다 참다 산양선(山陽線)[3]을 지날 때는 엉엉 울고야 말지 않았습니까.

1 心緖. 마음속의 생각이나 느낌.
2 橫濱. 일본의 요코하마.
3 산요센. 고베와 시모노세키를 잇던 기차선.

그때 선생님께서는 나의 마음을 달래시느라고 엄도(嚴島)[4]를 가리키시며 해금강 이야기도 하시었지요. 그러나 선생님 말씀은 한마디도 들리지 않고 우르릉거리는 차소리에 울음 울기만 좋았었습니다.

그 이튿날 저녁 때! 횡빈 어느 여관에서 내일 아침이면 끝없이 넓은 물나라로 떠나갈 생각을 하니 설움이 복받쳐서 견딜 수가 있어야지요. 그래서 저녁을 잡숫고 편지 쓰시는 틈을 타서 어데든지 나가 실컷 울기나 하려고 나왔습니다. 그러나 여관을 나와 보니 눈물이 앞을 가리나 길거리에서 울 수도 없고 이렇게 마음이 진정되지 않고는 미국에 가서도 견딜 것 같지 않아서 에라! 안타까운 이 세상을 하직하리라 하고 물결치는 부둣가로 나왔습니다. 이렇게 울려고 나온 길이 죽으러 가는 길이 되었습니다. 여기저기 매어 있는 검은 배들도 무엇을 근심하고 있는 것 같았고, 어스름한 안개 속에서 외로이 뻔쩍거리는 등대도 무슨 하소연을 하는 것 같았습니다. 뿌연 구름 속에 잠긴 달무리며 물결치는 소리며 갈매기 울음소리며, 아 선생님. 저는 "아이고" 소리를 치고 물속에 뛰어들려 할 때 누가 뒤에서 내 팔을 꼭 붙들었어요. 돌아보니까 아 분명히 그이 씨! 나는 "아 당신이" 하고 그에게 뛰어 안기려 하니까 안타깝게도 그는 사라지고 말고 저는 그만 부두 위에 넘어지고 말았습니다. 이것이 꿈이나 아닌가 하고 살을 꼬집어 보았으나 꿈은 분명히 아니었습니다. 그때 저는 정신을 가다듬고 이렇게 생각하였습니다. 죽었다는 말도 있고 노서아[5]로 갔다는 말도 있는 그가 참말 죽었다면 나도 어데서 죽으나 일반이지만 그렇지 않고 그이가 어데서든지 살아만 있다면 노서아가 아무리 넓은 나라라도 나는 그를 찾아서 다만 한번이라도 그를 만나 모든 나의 죄악을 사과나 하고 죽어도 죄 없는 몸으로 죽으리라 하였습니다. 그래서 그길로 아무 행장도 없이 정거장으로 나가 하관[6] 가는 급행차를

4 이쓰쿠시마. 일본 세토나이카이 히로시마만(広島灣)의 남서부에 있는 섬.
5 露西亞. '러시아'의 음역어.
6 下關. 일본의 시모노세키.

탔었습니다.

아, 선생님. 간교한 것은 계집의 마음이에요, 그러면서도 이 씨가 그 동안 혹시 다른 여자와 맺은 관계나 있지 않을까 하고 그것을 근심하며 갔었습니다.

선생님. 하늘은 무심한 것 같아도 자비하심뿐이어요. 죄 많은 저를 위해서 그 이 씨를 이 세상에 살려 두셨어요.

이 씨는 그때 나에게 버림을 당하고, 일 년 동안이나 번민으로 지내가며 나의 회심(回心)을 직접으로 간접으로 애원하다가 제가 그 K라는 놈하고 동래(東萊)에 갔을 때 그는 아무 여망이 없음을 깨달았던지 몇 번이나 죽으려 하다가 그는 어떤 사상의 충동을 받아 새로운 기개를 품고 들리던 말과 같이 노서아로 갈 계획이었다고 합니다. 선생님께서도 아시는 바와 같이 그가 다니던 C전문학교를 중도에 폐하고 활연히 선상(線上)에[7] 나서 얼마나 열렬하게 싸우던 민중운동자이었습니까? 몇 번을 죽으려다 못 죽은 것도 첫째 자기 사상이 부끄러웠고 자기 등 뒤에 많은 무리를 잊을 수 없었음이 그의 원인이었겠지요. 만일 그가 죽었던들 저는 이 씨 한 분에게만 죄인이 아니요 몇 천 몇 만 사람에게 큰 독물(毒物)이 되었을 것이외다.

그러면 이 씨가 지금 노서아에 가 있느냐 하면 그렇지도 않습니다. 그가 여비를 변통하러 집으로 갔다가, 그의 아버지 말씀 한마디로 그의 사상은 또 일변하고 말았습니다. 얼른 보면 그의 의지가 약한 것 같으나 약한 자로는 하지 못할 것을 하는 의지 강한 진실한 일꾼이외다. 그것은 넉넉지 못한 가세에 늙은 아버지가 친히 밭에 나가 육칠 년 동안 피땀을 흘려 학비를 당해 오다가 거의 끝을 보려 할 때 그가 학교를 중도에 폐했고 무슨 짓을 하는지 늘 경찰의 주목을 받는다는 소문만 들리고 방학 때도 집에 오지 않고 돈은 전보다 더 재촉이 오니 시대에 대한 이해가

7 앞에. 현장에.

적으신 그의 아버지는 그를 한갓 불량자로 해석할 수밖에는 없었을 것이외다. 그래서 집에 돌아온 그 아들에게 "일하지 않고는 먹지 못한다. 나가거라. 냉큼 나가거라" 하고 그를 내어쫓았다고 합니다.

선생님. '일하지 않고는 먹지 못한다.' 똑같은 이 말을 가지고 공공연하게 마치 전장에 나선 장사가 칼을 두르듯 전 민중을 향하여 큰 소리로 부르짖으며 선언하고 돌아다니던 그가 도리어 이 말의 선언을 받게 될 그때 어째서 그가 이 모순됨에 대한 깊은 사색이 없을 수가 있었겠습니까?

선생님. 그는 단연히 호미를 들고 밭으로 나섰습니다. 아무것도 보이지 않던 그 산간 농촌이 다시없는 자기의 활무대임을 그는 발견하였습니다. 사오천 명의 군중을 앞에 앉힌 연단보다도 다만 한 덩어리나마 굳은 흙덩어리 그것이 더 먼저부터 자기의 호미 끝을 기다리고 있음을 깨달았음이외다.

그 후에 이 씨는 칠십 호에 불과한 작은 촌락이나마 자기의 이상껏 건설하여 보려고 불물을 가리지 않고 마음과 힘을 다하였으나 모르는 것이 많은 만큼 의심이 많은 촌사람들이라 청년 이 씨의 의견을 따르려는 사람이 적었습니다. 따라서 동민일치(洞民一致)하여 무슨 큰일을 손쉽게 할 수가 없었습니다. 이 씨는 여러 가지 방책을 생각하다가 그 동리에 구장(區長) 운동을 하였습니다. 그래서 그는 구장이 된 것입니다.

선생님. 그가 구장이 되었다고 물론 보통 관속[8]으로 해석지는 않으시겠지요. 그 후부터는 구장이란 직권을 가졌으므로 동인 집합이라든지 자기의 의안(意案)을 실행하기에 그리 힘들지 않게 되었습니다.

선생님. 그가 고향에 돌아온 지 사 년이 되는 오늘날 이 동리엔 초가집들이나마 온돌과 기타 일체를 개량하여 혹은 새로 짓고 혹은 고쳐지은 문화적 가택들뿐이요 도로나 하천도 수시로 수축(修築)하여서 해마

8 官屬. 지방 관청의 아전.

다 당하던 수재도 이상촌에서는 멀리 떠나갔습니다. 그리고 공동수출조합(共同收出組合)[9]이 있어서 이 동리에서 생산된 화물은 섶나무[10] 한 단이라도 이 조합을 거쳐서 나가고 다른 곳에서 들어오는 물품은 성냥 한 곽이라도 개인이 시가(市價)로 사 오지 않고 조합에서 도매하여다가 실비(實費)로 나누어 씁니다. 그러므로 비용은 적어지고 생산은 늘어 가니 이 동리가 점차로 부요하여짐을 따라 이 동리에 사는 사람들이 부족에서 만족으로 나가고 불안에서 안녕으로 나가며 거친 곳에서 아름다운 곳으로 나가게 되니 이것이 얼마나 큰 개혁이며 얼마나 큰 예술입니까?

올 봄에는 학교도 하나가 설립되었습니다. 배우러 오는 어린이가 육십여 명이나 되고 가르치는 선생님도 세 분이나 모셔왔습니다. 그리고 혼인 제사 같은 일반 풍습에도 그 예식의 본의 표현만을 주장[11]으로 하고 돈이라곤 일문(一文)[12]을 들이지 않고라도 하도록 힘쓰는 중입니다.

선생님. 구장 이 씨는 이렇게 이상세계의 모형이라고 할 만한 조그마한 이상촌을 건설하고 있습니다.

선생님. 남들은 박사의 처가 되느니 학사의 처가 되느니, 혹 미술가의 처, 문사(文士)의 처 하는데 저는 이 이 구장의 처가 되었습니다. 일개 촌 구장의 처된 저로도 '이 세상에 나의 남편 같은 남편을 가진 처가 또 있을까?' 합니다. 저는 저와 같이 행복된 가정을 소유한 주부가 또는 없을 것 같이 생각됩니다.

이와 같이 아름다운 마음에서 그리움을 참지 못하여 죽으려고까지 하던 그와 내가 부부가 되어 사는 저는 이 세상에선 더 바랄 것도 없고 더 되고픈 것도 없습니다. 선생님, 만일 이 씨와 나 사이에 그와 같은 중

9 생산물을 함께 모아 내보내는 조합.
10 땔나무.
11 중심.
12 한푼.

간에 변괴가 없었던들 지금 와서 오히려 이만한 단락[13]을 맛보지 못할 것이외다. 죄 없이 십자가에 달리는 예수 씨의 눈물보다도 그 옆에 두 죄수의 죄를 뉘우치는 눈물이 더 아름답다고 하시던 선생님의 말씀이 생각납니다. 동편 산머리에서 금실 같은 아침 햇빛이 빛나게 되면 남편은 소를 몰고 밭으로 가고 저는 집안일을 거두다가 점심때가 되면 둘의 점심을 지어 들고 밭으로 가서 우거진 녹음 아래에 흘러가는 옥수를 퍼 마시면서 함께 먹지요. 그리고 그와 같이 일을 하다가 저녁놀이 청산 위에 꽃필 때 되면 걸음 느린 소를 앞세우고 옛날의 노래를 같이 부르며 피곤한 몸을 쉬이려 집을 찾아 들어옵니다. 밤이면 일주일에 사흘 밤씩이나 저희 남편은 남자들을 가르치고 저는 여자를 가르칩니다. 지금은 이 동리에 국문 모르는 사람이 없고 세 집이 한 가지씩 신문을 봅니다.

아! 얼마나 아름다운 마을입니까. 길 위에는 흰 모래를 펴고 양 가에는 갖은 화초를 심어 서늘한 석양에 나서기만 하여도 그 길이 끝난 대로 가고 싶도록 아름답습니다. 작년부터는 십 리 밖에 있는 읍에서 보통학교 학생들이 춘추로 원족(遠足)을 나옵니다.

선생님. 이렇게 아름다운 마을을 이제부터 일 년만 더 살다가 우리는 떠나가려 합니다. 또 이와 같은 미향(美鄕)을 건설하려 다른 촌으로 가려합니다.

선생님. 지금 내 옆에서는 두 살 먹은 아들 아이가 자고 있습니다. 그 애 아버지는 윗방에서 버들가지로 의자를 틀고[14] 있습니다. 저도 제 손으로 누에를 치고 명주를 짜서 남편이 심은 면화를 따다 두둑하게 이부자리 한 벌을 꾸몄습니다. 봄부터 오늘까지 일곱 달 동안 내 정성을 다한 이 작품으로 찬바람이 불어오는 오늘 밤부터는 내 사랑하는 남편과 내 귀여운 아들과 더불어 육(肉)과 혼(魂)이 편안히 쉬게 할 잠터가 될

13 團欒. 함께 즐겁고 화목함. 단란.
14 엮거나 짜서 만들고.

것입니다.

선생님. 밤도 퍽이나 깊었습니다. 얼마 안 있다 찾아가 뵈올 것이므로 이만 붓을 놓습니다.

『반도산업(半島産業)』, 반도산업사, 1926. 1.

행복

대구정거장을 나서 큰길 바른편으로 파출소가 있는 것은 대구역을 한 번 내려 본 사람이면 누구나 기억할 것이다.

그리고 그 파출소 옆엔 초가을부터 군밤 장수들이 서너 곳에 별러앉은[1] 것도 군것질 좋아하는 사람들은 기억할는지도 모른다.

이 서너 곳이나 되는 군밤 장수들 속에 아침마다 제일 먼저 나와서 밤마다 제일 늦게 들어가는, 그 파출소에서 제일 가까이 벌여 놓은 늙은이가 하나 있다.

때는 벌써 가을이 지나고 초겨울이라도 동지 때와 같이 추운 어느 날 아침, 아직 해도 안 퍼진 길 위에 이 늙은 군밤 장수는 벌써 나앉았던 것이다.

석유 상자 하나를 가로눕혀 놓고 그 위엔 신문지를 펴 놓고 그리고 그 위에단 배꼽 딴 생률[2]을 한 무더기 쏟아 놓고 그 뒤에 구부리고 앉아 지금 불을 피우고 있는 것이다.

반이 쩍 갈라진 질화로를 새끼로 밖을 동이고 진흙으로 안을 바른 데다 모아 놓은 숯 부스러기를 두 손으로 윙킬[3] 듯이 휩싸고 불을 불고 있는 것이다.

그 털이라고는 다 닳아 떨어지고 때에 전 가죽 오리만 남아 붙은 남바위[4], 그 밑에서 서너 오리씩 바람에 날리는 서리 앉은 머리털, 얼굴엔 거

1 영역을 나누어서 띄엄띄엄 앉은.
2 生栗. 날밤.
3 '움킬'의 방언.
4 추위를 막으려고 쓰는 모자.

미줄을 그린 것같이 가로세로 엉킨 주름살, 그 뿌연 눈알 밑에 추워서 질벅질벅한 눈물, 또 콧물, 그 우긋하고 험[5] 많고 시퍼런 힘줄이 고기 밸[6] 같이 엉킨 손등과 손가락, 혹은 빠지고 혹은 시커멓게 멍이 박힌 손톱들, 누가 보든지 그가 나이 육십에 가까운 것이나 그의 과거 일평생 거츠른 의식과 힘든 일에 이날 이때까지 죽지 못해 살아가는 불행한 신세인 것을 일견에 판단할 수 있을 것이다. 또 만일 찬찬한[7] 아낙네가 그의 앞에 발길을 멈춘다면 저고리는 헌 양복때기[8]를 겉에 입었으니 고만두고 그의 바지만 보더라도 해지고 떨어진 구멍을 기워 입지 못하고 이 오리 저 오리 맞동인 것이나 그가 묶은 대님이 짐 동이는 새파란 노끈인 것을 보아서 그에겐 자식도 마누라도 없는 외로운 홀아비 늙은인 것까지도 추측할 수 있을는지도 모른다.

그는 과연 외로운 늙은이다.

눈이 어두워 부엌 심부름도 제대로 못하던 그의 마누라는 벌써 오륙 년 전에 주인집 애기 첫돌 때 고깃점이나 집어먹은 것이 체해서 그날 저녁으로 급사하고 말았다.

자식은 만석(萬石)이라고 하는 삼십에 가까운 장정 아들이 하나 있으나 이 영감은 어디 가서나 결코 자식 있는 체하지 않을뿐더러 누가 "자식이나 있소" 하고 묻더라도 "내 팔자에 무슨 자식이 있겠소" 하고 한숨을 쉴 뿐 아니라 "자식이 있고 없고 댁이 무슨 걱정이오" 하고 대들고 싶도록 그 소리가 불쾌하였다. 이 불쾌가 자식 없는 사람들과 같이 자격지심에서 일어나는 불쾌도 아니었었다. 자식이라도 하나밖에 없는 자기 아들이 남과 같이 오륙이 성하거든 한 푼 벌이라도 착한 마음으로 벌어먹지 못하고 절도질, 강도질, 그러다가 이태씩 삼 년씩 징역이나 살고

5 '흠'의 방언.
6 '배알(창자)'의 준말.
7 꼼꼼하고 차분한.
8 '양복(洋服)'을 낮잡아 이르는 말.

돌아다니는 것을 생각할 때 차라리 자식이나 없었던들 하고 얼굴에 똥칠이나 한 것처럼 불쾌하였다.

그러나 마누라가 죽은 뒤부터 더구나 이번은 만석이가 붙잡히지도 않고 종적을 감춘 때부터는 몇 해 후면 놓여나오리라는 희망도 없는 것이라 남이 듣는 데는 "이전 그놈이 종신 징역 살지요. 살어 나오면 무엇하오. 내가 단매[9]에 때려죽일걸…" 하면서도 속으로는 은연히 그 자식이 그리웠었다. 그러면서도 만석이를 기다리지는 않았다. 이왕 달아난 놈이요 젊은 놈이니 어디 가서든지 붙잡히지나 말고 제 한몸이나 잘 살아갔으면 하는 부모 된 애정뿐이었었다.

그러므로 그는 바람 찬 길거리에 나와 앉아 군밤을 팔고 앉았는 것도 남과 같이 살아가기 위한 장사가 아니었다. 임자도 없을 송장이라 단 몇 푼이라도 주머니가 비지 않아야… 하고 죽으려는 준비요 죽기 위한 벌이였었다.

이 늙은이가 불도 다 피우기 전이다.

"만석 아버지."

하고 뛰어오다 뒷짐 지고 우뚝 섰는 계집애가 하나 있었다.

"밤 많이 궜수?"

영감은 본 체도 안 하고 불을 붙였다.

그 계집애는 주인집 부엌 어멈의 딸로 불도 붙여 주는 체하고 밤 껍질도 까 주는 체하다가 부스러진 밤이나 너무 타서 팔지 못할 것이나 이런 것을 바라고 틈만 있으면 나오는 계집애다.

"만석 아버지."

"왜 요년이 방정을 떠나…."

"만석 아버지한테 편지 온 것두 모르고…."

그 계집애는 우표가 두 장이나 붙고 여기저기 도장 찍힌 편지 한 장을

9 단 한 번 때리는 매.

내들었다.

글 모르는 이 영감이 받아들기는 하였으나 '내한테 편지라니…' 하고 망설이고 섰을 때 마침 밤을 사려는지 손님 하나가 기웃거리고 있었다.

"미안하외다. 아직 군 것이 없어서. 그런데 여보시우."

"왜요."

"수고스럽지만 이거… 이 편지 피봉 좀 봐 주시구려."

그 양속[10] 두루마기에 방한모에 삼팔[11] 목도리에 노란 구두에 금테 안경에 이 밤 사러 왔던 젊은 신사는 친절히 편지를 받아 들었다.

"황××가 누구요."

"그건 내지요."

"서울서 서일권이란 사람한테서 온 것이구려."

"서일권이요, 서일권이라…. 아무턴 속두 좀, 이거 황송하외다만… 선심이시니."

"그러나 이게 영감에게 온 서류[12] 편지니 영감이 뜯으시우."

영감은 다 낡은 기계와 같이 흔들흔들 흔들리는 손으로 편지 피봉을 뜯었다. 피봉 속에서는 인찰지[13] 편지 한 장과 불그스름한 다른 종이 한 장이 나왔다.

"이건 십 원짜리 돈표[14]요."

"돈이라뇨?"

"가만 계시우."

그 친절한 신사는 편지를 다 읽고 아래와 같이 사연을 말하여 주었다.

"영감님의 아들이 한 편진데요 그동안 문안하구요 자기는 북간도로

10 洋屬. 서양산 피륙.
11 三八. 중국산 올이 고운 명주. 삼팔주.
12 書留. '등기(登記)' 또는 '등기우편(登記郵便)'의 일본식 한자어.
13 印札紙. 괘선이 인쇄된 종이.
14 현금으로 바꿀 수 있는 표. 전표. 수표나 어음.

가서 그간 장가도 들고 그곳에 가게도 벌여 영감을 데려가려고 지금 서울 와 있다오. 그러니 이 돈으로 서울 와서 다른 데 가지 말고 꼭 정거장 대합실에 앉었으면 자기가 찾을 것이니 이 편지 받는 즉시로 서울 오라는 사연이구려."

영감은 알지 못할 서일권이가 자기 아들 만석인 것과 그가 변성명[15]한 이유며 대구까지 오지 못하는 까닭도 우둔한 머리나마 넉넉히 짐작할 수 있었다.

"그래 이 돈은 어디서 찾소?"

"이리 오슈. 요 앞이 우편국이니 내 찾어 드리리다. 도장이나 이리 내시우."

영감은 꿈속과 같았다. 그러나 자기 아들이 그렇게 된 것이나 오늘 이렇게 하는 것이 결코 이치에 없을 일은 아니었다. 다만 놀라움이 꿈속과 같이 의심도 일어났다.

영감의 아들이… 하는 소리에 뒤에 무슨 말이 나올까 하고 가슴이 선뜻하였으나 그 놀램은 그때뿐이요 우편국을 나설 때는 끝없는 감개에 사무치어 그만 눈물이 앞을 가리고 말았다.

그렇게 불량한 자식이라도 아비는 버리지 않는구나! 예로부터 천륜은 있는 게지….

오전 열한시 오십팔분에 서울 가는 특급열차는 길게 소리를 지르고 대구역을 떠났다.

그 열차 삼등 찻간에는 오십여 년 동안 살아오던 대구 개명을 주인도 보지 않고 친한 친구도 찾지 않고 도망가듯 급급히 떠나가는 한 영감이 있으니 그는 묻지 않아도 황만석의 아버지였다.

그가 기차를 타 보기는 해마다 여름이면 한 번씩 있었으니 그것은 꽁

15 성과 이름을 다른 것으로 고침.

무니에 낫을 차고 경산(慶山) 있는 주인집 산소에 금초(禁草)[16]하러 다닌 것이요 그 외에 자기 일로 기차를 타고 다닌 적은 한 번도 없었다.

그렇다고 이 영감이 오늘은 자기 주머니에서 돈을 내어 자기 손으로 표를 사고 자기 마음대로 찻간을 골라 탄 것이나 평생을 깃들이고 살아온 고향 산천이 창밖에서 핑핑 돌아 멀리 뒤로 사라지고 이 산 저 산이 가로막아 나가는 것을 바라보아도 그것에 대한 감상이라곤 조금도 일어나지 않았던 것이다.

다만 그의 가슴속엔 즐거운 눈물이 차 있었고 빛나는 새 기운이 울렁거리고 있었던 것이다.

어서 만나 어렸을 때 안아 보듯 끌어안고 싶은 아들의 모양, 불쌍하게도 하룻밤에 죽어 간 마누라의 모양, 이제부터 자기 앞에 펼쳐질 행복스러운 생활, 지나간 날의 모든 슬픈 기억과 오늘 당하는 새로운 즐거움이 이 우둔한 늙은이의 감정은 모든 것이 오직 눈물로만 통일되고 말았던 것이다.

차가 컴컴한 굴속을 들어가거나 우르렁우르렁 하고 철교를 건너가거나 어디를 쉬었다 어디를 떠나거나 이 영감에겐 모두가 상관없는 일과 같았다.

점심을 먹지 않아도 배고픈 줄 모르겠고 담배 한 대 피우지 않아도 심심하지 않았다. 다만 눈물 고인 눈을 껌벅거리는 것이나, 이따금 눈물이 흐를 듯하면 손등으로 씻는 것까지도 자기는 의식하지 못하였다.

어떤 술집에서 친구들을 만나 술을 마시다가도 그들이 "자네는 그래도 자식이나 있지…" 할 때는 그것이 자기를 비웃는 말 같아서 "흥 이 사람 뻔히 알면서 그리나. 난 자식 없네. 그게 자식이야…" 하던 자기 말이 후회도 났다. 왜 내가 그리 경망하였나, 자식이 있는 내니 이런 날도 돌

16 무덤에 불이 안 나게 돌보고, 때맞춰 벌초하여 잘 보살핌. '금화벌초(禁火伐草)'의 준말.

아오지 그 사람들이야 백 년을 산들 며느리 손에 밥상을 받아 보며 자식 손에 묻혀 볼 텐가.

황 영감은 자기 친구 가운데 자식 없는 사람 두엇이 생각났고 그들의 말로를 생각하여 측은한 마음을 금할 수 없었다. 그리하여 다른 사람은 못 찾아보아도 주인 댁 노마님과 자식 없는 친구들은 조용히 찾아보고 술이라도 몇 잔씩 나누고 왔다면 하는 생각도 일어났다.

또 자기는 그렇게 고생하면서라도 죽지 않고 살아 후일의 자식 덕을 보거든 불행히 먼저 죽어 간 마누라 생각에 제일 몹시 가슴이 아팠다. 자기보다도 몇 배나 힘을 들여 기른 자식에게 끝끝내 낙을 보지 못하고 죽어 간 것을 생각하면 오늘 살아 있어 자기 혼자 그 낙을 누리는 것이 미안한 생각도 일어났다.

어서 아들을 만나 서울 구경이나 잠깐 하고 그를 따라 북간도로 가면 그곳엔 며느리도 기다리고 따뜻한 아랫목과 더운 조석이 나를 위하여 있겠구나, 좀 더 있으면 손자도 안아 보겠구나…. 황 영감은 자기 손등을 내려다보았다.

두꺼비 잔등같이 그 험 많은 손등은 자기 일생을 다시금 회억하게 하였다. 단지 한마디로 말하자면 육십 평생을 행랑살이. 그에게 낙이 있었다면 어떠한 낙이었나. 날 부러진 도끼로 물먹은 장작을 패느라고 애쓰다가 새로 벼린 도끼로 물 마른 장작을 패어 보는 맛, 그러한 쾌락은 혹간혹간[17] 그에게도 있었을는지 모른다.

황 영감은 다시 자기 얼굴을 번득번득 달려가는 유리창 위에 비춰보았다.

얼기설기한 주름살, 서리가 하얗게 앉은 머리털, 그는 아직껏 느껴본 적이 없는 새 슬픔을 느끼게 되었다. 이 모진 목숨이 왜 죽지 않나 하고 자기 자신이 저주하던 그 목숨이 오늘 와서 한없이 아까운 것과 백 년

17 或間. 간혹(間或). 어쩌다가.

이백 년이라도 오래오래 살고 싶은 욕망이 새삼스럽게 일어나자 이렇게 시들어 늙은 것을 슬퍼하지 않을 수 없었던 것이다.

어느덧 해는 서산에 뉘엿뉘엿 지려 할 때 창 위에는 우르렁 소리와 함께 시뻘건 쇠기둥이 황 영감의 얼굴을 때릴 듯이 번득번득 지나갔다. 여러 사람들은 제각기 행장을 수습하고 의관을 차리기에 분주하였다.

황 영감은 다시 마주앉은 사람에게 물어보았다.

"여보 여기가 어디요?"

"이게 한강이요."

"서울 가는데요?"

"이번은 용산이요. 그 다음이 서울이니 같이 내립시다."

황 영감은 깜짝 놀랐다. 벌써 서울을 오다니 하고 깜짝 놀랐다. 대구서 서울까지 오는 일곱 시간 동안 그렇게 지루한 시간을 그는 깜짝 놀라는 그만치 짧게 가진 것이다. 그가 일곱 시간 동안이나 긴 동안을 밥을 잊고 옷을 잊고 담배까지 잊어버리도록 그렇게 행복스러운 일곱 시간 동안은 그가 철난 이후 오십여 년간 한 번도 없는 일이다.

그때에 이 황 영감은 유복한 사람들이 늙지 않는 약을 구하는 욕심도 잘 느껴 보았다.

행장은 별로 없으나 담뱃대도 집어 들고 여태 쓰고 앉았던 남바위도 만적만적하여[18] 보았다.

마치 마라톤 경주에 첫번 들어오는 선수가 목을 뒤로 제치고 두 활개를 펴 들며 달려 들어오듯 먼 길이 끝나는 이 열차도 소리소리 지르며 호기 있게 경성역에 달려들었다.

황 영감도 호기 있게 차를 내려 남에게 묻지도 않고 여러 사람이 하는 대로 구름다리를 넘어 나와 차표를 내어주고 밖으로 나섰다.

이 황 영감이 밖으로 나서자마자 물결치는 사람 속에서 "아버지" 하

18 '만지작만지작하여'의 옛말.

고 미칠 듯이 부르고 만석이가 뛰어나섰다.

"오!"

"아버지!"

이때다. 이 황 영감이 눈을 씻으며 만석이를 만나 보게 되는, 즉 그가 행복된 새 천지에 첫걸음을 들여놓으려는 이 순간이었었다.

남모르는 클클한[19] 정이 가슴속에 가득한 이 아버지와 아들이 서로 손을 잡아 보기도 전에 이 두 사람 사이를 썩 가로막으며 나서는 사람이 있다.

"아!"

황 영감은 그 사람을 바라볼 때 오늘 아침 대구에서 편지를 보아 주고 돈까지 찾아 주던 그 친절한 신사가 틀리지 않았으나 만석의 눈에는 그 독사같이 무서운 낯익은 형사가 틀리지 않았던 것이다.

"이놈 네 애비 손을 잡기 전에 여기다 먼저 손을 넣어."

"아, 아버지…."

하고 만석이는 아버지의 옷깃을 잡으려 하였으나 그의 손은 벌써 자유롭지 못하였다.

황 영감이 무서운 꿈을 깨듯 눈을 비비며 다시 아들을 찾아볼 때는 벌써 만석이의 그림자는 간 곳이 없었다.

다만 형사에게 묶여 가는 죄인을 구경으로 따라가는 그림자들만 검은 이리떼와 같이 어물거리며 멀어 갔을 뿐이다.

소화 3년 12월 작(作).

『학생(學生)』, 개벽사, 1929. 3; 『이태준단편집』, 1941.

19 거칠지만 진한.

그림자

추석은 내일이나 달은 내일 밤에 뜰 달이 내라는 듯이 지금도 대낮같이 밝은 밤이다.

막차도 떠나간 지 오래고 전차도 끊어진 때라 청량리만 하더라도 문안과 달라 이렇게 밝은 달밤에… 어서 자고 내일 추석을 즐기려 함인지… 거리는 벌써 빈 듯이 잠들었다.

고요한 달 아래 고요한 밤길이다.

그러나 이렇게 고요하고 아름다운 달밤에 나뭇잎들은 가지에서 흩어지는 슬픔도 있다. 이것을 자지 않고 길 위에서 굴리고 있는 심술궂은 바람도 있다.

나는 홀로 멀리 희미한 윤곽만 떠 있는 동대문을 바라보며 조그마한 생각 하나, 아무 쓸데없는 지나간 일 하나를 추억하면서 이 길을 걸어간다.

내가 그를 첫번 만나 보기는 지금으로부터 사오 년 전 어느 비 내리는 여름날 밤에 몇몇 친구와 같이 명월관[1] 본점에서다. 내가 요릿집에 들어가 보기나 기생들과 무릎을 한자리에 하여 보기나 다 그때가 처음이었었다.

그날 밤 우리는 모다 네 사람이서 두 기생을 불렀다. 첫번에 부른 기생은 향화(香花)라 하는 평양 기생이었고 다음에 부른 기생은 소련(小蓮)이라 하는 남도(경주) 기생이었었다.

1 明月館. 1909년경 종로에 문을 연 우리나라 최초의 근대식 요릿집.

우리 네 사람 중에 K군 한 사람을 제하고는 모다 학생복을 입은 만치 기생과 놀아 본 적이 없을 뿐 아니라 소위 '나지미[2]'라는 기억하고 있는 기생 이름도 없었으므로 소련이니 향화니 하고 그들의 장기를 알아서 부른 것은 K군이었었다.

우리는 옆방에서 흘러오는 노래와 애교 있는 기생들의 농담에 귀를 기울이며 어서 우리 방에도 기생이 들어서기를 궁금히 기다렸었다.

향화의 「수심가」[3]가 좋고 소련의 가야금이 좋다는 K군이야 그렇지 않았겠지만 향화니 소련이니 할 것 없이 기생을 처음 기다려 보는 우리는 얼마나 고운 그림자가 들어서나 하고 궁금한 생각이 대단하였다. 그러므로 슬리퍼 소리가 문앞을 지날 때마다 우리는 긴장하였고 가슴이 두근거리던 것까지 나는 잊지 않는다.

이렇게 긴장하여 있는 우리 방 안에 먼저 들어선 것은 「수심가」 잘한다는 향화였으니 그의 연분홍 저고리와 초록치마는 하늘하늘하는 비단들이어서 젖가슴이 흐늘거리는 향화에게는 잘 조화되는 복색이었다고 기억한다. 그는 우리를 향하고 허리를 구붓하고[4] 잠깐 앉는 듯이 하더니 한 손으로 버선 뒷목을 잡아당기며 서슴지 않고 K군의 곁으로 가 앉았다.

"방학 때니까 나오셨으려니 하였지만."

이상스런 눈초리로 K군을 바라보는 향화의 첫말이었다.

소련이가 들어올 때는 벌써 향화가 우리 방에 있는 때라 그리 긴장되지는 않았다. 살무시[5] 미닫이를 닫고 그 자리에 도사리고 앉아 조심조심하여 좌중을 돌아가며 묵례하는 소련의 태도는 범절이 숙달한 향화를 보고 보아 너무 어색한 곳이 있어 보였다. 단조한 흰 모시 저고리 흰 모

2 '단골'의 일본말.
3 愁心歌. 임을 그리워하고 인생을 한탄하는 서도 민요의 하나.
4 약간 굽히고.
5 '살며시'의 방언.

시 치마 머리엔 흑각[6]비녀가 더욱 쓸쓸하여 보였다.

나는 어디서 저런 촌 기생이 들어오나 하고 처음엔 다소 불만했으나 자리를 사귈수록 정이 끌리기는 이 초초한[7] 소련이었었다.

향화는 얼마 가지 않아 그 음란하고 천박한 품이 드러났다. 가르마를 한편으로 몰아 탄 것이라든지 조선 복색엔 당치않은 루바시카[8] 끈으로 중동매끼[9]를 한 것이라든지 치마폭은 좁게 하여 일부러 속곳 가랑이를 내놓는 것이라든지 소리도 「수심가」란 입내뿐이요 유행 창가밖에는 못하였었다.

소련은 이와 반대로 조예 깊은 기생이었었다. 첫째 옷매무시와 말솜씨가 여염 부녀와 같이 단정하였다. 그러나 그 단정한 것이 결코 객의 흥취를 상하지 않을 뿐만 아니라 도리어 좌중이 손을 잡고 노는 것과 같이 화락[10]하였다. 그의 주름을 잘게 잡은 모시 치마라든지 그 속에서 은은히 빛나는 수염낭이라든지 아무튼 향화를 닭이라고 하면 소련은 학과 같은 기품이 있는 여자였었다.

그러므로 지금이라도 향화를 생각할 때는 그 빈정거리는 기다란 입술과 버그러지는 치마 속에서 엷은 비단 속곳 가랑이가 볼기의 윤곽을 따라 그리고 있는 곡선 이러한 인상이나, 소련은 그렇지 않았다. 그 청한[11] 눈알이었었다. 일요학교[12]에서나 볼 수 있는 천진한 소녀와 같은 그 천진한 눈알이었었다. 또 그의 흥취 깊은 남도 소리와 능란한 가야금은 나 같은 서생으로서 감히 평할 바 아니라고 생각한다.

아무튼 그날 저녁에 그 구슬픈 소련의 가야금은 행인지 불행인지 오

6 黑角. 빛깔이 검은 물소의 뿔.
7 草草-. 간소한. 소박한.
8 rubashka. 풀오버와 비슷한 러시아의 남성용 겉저고리.
9 치마가 거치적거리지 않도록 위에 매는 끈. '중동끈'의 북한말.
10 和樂. 화평하고 즐거움.
11 淸-. 맑은.
12 교회나 성당에서 어린이들을 상대로 주일마다 하는 교육 모임. 주일학교.

늘 내가 이 글을 초하게[13] 된 인연이었다고 할 수 있는 것이다.

그 구슬픈 가야금 소리. 지금도 그때 소련의 눈물 젖은 눈초리가 눈앞에 사라지지 않는 것이다.

한 무릎에 가야금 머리를 뉘어 놓고 아미[14]를 수그리고 타아낼 제 귀로 듣는 노래뿐이 아니라 줄과 줄 위에서 강둥강둥 춤을 춘다. 찌긋찌긋 미끄러도지는 그 열 손가락의 노는 재주도 바라보는 흥미가 깊었었다.

그러나 노래는 슬펐었다. 줄도 울고 사람도 우는 무슨 한 있는 노래였었다. 노래하는 소련이 제가 슬픈 사람이었었다. 가야금을 물려 놓을 때 그의 손은 눈으로 먼저 올라갔다. 눈물 고인 눈초리를 보이지 않으려 그는 웃어 보기까지 하였으나 지어 웃는 웃음이니 창밖에 빗소리만 높을 뿐이요 좌중은 다 같이 침묵하였었다.

"왜 어디가 불편하시오?" 하고 K군이 물었으나 소련은 자기 신세타령이나 펴놓을 곳이 아닌 것을 잘 알고 있었다.

나도 슬펐었다. 아마 그날 저녁에 소련이 자신 이외에 제일 슬퍼한 사람은 나였을 것이다. 나도 슬픈 사람이었기 때문이다. 사실 그날 저녁에 명월관에 모인 것도 K군의 주선으로 그때 나의 설움을 위로해 주려는 놀음이었었다.

소련의 눈물과 나의 눈물이 사정에 있어서는 비록 다르다 할지라도 남이 다 즐거이 사는 세상에 우리만 슬픈 사정을 가지고 울기는 마찬가지였었다.

나는 옛날 시인 백낙천(白樂天)의 「비파행(琵琶行)」[15]을 생각하면서 새로운 슬픔과 동정으로 소련의 애달픈 노래를 다시 한 곡조 청하였다. 그는 사양함이 없이 가야금을 들어 안았었다.

13 草--. 초안을 잡게. 시작하게.
14 蛾眉. 아름다운 눈썹.
15 중국 당나라 시인 백거이의 칠언 고시로, 비파를 타는 한 여인의 운명을 쓸쓸히 담고 있다.

나는 나중에 소련의 소복한[16] 이유를 물으니 지난 삼월에 돌아간 양모의 거상[17]이라 하였다. 친부모는 계시냐고 다시 물었으나 그는 머뭇거리며 얼른 대답하지 않다가

"다 없으셨어요…. 왜 선생님은 유쾌하게 놀지 않으시고."

하면서 향화가 치던 장고를 뺏어 안았다.

시간이 지나 소리는 하지 못하고 이야기판이 벌어졌을 때 감상적인 학생들의 놀음이라 이러한 자리에서 사랑 이야기가 일어난 것도 그리 이상스런 일은 아니었었다.

"…무얼, 나는 사람이 제일이야. 당사자 하나만 마음에 들면" 하는 향화의 말에 "그렇지도 않어. 만나는 날 서로 껴안고 죽고 만다면 고만이지만 사람 잘난 것 고르는 것부터 오래 살려는 것 아니야. 단 하로를 살더래도 돈이 있어야지. 우리가 이렇게 매일 저녁 여러 손님을 모시고 놀 때 '저 어른이면' 하는 손님이 없는 것은 아니나 결국 돈 때문이 아니야."

소련은 이 말을 하면서 K군의 담뱃불을 붙이고 있는 것을 볼 때 나는 가벼운 질투가 일어나던 것도 기억한다.

그러나 소련이와 나 사이에는 시선이 부딪칠 때마다 단순히 눈과 눈이 보는 것이 아니요 마음과 마음이 서로 의지해 보려 눌러도 보고 기대어도 보는 것 같았다.

이렇게 벌써부터 그와 나 사이에는 남모르게 소통하는 무엇이 있어 내가 청하는 것이면 무엇이고 되리라는 자신이 생겼던 것이다.

그러다가 소련은 모두가 주의하지 않는 틈을 타서 걸려 있는 양복에서 만년필을 하나 뽑아

"선생님 이런 글자 아세요" 하고 내 손바닥을 자기 무릎으로 이끌어 갔다.

16 素服-. 소복을 입은.
17 居喪. 상중(喪中)에 있음.

그가 쓰는 글자는 한자가 아니었었다. 나는 나의 손바닥에서 '서린동 ××번지'라 읽을 수 있었던 것이다.

나는 그 이튿날 아침 서린동 ××번지를 찾아 나섰다.

서린동을 찾고 ××번지를 찾고 소련의 문패까지 틀림없이 찾았다. 그러나 그 집 문 앞을 닥치고 보니 이상한 것은 그 집 문안을 들어설 용기가 나지 않던 것이다.

집은 기와집이나 옆에 큰 집과 한데 붙은 집인지 따로 떨어진 집인지 아무튼 몇 칸 안 되어 보이는 다 쓰러져 가는 헌 집이었었다. 그렇다고 그것이 나의 들어가지 못할 이유는 아니었겠지마는 그들의 내면생활이 얼마나 곤궁하다는 것은 화류계를 모르는 나로서 새삼스러이 느낄 수 있었던 것이다.

'무얼, 그도 기생이지. 내가 동경 가 있다니까 돈푼이나 있는 줄 안 게지. 또 그가 자기 방 열쇠나 주는 듯이 은근히 번지를 적어 주었지만 그로서는 직업적으로 상용하는 수단인 만큼 이 집 문 앞을 찾아오는 친구도 나뿐이 아닐 테지. 번지를 적어 준다고 탐탁하게 생각하고 찾아오는 내가 어리석지' 하는 생각이 새삼스러이 일어났다.

그때 마침 뒤에서 낯익은 사람 하나가 오는 것을 보고 나는 기어이 그 집 문안을 들어서지 못한 채 발길을 돌리고 말았던 것이다.

나는 그 후 다시 소련을 만나 볼 기회도 없었고 며칠 안 되어 동경으로 가고 말았다.

그러나 나의 동경 생활이 단조했던 탓이던지 소련의 생각이 무시로 떠올랐다.

그 가을꽃과 같이 아담하고 적막해 보이는 소련의 모습을 그려 볼 때마다 나는 일어나는 정열에 맡기어 편지도 여러 장을 써 보았다. 그러나 소련의 집을 찾고 들어가지 못한 것과 같이 한 장도 부친 적은 없었다.

이러한 소련이와 다시 만나 보기는 일 년이 지나서 그 이듬해 여름 방학 때였었다.

이번도 K군과 몇몇 친구로 국일관[18]에 놀러갔었다.

그날 밤에 소련을 부른 것은 나 자신이었고 소련의 가야금이나 들으려는 평범한 손님이 아니었던 것은 소련을 부르고 나서 나의 가슴이 울렁거리던 것과 문 앞에 누가 오는 듯할 때마다 내 얼굴이 화끈 달아올랐던 것으로도 알 수 있을 것이다. 뒤에도 알려니와 나의 첫사랑의 대상이 이 소련이었던 것을 미리 말하여 둔다.

아, 첫사랑! 소련이도 나에게 그러하였다. 철도 나기 전부터 애욕에 눈이 붉은 그 많은 남자들과 밤낮을 교접해 오는 그로도 완전히 자기 의욕에서 사랑이라고 할 만한 사랑은 나에게 처음 품었던 것이다.

그도 꿈에 본 듯한 나를 일 년 동안이나 잊지 않았다. 놀음에 불려올 때마다 내가 있지 않나 하고 은근히 찾아 왔다. 첫사랑이 아니고야 서로 찾고 있던 사람이 아니고야 어찌 그같이 긴장된 시선으로 마주볼 수가 있었을 것인가. 그가 우리 방에 들어서 좌중을 돌아보다 그의 시선이 나에게 머무르던 순간, 그의 의식과 나의 의식이 서로 폭발되는 순간, 나는 일찍이 이와 같은 뜨거운 순간을 체험한 적이 없었다.

나는 무안하여 얼른 밖으로 나왔다.

얼굴을 식히려 밤하늘을 바라보고 섰을 때 등 뒤에서 "언제 나오셨어요" 하는 소리가 있었다.

그는 소련이었다.

그 후 소련이와 나 사이에는 남모르는 상종이 빈번하여졌다.

내가 돈 없는 탓에 남과 같이 버젓이 보고 싶은 대로 요리점에서 불러 보지 못하고 삼청동 막바지에 있는 주인집에서 밤 두시 세시까지 그를

18 國一館. 1920년경 종로 관수동에 세워진 요릿집.

기다렸던 것이다.

그때만 하더라도 소련은 자유스러운 몸이 아니었었다. 양모가 돌아간 후 셋집 살림살이에 빚만 늘어 가고 하여 서린동 집을 내어놓고 새로 빚을 쓰고 포주의 집으로 들어간 때이다. 그러므로 가기 싫은 놀음에도 가야 하고 만나고 싶은 사람이라도 돈을 받아 오지 못하는 곳에는 갈 수 없는 매인 몸이 되었다.

그러나 요릿집에서 두시 세시에 파해 가지고도 소격동을 넘어 인력거도 들어오지 못하는 그 어둡고 좁은 삼청동 막바지를 비가 오나 바람이 부나 자지 않고 기다리고 있는 나에게 실망을 준 날은 없었다. 또 밤 깊도록 여러 손님에게 시달리고 온 몸이건만 하룻밤을 나에게서 편히 쉬어 본 적이 없었다. 그는 늦어도 네시까지는 포주의 집으로 돌아가야 하는 것이요 만일 밖에서 밤을 지내고 들어가면 그만한 보수를 들고 들어가야만 남의 피로 돈을 모으며 살아가는 포주의 매를 면하는 것이다.

이러한 소련의 신세이므로 그가 나에게서 밤을 샌 적은 없었으나 시간비(時間費)[19]는 적은 데다 매일 네시에 들어오는 소련의 눈치를 모르고 지나갈 포주가 아니었었다.

하루는 해도 지기 전인데 나의 방문 앞에 여화(女鞋) 한 켤레가 놓여 있었다. 늘 어두운 밤중에나 왔다 가는 소련이니 그의 신발을 내가 알아볼 수도 없는 것이요 또 아직 어둡기도 전이라 인력거나 기다리고 있을 그가 나에게 올 리도 없으므로 나는 몇 번 주저하다가 기침 소리와 함께 문을 열어 보았다. 그 신발 임자는 과연 햇빛에서 처음 만나 보는 소련이었었다.

그러나 그는 자리를 펴고 누웠었고 내가 들어가 앉자마자 그의 울어서 부성부성한 두 눈에선 새로운 눈물이 걷잡을 새 없이 쏟아져 나왔다.

한 편 눈두덩엔 시퍼렇게 멍이 들었을 뿐만 아니라 머리채를 끄들리

19 기생이 나가서 활동하는 시간에 따라 포주에게 내는 비용.

어 머릿속이 온통 부어오르고 전신이 불덩어리같이 달아 입에서 단김이 확확 끼쳐 나왔다.

그도 하는 말이 없었고 나도 묻지 않았다.

방 안이 어두워 올 때까지 우리는 말없이 울었을 뿐이다.

나는 소련이가 명월관에서 하던 말을 생각하지 않을 수 없었다. 그렇게 목이 말라 애쓰는 것을 보면서도 과일 한 개 내 손으로 권하지 못한 것이 오늘도 생각하면 가슴 아픈 일이다.

그러나 소련은 자기 옆에 내가 있어 간호해 주는 것과 내일은 내일이라 하더라도 그날 저녁 하루만은 시간에 몰림 없이 마음 놓고 나와 같이 지내는 것을 무한히 좋아하는 것 같았다.

그러나 어찌 내일을 생각하지 않을 수 있으랴. 밤이 깊어 가면 깊어 갈수록 닥쳐오는 내일은 이 무력한 두 사랑의 포로를 시시각각으로 위협했던 것이다.

그러나 어찌하랴. 소련이 자신만 하더라도 아직도 사오 개월은 포주에게 있어야 할 빚진 몸이요 나의 졸업이라야 그 이듬해 봄에 할 수 있으나 실업 방면과도 달라[20] 취직이나 날래 되려니 믿을 수나 있으랴.

그러나 이것을 믿지 않고는 하루라도 더 살아갈 수 없는 우리였었다.

그렇다. 소련은 나를 믿었다. 나의 사랑을 믿고 나의 힘을 믿었다. 나도 나를 믿었다. 남이 나를 믿고 바라듯이 나도 나를 믿고 바랐었다.

오늘 와서 생각하면 나의 사랑으로는 나의 힘으로는 도저히 그에게 줄 수 없는 것을 호기 있게 약속하였고 선언하였던 것이다.

그리하여 소련은 그동안 인천 같은 곳으로 가서 새로 포주를 정하고 빚을 얻어 지금 포주의 남은 빚을 갚고 내가 취직하여 셋방살이라도 할 수 있는 날까지는 인천에서 지내기로 언약하였다.

이와 같이 우리도 옛 사람의 말과 같이 하룻밤에 만리성을 쌓아 보았

20 실업(實業) 분야도 아니라서.

었다.

나는 밝을 녘에 잠시라도 눈을 붙여 보았으나 소련은 그저 원수의 권연으로 밤을 새웠다.

조반이라고 밥 한 상을 둘이서도 남기고 밥에 취하고 잠에 취하여 다시 누워 있을 때였다. 누군지 여인의 목소리로 나를 찾는 이가 있었다. 소련이가 목소리를 듣고 같이 있는 기생이 찾아온 것 같다고 하였다.

밖에 나가본즉 과연 기생 같은 여자 하나가 사오 세 된 계집애를 다리고 서 있었다.

나는 물을 것도 없이 내 방으로 인도하였다.

"아이 언니 어떻게 왔수. 저년이 다 오구. 아즈멈 죽었을까 봐 왔니?"

"몹시 다친 데나 없어? 그런 죽일 놈의 할미."

손님은 다시 나에게 "동생이 이렇게 와 폐를 끼쳐서…" 기생다운 익숙한 말솜씨로 방 안을 한번 휘 돌아보더니 소련의 손을 잡으며 마주 앉았다.

그들은 한참 동안이나 다른 말이 없이 네 설움 내 설움 다 같다는 듯이 자기네가 빨아내는 담배 연기만 물끄러미 바라보고 앉아 있었다.

"참 인사하서요. 같이 있는 우리 언니예요."

소련은 그제야 명옥(明玉)이라는 그 기생을 나에게 소개하여 주고 내가 명옥이와 이야기하는 동안 자기는 명옥의 딸이라는 계집애와 무어라고 중얼거리고 있었다.

계집애는 별로 말이 없고 고개만 끄덕끄덕하고 앉았던 것이 오늘 새삼스럽게 생각난다.

명옥이도 소련이와 같이 남도 기생으로 소련이와 알기는 같이 있기 전부터도 놀음에서 가끔 만나 형아 아우야 하고 지내던 터라 하며 포주치고 안 그런 사람이 어데 있겠느냐고 나이 많은 만큼 세상 풍파에 속이 터질 대로 터진 계집이었었다.

"돌부리 차면 내 발만 아팠지. 어서 이따 인력거라도 타고 내려와…. 누웠더래도 집에 와 누워야지."

명옥이는 온 지 한 시간도 못 되어 일어섰다. 그러나 따라온 계집애는 소련의 손을 잡고 어리광만 부리고 갈 생각은 하지 않았다.

"어서 너희 엄마 따라가. 아즈머닌 이따 갈게…. 이년은 저희 엄마보다 나를 더 좋아해."

내가 밖에 나와 손님을 보내고 들어가니 소련은 자리에 누운 채 방긋이 웃으며 나의 손을 이끌어 자기 이마 위에 갖다 대었다.

"열은 이전 없지요. 퍽 곤하실 텐데 여기 누워 한잠 주무세요. 내 자장자장 해 줄게."

나는 그와 가지런히 누웠다.

"선생님."

"응."

"이제 명옥이 언니도 퍽 팔자가 사나워…. 남자들은 모다 남의 사정을 생각할 줄 몰라."

"왜, 나두?"

"당신두 아마 그럴걸."

"무언데?"

"명옥이 언니도 우리처럼 사랑하는 남자가 있었는데, 있었는데가 아니라 명옥이 언니는 지금도 그 사람을 생각하고 있는데 지금 데리고 왔던 계집애 말이야…. 자우? 남 말하는데."

"아니야. 어서 그래서?"

"첫번엔 남자 측에서 명옥이 언니에게 아이가 달린 줄을 몰랐거든…."

"첫번엔 속이었나, 그럼?"

"속인 것도 아니지. 애비 모를 자식이니 어떡하우 길러야지. 그렇다고 죽자사자하던 사람이 계집애 하나 때문에 틀어진다는 것은 너머도 남의 사정을 몰라주는 것이 아니우."

"그렇지."

"너머 그 남자가 속이 좁은가 봐…."

"그렇지만 그 남자만 나무랠 수도 없지. 나도 사실 말이지 기생 생활한 사람에게서 처녀를 찾는 것은 아니지만 만일 자식이 있어 보우. 저게 남의 자식이거니 하는 생각이 볼 때마다 새삼스럽게 날 것 아니오. 그것도 일이 잘 되느라고 남편 되는 사람이 고아원 같은 자선 사업에 나선 사람 같으면 그 애에게 대한 감정이 보통 이부(異父)와는 다르겠지만 그렇지도 않은 사람이라면 하루 이틀 아니고 자기 자식도 낳을 테니 하후하박[21]할 수 없고 어째 문제가 안 되우."

"…그렇기도 하지."

"그렇기도라니, 꼭 그렇지."

"요새 세상에 더구나 젊은 사람으로 그런 것을 문제 삼지 않을 만한 군자가 어데 있소…."

"서울두 고아원이 있나."

"있지 아마…."

여기까지 와서 나는 남의 일인 만큼 대수롭지 않게 알아 그만 잠이 들고 말았다.

소련이는 그날 저녁 때 천근같이 무거운 몸을 포주의 집으로 이끌고 내려갔다.

그 고르지도 못한 언덕길을 타박타박 내려가는 소련의 뒷모양을 바라볼 때 나의 눈엔 설명하기 어려운 눈물이 핑 싸고돌았다.

그러나 그는 벌써 나의 아내로 거리에 잠깐 볼일이 있어 곧 다녀오마 하고 나가는 것 같았다. 한참 가다 한 번씩 돌아서는 그와 멀리서 나는 바라보며 진심으로부터 행복스러운 웃음을 그에게 보내 주었다.

서러운 매를 맞고 화풀이 삼아 하소연 삼아 이렇게 처음으로 나와 같

21 何厚何薄. 차별하여 대함.

이 하룻밤을 지내고 간 소련이. 그는 과연 나에게서 얼마만 한 위안을 얻고 갔던가. "선생님 만일 내 가슴속에 당신의 그림자가 없었던들 나는 벌써 이 땅 위에서 떠난 지가 오랄 것입니다." 그는 한 손으로 눈물을 씻으며 한 손으론 옆에 누운 나의 굵은 손목을 부르르 떨면서 붙들었었다.

나는 그를 위로하였었다. 아니 위로에 그치지 않고 나는 그가 나의 앞에서 눈물 흘리는 약자라 하여 그가 나를 믿듯이 내가 나를 믿었고 그에게 주지도 못할 것을 모다 약속했던 것이다.

그러나 내일 다시 오마 하고 간 소련은 삼사 일이 지나도록 오지 않다가 그에게서 편지 한 장이 들어왔다.

> 용서하십시오. 총총히[22] 떠나는 길이라 뵙지도 못하고 왔습니다. 그러나 가까운 인천이니까…. 보시고 싶겠지만 제가 자리를 잡고 주소를 통기해[23] 드릴 때까지는 기다리서야 합니다.

이러한 사연이었었다.

그러나 소련이에게선 다시 소식이 끊어졌다. 날고 기는 장정들이라도 제가끔 살길을 찾기에 눈이 붉어 날뛰는 인천 같은 항구 바닥에서 아무리 경난(經難)은 있다 하여도 연연한 계집의 몸이라 새빨간 주먹[24]으로 헤매는 정상이 보지 않아도 본 듯하였다.

아침부터 진종일 방 안에서 어정거리다 그의 소식을 받지 못하고 해가 저물고 할 때 나의 궁금한 생각은 미칠 지경이었었다.

이렇게 지루한 날이 그대로 십여 일이 지나가니 나에겐 추후시험(追後試驗)[25] 치르러 갈 날이 닥쳐오고 말았다. 아침 차로 떠나려던 것은 저

22 급하게.
23 通寄-. 기별을 보내.
24 적수(赤手). 맨손. 가진 게 아무것도 없는 상태.
25 학기시험을 치르지 못한 학생에게 보게 하던 시험.

녁차로 미루고 저녁차로 떠나려던 것은 다시 아침 차로 미루다가 기어이 그의 소식을 받지 못한 채 주인집에 나의 동경 주소를 적어 두고는 하릴없이 떠나가고 말았었다.

동경에 가서도 두어 주일이나 지나가도록 그의 소식을 들을 길이 없다가 하루는 서울 있는 K군에게서 뜻하지 않은 편지 한 장을 받았다.

이 편지였었다. 몸서리가 끼치는 소련의 그 불길한 소식과 첫사랑에 열중하여 잊어버렸던 나의 모든 관념 의식을 다시 활동시킨 경고는.

몸서리 끼친 소련의 불길한 소식이란 이러하다.

소련이가 나와 같이 삼청동에 있던 날 명옥이가 다리고 왔던 계집아이는 명옥이 딸이 아니라 소련의 딸이었고 따라서 그들이 돌아간 뒤에 소련이가 나에게 한 이야기는 명옥의 것이 아니라 소련이 자신의 신세타령이었었다. 만일 그때 자기의 딸인 것을 솔직하게 말하여 주었던들 나는 그처럼 곧이곧대로 무뚝뚝한 대답은 하지 않았을 것이요 소련이도 그처럼 낙망하여 문제를 크게 잡아 비밀을 품지는 않았을 것이다.

딸아이를 독살하려던 혐의로 잡히었다는 간단한 신문 기사 외에 더 자세한 소식을 얻을 수 없다는 K군의 편지만으로는 사건의 진상은 알 수 없으나 소련이가 달포가 지나도록 나에게 소식 없은 것만으로도 일이 저질러진 것만은 사실로 믿지 않을 수가 없었다.

또 K군의 이 편지가 잊어버렸던 나의 모든 관념 의식을 다시 깨쳐 주었다는 것은 이러하다.

나는 무서웠다. 살인! 하고 생각할 때 소름이 끼치었다. 만일 소련의 입으로부터 나와의 관계가 토설[26]되는 날이면 나에게 미칠 혐의가 무서웠고 나는 처음으로 소련이를 미워할 수 있었다. 나에게 첫번부터 솔직하게 통사정해 주지 않은 것이 미웠고 이후에도 내가 뜻하지 않은 새 사건이 얼마나 일어날까 하는 불안으로 많은 남자와 관계있은 그의 과거

26 吐說. 숨겼던 사실을 밝혀 말함.

생활이 미웠고 나중엔 통틀어 그가 기생인 것이 미웠다.

솔직하게 말하자면 내가 그 전해 가을같이 소련이에게 대한 인상만으로 그를 그리워했을 것 같으면 그가 살인을 범하는 독부라 하더라도 나는 서슴지 않고 찾아갔었을 것이다. 그러나 이때엔 벌써 바닥이 드러나도록 소련의 고운 것이라고는 다 향락해 본 때였었다.

이와 같이 나의 정열이란 벌써 꺼지려는 촛불과 같이 흔들리고 있는 틈을 타서 뿌리 깊이 자라고 있던 얼음 같은 이지(理智)는 나의 전 의식력을 지배할 수 있었다.

그래도 처음에는 소련이에게 대한 다소의 의분(義憤)과 내 욕심으로만 독단하려는 이지와의 서로 갈등이 나를 괴롭게 하지 않은 것은 아니나 흘러가는 세월은 나의 그 마음을 한자리에 두고 가지 않았다.

더구나 나의 가슴속에 벌써 다른 여성의 그림자가 어른거리기 시작한 때에는 벌써 옛날에 지나간 한 로맨스로 친구들이 자기네의 추억을 이야기할 때 나도 지나가 버린 옛날의 한 추억으로 소련의 이야기를 그리 흥분도 하지 않고 이야기하였었다.

어떤 때는 소련의 웃는 얼굴과 어떤 때는 소련의 우는 얼굴을 우연히 만나 보는 적이 없지 않으나 그것은 나의 실생활에 아무런 변동도 일으키지 못하는, 깨면 그만인 꿈이었었다.

이렇게 일 년이 지나가고 이 년이 지나가는 동안 소련의 그림자는 꿈에 다니는 길이라도 천 리 만 리로 멀어지고 말았다.

내가 삼청동에서 내일 다시 오겠다던 소련이와 흩어진 지도 어언 삼 년이 지나갔다.

내일은 추석이다. 오늘도 달이 밝다.

나는 지금 추석 쇠러 친정집으로 가는 아내를 청량리역까지 전송 나왔다 가는 길이다.

밤중에 가는 차라 타는 사람도 그리 많지는 않았으나 나는 아내의 바스켓을 들고 차가 아주 멈추기도 전에 뛰어올랐다.

이리 기웃 저리 기웃 하다 빈자리 하나를 발견하고 짐부터 갖다 놓았다.

그제야 찻간에 들어서는 아내를 다리고 와서 나도 그 자리에 같이 앉아, 잠이 들면 지나쳐 가기 쉽다는 것이며 급행이라고 급히 내리다가는 실수하기 쉽다는 것을 어린아이에게와 같이 설명하였다.

아내는 말없이 빙긋이 웃었다.

가까운 경성역에서 떠나오는 차이나 하루 종일 먼 길을 오다가 다시 계속하여 탄 사람들인지 벌써 곤히 잠든 사람도 많이 있었다.

우리 앞에도 젊은 부인 하나가 동생인지 딸인지 계집애 하나와 같이 곤히 잠들어 있었다. 창 밑으로 붙여 세운 때 묻은 가방 위에 고개를 거북스럽게 틀어 베고 그 편 팔은 힘없이 무릎 위에 늘어뜨리고 한편 팔로는 자기 옆구리에 기대고 자는 계집애의 어깨를 맥없이 끌어안았다. 그리고 곤히 숨소리를 내며 자고 있었다.

"저렇게 하고 거북해서 잠이 올까" 하고 아내가 걱정스럽게 하는 말에 손수건으로 눈을 가리고 자는 그 부인의 얼굴을 나는 다시 한번 살펴보았다.

손수건에 덮이어 겨우 코 아래로 입과 턱밖에는 보이지 않는 얼굴이었으나 나는 그의 가는 입술이 어찌 낯익은지 몰랐다. 그 입술이 매우 낯익다 생각되는 순간에 준비하고 있었던 것처럼 선득하고 나의 가슴을 찌르는 것이 있었다.

그 갸름한 턱 밑에서 깨알만 한 기미 하나를 찾아볼 수 있을 때 나는 그가 소련인 것을 더 의심하지 않았다.

이때 소련의 어깨 밑에 고개를 틀어박고 자던 계집아이가 눈을 떴다. 명옥이가 삼청동으로 다리고 왔던 소련의 딸이다. 몰라보게 컸으나 소련을 닮은 모습은 완연하다. 어머니의 잠을 깨지 않으려 함인지 고개를 틀어박은 채 말둥말둥하는 눈알은 '내가 여태 살아 있다' 하고 나를 원망하는 것같이 무서웠다.

소련은 고운때 묻은 흰 옥양목 저고리, 옥색 치마, 그래도 딸아이는 물든 비단 것으로 거둬 입힌 것이 얌전스러웠다.

아내가 심상치 않은 내 눈치를 보고

"아는 사람이에요?" 하고 물었으나 나는 아무런 대답도 하지 않았다.

얼굴까지 소련을 타고 나온 계집애. 소련은 이제 늙어 가더라도 젊은 소련이의 그 기구한 운명은 다시 그의 딸의 손목을 이끌고 나가는 것 같았다.

오늘 여기 앉아 남의 일같이 바라보고 측은해하는 내 자신이 저들이 오늘 이 모양에 이르게 한 한 간섭자였던 것을 깨달을 때 나는 소련이가 마저 잠을 깰까 봐 무서웠다.

마침 호각 소리가 들려오기에 나는 허둥허둥 차를 내리고 만 것이다.

아아 소련이! 소련이가 저기 간다.

어데로 갈까? 지금도 나를 찾아다니는 것이나 아닐까?

때가 여름과도 달라 원산으로 해수욕 갈 리도 없는 것이요 삼방[27]이나 석왕사[28]로 약물[29]에 가는 길도 아닐 것이다. 벌써 찬바람이 옷깃을 치는 이때 경원선 밤차에서 졸고 있는 것이 결코 유쾌한 여행이리라고는 생각할 수도 없는 것이다.

푸파 소리와 함께 달빛 희미한 언덕 너머로 사라져 가는 차를 바라볼 때 가엾은 소련이가 죽어서나 나가는 상여를 바라보듯 나는 울음이 복받쳐 나왔다.

이 세상엔 소련이와 같은 계집이 얼마나 많으며 또 나와 같은 사나이는 얼마나 많을까. 나는 오늘에 있어서도 나보다 약한 사람, 나보다 어리석은 사람, 그들에게 그들의 행복을 약속하며 그들의 장래를 보증하는 것이 아닌가?

27 三防. 함경남도 안변군의 명승지. 약수로 유명함.
28 釋王寺. 함경남도 안변군 설봉산의 절.
29 샘물. 약수터.

과연 나에게 그만한 힘이 있는 것인가?

아아 소련은 얼마나 나를 원망할 것인가?

값싼 동정심이 많은 나의 아내라 앞에 앉은 소련이가 잠을 깨어 이런 말 저런 말 서로 하여 가다가 소련의 신세도 물어서 알게 될는지도 모른다. 따라서 그가 그 후 어찌되어 무사했는지, 어데서 어떻게 지내 왔으며 지금은 어데로 가는 것과, 그래도 나를 잊지 않고 있는지, 이제라도 나를 한번 만나보고 싶어 하는지, 모든 것을 자세히 들을 수가 있을는지도 모른다.

그러나 무엇하랴. 내가 듣고 싶은 소식이면 아내가 그대로 전해 줄 리가 없는 것이다. 또 오늘 소련이에게서 내가 들어 반가울 소식을 어찌 바라며 오늘 나에게 그를 위로할 만한 무슨 말이 있으랴.

어느 날 어느 곳에서 그가 나의 옷깃을 스치며 지나간들 내가 무엇으로 그의 걸음을 막을 수 있으랴.

모두가 한낱 그림자로다.

차는 지금 어데를 쉬었다 다시 떠나가는지 멀리 들판을 건너 뚜우 하고 한마디 울려왔다.

바람은 그저 자지 않고 길 위에 낙엽을 굴리고 있다.

12월 28일 작(作).

『근우(槿友)』, 근우회본부(槿友會本部), 1929. 5.

온실화초(溫室花草)

그때 그 집에는 두 여학생이 있었다. 그들은 한 어머니의 딸로 형은 열여덟 살 아우는 열네 살 되는 봄이었었다.

그들이 자기네 집에서 빌어먹고 있는 나를 오빠라고 불러 준 것은 첫번부터 나에게 대한 호의라는 것보다 무관하게[1] 터놓고 잔심부름이나 시키려는 것이요, 그것보다도 저녁이면 산술이나 영어 같은 것의 풀기 어려운 문제가 나를 찾았기 때문이었었다.

이와 같이 그들이 나에게 대한 호의가 일종의 정책이란 것을 나도 모르는 것은 아니었으나 나는 시험공부를 제쳐 놓고라도 A(형을 A 아우를 B라 하자)에게 불리어 그 A의 냄새 나는 A의 방에 들어가 한 책상 위에 그와 머리를 마주 대고 있게 되는 시간은 나로서 가장 행복스러웠었다. 그가 모르는 영어를 내가 아는 것, 그가 풀지 못 하는 산술을 내가 가르쳐 주는 그 우월감이란 내가 A에게 대해서 나의 존재를 뚜렷하게 하는 유일의 무기를 지닌 것 같았다. A는 글자 하나를 몰라도 자전(字典)을 찾지 않고 나를 찾았다. 나는 어떻게 하여서라도 A가 묻는 것이면 모른다는 대답을 하지 않기에 애를 썼다. 이러는 동안 A와 나는 정이 들었다.

"오빠, 할머니가 물으시거든 책값이 그만큼 든다고 그래요."

A는 공책이나 연필을 사러 가도 할머니 몰래 나의 것까지 사다 주었다.

그때 아우 B는 일본 소학교에 다니었고 나이 어린 만큼 나의 방에도

1 허물없이.

나와서 책상도 뒤지고 어리광도 부리었었다. 그러다가 B는 그의 어머니가 계신 시골로 가 있게 되어 학교까지 옮겨 갔으므로 A의 방에는 A 혼자 있게 되었다. 혼자 있게 된 A는 처음 며칠 동안은 나를 부를 용기가 없었으나 그도 일주일을 지나지 못하였었다. B가 있을 때보다 무엇인지 자유스러운 것 같았으나 도리어 서먹서먹해지는 것 같았고 그의 할머니도 전에 하지 않던 감시가 있게 되었다. 아홉시만 되어도 '얘들아 늦었다' 하는 소리가 건너왔다. A는 '네' 하면서도 그가 나를 바라보는 눈은 '할머니가 암만 그리서도…' 하는 것 같았다.

그러나 과연 A가 나를 생각하는지 그의 심정을 알아차릴 기회는 아직 없다가 한번은 나에게 학우회 관계로 같은 시골 여학생에게서 편지 한 장이 오게 되었다. 이것을 A가 알고 이것이 단서가 되어 A와 나 사이에는 남모르는 말다툼이 일어났고 또 A가 처음으로 그의 눈물을 나에게 보여 주었으며 따라서 자기 가슴속에 품었던 것을 그때 처음으로 이름 지어 내 귀에 불어넣어 주었던 것이다.

그러나 우리의 사랑이 병 없이 자라기에는 너무나 부자연한 역경이었었다. A를 공주라 하면 한개 상노의 지위에 있는 나로서 그렇게 서로 거리가 먼 사람끼리 한 번이라도 러브신을 가져 보기는 하늘에 별 따는 격이었었다. 그의 할머니의 감시는 점점 심하여 내가 A에게 들어가서 그의 산술문제를 풀고 있을 때는 그 할머니의 주먹구구가 반드시 옆에서 간섭하게 되고 말았다.

이와 같이 우리의 입이 없고 손이 없는 사랑은 숨소리도 내지 못하고 숨어서 자라다가 한번 꽃피어 볼 기회는 뜻하지 않은 곳에서 떨어지게 되었다. 언제든지 즐거운 소식은 슬픈 소식을 앞뒤하여 오는 것이다. 아침마다 해돋이에 A를 다리고 남산 위에 갔다 오라는 것이었었다. 그러나 그것은 A가 폐병이라는 것을 슬퍼하지 않을 수 없는 일이었었다.

A는 그의 마음과 같이 몸이 약한 여자이었었다. 사쿠라는 흩어진 늦은 봄 아침, 서울은 아직 안개와 어두움에 덮이었을 때 A의 숨찬 손목은

언제든지 나에게 이끌려 이슬에 젖은 남산을 오르내리었었다.

그때 우리는 A의 병든 폐가 신선한 산 공기에 심호흡을 하듯 우리의 사랑도 자유스러운 언약과 즐거운 희망에서 기운껏 심호흡을 할 수 있었던 것이다.

여름이 지나고 가을이 지나가고 다시 그 이듬해 봄이 돌아오도록 우리의 비밀은 역시 우리의 비밀이었었다. A와 내가 가지런히 섰는 것을 보기는 역시 가지런히 섰는 A와 나의 그림자뿐이었었다. 한 번도 기를 펴 보지 못하고 숨어서 자라는 우리의 사랑은 온실 속에서 자라나는 화초였었다. 신기하고 아름답기는 하였으나 유리로 지은 집이요 창 하나만 깨어지어도 그만 얼어 죽고 말 온실화초와 같은 것이었었다.

A의 건강은 거의 회복된 것 같았다. 그러나 의사의 권고로 학교는 지난 이학기부터 다니지 않고 들어앉아 있었다. 그러니까 A와 나는 한 집 속에서도 며칠에 한 번이나 볼지 말지 하였고 서로 할 말이 있으면 한 집 속에서도 우편으로 편지를 보내고 받았다. 그러면서도 우리는 서로 그리울 때마다 어서 남산에 눈이 녹기만 기다렸었다. 그것은 날이 다시 따뜻해지면 다시 심호흡을 핑계하고 아침 산보를 다닐 수 있기 때문이었었다.

그러나 남산 위에는 아직도 흰 눈이 남아 있을 때 A는 나에게 그 불길한 소식을 전해 주었다(자기의 혼담이 있어 어머니가 일간 상경한다는).

과연 며칠 후에 A의 어머니는 B와 함께 상경하였다. 서울 어떤 대갓집 아들로 신부의 인물 하나만 보고 취택[2]하다가 무슨 연분으로 A의 사진까지 구해 보고 등이 달아 덤비는 판이었었다. A와 나는 황황하였다[3]. B의 이름으로 A에게 편지를 보내던 나는 B까지 오게 되니 편지할 자유

2 取擇. 가려서 골라 뽑음.
3 허둥거리며 정신이 없었다.

까지 잃어버리고 말았다.

그러나 A는 나에게 편지하였다. 어디로 달아나자는 편지였었다. 자기가 무슨 핑계로든지 시골집에 나려가 돈을 만들어 가지고 올 것이니 기다리라는 편지였었다. 과연 A는 그 이튿날 시골로 내려갔다. 중매 마누라는 매일 몇 번씩 드나들었다. 벌써 날까지 받아 놓고 예장[4]이 들어오고 잔치 준비에 집안이 들썩거렸다. A가 시골 간 날부터 나의 번민은 밤을 새웠다. '달아날까? 죽을까? A가 하는 대로 두고 볼까? 나는 살고 싶다! A는 폐병이 있다! 그러나 A가 다른 남자와 결혼하면?'

나는 괴로웠다. 하룻밤을 꼬박 새인 나는 그 이튿날 저녁 때 벽에 기대인 채 어렴풋이 잠이 들어 있었다. 그때다. 누구인지 나의 어깨에 손을 얹으며 내 입술에 키스하는 것을 나는 알았다. 눈을 번쩍 뜨고 보니 붉은 얼굴을 돌이키며 나의 방을 뛰어나가는 것은 B였었다.

A의 동생 B였었다. 나는 가슴이 두근거렸다.

B가 나에게 그렇게 하기에는 벌써 일 년이나 늦은 때였다. 비극이었었다.

나는 그만 A에게 대한 긴장도 풀어지고 말았다. 나의 머리는 모든 의식력을 상실한 것 같았다.

에라, 되는 대로 바라보리라 하는 자포심밖에는 없었다.

A는 오지 않았다. 닷새 엿새가 되어도 오지 않았다. 이레째 되는 날은 이른 아침에 A의 어머니가 시골로 내려갔다.

날마다 붉은 얼굴을 돌이키면서라도 나의 방에 놀러 나오던 B가 그날은 얼씬도 하지 않았다.

필경 무슨 일이 나고 만 것 같았다. 그날 밤이 되어서 A의 할머니가 나의 방문을 열고 들어섰다.

"…큰애 혼인이나 치르고는 집을 팔고 시골로 가든지 또 서울서라도

4 혼인 때 신랑집에서 신부집에 보내는 예물.

작은 집을 사고."

A가 시골 가서 무슨 일을 꾸미다가 어찌되었는지 아무튼 우리의 비밀은 발각되고 말았던 것이다. 유리로 지은 온실 지붕에는 그만 커다란 뭉우리 돌멩이가 떨어지고 만 것이다.

나는 A가 원망할 것도 미처 생각지 못하고 B도 다시 만나보지 못하고 그 집을 나오고 말았다. 그리고 나는 될 수만 있으면 모든 것을 잊어버리려고 애를 썼다.

A의 혼인날은 오고 말았다. A가 왔는지 또 무사하게 혼인이 될는지 무슨 일이 터지고 말는지 나는 몹시 궁금하였다. 그리하여 아침부터 그 집 근처를 어정거리며 그 집 동정을 살펴보았다. 마치 폭발탄 심지에 불이나 대려 놓고 이제나 저제나 하고 기다리듯. 그러나 그 집 문전에는 벙거지 쓴 사인교[5]꾼들만 희희낙락하여 드나들었고 높이 솟은 굴뚝에서는 연기만 쉬지 않고 흘러나왔을 뿐이다. 나는 그날 저녁에 처음으로 남의 행복을 저주하여 보았다.

나는 A가 혼인한 지 사흘 되는 날 저녁 A의 부부가 아직 그 집에 있을 것을 알면서도 A의 할머니를 뵈러 갔었다. 이삼 년 동안이나 신세진 댁에 혼인대사가 있음에도 불구하고 얼굴 한 번을 내어놓지 않는다는 것은 도리에 부당하다는 것보다도 일이 벌써 기울어진 이상 뒷자리[6]나 없도록 씻어 버리려는 것이었었다.

A의 할머니도 A의 어머니도 반가이 맞아 주었다. 나는 보지 않으려하였으나 A의 방문 앞에 신랑의 구쓰[7]부터 눈에 띄었었다. A의 할머니는 울긋불긋한 과물을 얹어 나의 상을 친히 들어다 주었다. 그리고 나에게 은근한 부탁이 있었다. 그것은 다른 것이 아니라 신랑 친구들이 신랑

5 앞뒤 각각 둘씩 네 사람이 메는 가마.
6 어떤 일을 한 뒤의 흔적.
7 '구두'의 일본말.

을 달아 먹으려 엊저녁부터 와서 야단들이니 오늘 저녁에는 신랑을 내어주겠다는 것과 이편에서 갈 사람이 없으니 나더러 가서 간조도 많이 나지 않게 하고 나중엔 셈도 치러 주고 신랑은 될 수 있는 대로 일찍이 보내 달라는 부탁이었었다.

나는 사내 사람 귀여운[8] 그 집안 사정을 아는 이상 그 어른의 부탁을 선선히 맡았다. 그리고 그 어른의 소개로 신랑을 안방으로 오게 하여 점잖이 인사한 후에 그와 같이 그의 친구들이 가자는 대로 영흥관[9]까지 어실렁어실렁 따라갔었다.

내 눈에는 앞에 앉은 기생들이 모조리 A로만 보였다. 아양 떠는 얼굴이 접시를 들어 때리고 싶도록 불쾌하였다. 그러는 한편으로도 지금 A가 자기 신랑과 내가 한자리에 앉은 것을 생각하고 그의 마음은 반드시 괴로울 것이다. 괴롭다면 나를 위하여 괴로움일까, 신랑을 위하여 괴로움일까, 또는 내가 A를 버린 것인가, A가 나를 버린 것인가. 이러한 부질없는 생각에 나는 옆의 사람이 술잔을 받으라고 할 때마다 놀래 깨고 놀래 깨고 하였다.

신랑은 열시도 못 되어 나의 옆구리를 꾹 찔렀다. 그리고 자기는 먼저 가게 하여 달라고 하였다. 나는 쓴침을 삼키며 그 뜻을 좌중에 말하였다. 반대하는 사람은 물론 한 사람도 없었다. 나는 그를 다리고 문밖까지 나와 인력거에 태워 A에게 보내 주었다.

그때 달아나는 인력거 뒤만 바라보고 우두커니 섰던 내 모양이 얼마나 가련하였으랴.

나는 그날 저녁처럼 술 먹는 사람을 부러워한 적은 없었다.

8 귀한. 드문.
9 永興館. 종로 서린동에 있던 요릿집.

나는 그 후 얼마 안 되어 동경으로 갔다.

A가 시집가서 잘 사는지 못사는지 알 수 없었다. 그의 아우 B가 나에게 편지를 가끔 보내 주었으나 A의 말은 한 번도 없었다. B는 A와 나의 과거를 알고도 모르는 체 여전히 흉허물 없이 편지하였다. 그러나 나로서는 그의 호의를 그의 호의대로 받을 수는 없었다.

나는 무시로 A를 꿈꾸었다. 그를 꿈에 본 날 아침은 학교에도 가지 않고 늘 울적한 시간을 방 속에서 보냈던 것이다. 내가 그 후 A를 한 번 다시 만나 보기는 A가 시집가서 일 년 반이 되는, 여름방학하여 나오는 도중에서다.

B와 그의 할머니는 그때 TK에서 살았고 TK는 경부선에 있는 도시다. 그러므로 B와 그의 할머니는 늘 방학에 들러 가라는 편지가 있어 왔고 나도 그의 할머니에게 인사도 인사려니와 A의 소식이 공연히 알고 싶었다. 쓸데없는 호기심인 줄은 알면서도 나는 TK에서 나려 B의 집을 찾아갔다.

가슴을 두근거리며 그 집 안마당을 들어설 때 마루 끝에 걸어앉아서 나를 먼저 본 사람은 B의 할머니도 아니요 B도 아니요 뜻하지 않은 A였었다. 머리 쪽 찐 얼굴을 처음 보는 A였었다.

A는 나를 피하지 않았다. 그도 물론 반가웠을 것을 나는 믿는다.

B는 부엌으로 우물로 드나들며 세숫물을 떠 온다, 마실 것을 만든다, 제일 반가워하는 것 같았다.

해가 질 때까지 나는 B와 같이 이야기하였다. B의 말을 들으면 형이 시집가서 무사하게 살았고 지금은 여름을 나러 친정에 온 것이라고 말하였다. 그러나 사실은 그렇지 않았다. 그날 밤이었었다. B는 동무들이 찾아와서 나가고 없을 때 마루에는 저쪽 끝으로 A가 걸어앉았고 이쪽 끝으로 내가 걸어앉았을 뿐이었었다. 하늘에는 뿌연 달빛 속에 구름들이 지나갔고 등 뒤에선 그윽한 소리로 돌아가는 선풍기 바람이 A와 나를 번갈아 불어 주고 있었다.

우리는 말없이 하늘만 바라보았다. A의 입에서는 한숨이 흘러나왔다. 그는 울고 말았다. 선풍기 소리에 울음소리를 감추면서도 그는 어깨를 들먹거리며 울고 있었다. 그의 할머니가 나와 그를 달래고 일으키려 하였으나 A는 기둥을 끌어안으며 그냥 울고 있었다.

그의 할머니가 A에게 해 주는 말을 들으면 A가 그날 처음으로 우는 것 같지는 않았었다.

나는 B의 만류도 듣지 않고 그 이튿날로 TK를 떠나오고 말았었다.

이것도 벌써 오륙 년 전 옛날이다.

'젊은 시절의 로맨스—그 여자와 나', 『조선일보』, 1929. 5. 10-12.(3회 연재)

누이

이 집에 세 들어 온 지 오륙 개월 동안 나는 심심한 때마다 유리창 위에 혹은 담벼락과 반반한 기둥 위에, 나중엔 뒷간 벽과 아침저녁으로 쌀 씻을 때마다 바라보는 부엌 당반[1] 밑에까지도 나의 호기심과 나의 손재주가 자라는 데까지 별의별 나체 데생을 그려 놓았었다.

나는 이것들을 며칠 전날 밤엔 자다 말고 일어나서 모조리 돌아가며 지워 없애 버린 것이다.

그중에는 모사(模寫)라도 하여 두고 싶은 훌륭하게 된 것이 없지도 않았으나 그렇게 잘된 것이면 먼저 찾아가며 지워 버렸던 것이다.

내가 입맛을 제쳐 놓은 것이나 한동안은 잊었던 불면증으로 다시 고생하는 것이나 모두가 벌써 달포 전부터 이웃집에 새로 젊은 부처가 이사 온 때부터이다.

말이 이웃집이라 하여도 한 지붕 안일 뿐만 아니라 지진 할 때마다 벽이 흔들리어 손가락이라도 드나들 만큼 이 구석 저 구석에 틈이 벌어져 이 집과 저 집이라는 것은 고사하고 이 방과 저 방의 경계라 하더라도 아주 허수한 것이었었다.

이와 같이 나의 집과 저들의 집이 서로 경계가 희박한 만큼 저들의 생활 내용은 나의 생활에 밀접한 영향을 주고 있던 것이다.

나는 아침마다 늦어도 여덟시 반까지는 밥이면 밥, 고구마면 고구마, 조반이라고 한 가지 만들어 먹고 오일 박스[2]를 둘러메고 나서는 때면 우

1 '선반'의 방언.

리 집 문간과 가지런히 붙어 있는 이웃집 현관에는 아직도 아침 신문이 문틈에 끼어진 채로 매달려 있었다.

그들이 늦잠을 자거나 낮잠을 자거나 나에게 아는 것이 없을 것이다. 그러나 나는 매일같이 일부러 문짝을 세차게 밀어 닫치며 덜거덕 소리를 요란하게 내어 쇠를 잠그고 나서는 것이다. 이와 같이 나의 심청[3]이 벌써 그들에게 짓궂은 탓인지는 모르나 아무리 내외간 살아가는 단가살림[4]이라 하더라도 그다지 식탁과 잠자리에만 충실한 것은 이웃 사람들의 손가락질이 마땅하다고 생각하였다.

안주인은 첫번 볼 때부터 언젠가 스크린 위에서 본 듯한 육감적이요 요부(妖婦) 타입이어서 어느 활동사진 배우가 아닌가 하고 며칠 동안 그의 출입을 눈여겨보았으나, 두 내외가 다 같이 별로 출입이 없을 뿐만 아니라 그의 남편 되는 사람도 학생은 물론 아니요 내외가 똑같이 모양내는 품이나 시간에 그같이 자유스러운 것을 보더라도 무슨 월급쟁이도 물론 아닌 것 같았다. 이 이상한 우리 이웃집에 젊은 내외는 조석으로 우물가에 모이는 아낙네들의 수다스런 이야깃거리가 되는 듯하나 나는 사내 사람이라 한 번도 그 축에 끼어 보지는 못하였었다.

아무튼 장지문 한 겹으로 칸을 막은 아래윗방과 같이 모든 음성이 그대로 울려오고 별별 냄새가 그대로 풍겨 오는 우리 이웃 방에 그 염치없는 젊은 내외의 생활은 간난하고 고독한 나에게 정신상으로나 육체상으로나 여간한 악영향을 주는 것이 아니다.

아침에는 그들이 고요하게 잠들어 있을 때이므로 서로가 몰간섭이겠지마는 저녁을 먹을 때부터는 나의 단출한 생활이란 여지없이 그들에게 타격을 받게 되는 것이다. 매일같이 옆방에서 흘러오는 고기 지지는

2 유화물감을 넣은 상자.
3 심술.
4 單家--. 단가살이. 분가한 내외가 사는 살림. 또는 식구가 적어 단출한 살림.

냄새엔 씹어 삼키려던 다꾸앙[5] 쪽이 그만 장작개비처럼 굳어지는 것 같았다. 냄새도 냄새려니와 전등 불빛까지도 우리 방 것보다는 몇 십 배나 더 밝은 것이어서 버그러진 벽 틈으로 쏟아 나오는 그 맹렬한 광선은 마치 적군의 탐조등(探照燈)과 같이 쓸쓸한 나의 식탁 위에 어룽거리는 것이 밉살머리스러울 뿐더러, 마주 앉아 서로 권하는 은근한 것과 야금야금 고깃점을 씹어 삼키는 소리가 애총[6]을 파먹는 짐승같이 얄미운 생각도 일어나는 것이다.

그러나 나는 이것만이라면 오히려 다행으로 알 뿐만 아니라 공연히 남의 젊은 부처에게 무례스런 험담을 내어놓지 않을 것이다.

그들의 저녁상은 보통 일곱시에 시작되어 여덟시 반까지는 끝이 난다. 설거지하는 소리 들은 적이 없으니 아마 그 이튿날 아침에야 마지못해 하는 것 같다. 대체로 내외분이 똑같이 게으른 편인 것은 쓰레기통을 보아서도 짐작할 수 있는 것이다. 부엌문 밖에 가지런히 놓여 있는 두 개의 쓰레기통은 무엇보다도 우리 두 집안 식구의 성격으로부터 생활정도에까지 통계적으로 설명하고 있는 것이니 우리 쓰레기통엔 언제나 낯익은 쓰레기로 고구마 껍질, 다마네기[7] 껍질, 그리고 보리차 건더기 같은 것에 불과하였다. 그러므로 한 달이 지나가야 석유통만 한 쓰레기통에 다 차 보는 적이 없었다. 그러나 우리 이웃집 쓰레기통은 두 식구가 살기도 하려니와 아무튼 일주일이 멀다 하고 그득그득 차고 넘치는 것이니 이름 모를 간즈메 통들과 과일 껍질과 그중에도 콘비후[8]통 같은 것과 닭의 뼈다귀 때문에 근처에 있는 개새끼들이 아침저녁으로 모여들어 쓰레기를 파헤쳐 놓고 가는 것이다. 그러면 쓰레기라도 남의 눈에 띄지 않아야 할 수치스러운 것이 길 위에 나둥그러져서 장사치들이 발

5 '단무지'의 일본말.
6 -塚. 어린아이의 무덤. 아총(兒塚).
7 '양파'의 일본말.
8 'corned beef'의 일본식 말. 소금에 절인 소고기를 쪄서 통조림한 것.

로 툭툭 차고 다녀도 그 집 사내 사람이나 안사람이나 비 한 번 드는 것을 보지 못하였다.

그들은 저녁이 끝나면 늘 유성기를 틀어 놓았다. 이 유성기만은 옆방에 있는 나에게까지 공통되는 쾌락이었었다.

그러나 내가 제일 괴롭기 시작하는 때는 이 유성기 소리를 듣고 나서부터이다.

'옳지 오늘은 목욕을 가지 않고 집에서 닦달을 하는구나.'

'사내만 어데로 나가는구나.'

나는 하루도 몇 번씩 벽에 붙어서 그들의 쾌락을 훔쳐보기도 하였다. 계집이 화장하느라고 젖가슴에 손길이 찰석거리는 소리를 들을 때마다 나는 일정한 벽 틈으로 가서 눈을 맞추고 섰는 것이다.

계집은 웃통을 벗어제끼고 돌아앉았으나 그와 마주앉은 거울 속에 그의 그림자는 나와 정면으로 대하게 되는 것을 그는 물론 모를 것이다.

미미가쿠시[9]한 머리는 빗질만 몇 번 하고 나서 끓는 물에 짜내인 낯수건으로 얼굴에서 귓속까지, 목덜미에서 젖가슴까지 살이 빨개지도록 문대기고 나서는 김이 구름 피듯 하는 자기 얼굴이 어스름하게 거울 속에 숨어 있는 것을 자기도 한참이나 모르는 사람처럼 바라보는 것은 아마 '내가 이만하니까' 하는 얼굴 고운 계집의 자존심이리라고 생각한다.

거울 속에 그는 나를 보고 한번 생긋 웃으며 다시 화장을 계속한다.

붉은 병, 푸른 병, 흰 병, 모조리 마개를 뽑아서 늘어놓고 이것 바르고 저것 바르고 하는 분주한 틈에서도 한 가지를 바르고 날 때마다 한 가지씩 표정을 연습하는 것이 더욱 흥미 있는 일이다.

베니[10]로 그린 입술이 갑자기 옴츠러지고 먹으로 그린 아미가 쪼프려지며[11] 가라앉은 눈결을 깜빡거리는 것은 아마 '아이 귀찮아' 하고 새침

9 귀를 덮는 여자의 머리 모양을 뜻하는 일본말. 1920년대에 유행했다.
10 '연지'의 일본말.
11 '찌푸려지며'의 북한말.

을 떼며 초조한 사내의 간장을 말리는 장면이리라고 생각한다. 입술에 베니를 다시 그리다가는 아랫입술을 살짝 깨물어 흰 이를 자랑하는 듯 포동포동한 뺨 위에 홈을 파면서[12] 보는 것은, 말은 하지 않아도 아마 그 속살거리는 눈알을 보아 '어서 내 입술에…' 하는 허락이 아니면 그러한 주문일 것이다.

그러나 그가 자기 남편을 위하여 연구에 제일 고심하는 표정은 면화송이 같은 새털 뭉치에 가루분을 묻히어 젖가슴 위에 풍겨 놓는 때부터인가 한다.

오똑한 고개를 갸우뚱거리며 눈을 뜨는 듯이 감는 듯이 거울 속에 제 그림자를 팔을 벌려 희롱하는 것이나, 어깨를 뒤로 제끼어 불룩한 젖가슴을 제 손으로 쓰다듬는 듯이 받들어 보는 것이나, 이와 같이 가지각색으로 그가 연구에 초심하는[13] 밤 화장과, 더구나 남달리 타고난 그의 섹슈얼 차밍은 그만 이웃집 방에 섰는 당치않은 사나이의 전신에 불을 붙여 놓고 마는 것이다. 더구나 벽 틈으로 새어 나오는 그 살 냄새와 가루분 냄새가 엉크러진 강렬한 성욕적 향기는 마치 몽혼약[14]과 같이 나의 다리를 그 자리에 주저앉힌 적이 여러 번이다.

'옳지 이제 사내가 들어왔구나.'

'무얼 먹는 소린가, 입술이 닿는 소릴까.'

나는 의미심장한 침을 한번 꿀꺽 삼킨다.

이때면 벽 틈으로 쏘아 나오던 전등불이 껌벅 꺼지며 다시 무지개와 같은 푸른빛으로 빛을 바꾼다. 바깥 날이 좀 쓸쓸한 밤엔 붉은 빛으로 흘러나오나 그들은 푸른빛을 더욱 사랑하는 것 같았다.

나는 으레이 땀내 나는 이불을 뒤집어쓰고 만다. 가슴이 두근거리고

12 보조개가 패이게 하면서.
13 焦心--. 애태우는.
14 몽혼제(朦昏劑). 마취제.

진땀이 쏟아지는 속에서도 도적을 지키는 개 모양으로 전신의 신경은 귀로만 모여드는 것이다.

나는 그만 벌떡 일어나서 뜻하지 않은 밤중 산보를 나가 버리게 되는 것이다.

어젯밤에도 나는 이와 같은 모욕적 산보를 아니 나설 수가 없었다.

우리 집 근처에는 잡사곡 묘지[15]가 있다. 묘지라 하여도 거리 안에 있을 뿐만 아니라 무덤이란 생각보다도 공원의 정서를 일으키는 아름다운 행길이 있는 곳이어서 나는 여기서 스케치도 몇 장을 그린 적이 있는 곳이다. 나는 밤중마다 이곳에 나와 어정거렸다. 월담이나 하여 달아나오듯 헐떡거리고 처음 나서는 때에는 어두움 속에 희끗희끗 서 있는 비석들이 모조리 벌거벗은 계집으로 보이다가도 차가운 밤바람에 머리가 차츰 식어들고 저것들이 다 사람 죽은 비석들이거니 하고 묘지에 대한 의식이 새삼스러워질 때에는 다시 센티멘털한 인생관으로 그만 아까의 그 흥분되었던 기분을 일소(一掃)하고 들어가기도 하는 것이다.

어젯밤 내가 지금 '누이'라고 부르는, 그 이름도 나이도 집도 모르는 그 여자를 만난 곳이 역시 이 길 위에서요 우뚝우뚝 서 있는 비석들이 모조리 계집으로만 보이는 아직도 그 미친 정열이 가라앉기 전이었었다. 물론 그 불붙듯 하는 미친 정욕이 아니면 나의 숫기로는 도저히 운도 떼지 못할 일을 했던 것이다. 평시 같으면 으슥한 밤중에 외딴 길을 걸어오는 젊은 여자가 무서워선들 말도 붙이지 못하였을 것을 나는 다짜고짜로 들이덤비어 그의 손목을 붙들었던 것이다. 그러나 붙들고 나서 나는 뱀이나 움킨 듯이 새 정신이 번쩍 들고 손목에 맥이 풀리고 만 것은 그 알지 못할 여자의 태도가 너무도 침착한 데 놀라지 않을 수 없

15 조시가야(雜司谷) 묘지는 도쿄에 있는 공동묘지로, 1923년 관동대지진 때 일본인들이 조선인들을 학살한 사건으로 죽은 조선인들이 많이 묻혀 있다.

었던 것이다.

그는 자기의 찬 손을 녹이려 함인지 내 손에서 빼이려 하지 않았다. 그뿐 아니라 나의 얼굴을 물끄러미 쳐다보는 그의 눈에는 놀라는 빛조차 찾아볼 수 없었다. 그의 핏기 없는 입술이 가늘게 떨리었으나 그것은 도리어 나에게 동정을 감추지 못하는 연민인 듯하였고 어찌 보면 그 편에서 나와 만나려던 사람같이 무슨 하소연을 하려는 것 같기도 하였다.

그러나 나의 정욕은 그렇게 날래 가라앉지 않았다. 나는 그의 두 손을 움켜잡은 채로 그를 비석이 서 있는 잔디밭머리로 이끌었다. 그는 아무런 반항도 없이 묵묵히 따라와 앉아 주는데 나의 가슴은 다시 한번 섬찍하였다. 그러나 그는 사람이었었다. 틀림없이 계집이었었다. 나의 경련되는 두 팔은 어느 틈에 벌써 그의 젖가슴과 겨드랑을 싸고돌았다. 따라서 그의 귤 쪽같이 싸늘한 입술 위에는 나의 불덩어리 같은 입술이 염치를 돌아볼 새 없었던 것이다. 그러나 그의 입술까지가 조금도 반항하여 돌이킴이 없이 천연스러움에 나도 그제는 더욱 이상스러운 생각이 들어갔다. 그래서 얼른 무슨 말이고 이 이상한 계집의 말소리를 듣고 싶었다.

"이 근처에 계십니까?"

내가 먼저 떨리는 입을 열었다. 그리고 만일에 이 이상한 계집에게서 아무런 말소리도 없다면 이것이 무엇일까 하고 두려운 생각이 번뜩 떠돌았으나 그는 아까 말한 것과 마찬가지로 틀림없이 사람이었었다. 그는 머뭇거리지도 않고 그러나 침중한 어조로 대답하였다.

"아니에요. 한참 가야 해요."

잠깐 동안 우리 사이엔 서로 조화되지 않는 불안스러운 침묵이 지나갔다.

그는 멀리 밤중 하늘을 바라보고 있다가 손수건을 내어 눈물을 씻었다. 그리고 자기에게 그같이 무례스러운 사나이가 어떠한 사람인가를 보려고도 안 하고 다시 먼 하늘가를 바라보는 것이었었다.

그는 나를 만나기 전부터 울고 있는 사람이었었다. 그의 손수건은 벌써부터 많이 젖어 있었다. 그의 눈이 그의 수건과 같이 젖어 있었으나 꼭 다문 입술이며 수억만 리를 바라보는 얼굴이었었다.

"저는 고독한 사람입니다."

나는 이러한 의미 막연한 말을 어색하게 흘리었다.

"저도⋯."

그는 말을 내다 말고 흐리마리하게 끊어버리고 말았다. 그리고 몸을 잠깐 소스라치며 나를 한번 정답게 쳐다보고 고요히 내리까는 눈에는 '피차에 신세타령 같은 것이야 설명해서 무엇합니까' 하는 듯한 빛이 어리었었다.

그리고 그는 여전히 머언 하늘가만 바라보고 있었다.

그렇다. 고독하니 괴로우니 하는 것도 잠시 고독한 사람, 잠시 괴로운 사람들이나 하는 말일 것이다. 허구한 날 이것을 한 반려로 아는 사람에게는 신세타령이나 넋두리조차 귀치않을[16] 것이다.

그러면 이 알지 못할 여자도 나와 같은 사람이었던가. 나는 이 며칠 동안 그 비열한 정욕을 못 이기어 이 쓸쓸한 밤중 행길을 거닐었었다. 그러나 그것만으로써 내가 고독하다면 그 고독은 도야지나 개에게도 있는 그러한 고독에 지나지 않았을 것이다. 나에겐 도야지나 개의 고독과 같을 수 없는 고독이 있었다. 우리 이웃집에 그 젊은 부처가 이사 오기 전에도 나는 몇 번이나 몇 번이나 이 밤중 묘지의 행길을 나 홀로 어정거리었었다.

나는 그의 손길을 다시 한번 잡아 보았다. 아직도 그 어린 손에 손마디가 굳은 것이라든지, 그 좋은 젊은 얼굴의 윤곽을 망치게 한 쪽 빠진 뺨이라든지, 무어라 형언할 수 없는 슬픔에 빛나는 두 눈은 아무래도 심상한 운명을 타고난 사람은 아니었었다.

16 '귀찮을'의 방언.

어쩐지 그 모든 동작까지도 행복의 이슬에 젖은 사람은 아니었다. 그러면서도 그 태도가 상스럽지 않은 것이 더욱 내 가슴을 무죽이[17] 찔러 준 것이다.

세상엔 우리 같은 사람도 얼마나 많을까. 더구나 그는 남자와도 달라 한창 피려는 봉오리가 벌써 세상 물결에 시달리다가 이렇게 쓸쓸하게 가라앉으려는가. 내 가슴은 더욱 째릿하였다. 우리는 비록 하는 말은 없었다 할지라도 예서 더한 통사정과 위안이 어데 있으랴. 나에게 대한 그의 침착하고도 반항 없던 태도의 수수께끼도 이 침묵 가운데서 나는 풀어 볼 수 있었던 것이다.

그는 몇 번이나 이런 걸음을 내쳤던가. 그는 얼마나 사람을 원망하며 사람을 그리기에 못 견디었던고! 나는 그의 손을 잡은 손에 다시 힘을 주었다.

"용서하시오."

"아뇨…."

이때 저편으로부터 두런두런하는 말소리와 함께 두어 사람의 그림자가 나타났다.

나는 말없이 옷깃을 고치며 먼저 일어서고 말았다. 그도 따라 일어섰다. 이번은 그가 먼저 나의 손을 꼭 붙들고 흔들어 주었다. 그리고 아래와 같은 말 한마디를 내 앞에 속살거리고 표연히 자기의 길을 계속하였다.

나는 이 말 한 마디만은 번역하지 않고 그의 입술에서 울려나온 대로 적어 두려 한다.

"妾もこれから淋しい人人の味方になりますわ.[18]"

이 한마디 말을 생각할 때마다 나는 더욱 그가 감추고 있던 모든 수수

17 둔통을 느낄 정도로 깊이.

18 와라와모 코레카라 사비시이 히토비토노 미카타니 나리마쓰와(저도 이제부터 쓸쓸한 사람들의 편이 되겠어요).

께끼를 풀어낸 듯이 기쁘면서도 한편으로는 마치 섧게 자라난 남매끼리 다시 만날 기약도 없이 흩어지고 만 것과 같이 사라진 그의 그림자가 몹시도 그리워지는 것이었다.

1928년 12월 작(作).

『문예공론(文藝公論)』, 문예공론사, 1929. 6.

백과전서(百科全書)

신여성!

그는 이 말 한마디를 전과 같이 공상에서 아니라 확실한 체험에서 불러 보는 것만으로도 얼마나 만족한지 몰랐다.

그는 차에서도 벌써 세번째나 그 편지를 집어내었다. 사연은 알아보기 어려운 순한문이었으나 몇 번을 곱새겨 보아도 아래와 같은 사연임에 틀리지 않았다.

'네 처는 사리를 알아듣도록 일러서 친정으로 보냈으니 네 마음대로 이혼이 성취되리라는 것과, 요새 마침 네 누이의 친구 되는 한 신여성이 어떤 기회로 집에 와 유숙하고 있는데 인물과 학식이 놀라울 뿐 아니라 네가 늘 말하는 음악에도 용하다 하니 네가 즉시 나려와 신식으로 만나 보고 혼사를 정하도록 하라는 것과, 네 애비가 인물은 비록 구식이로되 나만큼 신청년들에게 이해 있는 애비도 드물리라'는.

그는 차를 내리어 집에 들어오자마자 아버지에게 손목을 잡히다시피 건넌방인 자기 방으로 끌려 들어갔다.

"신여성! 흥 네가 나만큼 신여성을 찾을 줄 알겠니, 저기 문갑 우엣것은 백과전서 한 질이다. 신여성이 벨 게 아닐라. 학식 학식 하니 대학을 졸업해 보렴, 백과전서만큼 아는 여자가 어디 있나! 또 음악? 그렇지 알베[1] 열두 섬을 팔랐다. 저 유성기 한 틀 사 놓기에…. 어서 옷 벗고 앉어라. 네 처가 상을 채려 오나 부다. 오래간만이니 좋은 낯으로 대해서 좀 먹어 보렴…."

1 알짜배기 벼. 알벼.

그는 이 자리에서 두 가지의 환멸을 한꺼번에 느끼었다. 신여성에 대한 환멸과 신여성에 대한 환멸의 환멸과를.

그는 저녁상을 공손히 들여다 놓고 윗목으로 돌아서서 치맛고름에 눈물을 씻는 아내를 볼 때, 자기도 화끈하는 얼굴을 떨어뜨리지 않을 수가 없었다. 그리고 자기 눈에도 눈물이 어리어서 바라볼 그때에야 비로소 아내의 아름다운 모습을 첫번 보는 사람처럼 반할 수도 있었고, 세상에 다시없는 가엾은 여자라는 생각이며 또는 자기에게 그처럼 녹록한 사람이 다시 어디 있으랴 하는 감사한 생각까지도 가슴이 쓰라리게 솟아올랐다.

11월 29일 작.

「백과전서의 신의의(新意義)」『신소설』, 1930. 1.; 『구원(久遠)의 여상(女像)』, 태양사(太陽社), 1937; 『구원의 여상』, 영창서관(永昌書館), 1948.

동심예찬(童心禮讚)

우리가 수송동(壽松洞) 골목에서 처음 마주칠 때에는 서로 힐끗 쳐다만 보고 지나쳤다.

우리는 별로 친교가 없었다. 다만 그가 아무개란 사람이요 어느 사(社)에서 무슨 일을 본다는 것쯤은 피차에 짐작하고 있는 터이었었다.

그러나 나는 무슨 못마땅한 일이나 있는 것처럼 힐끗 쳐다보고 지나친 것이 몹시 불쾌하였다.

그 다음 번에도 우리는 서로 힐끗 곁눈을 맞추고는 그냥 갈리고 말았다.

나는 그날 몇 번이나 생각하여 보았다.

'내 편에서 먼저 아는 체해 주자, 그러자…. 아니 제가 잘나기나 해서 그러는 줄 알고 으쓱해 하면? 설마….'

이번에는 나는 위정 그의 옆으로 바투 지나가며 반가운 표정과 함께 모자를 벗고 고개를 굽히었다. 그도 나와 같은 모양을 보이며 지나갔다.

그 다음부터는 우리는 며칠을 연하여 깍듯이 아는 체하였다. 그런데 나중에 본즉 언제든지 내 편에서 먼저 손이 모자로 올라간 것을 보고서야 그는 자기 손도 제 모자에 올려 버릇을 하였다.

나는 또 생각하였다. 반드시 내 편에서 먼저 인사하기를 기다려 받기만 하려고 드는 것이 아니꼬운 일이다. 후레 친구다.

그 다음번이다. 나는 이번에는 내 손이 또 먼저 올라가려는 것을 꾹 참았다. 그리고 그의 손이 먼저 올라가기를 기다렸다. 그러나 그것은 실패였었다. 그는 멀쩡하게 첫날처럼 힐끗 쳐다보고는 그냥 지나갔다.

그다음 날 아침에도 우리는 얼굴이 간지러운 것을 그냥 지나치고 말았다.

나는 또 생각하였다.

'어찌 할까. 길이 멀더라도 다른 골목으로 다닐까? 그렇지 않으면 내가 또 한 번 져 줄까?'

우리는 거의 일정한 지점에서 또 마주치게 되었다. 나는 이날도 그의 무뚝뚝한 눈치를 살피자 궐자(厥者)[1]에게 져 준다는 것보다 짓궂게 굴자는 생각으로 그가 내 앞을 제일 가까이 지나가는 순간에 나는 한 걸음 더 그에게로 나서며 모자를 벗었다. 그는 낭패하여 외투 주머니에서 손만 뽑으며 지나갔다.

나는 우스웠다. 나는 한참이나 가다가 슬쩍 돌아다보았다. 그랬더니 그도 그때 마침 돌아서 보고 있었다. 그도 우스웠을 것이다.

그 후에는 내가 일 보는 데를 옮기었기 때문에 그와 만나지 못하게 되었다. 그러나 사노라면 우리는 또 만날 날이 있을 것이다.

나는 그를 존경하기로 명심(銘心)하였다. 나는 어떤 친구에게서 그의 성격을 들었다. 예를 들면 그는 자기보다 학위가 낮은 사람에게, 자기보다 월급이 낮은 사람에게, 자기의 조금 높은 학위와 조금 비싼 월급을 곧잘 자랑하는 습관이 있다 한다.

그래서 나는 그를 존경하기로 하였다. 나는 동심예찬가의 한 사람으로 자임(自任)하는 까닭이다.

2월 25일.

『신소설』, 1930. 6.

1 '그'를 낮잡아 이르는 말.

고향

벌써 동경은 퍽이나 멀어졌다. 차는 조그만 시골 정거장이야 있거나 말거나 무인지경(無人之境)처럼 달아나고 있었다.

'육 년 만이로구나…. 모레 아침에는 오래간만에 조선산을 바라보겠구나….'

김윤건은 속으로 이렇게 중얼거리며 몇 번이나 눈을 감았으나 잠이 올 것 같지 않았다. 선뜻한 유리창에 이마와 코끝을 대이고 바깥을 내다보았으나 어둠에 싸인 벌판에는 아무것도 분별하여 보이지 않았다. 도로 자리에 바로 앉아 책을 집어내었으나 그것도 몇 줄 읽지 못하고 덮어놓고 말았다.

그는 고향에 돌아가는 것이 아니라 전장(戰場)에 나가는 것이라 생각하였다. 그렇게 궁리가 많았다.

'고향! 나는 지금 고향으로 돌아간다. 그러나 나의 고향은 어데냐?'

윤건은 막상 동경을 떠나고 보니 생각했던 것보다 앞길이 너무나 막연하였다. 그에겐 고향이 없었다. 누가 "고향이 어데시오?" 하고 물으면 그는 서슴지 않고 "강원도 철원이오" 하고 대답하지만 강원도 철원에는 김윤건의 집은커녕 김윤건의 이름조차 알 만한 사람이 몇 사람 없었다. 그가 나기는 강원도 철원이었으나 개화당(開化黨)[1]의 한 사람이었던 그의 아버지가 밤을 타서 집에 들어와 처자를 이끌고 망명의 길을 떠나던 때는 윤건이 겨우 네 살 되던 이른 봄이었다.

1 구한말 개화 정책을 추구한 정치집단으로, 갑신정변을 일으켰다.

그 후 윤건은 아라사[2] 땅인 해수애[3][해삼(海蔘)]에 가서 이 년 동안 그곳에서 아버지를 잃고 다시 홀어머니를 따라 조선 땅인 함경북도 배기미(이진)라는 곳에 와서 사 년 동안 그곳에서 어머니를 마저 잃고 혈혈단신으로 원산 올라와서 삼 년 동안, 평양으로 가서 일 년 동안, 서울서 오 년 동안, 동경서 육 년 동안, 이것이 김윤건이 오늘까지 한 때씩 정들이고 살아온 인연 있는 고장들이었었다. 그러고 보니 윤건에게는 일정하게 그리운 고향이랄 것이 없었다. 어떤 때는 어린 서당 동무들과 조개껍질을 줍고 놀던 배기미의 해변도 꿈에 보였다. 어떤 때는 오 년 동안 약과 만주[4]를 팔러 다니며 W고보를 졸업한 서울의 거리거리도 꿈에 보였다. 남이 물으면 강원도 철원이라 하였지만 강원도 철원에는 윤건의 꿈자리를 찾아오는 아무것도 없었다. 오직 철원이란 곳은 자기가 출생지라는 그런 관념밖에는 아무것도 없었다. 가서 산 햇수로 따진다면 동경의 육 년이 제일 긴 곳이긴 하였으나 같은 객지라도 그는 어느 곳보다 동경의 객지에서 제일 몹시 타관의 고적과 슬픔을 맛보곤 하였었다.

나의 고향은 어디냐?

윤건은 심사가 울적할 때마다 보던 책을 다다미 위에 집어 내던지고 그리운 곳을 톺아보곤 하였다.

함경북도 배기미냐 서울이냐 철원이냐 그저 막연하게 조선 땅이냐 그러면 배기미나 서울이나 철원에 누가 나를 기다리고 있느냐, 아무도 없다. 배기미 같지도 않다. 서울도 철원도 아닌 것 같다.

그러나 그는 이 말 끝에 연달아 "조선 땅이 아니다"라는 말은 해 본 적이 없었다.

'어서 졸업하고 조선 가자.'

이 일념에서 그는 비가 오나 눈이 오나 남 다 자는 새벽 거리를 뛰어

2 俄羅斯. '러시아'의 음역어.
3 러시아 블라디보스토크의 음역어 '해삼위(海蔘威)'의 우리식 말로 추정.
4 만두(饅頭)의 일본말. 찐빵.

다니며 어떤 때는 신문을 돌리고 어떤 때는 우유 구루마[5]를 끌기에 육년 동안 제 잔등에 채찍질을 하여 왔었다.

윤건은 그 형설의 공[6]을 이루었다. M대학 정치학부에서 교수들이 혀를 채이는[7] 훌륭한 논문을 써 들여놓고 누구보다도 빛나는 졸업장을 받아들었다. 그래서 오늘은 막연하나마 내 고향 산천임엔 틀림이 없는 조선 땅을 향하여 동경을 떠난 것이다.

"김 형, 나가 많이 싸와 주시오. 우리는 김 형의 전투력을 믿습니다."

이것은 김윤건을 보내는 여러 친구들의 부탁이었었다. 그중에 어떤 친구는 윤건을 조용히 불러 가지고

"어떻게 어데 자리나 정하고 나가시오?"

하고 걱정하는 이도 있었으나 윤건은

"취직이요, 나가 보아야지요, 내 일이니까⋯."

하고 그러나 조금도 걱정하는 빛이 없이 유쾌한 웃음으로 대답하였다.

윤건은 참으로 유쾌하였다. 남들은 사오천 원씩 돈을 쓰고도 저마다 못 가지고 나가는 대학 졸업장이라는 것보다 육 년 전에 동경까지 오는 차표 한 장만을 쥐고 와서 방학 때 한 번을 남과 같이 놀아 보지 못하고 제 손으로 신문을 돌리며 제 손으로 우유 구루마를 끌어서 그 나무껍질 같이 굳어진 손바닥에 떨어지는 졸업장이길래 유쾌스러웠다. 소리쳐 자랑하기에 떳떳한 것이길래 유쾌스러웠다.

그러나 동경도 벌써 멀어졌다. 차는 조그만 시골 정거장들은 있거나 없거나 본 체 안 하고 무인지경처럼 달아났다. 동경역에서 그 굵은 팔들을 내어밀어 힘 있게 악수하여 주던 친구들도 벌써 제각기 하숙으로 흩어져 자기를 잊고 잠든 때이려니 생각하니 새삼스러운 고독감이 윤건의 가슴을 엄습하게 되었다. 더구나 조선으로 가는 것은 이미 정한 일이

5 '수레'를 뜻하는 일본말.

6 형설지공(螢雪之功). 역경을 이기고 열심히 공부해 얻은 성과.

7 '차게 하는'의 옛말.

나 차표는 서울까지 샀으면서도 서울 어데로 가나 하는 데는 적지 않은 불안이 떠올랐던 것이다. 윤건의 행장 속에는 그가 육 년 전 동경 올 때보다 책 몇 권이 더 들어 있는 것과 졸업장 하나를 더 넣은 것 외에 다른 나은 것이 없었다. 그는 거뿐한 돈지갑을 내어 손바닥 위에 털어 보았다. 그리고 다시금 예산을 세워 보았으나 서울까지 가려면 벤또 값도 빠듯할 지경이었었다.

그러나 윤건은 더 오래 이맛살을 찌푸린 채 있지 않았다. 그에게는 '이런 것은 껑청 뛰어넘으면 고만인 눈앞의 조고만 진창이다' 하는 그가 오늘까지 믿고 살아온 처세술이 있기 때문이다.

윤건은 담배를 내어 피워 물었다. 조그만 잔 근심거리들은 담배 연기처럼 사라지라는 듯이 가슴을 우쩍 펴고 다부지게 몇 모금 빨아내면서 이런 생각을 하였다.

'내 고향은 철원도 아니요 배기미도 아니요 서울도 아니다. 부산 부두에 발을 올려 딛는 때부터 내 고향이다. 내 고향은 나에겐 편안히 쉬일 자리를 줄 리가 없다. 그것을 바라고 그것을 꾀할 나도 아니다. 그곳에는 여러 동무들이 있을 것이다. 어서 신들메[8]를 끄르지 말고 그대로 뛰어나오시오. 당신만은 몸을 사리고 저편에 붙지 말고 용감하게 우리 속에 와 끼어 주시오. 이렇게 부르지지는 힘차고 씩씩한 친구들이 나를 맞아 줄 것이다. 오! 어서 닥뜨려 다고[9]!'

윤건은 차 속이 좁고 갑갑한 듯이 땀에 전 학생복 저고리는 벗어 걸어 놓고 셔츠바람으로 몇 번이나 승강대에 나와서 날아가는 이국의 밤경치를 내다보곤 하였다.

그 이튿날 아침 차가 신호(神戶)[10] 플랫폼에서 쉬게 되었을 때 윤건은 벤또를 사러 나왔다가 어떤 낯익은 조선 청년을 만나게 되었다. 그 청년

8 들메끈. 신을 발에 동여매는 끈.

9 닥쳐 다오. 다가와 다오.

10 고베. 일본 효고현의 시.

도 윤건을 얼른 알아보고 마주 와서 손을 잡았다.

"귀국하시는 길입니까?"

"네."

"저는 이 찻간에 탔습니다."

그 청년은 윤건이가 벤또 사려는 것을 보고 말리었다. 윤건은 그에게 끌리어 식당차로 올라갔다.

윤건은 그 청년의 성명을 기억하지는 못하였으나 그가 W대학 학생이었던 것과 그가 고학은 하나 자기와 같이 험한 일을 하지 않고도 어떻게 좋은 하숙에 있으며 학비를 넉넉하게 쓰는 사람이란 것으로 그의 낯을 익혀 둔 기억만은 있었다.

"이번이 졸업이시든가요?"

그 곤색[11] 세비로[12]를 새로 지어 입은 청년이 보이에게 조반을 시키고 윤건에게 물었다.

"네, 졸업하고 나갑니다."

"저도 이번에 아조 나가는 길이지요. 동경 길을 다시 못 다닐 것을 생각하면 퍽 섭섭해요. 돈만 모으면 얼마든지 또 올 수야 있겠지만…. 실례지만 어데 취직되셨습니까?"

"아직 못했습니다."

"그럼 매우 걱정되시겠군요. 놀지들은 말어야 될 터인데…. 어떤 방면을 희망하십니까?"

윤건은 얼른 대답이 나오지 않았다. 그 청년의 말이 몇 마디 나려가지 않아서 윤건의 비위를 건드려 놓았다. 돈만 모으면 또 동경 길을 다닐 수 있다느니 놀지들은 말아야 한다느니 어떤 방면을 희망하느냐 등 몹시 윤건의 귀에 거슬리는 말들이었기 때문이다. 꽤 달랑거리는 친구로

11 '감색(紺色)'의 '감'을 일본말로 읽은 것.
12 '신사복'을 뜻하는 일본말. 런던의 고급 양복점이 있는 거리인 '세빌 로(Savile Row)'에서 나온 말.

구나 하고 대뜸 멸시를 느끼었으나 윤건은 곧 그것을 후회하였다.

'길동무다! 단순하게 한 차를 타고 한 조선으로 간다는 것보다도 더 큰 운명에 있어서 길동무가 아니냐?'

윤건은 곧 안색을 고치고 그에게 대답하였다.

"글쎄 걱정이올시다. 아직 어떤 방면으로 나갈는지 생각 중이올시다. 노형은 어데 작정되셨습니까?"

"네, 무어 신통한 곳은 아니에요. 그래두 여간 힘들지 않은 곳이에요. 더구나 조선 사람은 좀처럼 가 볼 생각도 못 먹는 곳인데 어떻게 유력자 하나를 만나서 한 일 년 졸랐더니 다행히 됐습니다."

"어딘데요?"

"XX은행 본점이오."

"좋은 데 취직하셨습니다."

윤건은 속으로 아니나 다르랴 하면서도 상대자가 상대자인 만치 마음에 없는 좋은 대답을 하여 주었다.

"무얼이요…. 하기는 큰일을 못 칠 바에야 내 한 사람이 헐벗지 않도록 하는 것도 작게 보아 조선 사람 하나가 헐벗지 않는 것이 되니까요…."

"좋은 해석이십니다."

윤건은 또 꿀꺽 참고 마음에 없는 거짓 대답을 하여 주었다.

"수염이 석 자라도 별수 없겠어요. 똥이라도 씻츠라면 씻는 체라도 하고 사는 사람들이 그래도 제 체면이라도 꾸리고 살지…. 어서 이 잔 마저 들어요. 삐루나 한 병 더 가져오랠까요. 엔료[13] 마십시오. 이등 차비로 부임비를 받고 삼등으로 나가니까 잔돈은 넉넉합니다."

"아뇨 그만두시오."

윤건은 딱 거절하였다. 아니꼬운 생각대로 한다면 삐루병을 들어 그

13 遠慮. '사양'의 일본말.

친구의 상판을 갈긴 지가 오랠 것이나 말 같지 않아서 모든 것을 귀 너머로 흘려듣고 말았다.

윤건은 될 수 있는 대로 얼른 그 XX은행 새 행원과 흩어졌다. 그리고 자기 자리로 와서 다시금 생각할수록 그자에게서 조반 얻어먹은 것이 불유쾌스러웠다. 무슨 미끼[餌]나 받아먹은 것처럼 꺼분하고[14] 무슨 전염병자와나 식탁을 같이하였던 것처럼 불안스러웠다.

"이번에는 저따위 금의환향하는 친구가 몇 명이나 되나…."

윤건은 손등과 이마에 굵다란 힘줄을 일으키며 혼자 중얼거리었다.

그날 저녁 윤건은 하관역[15]에 나리어 한 시간 반이나 지체하는 동안 다시 그 XX은행원을 만났다.

"저녁 어떻게 하셨습니까?"

"벤또 사 먹었습니다."

윤건은 대답하기 싫은 눈치를 보였으나 득의양양한 그는 눈치에 둔하였다.

"오늘 밤배로 가십니까?"

"그럼요. 노형은 안 가십니까?"

"글쎄요. 시모노세키 조로야[16]가 유명하다니까 하로 저녁 놀고 내일 낮배에 갈까 합니다…. 그럼…."

그는 윤건에게 악수를 청하고 까불까불 산양호텔[17] 앞으로 사라졌다.

윤건은 하관역에서부터는 많은 조선 사람을 보았다. 조선 솜바지저고리를 입은 사람도 까마귀 떼에 비둘기처럼 끼여 있었다. 오래간만에 보는 조선옷은 더구나 석탄 연기에 그을은 노동자의 바지저고리는 아

14 꺼림칙하고.
15 下關驛. 일본의 시모노세키 기차역.
16 女郎屋. 몸 파는 여자를 두고 영업하는 집을 뜻하는 일본말.
17 산요호텔(山陽ホテル). 시모노세키항을 이용하는 여행객을 위해 시모노세키역 앞에 세운 호텔.

무리 보아도 을리는 구석이 없이 어색스러웠다.

'저 옷이 찬란한 문화를 가진 역사 있는 민족의 의복이라 할 수 있을까? 그러나 내일부터 조선 땅에서 보는 저 옷은 여기서 보는 것처럼 저렇게 보기 싫지는 않겠지….'

윤건은 여러 사람의 행렬에 끼어서 배를 탔다. 여러 사람이 뛰는 바람에 윤건도 손가방을 들고 삼등실 있는 편으로 뛰어갈 때 누가 조선말로 "여보시오?" 하고 부르는 이가 있었다. 양복은 입었으나 조선말을 한 것은 물론 얼굴 생김이 어디다 갖다 놓아도 일견에 조선 사람의 모습이었었다. 윤건은 반가워하였다.

"저 부르셨습니까?"

그러나 그 신사는 의외에도 불손스러웠다.

"거기 좀 섰어."

윤건은 그때 그가 무엇하는 사람인지를 알아채었다. 심히 불쾌스러웠다.

윤건은 그 형사에게 선행지(先行地)가 불분명한 점으로 유다른[18] 조사를 받았다. 갑판 위에다가 손가방을 열어제치고 책갈피마다 털어 보인 뒤에 선실로 들어간즉 윤건을 위해서 남겨 놓은 자리는 없었다. 아무데나 남의 발치가리[19]에 쑤시고 누웠다. 옆에는 대판(大阪)서 돌아온다는 조선 노동자들이 자리잡고 있었다. 그들 가운데선 이런 말이 나왔다.

"인전 다 왔소. 이 배만 타면 조선 땅에 오나 다름없소…."

윤건도 과연 그렇다 하였다. 이 배만 타면 조선이란 그립던 땅을 밟은 것이나 다름없는 반가움도 앞서거니와 그와 반면에는 선실에 들어서기도 전부터 조선다운 울분과 불안이 앞을 막는 것도 벌써 조선 땅의 분위기라 하였다.

18 유별난.
19 '발치'의 비속어.

"돈들 많이 벌어 가지고 오시오?"

윤건은 울분한 심사를 가라앉혀 가지고 배가 떠난 지 한참 만에 옆에 누운 조선 노동자와 말을 건네었다.

"돈이 뭐요. 벌이가 좋으면 나가겠소."

"조선보다야 돈이 흔하지 않소?"

"그 사람네 흔한 게 상관있나요."

"그래 노형은 무슨 일을 하셨소?"

"길에 산스이(撒水)[20]했지요. 일본 와서 큰길에 물만 몇 달 동안 뿌려 주고 가오."

"하로 얼마씩이나 받으셨소?"

"첨에는 조선 사람도 일 원 이십 전씩은 주었다는데 내가 갔을 때는 팔십 전 줍디다. 그것도 요즘은 오십 전씩 주니 무얼 모아 보는 수가 있어야지요."

"고향은 어데시오?"

"대구 지나 김천이올시다. 우리 다 한 고향 사람들이지요."

"그럼 고향에 가시면 농사하십니까?"

"농사니 농토가 있어야죠. 우리 제가끔 저 한몸만 같으면 조밥보다는 나으니 일본서 뒹굴겠지마는 돈들도 못 벌 바에야 첫째 처자식 그리워 허턱대구 나오지요."

윤건은 더 묻지 않았다. 배는 쿵쿵거리며 엔진 소리가 높아갔다.

밤이 새었다. 윤건도 벌써 두어 번 갑판 위에 나갔다가 추워서 들어오고 말았다. 엊저녁 윤건과 지껄이던 노동자 세 사람은 추워도 하지 않고 신이 나는 듯 드나들었다. 그러다가 한 사람이 입을 실룩거리며 뛰어 들어왔다.

"벌써 산이 뵈네."

20 '물 뿌리는 작업'을 뜻하는 일본말. 살수.

"산이 뵈?"

"흥! 돈이나 몇백 원 지녔다면 반갑겠네만…."

배가 부산 부두에 닿았을 때다. 삼등객들은 엊저녁 탈 때와 같이 줄을 맞춰 섰다. 윤건의 앞에는 부부 같은 일본인 남녀가 섰고 뒤에는 예의 그 노동자들이 지껄이고 섰다.

"혼또니 항에야마 바까리데쓰와(참 나무 없는 산들뿐이야)."

이것은 조선을 처음 들어서는 듯한 일본 여자의 말이었었다.

"어째 저리 보이노. 길다란 대통을 물고 흰옷 입고 섰는 것들이 벌이꾼들 같지 않네."

"일본 있다 와 보니 참 사람들이 어찌 저리 심심해 보이노."

이것은 윤건의 뒤에 섰는 조선 노동자들의 이야기였었다.

아닌 게 아니라 윤건의 눈에도 제일 먼저 뜨이는 것이 흰옷 입은 사람들의 그 눈먼 사람들처럼 어릿어릿하는 무기력한 꼴들이었었다.

"인전 조선 왔다!"

윤건은 정거장 대합실에 들어서서 가방을 나려놓고 길게 기지개를 켜 보았다. 그러나 윤건은 무슨 죄나 진 사람처럼 갑자기 움칠하였다. 그것은 엊저녁 배가 하관에 있을 때 자기를 취조한 형사가 부산 와서도 자기 눈앞에 버티고 섰기 때문이다.

"이 차에 가시오?"

윤건은 그것은 미처 대답하지 않고 이렇게 물었다가 코를 떼었다.[21]

"아니 당신도 저 배에 오셨소?"

"묻는 것은 대답 안 하고… 이 차에 가냐 말이야!"

"네."

형사는 더 묻지 않고 어데론지 사라졌다. 그 대신 윤건이가 차에 자리를 잡고 앉으니 웬 일본 사람 하나가 앞에 와서 "안따 긴산데쇼(당신이

21 핀잔을 맞았다.

긴상이죠)" 하고 아는 체하였다. 그것은 일본 형사였었다.

그는 초량까지 따라오면서 조선 형사처럼 우르딱딱거리지는 않는 대신 진땀이 나도록 지지콜콜이 캐어물었다. 나중에는 보는 것이 무슨 책이냐고 엄두를 내어 가지고 가방을 들고 저리 가자고 하였다. 윤건은 시렁에 얹었던 가방을 나려 가지고 그의 뒤를 따라 변소 앞 손 씻는 데로 가서 그가 하라는 대로 가방 속을 털어 보였다.

윤건은 참말 땀을 흘렸다. 참말 자기가 무슨 범인이나 아닌가 하고 의심하리만치 불안을 품지 않을 수가 없었다. 옆에 앉은 사람들 중에도 일본 사람들이 눈이 휘둥그레 가지고 자기를 무슨 간사한 밀수입자나 무슨 포악스럽게 생긴 흉한이나 바라보듯 이리저리 인상(人相)을 뜯어보는 것이 몹시 불쾌스러웠다. 윤건이가 만일 육 년 만에 처음 나오는 사람이 아니요 남들과 같이 방학 때마다 드나든 사람 같아도 그까짓 취조쯤은 심심풀이로 알았을 것이다. 그러나 그는 육 년 만에 처음 길이다. 윤건은 그만치 조선에 생소해졌다. 생소해진 그의 이목에는 그만치 조선의 현실이 선명하게 감각되었다. 그래서 윤건은 의례로 그만한 취조쯤은 차장이 차표 조사하는 것 같은 예상사로 알고 다니는, 이미 중독된 사람들과 같이 무신경 무비판적으로 당하고 지나칠 수는 없었다. 윤건은 유리같이 맑은 조선의 봄 하늘을 오래간만에 바라보면서도 마음속에는 폭풍우와 같은 울분이 뭉게거리고 있었다.

차가 대구 와서 쉴 때도 윤건은 점심도 살 겸 차를 나리었고 그리고 벤또를 사다가 김천까지 간다는 예의 그 노동자 일행이 쑤군거리며 귤을 사는 것을 보았다.

"체, 일본 갔다 온다고 대구 와 미깡[22] 사네."

"허, 이 사람 이거라도 사 들고 들어갈 돈이 남었으니 용하네…."

윤건은 차에 올라서도 그들의 꼴이 얼른 잊혀지지 않았다. 그래도 저

22 '귤'의 일본말.

네들은 몇 시간 안 되면 그립던 처자를 만나 몇 알 안 되는 귤 망태나마 그것을 끌러 놓고 즐길 것을 상상해 보았다. 그리고 자기는 서울 가도 역시 속없는 주머니로 쓸쓸한 여관방을 찾아 들어가야 할 것을 생각할 때 저 한몸을 싸도는 고적과 불안도 더욱 새삼스러워지는 듯하였다.

'그러나 처자식을 만나 보는 저들의 기쁨인들 얼마나 긴 것이랴?'

윤건은 다시 생각하였다. 배에서 "농토가 있어야죠…. 돈도 못 벌 바에야 첫째 처자식이 그리우니 허턱 나가지요…" 하던 그들의 말이 생각났었다.

윤건은 어두워서 경성역에 나리었다. 전차 차장이 "어데요?" 하고 물을 때 그는 허턱 "종로요" 하고 찍었다. 그는 종로서 나리어 종각 뒤로 들어가서 위선 사관[23]을 정하였다.

그는 목욕을 하고 와서 오래간만에 김치 깍두기와 고추장 맛을 보고 조선 신문을 보다가 잠이 들었다.

이튿날 아침에는 일찌거니 일어나서 '오늘부터다!' 하고 뚫어진 학생복이나마 먼지를 털어 입고 나섰다. 거리는 안국동에도 전차가 다니고 예전과 달라진 곳도 있지마는 생각던 바와는 너무도 변함이 없었다. 그는 안국동 큰 한길로 올라섰다. 윤건으로서 서울에 찾을 곳이 있다면 W고등보통학교에 모교라는 인연이 있을 뿐이다.

학교는 아직 방학 전이었으나 시간에 들어간 선생들이 많아서 교원실에는 몇 분 남아 있지 않았다.

그중에도 낯모르는 선생이 많았고 낯익은 선생도 윤건의 성명도 생각나지 않는 듯이 그리 반가워하지 않았다. 교장실로 가 본즉 그 방 의자에는 윤건이 다닐 때 평교원으로 있던 수학 선생이 걸어앉아 있었다. 그는 윤건을 졸업생 대우라는 관념에서 교장다운 관대를 보이며 반가워하는 듯하였다. 그러나 윤건은 수학 성적이 제일 떨어졌던 점과 동맹

23 私館. 하숙.

휴학(同盟休學)[24] 때에 그 선생과 정면충돌까지 있었던 것을 잊지 않고 깨달을 수 있었다. 윤건은 그 방에서도 얼른 나와 버렸다. 그리고 운동장을 나와 거닐다가 그도 모교를 찾아온 동창생 한 명을 만났다.

"오래간만일세."

"참 오래간만일세. 자네도 동경 있지 않었나?"

"그럼, 나 엊저녁에 왔네. 자넨 작년에 마추지 않었나?"

"아냐. 중간에 병으로 일 넌 놀았어…. 그래 나도 온 지 며칠 안 되네. 그래 어데 정했나?"

"무얼?"

"취직 말일세."

윤건은 속으로

'이건 모다 취직밖에 모르나. 일본 사회나 무에 다르게?' 하였다.

"아니, 자넨 정했나. 자넨 미술 학교지?"

"그럼… 어떠면 평양으로 갈 듯하이. 도화(圖畫) 선생[25]이란 모다 시간 교사니까 몇 푼 돼야지…. 큰일 났네."

"그게 큰일인가?"

"아 그럼 이 사람, 남들은 백여 원짜리로 턱턱 나가 앉았는데…. 강 군 만나 봤나?"

"강 군이라니…?"

"강XX 군 말야. 여기 와 있네. 작년에 고사[26]를 마치고 모교에 와서 영어를 가르키네. 지금 시간에 들어갔나 보이. 백이십 원씩 또박또박 받네."

"응… 강XX 군!"

윤건은 강XX 군을 지금 교장 선생으로 있는 수학 선생과 아울러 야

24 조선 학생들이 일제의 부당한 정책에 항거하여 벌이던 학생운동. 맹휴(盟休).

25 미술 선생.

26 高師. 일제강점기 '고등사범학교'의 준말.

릇한 기억에서 찾아낼 수 있었다. 동맹휴학 때 스파이질하고 윤건의 주먹에 단단히 얻어걸리어 여러 반우들 앞에서 울면서 사과장을 쓰던 강XX 군이다.

"자네 마XX 군과 친했드랬지?"

"그래…."

"자네 배XX 군 짐작하겠나?"

"그럼 마 군 지금 어데 있나?"

"마 군, 배 군 다 훌륭하게 됐네. 마 군은 보전[27] 졸업하고 자기 고향으로 가서 금융조합 리사로 있고, 배 군은 작년에 경도제대[28]를 나와서 총독부 식산국[29]에 들어갔대. 상여금까지 치면 평균 이백 원은 된다대…."

"참 굉장히들 출세했네그려. 허허."

윤건은 강 군을 보고 가자는 그 친구 말을 거절하고 부리나케 운동장을 건너 모교 대문을 나서고 말았다.

"참 맹랑들 하구나!"

윤건은 탄식하였다.

'나만 쓸개 빠진 놈인가, 저놈들이 쓸개 빠진 놈인가?'

윤건은 자기만이 어리석은 것이나 아닌가 하고 자기의 인식을 의심도 하여 보았다.

'그러나 모든 사실은 하나도 나의 착각이 아니다. 지금 내 눈에 보이는 대로 지금 내 귀에 들리는 대로 엄연한 큰 사실이 아니냐?'

윤건은 술 취한 사람처럼 얼굴이 붉어졌다. 흥분하였다. 강XX나 마XX나 배XX나 일본 동해도선[30]에서 만났던 XX은행원 같은 것들은 천 명

27 普專. 보성전문학교(普成專門學校)의 준말로, 현 고려대학교의 전신.
28 일본 경도제국대학(京都帝國大學)의 준말로 현재 교토대학(京都大學)의 전신.
29 殖産局. 식민지 생산물을 늘리고 관리하는 일을 하던 조선총독부 소속 행정기관.
30 도카이도센(東海道線). 일본 도쿄와 고베를 잇는 철도선.

아니야 만 명이 눈앞에 닥뜨려도 그까짓 것들은 자갯돌 밭을 밟고 나가듯 문질러 나가고 멸시하고 침 뱉으리라고 결심한 것이다.

'사람의 하로를 갖자. 구복[31]에만 충실한 개의 십 년은 나는 싫다. 사람의 하로를 갖자!'

아침불도 안 때인 싸늘한 여관방으로 돌아오니 앞길이 막연하였다.

'어데를 가야 사람이 있을까?'

윤건은 A신문사를 방문하였다. 사장을 찾으니 수부[32]에서 명함을 달랜다. 명함이 없다 하니까 어데서 온 누구냐고 묻는다. 윤건은 동경서 왔는데 만나 볼 일이 있다고 뻗대었다. 사장을 만나 인사한즉 사장은 찾아온 요건을 물었다. 윤건은 사무적 요건이 아니라 싱거운 꼴만 보이고 나왔다. B신문사를 찾아갔다. 이번에는 편집국장을 찾아갔다. 역시 명함 달라는 급사에게 동경서 왔다고 내어대고 편집국장을 만나 보게 된 바 편집국장은 방문객의 차림채리[33]가 학생복이란 말을 듣고 무슨 기사에 관한 일인 줄 알고 수십 명 직원이 둘러앉은 편집실에 앉은 채 들어오라 하였다. 윤건은 두번째이니까 좀 나을 줄 알았던 말문이 아까보다도 막혀 버렸다. 좌우전후에 둘러앉아 붓만 놀리던 사람들이 힐끗힐끗 쳐다보았다. 윤건은 또 쑥스러운 꼴만 보이고 나오고 말았다.

그다음 날 아침에는 신간회를 찾아갔다. 그러나 그곳에는 명함 달라는 수부도 없이 문이 잠겨 있었다. 다시 모모 잡지사를 찾아다녔으나 '김윤건'이란 가십거리 성명도 못 되기 때문에 한 군데서도 탐탁하게 용접[34]해 주는 데가 없었다.

윤건은 다시 모교 W고보로 찾아갔다. 그것은 이창식이라는 동창생 중에 한 사람을 생각해냈고 그 사람의 현주소를 알아볼 수 있을까 함이

31 口腹. 먹고사는 일.
32 受付. '접수'의 일본식 한자어. 접수처.
33 옷을 차려입은 모양. 차림차리.
34 容接. 찾아온 손님을 만남.

었었다. 이창식이란 윤건이가 자별하게[35] 지내던 동무 중에 꼽을 친구는 아니었었다. 오 년 동안 늘 반이 달라서 자주 사귈 기회는 없이 지냈지만 오학년이 되던 해 봄 아랫반들에 맹휴 사건이 일어났을 때 오학년 두 반은 맹휴에 참가 여부 문제로 한 반에 모여 토의해 본 일이 있었다. 그때 이창식은 참가하자는 주장으로 그의 존재가 처음 크게 드러났었다. 윤건은 그 후부터 이창식과 만날 때마다 악수하고 지냈던 것이다.

윤건은 학교에 들어서자 운동장에서 체조 선생을 만났다. 그는 윤건을 반가워하였다. 윤건이도 반가운 선생이었었다.

"선생님도 많이 달러지셨습니다그려."

"왜?"

"담배를 다 피시구 저런 길단 바지를 다 입으시구…."

윤건이가 다닐 때는 일본 사관학교에서 새로 나와 가지고 언제든지 가죽 각반 아니면 장화를 신고, 칼은 없을망정 서슬이 푸르던 젊은 장교였었다.

"선생님 저 이창식 군 생각나십니까?"

"알구 말구."

"지금 어데서 무엇합니까?"

"무엇하느냐고? 모르나?"

"모릅니다. 졸업하고 흩어지고는…."

"그 사람 감옥에 간 지가 언제라고…."

윤건은 조금도 놀라지 않았다. 그리고 그 선생과 손을 놓고 학교엔 들어가지도 않고 바로 나와 버렸다.

'그럴 것이다. 오죽한 것들이 남어 있으랴!'

그는 얼마 전 동경서 '올 같은 불경기에 조선서는 감옥 증축에 삼십여 만 원을 예산한다'는 기사를 신문에서 읽은 생각이 났다.

35 남달리 친하게.

윤건은 배가 고팠다. 오늘부터는 십삼 전짜리 설렁탕 값도 떨어지고 말았다. 해는 아직도 저녁때가 멀었다. 그는 허리띠를 졸라매고 경운동 큰 한길을 나려오던 길에 파고다공원으로 들어섰다.

공원 안에는 양지쪽마다 사람들이 한 무더기씩 둘러앉았다. '무슨 구경일까?' 윤건은 모조리 돌아가며 들여다보았다. 하나같이 영양 부족에 걸린 골동품 같은 중노인들이 『토정비결』과 『마의상서』[36] 따위를 펼쳐 놓고 갑자을축[37]을 꼽고 앉았는 사주쟁이, 관상쟁이 들이었었다.

"노형, 신수 안 보시려우? 요즘은 학생들도 취직 때문에 신수 보러 많이 오는데…."

윤건은 대답도 않고 팔각정으로 올라갔다. 팔각정 층대에도 그따위 한 패가 모여 앉았다.

"잘 좀 보아 주시우. 집 떠나온 지가 벌써 일 년인데 여태두 벌이를 못 잡었어요. 올에나 어떻게."

"여보, 자기 신수 대접을 해야 하는 게지…. 돈 십 전이 무에요…. 어서 십 전 한 푼만 더 노오. 내 괘가 잘 나오면 평생 신수까지 봐 드리리다."

"아따, 피차에 섭섭지 않게 오 전 한 푼만 더 놓구 보구려."

"돈이 있으면야, 참. 타관 객지에 났다가 하두 갑갑해서 이런 곳을 찾어왔는데 돈 십 전을 애끼겠사와요…."

윤건은 뒤에서 이런 소리를 모두 들었다. 그리고 그네들이 측은하기도 하지만 한편으로 한없이 밉기도 하였다. 살아서 무엇하니 하고 침을 뱉고 발길로 차 버리고 싶으면서도 그들을 끌어안고 울고 싶은 것이 누를 수 없는 그때 감격이었었다.

'알뜰하게도 좋은 꼴만 보인다… 빠고다공원도 오늘은….'

36 麻衣相書. 관상을 보는 책.
37 甲子乙丑. 육십갑자(六十甲子).

윤건은 여관으로 돌아왔다. 방에 들어와 보니 손가방이 없어졌다. 윤건은 사환을 불렀다.

"네, 저… 이 방엔 전에 계시든 손님이 오신대서 방을 내서야겠습니다. 다른 방도 나지 않아서… 가방은 사무실에 갖다 뒀습니다."

윤건은 눈치를 채었다. 아니나 다를까 사환 애가 쪼르르 사무실로 가서 쏙닥거리더니 가방과 함께 숙박료 이 원 육십 전이란 청구서를 갖다 내어놓는 것이었었다.

윤건은 "그러면 언제든지 숙박료를 가져오시고 가방을 찾어가십시오" 하는 주인 말대로 다른 방엔 저녁상들이 나오는 것을 보면서 빈손으로 그 여관을 나섰다.

그는 서울의 거리를 방황하였다. 간 곳마다 눈에 뜨이는 것은 음식점이었었다. 음식점 앞을 지나칠 때마다 입을 악물었다.

'오늘 저녁에 저녁을 굶는 놈이 나뿐이냐? 아니다! 오늘 저녁에 한데서 밤을 새일 놈이 나뿐이냐? 아니다! 이곳엔 너무나 그런 사람이 많다. 나도 이 땅에 났으면 이 땅 사람이 당하는 괄세를 달게 받자!'

이튿날 아침 윤건은 어디서 잤는지 더부룩한 머리를 손으로 쓸면서 A신문사 수부에 나타났다. 그것은 사회운동 이론가로 조선서는 제일 오랬고 제일 쟁쟁하다는 박철이라는 사람의 주소를 물으러 왔던 것이다. 혹시 감옥에나 가지 않았을까 하였으나 최근에도 신문과 잡지에서 그의 이름을 본 기억이 있기도 하거니와 A신문사 수부에서는 의외에도 친절하게 편집실에 전화를 걸어서 손쉽게 박철의 주소를 적어 주었다.

그러나 배고픈 것도 잊고 찾아간 박철은 집에 있지 않았다. 윤건은 해가 저물녘에 세 번 찾아가서야 겨우 박철을 만날 수 있었다.

"나 배고프니 밥 좀 주시오."

윤건은 돌[38] 만에 밥 구경을 하였다. 그리고 박철과 이야기를 시작하

38 만 하루.

였다. 두 사람의 말소리는 얼마 안 가서 어세가 높아 갔다. 결국은 양편의 이론이 통일되지 않는 듯하였다. 나중엔 김윤건은 그 소댕[39] 뚜껑 같은 손으로 박철의 귀쌈[40]을 욱지르게[41]까지 되었다.

"이놈아 입만 까 가지고. 네 이놈, 네 후진들은 모조리 감옥으로 갔는데 너는 떠들기는 옷투[42] 떠드는 놈이 어째 오늘까지 남어 있니?"

박철은 답변 대신에 "아이쿠!" 소리를 지르고 나가 넘어졌다.

윤건은 박철의 집을 표연히 나왔다. 그리 추운 저녁은 아니었으나 윤건의 뜨거운 얼굴에는 스치고 지나가는 바람이 찬물처럼 선뜻거리었다. 하늘에는 별이 총총하였다. 윤건은 컴컴한 뒷골목에서 큰 행길로 나섰다.

큰 행길은 번잡하였다.

자동차 헤드라이트가 여기저기서 번쩍거리었다. 누가 등덜미에서 무슨 소리를 "꽥" 하고 지르는 바람에 윤건은 걸음을 움칠하고 오던 길을 돌려보았다. 그야말로 자동차의 헤드라이트 같은 두 눈을 부릅뜬 교통순사였었다. 윤건은 얼른 한옆으로 물러나서 걸었다. 이번에는 윤건의 옆을 획 하고 지나가던 자동차 한 대가 갑자기 속력을 줄이느라고 한참이나 미끄러져 나가며 정거를 하더니 문이 열리었다.

"어딜 이렇게 혼자 가십니까?"

차 안에서 머리를 내어민 사람은 예의 ××은행원이었었다.

"바쁜 일 없으시면 여기 타십시오. 어느 친구 하나를 만나 놀러가는 길인데 의외에 잘 만났습니다."

그자가 관청이나 다름없는 ××은행에 취직한 것이 조금은 마음에 켕기는 듯 김윤건 같은 사람과 힘써 정분을 맺으려는 눈치가 보였다. 그것

39 솥을 덮는 쇠뚜껑.
40 귀싸대기.
41 세게 치게.
42 '꽤나', '무척'의 의미로 추정.

이 더욱 얄미웠으나 윤건은 그렇지 않아도 술에라도 좀 취해 보고 싶은 생각이 부쩍 일어나던 김이라 거절하지 않고 자동차 안에 들어앉았다. 차 안에는 은행원의 친구까지 세 사람 한 패가 되어서 어느 큰 요릿집 문 앞에 다다랐다.

그 요릿집에서도 윤건은 꼬랑지로 서서 보이의 뒤를 따라 들어가다가 어느 슬리퍼 많이 놓인 방 앞을 지나며 공석(公席)에서 하는 듯한 이런 말소리를 들었다.

"참 이번 우리 졸업생은 칠할 이상 이십이 명이나 관공서와 기타 지명한[43] 회사로만 취직하게 된 것은 첫째 우리 모교의 빛나는 권위도 권위려니와 무엇보다도 여러 선생님의 진력을…."

"흥 장하겠다. 벨 빠진 자식들! 사은회로구나…."

윤건은 혼자 뒤에서 중얼거리며 보이가 문 열어 주는 방으로 들어갔다.

은행원은 자기 친구와 의논하여 기생 두 명을 부르고 얼교자[44] 한 상을 시키고 우선 급하니 맥주 몇 병을 가져오라 하였다.

윤건은 박철의 집에서 한 주발 밥을 둘이서 나누어 먹기는 하였지만 여러 끼를 굶었던 속이라 삐루 몇 잔에 그의 악만 남았던 몸속에서는 커다란 혁명이 일어나게 되었다.

"아이구! 으흐… 으."

윤건은 몹시 흥분하였다. 여러 날 참았던 울분이 맥주병 속에서 맥주 거품이 끓어오르듯 하였다.

"윤건 씨 벌써 왜 이러시오. 참 성씨가 김씨라 하셨지요?"

그들은 구면 신면 할 것 없이 새로 통성명을 했던 것이다. 그리고 XX 은행원은 자기가 김가이기 때문에 김윤건의 본관이 알고 싶었던 것이다.

43 知名-. 유명한.
44 밥, 국, 반찬이 있는 식교자와 술안주상인 건교자를 함께 차린 상.

"그렇다. 김윤건이다. 김가다… 으흐…."

"그럼 본관이 어디시오? 벌써 이렇게 취해서는 안 될 텐데."

"나 김해 김가요. 취하지 않았소…."

"무어요, 김해요, 나도 김해요. 어허…."

은행원은 들었던 맥주 고뿌를 놓고 소리를 지르며 윤건에게 손을 내어밀어 악수를 청하였다. 윤건도 그가 소리 지르는 바람에 휘 하고 맑은 정신이 지나갔다. 그때 마침 아까 지나오던 방에서 박수하는 소리도 울려왔다. 윤건의 가슴속에서는 뿌지뿌지하고 타들어가던 폭발탄이 터지고 말 듯 소리 크게 터지는 것이 있었다. 윤건은 은행원의 손을 잡는 대신 맥주병을 거꾸로 잡았다.

"이놈아 같은 김가 중에도 김해 김가끼리 다 반가운 줄 아는 놈이면… 이놈!"

은행원은 단번에 "아이쿠!" 하고 쓰러졌다. 윤건은 문짝을 차고 나갔다. 옆의 방 문을 열었다. 한 패가 둘러앉아 마작(麻雀)들을 하다가 눈이 둥그레 일어섰다. 그 방에서도 도망간 사람만 거꾸러지지 않았다. 윤건은 덤벼드는 보이들을 검불처럼 밀어 던지고 그 슬리퍼 많이 놓인 큰 방으로 뛰어들었다. 방 안에는 전문 학생들 이삼십 명과 교원 십여 명이 둘러앉아 간담의 꽃이 피다가 이 무례스런 침입자에게 놀래어 모다 우르르 일어섰다. 윤건의 맥주병은 생도와 교원을 가리지 않았다. 닥치는 대로 그러나 그 방에는 힘세고 날랜 스포츠맨 여러 사람이 있었다. 결국은 그 방 안에서 윤건의 사지는 묶여지고 만 것이다.

이리하여 육 년 만에 돌아온 고향이나 의탁할 곳이 없던 김윤건의 몸은 그날 저녁부터 관청의 신세를 지게 되었다.

『동아일보』, 1931. 4. 21-29.(8회 연재)

슬픈 승리자(勝利者)

1

매다여!

너는 지금 내 앞에서 잔다. 꽃 위에 앉은 나비처럼 몸이 흔들리는 것도 모르고 그린 듯이 감은 눈으로 고요히 내 앞에 잠들어 있다.

매다! 네가 내 앞에서 잔다! 저렇게 익숙한 자리처럼 내 앞에서 마음 놓고 콜콜 잠을 잔다. 이 얼마나 꿈같은 일이냐. 내가 지은 일이로되 꿈인가 싶어 이따금 네 손을 잡아 보면 네 보드라운 손은 이렇게 따스하고, 맥은 헤일 수 있게 또박또박 뛰는구나. 너는 지금 확실히 내 앞에 자고 있다.

매다! 너는 나에게 얼마나 찬 여자였느냐? 네 몸에 이만한 체온이 어느 구석에 있어 보였느냐? 새매[1]와 같이 깔끔하여 곁을 줄 줄 모르던 너였었다. 총으로 쏘려 해도 총부리를 겨눠 볼 틈이 없이 날아 버리는 실로 새매와 같은 너였었다. 그랬던 네가 지금 이 사내, 네 말대로 '진흙처럼 치근치근'한 이 사내 앞에서 고요히 머물러 잠을 자다니 이것이 얼마나 꿈같은 일이랴.

아무튼 매다, 너는 지금 내 앞에 자고 있다. 좁은 침대차 침상에서나마 배부른 고양이 허리처럼 나른히 파묻힌 네 몸은 차가 쿵쿵거릴 때마다 물결 같은 흐늘거리는 선율을 젖가슴 위에 일으키며 깊이깊이 잠들어 누워 있는 것이다.

매다여! 깔끔하기 새매 같은 여자여! 네가 만일 이 자리에서 눈을 뜬

1 수릿과의 새.

다면 너의 놀라움은 얼마나 크랴. 어디로 가는지도 모르는 밤차 침대 안, 더구나 네 팔 길이만도 못한 주위 안에서 이 '진흙처럼 치근치근'한 사나이의 존재가 네 비단신같이 교만한 눈에 밟히어질 때 그때 너의 놀람, 너의 분노는 어떠하랴. 그럼 너는 지금 깊은 잠 속에 들어 있다. 아마 귀를 버혀도[2] 모를 돌문과 같은 무거운 잠 속에 갇히어 있는 것이다.

너는 아무것도 모르리라. 너는 왜 너에게 그렇게 무거운 잠이 나려눌렸는지, 왜 네 몸이 병원으로 가지 않고 정거장으로 나와 차를 탔는지, 어디로 가는지, 그리고 나와 단둘이 된 것, 너는 모두 모를 것이다.

매다여… 너는 이를테면 내 손아귀에 든 셈이다. 나는 너를 완전히 정복한 셈이다. 네 손등을 쓰다듬고 네 꼭 끼인 구두를 벗기고 네 얼굴을 숨이 마주치도록 가까이 들여다보되 너는 눈썹 한 오리 찡그리지 못하고 있다. 너는, 너의 운명은 완전히 나에게 지배되어 있는 것이다. 지금 내 가슴속에는 승리의 기쁨으로 가득 찬 것을 너는 모르리라.

침대차의 침침한 불빛, 그것은 네 얼굴이 가진 모든 아름다운 선(線)들을 고무로 지워 놓듯 하였다. 그래서 나는 남이 안 보는 틈틈이 손전등으로 네 얼굴을 비추고 있다. 너는 정말 아름다운 몸을 가진 계집이다. 언젠가 네 편지에 '어서 당신의 화필(畵筆)이 노련해져서 나오십시오. 저는 저의 젊음을 그때까지 꼭 간직하고 기다리겠습니다' 하던 그 어여쁜 젊음이 시방도 그대로 네 몸에 남아 있구나.

매다여!

지금은 새벽 다섯시, 너와 함께 어제저녁 경성역에서 이 차를 탄 지 꼭 열 시간, 차는 그저 어둠 속으로 달리고 있다. 그러나 오래지 않아 이 침침한 침대차 속에도 아침이 올 때다. 너를 정복한 내 세력도 이 어둠과 함께 사라지지 않으면 안 될 때가 가까웠다. 슬픈 일이다. 나는 네가 만일 영영 눈을 뜨지 못하리라고 믿는다면 결코 네 옆을 떠나지 않고 나

2 '베여도'의 옛말.

의 행복된 시간을 끝까지 나의 것으로 지키리라. 그러나 네가 깨어난다면 너에게 나를 죽일 만한 아무런 무기도 없이 다만 눈총으로 미움의 절정에 올라서서 나를 나려다본다면, 오! 그것이 나의 가장 큰 무서움인 것이다. 네 얼굴 위에서 나를 위한 미움을 바라본다는 것은 나로서는 차라리 죽음을 바라보기보다 더 가슴 아픈 일일 것이다. 그러므로 나는 너를 여기 뉘어 놓은 채 더 날이 밝기 전에 이 차에서 사라지려는 것이다.

매다여! 네가 만일 영영 눈을 못 뜨고 만다 치자. 그러면 너는 저승에 가서 너를 죽인 원수를 갚을 길을 걱정하리라. 그러나 그것은 안심하여도 좋다. 위에서도 말하였거니와 네가 죽고 말 줄만 안다면 애초부터 네 옆을 떠나지 않을 나이다. 네가 만일 죽어 저 세상에 소문이 퍼진다면 범행의 주인공 내가 모를 리가 없겠고 내가 너의 죽음을 들은 이상 단 일 분 동안이라도 비겁하게 입을 다물고 있을 내가 아니다. 그것만은 믿어 다오. 나는 곧 네 주검 앞에 나타나 달게 내 죄를 받을 것이다.

매다여! 어디선가 개 짖는 소리가 휙 지나친다. 아마 다음 정거장이 가까웠나 보다. 오! 매다! 너의 손은 아직도 따스한 피를 쥔 채 있다. 맥도 아직은 또박또박 뛰건만… 날은 자꾸 밝아 오는구나!

2

여기서 나는 독자들의 궁금하실 것도 깨닫습니다. 그래서 대강으로나마 여러분의 궁금증을 밝혀드릴 겸 또 나로서 세상에… 그보다도 매다 같은 여성들에게 하소연도 할 겸 매다와 나의 과거를 필요한 데만 적어 보려 합니다.

처음 매다를 만나기는 벌써 육칠 년 전 원산에섭니다. 그도 P학교에 교원으로 있었고 나도 같은 교원으로 일 년 동안을 그 직원도 많지 않은 조그만 사무실 속에서 같이 지냈습니다. 그 일 년이야말로 나에게 있어 다시 올 수도 없거니와 바랄 수도 없는 황금시대였습니다.

그때 어느 날 오후였습니다. 칠월 말이던가 봅니다. 그러기에 방학이

며칠 안 남아 매다와 나는 서로(그 후에 알았습니다만) 얼마 동안 만나지 못할 것을 서운해하던 것이 생각납니다.

"선생님 오늘 오후에도 낚시질 가서요?"

매다는 시험지를 끊다[3] 말고 낮은 목소리로 나만 듣게 물었습니다. 나는 그날 다른 볼일이 있었으나 얼른

"가지오. 구경 오시겠습니까."

하고 그를 보았습니다. 그는 대답은 없었습니다. 그러나 그의 얼굴 위에는 '가리다' 하는 말대답보다도 더 또렷이 승낙하는 표정이 보였습니다. '몇 시에 가느냐'고는 왜 묻지 않나 하고 몇 번 곁눈으로 그를 보았으나 그의 천진한 심경은 다른 선생들 못 듣게 이만 말이라도 우리끼리만 주고받은 것이 크게 속으로 무안한 듯 수그린 붉은 얼굴에 땀을 씻을 뿐이었습니다.

그는 내가 즐기어 다니는 낚시터를 그전부터 알았습니다. 그러나 혼자 온 적은 없었습니다. 다른 선생들과 혹은 학생들과 두어 번 온 적이 있습니다. 그럴 때마다 나는 매다가 혼자 와 주었으면 하는 충동을 몰래 받곤 했습니다. 그렇던 나의 욕망이 이루어지는 날, 나는 바다 위에라도 껑충껑충 뛰어나가고 싶은 끓어오르는 청춘의 행복감을 가슴이 벅차게 안았더랬습니다.

나는 낚싯대를 메고 이내 주인집을 나섰습니다. 이내 떠나기는 했으나 점심 먹을 것을 사러 관거리까지 갔다 오느라고 바다에 이르기는 더디었던 모양입니다. 그랬기에 나의 밀짚벙거지보다도 매다의 파라솔이 먼저 낚시터에 해를 가리고 앉아 있었지요. 나는 그를 놀래 주려 가만가만 뜨거운 모래를 즈려밟으며[4] 그의 곁으로 갔습니다. 그러나 기다란 나의 그림자가 성큼성큼 벌써 그의 앉은 앞을 지나쳤거늘 그가 몰라서 가

3 채점하다가.
4 조심스럽게 살살 내어 밟으며. '지르밟으며'의 방언.

만히 앉았던 것은 아니겠지요. 아니, 이런 자질구레한 이야기는 그만두겠습니다. 아무튼 그날 우리는 출렁거리는 가슴을 안고 출렁거리는 푸른 바다에 가지런히 발을 담그고 앉아 긴긴 여름날의 반나절을 해가 지는 줄도 모르고 보내었습니다. 그때 우리는 '나는 당신을 사랑합니다' 하는 말 한마디 주고받지 않았지만 무엇으론지 마치 말을 모르는 짐승들이 서로 사랑하고 믿듯 서로 따지지 않고도 서로 사랑하는 것을 알고 믿었습니다.

그다음 날부터 매다와 나 사이는 사무실 안에서 남들이 보기엔 평소보다 오히려 의가 상한 듯, 말이 적어졌습니다. 그 대신 우리 둘의 눈의 속삭임은 사무실 안이로되 무인지경과 같았습니다.

매다는 그 후 이내 나더러 동경으로 가라고 권했습니다. 미술을 공부하고 와서 훌륭한 미술가가 되어 달라고 했습니다.

그도 나처럼 그림을 좋아했습니다. 그래서 나는 쓸 줄도 모르는 와트만[5]을 펴 놓고 능금을 그리고 달리아를 그리곤 하다가 가끔 매다의 얼굴도 그려 보았습니다. 이러다가 하루는 매다가 자진하여 내 빈약한 화가(畵架)[6] 앞에서 그의 저고리 옷고름을 끌렀습니다. 그때 나는 들었던 화필을 나도 모르게 손에서 떨구고 말았습니다. 어찌 그의 상반신이 아름다웠던지요. 그리스 조각이 아니요 오늘 조선의 산 사람 속에서 그렇게 아름다운 어깨, 가슴, 팔을 구경할 수 있는 것은 정말 경이이었습니다. 나는 그의 상반신뿐만 아니라 하반신까지도 구경할 수가 있었습니다. 그는 전신이 그렇게 아름다웠습니다. 그는 나에게 창작적 정열을 돋우어 주기 위해서는 사양하는 것이 없었습니다.

그러나 나는 무서웠습니다. 그의 비너스 같은 몸이 옷을 털어 던지고 나설 때마다 나는 손이 어는 듯 슬그머니 붓을 놓아 버리곤 했습니다.

5 와트만지(whatman紙). 수채화용 순백색의 두꺼운 종이.
6 그림을 그릴 때에 그림판을 놓는 틀.

'오냐 지금은 때가 아니다. 어서 옷을 입어라. 몇 해 동안만 더 옷 속에서 기다려 다오. 나는 반드시 네 아름다움이 늙기 전에 내 캄바스 우에 옮겨 놓을 날이 있을 것이다.'

이리하여 나는 매다가 석왕사까지 따라와 보내 주는 동경길을 떠났습니다. 매다는 편지마다 나를 격려하였습니다. "어서 그리서요. 자꼬 그리서요. 잠시도 쉬지 말으서요." 또 "어서 당신의 화필이 노련해져서 나오십시오. 그때까지 저는 저의 젊음을 꼭 간직하고 기다리겠습니다." 이런 말들이 편지마다 있다시피 해 왔습니다. 나는 하룻밤에도 항용 칠팔 시간 이상씩 붓씨름을 했습니다. 그리고 대가들이 전용하는 이름 있는 모델들을 틈틈이 다니며 구경하였고 그중에서 우리 매다의 몸만 한 것을 발견하지 못할 때 또 화가마다 좋은 모델을 얻지 못해 애쓰는 것을 볼 때마다 나는 속으로 무한한 희망과 자랑을 품어 보곤 해 왔습니다.

그러나 무엇이라고 할까요. 세월이나 탓하는 수밖에 없겠지요. 세월과 같은 요술쟁이는 없을 것입니다. 삼 년이란 세월이 어찌 그다지도 사람의 마음을 바꿔 놓습니까!

매다는 원산에서 교원 생활을 그만둔다 하고 서울 와서 단 두 번 편지가, 그것도 두 달만큼씩 새를 두고 있다가는 아주 그치고 말았습니다.

그 후 나는 두 번이나 매다를 찾기 위해 나왔었으나 한 번도 그를 만나지 못한 채 돌아갔다가 졸업하는 해, 작년 봄입니다. 졸업반에서는 졸업제작만 출품하면 되니까 이내 서울로 나와 있으면서, 나는 매다를 찾기에 눈이 뒤집혔었습니다. 그러다가 매다를 만난 것은 봄도 아니요 여름도 아닌 오월 중순 신록이 우거진 남산의 어느 산갈피에섭니다. 매다는 어찌 그리 뱀이나 본 것처럼 나를 놀라겠습니까. 또 어찌 그리 뱀처럼 시치미를 떼리까. 처음에 나는 그가 하도 모르는 체하기에 매다가 아닌가 의심했으나 그는 갈데없는 매다였습니다. 그는 나와의 과거는 까맣게 잊은 듯이 눈을 나려깔고 옆에 따르는 사나이가 나의 존재를 의심할까만 여겨 범 본 사람처럼, 걸음을 재쳤습니다[7]. 나는 멍하니 서서 남의 일처럼 바라보는 수밖에 없었습니다.

그 뒤로는 가끔 매다가 내 눈에 띄었습니다. 어느 백화점 안에서, 어느 전람회장에서, 그러나 그는 새매와 같이 날랬습니다. '매다로구나!' 하고 다시 보려면 어느덧 없어졌습니다.

나는 그의 깔끔스럽게 구는 것이 굳이 미웠습니다. 사나이로서 넓지 못한 아량이라 하겠지만 어떡하든지 그의 숨은 행복을 끄집어내어 유리그릇처럼, 사기그릇처럼 산산조각에 깨트려 주고, 짓밟아 주고 싶었습니다.

그래서 한번은 번뜻 눈에 뜨이자 날쌔게 그의 꼬리를 놓치지 않고 따라갔습니다. 그래서 한적한 숭이동[8]에서 새로 지은 이층 양관인 매다의 집을 발견한 것입니다.

매다를 주부로 한 그 집은 집도 아름다웠습니다. 초가집들 사이에 혼자 오똑 솟아 있건만 회색 벽돌의 탁 가라앉은 빛이며 용마루 높은 새까만 돌지붕과 나무창살 덧문들까지 그리고 짙은 녹색의 홰나무[9]까지 뒤에 서 있어 모다 무게 있고 조용해 보이는 영국풍의 주택이었습니다. 문에는 대리석 문패에 '김지국'이라 쓰여 있으니 호남의 일류 부호로 서울와서 어느 은행의 중역으로 있는 김지국, 매다의 남편이 그인 것도 이래서 처음 알았습니다.

그러나 매다의 행복을 어떻게 깨트려 주나? 별 도리가 없었습니다. 그저 매다의 집을 안 김이라, 나는 자주 그의 집이라도 바라보러 갔습니다. 그의 집 앞에는 넓은 공지가 있어서 그림을 그리러 다니다가는 그릴 데가 없으면 그 공지로 가서 화가를 번쳐 놓고[10] 매다의 집만 그리곤 했습니다. 그래서 스케치판으로 그린 것은 부지기수요 이십호, 삼십호 풍

7 '재우쳤습니다'의 방언. 재촉했습니다.
8 崇二洞. 지금의 종로구 명륜2가(혜화동).
9 회화나무.
10 펼쳐 놓고.

경으로만 그린 것도 석 장이나 됩니다. 그중에 삼십호짜리를 그릴 땝니다. 일요일 아침이라 매다의 남편이 열한점이나 된 때인데 이제 일어나 나오는 듯 번질번질한 배스 로브(bath robe)를 입은 채 여송연[11]을 피워 물고 어슬렁어슬렁 내 옆으로 왔습니다. 한참 바라보더니

"우리집이 그리면 보기 좋겠소?"

했습니다.

"네, 훌륭한 풍경이 됩니다."

하고 공손히 대답했습니다. 그러니까 그는 이런 말을 하면서 들어갔습니다.

"거 다 그리거든 나 좀 구경하게 알려 주오."

알려 달라는 것이 아니꼽기는 했습니다만 이리하여 그 그림이 매다 남편에게 팔리었고 또 그 다음 일요일엔 그의 초상화까지 그리러 가게 됐던 것입니다.

이런 관계로 나의 거친 신발은 알른알른하는 매다의 집 현관에 처음으로 놓여지기 시작했습니다.

새까만 비로드[12]로 백을 친 앞에 검은 예복에 금테안경을 쓰고 나타나는 김지국의 사람 생김, 남들은 그의 작은 눈과 두터운 입술을 보고 도야지상이라 흉을 본답디다만 화가인 내 눈에는 매끈한 얼굴보다 평범하지 않은 그의 도야지상이 차라리 정답기도 하고 그리기도 쉬웠습니다.

그 이튿날은 그는 은행으로 가고 나는 혼자 그의 응접실에서 그의 사진을 놓고 그렸습니다. 사진은 그의 독사진이 아니요 최근에 박았다는 매다를 옆에 앉힌 사진이었습니다. 그런데 매다가 그 전날부터 내 눈에 얼씬도 하지 않은 것은 물론입니다. 이층 제 방 속에서 기침도 크게 못

11 呂宋煙. 엽궐련. 시가(cigar).
12 벨벳.

하는 매다의 마음은 결코 평온하지 못했을 것입니다. 자기 남편이 은행에 간 동안은 아마 낮에도 방문을 잠그고 있었는지도 모르지요. 아무튼 나는 한참씩 붓을 놓고 사진 속의 매다를 바라보고 쉬면서 그의 남편 초상을 주인의 비위대로 그려 놓았습니다. 은행에서 돌아온 김지국은 대단히 만족해했습니다. 외투도 벗지 않고 이층으로 올라갔습니다. 그것은 물론 매다를 다리러 갔던 것이겠지요. 매다는 나려오지 않았습니다. 남편은 이번에는 그림을 들고 올라가더니 한참 만에 벙긋거리며 나려와서

"여보, 내일도 오시오. 우리 부인도 그려 주시오. 한데 가즈런이 걸어 놓게. 애초에 저 사진처럼 같이 앉은 것을 그릴 걸 그랬어."
했습니다. 나는 그 이튿날도 갔습니다. 매다는 우락스러운 남편에게 손목이 끌리어 억지로 제 방에서 나려왔습니다.

"요즘 시체 사람들이 내우는 무슨 내우람…." 그의 남편은 '내우'라 했습니다. 얼굴이 석류꽃처럼 핀 매다는 마지못하여 백 앞에 와 앉았습니다. 처음에는 나의 손도 몹시 흥분된 듯 붓이 이것저것 함부로 잡혔더랬습니다. 그의 남편은 이내 은행으로 가고 모델과 화가, 매다와 나뿐이었습니다. 나는 붓을 멈추고 물었습니다.

"그렇게 흥분되시오?" 그는 대답은 없이 눈을 적시어 보였습니다. 이슬 같은 가벼운 눈물이었습니다. 화가의 심리라 할까요. 좌우간 매다의 야릇한 표정을 한번 그려나 보리라 하고 다시 손에 충실하려 했습니다다만 내 기억력은 결코 매다를 연인으로 잊으려 하지 않았습니다.

이럭저럭 점심때가 되었습니다. 이날은 어쩐 일인지 매다가 손수 간단은 하나마 조촐한 점심상을 가지고 나왔습니다. 그 점심상을 앞에 놓고섭니다. 나는 매다더러 "나와 함께 달아나 주지 않으려느냐" 물었습니다. 매다는 외면을 하고 말이 없기에 다시 "대답을 해 달라" 하니 그는 휘파람 같은 소리로 "되운 치근치근하오. 진흙 같구려" 했습니다. 그가 부엌으로 간 새입니다. 나는 그가 먹을 음식 그릇에 잠약을 탄 것입니다.

내가 그를 잃어버리고 이것을 먹어야 잠을 이루어 보던 독일제의 진짜 잠약입니다. 주머니에 있는 대로 다 탔으나 흥분된 매다의 미각은 맛도 모르는 듯 그 음식을 죄다 마셨습니다. 그렇지 않아도 모델로 앉으면 졸음이 오는데 그는 이내 졸기 시작했고 이내 의식을 잃어버린 것입니다.

나의 이야기는 여기까지입니다. 더 말씀하지 않아도 여러분은 일의 전말을 능히 짐작하시리다.

그런데 한 가지 남은 말은 매다가 깨어나겠느냐 못 깨어나겠느냐 그것입니다. 그것은 나도 모릅니다. 만일 그가 죽고 만다면 그것은 참말 슬픈 일이외다. 나도 처음부터 그를 죽이는 데 욕망이 있은 것은 아닙니다. 다만 무리스럽게라도 아무도 모르게 매다와 함께 멀리 가는 밤차를 타 보는 것, 즉 달아나는 형식만이라도 가져 보고 싶었던 것입니다.

『신가정(新家庭)』, 신동아사(新東亞社), 1933. 1; 『구원의 여상』, 1937; 『구원의 여상』, 1948.

어떤 젊은 어미

권 의학사(醫學士)가 H도청 위생과로 취임되던 해 여름이었다. 그는 디스토마균을 연구하러 토질병으로 유명한 S고을 어느 강변촌에 가 묵고 있었다.

여관이 없는 곳이라 사가[1]에 들어 있는 탓으로 손 씻을 데 하나 마땅하지 않았다. 그래서 권 의사는 아침에 세수를 하려도 대야를 달래 들고 샘터로 찾아갔고 저녁 후에 손발을 씻으려도 샘터로 갔다.

그날 저녁도 어슬어슬해서 샘터에 갔다가 돌아오는 길 수수밭머리를 지나설 때였다.

"저 좀 보시라우요."

웬 젊은 부인이었다. 평안도라 얹은머리에 수건을 썼고 아래위 흰옷을 입었으나 수건 위에 꽃송이처럼 붉은 댕기 끝이 드러나는 것을 보아 상복은 아니며 얼른 보아 좀 다혈질인 여자였다.

"나 말이오?"

"예… 무슨 노릇을 해서나 갚을 것이니 돈 서른 냥만 취해 달라우요."

"돈이오? 대관절 당신이 누구시오?"

권 의사는 그 인물과 그의 주문이 너무나 돌발적임에 놀라지 않을 수 없었다.

"나주에 찾아가 말하겠쇠다. 시재 쓸 일이 급하니 서른 냥만 취해 주시면 무슨 짓을 해서나 갚아드릴 꺼시니요…."

1 私家. 개인이 살림하는 집.

궐녀[2]의 얼굴은 당홍[3]처럼 붉었다. 말이 떨어지면 굳게 다무는 입술과 잠시를 제대로 뜨고 있지 못하는 눈의 초조함을 보아 부끄러움만으로 붉어진 얼굴은 아니었다. 무슨 일엔지 극도의 흥분과 굳은 결심이 있어 보였다.

권이 얼른 대답을 못하고 얼떨떨해 섰으니까 그는 좌우를 한번 둘러보더니 더욱 애원하는 말이었다.

"시재 좀 돌려 주시라우요[4], 예?"

권은 힐끔힐끔 궐녀의 얼굴 생김을 뜯어보면서 지갑을 꺼내었다. 출장비를 두둑이 타 가지고 와서도 별로 쓸 데가 없던 차라 상대편이 젊은 여자인 만치 허황은스러우나 돈 삼 원을 아끼지 않았다. 궐녀는 돈을 받아들더니 희색이 만면해지며 이런 말을 남기고 어두움 속으로 사라졌다.

"함자[5] 누숙하시디오?"

"네."

밤이었다. 권은 호젓한 시골의 객창[6]이라 심란하던 끝에 그 믿을 수 없는 여인의 그림자가 자꾸 눈에 밟혀졌다. 시골서 보기에는 제법 희고 태 나는 그의 몸맵시가. 그래서 일찍부터 촛불을 끄고 모기장과 발을 늘였을 뿐, 미닫이는 두 짝 다 열어 놓은 채 누웠다가 나중에는 잠이 들고 말았다.

그러나 신발 소리를 기다리던 귀라 궐녀가 정말 찾아와 방에 들어설 때에 권은 곧 잠을 깨었다.

"곤히 주마시는데…."

2 厥女. '그 여자'를 이르는 말.
3 唐紅. 중국에서 나는 자줏빛을 띤 붉은 물감이나 색.
4 융통해 주시라우요.
5 '혼자'의 방언.
6 客窓. 객지살이.

궐녀의 속삭이는 목소리였다. 그는 잠자리에서 빠져나온 듯, 얼른 보아 겉옷이 아니었다. 별이 총총한 밤이라 상대편의 얼굴까지 희끄무레 나타났다.

권은 자리에서 몸을 일으키며

"거기는 모기가 덤빌 텐데."

하니 궐녀는 두말없이 모기장 안으로 들어왔고 또 모기장 안으로 들어와선 속곳 바람이어서 부끄럼을 타는 것처럼 이내 이불 속으로 기어들었다.

권은 자던 머리에도 어이가 없었으나 생각해 보면 그를 무례한 계집이라고 나무랄 용기는 없었다. 자기부터 어두움 속에서 그를 기다리던, 군자는 아닌 사나이였다. 다만 '이 계집의 사내가 알면?' 하는 불안뿐이었다.

"집에서 알면?"

"알 사람도 없고 알아야 덤빌 스나이[7]도 없고…."

하고 궐녀는 가느단 한숨을 흘리면서 머리채를 베개 위로 넘기었다.

거의 동틀 머리가 되어서다. 여태 향락에만 취한 듯하던 궐녀가 의외에 어깨를 들먹거리며 울기를 시작했다. 자꾸 우는 바람에 권은 자꾸 캐어물었다. 궐녀의 사정이란 이러하였다.

궐녀의 어머니는 일찍 혼자되어 읍에서 술을 팔아 맏딸인 궐녀를 보통학교까지는 공부를 시키었다. 학비가 없어 고등학교에는 가지 못하고 집에 있는 사 년 동안 지체는 낮지만 궐녀의 복스러운 인물 하나로 상당한 통혼[8]처도 많이 있었으나 혼인하고도 공부시킨다는 바람에, 또 시골이 아니요 평양 성내라는 바람에, 어떤 치과의사에게로 출가하였던 것이다.

7 '사내'의 방언. 남편.
8 通婚. 혼인할 뜻을 전함.

그런데 남편이란 사람 된 품부터 상스러워 쓸데없이 욕지거리와 술 잘 먹고 계집질 잘하고 싸움 잘하고 어떤 때는 부모까지라도 치려 덤비는 성미였다. 궐녀가 공부 더 하기가 소원이라니까 혼인하고도 공부시킵네 하고 다려가고는 공부는커녕 신문 한 장 볼 새 없이 바쁜 시집살인데다 남편이 허탕하여[9] 살림은 살아갈수록 어려웠다. 자식이라고 혼인해서 곧 가진 아들 하나가 있는데 겨울이라도 술만 먹고 들어오면 자는 아이를 발길로 차기, 눈구덩이에 집어 내던지기, 아내의 머리채를 밟고 사매질[10]하기, 도저히 그 꼴을 당하고 살아나갈 수가 없었다. 그래도 '계집된 죄거니' 하고 살기를 오 년째였다. 한데 하루는 어디서 계집 하나를 달고 와서 방을 내라는 것이었다. 대동강 얼음이 여물어 트는 소리가 쩡, 쩡, 울려오는 밤인데 어디로고 방 밖으로 나가라는 것이었다. 남편의 성미를 아는 그라 아랫목에서 자던 아이는 윗목으로 끌어다 누이고 저만 나오니 아이까지 끼고 나가라는 것이었다. 궐녀는 더 분을 누르지 못하고 발악을 한 죄로 이혼을 당하고 만 것이다.

그깟 놈, 그 따위 사내놈이야 백 번 헤어진들 눈썹 한 대 까딱하랴만 더럽도록 끈끈한 것이 모자의 정이었다. 새끼를 떼어 놓고 발길이 돌아서지 않는 것을 억지로 남이 되어 오고 보니 자식의 모양은 자나 깨나 두 눈에 티처럼 걸리었다. 열흘을 견디지 못하고, 지금은 읍을 떠나와 벌이도 없는 늙은 홀어미의 주머니를 떨어 백 리나 되는 평양으로 왔었다. 전날 시집엔 들어서도 못하고 가까이 지내던 이웃집에 들어가 몰래 자식을 불러왔다. 다섯 살 나는 아들 녀석은 어미를 보자 "으앙" 소리를 치고 달려들어 목을 끌어안고 부비며 울었다.

그러나 남의 집에서 여러 날 머무를 수도 없어 사흘 만엔 비녀를 팔아 자식의 군것질을 시켜 달라고 주인댁에 맡기고 자식이 못 보는 데서 떠

9 虛蕩--. 허랑방탕하여.

10 私--. 힘 있는 자가 사사로이 사람을 때리는 짓.

나오고 말았다.

와서는 곧 그 집으로 편지를 했다. 답장엔 경일이가(그 애 이름) 몹시 어멈을 찾는다는 것인데 어떤 때 답장에는 경일이가 길에서나 남의 집에서나 예배당에서나 저희 어멈 비슷한 모양만 보면 쭈르르 달려가 얼굴을 들여다보고는 그만 낙망하여 혼 나간 아이처럼 후들후들 떨고 섰다는 말도 쓰여 왔다. 그런 편지를 받으면 궐녀는 더 견디지 못하고 저녁때거나 밤이거나 앉았던 그 모양대로 일어나 평양으로 달려가는 것이었다.

가서는 번번이 '왜 왔던가!' 후회되었다. 자식을 다리고 오자니 저희 할멈과 아비가 주려 하지 않고 두고 오자니 걸음이 돌아서지 않았다. 더구나 경일의 옷주제[11]가 사나운 것을 보고도 빨아 입히지 못하고 겨우 뚫어진 것만 기워 주고 올 때에는 더욱 뼈가 저리었다.

친정에 와서는 밤을 새워 삯일을 하였다. 강변이라 사공들의 옷을 맡아다 빨기도 하고 새로 짓기도 하여 돈이 일 원만 모여도 지전으로 바꾸어 경일에게로 부치곤 하였다. 나중에 들으면 경일이는 한 푼 써도 못 보고 그 할미가 차지하는 줄도 알았지만 그래도 부치지 않고는 못 견디었다. 경일이 할미는 큰 수나 생긴 것처럼 "경일이 모에게" 하고 가끔 편지를 띄웠다. 경일이가 배를 앓는다는 둥, 골을 앓는다는 둥, 약을 얼마치를 먹어야 살리겠다는 것이었다. 그러면 궐녀는 온 동리를 헤매고 돌아다녀 돈을 모아 부치었다.

이번에도 경일이가 이질로 다 죽게 되었으나 돈 서른 냥이 없어 좋은 약이 있다는 것을 못 써 본다는 편지가 왔다. 궐녀는 허망지망[12] 돌아다니었으나 또 일 원 한 장을 구할 길이 없었다. 웬만한 데는 다 댓 냥 열 냥씩 묵은 빚 때문에 찾아가도 못하고 속만 졸이고 있는데 평양서 아는

11 변변하지 못한 옷을 입은 모양새.
12 정신없이.

달구지꾼(마차 부리는 사람)이 하나 왔다. 물으니 경일이가 정말 몹시 앓는다는 것이었다.

궐녀는 산다는 사람만 있으면 살이라도 깎아 팔고 싶었다. 달구지꾼은 이날 밤으로 돌아가는데 이 좋은 인편(人便)에 못 보내나 생각하니 기가 바짝 올랐다. 경일의 앓아 자빠져 죽어 가는 꼴이 자꾸 눈에 어른거리었다.

궐녀는 끝 간 마음[13]으로, 와 있다는 소문만 듣고 본 적은 없는 권 의사를 만나려 한 것이다. 그 사람이면 돈 삼 원쯤은 주머니에 가졌을 것이니까 돌려만 주면 몸으로라도 갚지 하였다. 전에 경일의 아비를 보면 갈보나 기생들의 금니를 외상으로 박아 주고는 모다 오입질로 탕감하는 것을 보았다. 궐녀는 권 의사의 인격을 생각할 여지없이 거기 들어 사내는 다 마찬가지겠지 하고 애초부터 끝 간 마음을 먹었던 것이다.

그러나 궐녀는 일이 지나고 보니 서러웠다. 생각만 하여도 치가 떨리는 원수 녀석의 종자로 인해 계집으론 마지막인 몸까지 파는 생각을 하면 가슴이 부르르 떨리었다. 차라리 이번에 경일이가 죽기나 했으면 저도 마음 편히 물에라도 빠져 죽고 싶었다.

"왜 그런 사정을 진작 말하지 않었소?"

권은 무색한 한편 동정을 누를 수가 없었다.

"이걸 가지고 평양 가 아들을 보고 오시오."

하고 권은 돈 십 원을 주었다.

며칠 뒤였다. 권 의사는 연구상 필요로 다른 동리로 옮겨 왔는데 궐녀가 어찌 알고 십 리나 되는 데를 찾아왔다.

"어떻게 왔소? 평양 다녀왔소?"

"네, 그 새끼를 몰래 다려다 집에 두고 왔쇠다."

궐녀는 저녁을 먹고도 돌아가려 하지 않았다. 권의 속적삼, 양말 같은

13 자포자기하는 마음.

것을 주워 들고 개울로 나갔다. 권은 구태여 '왜 어둡기 전에 가지 않느냐'고 묻지 않았다. 권은 궐녀가 경일의 어미로도 동정이 되었거니와 고독한 젊은 계집으로도 동정이 되었던 것이다.

궐녀는 새벽에야 권도 모르게 자리에서 빠져나와 집으로 나려왔다. 그리고 밤에는 또 길 험한 벌판을 건너 권에게 왔다. 궐녀는 '이렇게 점잖고 다정한 사나이도 세상에 있단 말인가!' 하고 권을 떨어지기가 싫었다.

한번은 경일이를 업고 왔다.

중한 병을 앓기도 했지마는 워낙 영양이 부족한 체질인데 어웅하니[14] 가라앉은 눈이 그래도 남의 눈치에는 예민하게 움직이는 보기 딱한 아이였다.

밤에는 오줌을 싸서 지린내를 피웠다. 게다가 식은땀이 자리를 흥건하게 적시었다. 그 사나운 아비 때문에 소위 정신적 외상을 크게 받은 아이였다.

아침엔 어미가 개울에 나간 새 눈을 떴다. 방 안을 둘레둘레 둘러보더니 쭈르르 밖으로 나간다. 밖에도 어미가 보이지 않으니까 모르는 집이건만 부엌을 들어가 보고 뒷간까지 들여다보더니 그만 "으앗" 소리를 지르고 울었다.

"어머니를 찾니."
하고 물으니 울음을 뚝 그치며 권의 앞으로 왔다.

"너희 어멈 저어 산 너머로 달아났다" 하니 울음으로 붉어졌던 얼굴이 금세 입술까지 새하얗게 질린다. "너 평양으로 다려다 줄 테니 너희 아버지하고 할머니하고 살련?" 아이는 머리를 도리질하였다.

"그럼 엄마 없드라도 나하고 살련?" 하니 아이는 그리하겠다는 듯이 앞으로 다가서며 권의 소매를 붙들었다.

14 움푹 들어가게. 퀭하니.

권이 그만 도청으로 돌아와야 될 때도 되었지만 경일이 모자 때문에 더욱 일자를 줄이었다. 권은 시원섭섭하였으나 경일의 어미는 이 사나이에게 평생 처음으로 금슬의 정을 안 듯 권을 놓치고는 여러 날을 넋을 잃고 헤매었다.

이듬해 가을 권이 있는 도청에서 산파들의 자격시험을 보는 날이었다. 권이 교관으로 강당에 들어서자 실색하고 놀라지 않을 수 없는 것은 만삭된 임부(姙婦)의 모델로 돈 이 원에 팔려와 누운 여자였다. 그는 측면으로 얼른 보아 경일의 어미였다. 권은 무엇보다 먼저 자기가 출장 가 있던 때부터 달수를 따져 보았다. 그리고 일 년이 훨씬 넘으므로 우선 임신의 상대자가 자기가 아닌 것만은 안심하였다. 그러나 도저히 궐녀인 줄 알고는 그의 하체를 들춰 놓고 여기저기를 주물러 가며 시험을 받기에는 너무나 용기가 없었다. 그렇다고 피할 길은 없었다.

"오, 모델이 내가 아는 부인이로군."

하고 권은 먼저 경일의 어미의 입을 막아 놓은 것이다.

시험이 끝난 후 권 의사는 경일의 모의 뒤를 따라 바깥으로 나왔다. 바깥에는 양지쪽 담 밑에서 어미가 나오기를 기다리는 경일이가 몰라보게 살진 볼따구니로 사과를 움질거리며[15] 앉아 있었다. 권은 잠깐 돌아서서 보는 사람이 없나 살피고 주머니에서 시재를 털어 종이쪽에 꿍치었다[16].

그러나 주려고 돌아서 보니 그들은 어미도 자식도 눈에 뜨이지 않았다. 큰길까지 나와 보아도 벌써 어디론지 사라졌다.

권은 한참 만에야 궐녀의 심경을 짐작하였다.

'옳지, 다른 사내를 보아서 자식을 밴 것이 부끄러울 테지….'

15 입에 넣고 우물거리며.

16 동여 감췄다. 쌌다.

9월 1일.

『신가정』, 1933. 10.

빙점하(氷點下)의 우울

좀 풀리기는 했어도 석간(夕刊)에 보니, 오늘도 의연히 빙점 아래의 추위였다. 고래[1]가 막히어 바닥이 찬 데다가 석탄을 주로 때이니까, 화롯불도 변변치 않다. 곤로[2]에다 물을 끓이면, 좀 훈훈하긴 하나, 기름 냄새에 견디지 못한다.

건넌방엔 해도 들고 바닥도 따스하나, 요즘은 낮잠도 자지 않는 아이들이 나에게 조용한 구석을 주지 않는다.

나는 오늘 아침에도 예(例)에 의해서[3] 십 퍼센트도 못 되는 볼일을 빙자하고 거리로 탈출하였다.

돌아오는 길이었다.

버스에서 나리니 웬 아이가 나를 아는 체하였다.

"뭐?"

"그거 제가 들어다 드릴게요."

한 열둬 살 나 보이는 소년이었다. 단풍 같은 새빨간 손을 쳐들고 무겁지도 않은 내 가이모노[4]를 받으려 함이었다.

나는 무뚝뚝하게 그에게 짐도 대답도 주지 않고, 그냥 나올 길을 걸어왔다. 주지 않음이 아니라, 주지 못함이었다.

나는 그 소년의 모양을 생각하지 않을 수 없었다. 나는 장갑을 끼었는

1 방의 구들장 밑으로 나 있는, 불길과 연기가 통해 나가는 길. 방고래.
2 焜爐. 석유나 전기를 이용하는 취사용 도구를 뜻하는 일본식 말.
3 늘 그렇듯.
4 買物. '산 물건'을 뜻하는 일본말.

데, 그는 맨손인 모양, 나는 두루마기를 입었는데, 그는 동저고릿바람인 모양, 나는 삼십 장정인데, 그는 코를 흘리는 어린아인 모양, 그런 고로 나의 조그만 짐을 들어다 주겠노라 청하는 모양, 나는 그로 말미암아 그 짐보다 몇 곱 무거운 마음을 끌고 고개로 올라왔다.

고개에 올라서니, 웬 시꺼먼 외투 입은 사람이 마루턱에서 어정거리었다. 목도리로 눈만 내어놓고 소프트를 최대한도로 눌러쓰고 어정거림은 아니라, 걷는 것이 그렇게 느리었다.

가까이 와 보니, K군이다. 며칠 전에 의사에게서 대소변까지라도 방에서 보라는 절대 안정의 선고를 받은 K군이다.

"어떻게 나왔나?"

"그럼, 아주 안 나오고 어떡허나?"

그는 자기가 강사로 다니는 P고보를 나려다보았다. 그리고

"이렇게 조심해 걷는데도 나오기만 하면 열이 나네그려…."

하며 불그스름하게 상기된 얼굴을 찡그리었다.

"좀 빠지게나그려."

"빠지기도 여러 날 빠졌지… 그렇지만 시간으로 먹는 놈이 무얼 먹고 자꾸 빠지나…."

집에 돌아오니, 편지 한 장이 놓여 있었다. 서울 와서 여러 달째 룸펜[5]으로 지내는 H군이 병이 나서 누웠으니, 찾아와 달라는 사연이었다. 나는 그의 여관 이름도 기억해 둘 여념이 없이 불쏘시개를 찾는 부엌으로 묵은 신문지와 함께 들어뜨리고 말았다.

『학등』, 1934. 3.

5 Lumpen. 부랑자 또는 실업자를 이르는 독일말.

사막(沙漠)의 화원(花園)

작년 여름 S어촌에서다. 해수욕을 하고 날 때마다, 저녁 산보를 할 때마다 김 군은

"제길헐, 찻집이나 식당이나 하나 있으면 오죽 좋아…."

하고 버릇처럼 중얼거리던 판인데 하루는 원산 사람이 와 식당을 차린다는 소문이 났다. 소문은 곧 해수욕장 솔밭에 실현되었다. 바라크라기보다 천막인 편으로 아직 간판도 나붙기 전에 김 군과 나는 찾아갔다. 걸상은 사이다와 삐루 궤짝을 둘러놓았고 테이블도 송판으로 아무렇게나 못질해 세워 팔꿈치를 좀 얹으니까 바닥이 모새기도 했지만 이내 한편으로 씰그러지는 것이었다. 그래도 백로지[1]를 덮고 그 위에도 엽서만 한 종이에 메뉴부터는 써 놓았는데 가루피스[2], 사이다, 삐루, 오야코돈부리[3], 오무레스[4]… 이렇게 꽤 여러 가지가 적혀 있었다. 그때가 점심때였던지 우리는 오야코돈부리를 주문하였다. 그랬더니 주인인지 쿡[5]인지 모를 사루마다[6]만 한 반바지에 게다를 신고 이마에 두드럭두드럭[7]한 여드름을 비비고 섰던 청년이 허리를 굽신하며 아직 닭을 사지 못해 '오야코돈부리'는 될 수 없다 하였다. 그럼 무엇이 되느냐 하니까 '오무레

1 白露紙. 신문 용지 등으로 쓰는 거친 종이. 갱지.
2 '칼피스(Calpis)'라는 일본의 유산균 음료 상표명.
3 '닭고기 계란덮밥'의 일본말.
4 '오믈렛'의 일본식 발음.
5 cook. '요리사'를 뜻하는 영어.
6 '남자용 팬츠', '잠방이'를 뜻하는 일본말.
7 돌기가 많이 난 모양.

스'나 '사카나후라이[8]'는 곧 된다 했다. 우리는 그 두 가지를 다 시키니까 그는 어느 구석에선지 부채를 한 자루 집어다 놓더니 숯 튀는 소리가 나는 데로 들어가 버리었다. 그리고 그의 대신으로 나타난 사람이 '하나코(花子)'라는 이 식당 마담이었다. 아까 청년보다는 나이 훨씬 위인 여자로 가까이 들여다보니 나이 사십이나 되었을 얼굴이었다. 쪽도 아니요 트레머리도 아닌 머리에 기름을 고르지 못하게 칠하였고 얼굴은 희나 그것도 몇 번 쳐다보니 햇볕을 보지 못한 때문인지 가죽은 두꺼운 눈두덩이요 뺨이요 입술이었다. 작은 눈 위에는 눈썹조차 적은 듯 거의 전부가 그린 것이었다. 그는 우리 앞으로 와서 부채질을 해 주었다.

"당신 나이 몇 살이요?"

그는 반이 금니투성인 잇속을 히쭉 열어 웃기만 했다.

"당신 이 집 매담이오?"

"매담이 뭐야요?"

그는 생긴 것처럼 마담도 모르는 꼴이었다. 이름만은 하나코라고 이내 대어 주었다. 왜 이름을 그렇게 지었느냐니까

"꽃이라면 손님들이 많이 오시지 않어요?"

하고 저도 어색한 듯 큰소리를 내어 웃어 버리었다. 남의 면박을 잘 주는 김 군이

"제길헐, 이름만 꽃이면 꽃인가. 어서 저기 가 음식이나 빨리 만들어와…."

하니까 얼굴이 시뻘개서 부엌으로 가 버리었다.

음식은 그 메뉴의 글씨나 또 하나코나처럼 못 만들지는 않았다. 꽤 맛나게 먹은 우리는 그다음 날도 찾아갔다. 그리고 그날은 유성기 소리도 들었다. 몇 장 안 되는 것이 모다 유행가 부스러기뿐이었으나 기중 좀

8 '생선튀김'의 일본말.

나은 것은 '사바꾸니 힝아 구레데[9]' 하는 노래여서 우리는 그것만 서너 번이나 거푸 들었다. 그리고 식당 이름을 '동해식당'이라 하려는 것을 우리가 '사바꾸니 힝아 구레데'와 마담 '하나코'를 합하여서 '식당 사막의 화원'이라 지어 주었고 김 군은 간판까지 써 주었던 것이다.

우리는 이 식당 사막의화원에 밤에도 가끔 갔었다. 갈 때마다 놀라운 것은 하나코는 우리에게만 꽃이 못 될 뿐, 이 색채에 주린 빈한한 어촌 청년들에게는 자기의 이름대로 훌륭히 꽃 노릇을 하는 것이었다. 모여드는 청년들은 대개 하나코보다 어린 청년들이었으나 하나코는 곧잘 그들의 무릎에 앉아 맥주를, 혹은 소주를 따르며 그 어설픈 애교를 떨었다. 그 어설픈 애교에도 멍하니 혼이 나가서 건침[10]을 삼켜 가며 쳐다보고 앉았는 것이 김 군의 말대로 하면 이 거리의 채플린들이었다.

그런데 사막의화원이 열리어 한 열흘쯤 되어서다. 점심을 사 먹으려고 가니까 쿡이 매를 맞고 누워 꼼짝을 못한다는 것이었다. 하나코는 잘 대이지를 않아[11] 동네 청년들에게 물어보니 지난밤에 자는 것을 누가 돌멩이를 들어 던져 골이 깨어졌다는 것이다. 원인을 물으니 하나코가 말로는 그 쿡을 조카라고 하나 사실은 서방이라는 것을 엿보아 알았기 때문이란 것이 짐작이라고는 하면서들도 그 채플린들의 일치되는 대답이었다.

우리는 그날인가 그 이튿날인가 외금강으로 가서 한 일주일 묵어서 왔다. 오는 길로 우리는 궁금하기도 하고 무얼 좀 마시고도 싶어 사막의화원으로 갔는데 웬걸, 사막의화원 자리엔 검댕 묻은 돌멩이들과 소독

9 '사막에 해가 지는데(砂漠に日が暮れて)'라는 뜻으로, 가수 후타무라 테이치(二村定一)가 부른 일본 가요 「아라비아의 노래(アラビヤの唄)」의 첫 구절로 보인다. 원래 가사는 '사바쿠니 히가 오치테(砂漠に日が落ちて)'인데, '해가 진다'는 뜻은 동일하므로 상허가 조금 다르게 인용한 것으로 추정된다.

10 마른침.

11 잘 대답하지 않아.

저[12] 부러진 것들만 수지[13] 조각들과 함께 널렸을 뿐, 기둥 하나 남아 있지 않았다. 모랫바닥엔 지난밤에 쏟아진 빗물 자리뿐이요 바다에선 파도 소리가 높이 부서졌다. 마침 지나가는 주재소 급사를 붙들고 물어보니, 하나코는 원산 어떤 유곽에 매인 몸으로 이웃 요릿집 쿡으로 있는 그 사나이와 정이 들어 도망 왔던 것이라 한다. 그래 사나이는 순사에게 붙잡히고 계집은 포주에게 붙잡혀 매를 한 마당이나 맞고 원산으로 끌려갔다는 것이다.

사막의화원! 우연한 일이었으나 우리는 그들의 행복의 둥지를 이렇게 단명(短命)하게 지어 준 것을 후회하였다. 그리고 아직 이마에 여드름이 두드럭두드럭한 그 청년의 쿡 군보다 청춘이란 탄력은 다 꺼져 버린 그 결코 꽃답지 못한 하나코의 인생(人生)을 생각하고 우리의 해변 산보는 우울하지 않을 수 없었다.

정축(丁丑) 6월 19일.

'영화(映畵)에서 얻은 콩트', 『조선일보』, 1937. 7. 2; 『이태준단편선』, 1939.

12 나무젓가락. 위생저.
13 '휴지'의 방언.

패강랭(浿江冷)[1]

다락[2]에는 제일강산(第一江山)이라, 부벽루(浮碧樓)[3]라, 빛 낡은 편액(扁額)들이 걸려 있을 뿐, 새 한 마리 앉아 있지 않았다. 고요한 그 속을 들어서기가 그림이나 찢는 것 같아 현(玄)은 축대 아래로만 어정거리며 다락을 우러러본다.

질펀하게 굵은 기둥들, 힘 내닫는 대로 밀어 던진 첨차[4]와 촛가지[5]의 깎음새들, 이조(李朝)의 문물다운 우직한 순정이 군데군데서 구수하게 풍겨 나온다.

다락에 비겨 대동강은 너무나 차다. 물이 아니라 유리 같은 것이 부벽루에서도 한 뼘처럼 들여다보인다. 푸르기는 하면서도 마름[수초(水草)]의 포기포기 흐늘거리는 것, 조약돌 사이사이가 미꾸리라도 한 마리 엎디었기만 하면 숨 쉬는 것까지 보일 듯싶다. 물은 흐르나 소리도 없다. 수도국 다리[6]를 빠져, 청류벽(淸流壁)을 돌아서는 비단 필이 휠쩍 펼쳐진 듯 질펀하게 깔려 나갔는데 하늘과 물은 함께 저녁놀에 물들어 아득한 장미꽃밭으로 사라져 버렸다. 연광정(練光亭)[7] 앞으로부터 까뭇까뭇 널려 있는 매생이[8]와 수상선[9]들, 하나도 움직여 보이지 않는다. 끝없는

1 '패강'은 대동강의 옛 이름으로, '패강이 얼었다'는 뜻.
2 누각(樓閣).
3 평양 대동강변의 벼랑인 청류벽 위에 있는 누각.
4 한국 전통 목조건축에서 지붕 아래 공포를 이루는 부재.
5 기둥 위 도리 사이에 덧붙이는, 소 혀 모양의 장식.
6 대동강의 능라도(綾羅島)와 청류벽 사이에 있던 다리로, 수도관이 부설되어 있어 수도국(水道局) 다리 또는 수도교(水道橋)로 불림.
7 평양 대동강변에 있는 조선시대 누각.
8 '마상이'의 방언으로, 거룻배처럼 노를 젓는 작은 배.

대동벌에 점점이 놓인 구릉(丘陵)들과 함께 자못 유구한 맛이 난다.

현은 피우던 담배를 내어던지고 저고리 단추를 여미었다. 단풍은 이제부터 익기 시작하나 날씨는 어느덧 손이 시리다.

'조선 자연은 왜 이다지 슬퍼 보일까?'

현은 부여(扶餘)에 가서 낙화암(落花巖)이며 백마강(白馬江)의 호젓함을 바라보던 생각이 난다.

현은 평양이 십여 년 만이다. 소설에서 평양 장면을 쓰게 될 때마다, 이번에는 좀 새로 가 보고 써야, 스케치를 해 와야, 하고 벼르기만 했지, 한 번도 그래서 와 보지는 못하였다. 소설을 위해서뿐 아니라 친구들도 가끔 놀러 오라는 편지가 있었다. 학창 때 사귄 벗들로, 이곳 부회의원(府會議員)[10]이요 실업가인 김(金)도 있고, 어느 고등보통학교에서 조선어와 한문을 가르치는 박(朴)도 있건만, 그들의 편지에 한 번도 용기를 내어 본 적은 없었다. 이번에 받은 박의 편지는 놀러 오라는 말이 있던 편지보다 오히려 현의 마음을 끌었다. '내 시간이 반이 없어진 것은 자네도 짐작할 걸세. 편안하긴 허이. 그러나 전임으론 나가 주고 시간으로나 다녀 주기를 바라는 눈칠세. 나머지 시간이라야 그리 오래 지탱돼 나갈 학과 같지는 않네. 그것마저 없어지는 날 나도 그때 아주 손을 씻어 버리려 아직은 지싯지싯[11] 붙어 있네' 하는 사연을 읽고는 갑자기 박을 가 만나 주고 싶었다. 만나야만 할 말이 있는 것은 아니지만 손이라도 한번 잡아 주고 싶어 전보만 한 장 치고 훌쩍 떠나 나려온 것이다.

정거장에 나온 박은 수염도 깎은 지 오래어 터부룩한 데다 버릇처럼 자주 찡그려지는 비웃는 웃음은 전에 못 보던 표정이었다. 그 다니는 학교에서만 지싯지싯 붙어 있는 것이 아니라 이 시대 전체에서 긴치 않게

9 水上船. 뱃전이 비교적 낮고 바닥이 평평한 배.

10 일제강점기에 부회를 구성하던 의원. 지금의 시의회의원과 같음.

11 다른 사람이 원치 않는데 염치없이 달라붙는 모양.

여기는, 지싯지싯 붙어 있는 존재 같았다. 현은 박의 그런 지싯지싯함에서 선뜻 자기를 느끼고 또 자기의 작품들을 느끼고 그만 더 울고 싶게 괴로워졌다.

한참이나 붙들고 섰던 손목을 놓고, 그들은 우선 대합실로 들어왔다. 할 말은 많은 듯하면서도 지껄여 보고 싶은 말은 골라내일 수가 없었다. 이내 다시 일어나 현은,

"나 좀 혼자 걸어 보구 싶네."

하였다. 그래서 박은 저녁에 김을 만나 가지고 대동강가에 있는 동일관(東一館)[12]이란 요정으로 나오기로 하고 현만이 모란봉[13]으로 온 것이다.

오면서 자동차에서 시가도 가끔 내다보았다. 전에 본 기억이 없는 새 빌딩들이 꽤 많이 늘어섰다. 그중에 한 가지 인상이 깊은 것은 어느 큰 거리 한 뿌다귀[14]에 벽돌 공장도 아닐 테요 감옥도 아닐 터인데 시뻘건 벽돌만으로, 무슨 큰 분묘(墳墓)와 같이 된 건축이 웅크리고 있는 것이다. 현은 운전수에게 물어보니, 경찰서라고 했다.

또 한 가지 이상하다 생각한 것은, 그림자도 찾을 수 없는, 여자들의 머릿수건이다. 운전수에게 물으니 그는 없어진 이유는 말하지 않고

"거, 잘 없어졌죠. 인전 평양두 서울과 별루 지지 않습니다."

하는, 매우 자긍하는 말투였다.

현은 평양 여자들의 머릿수건이 보기 좋았었다. 단순하면서도 흰 호접[15]과 같이 살아 보였고, 장미처럼 자연스런 무게로 한 송이 얹힌 댕기는, 그들의 악센트 명랑한 사투리와 함께 '피양 내인[16]'들만이 가질 수 있

12 일제강점기에 대동강변 고구려 성벽 위에 있던 조선 요릿집으로, 현재 옥류관이 있는 자리다.

13 牡丹峯. 대동강 연안에 있는 금수산(錦繡山)의 봉우리.

14 '뿌다구니'의 준말. 모퉁이.

15 胡蝶. 나비.

16 평양의 아녀자.

는 독특한 아름다움이었다. 그런 아름다움을 그 고장에 와서도 구경하지 못하는 것은, 평양은 또 한 가지 의미에서 폐허라는 서글픔을 주는 것이었다.

현은 을밀대(乙密臺)[17]로 올라갈까 하다 비행장을 경계함인 듯, 총에 창을 꽂아 든, 병정이 섰는 것을 발견하고는 그냥 강가로 나려오고 말았다. 마침 놀잇배 하나가 빈 채로 나려오는 것을 불렀다. 주암산[18]까지 올라갔다가 나려오자니까 거기는 비행장이 가까워 못 올라가게 한다고 한다. 그럼 노를 젓지는 말고 흐르는 대로 동일관까지 가기로 하고 배를 탔다.

나뭇잎처럼 물 가는 대로만 떠가는 배는 낙조가 다 꺼져 버리고 강물이 어두워서야 동일관에 닿았다.

이 요릿집은 강물에 내어민 바위를 의지하고 지어졌다. 뒷문에 배를 대이고 풍악 소리 높은 밤 정자에 오르는 맛은, 비록 마음 어두운 현으로도 저윽 흥취 도연해짐을 아니 느낄 수 없다.

'먹을 줄 모르는 술이나 이번엔 사양치 말고 받어 먹자! 박을 위로해 주자!' 생각했다.

박은 김을 다리고 와 벌써 두 기생으로 더불어 자리를 잡고 있었다. 김의 면도자리 푸른 살진 볼과 기생들의 가벼운 옷자락을 보니 현은 기분이 다시 한번 개인다.

"이 사람, 자네두 김 군처럼 면도나 좀 허구 올 게지."

"허, 저런 색시들 반허게!"

하고 박은 씩 웃는다.

"그래 요즘 어떤가? 우리 김 부회의원 나리?"

17 평양 금수산에 있는 고구려의 누정.

18 酒巖山. 평양 시내 동쪽 대동강 기슭의 산.

"이 사람 오래간만에 만나 히야까시[19]부턴가?"
"자넨 참 늙지 않네그려! 우리 서울서 재작년에 만났던가?"
"그렇지 아마… 내 그때 도시 시찰로 내지[20] 다녀오던 길이니까…."
"참 자넨 서평양인지 동평양인지서 땅 노름에 돈 좀 잡았다데그려."
"흥, 이 사람! 선비가 돈 말이 하관[21]고?"
"별수 있나? 먹어야 배부르데."
"먹게, 오늘 저녁엔 자네가 못 먹나 내가 못 먹이나 한번 해보세."
"난 옆에서 경평대항전[22] 구경이나 헐까?"
"저희들은 응원하구요."
기생들도 박과 함께 말참례를 시작한다.
"시굴 기생들 우숩지?"
"우숩다니? 기생엔 여기가 서울 아닌가. 금수강산 정기들이 다르네!"
기생들은 하나는 방긋 웃고, 하나는 새침한다. 방긋 웃는 기생을 보니, 현은 문득, 생각나는 기생이 하나 있다.
"여보게들."
"그래."
"벌써 열둬 해 됐네그려. 그때 나 왔을 때 저 능라도에 가 어죽 쒀 먹던 생각 안 나?"
"벌써 그렇게 됐나 참."
"그때 그 기생이 이름이 뭐드라? 자네들 생각 안 나나?"
"오 그렇지!"
비스듬히 벽에 기대었던 김이 놀라 일어나더니

19 '놀림'을 뜻하는 일본말.
20 內地. 외국이나 식민지에서 종주국을 이르는 말로 여기서는 '일본'을 가리킴.
21 何關. 무슨 관계.
22 京平對抗戰. 1933년부터 경성축구단과 평양축구단이 서로 장소를 바꿔 가며 열었던 친선경기. 여기서는 이에 빗대어 하는 말.

"이거 정작 부를 기생은 안 불렀네그려!"
하고 손뼉을 친다.
"아니, 그 기생이 여태 있나?"
"살았지 그럼."
"기생 노릇을 여태 해?"
"아암."
"오오라!"
하고 박도 그제야 생각나는 듯이 무릎을 친다.
그때도 현이 서울서 나려와서 이 세 사람이 능라도에 어죽 놀이를 차렸다. 한 기생이 특히 현을 따라, 그때만 해도 문학청년 기분이던, 현은 영월의 손수건에 시를 써 주고 둘이만 부벽루를 배경으로 하고 사진을 다 찍고 하였었다.
"아니, 지금 나이 몇 살일 텐데 아직 기생 노릇을 해? 난 생각은 나두 이름두 잊었네."
"그리게 이번엔 자네가 제발 좀 데리구 올라가게."
"누군데요?"
하고 기생들이 묻는다.
"참, 이름이 뭐드라?"
박도
"이름은 나두 생각 안 나는걸…."
하는데 보이가 온다.
"기생, 제일 오랜 기생, 제일 나이 많은 기생이 누구냐?"
보이는 멀뚱히 생각하더니 대인다.
"관옥인가요? 영월인가요?"
"오! 영월이다, 영월이. 곧 불러라."
현은 저윽 으쓱해진다. 상이 들어왔다. 술잔이 돌아간다.
"그간 술 좀 뱄나?"

박이 현에게 잔을 보내며 묻는다.

"웬걸… 술이야 고학할 수 있던가 어디…."

"망할 자식 가긍허구나! 허긴 너희 따위들이 밤낮 글 써야 무슨 덕분에 술 차례가 가겠니! 오늘 내 신세지…."

"아닌 게 아니라…."

하고 김이 또 현에게 잔을 내어밀더니

"현 군도 인젠 방향 전환을 허게."

한다.

"방향 전환이라니?"

"거 누구? 뭐래던가 동경 가 글 쓰는 사람 있지?"

"있지."

"그 사람 선견이 있는 사람야!"

하고 김은 감탄한다.

"이 자식아 잔이나 받아라. 듣기 싫다."

하고 현은 김의 잔을 부리나케 마시고 돌려보낸다.

박이 다 눈두덩을 내려쓸도록 모다 얼근해진 뒤에야 영월이가 들어섰다. 흰 저고리 옥색 치마, 머리도 가림자[23]만 약간 옆으로 탔을 뿐, 시체 기생들처럼 물들이거나 지지거나 하지 않았다. 미닫이 밑에 사뿐 앉더니 좌석을 획 둘러본다. 김과 박은 어쩌나 보느라고 아무 말도 않고 영월과 현의 태도만 번갈아 살핀다. 영월의 눈은 현에게서 무심히 스쳐지나, 박을 넘어뛰어 김에게 머무르더니,

"영감 오래간만이외다그려."

하고 쌍긋 웃는다.

"허! 자네 눈두 인전 무뎄네그려! 자넬 반가워할 사람은 내가 아냐."

"기생이 정말 속으로 반가운 손님헌텐 인살 안 한답니다."

23 '가르마'의 옛말.

하고 슬쩍 다시 박을 거쳐 현에게 눈을 옮긴다.

"과연 명기로군! 척척 받음수가…."

하고 김이 먼저 잔을 드니 영월은 선뜻 상머리에 나앉으며 술병을 든다.

웃은 지 오래나 눈 속은 그저 웃는 것이 옛 모습일 뿐, 눈시울에 거무스름하게 그림자가 깃들인 것이나 볼이 홀죽 꺼진 것이나 입술이 까시시[24] 메마른 것은 너무나 세월이 자국을 깊이 남기고 지나갔다.

"자네 나 모르겠나?"

현이 담배를 끄며 묻는다.

"어서 잔이나 드시라우요."

잔을 드는 현과 눈이 마주치자 영월은 술이 넘는 것도 모르고 얼굴을 붉힌다.

"자네도 세상살이가 고단한 걸세그려?"

"피차일반인가 봅니다. 언제 오셨나요?"

하고 현이 마시고 주는 잔에 가득히 붓는 대로 영월도 사양하지 않고 받아 마신다.

"전엔 하얀 나비 같은 수건을 썼더니…."

"참, 수건이 도루 쓰고퍼요."

"또 평양말을 더 또렷또렷하게 잘했었는데…."

"손님들이 요샌 서울말을 해야 좋아한답니다."

"그깟 놈들…. 그런데 박 군. 어째 평양 와 수건 쓴 걸 볼 수 없나?"

"건 이 김 부회의원 영감께 여쭤 볼 문젤세. 이런 경세가(經世家)들이 금령을 내렸다네."

"그렇다드군 참!"

"누가 아나 빌어먹을 자식들…."

"이 자식들아 너희야말루 빌어먹을 자식들인 게… 그까짓 수건 쓴 게

24 말라 오그라든 모양.

보기 좋을 건 뭬며 이 평양부내만 해두 일 년에 그 수건 값허구 당기[25] 값이 얼만지 알기나 허나들?"

하고 김이 당당히 허리를 펴고 나앉는다.

"백만 원이면? 문화 가치를 모르는 자식들…."

"그러니까 너희 글 쓰는 녀석들은 세상을 모르구 산단 말이야."

"주제넘은 자식…. 조선 여자들이 뭘 남용을 해? 예편네들 모양 좀 내기루, 예펜넨 좀 고와야지."

"돈이 드는걸…."

"흥! 그래 집안에서 죽두룩 일해, 새끼 나 길러, 사내 뒤치개질[26] 해… 그리구 일 년에 당기 한 감 사 매는 게 과하다? 아서라 사내들 술값 담뱃값은 얼만지 아나? 생활 개선, 그래 에펜네들 수건 값이나 당기 값이나 졸여 먹구? 요 푼푼치 못한 경세가들아. 저흰 남용할 것 다 허구…."

"망할 자식 말버릇 좀 고쳐라…. 이 자식아, 술이란 실사회선 얼마나 필요한 건지 아니?"

"안다. 술만 필요허냐? 고유한 문환 필요치 않구? 돼지 같은 자식들… 너희가 진줄 알 수 있니… 허…."

"히도오 바카니 수르나 고노야로[27]…."

"너희 따윈 좀 바카니시데모 이이나[28]…."

"나니?[29]"

"나닌, 다 뭐 말라빠진 거냐? 네 술 좀 먹기루 이 자식 내 헐 말 못 헐 놈 아니다. 허긴 너헌테나 분풀이다만…."

하고 현은 트림을 한다.

25 댕기.
26 '뒤치다꺼리'의 방언.
27 '사람 우습게 보지 마, 이 자식'을 뜻하는 일본말.
28 '깔봐도 괜찮다'를 뜻하는 일본말.
29 '뭐라고?'를 뜻하는 일본말.

"이 사람들 고걸 먹구 벌써 취했네그려."

박이 이쑤시개를 놓고 다시 잔을 현에게 내민다. 김은 잠자코 안주를 집는 체한다.

오래 해먹어서 손님들 기분에 눈치 빠른 영월은 보이를 부르더니 장고를 가져오게 하였다. 척 장고채를 뽑아 잡고 저쪽 손으로 먼저 장고 전두리[30]를 뚱땅 울려 보더니

"어따 조오쿠나, 이시입 오오현 타안야월[31]…."

하고 불러내기 시작한다. 현은 물끄러미 영월의 핏줄 일어선 목을 건너다보며 조끼 단추를 끌렀다. 부들부들 떨리는 손으로 상머리를 뚜드려 본다. 그러나 자기에겐 가락이 생기지 않는다.

"에헹에 헤이야하 어라 우겨라 방아로구나…."

하고 받는 사람은 김뿐이다. 현은 더욱 가슴속에서만 끓는다. 이런 땐 소리라도 한마디 불러내었으면 얼마나 속이 시원하랴 싶어진다. 기생들도 다른 기생들은 잠잠히 앉아 영월의 입만 쳐다본다. 소리가 끝나자 박은

"수고했네."

하고 영월에게 술 한 잔을 권하더니 가사를 하나 부르라 청한다. 영월은 사양치 않고 밀어 놓았던 장고를 다시 당기어 앉더니

"일조오 나앙군[32]…."

불러내인다. 박은 입을 씻고 씻고 하더니 곡조는 서투르나 그래도 꽤 어울리게 이런 시 한 구를 읊어서 소리를 받는다.

30 둥근 부분 둘레의 가장자리.

31 이십오현탄야월(二十五絃彈夜月). 당나라 전기(錢起)의 시 「귀안(歸雁)」의 셋째 연으로 '이십오 현 거문고를 달밤에 타니'라는 뜻.

32 일조낭군(一朝郎君). 작자, 창작 연대 미상의 전창(傳唱) 12가사 중 하나인 「황계사(黃鷄詞)」의 일절로, 임과 이별한 뒤의 허전한 마음을 그린 내용이다.

"각하안 사안진 수궁처… 이임저엉 가고옥 역난위를[33]…."

박은 눈물이 글썽해 후우 한숨으로 끝을 맺는다.

자리는 다시 찬비가 지나간 듯 호젓해진다. 김은 보이를 부르더니 유성기를 가져오라 했다. 재즈를 틀어 놓더니 그제야 다른 두 기생은 저희 세상인 듯 번차[34] 김과 마주 잡고 댄스를 추는 것이다.

"영월이."

영월은 잠자코 현의 곁으로 온다.

"난 자넬 또 만날 줄은 몰랐네, 반갑네."

"저 같은 걸 누가 데려가야죠."

"눈이 너머 높은 게지?"

"네?"

유성기 소리에 잘 들리지 않는다.

"눈이 너머 높은 게야?"

"천만에…. 그간 많이 상허셨세요."

"응?"

"많이 상허셨세요."

"나?"

"네."

"자네가 그리워서…."

"말씀만이라두…."

33 단재(丹齋) 신채호(申采浩, 1880-1936)가 고단한 망국인의 삶을 시로 읊은 「백두산거로(白頭山去路)」의 끝 두 행을 읊은 것으로, 다음의 원문과 순서가 약간 다르다.

浮生四十成何事　떠돌이 인생 사십에 이룬 것이 무엇인가
貧病相隨不暫離　가난과 병이 이어져 잠시도 떨어지지 않네
却恨水窮山盡處　한스럽구나, 물이 다하고 산이 끝나는 궁벽한 곳에서
任情歌曲亦難爲　마음대로 노래부르기도 쉽지 않음이

이 시는 「백두산도중(白頭山途中)」이라는 제목의 약간 다른 본이 존재한다.

34 차례로.

"허!"

댄스가 한 곡조 끝났다. 김은 자리에 앉으며 현더러

"기미모 오도레.[35]"

한다.

"난 출 줄도 모르네. 기생을 불러 놓고 딴쓰나 하는 친구들은 내 일찍부터 경멸하는 발세."

"자네처럼 마게오시미 쓰요이한[36] 사람두 없을 걸세. 못 추면 그냥 못 춘대지…."

"흥! 지기 싫여서가 아니라 기생이란 조선에 국보적 존잴세.[37] 끌어안구 궁댕이짓이나 허구 유행가 나부랭이나 비명을 허구, 그게 기생들이며 그게 놀 줄 아는 사람들인가? 아마 우리 영월인 딴쓸 못 할 걸세. 못 하는 게 아니라 안 할걸?"

"아이! 영월 언니가 딴쓸 어떻게 잘하게요."

하고 다른 기생이 핼긋 쳐다보며 가로챈다.

"자네두 그래 딴쓸 허나?"

"잘 못한답니다."

"글쎄 잘허구 못허구 간에."

"어쩝니까? 이런 손님 저런 손님 다 비윌 맞추자니까요."

"건 왜?"

"돈을 벌어야죠."

"건 그리 벌기만 해 뭘 허누?"

"기생일수록 제 돈이 있어야겠습디다."

"어째?"

35 '너도 춤춰'를 뜻하는 일본말.

36 '억지부리는'을 뜻하는 일본말.

37 "흥! (…) 존잴세" 부분은 최초본(1938)대로 되살렸다. 저본(1941)에는 "흥, 지기 싫여서가 아닐세"로 축약되어 있다.

"생각해 보시구려."

"모르겠는데? 돈 많은 사내헌테 가면 되지 않나?"

"돈 많은 사내가 변심 않구 나 하나만 다리고 사나요?"

"그럴까?"

"본처나 되면 아무리 남편이 오입을 해두 늙으면 돌아오겠지 하구 자식 낙이나 보면서 살지 않어요? 기생야 그 사람 하나만 바라고 갔는데 남자가 안 들어와 봐요. 뭘 바라고 삽니까? 그리게 살림 들어갔다 오래 사는 기생이 몇 됩니까? 우리 기생은 제가 돈을 뫄서 돈 없는 사낼 얻는 게 제일이랍니다."

"야! 언즉시야[38]라, 거 반가운 소리구나!"

하고 박이 나앉는다. 그리고

"난 한 푼 없는 놈이다. 직업두 인젠 벤벤치 못하다. 내 예펜네라야 늙어서 바가지두 긁지 않을 거구. 자네 돈 뫘으면 나하구 살세."

하고 영월의 손을 끌어당긴다.

"이 사람 영월인 현 군 걸세."

"참, 돈 가진 기생이나 얻는 수밖에 없네 인젠…."

하고 현도 웃었다.

"아닌 게 아니라 자네들 이제부턴 실속 채려야 하네."

하고 김은 힐긋 현의 눈치를 본다.

"어떻게 채려야 실속인가?"

"팔릴 글을 쓰란 말일세. 자네들 쓰는 걸 인제부터 누가 알아야 읽지 않나? 나두 가끔 자네 이름이니 좀 읽어 볼까 해두 요미니꾸꿋데… 도오모이깡[39]…."

"아니꺼운 자식… 너희 따윈 안 읽어두 좋다. 그래 방향 전환을…

38 言則是也. 말인즉 옳음.
39 '읽기가 어려워서… 도저히 못하겠어…'를 뜻하는 일본말.

뭐… 어디 가 글 쓰는 놈이 선견이구 어쩌구 하는구나? 똥내 나는 자식….”

“나니?”

김이 발끈해진다. 김이 발끈해지는 바람에 현도 다시 농담기가 걷히고 눈이 뻔쩍 빛난다.

“더러운 자식! 나닌 무슨 말라빠진….”[40]

하더니 현은 술을 깨이려고 마시던 사이다 컵을 김에게 사이다째 던져 버린다. 깨어지고 뛰고 하는 것은 유리컵만이 아니다. 기생들이 그리로 쏠린다. 보이들도 들어온다.

“이 자식, 되나 안 되나 우린 이래 봬두 예술가다! 예술가 이상이다, 이 자식….”[41]

하고 현의 두리두리해진, 눈엔 눈물이 핑 어리고 만다.

“이런 데서 뭘… 이 사람 취했네그려 나가 바람 좀 쐬세.”

하고 박이 부산한 자리에서 현을 이끌어내인다. 현은 담배를 하나 집으며 복도로 나왔다.

“이 사람아. 김 군 말쯤 고지식하게 탄할 게 뭔가?”

“후….”

“그까짓 무슨 소용이야….”

“내가 취했나 보이…. 내가… 김 군이 미워 그리나?… 자넨 들어가 보게….”

현은 한참 난간에 의지해 섰다가 슬리퍼를 신은 채 강가로 나려왔다. 강에는 배 하나 지나가지 않는다. 바람은 없으나 등골이 오싹해진다. 강

40 ‘“어떻게 채려야 실속인가?” (…) “더러운 자식! 나닌 무슨 말라빠진…”’은 최초본을 되살림. 저본에는 ‘“더러운 자식!”/“흥 너희가 아무리 꼬장꼬장한 체 해야….”/“뭐 이자식…”’으로 축약됨.

41 “우린 (…) 이자식…”은 최초본을 되살림. 저본에는 “우린 우린… 이래 봬도 우리…”로 축약됨.

가에 흩어진 나뭇잎들은 서릿발이 끼쳐 은종이처럼 번뜩인다. 번뜩이는 것을 찾아 하나씩 밟아 본다.

"이상견빙지(履霜堅冰至)…."

『주역(周易)』에 있는 말이 생각났다. 서리를 밟거든 그 뒤에 얼음이 올 것을 각오하란 말이다. 현은 술이 홱 깨인다. 저고리 섶을 여미나 찬 기운은 품속에 사무친다. 담배를 피우려 하나 성냥이 없다.

"이상견빙지… 이상견빙지…."

밤 강물은 시체와 같이 차고 고요하다.

을축(乙丑) 11월 초파일(初八日).

『삼천리문학(三千里文學)』, 삼천리사, 1938. 1; 『이태준단편집』, 1941.

아련(阿蓮)

나는 어렴풋이 잠이 들었다가, 개 짖는 소리에 깨었다. 깨기는 하였으나, 짖기 잘하는 우리집 개라 이내 멎으려니 하고 다시 잠을 청했다. 그러나 자꾸 짖기만 한다. 안방에서 아내가 내다보고 바둑아, 바둑아 부르며 달래나, 바둑이는 점점 더 짖기만 한다. 아내는 나더러 좀 나가 보라고 소리친다. 나는 아내더러 좀 내다보라고 대답한다. 개는 그저 짖어대는 품이 누가 왔든지, 무슨 일이 생겼음에 틀리지 않다.

나는 미닫이를 열고 불을 내대고, 아내는 전지[1]를 켜 들고 아랫마당으로 내려갔다. 개 짖는 소리가 그제야 멎는다.

"뭐유?"

나는 방에서 소리를 질렀다. 아내는 전지를 한곳으로만 한참 비추고 섰더니, 잠자코 사방을 두리두리하며 뛰어올라 왔다.

"뭐유?"

"좀 나오슈."

"뭐냐니까?"

"글쎄 나오세요 좀…."

하는 아내는, 무슨 처참한 광경이나 본 것처럼 얼굴이 하얘서 후들후들 떤다. 그러자 대문 쪽에서 웬 갓난애 울음소리가 난다. 울음소리를 듣자, 아내는 나더러 얼른 나오라고 발을 구른다.

나도 가슴이 뚝딱거렸다. 나려가 보니, 하얀 포대기 속에서 새빨간 어린애 얼굴이 아스러지게 우는 것이다. 나는 아이를 자세 들여다보기 전

1 손전등.

에 먼저 전지를 받아 사방을 둘러 비춰 보았다. 누가 이따위 짓을 했을까? 담도 없이 나무숲으로 둘린 우리집이라, 아이를 갖다 놓고는 으레 어느 구석에서든지 집어 들여가나 안 들여가나 지키고 섰을 것이다. 지금 우리의 이 광경을 말끔 보고 섰을 것이었다. 나는 몹시 불쾌하기부터 했다.

"어쩌우?"

"내버려두지, 어째?"

하고 엿보는 사람이 있으면 알아듣도록 크게 소리 질렀다.

"당신두…."

아내는 어느 틈에 아이를 안아 들었다. 아이는 울음을 그친다. 내가 자식이 있는 사람이라면 구차한 사람이 우리의 동정을 바라는 것으로 여길 것이겠으나, 우리가 무자식한 사람이라, 아무의 자식이고 생기기만 하면 감지덕지 기를 줄 알고, 우리의 약점을 이용하는 것이 아니면, 그들이 우리를 도리어 동정하는 행동 같아서 다못 불쾌함뿐이었다.

"어린 거야 무슨 죄유? 감기 들었겠다."

아내는 아이를 안은 채 더플더플 안으로 올라간다. 나는 대문 밖으로 나와 전지를 끄고 한참이나 어정거리었다. 그 아이의 임자가 나타나 아는 체해 주기를 바란 것이다. 그러나 좀처럼 나타나는 사람이 없었다.

아이는 계집애였다. 포대기 안에서는 새로 빨아 채곡채곡 개킨 기저귀 세 벌이 나왔고, 우유로 기르던 아이인 듯, 고무줄 달린 젖병에는 아직도 따스한 우유가 반이나 든 채 있었다. 그리고 융 저고리 앞섶에다는 서투른 언문 글씨로 생일을 적고, 특히 이달 열하룻날이 백일이라고까지 쓴 헝겊이 붙어 있었다. 팔다리가 가느다란 것이 묶었던 것을 끌러 놓으니, 버둥거리며 즐거운 듯이 주먹을 빨았다.

아직 낳은 지 백 일도 못 되는 아이를 인상(人相)을 뜯어보는 것은 잔인하기는 하나, 우리는 눈부터, 코부터, 귀 붙은 것부터, 머리 생긴 것부터 덤비며 들여다보고, 만져 보고 하였다. 나는 하나도 마음에 안 들었다.

"누굴까? 어떤 종잔지나 알었음…."

"건 알아 뭘 허우."

"어떡허실랴우 그럼?"

"그리게 왜 안구 들어와? 우리가 그냥 두구 들어옴 저희가 도루 가져갈 거 아냐?"

"어떻게 그럭허우? 추운 때… 저 봐 기침허지 않게!"

아이는 두 주먹을 딴딴히 쥐면서 기침이 날 때마다 바들짝바들짝한다. 이맛살이 쪼그라들고 눈을 꼭 감아 눈물방울이 쫄끔 올려솟더니, 응아아 울어댄다.

"이거 생, 걱정거리 맡지 않었게!"

아내가 젖을 데우러 나간 새, 나는 서너 번 울음을 달래느라고 또닥또닥해 보았으나, 아이도 당치않은 사람의 손길이라는 듯이 그냥 내처 울었고, 나도 그냥 멀거니 내려다만 보다가, 입맛을 다시며 내 방으로 건너오고 말았다.

나는 아이 울음소리도 귀에 익지 않았거니와 무슨 모욕이나 당한 것처럼 불쾌해 잠이 오지 않았다.

아내가 약을 먹는다, 수술을 한다 하며 하 애를 쓰는 것을 볼 때는, 나도 걱정이 안 되는 것은 아니었다. 내 자신 혼자로도 조그만 문방구 한 가지라도 공을 들여 만지다가는 이담 내가 쓰던 물건만 임자 없이 남을 것이 쓸쓸하였고, 더구나 병이나 나 누웠으면 그 쓸쓸함은 몇 배 더하였다. 한번은 어떤 관상쟁이가 나를 고고상(孤孤相)[2]이라 하였다. 나는 도리어 반동심이 생기어 어디, 굳이 한번 아이를 낳아 보리라 애를 쓴 적도 없지 않았다.

2 '매우 외로울 운명의 관상'으로 추정.

그러나 아무것도 아니게 생각하면 또한 아무것도 아닌 것이다. 인간이 내 몸 한번 죽어지는 날 아내는 무엇이며 자식은 무엇인가? 하물며 손때 좀 묻히고 남긴 물건이 하상 무엇인가? 사는 날까지 도리어 자번뇌(子煩惱)[3]를 모르고 내 서재, 내 정원에서 무영무욕신(無榮無辱身)[4]으로 유유자적하는 것이 얼마나 편하고 맑은 생활인가? 난초가 기르기 힘드나 밤을 새워 간호해야 하는 질환은 없고, 서화가 값이 높으나 교육비와 같은 의무는 아니다. 난초에 꽃이 피는 날 아침, 바람을 기다리는 재미, 벽에 서화를 갈아 걸고 친구를 기다리는 맛은 어째 인간의 복락 중에 소홀히 여길 것의 하나이랴. 자식 낙은 모르면 모르는 채 나에게만 주어진 복을 아끼고 지킬 것이지, 구태여 남의 자식을 주워 오는 데에까지 자식 탐을 내는 것은 망령된 욕심이라 느껴졌다.

이튿날 나는 곧 가까운 파출소로 갔다. 파출소에서는 곧 부청[5]으로 알리어 이날 오후로 순사와 인부 한 사람이 왔다. 나는 내 자신 처사에 스스로 놀랐다. 순사는 검시(檢屍)나 하러 나온 것 같았고 인부는 아이를 안고 묘지로나 갈 사람같이 끔찍해 보임은 웬일일까? 더구나 아내가 하룻밤 사이에 든 정만으로도 제 혈육을 내어놓는 것처럼 마음 아파하는 것이다.

"못생긴 것…."

하고 나는 순사에게 면구쩍어 혀를 몇 번 채이고, 눈까지 흘겼으나, 나 역(亦) 허연 포대기에 싸여 그 이름도 없는 아이가 아무 상관도 없는 인부에게 안겨 껍신껍신 사라져 가는 것을 보고는, 눈두덩이 뜨거워 옴을 감출 수 없었다. 전생에서부터 맺어진 무슨 인연인 것을 모반하는 죄스러움조차 느끼었다. 아내는 엉엉 소리를 내어 울었다. 아내가 더욱 애처

3 자식 걱정.

4 영예도 욕됨도 없는 몸.

5 府廳. 일제강점기의 경성부청.

로워하는 것은 그 아이가 감기가 든 것이다. 우리 대문간에 버려두었던 고 동안에 든 것인 듯, 아침에는 손발이 끓고 우유 꼭지도 제대로 빨지 못하면서 기침만 콜록거리었다 한다.

"부청으루 감 그게 어딜루 뉘 손으루 가 길류?"

"내가 아우. 아무턴 관청에서 하는 일인데, 으레 책임 있는 설비가 있겠지."

"거 감기나 낫거든 보냈어두… 저희 어멈이 알믄 얼마나 우릴 모진 연눔으로 알까!"

"저희가 더 모진 연눔이지, 왜 못 기를 처지면 와 사정을 못해…."

나는 어서 여러 날이 지나 이런 뒤숭숭한 기분이 우리집에서 사라져 버리기를 바랐다.

그러나 아내에게 잠재했던 모성의식은 그 머리털 한 오리 닿을 데 없는 아이언만, 그 아이를 하룻밤 옆에 누였던 것만으로도 굳센 자극을 받았던 모양이었다. 아이 울음소리가 자꾸 들리는 것 같고, 그 울음소리는 자기를 찾는 것 같고, 팔이 헛전하여[6] 무슨 무게든지 아이만 한 것을 안아 보고 싶어 견딜 수가 없다는 것이다.

나는 생각다 못해 아내에게 앵무 한 마리를 사다 주었다. 새에게라도 엄마 소리를 가르쳐 주고 들으라 하였다. 아내는 거들떠도 보지 않았다. 전에 화초 가꾸듯 하면 응당 앵무에게도 정을 쏟으련만, 굶기지 못해 물과 모이를 줄 뿐, 조금도 탐탁해하지 않다가, 하루는 아마 그 아이가 간지 대엿새 되어서다.

"나 걔 가 보구 왔지."

하는 것이다.

"걔라니?"

"우리집에 왔던 애."

6 '허전하여'의 방언.

그러면서 눈물이 대뜸 글썽해졌다. 부청으로 가 물었더니, ××고아원으로 보냈다 해서 그길로 고아원으로 갔더니, 거기서는 왕십리 사는 유모에게 맡겼다 해서 그리로 찾아가 보고 왔다는 것이다.

"그래 감긴?"

"아주 낫진 않었어…. 그래 소아과루 데리구 가 진찰허구 약 져 줘 보냈지."

"잘했수."

하고 무심히 그 자리를 물러섰으나, 아무리 생각해 보아도 아내에겐 난초보다, 서화보다, 앵무보다, 한 어린애가 몇 곱절 더 귀한 것임을 나는 무시할 수가 없어졌다. 나는 여러 날 저녁 생각다 못해 슬그머니 그 고아원으로 찾아갔다.

젖먹이들은 다 젖어멈을 정해 돌려주고 거기서 노는 아이들은 모두 오륙 세, 칠팔 세짜리 큰 아이들이었다. 낯선 사람이라 그들은 신기한 눈으로 두리번거리며 가까워지는 아이마다 나에게 경례를 하였다. 나는 대뜸 낙망하고 만 것이, 그 많은 아이들이 하나같이 못생긴 것이다. 하나같이 골통이 기왓골에 끼어 자란 박처럼 남북이[7] 내밀지 않았으면 삐뚫고, 퉁그러졌고, 눈이 하나같이 머르레한 데다 힐꺼배기[8]도 한둘이 아니다. 게다가 모두 눈칫밥만 먹어 몸가짐이 진득해 보이는 아이는 하나도 없다. 샛별 같은 눈, 능금 같은 뺨, 천진한 동심은 하나도 보이지 않는다. 나는 차라리 죄스러우나 동물원 생각이 났다. 동물들의 새끼라면 저렇게 보기 싫거나 이쪽의 마음을 어둡게는 안 할 것이라 느껴졌기 때문이다. 나는 몇 번이나 주춤거리다가, 그래도 사무실로 가서, 어린애 하나가 필요한 것을 말하고, 좀 깨끗이 생긴 아이면 갓난 것을 갖다 기르고 싶다 하였다. 사무실에서는 매월 그믐날이면 유모들이 아이들을

7 앞뒤가.
8 '사팔뜨기'의 방언.

데리고 월급을 타러 오니, 그날 와서 골라 보라 하였다.

나는 고아원에 갔던 것, 그믐날을 기다리는 것, 다 아내에게는 말하지 않았다. 미리 말하였다가 합당한 아이가 없으면 아내의 심정을 긁어 부스럼 만드는 격이 될까 하여서다.

그믐날, 나는 부지런히 나섰다. 아내는 어디 가느냐 물었다. 좀 볼일이 있다 하니, 자기도 곧 나갈 터이니, 일찍 들어와 있으라 하였다. 어디 가느냐 물으니, 그저 몇 군데 나가 볼 일이 있다 하였다. 이런 문답이 있이 먼저 나온 나와 나중 나온 아내와는 이내 한 장소에서 같은 목적으로 만난 것이다.

나는 아내에게, 아내는 나에게, 그때처럼 서로 무안해 본 적은 없었다. 또 그때처럼 서로 마음이 엉켜 본 적도 없었다. 나는 억지로 허허 웃어 버리고 아내와 함께 아이들을 골라 보기 시작하였다.

내가 꿈꾸는 샛별 눈, 능금 뺨은 하나도 없다. 점심때가 지나서야 그 아이, 우리집에 왔던 아이도 나타났다. 나는 죄를 지은 것처럼 그 아이에게 서먹했다. 그러나 어느 아이보다 얼른 들여다보고는 싶어졌다. 아이는 그새 딴 아이처럼 자랐다.

"아니 한 보름새 이렇게 자랐나?"

아이는 방실방실 웃었다. 나는 아이들을 무슨 물건이나처럼 고르고 섰던 내 자신을 얼른 후회하였다.

"여보."

아내는 내 눈치만 보았다.

"얘만 한 아이두 없나 보오."

"그리게 내가 뭐랩디까?"

하고 아내는 그 아이를 안아 보고 싶으니, 유모더러 좀 달라고 한다. 유모는 주기는커녕 실쭉해 돌아서 아이를 안은 채 사무실 쪽으로 가 버리는 것이다. 아내는 제 아이처럼 바짝 쫓아간다. 나는 그 유모가, 제 아이도 둘이나 있다는 여자가 애정에서 그러는 줄만 알고 크게 감탄하였다. 나중에 알고 보니 맡았던 아이가 없어지면 팔 원씩 받는 월급 자리가 떨어지기 때문이었다. 그것을 알고는, 그 아이가 더욱 불쌍한 생각이 나 우리는 대뜸 뜻을 정하고 사무실로 들어갔다. 명록(名錄)을 보니, 그 아이는 이미 내 성(姓)을 따라 윤(尹)가로 되어 있고, 이름도 우리 동네 아현정(阿峴町)[9]에서 아(阿) 자를 떼어다 아련(阿蓮)으로 되어 있었다. 내 버려진 아이는 발견된 그 처소가 원적지가 되고, 그 번지의 호주의 성(姓)을 따르는 규정이라 하였다. 그래 아련인 성만 내 성을 따른 것이 아니라, 원적도 이미 내 주소로 되어 있었다. 우리는 허황은 하나 인연감(因緣感)을 다시 한번 느끼며, 아내는 아련을 안고, 나는 아련을 안은 아내를 데리고 부부 동반으로 산보나 갔던 것처럼 고아원을 나섰다.

"참! 애 백일날이 지났네!"

"그럼, 그래두 그날 내가 왕십리루 가 봤어…. 이 듀레스서껀 모자서껀 그날 내가 사다 준 건데…."

하는 아내는 눈물이 다 글썽해진다.

우리는 바로 화신(和信)으로 왔다. 한 번도 들러 본 적이 없는, 어린애 용품 파는 데로부터 올라갔다.

이게 모두 연극 같다면, 나는, 우리 인간사 치고 연극 같지 않은 게 또 무엇이냐 하고 싶었다.

기묘(己卯) 4월 23일.

『문장』, 1939. 6.

9 지금 마포구 아현동의 일제강점기 명칭.

밤길

월미도(月尾島) 끝에 물에다 지어 놓은, 용궁각[1]인가 수궁각인가는 오늘도 운무(雲霧)에 잠겨 보이지 않는다. 벌써 열나흘째 줄곧 그치지 않는 비다. 삼십 칸이 넘는 큰 집 역사(役事)에 암키와만이라도 덮은 것이 다행이나 목수들은 토역(土役)이 끝나기를 기다리고, 미장이들은 겨우 초벽(初壁)만 쳐 놓고 날들기만 기다린다.

기둥에, 중방, 인방에 시퍼렇게 곰팡이가 돋았다. 기대거나 스치거나 하면 무슨 버러지 터진 것처럼 더럽다. 집주인은 으레 하루 한 번씩 와서 둘러보고, 기둥 하나에 십 원이 더 치었느니, 토역도 끝나기 전에 만여 원이 들었느니 하고, 황 서방과 권 서방더러만 조심성이 없어 곰팡이를 문대기고 다녀 집을 더럽힌다고, 쭝얼거리다가는 으레 월미도 쪽을 눈살을 찌푸려 내어다보고는, 이놈의 하늘이 영영 물커져 버리려나, 어쩌려나 하고는 입맛을 다시다 가 버린다. 그러면 황 서방과 권 서방은 입을 삐죽하여 집주인의 뒷모양을 비웃고, 인전 이 집이 우리 차지라는 듯이, 아직 새벽질[2]도 안 한 안방으로 들어가 파리를 날리고 가마니 쪽 위에 눕는다.

날이 들지 않는 것을 탓할 푼수로는 집주인보다, 목수들보다, 미장이들보다, 모군꾼인 황 서방과 권 서방이 훨씬 윗길[3]이라야 한다.

권 서방은 집도, 권속[4]도 없이 떠돌아다니는 홀아비지만, 황 서방은

1 龍宮閣. 일제강점기 인천 월미도 바다 위에 고각(高閣) 형태로 지어진 요정.

2 건물의 벽이나 방바닥에 누렇고 차진 흙을 바르는 일.

3 더 높음. 더 심함.

4 眷屬. 집에서 거느리고 사는 식구.

서울서 나려왔다. 수표다리께[5] 뉘 집 행랑살이나마 아내도 자식도 있다. 계집애는 큰 게 둘이지만, 아들로는 첫아이를 올에 얻었다. 황 서방은 돈을 뫄야겠다는 생각이 딸애들 때와 달리 부쩍 났다. 어떻게 돈 십 원이나 마련되면 가을부터는 군밤 장사라도 해 볼 예산으로, 주인나리한테 사정사정해서 처자식만 맡겨 놓고 인천으로 나려온 것이다.

와서 이틀 만에 이 역사터를 만났다. 한 보름 동안은 재미나게 벌었다. 처음 사나흘 동안은 품삯을 받는 대로 먹어 없앴다. 처자식 생각이 났으나 눈에 보이지 않으니 우선 내 입에부터 널름널름 집어넣을 수가 있다. 서울서는 벼르기만 하던, 얼음 넣은 냉면도 밤참으로 사 먹어 보고, 콩국, 순댓국, 호떡, 아스꾸리꺼정[6] 사 먹어 봤다. 지카타비를 겨우 한 켤레 샀을 때는 벌써 인천 온 지 열흘이 지났다. 아차, 이렇게 버는 족족 집어 써선 만날 가야 목돈이 잡힐 것 같지 않다. 정신을 바짝 차려 대엿새째 오륙십 전씩이라도 남겨 나가니 장마가 시작이다. 그 대엿새의 오륙십 전은, 낮잠만 자고 다 까먹은 지가 벌써 오래다. 집주인한테 구걸하듯 해서, 그것도, 꾀를 피우지 않고 힘껏 일을 해 왔기 때문에 주인 눈에 들었던 덕으로, 이제 날이 들면 일할 셈치고 선고가[7]로 하루 사십 전씩을 얻어 연명을 하는 판이다.

새벽에 잠만 깨면 귀부터 든다. 부실부실, 빗소리는 어제나 다름없다.

"이거 자빠져두 코가 깨진단 말이 날 두구 헌 말이여!"

"거, 황 서방은 그래 화투 하나 칠 줄 모르드람!"

권 서방은 또 일어나 앉더니 오관인가 사관인가를 뗀다[8].

"우리 에펜네허구 같군."

"누가?"

5 청계천의 수표교(水標橋) 근처.
6 아이스크림까지.
7 先雇價. 공사판에서 품삯을 미리 받는 것.
8 '오관을 뗀다'는 화투나 골패로 운수를 점쳐 보는 놀이를 한다는 뜻.

"권 서방 말유."

"내가 댁 마누라허구 같긴 뭬 같어?"

"우리 에펜네가 저걸 곧잘 해…. 가끔 날 보구 핀찬이지, 헐 줄 모른다구."

"화툴 다 허구, 해깔라생[9]인 게로구랴?"

"허긴 남 행랑 구석에나 처너 두긴 아깝대니까."

"벨 빌어먹을 소리 다 듣겠군! 어떤 녀석은 제 에펜네 남 행랑살이시키기 좋아 시킨답디까?"

"허기야…."

"이눔의 솔학 껍질 하내 어디 가 백였나…."

"젠장! 돈두 못 벌구 생홀애비 노릇만 허니 이게 무슨 청승이어!"

"황 서방두 마누라 궁뎅인 꽤 받치능 게로군."

"궁금헌데… 내가 편질 부친 게 우리 그저께 밤이지?"

"그렇지 아마."

"어젠 그럼 내 편질 봤겠군! 젠장, 돈이나 몇 원 부쳐 줬어야 헐 건데…."

"색시가 젊우?"

"지금 한참이지."

"그럼 황 서방보담 아랜 게로구랴?"

"열네 해나."

"저런! 그럼 삼십 안짝이게?"

"안짝이지."

"거, 황 서방 땡이로구려!"

하는데 밖에서 비 맞는 지우산 소리가 난다.

"누구야 저게?"

9 영어 '하이칼라(high collar)'의 일본식 발음. 서양식 유행을 따르는 멋쟁이.

황 서방도 일어났다. 지우산이 접히자 파나마[10]에 금테 안경을 쓴, 시뿌옇게 살진 양복쟁이다. 황 서방의 퀭한 눈이 뚱그레서 뛰어나간다. 뭐라는지 허리를 굽신하고 인사를 하는 눈치인데 저쪽에선 인사를 받기는커녕, 우산을 놓기가 바쁘게 절컥 황 서방을 뺨을 붙인다. 까닭 모를 뺨을 맞는 황 서방보다 양복쟁이는 더 분한 일이 있는 듯 입은 벌룽거리기만 하면서 이번에는 덥석 황 서방의 멱살을 잡는다.

"아니, 나리님, 무슨 영문인지나…."

"무…뭐시이?"

하더니 또 철석 귀쌈을 올려붙인다. 권 서방이 화닥닥 뛰어나려 왔다. 양복쟁이에게 덤비지는 못하고 황 서방더러 버럭 소리를 지른다.

"이 자식이 손은 뒀다 뭣에 쓰자는 거냐? 죽을 죌 졌기루서니 말두 듣기 전에 매부터 맞어?"

그제야 양복쟁이는 황 서방의 멱살을 놓고 가래를 돋아 뱉더니 마룻널 포개 놓은 데로 가 앉는다. 담배부터 내어 피워 물더니,

"인두껍[11]을 썼음 너두 사람 녀석이지… 네 계집두 사람 년이구…."

양복쟁이는 황 서방네 주인나리였다. 다른 게 아니라, 황 서방의 처가 달아난 것이다. 아홉 살짜리, 여섯 살짜리, 두 계집애와 백일 겨우 지낸 아들애까지 내버려 두고 주인집 은수저 네 벌과 풀 먹이라고 내어준 빨래 한 보퉁이까지 가지고 나가선 무소식이란 것이다. 두 큰 계집애가 밤마다 우는 것은 고사하고 질색인 건 젖먹이 때문이었다. 그런데 아비마저 돈 벌러 나간단 녀석이 장마 속에도 돌아오지 않는다.

밥만 주면 처먹는 것만도 아니요, 암죽[12]을 쑤어 먹이든지, 우유를 사다 먹이든지 해야 되고, 똥오줌을 받아내야 하고, 게다가 어미 젖을 못 먹게 되자 설사를 시작한다. 한 열흘 하더니 그 가는 팔다리가 비비 틀

10 파나마(panama) 모자. 파나마 풀잎으로 만든 여름 모자.
11 인두겁. 사람의 형상이나 탈.
12 곡식이나 밤의 가루로 묽게 쑨 죽. 어린아이에게 젖 대신 먹임.

린다. 볼 수가 없다. 이게 무슨 팔자에 없는 치다꺼리인가? 아씨는 조석으로 화를 내었고 나리님은 집 안에 들어서면 편안할 수가 없다. 잘못하다가는 어린애 송장까지 쳐야 될 모양이다. 경찰서에까지 가서 상의해 보았으나 아이들은 그 아비 되는 자가 돌아올 때까지 주인이 보호해 주는 도리밖에 없다는 퉁명스런 부탁만 받고 돌아왔다. 이런 무도한 연놈이 있나? 개돼지만도 못한 것이지 제 새끼를 셋이나, 것도 겨우 백일 지난 걸 놔두고 달아나는 년이야 워낙 개만도 못한 년이지만, 아비 되는 녀석까지, 아무리 제 여편네가 달아난 줄은 모른다 쳐도, 밤낮 아이만 끼고 앉아 이마때기에 분칠만 하는 년이 안일[13]을 뭘 그리 칠칠히 해내며[14] 또 시킬 일은 무에 그리 있다고 염치 좋게 네 식구씩이나 그냥 먹여 줍쇼 하고 나가선 달포가 되도록 소식이 없는 건가? 이놈이 들어서건 다리옹두릴[15] 꺾어 놔 내쫓아야, 이놈이 사람 놈일 수가 있나! 욕밖에 나가는 것이 없다가 황 서방의 편지가 온 것이다.

"이눔이 인천 가 자빠졌구나!"

당장에 나리님은 큰 계집애한테 젖먹이를 업히고, 작은 계집애한테는 보퉁이를 들리고, 비 오는 건 아무것도 아니다. 그길로 인천으로 끌고 나려온 것이다.

"그래, 애들은 어딨세유?"

"정거장에들 앉혀 뒀으니 가 인전 맡어. 맨들어만 놈 에미 애빈가! 개 같은 것들…."

나리님은 시계를 꺼내 보더니 일어선다. 일어서더니 엥이! 하고 침을 뱉더니 우산을 펴 든다.

황 서방은 무슨 꿈인지 모르겠다. 아무튼 나리님 뒤를 따라 정거장으로 나오는 수밖에 없다. 옷 젖기 좋을 만치 나리는 비를 그냥 맞으며.

13 육아나 가사.
14 일을 야무지고 반듯하게 해내며.
15 '다리몽둥이를'의 방언.

정거장에는 두 딸년이 오르르 떨고 바깥을 내다보다가 아비를 보자 으아 소리를 내고 울었다. 젖먹이는 울음소리도 없다. 옆에서 다른 사람들이 무심히 들여다보았다가는 엥이! 하고 안 볼 것을 보았다는 듯이 얼굴을 돌린다. 황 서방은 가슴이 섬찍하는 것을 참고 받아 안았다. 비인 포대기처럼 무게가 없다. 비린내만 훅 끼친다. 나리님은 어느새 차표를 샀는지, 마지막 선심을 쓴다기보다 들고 가기가 귀찮다는 듯이, 옜다 이년아, 하고 젖은 지우산을 큰 계집애한테 던져 주고는 시원스럽게 차 타러 들어가 버리고 만다.

황 서방은 아이들을 끌고, 안고, 저 있던 데로 돌아올 수밖에 없다.

"거 살긴 틀렸나 부!"

한참이나 앓는 아이를 들여다보던 권 서방의 말이다.

"님자부구 곤쳐[16] 내래게 걱정이여?"

"그렇단 말이지."

"글쎄 웬 걱정이여?"

황 서방은 참고 참던, 누구한테 대들어야 할지 모르던 분통이 터진 것이다.

"그럼 잘못 됐구려… 제에길…."

"…."

황 서방은 그만 안았던 아이를 털석 내려놓고 뿌우연 눈을 슴벅거린다.

"무…무돈[17] 년…. 제 년이 먼저 급살[18]을 맞지 살 줄 알구…."

"그래두 거 의원을 좀 봬야지 않어?"

"쥐뿔이나 있어?"

권 서방도 침만 찍 뱉고 돌아앉았다. 아이는 입을 딱딱 벌리더니 젖을

16 '고쳐'의 방언.
17 '무도(無道)한'의 준말.
18 急煞. 갑자기 닥치는 죽음이나 불행.

찾는 듯 주름잡힌 턱을 옴짓거린다. 아무것도 와 닿는 것이 없어 그러는지, 그 옴짓거림조차 힘이 들어 그러는지, 이내 다시 잠잠해진다. 죽었나 해서 코에 손을 대어 본다. 아비 손에서 담배 내를 느낀 듯 킥 킥 재채기를 한다. 그러더니 그 서슬에 모기 소리만큼 애앵애앵 보채 본다. 그러고는 다시 까부라진다[19].

"병원에 가두 틀렸어 이건."

남의 말에는 성을 내던 아비의 말이다.

"뭐구 집쥔이 옴?"

"…."

월미도 쪽이 더 새까매지더니 바람까지 치며 빗발이 굵어진다. 황 서방은 다리를 치켜 걷었다. 앓는 애를 바짝 품 안에 붙이고 나리님이 주고 간 지우산을 받고 나섰다. 허턱 병원을 찾았다. 의사가 왕진 갔다고 받지 않고, 소아과가 아니라고 받지 않고 하여 네번째 찾아간 병원에서 겨우 진찰을 받았다. 의사는 애 아비를 보더니 말은 간호부에게만 무어라 지껄이고는 안으로 들어가 버린다.

"안 되겠습죠?"

"아는구려."

하고 간호부는 그냥 안고 나가라고 한다.

"한이나 없게 약을 좀 줍쇼."

"왜 진작 안 데리구 오냐 말요? 이런 애 죽는 건 에미 애비가 생아일 쥑이는 거요. 오늘 밤 못 넹규."

황 서방은 다시는 울 줄도 모르는 아이를 안고 어청어청 다시 돌아오는 수밖에 없었다.

밤이 되었다. 권 서방에게 있는 돈을 털어다 호떡을 사 왔다. 황 서방은 호떡을 질근질근 씹어 침을 모아 앓는 아이 입에 넣어 본다. 처음엔

19 기진한다.

몇 입 받아 삼키는 모양이나 이내 꼴각꼴각 게워 버린다. 황 서방은 아이 입에는 고만두고 자기가 먹어 버린다. 종일 굶었다가 호떡이라도 좀 입에 들어가니 우선 정신이 난다. 딸년들에게 아내에게 대한 몇 가지를 물어보았으나 달아났다는 사실을 더욱 똑똑하게 알아차릴 것뿐이다.

"병원에서 헌 말이 맞을랴는 게로군!"

"뭐랙게?"

"밤을 못 넹기리라더니…."

캄캄해졌다. 초를 사 올 돈도 없다. 아이의 얼굴이 희끄무레할 뿐 눈도 똑똑히 보이지 않는다. 빗소리에 실낱 같은 숨소리는 있는지 없는지 분별할 도리가 없다.

"이 사람."

모기를 때리느라고 연성[20] 종아리를 철썩거리던 권 서방이 을리지 않는 점잖은 목소리를 내인다.

"생각허니 말일세… 집쥔이 어태[21] 알진 못해두…."

"집쥔?"

"그랴… 아무래두 살릴 순 없잖나?"

"애 말이지?"

"글쎄."

"어쩌란 말야?"

"남 새 집… 들기두 전에 안됐지 뭐야."

"흥! 별 넌의 소리 다 듣겠네! 자넨 오지랖두 정치겐 넓네."

"넓잖음 어쩌나?"

"그럼, 죽는 앨 끌구 이 우중에 어디루 나가야 옳아?"

"글쎄 황 서방은 노염부터 날 줄두 알어. 그렇지만 사필귀정으로 남

20 계속해서 자꾸.

21 '여태'의 방언.

의 일두 생각해 줘야 허느니…."

"자넨 이눔으 집서 뭐 행랑살이나 얻어 헐까구 그리나?"

"예에끼 사람! 자네믄 그래 방두 꿔미기 전에 길 닦아 노니까 뭐부터 지나가더라구 남의 자식부터 죽어 나감 좋겠나? 말은 바른 대루…."

"자넴 또 자네 자식임 그래 이 우중에 끌구 나가겠나?"
하고 황 서방은 버럭 소리를 질렀다.

"난 나가네."

"같은 없는 눔끼리 너무허네."

"없는 눔이라구 이면경계[22]야 몰라?"

"난 이면두 경계두 모르는 눔일세, 웬 걱정이여?"

빗소리뿐, 한참이나 잠잠하다가 황 서방이 코를 훌쩍거리는 것이 우는 꼴이다. 권 서방은 머리만 벅적거리었다. 한참 만에 황 서방은 성냥을 긋는다. 어린애를 들여다보다가는 성냥개비가 다 붙기도 전에 던져 버린다. 권 서방은 그만 누워 버리고 말았다.

어느 때나 되었는지 깜박 잠이 들었는데 황 서방이 깨운다.

"왜 그려?"

권 서방은 벌떡 일어나며 인전 어린애가 죽었나 보다 하였다.

"자네 말이 옳으이…."

"뭐?"

"아무래두 죽을 자식인데 남헌테 궂인 짓 헐 것 뭐 있나!"
하고 한숨을 쉰다. 아직 죽지는 않은 모양이다. 권 서방은 후닥닥 일어났다. 비는 한결같이 나리었다. 권 서방은 먼저 다리를 무릎 위까지 올려 걷었다. 그리고 삽을 찾아 든다.

"그럼 안구 나서게."

"어딜루?"

22 裏面境界. 일의 옳고 그름.

"어딘? 아무 데루나 가다가 죽건 문세그려."

"…."

"아무래두 이 밤 못 넹길 거 날 밝으문 괜히 앙징스런[23] 꼴 자꾸 보게만 되지 무슨 소용 있어? 안게 어서."

황 서방은 또 키륵키륵 느끼면서 나뭇잎처럼 거뿐한 아이를 싸 품에 안고 일어선다.

"이런 땐 맘 모질게 먹는 게 수여. 밤이길 잘했지…."

"…."

황 서방은 딸년들 자는 것을 들여다보고는 성큼 퇴 아래로 나려섰다. 지우산을 펴자 좌르르 소리가 난다. 좌르르 소리에 큰딸년이 깨어 일어난다. 황 서방은 큰딸년을 미리, 꼼짝 말고 있으라고 윽박지른다.

황 서방은 아이를 안고 한 손으로 지우산을 받고 나서고, 그 뒤로 권 서방이 헛간을 가리었던 가마니를 떼어 두르고 삽을 메고 나섰다.

허턱 주안(朱安)[24] 쪽을 향해 걷는다. 얼마 안 걸어 시가지는 끝나고 길은 차츰 어두워진다. 길만 어두워지는 것이 아니라 바람이 세차진다. 홱 비를 몰아붙이며 우산을 떠받는다. 황 서방은 우산을 뒤집히지 않으려 바람을 따라 빙그르 돌아본다. 그러면 비는 아이 얼굴에 함빡 쏟아진다. 그래도 아이는 별로 소리가 없다. 권 서방더러 성냥을 그어 대라고 한다. 그어 대면 얼굴은 죽은 것이나 마찬가지나 빗물 흐르는, 비비 틀린 목줄에서는 아직도 발랑거리는 것이 보인다. 바람이 또 친다. 또 빙그르 돌아본다. 바람은 갑자기 반대편에서도 친다. 우산은 그예 뒤집히고 만다. 뒤집힌 지우산은 두 번, 세 번 만에는 갈기갈기 찢어지고 말았다. 또 성냥을 켜 보려 한다. 그러나 성냥이 눅어 불이 일지 않는다. 하늘은 그저 먹장이다. 한참 숨을 죽이고 들여다보아야 희끄무레하게 아이

23 작고 보기 흉한.
24 인천 남구 주안동 일대.

얼굴이 떠오른다.

"이거 왜 얼른 돼지지 않어!"

"아마 한 십 리 왔나 보이."

다시 한 오 리 걸었을 때다. 황 서방은 살만 남은 지우산을 집어 내던지며 우뚝 섰다.

"왜?"

인전 죽었느냐 말은 차마 나오지 않는다.

"인전 묻어 버려두 되나 불세."

"그래?"

권 서방은 질질 끌던 삽을 들어 쩔겅 소리가 나게 자갈길을 한번 나려쳐 삽을 짚고 좌우를 둘러본다. 한편에 소 등허리처럼 거무스름한 산이 나타난다. 권 서방은 그리로 향해 큰길을 나려선다. 도랑물이 털버덩한다. 삽도 짚지 못한 황 서방은 겨우 아이만 물에 잠그지 않았다. 오이밭인지 호박밭인지 서슬 센 덩굴이 종아리를 어인다[25].

"옘병을 헐…."

밭은 넓기도 했다. 밭두덩에 올라서자 돌각담이다. 미끄런 고무신 한 짝이 뱀장어처럼 빠들컹하더니 벗어져 달아난다. 권 서방까지 다시 와 암만 찾아도 보이지 않는다.

"이거디 더 걷겠나?"

"여기 팝시다."

"여긴 돌 아니여?"

"파믄 흙 나오겠지."

황 서방은 돌각담에 아이 시체를 안고 앉았고, 권 서방은 삽으로 구덩이를 판다. 떡떡 돌이 두드러지고, 돌을 뽑으면 우물처럼 물이 철철 고인다.

25 '엔다'의 방언. 벤다.

"이런 빌어먹을 눔의 비…."

"물구뎅이지 별수 있어…."

황 서방은 권 서방이 벗어 놓은 가마니 쪽에 아이 시체를 누이고 자기도 구덩이로 왔다. 이내 서너 자 깊이로 들어갔다. 깊어지는 대로 물은 고인다. 다행히 비탈이라 낮은 데로 물꼬를 따 놓았다. 물은 철철철 소리를 내며 이내 빠진다. 황 서방은

"으흐흐…."

하고 한자리 통곡을 한다. 아비 손으로 제 새끼를 이런 물구덩이에 넣을 것이 측은해, 권 서방이 아이 시체를 안으러 갔다.

"뭐?"

죽은 줄만 알고 안아 올렸던 권 서방은 머리칼이 곤두섰다. 분명히 아이의 입에서 무슨 소리가 난다. 꼴깍꼴깍 아이의 입은 무엇을 토하는 것이다. 비리치근한[26] 냄새가 확 끼친다.

"여보 어디…?"

황 서방도 분명히 꼴깍 소리를 들었다. 아이는 아직 목숨이 붙었다. 빗물이 입으로 흘러들어간 것을 게운 것이다.

"제에길, 파리 새끼만두 못한 게 찔기긴!"

아비가 받았던 아이를 구덩이 둔덕에 털썩 놓아 버린다.

비는 한결같다. 산골짜기에는 물소리뿐 아니라, 개구리, 맹꽁이, 그리고도, 무슨 날짐승 소리 같은 것도 난다.

아이는 세번째 들여다볼 적에는 틀림없이 죽은 것 같았다. 다시 구덩이 바닥에 물을 쳐내었다. 가마니를 한끝을 깔고 아이를 놓고 남은 한끝으로 덮고 흙을 덮었다.

황 서방은 아이를 묻고, 고무신 한 짝을 잃어버리고 절름거리며 권 서방의 뒤를 따라 행길로 나려왔다.

26 조금 비린. '비리척지근한'의 준말.

아직 하늘은 트이려 하지 않는다.

"섰음 뭘 허나?"

황 서방은 아이 무덤 쪽을 쳐다보고 멍청히 섰다.

"돌아서세, 어서."

"예가 어디쯤이지?"

"그까짓 건… 고무신 한 짝이 아깝네만…."

"…."

"가세 어서."

황 서방은 아이 무덤 쪽에서 돌아서기는 했으나 권 서방과는 반대 방향으로 걸어가는 것이다. 권 서방이 쫓아와 붙든다.

"내 이년을 그예 찾아 한 구뎅에 처박구 말 테여…."

"허! 이럼 뭘 허나?"

"으흐흐… 이리구 삶 뭘 허는 게여? 목석만두 못헌 애비지 뭐여? 저것 원술 누가 갚어…. 이년을 내 젖퉁일 썩뚝 짤러다 묻어 줄 테다."

"황 서방 진정해요."

"노래두…."

"아, 딸년들은 또 어떻게 되라구?"

"…."

황 서방은 그만 길 가운데 철벅 주저앉아 버린다.

하늘은 그저 먹장이요 빗소리 속에 개구리와 맹꽁이 소리뿐이다.

『문장』, 1940. 5-6/7.(2회 연재)

제일호선(第一號船)의 삽화(揷話)[1]

K섬은 목포에서 넘어지면 코 닿는 거리에 있었다. 시끌벅적한 목포항과는 전혀 다른 세계처럼 아주 조용했다. 끊임없이 들려오는 기관차의 소음이라든가 밤낮없이 왔다 갔다 하는 증기선의 소리도 이 K섬에서는 유달산(儒達山)에 부딪쳐 퍼지는 여운만이 들려왔다. 썰물 때의 파도 소리 말고는 갈매기의 느긋한 울음소리만이 들리는 참으로 한적한 섬이었다.

이런 K섬에 부산스런 시대의 거대한 물결이 밀려들었다. 몸체는 작아도 바다에 관한 일이라면 뭐든 혼자 떠맡겠다는 듯이 소란스런 똑딱선이 하루에도 수십 번씩 왔다 갔다 하면서 사람과 목재를 실어 날랐다. 저쪽에서는 창고를 짓고 이쪽에서는 사무실과 사택, 합숙소를 신축하느라 분주했다. 항구를 만들고 산을 깎아내는 발파음도 요란하게 울려 퍼졌다.

목포에 있던 몇 개의 조선회사(造船會社)가 통합하여 거대 회사를 만들어 K섬에 조선소를 세우게 된 것이다. 국민복(國民服)[2]을 입은 사무원, 팔뚝에 빨간 완장을 찬 감독과 오장(伍長)[3]들, 오장을 겸한 조선 책임자, 목수, 잡역부, 청소년 견습공 등이 가까이서 보든 멀리서 보든 누가 누군지 모를 정도로 북적였다.

줄곧 혼잡하던 그 인파가 오늘은 어느 정도 질서가 잡혀 있었다. 아침부터 호루라기 소리가 쉴 새 없이 울려대고 그 소리에 맞춰 사람들은 한

1 이 수록본은 일본어로 된 원문을 한성례가 번역한 것이다.

2 1940년 일제가 쇼와 천황의 칙령으로 공포한 국민복령에 따른, 남성을 위한 표준 제복.

3 군대에서 한 조의 우두머리를 이르던 일본말.

조씩 대열을 가다듬었다. 그런 와중에 국기게양대에 국기가 오르고 똑딱선 중에서는 가장 작고 깨끗한 미도리마루(綠丸)가 국민복을 입은 몇십 명의 사람들을 태우고 나타났다. 일흔이 넘은 늙은 사장이 맨 먼저 배에서 내렸다. 완고해 보이는 이마에는 땀방울이 송글송글 맺혀 있었지만 상의의 단추 하나도 끌러 놓지 않았다. 뒤를 이어 교통국 출장소장이 배에서 내렸다. 이어서 조선부장(造船部長)이 내려왔고, 서류가방을 끌어안고 뒤따라 내려오는 사무원들도 평소와는 달리 눈과 입가에 긴장감이 감돌았다. K섬 조선소가 처음으로 맡은 표준형 화물선의 설계도가 이날 처음으로 전달된다.

국민의례가 있고 나서 사장의 인사, 교통국 출장소장의 격려의 말이 끝나고 조선 책임자들에게 설계도를 한 장씩 나누어 준 다음, 뒤이어 조선부장의 설명이 시작되었다.

길고 긴 설명이었다. 조선 책임자 이외의 사람들은 눈만 껌벅이고 있었지만 그들에게는 처음 있는 엄숙한 시간이다 보니 졸거나 떠드는 사람은 견습공 속에서조차 없었다. 설명이 끝나고 질문 시간에 이르러 책임자 중 한 사람이 일어나 질문을 시작했을 때는 견습공뿐만 아니라 일반 노무자들까지 웅성거리며 술렁였다.

"저 사람이 구니모토(國本)[4] 씨야."

"구니모토 씨가 최고래."

"뭐가?"

"멍청아, 뭐긴 뭐야. 배 만드는 거지."

"국어[5]도 잘하는걸."

구니모토 다음으로 한 사람 더 가와사키(川崎) 감독이 일어났지만 책임자들은 하나같이 도면만 뚫어지게 쳐다볼 뿐 입을 다물고 있었다.

4 창씨개명한 성씨 중 하나로, 뒤이어 나오는 조선인의 일본식 성씨는 모두 같은 경우임.
5 國語. 일본어를 뜻함.

그렇다고 책임자들이 구니모토나 가와사키 감독보다 조선부장의 설명을 더 잘 알아들었던 것은 아니었다. 무엇보다도 도면이 몹시 복잡해서 이런 자리에서 그 내용을 금방 이해하기 어려운 데다, 질문을 하고 싶어도 어설픈 국어 실력으로는 부하나 동료들의 비웃음을 살까 봐 주저했기 때문이다. 또한 그 자리에서 질문을 못했다 해도 그들은 별로 걱정할 필요가 없었다. 그들 곁에는 가와사키 감독보다 더 친절하게 조선어로 모르는 부분을 가르쳐 주는 구니모토가 있었다. 학술적인 문제라면 모르지만, 조선 기술이라든가 설계도의 내용을 깊이 파악하고, 완성된 선박을 한 번만 훑어봐도 금방 식별하는 안목을 가진 가와사키 감독도 구니모토에게는 한 수 아래라는 것을 그들은 잘 알고 있었다. 삼십 명 남짓한 책임자들 중에 하야시(林), 히라노(平野)처럼 나이 많은 것을 내세우는 사람들은 툭하면 "구니모토의 시대는 이미 끝났어"라며 질투를 하지만, 이날도 회합이 끝나고 밖으로 나와 막상 도면을 펼치자 구니모토 주위에 모여든 사람들 속에 하야시와 히라노도 끼어 있었다.

구니모토는 소년기에 모지(門司)[6]에 있는 조선회사에서 십 년 동안 일했다. 이번에 통합된 회사의 모회사인 목포 M조선회사에 입사한 지도 벌써 칠 년 가까이 지났다. 그중 후반 삼 년은 감독으로 일했다. 그는 선박 작업뿐만 아니라 천성적으로 손재주 자체가 뛰어나서 설계 도면보다도 훨씬 우수한 배를 만들어냈다. 똑같은 설계도로 범선을 제작했는데도 구니모토의 손을 거치면 보기만 해도 튼튼하고 빠를 것 같았다. 선원들도 구니모토가 만든 배는 속도가 빠르다고 말하곤 했다.

구니모토는 조선 기술이 뛰어났지만 무엇보다도 배를 좋아했다. 어릴 때는 연날리기를 굉장히 좋아해서 대나무 조각과 종이만 있으면 연

6 일본 규슈(九州)의 최북단에 위치하며 기쿠 반도(企救半島) 대부분을 차지하는 지역. 근대기에는 석탄 출하와 무역 중계기지 역할의 항만 도시로서 번창했다.

만들기에 열중했지만, 어떤 계기로 배 만들기를 배우고 난 후로는 연 따위는 돌아보지 않았다. 하늘보다 안전하게 배를 띄울 수 있는 바다가 좋았고, 반드시 실을 이용해야 하는 연보다 바람을 마음껏 이용해서 자유자재로 움직일 수 있는 배가 훨씬 마음에 들었다.

경성에 가서 어느 백화점에 들렀을 때였다. 옛날 돛단배 모형이 유리 상자 속에 들어 있었는데, 작은 목선 한 척만큼 값이 비싸다는 점으로 미루어 보아 조선공들이 참고하는 모형이 아니라 호화로운 응접실이나 서재를 꾸미는 장식용 상품임에 틀림없었다.

"배를 좋아한다 해서 그걸로 나를 얕보진 않겠군."

구니모토는 의기양양해졌다. 집에 돌아오자마자 돛단배 모형을 만들었다. 그 후로 배 모형 제작에 몰두하여 지금까지 십여 척을 넘게 만들었는데 그중 가장 완성도가 높고 멋진 모형은 지금도 조선회사 사장실에 모셔져 있다. 구니모토에게 배는 자신의 자식과 다름없었다. 의장(艤裝)[7] 작업이 끝난 배가 자신의 손을 떠나 다른 사람에게 넘겨지는 모습을 볼 때는 자랑스러움과 더불어 말로 표현할 수 없는 쓸쓸함을 느끼곤 했다. 그것은 '애지중지 키운 딸을 시집보낼 때의 마음과 똑같을 것' 같았다. 구니모토는 딸이 아직 어려서 시집을 보낸 경험은 없지만 '딸을 시집보낼 때 바로 이런 마음이겠지'라고 항상 생각했다. 이처럼 배를 사랑하다 보니 어디서 누가 만든 배인지는 몰라도 선수(船首)가 파손되었거나 외판(外板)이 벗겨진 채로 다른 선박에 견인되어 들어오는 배를 보면 구니모토는 선주(船主)보다도 더욱 분개했다.

"저 배에는 눈뜬장님들만 탔었군. 배는 하라는 대로 움직이기 마련이어서 그 배를 탄 인간의 성격을 극명하게 드러내 주지. 배를 저 지경으로 만들어 놓고도 그자들은 남의 일처럼 태연하겠지."

7 배의 여러 설비, 즉 배 운용에 필요한 모든 것의 통칭. 선체를 제외한 나머지 장비의 설치 및 꾸미기 작업을 뜻하기도 함.

구니모토는 세차게 비바람이 몰아치는 날에는 귀갓길에 자주 선창을 돌아보곤 했다. 바람이 불면 작은 목선들은 선창에 한데 모아 정박시켜 두었다. 다른 사람의 솜씨를 구경하는 것도 몇 년 전에 시집보낸 딸을 만나는 것만큼 즐거웠다. 저마다 자유롭게 각양각색으로 흔들리는 배의 모양을 보는 것도 즐거웠다.

이런 구니모토가 구십 톤이나 되는 배를 만든 적이 있었다. 지금까지 그가 만든 배 중에서 가장 큰 배였다.

"철선(鐵船)에 뒤지지 않을 만큼 큰 배를 만들어 보겠어."

이런 소망을 은밀하게 가슴에 품고 있던 구니모토에게 이번에 ○○톤이 넘는 배의 제작이 맡겨져 의욕이 넘쳐 있었다. 여러 회사가 통합되었을 뿐 아니라 징용되어 온 조선공만도 이백 명 이상이었고, 배 한 척씩을 맡은 책임자만도 오십여 명이었다. 그 속에서 구니모토는 기술면이나 능률면에서 최고가 되고 싶은 욕망이 누구보다도 강하여, 속으로 경쟁심이 끓어올랐다.

구니모토는 밤새 잠을 이루지 못했다. 설계도는 지금까지 다뤄 본 것 중에서 가장 치밀하고 정확했기에 고민할 필요가 없었다. 조립을 끝낸 골격 위에 외판을 붙여서 배가 완성되는 과정을 눈앞에 그려 보는 것만으로도 즐거웠다. 그러나 배의 형태를 생각하면 할수록 미심쩍은 부분이 있었다.

"이렇게 크고 적재량이 많은 배라면 물의 저항을 가능한 한 적게 만들어야 할 텐데…."

구니모토가 볼 때 배의 가로 길이가 너무 넓었다. 외관상으로도 매끈한 맛이 결여되어 있었다. 따라서 선수와 선복(船腹)[8] 부분에 물의 저항이 증가하여 속도가 떨어질 것 같았다. 하지만 설계도는 한 사람이 그

8 배의 중간 허리로, 사람이 타거나 짐을 실을 수 있는 부분.

리지 않는다. 만약 한 사람이 만들었다 해도 그 설계자가 옆에 있는 것도 아니어서 이의를 제기할 수도 없었다. 이 문제를 고심하던 중에 문득 "아니다. 이대로 해보자"라는 생각이 들었다.

"이 설계도라면 오히려 각자의 실력을 제대로 드러낼 수 있다. 설계도대로 충실히 따를 수밖에 없지만 선수와 선복 사이만이라도 내가 가진 기술을 최대한 발휘해서 좁힌다면 경쾌함이 살아날 거다. 이런 부분에 관심을 갖는 책임자는 몇 안 될 거야."

구니모토는 결심을 굳혔다.

"먼저 기술로, 그 다음에는 능률로 내 존재를 확실하게 보여주겠어. 가와사키? 흥! 그 수준으로 가와사키 따위가 무슨 감독이라고. 배 만드는 일이나 배를 보는 안목이라면 목포 바닥에서 나를 따라잡을 자가 없지."

구니모토는 전에 일했던 회사에서는 감독 자리에 있었지만 새 회사에서 남의 밑에 들어가게 된 것에 다소 불만을 품고 있었다.

다음 날 아침에도 일찍부터 사장 이하 조선부장, 자재부장, 노무계 주임, 본사원(本社員) 등이 출근했다. 공사장 할당이 시작되어 책임자들에게 일정한 수의 공원(工員)과 선재(船材)가 배당되었다. 공원은 직공(職工)으로 인정받은 열아홉 명과 견습공 삼십 명, 책임자까지 합하여 오십 명의 노동자가 한 척의 배를 완성하는 것이다. 작업 시간은 아침 일곱시부터 저녁 여섯시 반까지였다. 점심시간 삼십 분과 오후의 중간 휴식 시간 삼십 분을 빼면 하루 열 시간 반의 작업이었다.

"이봐! 사람을 동원해서 하루 이렇게 일하면 완성 때까지 얼마나 걸릴까?"

일을 시작한 첫날 아침부터 책임자들 간에 주요 화제는 이 말이었다. 가와사키 감독이 점심시간에 책임자들이 모여 있는 자리에서 먼저 운을 뗐다.

"며칠 정도면 완성할 수 있을 거 같나? 한번 예측을 해 보자고."

모두가 구니모토의 입을 바라보았다. 구니모토는 이미 어림잡아 며칠이라는 결론이 나 있었지만 다른 책임자들의 의중도 떠보고 싶었다.

"아까 기무라(木村) 씨는 한 달 만에 끝낼 수 있다고 했지?"

"농담이야. 우리가 신이 아닌 바에야 어떻게 한 달 만에 완성하겠어? 아무리 생각해도 이백 일 정도는 걸릴 거야."

이 말을 시작으로 책임자들의 말문이 터졌다.

"이백 일까지는 안 걸릴지라도 최소 백 일쯤은 필요할 거야."

"백 일이라고? 백 일을 가지고는 외판을 붙이는 것만도 벅차."

"나도 그렇게 생각하네. 분명히 말하지만 백이삼십 일 정도까지는 끝낼 수 있다고 봐."

"우리는 오 개월 정도로 잡았어."

"오 개월이라! 백오십 일이군. 그렇지, 그 정도라면 가능하지."

구니모토는 다른 책임자들의 이야기가 끝날 때까지 묵묵히 듣기만 했다. 그리고 마음속으로 '내가 일정을 너무 짧게 잡았나?'라고 자신의 판단을 재고해 보았다. 그러나 아무리 새로운 설계일지라도 크기와 톤수가 정해져 있으니 그렇게 막연한 추정은 아니다. 구니모토는 연인원(延人員) 이천 명이면 가능하리라 생각했다. 직공이 이십 명, 견습공 세 명을 한 명으로 쳐서 열 명. 즉 삼십 명으로 진행한다면 삼칠에 이십일, 칠십 일 정도면 충분할 거라고 생각했다.

어쨌든 제일 먼저 용골(龍骨)[9]을 짠 곳은 구니모토의 작업장이었다. 일찌감치 일호선은 구니모토의 배로 결정되었다는 소문이 나돌았다. 이번 작업은 배를 한 척씩 따로 이름 붙이지 않는다. 완성된 순서대로 제○호선이라고 부르기로 되어 있다. 일호선은 기술이나 능률면에서 당연히 가장 우수하다고 인정하여, 일호선 책임자에게는 특별상이 주어질

9 선박 바닥의 가운데를 받치는 재목. 배의 중심 뼈대에 해당한다.

참이었다.

조골(助骨)[10]을 붙이는 작업을 가장 먼저 시작한 곳도 구니모토의 배였다. 이 속도로 진행한다면 구니모토가 예정했던 칠십 일로 충분히 가능했다. 그런데 어찌된 영문인지 조골을 붙인 뒤로는 작업의 진척 속도가 더디었다. 더구나 바로 옆 공사장을 맡은 하야시의 배가 용골 작업에서는 오 일이나 뒤졌는데도 조골을 붙이기 시작한 시기는 구니모토의 배와 거의 차이가 없었다. 당황했지만 역시 외판을 붙이기 시작한 시기는 구니모토의 배가 가장 빨랐다. 그러나 삼 일 후에는 하야시도 외판을 붙이기 시작했기 때문에 구니모토는 하루도 작업 속도를 늦출 수 없었다.

"하야시에게 이렇게 추격을 당하다니…."

구니모토는 하야시가 밉기까지 했다. 하루라도 더 빨리 완성할 자신은 있다. 다른 배라면 삼사십 일 정도는 유유히 앞질러 가서 여유를 부리고 있을 텐데, 하야시 때문에 숨 돌릴 틈도 없이 쫓길뿐더러 유아독존의 명성마저 잃게 될 지경이었다. 그렇긴 해도 달리 방법이 없었다.

"하야시를 따돌리지는 못하더라도 실력을 발휘해서 기술로 앞서 가보자. 내 발끝에도 닿지 못한다는 것을 확실하게 보여 줘야지."

구니모토는 한 번에 끝날 일도 세세한 부분까지 정성을 기울여 두 번 세 번 더 작업을 했다. 직공에게 맡겨도 될 일도 일일이 자기 손을 대지 않고는 직성이 풀리지 않았다. 그런 이유로 작업이 늦어지긴 했으나 적어도 하야시보다는 사오 일은 앞설 자신이 있었다. 예상했던 대로 기공일부터 칠십이 일째가 되던 날, 하야시의 배보다 나흘 일찍 완공을 했다.

역시 배를 보는 안목이 있는 사람들은 같은 설계이면서도 하야시의 배보다 구니모토의 배가 훨씬 더 뛰어나다고 입을 모았다. 그 말을 듣고

10 '늑골'이란 뜻으로, 배를 만들 때 가운데 뼈대인 용골을 중심으로 갈비뼈처럼 뻗쳐 있는 기둥.

보니 신출내기 견습공의 눈에도 구니모토의 배가 굵어야 할 곳은 굵고 가늘어야 할 곳은 가늘고 섬세한 곳은 섬세하여 완성도가 뛰어나고, 전체 모습이 견고하고 날렵하다고 느껴졌다. 구니모토는 작업이 종료된 날, 목포로 나가 술과 담배를 사 와 한턱내면서 조원들을 고무했다. 다음 날부터 다음 배의 용골을 깎기 시작했다.

목포 조선소의 제일호선은 당연히 구니모토의 배로 정해졌다. 위장망(僞裝網)이 씌워졌으며, 'NO 1'이라는 글자도 새겨졌다. 제일호선만으로 진수식을 거행할 예정이었으나 곧 제이호선인 하야시의 배가 준공될 예정이었으므로 그것을 기다렸다가 두 척이 함께 진수식을 갖기로 계획이 변경되었다.

진수식 날은 날씨가 맑게 개었다. 목포에서 온 본사 간부들은 물론이고 교통국 출장소장 외에도 낯선 손님들의 모습이 보였다. 부윤(府尹)[11]과 경찰서장, 신관(神官)[12], 신문기자와 사진반, 은도끼로 진수시킬 배의 줄을 자르게 될 어린 소녀, 말쑥하게 차려입은 사장 딸 등 K섬이 생긴 이래 가장 호화로운 광경이 펼쳐졌다.

아침부터 한편에서는 식장 준비로, 다른 한편에서는 진수식 채비로 분주했다. 그중에서도 두 배의 책임자들은 자칫 문제라도 생기면 어쩌나 하는 마음으로 바쁜 몸보다 마음이 몇 배나 더 복잡하고 초조했다. 진수대에서 올려다보면 배는 엄숙하게 서 있었다. 구니모토는 이렇게 큰 배를 진수시키는 것도 처음이요, 다른 사람이 만든 배를 진수시키는 것을 보는 것도 처음이었다. 철선 진수식 때처럼 공업용 우지(牛脂)를 쓰는 것도 처음이었다. 선체에 비해 진수대가 아주 작아 보였다.

"옆으로 쓰러지기라도 하면…" 구니모토는 가와사키 감독에게서 나

11 일제강점기인 1914년에 실시된 부제(府制)에서 지방관청인 부(府)의 우두머리. 현재의 시장에 해당함.

12 관에서 신을 모시는 일을 맡은 사람.

가사키현(長崎県)의 조선소에서 그런 사고가 있었다는 것을 들은 적이 있었다. 기름이 부족하여 미끄러짐이 멈추면 그렇게 되기 쉽고 지나치게 잘 미끄러져도 그렇게 될 위험이 있다는 것이었다. 식이 어떻게 진행되었는지, 어디까지 진행되었는지 구니모토는 전혀 알지 못했다. "비켜! 비켜!"라는 가와사키의 호령 소리에 간신히 구니모토는 선복 밑에서 빠져나왔다. 만일의 사태를 대비해 배의 좌우에는 아무도 가까이 있지 못하게 했다. 그러나 구니모토는 배가 쓰러진다면 자기 혼자라도 지탱해 보이겠다는 심정으로 멀찍이 물러서지는 않았다. 은도끼 소리는 들리지 않았지만 배가 움직이기 시작했다. 멋지게 미끄러졌다. 선미(船尾) 쪽에서 곧 흰 포말이 일기 시작했다.

잠시 후 이번 작업에서 가장 정성이 들어간 선수 부분이 구니모토 눈앞을 지나갔다. 산처럼 앞을 막았던 선체가 사라지자, 곧 강한 햇빛과 함께 맑은 바닷바람이 불어왔다. 바람도 느끼지 못한 채 구니모토는 멍하니 서 있었다. 배가 완전히 진수대를 떠났다. 반쯤 물속에 가라앉았다가 다시 떠올라 원래의 모습으로 돌아온 것을 지켜본 후에야 바닷가에 울려 퍼지는 만세 소리가 구니모토의 귀에 들어왔다. "휴우!" 하고 비로소 땀을 닦고 그 자리에 쪼그리고 앉았다가 가와사키가 손을 내밀어 주어 그 손을 잡고 일어났다. 이날 구니모토와 하야시 두 책임자에게는 사장이 주는 특별상이 수여되었다. 특히 제일호선 책임자인 구니모토는 두툼한 부상이 추가되었다. 내빈 측에서 부윤과 경찰서장이 구니모토를 불러 격려와 찬사의 말을 선사했다. 구니모토 조의 직공과 견습공까지 조원들 모두가 어깨를 으쓱이며 자랑스러워했다.

그런데 다음 날 아침에 꿈에도 생각지 못한 일이 벌어졌다. 의장부(艤裝部)에서 진수된 배에 여러 기자재를 옮기려고 배에 올라가 보니 화물창에 물이 가득 차 있었던 것이다. 진수된 또 하나의 배를 조사해 보니 물이 한 방울도 들어와 있지 않았다. 한쪽 배만 심하게 침수되어, 밖에서 보면 무거운 짐이라도 가득 실은 듯 선각(船脚)[13]이 물속에 가라앉아 있었다. 더욱이 그 배는 기술적으로 제일 뛰어나다고 인정한 구니모토의 제일호선이었기에 사람들은 경악을 금치 못했다.

"내가 만든 배가 침수됐다고?"

구니모토는 귀를 의심했다. 조선공에게 이보다 더 큰 치욕은 없었다.

"내 배라고? 그럴 리가 없어. 정말로 침수되었다면 이건 누군가가 꾸민 짓이야."

구니모토는 배를 향해 황급히 달려갔다. 배에 오르지 않고 밖에서만 봐도 화물을 족히 오륙십 톤은 실어 놓은 것처럼 선체가 물속에 잠겨 있었다.

"대체 이게 무슨 일이람."

가와사키 감독이 눈을 동그랗게 뜨고 달려왔다.

"누군가 날 함정에 빠뜨리려고 음모를 꾸몄어."

"그럴 리가. 배에는 올라가 봤나?"

"나에게 그런 말을 하다니. 우린 이십 년이나 조선소 밥을 먹고 살아왔어. 내가 가라앉을 배를 만들 리가 없잖아. 가와사키 씨는 날 그런 인간으로 보나?"

"어쨌든 어서 빨리 원인을 찾아 구멍을 막아야지."

"어떤 놈이 벌인 짓일까?"

구니모토는 동료 중 누군가가 질투 끝에 벌인 흉계가 틀림없다고 생각했다. 각 작업장에서 걱정스런 표정으로 보러 나온 책임자와 직공들을 샅샅이 훑어보면서 감독과 함께 거룻배를 타고 가서 제일호선에 올랐다.

구멍은 금방 찾아냈다. 선수 아래의 외판이 한 장 휘어져 있었다. 누군가 꾸민 짓이 아니라는 것을 바로 알 수 있었다. 구멍은 물속에서 생

13 배가 물에 떠 있을 때 물에 잠기는 부분. 흘수(吃水).

긴 것이었다. 인간의 힘으로는 뜯어낼 수 있는 일이 아니었다.

구니모토는 얼굴이 창백해졌다. 가와사키 감독이나 의장부 사람들 앞에서 고개를 들지 못했다. 말없이 뭍으로 돌아와 "무슨 일이야. 어떻게 된 거야"라고 물어보는 동료들에게 한마디도 하지 않고 그대로 사택으로 돌아갔다.

내 손으로 물이 새는 배를 만들다니 상상도 못한 일이었다. 물에 뜬 채 수리할 수 있을 정도의 구멍이었다고는 해도 물이 새는 배를 만들었다는 사실은 조선공에게는 최대의 치욕이었다. 그야말로 배의 상태는 펌프까지 써서 퍼내야 할 정도였다.

배를 완전히 뭍으로 끌어올려 외판 한 장을 다 바꿔 붙여야 한다.

"이게 무슨 추태냐…."

구니모토는 열이 나서 자리에 몸져 누워 버렸다. 문을 단단히 걸어 잠그고 해가 지기만을 기다렸다.

외판이 휘어진 이유는 뚜렷했다. 선재(船材)가 한정되어 선택이 여의치 못했고, 뱃머리의 모양을 설계도보다 세련되고 아름답게 만들기 위해 억지로 구부렸기 때문이었다.

"그렇다 해도 그리 쉽게 휠 줄이야… 운이 나빴던 거다."

구니모토는 그렇게 생각했다. 그러고는 결심했다.

"체면이 있지. 여기서 어떻게 다시 연장을 잡나."

저녁도 거른 채, 날이 저물자마자 집을 나섰다. 가와사키 감독의 집으로 가려면 작업장을 지나야 했다. 그쪽을 보지 않으려 해도 그럴 수 없는 자리였다. 제일호선은 보란 듯이 뱃머리를 빳빳하게 쳐들고서 선체의 반 정도를 땅 위로 드러내고 있었다.

"흥! 내일이면 목포에서 온 수선공들이 '이 배 만든 놈 낯짝 한번 보고 싶네'라며 실컷 비아냥거리겠지."

구니모토는 벌써부터 귀가 간지러웠다. 생각해 보면 펌프로 물을 퍼낼 때부터 발동기선으로 배를 끌어올릴 때까지 얼마나 많은 인간들이 배를 보고 험담과 욕을 퍼부을까.

구니모토는 가와사키 감독의 집 현관 앞까지 와서 서 있었다. 혹시 동료 중 누군가가 와 있으면 어쩌나 하고 낌새를 살피고 있을 때, 현관문이 드르륵 열렸다.

"누구세요?"

"가와사키 씨!"

"어! 구니모토 아닌가."

"가와사키 씨와 좀 상의할 게 있어서…."

"그래? 자, 이것 봐."

그러면서 가와사키 감독은 한 되짜리 정종 한 병을 눈앞에서 흔들어 보였다.

"방금 목욕 끝내고, 그렇잖아도 같이 한잔하자고 자네를 찾아가려던 참이었지. 마침 잘 왔네. 자 어서 들어오게나."

구니모토는 잠자코 뒤따라 들어갔다. 그러고는 술이 나올 때까지 기다리지 않고 곧바로 찾아온 이유를 말하기 시작했다.

"가와사키 씨한테는 정말 미안하네."

"미안하긴…. 우리는 동지가 아닌가. 그런데 원인은 찾았나?"

"원인? 그거야 빤하지. 정말 몰라서 묻는 건가?"

"난 알지. 외려 당사자인 자네가 그 이유를 잘 모르는 것 같단 말이지."

가와사키 감독은 의미심장한 미소를 지었다.

"그 외판이 왜 휘었는지 내가 그걸 모른다고 말하고 싶은 건가?"

"물론 그 정도는 알고 있겠지."

"어찌됐든 간에 가와사키 씨, 난 이제 여기서 일하기 어렵게 돼 버렸어."

"그 기분 잘 아네. 나도 꼬맹이 때부터 조선공으로 고생고생하면서 잔뼈가 굵은 놈이니까. 그건 그렇고 내가 보기에 자네는 이번 실패의 원인이 어디 있는지 아직도 모르는 것 같군. 그걸 깨닫지 못했으니 그만두겠다고 날 찾아왔겠지.”

가와사키 감독의 목소리가 갑자기 진지해졌다. 무릎을 가지런히 하고 반듯하게 앉아 담뱃불을 비벼 끄고는 띄엄띄엄 말을 이어갔다.

“이번의 작은 실패는 구니모토 자네나 조선소에 있는 모두에게 오히려 아주 다행스런 일이라고 생각하네. 앞으로 어떻게 일을 해야 하는지 큰 가르침을 받았다고나 할까. 표면이 딱딱한 목재를 주고서 중요한 뱃머리 부분의 외판으로 쓰라고 했으니 책임은 회사에도 있고 나에게도 있네. 그러니 자네만 잘못했다고 나무라지도 못할 노릇이지. 그렇게 외판 한두 장 갈아 붙이는 건 문제가 아냐.”

“그럼….”

구니모토는 무슨 말을 하는지 이해할 수 없었다.

“이 조선소에 자네만 한 기술자도 없다는 사실은 아무렴 자타가 인정하지. 나뭇결이 거친 조선 삼나무를 억지로라도 그런 각도로 붙일 수 있는 사람은 자네 말고는 아무도 없어. 난 그걸 잘 알고 있네.”

“….”

“그러나 원인은 거기에 있는 게 아닐세. 붙일 당시에는 그 외판이 구부러진 상태로 붙어 있다 해도 물에 잠기면 비틀린다는 것쯤은 구니모토 자네가 몰랐을 리가 없지.”

“그럼 내가 알면서 일부러 붙였다는 건가? 말이 너무 심하지 않나.”

“물론 경쟁심은 필요하네. 없으면 안 되지. 나도 그런 경험이 있으니까. 그런 경쟁심이 나쁘다는 뜻이 아니야. 다만 자네는 일을 시작할 때부터 지나치게 자신이 가진 실력을 뽐내고 싶어 했거나 자신의 명예만을 염두에 두었던 건 아니었을까? 실제로 그 설계도를 바탕으로 만들어진 배치고는 일호선이 겉보기에 깔끔하지만 무리해서 만든 부분이 많지 않았을까? 지금은 대량 생산이 목적이다 보니 배 만드는 재료가 충분히 공급되질 않아. 그 점을 전제로 하고 처음부터 외양 같은 건 도외시 한 설계였는데….”

“하지만 실제로는 외양만의 문제가 아닐세. 속도와도 관계가 있어.”

“‘실제로’라고 말하지만 실제로 그런 실패를 하지 않았나. 그러니까 지금은 실패한 사실을 추궁하자는 게 아닐세. 그러니 솔직하게 말해 보게. 이번 일호선을 만드는 동안 자네는 자신의 명예만 생각하고 있지 않았는지.”

“그런 마음이 없었다고는 단언할 수 없겠지.”

“물론 그런 생각을 갖지 말라는 뜻은 아니네. 하지만 전에 다니던 개인회사에서 개인 자격으로 대우를 받고 일했을 때의 사고방식을 그대로 갖고 있다면 그건 좀 문제가 있지 않을까? 반성할 여지가 있다고 생각하네. 지금 우리가 만드는 배는 완성을 해도 이름을 붙이지 않고 몇 호선이라고 부르지. 우리 노동자들도 작업장에서는 전선에서 싸우는 병사들처럼 개인의 이름 따위는 필요가 없지. 가능하다면 세밀하게 분업화해서 일 자체의 능률을 높여야 하니까. 이번 일호선의 경우도 책임자가 일일이 확인하는 것이 당연한 일일지는 모르지만, 어쨌든 자네는 하나하나 자신의 손을 거치지 않으면 다음 작업에 들어가지 못하게 했어. 그만큼 정성을 들이는 건 좋지만 그로 인해 작업이 늦어진 것도 사실이야. 다른 직공들에게 맡겨도 되는 일은 믿고 맡기는 것이 분업정신 아닌가. 만약 이번 일에서 자네가 처음부터 지금까지의 개인주의를 완전히 청산하고 작업에 임했다면 일호선은 제작 일수도 칠십 일 이내의 기록을 세웠을 걸세. 또한 그처럼 뱃머리에 무리가 가는 실수도 없었을 테고. 어때, 그렇지 않나?”

구니모토는 대답하지 않았다. 그러나 자세나 얼굴 표정에 아까보다는 확실히 훨씬 더 경건하고 굳건한 의지가 드러나 보였다.

“첫째, 동료들은 명예를 얻기 위해 싸우는 한 개인이 아니라 같은 전선에 서 있는 전우라고 생각할 것. 둘째, 설계도대로 작업하는 것이 가장 안전한 길임을 명심할 것. 셋째, 최대한 분업화해서 직공들에게 책임을 갖게 하고, 성과가 좋든 나쁘든 완성도와는 관계없이 책임을 개인이 아니라 전원이 공동으로 짊어질 각오로 일할 것. 바로 이런 점들이 이번 일호선 실패에서 배운 정신훈련 내용이라네."

"…."

"굳이 다 말로 할 필요는 없어. 하루라도 빨리, 한 척이라도 더 많이 만들라고 외치는 이 긴박한 상황에서 다 같은 전우라고 생각했다면 개인의 체면을 지키겠다고 직장을 떠나는 게 옳은 판단일까."

"더 말하지 않아도 잘 알겠네. 이제 다 이해했어."

두 사람 사이에 잠시 침묵이 흘렀다.

그때서야 술이 나와 있었다는 것을 주인도 손님도 알아차렸다.

"자, 감정을 추스르고 오늘밤은 편하게 마시자고. 내일부터는 다시 새 기분으로…."

"고맙네. 정말로 내 생각이 모자랐어. 가와사키 씨 덕분에 실패의 원인을 잘 알게 되었네. 그런데 지금 몇 시나 됐지?"

"왜? 아홉시 조금 넘었네."

"외판 한 장 바꿔 붙이는 데 세 시간이면 충분해. 그나저나 동트기 전에 발동기선을 사용할 수 있을는지."

"그 사람들이야 깨우면 되는데 야간작업까지 할 필요가 있겠나? 자, 오늘은 오랜만에 한잔하세. 난 지금 기분이 좋아."

"아니, 한잔하는 건 내일 밤으로 미룸세. 일호선이 입을 떡 벌리고 있는데 어찌 목구멍에 술이 넘어가겠나."

그렇게 말하고 구니모토는 결국 자리를 떴다.

다음날 아침 조선장에 모인 사람들은 모두 놀라서 눈이 동그래졌다. 오늘 수리할 예정으로 뭍으로 끌어올려 놓았던 일호선이 '무슨 일 있었나요?'라고 말하는 듯 천연덕스런 모습으로 물 위에 떠 있었기 때문이었다.

제일호선의 책임자였던 구니모토는 태연하게 자신의 작업장에서 다음 배의 용골을 깎는 데 여념이 없었다.

「제일호선의 삽화(第一號船の挿話)」『국민총력(國民總力)』, 국민총력조선연맹(國民總力朝鮮聯盟), 1944. 9.

서문 및 최초 발표본

책머리에[1]

내가 남의 저서에 서문을 쓰기로는 이것이 처음이다. 전에도 이와 같은 청을 받은 적이 여러 번 있었으나, 내 힘이 거기까지 및지[2] 못함을 잘 아는 나는 한 번도 대답한 일이 없었다.

그러면 이제는 내 힘이 여기까지 미친 것인가. 무론 아니다. 더구나 이 책은 나의 전문이 아닌 소설집이 아닌가. 그렇거늘 어찌하여 용감하게도 어리석은 붓 끝에 먹을 찍어 이 귀중한 책머리를 더럽히는가.

상허(尙虛) 이태준 군과 나는, 일찍 동쪽 섬나라에 나그네 몸으로 있을 때에 알게 되어, 이후 십 년 동안을 사귄 벗이다. 그리하여 차차 서로 그 마음을 알고 또 마음을 주는 벗이 되었다.

세상에는 서로 아는 글벗끼리에도 '글'은 버리고서 '사람'으로만 정드는 이가 있고, 또 그와는 딴 쪽으로 그 '사람'은 피하고서 그 '글'만을 읽게 되는 이도 있다.

그중에 어느 것 한 쪽만을 취해야 할 때에 우리는 가끔 어딘지 한구석 적막한 듯한 느낌을 받는다. 그것은 좀체로 얻기 어려운 '쌍전(雙全)[3]'을 구태여 얻고 싶어 하는 사람의 욕심에서 생기는 '적막'이다.

그러면 이 거의 '무리'한 욕심을 채울 수는 없는 것인가. 나는 여기서 '이 벗과 이 벗의 글을 보았노라' 하고 대답하여 머뭇거리지 아니한다.

세상의 모든 사람이 다 같이 이르되 '글과 사람은 따로 볼 것이라'고

1 노산 이은상이 상허의 단편집 『달밤』을 위해 쓴 서문.

2 '미치지'의 준말.

3 두 가지 모두 온전함.

외칠지라도 나만은 (나만도 아니지만 나만은) 글과 사람을 함께 보고 싶은 때문에 이 말을 아니할 수가 없다.

그러므로 나는 이 책이 나오기를 너무도 오래 기다리었고, 이제 마침내 나오게 되매 내 기쁨이 내 붓으로 하여금 그 '어리석음'을 잊어버리게 한 것이다.

저자는 그동안 지어 모았던 단편 중에서 스무 편을 골라 이 한 권 책을 만들고, 그중 한 편의 제목인 '달밤'을 떼어 또 이 책의 제호를 삼았다 한다.

이 군은 과연 달밤 같은 사람이다. 달밤같이 맑다. 고요하다. 그의 높은 생각은 접하는 모든 사람의 마음을 순화하는 힘을 가졌다.

또한 이 군의 글은 진실로 달밤 같은 글이다. 달밤같이 향기롭다. 깨끗하다. 그의 명랑한 글은 읽는 모든 사람의 마음을 정화하는 힘을 가졌다.

이 높고 깨끗한 사상과 이 맑고 아름다운 감정을 가진 이 작자의 이 작품들은 반드시 현 문단의 자랑스러운 보배일 뿐 아니라, 조선말 조선 땅 조선 사람과 함께 긴 생명을 가질 줄 나는 확실히 믿는다.

그러므로 또한 이 책 나옴의 반가움이 내 붓으로 하여금 그 '분외[4]'임을 미쳐 못 깨닫게 한 것이다.

내가 여기서 이 군을 말하지 않을지라도 글을 읽는 이 땅의 모든 젊은이들이 이미 이 군을 잘 알 것이오, 또한 이 군의 글을 논하지 않을지라도 그는 진작부터 많은 독자를 가지고 있을 것이다.

그러므로 이 책은 누구의 추천을 기다리기 전에 제 스스로 가고 싶은 곳, 놓이고 싶은 책상 위에마다 한 권씩 한 권씩 제자리를 잡을 줄 안다.

4 分外. 제 분수 이상.

다만 원하건댄 이 『달밤』이 가는 곳마다 그 명랑하고 깨끗함을 힘입어 읽는 이의 마음이 고결하고 순정하여지거라. 또한 이 작자의 끊임없는 노력이 더욱 그 빛을 한껏 밝혀 무궁한 인생의 길을 이끄는 큰 빛이 되어지거라.

1934년 수렛날[5] 밤
이은상

『달밤』, 1934.

5 '수릿날'의 방언으로, 음력 5월 5일 단오를 말한다.

서(序)[1]

나는 이 책을 만들면서 몇 번이나 화가(畵家)들의 경우를 생각해 보았다. 이 책은 화가들에게 있어 전람회와 같은 나의 개인전이기 때문이다.

개인전이라 생각할 때, 나는 지금도 괴롭다. 개인전에는 무엇보다 먼저 하나의 통일된 개성이 전경(全景)을 지배해야 할 터인데 나의 이 책에는 그것이 뚜렷하지 못하기 때문이다.

나의 조그만 경험에서는 아직 한 번도 자기의 작품을 만족히 읽은 기억이 없다. 더구나 이번에 달포를 두고 주물럭거리다가 이 스무 편을 고르면서도 나는 하루 저녁도 유쾌히 잠들어 본 적은 없다. 어떤 것은 문장을, 어떤 것은 사건을, 어떤 것은 제목까지 붉은 작대기를 그어 집어던지었다가 이틀, 사흘씩 고쳐 보았다. 그러나 하나도 만족하게 고쳐진 것은 아니었다.

자꾸 고치자!

나는 여간해선 자기가 만족할 수 있는 작품을 내어놔 보지 못할 것을 깨달았고, 그 대신 기회만 있으면 평생을 두고 고칠 것을 결심하였다. 내가 이 책을 만들며 얻은 것은 이 결심이다.

빈약하나마 이 책은 나의 문학생활의 첫 기념물로 여기는 것이며, 이 책을 이다지 호사시켜 준 이은상, 김진호(金鎭浩)[2], 김병제(金炳濟)[3], 김용

1 이 글과 이어지는 두 편의 글은 이태준이 자신의 세 단편집에 쓴 서문들이다.
2 생몰년 미상. 『달밤』 출간 당시 한성도서주식회사의 지배인이자 인쇄인.
3 1905-1991. 국어학자, 기자, 편집자. 『달밤』의 한글 교정 담당자로 추정.

준(金瑢俊)[4], 네 형의 호의를 깊이 감사한다.

1934년 5월 7일 경독정사(耕讀精舍)[5]에서 상허.

『달밤』, 1934.

4 1904-1967. 한국화가, 미술평론가, 한국미술사학자. 호는 근원(近園). 『달밤』의 장정을 했다.

5 '주경야독(晝耕夜讀)하는 집'이란 의미로, 상허의 성북동 자택 옥호로 추정.

머리에

여기 모은 십수 편의 단편들은 『달밤』 이후에 쓴 것들이다. 곧 나의 제이(第二)의 단편집이다.

그간 장편도 몇 쓴 것이 있다. 그러나 나는 아직은 이 작은 작품들에게 더 애정을 느낀다. 저널리즘과의 타협이 없이, 비교적 순수한 나대로 쓴 것이 이 단편들이기 때문이다. 내가 쓰고 싶은 것을, 내가 쓰고 싶은 때에, 내가 쓰고 싶은 투로 쓰는 것은 나의 생활에서 가장 즐겁고, 가장 안전하고, 가장 신성하기도 한 일이었다. 그래 내 생활에 다소 가치가 있었다면 그 가치의 화폐가 곧 이 단편들이라 해 마땅할 것이다.

나는 내 화폐의 가치를 알지 못한다. 그것은 이제부터 알려질 것인지 모른다. 다만 수전노가 돈을 어루만짐에 은전과 금전을 차별하지 않듯, 나도 아직은 분별이 없이 내 화폐를 애무하는 나머지, 이렇게 책을 매어 모아 나가는 것이다.

정축(丁丑) 유월(榴月)[1] 상완(上浣)[2] 상심루(賞心樓)[3]에서 작자.

『가마귀』, 1937.

1 석류꽃이 피는 달이란 뜻으로, 음력 5월을 이르는 말.
2 한 달 중 1일에서 10일까지의 기간. 상순.
3 상허가 성북동 자택 서재에 붙인 이름.

소서(小叙)[1]

『가마귀』 이후의 단편들을 여기 모으고 최근작 「돌다리」로 책제(冊題)를 삼는다. 장정은 이번에도 근원(近園)을 괴롭히었다.

변변치 못한 작품들이면서 그래도 책이 될 때는 기쁘다. 어서 친구들께 보이고 싶은 마음도 바빠진다. 정열(情熱)이라 할까? 후안(厚顔)이라 할까?

계미(癸未) 초춘(初春) 길일(吉日)[2]

상허불일(尙虛不溢)[3]

『돌다리』, 1943.

1 모음집의 서문을 뜻하는 중국식 한자어.

2 매달 음력 초하룻날.

3 상허가 자신의 호에 덧붙여 '비움과 넘치지 않음을 추구한다'는 겸손의 의미를 표현한 것으로 추정.

「코스모스 이야기」 최초 발표본 결말[1]

친정집에서 슬퍼하는 것은 하늘이 무너앉은 것 같았다.

그러나 명옥이는 나래를 얻은 새와 같았다. 날아갈 것 같은 경쾌와 천리만리 같은 질펀한 앞길의 전망(展望)을 느끼었다.

명옥이는 어느 선배의 집에 가 있으면서 현홍구를 찾았다. 현홍구는 만나기가 어려워 쉽지 않았다. 그를 알 만한 몇몇 잡지사를 거치어 여러 날 만에 숨어 다니는 현홍구를 만나기는 했다. 그러나 현홍구를 만날 때 명옥은 의외에 슬퍼졌다. 세상에 모든 사나이가 다 불행하게 되어도 현홍구만은 훌륭하게 되리라고 믿어 왔건만 오늘 눈앞에 나타나는 현홍구는 너무나 의외였다. 그 전과 조금도 다름이 없었다. 학생복은 아니지만 땀과 때에 전 모자와 양복, 뒤축이 물러앉은 구두, 그에겐 사회적 아무런 명망도 지위도 없이 그저 가난한 현홍구, 불행한 현홍구 그뿐이었다. 명옥은 탄식하였다.

'이게 무슨 모순이냐. 사람에겐 정말 팔자라는 것이 있단 말인가. 현홍구 같은 사람에게 행복이 오지 않는다면 어떤 사람에게 갈 것인가!'

명옥은 현홍구의 남루한 모양을 보고 자기 오빠나 자기 남편의 신세처럼 슬퍼하였다. 현홍구에게 훌륭한 직업과 지위를 주지 않는 사회가 한없이 원망스러웠다.

그나마 현홍구는 그 다음 날 다시 만날 기회도 없이 경찰에 발견되어 잡히어갔다. 또 그나마 놓여나올 날의 희망조차 끊어지고 말았으니 몸이 약한 현홍구는 옥에 들어간 지 넉 달 만에 위병으로 죽고 말았다.

1 본문 수록본 마지막 이후 이어지는 내용.

명옥의 슬픔은 컸다. 명옥의 눈앞은 캄캄하게 어두웠다. 그러나 빛은 어둠 속에서 나타나는 것이었다. 여기서, 이 암흑과 슬픔의 절정에서 명옥은 넘어지지 않았다. 오히려 멀리 서광을 느끼었다. 큰 용기를 얻고 손을 높이 들고 일어섰다.

'현홍구에게 훌륭한 직업과 지위를 주지 않은 것은 이 사회가 아니다. 이 사회 역시 현홍구와 똑같은 운명에 있다. 이 운명을 지배하는 자는 누구냐? 하느님이냐?'

명옥은 힘있게 머리를 흔들었다.

'아니다! 하느님은 똑같이 복되게 살도록 마련해 주셨다. 현홍구의 운명, 이 사회의 운명을 지배한 자는 하느님의 자비까지 유린한 자다. 그는 무엇인가? 귀신인가?'

명옥은 한참 생각하였다. 그리고 소리쳤다.

'현홍구의 운명, 이 사회의 운명을 지배한 것은 사람이다! 사람의 짓이다. [사행략(四行略)][2]'

명옥은 큰 용기를 얻었다. 시집을 벗어나서는 새와 같이 날아갈 듯한 경쾌를 느끼었으나 이번에는 바위를 들고 산을 떠 들고 일어서는 기중기(起重機)와 같은 거대한 저력(底力)을 느낀 것이다.

명옥은 유쾌하였다. 새로운 정열에 꽃송이처럼 불타는 그의 아름다운 얼굴은 명랑한 가을바람에 깃발같이 빛나며 형무소로 임자 없는 현홍구의 시체를 맡으러 갔다.

1932년 9월.

『이화』, 1932. 10. 31.

2 잡지에 발표시 검열로 인해 생략된 부분으로 추정.

「꽃나무는 심어 놓고」 최초 발표본 결말[1]

"에라, 저녁먹이는 생각해 무얼하느냐. 다른 집 술맛도 한 번 보리라."
하고 우쭐렁하여 지나다 말고 들어선 것이 바로 이 술집이었다.

"뭐!"

방 서방은 지게를 벗어 밖에 놓고 술청[2]에 한 걸음 들어서다 말고 주춤하였다.

"저년이!"

그는 눈이 번쩍하여 술청에 앉은 주모를 바라보았다. 주모는 시아버지의 상복을 벗어던지고 분홍저고리를 입은 것밖에는 조금도 눈에 선[3] 데가 없는 정순의 에미, 자기의 아내였다. 처음엔 그는 분함에 격하여 두 주먹을 부르르 떨고 섰을 뿐이었으나 그 주모마저 방 서방의 모양을 발견하고 "으앗" 소리를 치며 술국이를 내어던질 때 그 때는 방 서방은 일찍 생각지 못했던 자격지심이 불쑥 일어났던 것이다.

'지금 내 꼴이 얼마나 초췌하냐. 그러나 나도 사나이다. 저따위 계집년에게 나의 곤궁한 모양만 보이고 섰을 까닭은 없다.'

그는 선뜻 물러서 나오고 말았다.

김 씨는 술청에서 그냥 나려뛸 재주는 없었다. 다시 방으로 들어가서 마루로 나가서 마당으로 나려가서 안부엌을 거쳐서 뒷간 앞을 지나서 술청 앞으로 나왔을 때는 정순의 아범은 간 데가 없었다.

"인제 그 사람 어디 갔소?"

1 본문 수록본 마지막 석 줄 "그러나 술만 깨면 (…) 울고 싶었다" 대신 이어지는 내용.
2 술 마시는 긴 탁자. 또는 그런 탁자를 둔 술집.
3 익숙지 않은.

"나갑디다."

문밖에 나와 보나 보이지 않았다. "정순이 아버지!" 하고 악을 써 부르기를 몇 차례 했으나 지나가던 사람만 구경할 뿐 남편의 모양, 정순이는 어쩌고 혼자 돌아다니는 그 쓸쓸한 남편의 모양은 깨어난 꿈처럼 사라지고 말았다.

김 씨는 세상이 아득하여 그대로 길 위에 주저앉고 말았다. 그리고 가슴을 치며 울었다.

그까짓 생이별은 아무것도 아니었다. 백옥 같은 제 마음을 남편이 오해하는 것이 기막혔고 꿈결처럼이나마 딸 정순이까지 보지 못한 것이 가슴을 쪼기는[4] 애달픔이었다.

1933년 1월 29일.

『신동아』, 1933. 3.

4 '쪼개는'의 방언.

오몽녀(五夢女)[1]

서수라라 하면 저 함경북도에도 아주 북단, 원산, 성진, 청진, 웅기를 다 지나 제일 끝으로 있는 항구이다.

이 서수라에서 십 리쯤 북으로 나가면 바로 두만강가요 동해변인 곳에 삼가리(三街里)라는 작은 거리 하나가 놓였다. 호수는 사십여에 불과하나 주재소가 있고, 객줏집이 사오 처나 있고, 이발소가 하나 있고, 권연, 술, 과자, 우편 절수 등을 파는 일인(日人)의 잡화점이 하나 있고, 그리고는 색주가 비슷한 영업을 하는 집 외에는 모다 농가들이다.

그런데 이 사오 처 되는 객줏집에 하나인 제일 윗머리에 사는 지 참봉네라고 있것다.

이 지 참봉은 벼슬을 해서 참봉이 아니라, 젊었을 때부터 실명이 되어서 어느 때부턴지 참봉 참봉 하고 불러내려 온다. 그는 부업으로 점도 치고, 푸닥거리도 하고, 하지만 워낙 작은 곳이라, 점과 푸닥거리가 많지 못하고, 객주를 한대야 철도 연변도 아닌 두메 국경이라, 보행객이 많아야 한 달에 오륙 인에 지나지 못한다. 그러니, 눈먼 지 참봉이 알가난뱅이로 살 것은 사실이다. 식구는 단둘인데 그는 사십이 넘은 이 지 참봉과, 갓 스물에 나는 오몽녀라는 계집이다.

누구나 오몽녀는 지 참봉의 딸인 줄 안다. 그러나 기실은 총각으로 늙어온 지 참봉이 아홉 살 된 오몽녀를 삼십오 원에 사다가 처(妻)를 삼으려 길러 온 것이다. 그래서 벌써 오륙 년 전부터는 혼례는 했는지 안 했는지 이웃 사람들도 모르건만 지 참봉과 오몽녀는 부부와 같은 생활을

1 본문에 실린 「오몽내」(1939)의 최초 발표본(1925).

하여 온다.

이렇게 단둘이 살아오므로 지 참봉은 오몽녀를 끔찍이 사랑해 오건만 오몽녀는 육체로나 삼십오 원어치를 지 참봉에게 허락했을는지 정의(情義)로는 단 삼십오 전어치가 없었다. 그도 그러할 것이, 어째서 팔려왔든, 자기는 앞길이 꽃 같은 젊은 계집이요, 같이 살아갈 남편이 아버지 같은 늙은 소경이니, 물론 불만할 것도 무리가 아니다.

오몽녀는 어쩌다, 좋은 반찬이 생기더라도 자기 남편을 먹이는 법이 없다. 한자리에 마주 앉아서 먹건만 보지 못하는 남편은 먹든 못 먹든, 저만 집어먹으면서도 조금도 미안해하지 않는 성미 유(柔)한 계집이다. 그 까닭이라고 할는지는 모르지만 지 참봉은 마른 북어처럼 말랐다. 두 눈이 퀭하게 붙은 얼굴에는 개기름이 쭈르르 흐르고 있다. 풋고추만 한 상투 끝에는 먼지가 하얗게 앉고, 그래도 망건은 늘 쓰고 앉았다. 그러나 오몽녀는 그와 정반대로 낫살이 차 갈수록 살이 오르고, 둥그스름한 그의 얼굴은 허여멀겋고도 두 뺨은 늘 혈색이 배어 있었다. 그래서 미인이라는 것보다, 그저 투실투실하고, 푸근푸근한 복스러운 계집이라고 할지? 그러나 이 조그마한 두멧거리에선, 제가 일색인 체하고 꼬리를 치기에는 넉넉하였다. 이렇게 인물은 훤하게 잘난 오몽녀건만 자라나기를 빈한하게 자라났고, 눈먼 남편을 돈으로 음식으로 늘 속여오는 터이라, 남을 속이는 마음이 평범해지고 말았다. 남의 것이라도 자기 마음에 가지고 싶은 것이면 훔치고 숨기기를 상습하여 왔다. 혹시 손님이 들 때나 자기가 입덧이 날 때는, 돈 들이지 않고, 늘 맛있는 반찬을 장만하였다.

때는 팔월 중순인데 어느 날인지는 모르나 내일이 오몽녀의 생일이다. 그래서 오몽녀는 입쌀 되나 사고, 미역 오리나 뜯어 오고, 이제는 어두웠으므로 생선 장만하러 나오는 길이다. 으스름한 달밤에 바구니를 끼고 맨발로 보드러운 모래를 사뿐사뿐 밟으며 바닷가로 나왔다. 오몽녀는 뭍에 다혀 있는[2] 배 앞에 가서는 우뚝 서더니, 기침을 한번 하고는 뒤를 휙 돌아보고, 아무도 없음을 살핀 다음에 고기잡이배 속으로 들어갔다.

오몽녀는 생선이나 백합(白蛤)이 먹고 싶은 때마다 늘 이 배에 나와서 훔치어 갔다. 이 배 주인은 이 년 전에 웅기서 들어온 금돌이라는 총각인데 본래 어부의 자식이라 바다에 익숙하여서 혼자 이 거리에 와서도 어업을 하고 있었다. 금돌이는 종일 잡은 생선과 백합을 그날 저녁과 이튿날 아침과 두 번에 별러서 파는 까닭에 그가 저녁에 팔 것을 지고 거리로 들어오면, 그 배에는 이튿날 아침에 팔 생선과 백합이 남아 있고, 금돌이는 다 팔고 나오느라면 늘 밤이 깊어서야 배로 돌아온다. 오몽녀는 늘 이 틈을 타서 생선과 백합을 훔쳐 들였다.

오늘밤에도 마음을 턱 놓고 배 안에 들어와 생선을 바구니에 주워 담을 때, 아차! 배가 갑자기 움직이었다. 오몽녀는 화닥닥 뛰어나와 본즉 벌써 배는 나리지 못할 만큼 뭍을 떠났다.

이것은 여러 번이나 도적을 맞은 금돌이가 하필 그날은 고기도 한 번 팔 것밖에 더 잡지 못하여, 해서 고기도 누가 훔치나 볼 겸, 오늘 저녁은 고만두고 내일 아침에나 팔 겸해서 지키고 있었다가, 이 거리에선 화초로 보는 오몽녀임을 알고, 큰 보패(寶貝)[3]나 얻은 듯이 좋았다. 그래서 위선(爲先) 배를 띄우는 것이 상책이라 하고, 그는 배를 밀어 놓고 노를 젓기 시작한 것이다. 오몽녀는 눈이 똥그래 어쩔 줄을 몰랐다. 소리도 못 칠 형편, 뛰지도 못할 형편, 그물에 걸린 고기는 오히려 쉬웠으리라.

어스름한 달밤에 금돌이와 오몽녀를 실은 이 배는 뭍에서 보이지 않으리만큼 바다에 나와 닻을 내렸다.

금: "앙이! 아즈망이시덤둥?"

오: "…."

2 '대어 있는'의 옛말.
3 '보배'의 원말.

금: "놀래쥐 마십경이, 어찌할 쉬 있음둥?"

오몽녀는 얼른 안색을 고치고 생긋 웃어 주었다.

그리고

오: "생원에, 어찌겠음둥, 배르 대랑이."

금돌이는 싱글싱글 웃으면서 오몽녀의 곁으로 다가서더니, 부르르 떨리는 손을 오몽녀의 어깨 위에 올려놓더니, 한 손으로는 얇은 구름 속에 있는 달을 가리킨다. 그러나 오몽녀는 피하려 하지도 않고 오히려 약속이나 한 애인을 만난 것같이 그가 하라는 대로 머리를 들어 흐릿한 해상(海上) 월색(月色)을 살펴보았다. 그러고는, 나즉한 목소리로

오: "배르 대랑이, 배르 대구는 무슨 노릇이 못될 게 있음둥, 이왱지새에…."

그러나, 그 배는 움직이지 않았다.

두어 시간 뒤에야 슬며시 움직이어 뭍에 와 닿았다.

오몽녀는 바구니 안에 생선과 백합을 가뜩 얻어 이고, 밤이 훨씬 늦어서야 집에 돌아왔다.

그 이튿날 아침에는, 생선을 끓이고 굽고, 백합 회에 늘어지게 차리고, 그날은 지 참봉도 잘 먹었다.

오몽녀가 세상에 나서 생일을 이렇게 잘 차려 먹기도 처음이었다.

오몽녀는 금돌이를 만나고 온 뒤로부터는 지 참봉에 대한 불만이 점점 강해졌다. 그리고, 무슨 영문인지 저도 모르게 늘, 금돌이와 지 참봉을 비교해 본다. 지 참봉은 눈이 멀고, 나이 많고, 기력이 없고, 있대야 이까짓 초가집 하나, 금돌이는 눈이 안 멀어, 나이 젊어 기력이 건장해, 집보다는 못하나 그래도 둘이서는 넉넉히 살 배가 있어….

그는 금돌이가 만나고 싶었다. 생선과 백합이 또 먹고 싶었다. 그리고 생일 전날 밤에 금돌이 배에서 내려올 때 금돌이가 자기 어깨 위에 얹었던 손을 내리며 "아즈망이, 또 오시랑이, 뉘 알겠음둥? 낼 나주(내일밤)

에두 고대하겠으꼬마, 꼭 오랑이" 이러던 말을 생각하였다. 필경 또 가더라도 금돌이는 생선보다 더한 것이라도 주며 환영할 것을 생각하니까 자꾸 가고 싶었다.

오몽녀는 생일이 지난 지 십여 일 후에 기어이 바구니를 끼고 나가고야 말았다. 이번에는 오몽녀가 배 안에 들어갔어도, 배는 뭍에 닿은 채로 있었다. 초저녁에 나간 오몽녀는 밤중이 훨씬 지나서야 역시 바구니 안에 생선과 백합을 가득히 얻어 이고 집으로 돌아왔다.

두번째 금돌이를 만나고 온 오몽녀는 그 뒤로부터는 심심하면 이웃집 말다니듯 하였다. 지 참봉이 점이나 쳐서 잔돈푼이나 생기면 오몽녀는 그 돈을 훔치어 가지고, 병을 들고 주점으로 간다. 그러면 그날 밤에는 지 참봉은 술 냄새도 못 맡아 보건만 금돌이는 술이 얼근하게 취해서 자기 뱃전을 장고 삼아 치면서 첫사랑에 느글어진[4] 오몽녀를 시달리고 있었다.

이곳은 국경이라 무장단(武裝團)과 아편, 호주(胡酒), 담배 밀수입자들 까탄[5]에 경관의 객줏집 단속이 엄밀한 곳이므로 객이 들면 그 밤으로 주재소에 객보(客報)를 해야 한다. 만일 한 번이라도 잊어? 그러면 영업 중지는 물론이요, 주인은 구금이나 벌금을 물어야 한다.

지 참봉네 집에도 객이 들면 그날 저녁으로 객보책을 내어 객에게 쓰여 가지고 오몽녀가 늘 주재소에 드나들었다. 그 주재소엔 일인(日人) 소장 한 명과 이(李) 순사, 남(南) 순사, 모두 세 명이 있다. 그런데 그중에 남 순사란 자는 늘 오몽녀를 볼 때마다 남다른 생각을 품어 왔다. 아이를 둘이나 낳고, 이제는 살이 내리고, 얼굴에 주름이 잡히기 시작하여 점점 쪼그라져 들어갈 뿐인 자기 처를 생각하고, 지금 한창 바람인 저

4 만족스럽게 늘어진.
5 '까닭'의 방언.

투실투실한 오몽녀를 볼 때 그는 한없이 흥분되어 왔다. 그리고, 그의 남편이 연로한 장님이라 기회만 있으면 오몽녀에게 대한 뜻을 염려 없이 달(達)하리라고까지 믿어 왔다.

팔월은 다 지나고 구월에 들어서서 어느 날 저녁때다. 어떤 보행객 하나가 지 참봉네 집에 들어 자고 갈 양으로 저녁을 시켜 먹고, 누웠다가, 서수라에 들어오는 뱃고동 소리를 듣고, 내일 아침에 떠날 그 배를 놓칠까 봐, 자지는 않고, 바로 서수라로 간 일이 있다. 그렇게 되니까 객보는 할 새도 없었고, 할 필요도 없었다. 그때는 마침 주재소에 소장은 경절(慶節)과 일요일이 낀 삼 일간을 어느 촌으로 총사냥을 가고, 이 순사는 청진으로 넘기는 투전꾼 두 명을 데리고 청진에 갔었다. 그래서 혼자 남은 남 순사는 이런 좋은 기회를 오몽녀에게 이용하려고, 여러 가지로 구체안을 생각하다가 지 참봉네 집에서 저녁 사 먹은 객이 있었으나 객보가 없음을 알았다. 그러고는 그날 저녁으로 오몽녀를 잡아다 유치장에 넣었다. 그리고 지 참봉에게 가서 하는 수작은 이러하였다.

"참봉 아즈방이, 무쉴에 객보르 앙이 함둥? 쇠쟁(所長)이 뇌했습데. 아무렇거나, 내 쇠쟁에게 좋을대루 말하겠스고마. 쉬얼히 뇋이겠습지. 과이 글탄으 마십경이."

영문도 모르는 지 참봉은 백배로 사죄를 했다. 소장에게 잘 말하여서 속히 나오도록 해 달라고 애걸을 했다. 이 남 순사 놈은 가장 권력이나 가진 것처럼 아무 염려 없다고, 호언을 하고 돌아왔다.

밤은 아홉시가 지나고, 열시가 가까워, 거리의 집들은 켰던 등불이 하나 둘 꺼져갈 때, 남 순사는 슬그머니 나와 유치장 문을 열어 놓았다. 그리고, 고르지 못한 어조로

"오몽녀, 내가 소장 모르게 특별히 너를 숙직실에 재우능기… 나오랑."

이렇게 자기 숙직실에 넣고는 자기는 집으로 가니 너 혼자 그 이불을

덮구 자라고 하였다. 그리고 덧문을 닫고, 못 나오게 쇠를 잠그고, 완연히 밖으로 나가는 소리가 난다.

산산한 유치장에서 쪼크리고 앉았던 오몽녀는 남 순사의 친절함을 퍽 감사하였다. 조그마한 단칸방에 새로 도배를 하고, 불을 덥도 춥도 않게 알맞치 때어서 방 안이 봄날과 같이 훈훈하였다. 그리고 산동주(山東綢)로 꾸민 두둑한 일본 이부자리가 방바닥을 거의 다 휘덮고 있었다.

미명[6] 이불도 제대로 덮지 못하던 오몽녀는 허영 같은 호기심이 일어났다. 그리고 손을 이불과 요 사이에 집어넣고 그 보드라움과 따뜻한 맛을 느끼는 그는, 그 어느 땐가, 화끈화끈하는 금돌이 입김이 자기 얼굴 위에 스러지던 그때보다도, 더 가슴이 울렁거리고, 마음이 급하였었다. 그러다가 남 순사가 왜 나를 이렇게 동정해 주나 하고, 생각하니까 작년 겨울의 무슨 일이 언뜻 생각킨다.[7] 오몽녀는 눈을 한번 찌푸리고, 내가 이 방이 두번째나 하는 의식도 일어났다.

이 남 순사가 오기 전에는 방가(方哥)라는 순사가 있었다. 그는 술만 먹으면 유무죄(有無罪) 간에 백성을 함부로 치던 이다. 지금 이 남 순사도 사람을 잘 치고, 제 부모 같은 노인을 욕 잘하고, 이 거리를 제 세상으로 알고 돌아다니지마는, 그래도 방가보다는 낫다는 평판을 듣는다. 그래 그 방 가가 있을 때 작년 겨울이었었다. 그때도 주재소에 방가 하나밖에 없은 며칠 동안, 그는 오몽녀의 집을 일없이 자주 다녔다. 그러다가 지 참봉이 어느 촌으로 푸닥거리를 하러 간 줄을 알고, 오몽녀를 잡아다가 이 방에서 욕(辱)뵌 일이었다. 그 뒤에 그는 늘 오몽녀를 못 견디게 굴다가, 올 삼월에 두만강 건너로 갔다가 죽었다. 이 남가는 그 방가 대신으로 청진서 온 이다.

오몽녀는 눈을 감고, 그 일을 생각하니까, 이 남 순사도 틀림없이 객

6 '무명'의 방언.
7 생각난다. 떠오른다.

보 안 했다는 죄가 아니라, 그런 생각으로 불러온 줄을 짐작하였다. 그러나 오몽녀는 조금도 두려워하지 않고, 오직 자기에게만 있는 영광으로 알았다. 그리고 그는, 푸근푸근한 산동주 이불 위에 옷 입은 채로 자빠져서 남 순사 오기를 기다렸다. 그러나 열두시 치는 소리가 사무실에서 울려올 때까지도 남 순사는 오지 않는다. 오몽녀는 생각하기를, 이틀에 한 번씩 들어와 자는 남편이므로, 나가지 못하게 그의 마누라가 바가지를 긁는가 보다 하고, 꿈꾸던 모든 생각을 풀어 던진 후 불을 끄고, 아주 저고리, 치마를 벗고, 이불 속으로 들어갔다.

그 보드럽고, 푹신푹신한 맛, 다스한 맛이 벗은 살 위에 배어들 때, 강성적(强性的)인 오몽녀의 육체는 부들부들 떨리도록 흥분되었다. '오늘 나주엔 금돌이레 고대할 게구마….' 속으로 혼자 중얼거리다가, 뻣뻣한 속곳까지 다 벗어 내팽개치고, 잠이 들었다.

오몽녀가 옷을 다 벗고 자기나, 제법 산동주 이부자리에 늘어져 보기도 처음이다.

오몽녀가 잠이 든 지 삼십 분이 못 되어서다. 자는 오몽녀의 입술에는 무엇이 선뜻하고 닿았다. 경험 있는 오몽녀는 잠김에라도, 그것이 수염 난 사나이의 입술임을 의식하였다. 그리고 눈을 번쩍 떴다.

그러나 불은 꺼진 채로 있는데, 옆에서 누가, 옷 벗는 소리가 난다. 오몽녀는 놀래면서도 은근히 하는 듯이 방 밖에서는 들리지 않으리만큼 낮은 소리로 "앙이, 어느 나그네심둥?"

"내꼬마… 쉬쉬…."

이것은 완연히 남 순사의 목소리였다.

이튿날 아침에 다 밝아서야 오몽녀는 그 방에서 나왔다. 그는 부리나케 주재소 대문 밖을 나서자마자 자기 바른손에 쥐어진 것을 펼쳐 보았다. 그것은 일 원짜리 지전 두 장이었다. 오몽녀는 만족하여 뒤를 한번 휘돌아보고는 이렇게 속으로 생각하면서 집으로 돌아왔다.

"사람이란 생긴 것을 보면 알아, 아이, 고 방가 녀석, 고 녀석은, 돈이 다 뭐야, 밤중에야 유치장에서 불러내선 제 볼일 다 보군, 도루 유치장에 집어넣든걸! 그 녀석 잘 죽었지, 잘 죽어. 남 순사는 그래두 '오몽녀' '아즈망이' 하는데, 그 녀석은 '이 간나' '저 간나'…. 그리구 이불이 그게 뭐야, 남 순사 건 그렇게 좋은데, 늘 그런 이불을 덮구 잤으문…."

그 후 어느날 밤에는 남 순사가 술이 얼근하게 취해서 오몽녀네 부엌간으로 들어섰다. 보니까 사랑방에서는 여러 사람의 소리가 난다. 그리고, 정지간(부엌과 안방이 한데 된 방)에는 아무도 없었다. 남 순사는 사랑방 문 옆에서 엿들어 보니까, 그 거리의 청년들이 꿩 사냥을 하다가 매를 놓치었는데, 매가 동으로 갔느냐 서으로 갔느냐 점치러 온 꾼들이었다. 남 순사는 됐구나 하고, 골방문을 살그머니 여니까 오몽녀의 팔이 나오더니 남 순사의 팔을 이끌어들이고 문을 닫는다.

매는 북으로 갔다는 점괘가 얼른 나왔다. 이 말을 듣는 청년들은 "매는 못 찾을 매꾸마" 하고 섭섭히 흩어졌다. 왜 북으로 가면 못 찾느냐 하면, 여기서 북이면 두만강 건넛산인데, 그 산에 가서 돌아다니다가는 총에 맞아 죽기 알맞은 까닭이다. 청년들을 보낸 지 참봉은 뜨뜻한 정지간으로 누우러 나려와서 두 손을 더듬거리며 목침을 찾다가, 웬 구두 한 짝을 잡게 되었다. 의사(意思)가 넓은 장님이요 오몽녀의 행실을 잘 아는 터이라, 구두 한 짝을 단단히 잡고 골방문 밑에 가 엿들었다. 그러나 아무 말소리도 들리지 않고, 두 사람의 단조로 나오는 숨소리만 들리었다. 눈이 멀어 보지는 못할망정, 그 대신 귀는 밝아, 눈치는 챌 대로 다 챘다. 다른 사람이면 모르리만큼 그들은 숨소리까지 조심하였건만, 지 참봉은 잘 알았다. 이 거리에서 구두일 제는 어떤 놈이든지 순사일 것도 깨달았다. 당장에 칼을 들고 들어가 연놈을 발기고 싶었으나, 눈먼 자기가 선불리 하다가는, 누군지도 모르고 놓칠 것 같아서 구두 한 짝만 단단히 쥐고 나오기만 기다렸다.

얼마 뒤에야 "히히" 하고 오몽녀의 웃는 소리가 나더니 조금 있다가 골방문이 열린다. 남 순사와 오몽녀는 정지간에 앉은 지 참봉을 보았다. 그래서 오몽녀는 도로 골방으로 들어가고, 남 순사는 지 참봉의 앞을 멀리 성큼성큼 돌아서, 구두만 들면 삼십육계를 부를 작정이었으나, 구두한 짝이 없다. 이때에 지 참봉이 “기게 뉘귀요?” 소리를 쳤다. 곧이어서 “귀뒤 있어사 뛰지비. 뉘귀야? 뉘귀…. 이 거리에 사람 없소…” 하고 소리를 지른다. 남 순사가 아무리 생각하여도 바빴다[8]. 이 모양으로 하다간 거리의 사람이 다 모여들겠고, 망신보다도 밥줄이 끊어질 것이다. 그는 곧 지 참봉의 앞에 가서 그의 손에 지전 몇 장을 쥐어 주고, 만약 듣지 않으면 객보 안 한 죄로 벌금 백 원을 물린다는 둥, 말을 들으면 이 거리에 다른 객줏집은 소장과 의논 후에 어떻게 하든지 영업을 폐지시키고, 지 참봉 너 혼자만 하게 해 준다는 둥 꾀이고 달래고 협박하고 해서, 일이 무사하게 하였다.

그 후에는 오몽녀가 금돌이 배에 갔어도 없기만 하면 지 참봉은 으레 남 순사에게 간 줄 알아 왔다. 그러나 과연 남 순사의 말대로 며칠이 안 돼서 객줏집 하나가 객실 불결이란 조건으로 영업 폐지를 당했다. 지 참봉이 가만히 생각해 보니 몇 달 아니면 그 거리에 객줏집이라곤 자기네만 남을 것 같았다. 그래서 오몽녀가 나갔다 늘 밤중에, 새벽에 들어와도 별로 말하지 않았다.

금돌이의 마음은 점점 달았다. 열흘에 여드레는 나오던 오몽녀가 이틀도 거르고, 사흘도 항용 거른다. 하루는 아침에 생선을 팔러 소장네 집에 갔다 오다가 오몽녀가 순사 숙직실에서 나오는 것을 보았다. 그리고 곧, 요즈음에 자기에게 드물게 나오는 원인도 알았다. 금돌이는 무슨 생각을 했던지 그날은 입쌀을 대엿 말 팔고, 간장, 장작, 먹을 물, 쟁개비 해서, 오몽녀 모르게 배 안에 실었다. 그리고 오몽녀 나오기를 기다렸다.

8 큰일이었다.

기다리는 오몽녀는 그 이튿날 밤에 역시 바구니를 끼고 금돌의 배에 나왔다. 그는 전과 같이 금돌이가 자는 거적 깔아 놓은 뱃간에 들어갔을 때 금돌이는 밖에 나와 배를 띄웠다. 그리고 노를 젓기 시작하였다. 그래서 그 배는 그 밤으로 십여 리 밖에 있는 조그마한 무인도에 닿았다.

지 참봉은 아무리 기다려야 오몽녀는 들어오지 않는다. 하루, 이틀, 사흘, 오몽녀는 안 들어왔다. 지 참봉은 이것이 꼭 남 순사의 농간이라 하였다.

그래서 오몽녀가 나간 지 나흗날 밤에는 남 순사를 불러다 놓고 최후의 담판으로 달라붙었다. 이놈 네가 빼돌리지 않았으면 누가 한 짓이냐? 이놈아 나를 죽여라, 눈먼 내가 어떻게 혼자 살란 말이냐, 객보 안 한 죄로 징역을 가더라도 너를 걸어 고소를 하겠다. 지 참봉은 악이 올라서 붉은 눈을 껌벅거리며 들이덤빈다. 남 순사는 아무리 생각하여도 피치 못할 그물을 썼다. 도망간 오몽녀가 들어올 리가 없고…. 그래 그는 필경 무슨 계책을 생각하였다. 그리고 자기가 한 듯이 자백하는 듯한 말을 했다. "참봉 아즈망이, 내 앙이한 노릇이건만, 이제사 별쉬 있음둥? 내 이 댁 아즈망이를 삼 일 내루 차사 놓겠스고마. 아즈망이 혼자서 여북 고생이 되시겠음둥. 내 오늘 월급은 받았스고마 내 방금 집에 가 돈 가방으 가주구 오겠스고마. 그리구 염레마십꼬마. 삼 일 내루 찾겠스고마…."

지 참봉이 남 순사의 짓이 옳구나 하였다. 그리고 삼 일 내로 찾겠다고 장담을 하고, 월급 이야기를 할 때는, 오몽녀는 다 찾은 사람이나 다름없고, 오늘 밤으로 돈냥도 생길 것 같다. 지 참봉은 성난 얼굴을 탁 풀어 던지고, "어서 갔다 오랑이 그러무…" 하였다.

남 순사는 자기 집으로 가지 않고 주재소로 돌아갔다. 그리고 소장도 가고, 아무도 없을 때 사무실에 들어가 밀수범에게서 압수한 호주를 한 병 따라내고, 역시 밀수범에게서 압수해 둔 아편을 얼마 떼어 가졌다.

그리고, 거릿집에 불이 다 꺼지고, 잠이 들었을 때, 그는 지 참봉네 집으로 돌아왔다.

남: "아즈방이 늦었쓰고마. 내 아즈방이 드리자구, 호주르 한 펭 재 가주구 오다 봉이 그리 됐스고마."

지: "앙이, 호주 어디메 있습데? 아무레커나 남 순새 재쥐 있음넁이. 내 서강[용정(龍井)][9]으 갔을 때 먹어 보구능…."

남: "뉘 알문 대탈이 납꾸마, 골방으루 가시장이?"

지: "아무레나…."

지 참봉은 호주란 맛에 골방으로 끌리어 갔었다.

남: "이 술이 모질이 독합데. 내 어제 아척[10]에 두 잔으 마시구 자구사 배겼당이."

지: "술으 마시군 자사. 술으 마시구, 자지 않구, 쥐정으 하는 나그네는 사람가투하지 안터랑이. 쥐후(酒後)엔 자사 군잼(君子)넝이…."

남 순사는 보지 못 하는 지 참봉 앞에서 슬그머니 아편을 내어놓고 탔다. 이런 특별 호주를 마신 지 참봉은 석 잔이 못 넘어가서 쓰러지고 말았다.

사체의 자, 타살을 조사하는 상식을 가진 남 순사는 식칼을 들고 들어와 지 참봉의 목에 여러 군데를 서투르게 찔렀다. 그래서 누가 보든지 자살자로 알게 만들었다. 그러고도 남 순사 놈은 또 무엇을 생각하였다. 그는 곧 지 참봉의 주머니에서 그의 인장을 꺼내서 차용증서를 하나 만들었다. 일금(一金)에 사십 원야(也)[11]를 쓰고, 채무자에 지 참봉, 채권자엔 자기를 썼다. 일자는 두어 달 전의 것으로 만들어 가졌다.

지 참봉의 시체는 이튿날 오후에 어떤 점치러 왔던 사람이 발견하고 주재소에 고하였다. 소장 이하 이, 남 순사가 현장에 와서 사체를 검사

9 룽징. 중국 지린성(吉林省) 연변 조선족자치구의 도시.
10 '아침'의 방언.
11 '야(也)'는 '그 금액에 한정됨'을 뜻하는 접미사. 정(整).

한 후, 처도 자기를 버리고 달아났고, 양식도 없고, 눈도 멀고, 모든 것을 비관하고 죽은 자살자로 조금도 의심없이 인정하고, 그날 밤으로 구장을 시켜서 공동묘지에 묻어 버렸다.

남 순사는 사십 원짜리 가(假) 차용증서를 소장에게 보이고 힘들이지 않고, 지 참봉의 집을 자기 소유로 만들어 가졌다.

오몽녀는 금돌이와 아무도 없는 외따른 섬에서 이십여 일이나 유쾌한 생활을 하였다. 나는 새밖에는 아무도 보는 이 없는 이 섬 안이 윤락된 탕녀 오몽녀에게는 다시없는 이상촌이요 낙원이었었다.

그러나 날도 추워 오고, 쌀도 떨어지고 해서, 낙원인 그 섬도 떠나지 않으면 안 되게 되었다.

오몽녀는 금돌이가 남편으로 만족하였고, 금돌이는 물론이었으므로, 그들은 다시 거리로 들어가 양식도 장만하고, 지 참봉 모르게 세간도 빼어내 싣고, 해삼위로 들어가 살기로 언약하였다. 그래서 오몽녀와 금돌이는 이십여 일 만에 삼가리에 들어왔다.

오몽녀가 와 보니까, 지 참봉이 죽었다. 그는 하늘에나 오른 것 같이 기뻐하였다.

남 순사는 오몽녀가 왔다는 말을 듣고, 무엇보다 집 문제가 일어날까 봐, 부리나케 오몽녀를 찾아왔다.

남: "앙이! 어디메 갔습데! 영갬이 상새난 줄두 모르구, 앙이 기가 차지!"

오: "잘 죽었지비! 방진(지명)으 갔다가 앓구 왔당이."

남: "방진으 무쉴에? 영감상으 구하레 갔덤둥? 히히…."

오: "그 나그네, 샐 쓰지 않습둥? 남 순새 있는데, 무쉴에 영감생이 또 일이 있을둥? 흥! 이제는 나두 순사댁이꼬마!"

남 순사는 그렇다는 듯이 빙글빙글 웃으며

남: "이 집은 내 샀으꼬마…."

오: "앙이! 뉘 팔았음둥?"

남: "지 참봉의 상비(喪費)랑 뉘 내갔음둥? 어찌할 쉬 있어사지. 그래 소장이 이 집은 내게 팔아서 상비르 쓰구, 남아지는 공금이 되구 말랏스겅이."

오: "그래 그 남아지는 못 찾슴둥?"

남: "앙이 정신이 있음둥? 없음둥? 지 참봉이 죽은 원인이 당신이 없기 때뭉이라구. 당신으 찾사서 재판소루 보내갔다는 거, 내 기르 쓰구 말겼당이. 그런 말은 하지두 말낭이. 소장이 약차하문[12] 재판소 감넝이…."

오: "… 그까지 꺼으…."

이렇게 집 문제도 남 순사의 뜻대로 덮어지고 말았다.

오몽녀와 남 순사는 입은 다문 채 눈으로만 무슨 정담을 한참 하다가 오몽녀는 산동주 이부자리를 생각하였다. 그리고 속으론 딴 배포를 차려 놓고는 입을 한번 쨍그려 남 순사의 귀에 다히고[13], 무어라고 한참 속살거리고 깔깔 웃었다.

남 순사도 웃어 주었다. 바로 자기 딴은 집이나 하나 장만하고, 첩을 다려다 딴살림이나 차리는 것같이 기뻤다. 그래서 산동주 이부자리는 그날 저녁으로 지 참봉네 골방 안에 놓여졌다.

그러나 밤이 깊어도 남 순사는 오지 않는다. 들으니까 남 순사의 처가 해산을 했다고 한다. 오몽녀, 금돌이는 이 틈을 타서 산동주 이부자리, 가마솥, 의복가지 등 동산이라고는 전부를 배에 갖다 실었다.

그리고 신부부(新夫婦) 금돌이와 오몽녀는 그 밤으로 해삼위를 향하여 영원히 떠났다.

『시대일보』, 1925. 7. 13.

12 若此--. 이러하면. 여차하면.
13 '대고'의 옛말.

상허 이태준 연보

성북동 자택 수연산방 앞에서의 상허 이태준. 1940년대 초.

1904년 — 11월 4일, 강원도 철원군(鐵原郡) 철원읍 묘장면(畝長面) 산명리(山明里)[지금의 대마리(大馬里) 지역]에서 부친 이창하(李昌夏, 1876-1909)와 모친 순흥안씨(順興安氏, ?-1912) 사이에서 일남이녀 중 둘째로 태어남. 누나는 이정송(李貞松, 1901-?)이며 누이동생은 이선녀(李仙女, 1910-1981)임. 집안은 장기이씨(長鬐李氏) 용담파(龍潭派)로, 부친의 호는 매헌(梅軒)이며, 철원공립보통학교 교원, 덕원감리서(德源監理署) 주사를 역임한 개화파 지식인으로 알려짐. 「장기이씨가승(家乘)」에 의하면 상허의 본명은 규태(奎泰), 부친의 정실은 한양조씨이고 적자로 규덕(奎悳)이 있음.

1909년 — 망명하는 부친을 따라 러시아 블라디보스토크로 이주함. 8월, 부친이 병으로 사망함.

1910년 — 모친과 귀향하던 중 배 위에서 여동생이 태어나면서 함경북도 부령군(富寧郡)의 작은 항구 마을 배기미[이진(梨津)]의 소청(素淸)에 정착. 이곳 서당에서 한문을 배우면서 당시(唐詩)에 관심을 갖고 글짓기를 좋아하게 됨.

1912년 — 모친의 사망으로 고아가 됨. 외조모에 의해 철원 율이리(栗梨里)의 용담으로 귀향하여 누이들과 함께 친척집에 맡겨짐.

1915년 — 강원도 철원 안협(安峽)[지금의 강원도 이천(伊川) 지역] 모시울 마을의 오촌 친척집에 입양됨. 다시 용담으로 돌아와 당숙 이용하(李龍夏)의 집에 기거함. 철원사립봉명학교(鐵原私立鳳鳴學校)에 입학함. 이 학교는 이용하의 형이자 독립운동가인 이봉하(李鳳夏, 1887-1962)가 설립했으며, 그는 상허의 소설에 소재 인물로 등장함.

1918년 —— 3월, 철원사립봉명학교를 우등으로 졸업하고 철원간이농업학교(鐵原簡易農業學校)에 입학하나 한 달 후 가출함. 함경남도 원산(元山)에서 객줏집 사환 일을 하며 이 년 정도 지냄. 자전적 소설 『사상(思想)의 월야(月夜)』에 의하면, 이 시기 외조모가 찾아와 보살펴 주었고 문학 서적을 가까이하기 시작했다고 함. 이후 미국으로 같이 가자는 철원의 친척 아저씨와의 약속에 따라 중국 상하이로 갈 생각으로 만주 안동현(安東縣)[지금의 중국 단둥(丹東)]까지 갔으나 계획이 무산되어 혼자 경성으로 옴. 이때 안동현에서부터 백마, 남시, 선천, 정주, 오산, 영미, 안주, 숙천, 순천에 이르는 관서지방을 무일푼으로 도보 여행함.

1920년 —— 4월, 배재학당(培材學堂) 보결생 모집에 합격했으나 입학금이 없어 등록하지 못함. 낮에는 상점 점원으로 일하고 밤에는 청년회관 야학교에 나가 공부함.

1921년 —— 4월, 휘문고등보통학교(徽文高等普通學校)에 입학. 월사금이 밀려 책 장사 등으로 고학하느라 결석이 잦았음. 글쓰기 습작을 시작함. 이 시기 정지용(鄭芝溶), 박종화(朴鍾和), 박노갑(朴魯甲), 오지호(吳之湖), 이마동(李馬銅), 전형필(全鎣弼), 김규택(金奎澤) 등이 선후배로 재학 중이었음.

1922년 —— 6월, 중학생 잡지 『학생계(學生界)』에 수필 「교외(郊外)의 춘색(春色)」을 처음 발표함. 이후 9월에 수필 「고향에 돌아옴」, 11월에 시 「누나야 달 좀 보렴」 외 한 편과 산문 한 편을 발표함.

1923년 —— 휘문고보 교지인 『휘문』 창간호에 수필 「추감(秋感)」 외 한 편을 발표함. 화가 이마동의 회고에 의하면, 당시 미술교사로 있던 춘곡(春谷) 고희동(高羲東)이 상허의 수채화 사생 솜씨를 칭찬했다고 함.

1924년 —— 『휘문』의 학예부장으로 활동하며 제2호에 수필 「부여행」, 동화 「물고기 이야기」 외 네 편을 발표함. 6월 13일, 동맹휴교의 주모자로 지목되어 오 년제 과정 중 사학년 일학기에 퇴학당함. 가을, 휘문고보 친구이자 훗날 『문장』 발행인이 되는 김연만(金鍊萬)의 도움으로 일본 유학을 떠남. 문학과 미술 공부 사이에서 고민했으나, 고학하기에 수월한 문학 쪽으로 기울어짐.

1925년 —— 4월, 도쿄 와세다대학(早稲田大學) 전문부 정치경제학과 청강생으로 등록. 이 학교에서 미국정치사를 강의하던 선교사 해리 베닝호프(Harry B. Benninghoff)의 사무 보조 업무를 하며 월급과 양관(洋館)에 기거할 수 있는 허가를 받음. 신문, 우유 배달 등을 하며 궁핍한 생활을 함. 이때 나도향(羅稻香), 김지원(金志遠), 김용준(金瑢俊) 등과 교유함. 일본에서 단편소설 「오몽녀(五夢女)」(이후 단행본에서는 '오몽내'로 표기)를 『조선문단(朝鮮文壇)』에 투고해 입선, 7월 13일자 『시대일보(時代日報)』에 발표하며 등단함.

1926년 —— 1월, 도쿄에서 반도산업사 대표 권국빈(權國彬)이 계획하던 산업경제지 『반도산업(半島産業)』의 편집과 발행을 그를 대신해 이어받고, 창간호에 「구장(區長)의 처(妻)」를 발표함. 5월 31일, 와세다대학 청강생 자격 종료됨. 상하이를 방문해 쑨원(孫文) 일주기 행사에 참석함.

1927년 —— 4월, 도쿄 조치대학(上智大學) 문과 예과에 입학. 도다 추이치로(戶田忠一郎)가 보증인이었음. 11월, 학교를 중퇴하고 귀국함. 모교, 신문사 등을 찾아다니며 구직에 애씀.

1929년 —— 개벽사(開闢社)에 기자로 입사해 『학생(學生)』이 창간된 3월부터 10월까지 책임을 맡았고, 신생사(新生社)에서 발행하던 잡지 『신생(新生)』 편집에도 관여함. 『어린이』에 아동문학과 장편(掌篇, 콩트)을 발표함. 9월, 안희제(安熙濟)가 사장으로 있던 『중외일보(中外日報)』로 자리를 옮겨 사회부에서 삼 개월 근무 후 학예부로 이동함.

1930년 —— 4월 22일, 이화여전(梨花女專) 음악과에서 피아노를 전공한 이순옥(李順玉)과 정동교회에서 김종우(金鍾宇) 목사의 주례로 결혼함.

1931년 —— 6월, 『중외일보』가 폐간되고 개제된 『중앙일보』에서 학예부기자가 됨. 장편 「구원(久遠)의 여상(女像)」을 『신여성』(1931. 1-1932. 8)에 연재함. 장녀 소명(小明) 태어남. 경성부 서대문정 2정목 7의 3 다호에 정착함.

1932년 —— 이화여전, 이화보육학교(梨花保育學校), 경성보육학교(京城保育學校) 등에 출강하며 작문을 가르침. 장남 유백(有白) 태어남.

1933년 —— 3월, 『중앙일보』가 여운형(呂運亨)에 의해 인수되어 개제된 『조선중앙일보』 학예부장에 임명됨. 8월, 이종명(李鍾鳴), 김유영(金幽影)의 발기로 이태준, 정지용, 조용만(趙容萬), 김기림(金起林), 이효석(李孝石), 이무영(李無影), 유치진(柳致眞) 등 아홉 명이 모여 문학동인 구인회(九人會)를 조직함. 이후 탈퇴 회원 대신 박태원(朴泰遠), 이상(李箱), 김유정(金裕貞) 등이 합류함. 11월, 단편 「달밤」을 『중앙』에 발표함. 중편 「법은 그렇지만」을 『신여성』(1933. 3-1934. 4)에, 장편 「제이의 운명」을 『조선중앙일보』(1933. 8. 25-1934. 3. 23)에 연재함. 경성부 성북정 248번지로 이사해 월북 전까지 거주함.

1934년 —— 차녀 소남(小南) 태어남. 단편집 『달밤』을 한성도서주식회사에서 출간함. 장편 「불멸(不滅)의 함성(喊聲)」을 『조선중앙일보』(1934. 5. 15-1935. 3. 30)에 연재함.

1935년 —— 1월과 8월, 2회에 걸쳐 조선어표준어사정위원회 전형위원으로서 기록 담당함. 『조선중앙일보』를 퇴사하고 창작에 몰두함. 이화여전박물관에서 실무 책임을 맡음. 장편 「성모(聖母)」를 『조선중앙일보』(1935. 5. 26-1936. 1. 20)에 연재함.

1936년 —— 차남 유진(有進) 태어남. 장편 「황진이」를 『조선중앙일보』(1936. 6. 2-9. 4)에 연재하다가 신문이 폐간되면서 중단함.

1937년 —— 「오몽녀」가 춘사(春史) 나운규(羅雲奎) 감독에 의해 유성영화로 만들어짐(주연 윤봉춘, 노재신). 3월, 단편 「복덕방」을 『조광(朝光)』에 발표함. 단편집 『가마귀』가 한성도서주식회사에서 출간되고, 장편소설 『황진이』가 동광당서점에서 단행본으로 출간되면서 완성됨. 장편 「화관(花冠)」을 『조선일보』(1937. 7. 29-12. 22)에 연재함.

1938년── 완바오산사건이 벌어진 지린성 창춘현 완바오산(萬寶山) 일대의 조선인 부락을 방문하고 4월에 「이민부락견문기」를 『조선일보』에 연재함. 『화관』이 단행본으로 삼문사(三文社)에서 출간됨.

1939년── 이병기, 정지용과 함께 『문장』 편집자로 일하며 신인작가들의 소설을 심사, 임옥인(林玉仁), 최태응(崔泰應), 곽하신(郭夏信) 등을 추천함. 일제의 탄압이 심해지자 황군위문작가단(皇軍慰問作家團), 조선문인협회(朝鮮文人協會) 등의 단체에 가담함. 장편 「딸 삼형제」를 『동아일보』(1939. 2. 5-7. 17)에 연재함.

1940년── 삼녀 소현(小賢) 태어남. 장편 「청춘무성(青春茂盛)」을 『조선일보』(1940. 3. 12-8. 10)에 연재하던 중 신문의 폐간으로 중단했고, 10월에 박문서관(博文書館)에서 출간되면서 완성함. 1939년 『문장』에 연재 중 중단된 문장론을 단행본 『문장강화(文章講話)』(문장사)로 출간함.

1941년── 제2회 조선예술상 수상함. 산문집 『무서록(無序錄)』이 박문서관에서 출간됨. 장편 「사상의 월야」를 『매일신보』(1941. 3. 4-7. 5)에 연재함. 단편집 『복덕방』 일문판이 도쿄의 모던일본사(モダン日本社)에서 출간됨.

1942년── 장편 「별은 창마다」를 『신시대』(1942. 1-1943. 6)에, 「왕자호동」을 『매일신보』(1942. 12. 22-1943. 6. 16)에 연재함.

1943년── 집필 활동을 중단하고 강원도 철원 안협으로 낙향해 해방 전까지 이곳에서 지냄. 단편집 『돌다리』가 박문서관에서, 『왕자호동』이 남창서관(南昌書館)에서 출간됨.

1944년── 장녀 소명 진명고녀(進明高女) 입학. 4월, 국민총력조선연맹(國民總力朝鮮聯盟)의 지시에 의해 목포조선철공회사의 조선(造船) 현지를 답사하고, 9월 「제일호선의 삽화(第一號船の挿話)」를 『국민총력(國民總力)』에 일본어로 발표함.

1945년 —— 8월, 조선문화건설중앙협의회(朝鮮文化建設中央協議會) 산하 조선문학건설본부 중앙위원장 맡음. 남조선민전(南朝鮮民戰) 등의 조직에 참여함. 『별은 창마다』가 박문서관에서 출간됨.

1946년 —— 2월 8-9일, 전국문학자대회에 참여하고 조선문학가동맹(朝鮮文學家同盟) 부위원장 맡음. 2월, 신탁통치에 찬성하는 입장인 민주주의민족전선(民主主義民族戰線) 결성대회에 조선문학가동맹의 대표로 참여, 민주주의민족전선 전형위원과 문화부장 역임함. 3월에 창간한 『현대일보』 주간을 맡음. 4월, 조선문학가동맹 기관지 『문학』의 편집을 맡음. 6월, 이희승(李熙昇), 이숭녕(李崇寧)과 함께 『중등국어교본』을 편찬함. 장편 「불사조」를 『현대일보』(1946. 3. 27-7. 19)에 연재 중 월북으로 중단함. 『상허문학독본(尙虛文學讀本)』이 백양당(白楊堂)에서 출간됨. 장남 유백 휘문중학교 입학. 8월 『문학』 창간호에 「해방전후」를 발표하고 이 작품으로 제1회 해방기념조선문학상 소설 부분 수상함. 8월 10일경 월북함. 8월 10일부터 10월 17일까지 이기영, 이찬, 허정숙 등과 방소문화사절단(訪蘇文化使節團)의 일원으로 소련의 모스크바, 레닌그라드 등을 여행함. 『사상의 월야』가 을유문화사(乙酉文化社)에서 출간됨.

1947년 —— 5월, 여행기 『소련기행(蘇聯紀行)』이 조소문화협회(朝蘇文化協會)와 조선문학가동맹 공동 발행(백양당 총판)으로 남한에서, 북조선출판사 발행으로 북한에서 각각 출간됨. 『해방전후』가 조선문학사에서, 단편집 『복덕방』이 을유문화사에서 출간됨.

1948년 —— 8.15북조선최고인민회의 표창장을 받음. 북조선문학예술총동맹 부위원장, 국가학위수여위원회 문학분과 심사위원을 맡음. 장편 『농토』가 남한의 삼성문화사에서 출간됨.

1949년 —— 단편집 『첫 전투』가 북한의 문화전선사(文化戰線社)에서 출간되어, 새로 쓴 「아버지의 모시옷」 「호랑이 할머니」 「첫 전투」 「38선 어느 지구에서」와, 대폭 개작한 「해방 전후」와 「밤길」까지 여섯 편이

수록됨. 10월, 최창익(崔昌益), 김순남(金順男) 등과 소련의 시월혁명 기념일 참관차 모스크바를 방문함. 12월, 『로동신문』에 이때의 기록 「위대한 사회주의 시월혁명 삼십이주년 참관기」를 몇 차례 나누어 발표함.

1950년—— 3월, 소련 기행문집 『혁명절(革命節)의 모쓰크바』가 문화전선사에서 출간됨. 육이오전쟁 발발 후, 평양을 출발해 북한 인민군과 함께 종군하여 해주, 옹진으로 이동함. 7월, 서울로 들어왔으며 서울시 임시인민위원회를 방문하여 위원장인 이승엽(李承燁)과 선전부에서 일하고 있는 최석두(崔石斗) 시인을 만남. 11월, 폴란드 바르샤바에서 열린 제2차 세계평화옹호대회에 참석함. 12월, 박정애(朴正愛) 조선여성동맹 위원장과 헝가리 부다페스트를 방문해 문화교류청장 미하이 에르뇌와 만남.

1951년—— 9월, 바르샤바 방문 기록인 기행문집 『조국의 자유와 세계평화를 위하여』가 국립출판사에서 출간됨. 10월, 중국 베이징에서 열린 건국 이주년 기념 아시아문학좌담회에 참석하고 칠레의 시인 파블로 네루다와 만남. 『로동신문』에 이때의 기록 「위대한 새 중국」을 몇 차례에 나누어 발표함.

1952년—— 단편집 『고향길』이 재일본조선인교육자동맹에서 출간됨. 여기 실린 단편들은 반미적 성향이 강하게 드러나 있음. 『위대한 새 중국』이 국립출판사에서 출간됨. 『문장강화』를 북의 성향에 맞춰 개고한 『신문장강화』가 출간됨.

1953년—— 남로당파(南勞黨派)와 함께 숙청될 위기였으나, 소련파(蘇聯派)인 기석복(奇石福)의 도움으로 모면함.

1956년—— 소련파가 몰락하자 과거 구인회 활동과 정치적 무사상성을 추궁당하며 비판받음. 조선노동당 중앙위원회 상무위원회 및 전원회의 결의로 임화(林和), 김남천(金南天), 박헌영(朴憲永), 이승엽, 박창옥(朴昌玉) 등과 함께 반동적 문화노선을 조직한 간첩 분자로 몰려 숙청됨.

1957년── 함남 로동신문사 교정원으로 배치됨. 남한에서 3월 문교부의 지시로 월북 작가 작품의 교과서 수록 및 출판 판매 금지 조치가 내려짐. 상허는 육이오전쟁 이전 월북자로서 A급 작가로 분류됨.

1958년── 함흥 콘크리트 블록 공장의 파고철 수집 노동자로 배치됨.

1960년대── 말년과 사망 시기에 대한 정확한 사실은 알려져 있지 않으며, 몇몇 증언자들에 의해서만 조금씩 다르게 전해지고 있음. 러시아로 망명한 북한의 정치인 강상호에 의하면, 1953년 남로당파의 숙청이 끝난 가을 자강도 산간 협동농장에서 막노동을 하다가 1960년대 초 농장에서 병사했다고 함. 소설가 황석영이 1989년 방북시 들은 평양작가실 최승칠 소설가의 증언에 의하면, 1964년 복권되어 당 중앙 문화부 창작실에 배치되었다가 작품을 쓰지 않아 몇 년 뒤 다시 지방으로 소환되었다고 함. 남파공작원 김진계에 의하면, 1969년 1월경 강원도 장동탄광 노동자 지구에서 직접 만났으며 사회보장으로 부부가 함께 살고 있었다고 함.

1963년── 1-2월, 소설가 최태응이 「이태준의 비극(상, 하)」을 『사상계(思想界)』에 발표함.

1974년── 일본에서 한국문학의 연구와 번역을 목적으로 1970년 결성된 '조선문학의 회(朝鮮文学の会)' 편역으로 『현대조선문학선(現代朝鮮文学選)』(전2권)이 소도샤(創土社)에서 출간되고 「해방 전후」가 제2권에 일본어로 번역 수록됨.

1979년── '조선문학의 회' 동인인 조 쇼키치(長璋吉)가 「이태준(李泰俊)」을 텐리대학(天理大學) 조선학회의 학회지 『조선학보(朝鮮学報)』에 발표함.

1980년── 경희대에서 「상황(狀況)과 문학자(文學者)의 자세: 일제 말기 한국문학의 경우」(1977)로 석사학위를 받은 사에구사 도시카쓰(三枝壽勝)가 「이태준 작품론: 장편소설을 중심으로(李泰俊作品論: 長篇小説お中心として)」와 「해방 후의 이태준(解放後の李泰俊)」을 규슈

대학(九州大學) 문학부 학회지 『시엔(史淵)』에 발표함.

1984년 —— 오무라 마쓰오(大村益夫), 조 쇼키치, 사에구사 도시카쓰 공동 편역으로 『조선단편소설선(朝鮮短篇小説選)』(상, 하)이 이와나미 쇼텐(岩波書店)에서 출간되고 여기에 상허의 단편 「사냥」이 일본어로 번역 수록됨.

1986년 —— 부천공대 민충환(閔忠煥) 교수가 「상허 이태준론 (1): 전기적 사실과 습작기 작품을 중심으로」를 『부천공대 논문집』에 발표함. 이후 많은 논문과 단행본을 내놓으며 상허의 생애와 본문 연구에 기틀을 마련함.

1987년 —— 고려대에서 강진호(姜珍浩)가 『이태준 연구: 단편소설을 중심으로』로, 서울대에서 이익성(李益誠)이 『상허 단편소설 연구』로 석사학위를 받음.

1988년 —— 4월, 민충환의 『이태준 연구』가 깊은샘에서 출간됨. 7월 19일, 문공부에서 월북 문인 작품의 해금(解禁) 조치가 확정됨. 깊은샘에서 '이태준 전집' 전14권이, 서음출판사에서 '이태준 문학전집' 전18권이 출간됨. 삼성출판사의 '한국해금문학전집' 제1, 2권에 상허의 주요 소설이, 을유문화사의 '북으로 간 작가 선집'에 『복덕방: 이태준 창작집』과 『제2의 운명: 이태준 장편소설』이 포함되어 출간됨. 성균관대 임형택(林熒澤) 교수의 해제로 『문장강화』가 창작과비평사에서 출간됨.

1992년 —— 12월, 상허의 문학을 비롯한 한국근대문학의 연구와 확산을 위해, 깊은샘 대표 박현숙(朴玄淑)을 주축으로 민충환, 장영우, 박헌호, 이선미, 강진호 등 소장 학자들이 모여 상허학회(尙虛學會)를 창립하고 민충환 교수가 초대회장으로 추대됨.

1993년 —— 3월, 상허학회 학회지 『상허학보』 제1집이 '이태준 문학연구'를 주제로 발간됨.

1994년 —— 2월, 상허의 모교인 휘문고등학교에서 명예졸업장을 수여함. 11월, 상허 탄생 구십주년을 맞아 희곡 「어머니」와 「산사람들」이 극단민예의 공연으로 동숭동 마로니에 소극장 무대에 올려짐. 깊은샘에서 '이태준 전집'의 개정판을 상허학회의 편집 참여로 출간하기 시작함.

1998년 —— 7월, 상허의 성북동 자택 수연산방(壽硯山房)의 문향루(聞香樓)에서 '이태준 문학비' 제막식이 열림.

1999년 —— 상허의 생질녀의 딸 조상명이 수연산방을 전통찻집으로 운영하며 일반인에게 공개하기 시작함.

2001년 —— '이태준 전집'(깊은샘)이 전17권으로 완간됨.

2002년 —— 7월, 이태준 추모제가 철원 율이리 용담 생가 터에서 열림.

2004년 —— 상허 탄생 백주년을 맞아, 10월 철원군 대마리에서 민족문학작가회의와 대산문화재단 공동 주최로 '상허 이태준 문학제'가 개최되고, 이태준 문학비 및 흉상 제막식과 진혼굿이 열림. 상허학회 주관으로 '상허 탄생 백주년 기념 학술대회'가 열림.

2009년–캐나다 토론토대학 동아시아학과 교수 재닛 풀(Janet Poole)의 번역으로 『무서록(Eastern Sentiments)』 영문판이 미국 컬럼비아대학 출판부에서 출간됨.

2015년 —— 상허학회가 편집에 참여한 '이태준 전집'(소명출판)이 주요 작품 위주로 구성되어 전7권으로 출간됨. 서울대 김종운(金鍾云), 캐나다 브리티시컬럼비아대학 브루스 풀턴(Bruce Fulton) 교수의 번역으로 『달밤(An Idiot's Delight)』의 국영문판이 도서출판 아시아에서 출간됨.

2016년 —— 텐리대학 교수 구마키 쓰토무(熊木勉)의 번역으로 『사상의 월야: 그 외 다섯 편(思想の月夜: ほか五篇)』 일문판이 헤이본샤(平凡社)에서 출간됨.

2018년 —— 재닛 풀의 번역으로 단편소설집 『먼지: 그밖의 단편(Dust: And Other Stories)』 영문판이 컬럼비아대학출판부에서 출간됨.

2024년 —— 1월, 상허의 생질 김명열(金明烈) 교수와 열화당(悅話堂)이 전14권으로 기획한 '상허 이태준 전집' 일차분 네 권 『달밤: 단편소설』『해방 전후: 중편소설, 희곡, 시, 아동문학』『구원의 여상·화관: 장편소설』『제이의 운명: 장편소설』이 출간됨.

장정과 삽화

『달밤』, 한성도서주식회사, 1934. 장정(裝幀) 근원(近園) 김용준(金瑢俊). (위)
『가마귀』, 한성도서주식회사, 1937. 장정 근원 김용준. (아래)

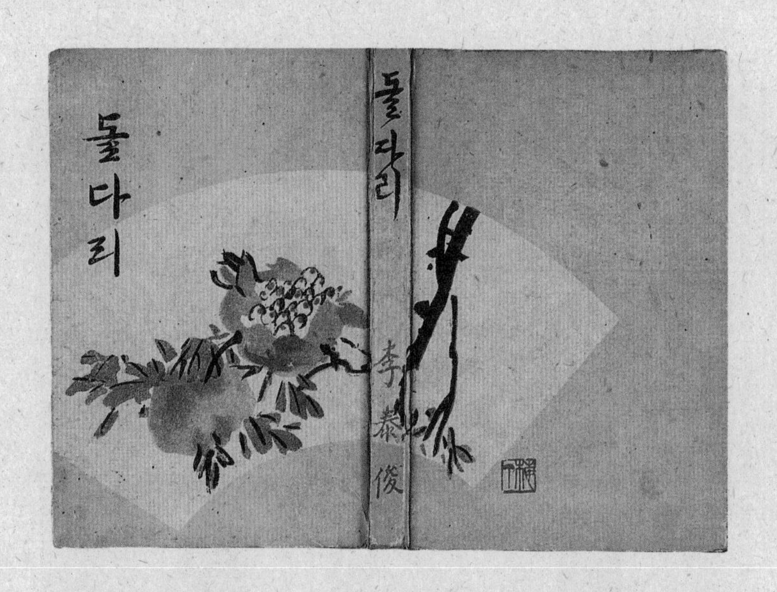

『돌다리』, 박문서관, 1943. 장정 근원 김용준. (위)
『복덕방』, 을유문화사, 1947. 장정 근원 김용준. (아래)

映畫에서어든콩트

沙漠의花園

李泰俊

작년 여름 S어촌에서다。해수욕을 하고날때마다、저녁산보를 할때마다 김군은

「제길헐 차집이나 식당이나 하나 잇스면 오죽 조하……」

하고 버릇처럼 중얼거리든 판인데 하로는 원산사람이 와서 식당을 채린다는 소문이 낫다。소문은 곳해수욕장 솔밧에 실현되엿다。빠락크라기보다 천막인편으로 아직 간판도 나붓기전에 김군과 나는 차저갓다。걸상은 사이다와 삐루궤짝을 들려노핫고 테불도 송판으로 아모려케나 못질해세워 팔꿈치를 좀 언즈니까 바닥이 모새기도 해지만 이내 한편으로 쏠구러지는것이엿다。그래도 백노지를 덥고 그우에도 엽서만한 종이에「메뉴」부터는 써노핫는데 가루피스 수이다 삐루 오야꼬돔부리 오무례스… 이러케 쾌 여러가지가 적혀 잇섯다。그때가 점심때엿던지 우리는「오야꼬돔부리」를 주문하엿다 그랫더니 주인이지 쿡-인지 모를「사루마다」만한 반바지에 게다를신고 이마에 두드럭두드럭한 여드럼을 비비고 섯던 청년이 허리를 굽신하며 아직 닭을 사지 못해 오야꼬돔부리는 될수 업다 하엿다 그럼 무엇이 되느냐 하니까「오무례스나「사까나후라이」는 곳 된다 햇다。우리는 그두가지를 다식히니까 그는어느구석에섯지 부채를 한자루 집어다 노터니 웃뒤는소리가 나는데로 드러가 버리엇다。그리고 그의대신으로 나타난사람이「하나꼬」라는 이식당매담이엿다。아까 청년보다는 나이 훨신우인 여자로 가까이 드러다보니 나이사십이나 되엿슬얼골이엿다。쪽도 아니요 트레머리도아닌머리에 기름을 고르지도못하게 칠하엿고 얼골은 희나 그것도 얘번 처다보니해벗슬보지못한때문이지 가죽은두꺼운 눈두덩이요 뺨이요 입술이엿다。정오등우에는 눈섭조차 정오듯 거이 전부가 그린것이엿다。그는 우리앞으로 와서부채질을 해주엇다。

「당신 나이멧살이요?」

그는반이 금니투성인 이속을 힝속열어 웃기만 햇다。

「당신 이집 매담이오?」

「매담이 뭐야요?」

그는 생긴것처럼 매담도 모르는 짝이엿다。이름만은「하나꼬」라고 이내 대여주엇다。웨이름을 그러케 지엇느냐니까

「꽃이라면 손님들이 만히오지 지 안허요?」

하고 저도 어색한듯 큰 소리를 내여우서버리엇다。남의 면박을 잘주는 김군이

「제길헐 이름만 꼿이면 꼿인가 어서 저기가 음식이나 빨리 만드러와……」

하니까 얼골이 시뻘개저 부엌으로 가버리엇다。

음식은 그메뉴의 글씨나 또「하나꼬」나처럼 못만들지는 안엇다。때 맛나게 먹은 우리는 그다음날도 차저갓다。그리고그날은 유성기소리도 들엇다。멧장 안 되는것이 모다 유행가부스럭이뿐이엇스나 기중 좀 나은것은「사바꾸나 칭아 구레데」하는 노래여서 우리는 그것만 서너번이나 거퍼들엇다。그리고 식당이름을「동해식당」이라 하려는것을 우리가「사바꾸니 칭아 구레데」와 매담「하나꼬」를 합하여서「식당 사막의화원」이라 지여주엇고 김군은 간판까지 써주엇던것이다。

우리는 이식당「사막의화원」에 밤에도 가끔 갓섯다。갈때마다 놀라운것은「하나꼬」는 우리에게만 꼿이 못될뿐、이 색채에 주으린 빈한한 어촌청년들에게는 자기의 이름대로 훌륭히 꼿노릇을 하는것이엿다。모혀드는 청년들은 대개「하나꼬」보다 어린청년들이엿스나「하나꼬」는 꼿찰 그들의 무릅에 안자 맥주를、혹은 소주를따르며 그어설핀애교를 떨엇다。그 어설핀 애교에도 멍-하니 혼이 나가서 건침을 삼켜가며처다보고안젓는것이 김군의 말대로하면 이거리의 최풀린들이엇다。

그런데 사막의화원이 열리어 한 열흘쯤 되여서다。점심을사먹으려고 가니까 쿡-이 매를맛고 누어 꼼짝을 못한다는것이엿다。「하나꼬」는 잘 대이지를 안허 동네청년들에게 물어보니 지난밤에 자는것을 누가 돌맹이를 드러던저 골이 깨여젓다는것이다。원인을 물으니「하나꼬」가 말로는 그 쿡-을 조카라고하나 사실은 서방이라는것을 엿보아알앗기 때문이란것이 짐작이라고는 하면서들도 그화풀린들의 일치되는 대답이엿다

우리는 그날인가 그이튼날인가 외금강으로가서 한 일주일 묵어서 왓다。오는길로 우리는 궁금하기도 하고 무얼 좀마시고도시퍼 사막의화원으로 갓는데 웬걸、사막의화원자리엔 겁당무는 돌멩이들과 소독저 부러진것들만 수지쪼각들과 함께 널렷슬뿐、기둥 하나 남아잇지 안헛다。모래바닥엔 지난밤에 쏘다진 빗줄자리뿐이요 바다에선 파도소리가 노피 부서젓다。마침 지나가는 주재소급사를 붓들고 물어보니、하나꼬는 원산 어떤 유곽에 매인 몸으로 어웃 요리집 쿡-으로잇는 그사나이와 정이들어 도망와던것이라 한다。그래 사나이는 순사에게붓잡히고 계집은 포주에게 붓잡혀 매를 한마당이나 맛고 원산으로 끌려갓다는것이다。

사막의화원! 우연한 일이엿스나 우리는 그들의 행복의둥지를 이러케 단명(短命)하게지어준것을 후회하엿다 그리고아직 이마에 여드름이 두드럭두드럭한 그 청년의 쿡-군보다 청춘이란 란령은 다 꺼저버린그 결코 꼿답지 못한 하나꼬의인생(人生)을 생각하고 우리의해변산보는 우울하지 안흘수 업섯다。

—六月十九日—

掌篇小說

모던껄의 晩餐

李泰俊

『어머니 꿀이좋압허서 누어야겟서……』

쏫분이는 알는표정을 한다는것이 신살구먹는 표정을하면서 어머니의눈치를 훔처보앗다

『굽던지삶바지던지 뒈지던지 렴……경칠년……』

어머니가 부엌으로 나가자쏫분이는 매지근한 아랫목에아랫배를살아붓치며 덥어나는 이불을 뒤집어썻다 그리고부엌에서 풀(糊)쑤는소리가풀럭풀럭들려오는것이 쏫분이는 자동차의『쏫터ㅡ』 소리갓해서자동차편이렁케흔들리겟지 하면서 마른궁덩이를깔싹깔싹 들추켜보앗다

쏫분이는 꿀이압허 누은것은안이다낫에 한잠이라도 자는것은 밤에귀중한 시간을 더또렷또렷하게향락할수잇다는 그가 경험에서엇은 지식이엿섯다 그러나 잠은날내오지안햇다──아, 미지의오는밤! 엇덧케 밟던될지몰으는오는밤! 그는 하이칼라엿섯다 미남자엿섯다 그때그옷독한곳날을 보자그런데 요컨그녀석처럼 멍어나 작고쓰면엇커나!── 쏫분이는 머리맛헤잇는오페라빽에서조희쏘각하나를 집어내엇다 그것은D극장(푸

부터 당신을 기다리겟슴니다 커피주인은 KK동 일번디인데 와주시면 조용한곳에나가 커텍이라도 가티 먹으며말슴을드리려합니다다』

쏫분이가 엇커녁 D극장에서 엇던사내와 눈을맛추고 잇다가 파해나오는판에 그에게 밧는것

을 상햇기때문에 쏫분이는아모리 추운날이라도 찬물에하는것이요 세수라기보다는 마찰이라고할만치 야단스럽게 비비고떡는것이다

단발한머리엇스나 그가 경대압헤서 일어서기는 한시간뒤엇섯다 그리고 밧갓날이 치운것보다 데면으로 혈양말이 생각나서어머니의주머니를몰래뒤져보앗스나풀파라너흔 동전닙들 이라친차비오전밧게집어내지못하엿고 종아리가 시릴것갓핫스나 그나마 모양을보자니 인조견양말을안신을수가업섯다

◇

『풀집』이라고써붓친초개집대문간을나설때마다 『게푸날틀두른쏫분이는불쾌하엿다 그래서 제집을나서는것도 도적질이나하는것처럼 낫갓

가명압까지는전차로나왓다그때 우편국시계는 다섯시 사십분을 가리키고잇섯다 그것을 본쏫분이는그사내가 벌서사십분 동안이나자긔를기대리고 잇슬 것이무한히조왓고 이로부터 자기를녀왕으로보하고 전개되려는 밤나라가 상상 할사록 흥미 잇섯다 그리하여 종아리시린것 도 몰으고 귀밋 바람에 짝근 머리털을날리면서 어느듯 독립문근처에이르럿다 쏴른저울해는벌서어두어서 붉은 전등단파출소가 쏫분이눈에 얼는띄인다

『말슴좀 뭇겟습니다KK동일번디가어듸쯤되나요』

『뭐요? KK동일번디요? 누구집을 찻는셈입닛가?』

순사는 지도도보지안코 이럿케 축망스럽게 반문하는데 쏫분이는말문이맥히엇다 어물 어물하고섯스낫가

『KK동일번디는 커!기커감옥소요 서대문 형무소요 누구집을찻는셈이요?』

『감옥이애요? KK동 일번디가……』

쏫분이는 그팟긔업는 얼골이그만 넨수마찰이상으로 불덩어리가되어 파출소를나왓다 쏫분이는자긔가헷물컨것을 그제야 깨다럿든것이다

◇

바람을등지고 들어오니 몸은그리춥지안허도 종아리가 추엇다 배가곱헛나 잉잉하고바람을일으키고 다러나는 뎐차들까지자긔를 비웃는것갓헛다 집에들어간대야 찬밥을 쇠려잡순어머니가 자긔밥만 지어두엇슬리가업섯고 밥은커녕밤에 잘자리에서 어머니가 주먹구구로 셈을치다가 돈오전이발각날것만 걱

그더운김이 무럭무럭 떠오르는풀가마들볼때 그는양식집에서먹어보든『그래비』생각이낫고자긔도몰으게 입안에침이 서리엇다

『어머니 내가좀뜨리다 드려가시우』

『그래라 허리가압흐구나……』

쏫분이는 숫가락을들고와 위선풀을한엽흐로 밀어놋코 누룽갱이들글거 입에너허보앗다 맛치더운날『아이스크림』처럼씨원울새도업시 넘어갓다 둘재숫가락이 다시드러갈때에는 부엌이어두엇스나 쏫분이의눈에는 눈물이반작이엇다 그리고 셋재숫가락이 올라갈때에는 풀가마에눈물이떠러지고낫엇다

그러나 쏫분이는 속으로『목설랑이나 잇섯스면!』하면서눈물을씨섯다(끗)

二九、三月十五日作

「사막의 화원」 최초 발표 지면. 『조선일보』, 1937. 7. 2. 삽화 정현웅(鄭玄雄) 추정. (p.668)

「만찬」 최초 발표 지면. 「모던껄의 만찬」 『조선일보』, 1929. 3. 19. 삽화 석영(夕影) 안석주(安碩柱) 추정.

장행복 스러웟섯다 그가몰으는 영어를내가 아는것그가 풀지못하는산술을 내가가르켜주는 그우월감(優越感)이 딴내가A에게대해서 나의존재를 뚜렷하게하는유일의 무긔될지넌것 가탓다 A는글짜하나를 몰라도 자던을찾지안코 나를차젓다 나는엇더케하며서라도 A가뭇는 것이면몰은다는 대답을 하지안키에애를썻다 어린는동안 A와나는정이들엇다

『옵바할머니가 무르시거든책갑이그만콤 든다고그래요』 A는공책이나 연필을 사러가도할머니몰래 나의것까지 사다주엇다

그때아우B는 일본소학교에 단니엇고나희 어린만콤 나의밤에도나와서 책상도 뒤지고어리팡도부리엇섯다 그러다가B는그의어머니가 제신식골로 가잇게되어학교까지 옮겨갓슴으로 A의방에는 A혼자잇게 되엇다혼자잇게된A는 처음몃칠 동안은나를봄을 용긔가 업섯스나그도월주일을 지나지못하엿섯다 B가잇슬때보다 무엇인지 자유스러운것가탓스나 도리혀 서먹서먹해지는것 가탓고 그의할머니도전에하지안튼 감시(監視)가잇게되엇다 아홉시만되어도『얘들아 느젓다』 하는소리가건너왓다 A는『네』하면서도그가나를바라보는눈은 『할머니가밥반그리

아직 는다 가 한번는 나에게할수회관계로 가튼시골 녀학생에게서편지한장이 오게되엇다 이것을A가알고 이것이단서가 되어A와나사이에는 남모르는 맘닷툼이일어낫고 또A가 처음으로그의눈물을 나에게보여 주엇스며따라서 자긔가슴속에 품엇든것을 그때처음으로 일홈지여내귀에불어너허주엇든것이다

그러나 우리의사랑이 병엽시자라기에는 넘우나 부자연한역경이엿섯다 A를공주라하면 한개상노의디위에 잇는나로서 그려케서로거리가멀든사람끼리한번이라도『러부씨ㅣㄴ』을가커보기는 한울에별따는격 이엇섯다 그의할머니의 감시는 첩첩심하여내가A에게 들어가서 그의산술문뎨를 풀고잇슬때는 그할머

녀름이지나도 가을이 지나가고다시그이듬해봄이돌아오도록우리의비밀은 역시우리의 비밀이엿섯다 A와내가 가즈런히섯는것을보기는역시 가즈런히 섯는A와나의 그림자뿐 이엿섯다 한번도 긔를펴보지못하고 숨어서자라는우리의사랑은온실속에서자라나는화초엿섯다 신긔하고아름답기는하엿스나류리로지은집이요창하나만깨여지어도그만얼어죽고말을온실화초와가튼것이엿섯다

젊은시절의로맨스

그녀자와나

溫室花草 〔1〕

李泰俊

揷畵 A生

그때그집에는 두녀학생이 잇섯다 그들은 한어머니의딸로 형은 열며살 아우는열네살 되는봄이엇섯다

그들이 자긔네집에서 빌어먹고 잇는나를 옵바라고 불러준것은 처번부터 나에게대한 호의라는 것보다 무관하게터놋코 진심부터이나식히려는 것이요 그것보다도커녁이면 산술이나 영어가튼것의 풀기어려운문데가 나를 차젓기때문이엇섯다

이와가티 그들이나에게 대한호의가 …

서도……』 하는것가탓다

그러나파연A가 나를생각하는지 그의심정을알아채릴긔회는

니의주먹구구가 반듯이 엽헤서 간섭하게되고말엇다

이와가티 우리의얼어업고손이업는사랑은숨소리도내지못하고숨어서 자라다가 한번맛퇴어볼긔회는뜻하지 안흔곳에서 떠러지게되엇다 언제든지 즐거운소식을 슬픈소식을 압뒤하여오는것이다 아츰마다 배도자에A를다리고 남산우에갓다 오라는것이엇섯다 그러나그것은 A가 폐병이라는것을 슬퍼하지 안흘수업는일이엇섯다

A는그의 마음파가티 몸이약한녀자이엇섯다 사구라는 흣터진는진봄아츰 서울은아즉 안개와어두움에 덥히엇슬때 A와숨찬손목은 언제든지 나에게잇글려이슬에커즌 남산을 오르내리엇섯다

그때우리는 A의병든때가 산선한산人공긔에 십호흡을 한듯 우리의사랑도 자유스러운 언약과즐거운 희망에서 긔운것십호흡을할수잇섯든것이어…

「온실화초」 발표 지면. 『조선일보』, 1929. 5. 10-12. 삽화 석영 안석주.(pp.670-673)

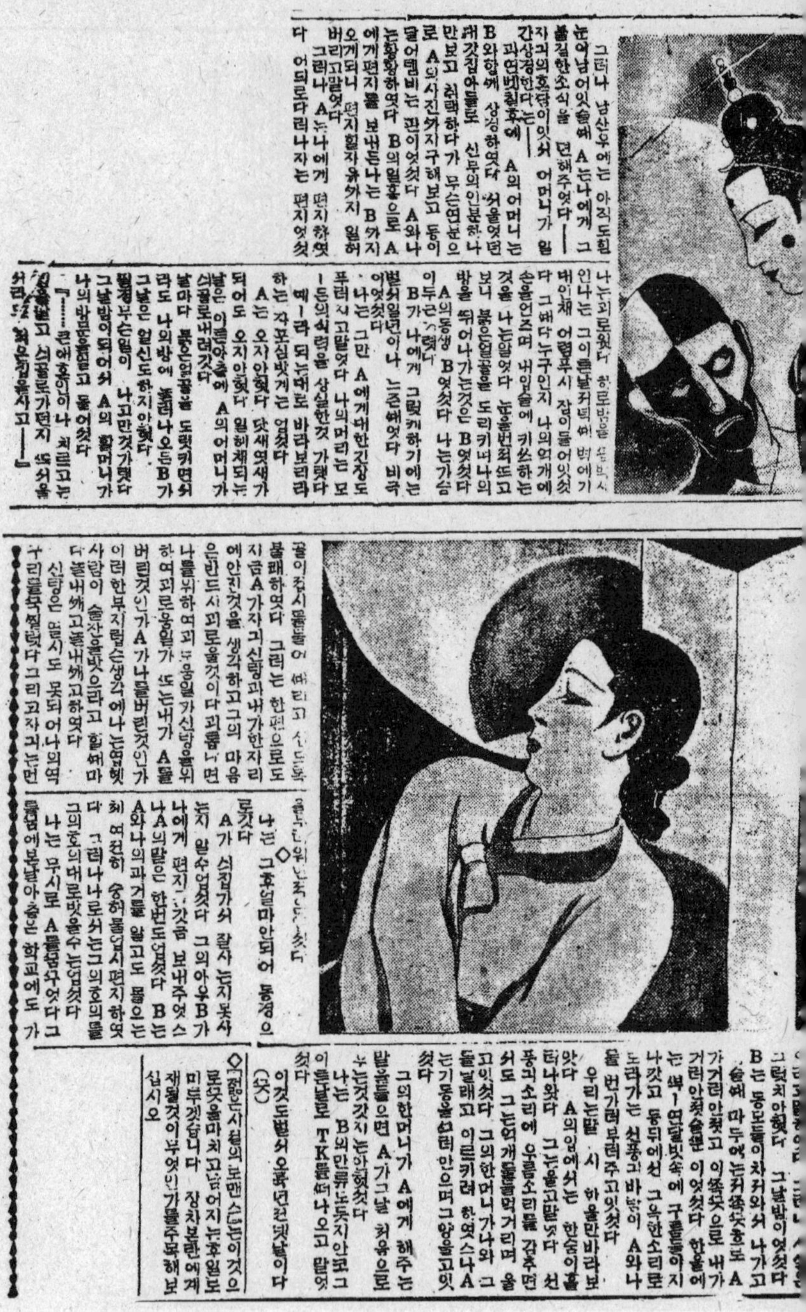

그러나 남산우에는 아직도힘
눈어남어잇슴에 A는나에게 그
불길한소식을 던해주엇다──
자긔의혼담이잇서 어머니가 일
간상경한다는──
과연며칠후에 A의 어머니는
B와함께 상경하엿다 서울엇던
큰갓집아들로 신부의인물한나
만보고 결택하다가 무슨연분으
로 A와사진까지구해보고 동이
달어템비는 판이엇섯다 A와나
는황황하엿다 B의힘을으로 A
에게편지를 보내든나는 B까지
오게되니 편지할자유까지 일허
버리고말엇다
그러나 A는나에게 편지하엿
다 어듸로다리나자는 편지엇섯

나는괴로웟다 하로밤은 쓸쓸히 벼에기
인나는 그이튼날커녁때 벼에가
베인채 어렴푸시 잠이들어잇섯
다 그때다누구인지 나의억개에
손을언즈며 내입술에 키쓰하는
것을 나는알엇다 눈을번쩍뜨고
보니 붉은얼굴을 도리키며나의
방을 뛰어나가는것은 B엿섯다
A의동생 B엿섯다 나는가슴
이두근거렷다
B가 나에게 그럿케하기에는
벌서일년이나 느즌때엿다 비극
이엇섯다
나는 그만 A에게대한진정도
푸러지고말엇다 나의머리는 모
ㅣ든의식을 상실한것 가탯다
예ㅣ라 되는대로 바라보리라
하는 자포심밧게는 업섯다
A는 오지안햇다 닷새엿새가
되어도 오지안햇다 일헤채되는
날은 이른아츰에 A의어머니가
시골로내려갓다
날마다 붉은얼골을 도렷키면서
라도 나의방에 놀러나오든B가
그날은 일신도하지안햇다
밤경부슨일이 나고만것가탯다
그날밤이되어서 A의 할머니가
나의방문을열고 들어섯다
『……큰애혼인이나 치르고는
집을팔고 시골로가던지 또서울
서라도 적은집을사고──』

골이잠시물들어 버리고 산도록
불쾌하엿다 그러는 한편으로도
지금A가자긔신랑과내가한자리
에안진것을 생각하고그의 마음
은얼마드시괴로울것이다괴롭나면
나를위하여괴로움일가신랑을위
하여괴로움일가 또는내가 A를
버린것인가A가나를버린것인가
이러한부지럽슨생각에나는엽헷
사람이 술잔을밧으라고 할때마
다놀내쌔고놀내쌔고하엿다
신랑은 얼시도 못되어나의역
구리를꾹찔럿다그리고자긔는먼

◇
나는 그후얼마안되어 동경으
로갓다
A가 시집가서 잘사는지못사
는지 알수업섯다 그의아우B가
나에게 편지는 갓금 보내주엇스
나A의말은 한번도업섯다 B는
A와나의과거를 알고도 몰으는
체 여전히 숭허롭업시편지하엿
다 그러나 나로서는그의호의를
그의호의대로밧을수는업섯다
나는 무시로 A를꿈꾸엇다 그
를꿈에본날아츰에는 학교에도 가

그럿치아햇다 그날밤이엇섯다
B는 동모들이차저와서 나가고
술에 마두엇는지쏙쏫으로 A
가거러안첫고 이쏙쏫으로 내가
거러안첫슬뿐 이엇섯다 한울에
는 쌕ㅣ연달빗속에 구름들이지
나갓고 동뒤에선 그윽한소리로
노라가는 서풍과바람이 A와나
를 번가려부러주고잇섯다
우리는말 시 하울만바라보
앗다 A의입에서는 한숨이흘
러나왓다 그는울고말엇다 선
풍과소리에 우름소리를 감추면
서도 그는억개를들먹거리며 울
고잇섯다 그의할머니가나와 그
들날래고 이르키려 하엿스나A
는기동을끌어안으며 그앙을고잇
섯다
그의할머니가 A에게 해주는
말을들으면 A가그날 처음으로
우는것갓지는아햇섯다
나는 B와만류도듯지안코그
이튼날로 TK를떠나오고 말엇
섯다
이것도벌서오륙년전옛날이다
(끗)

◇『젊은사람의로맨스』는이것으
로끗을마치고 남어지는후일로
미루겟슴니다 장차본란에게
재될것이무엇인가를주목해보
십시오

젊은시절의로맨스

그녀자와나

溫室花草 (2)

李泰俊

揷畵 A生

A의건강은 거의회복된것가텃다 그러나의사의권고로 학교는지난이학긔부터단이지안코드러안커잇섯다 그러니까 A와나는 한집속에서도 메칠에한번이나 볼지말자하엿고 서로할말이잇스면 한집속에서도 우편으로편지를보내고바덧다 그리면서도 우리는서로그리울때마다 어서남산에 눈이녹기만 기다렷섯다 그것은날이 다시따뜻해지면다시실컷놀을 핑계하고 아츰산보를단일수 잇기때문 이엇섯다

다 자긔가무슨핑계로던지 시골집에나려가 돈을맨들어가지고올것이니 기다리라는 편지엿섯다 피면A는그이튼날시골로내려갓다 중매마누라는매일넷번씩드나드렷다 빌서날까지밧어놋코레장이드러오고 잔치준비에 집안이들석거렷다 A가 시골간날부터 나의번민은 밤을새웟다 ―다리날가? 죽을가? A가하는대로 두고볼가? 나는살고십다! A는폐병이잇다! 그러나A가 다른남자와 결혼하면?―

젊은시절의로맨스

그녀자와나

溫室花草 (3)

李泰俊

揷畵 A生

나는사내사랑귀여운그집안사정을아는이상 그어른의 부탁을선선히 맛탓다 그리고 그 어른의소개로신랑을 안스방으로 오게하여정산히 인사한후에 그와가티그의친구들이 가자는 대로명홍관까지 어심명어심명따러갓섯다

내눈에는 압헤안진 기생들이 모두A로 보이는[illegible]

커가게하여달라고 하엿다 나는승낙을 생키며 그뜻을좌중에말하엿다 반대하는사람이 [illegible]한사람도업섯다 나는 그를다리고 문밧까지 나와 인력거에 태워A에게보내주엇다

그때 다리나는 인력거뒤만바라보고우둑허니섯든 모양이엇마나가련하엿스랴

나는그날저녁[illegible]는사람

지안코 [illegible] 올[illegible]한시간을[illegible]여서보냇든것이다 내가그후A를한번 다시맛나보기는 A가시집가서 일년반이되는때를 방학하여나오는도중에서다

B와 그의한머니는 그때TK에서살엇고 TK는 경부선에잇는도시다 그럼으로 B와그의한머니는 [illegible] 방학에돌려가려는편지가잇서왓고 나도 그의 한머니에게 인사도 인사허니와A의소식이 궁금하야 알고십헛다 [illegible]때업는호긔심인줄은알면서도

나는 TK에서나려 B의집을차저갓다

가슴을 두근거리며 그집안마당을들어설때 마루에 걸어안저서 나를먼저본사람은 B의한머니도아니요 B도아니요 뜻하지안흔 A엇섯다 머리쪽진[illegible]을처음보는 A엇섯다

A는 나를피하지안햇다 그도몰론 반가윗슬것을 나는밋는다

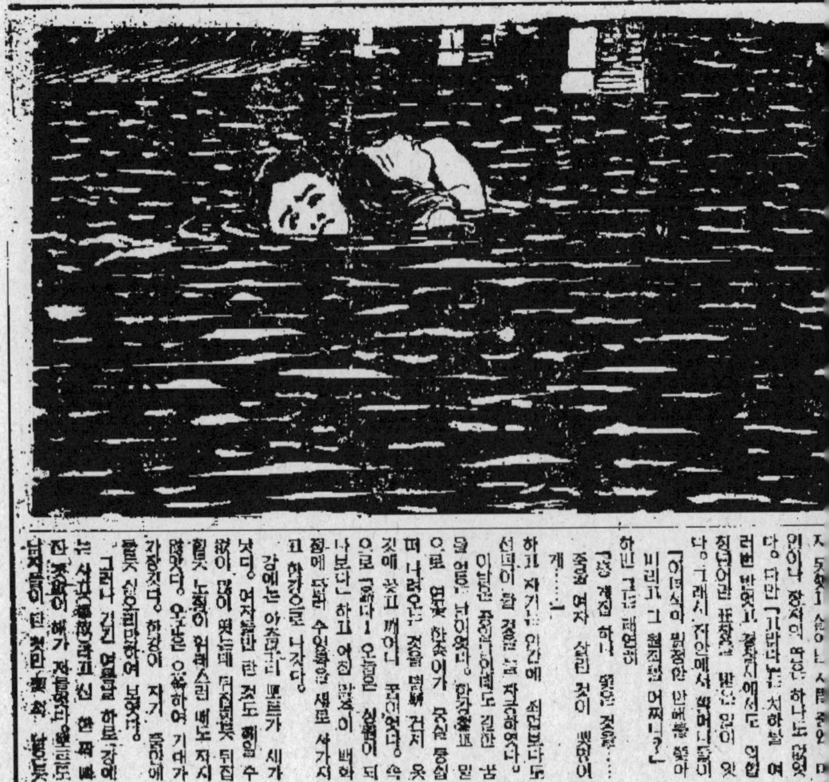

지 [illegible] 숨이 나 [illegible] 다
인이나 창자의 [illegible] 하나도 없었
다. 다만 「고맙다」는 치하할 여
러번 받었고 경찰서에서도 여합
청년이란 표창장을 받은 일이 있
다. 그래서 자안에서 [illegible]들이
「이년석이 [illegible] 한 [illegible]
비리고 그 [illegible] 어찌니?」
하던 그런 터였다.
「왕 개짐 하는 짓은 것을……
죽을 여자 살린 것이 [illegible]이
게……」
하고 자기는 인간에 [illegible]보다도
선택이 할 것을 다 자각하였다.
이번은 [illegible] 남
을 얻은 [illegible]였다. 한강철교 밑
으로 [illegible] 한줏이가 [illegible] 통쉽
떠 나려오는 것을 [illegible] 건지 웃
것에 갖고 깨어나 [illegible]었다. 속
으로 「[illegible]다! 오늘은 생일이 되
나보다」 하고 어쩐 [illegible]이 [illegible]하
[illegible]에 [illegible] 수염을 새로 사가지
고 한강으로 나갔다.
강에는 아츰부터 [illegible]가 세가
났다. 여자[illegible] 한 것도 [illegible] 수
없이 많이 왔는데 [illegible] 뒤집
힐듯 노[illegible]이 [illegible]스런 벼노 자시
혔었다. 오늘은 [illegible]하여 기다가
자랑쳤다. 한강이 자기 [illegible]에
[illegible] [illegible]하여 보였다.
그러나 [illegible] 여름날 하로 강에
는 사고([illegible])라고 한 [illegible]
전 [illegible]이 해가 저물었다. [illegible]
[illegible] 한 [illegible] 않았다

여자의 얼굴을 쳐다 보았다. 속
으로,
「괜찮은 양반이데……」
그러나 무슨 생각에서인지 다시 다
시 한번 들여다보고 「[illegible]」 소리
를 치고 하 겨를 돌려섰다.
「아는 사람이오?」
순사가 물었다. 오늘은 나 [illegible]
를 [illegible]. 이것이 내 안해요」 소리
는 입밖에 나오지 않았다. 순사는
여자의 품에서 [illegible] 편지를 하
나를 찾아내었다.
「자살이군!」
하였다. 또 [illegible]

콩트

미어기

李泰俊

—[illegible] 아가씨에 한 [illegible] 「[illegible] 때……」
[illegible] 가다 [illegible] 모두저 하고 [illegible] 파도소리
[illegible] 소스

○

향이 미국서 활동사진에 나오
는 해피—엔드다.
수영복 입은 유명한 우리·오락
은 미련 천우신조의 기인([illegible])
「해피—엔드」다운 현실에서 람
내였다. 그런 법석 뒤에 여름철
[illegible]만 되면 [illegible] 저지르고
한 장에서 [illegible] 보냈다. 그때 정

여자들의 젖이 또따 또따 선창에
들이 날아 나비 같은 처녀들이 보
송보송한 [illegible] 접어 신고 우
리 오늘 같은 젖은 [illegible] 뛰
어나갔다.
「저런 젖이 하나 빠지지 않구
…체…하긴 밤에 사고가
많은 법이니까……」
오늘은 혼자 중얼거리며 강시
가 어느 [illegible] 들어갔다. 비선
「우나기[illegible]」 [illegible] 발도 못 빼는
때 어디선지 [illegible]하는 소리였다.
「사람 빠졌다! 여학생이!」
「뭐?」
「여학생이 [illegible]에서 떨어졌었다
!」
그하다 [illegible] 대기중(待機中)이었
던 오늘은 [illegible] 자신있는 솜씨
[illegible] 개시하였다.
「어디? 어디?」
「저기 저긴」
오늘은 [illegible] 같은 인
도로 [illegible] 들어갔다.
「저 사람이 [illegible] 없
이 구하진」
「어떻게?」
「저 사람은 [illegible]의 미어기요.
생긴 것도 미어기 같지만 물 속
에 들어가 [illegible] 견디오. 사
람 여럿 건졌소」
이것은 구경[illegible] 대화였다.
그러나 [illegible]에는 오늘도 [illegible]의
[illegible] 다시 한번 솜
[illegible]

「미어기」 최초 발표 지면. 『동아일보』, 1933. 7. 23. 삽화가 미상. (pp.674–675)

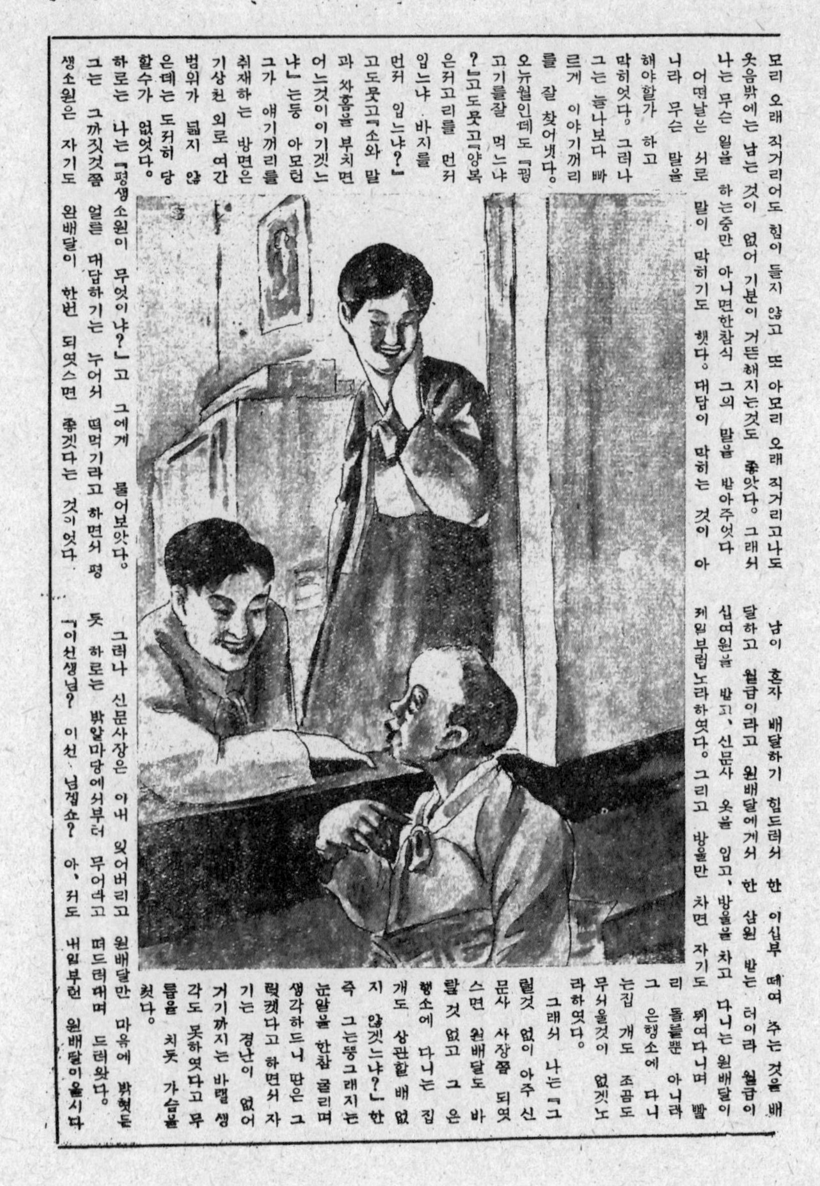

〔 141 〕

모리 오래 직거리어도 힘이 들지 않고 또 아모리 오래 직거리고나도 웃음밖에는 남는 것이 없어 기분이 거뜬해지는것도 좋앗다。그래서 나는 무슨 일을 하는중만 아니면한참식 그의 말을 받아주엇다

어떤날은 서로 말이 막히기도 햇다。대답이 막히는 것이 아니라 무슨 말을 해야할가 하고 막히엇다。그러나 그는 늘나보다 빠르게 이야기꺼리를 잘 찾어냇다。오뉴월인데도『꿩고기를잘 먹느냐?』고도뭇고『양복은커고리를 먼커 입느냐 바지를 먼커 입느냐?』고도뭇고『소와 말과 싸홈을 부치면 어느것이이기겟느냐』는둥 아모런 그가 얘기꺼리를 취재하는 방면은 기상천 외로 여간 범위가 넓지 않은데는 도커히 당할수가 없엇다。

하로는 나는『평생소원이 무엇이냐?』고 그에게 물어보앗다。그는 그까짓것쯤 얼른 대답하기는 누어서 떡먹기라고 하면서 평생소원은 자기도 완배달이 한번 되엿스면 좋겟다는 것이엇다 남이 혼자 배달하기 힘드러서 한 이십부 떼여 주는 것을 배달하고 월급이라고 원배달에게서 한 삼원 받는 터이라 월급이 십여원을 받고、신문사 옷을 입고、방울을 차고 다니는 원배달이 케일부럽노라하엿다。그리고 방울만 차면 자기도 뛰여다니며 빨리 돌릴뿐 아니라 그 은행소에 다니는집 개도 조곰도 무서울것이 없겟노라하엿다。

그래서 나는『그럴것 없이 아주 신문사 사장쯤 되엿스면 원배달도 바랄 것 없고 그 은행소에 다니는 집 개도 상관할 배없지 않겟느냐?』한즉 그는뚱그래지는 눈알을 한참 굴리며 생각하드니 딴은 그럭켓다고 하면서 자기는 경난이 없어 거기까지는 바랠 생각도 못하엿다고 무릅을 치듯 가슴을 첫다。

그러나 신문사장은 이내 잊어버리고 원배달만 마음에 박혀든듯 하로는 밖앝마당에서부터 무어라고 떠드러대며 드러왓다。

「이선생님? 이선 님겝쇼? 아、커도 내일부헌 원배달이올시다

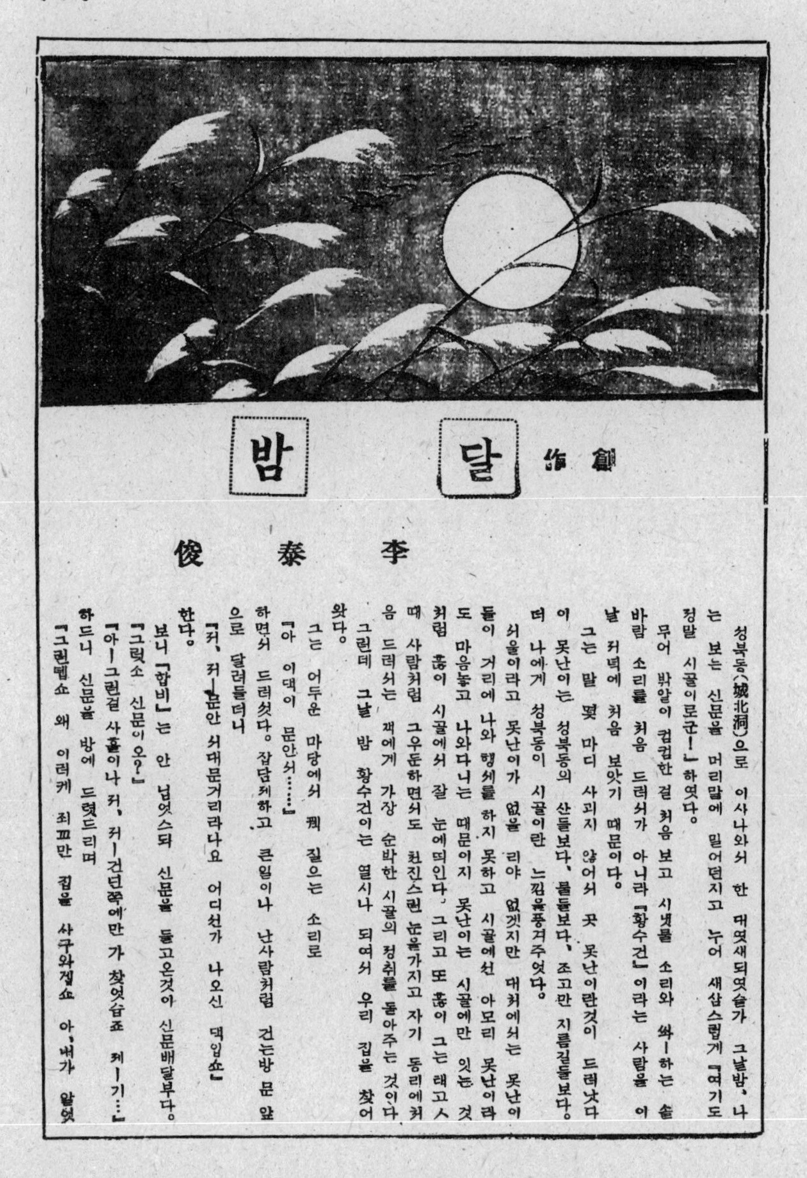

〔139〕

달밤

創作

李泰俊

성북동(城北洞)으로 이사나와서 한 대엿새되엿슬가 그날밤, 나는 보는 신문을 머리맡에 밀어던지고 누어 새삼스럽게 『여기도 정말 시골이로군!』 하엿다。

무어 밝알이 컴컴한 걸 처음 보고 시냇물 소리와 쏴-하는 솔바람 소리를 처음 드러서가 아니라 『황수건』 이라는 사람을 이날 저녁에 처음 보앗기 때문이다。

그는 말 몃 마디 사괴지 않어서 곳 못난이란것이 드러낫다 이 못난이는 성북동의 산들보다, 물들보다, 조고만 지름길들보다。더 나에게 성북동이 시골이란 느낌을풍겨주엇다。

서울이라고 못난이가 없을 리야 없겟지만 대처에서는 못난이들이 거리에 나와 행세를 하지 못하고 시골에선 아모리 못난이라도 마음놓고 나와다니는 때문이지 못난이는 시골에만 잇는 것처럼 흖이 시골에서 잘 눈에띄인다, 그리고 또 흖이 그는 태고ㅅ때 사람처럼 그우둔하면서도 천진스런 눈을가지고 자기 동리에처음 드러서는 재에게 가장 순박한 시골의 정취를 돌아주는 것이다.

그런데 그날 밤 황수건이는 열시나 되여서 우리 집을 찾어왓다。

그는 어두운 마당에서 꽤 질으는 소리로

『아 이댁이 문안서……』

하면서 드러섯다。잡담제하고 큰일이나 난사람처럼 건는방 문 앞으로 달려들더니

『저, 저-문안 서대문거리라나요 어디선가 나오신 댁입쇼』

한다。

보니 『합비』는 안 닙엇스되 신문을 들고온것이 신문배달부다。

『그럿소 신문이오?』

『아-그런걸 사흘이나 저, 저-건넌쪽에만 가 찾엇습죠 제-기…』

하드니 신문을 방에 드렷드리며

『그런뎁쇼 왜 이러케 죄끄만 집을 사구와겝쇼 아, 내가 알엇

「달밤」 최초 발표 지면. 『중앙』, 1933. 11. 삽화가 미상. (pp.676-677)

색시가 우리집에 오기는 작년 늦은봄 이었다。내가 저녁때 집에
들어서니까 웬 보지 않든 안악네가 마당에 풍로를 내다놓고 얼굴
이 이글이글해서 불을 불고 있었다。그 연기가 가주 모종낸 활련
밭에 서리는것을 보고 나는 마침 사랑으로 나오는 안해더러
『거 누구유? 누군데 하필 화초밭에다 대구 연길 불어?』
하였다。
『저어……』
하다가 안해는 내 말이 퉁명스러운 뜻을 알었든지 다시 안마당
으로 올라가
「색시이? 거기 화초밭 아뉴? 연길 글루 불지 말구 저쪽으루
불날 좋지……』
하였다。그러니까
『아유! 그까짓 활련인데 뭘 그렇게 위허시나요? 어쩌문이
나……』
하고 그는 일어서는데 목소리뿐만아니라 키와 허우대가 안사람
치고는 엄청나게 우람스러웠다。
그런데 그의 대답이 그렇게 호듥갑 스러운데다 이내 킬킬킬
웃어 그런지 나는 그것을 더 탄할 나위도 없었거니와 「웬만해
선 청은 잘 내지 않겠군」하는 인상을 그에게 가졌다。
남을 두어보면 제일 청가신것이 왜쭉삐쭉해서 청 잘 내는것
이었다。수까락 하나를 다시 씻어오래도 이내 얼굴빛이 달려지
고 찌개 한번 다시 데어오래도 부저깔 내던지는 소리가 이내
부엌에서 나오는 그런 신경질인 식모에 진절머리가 나서 일은

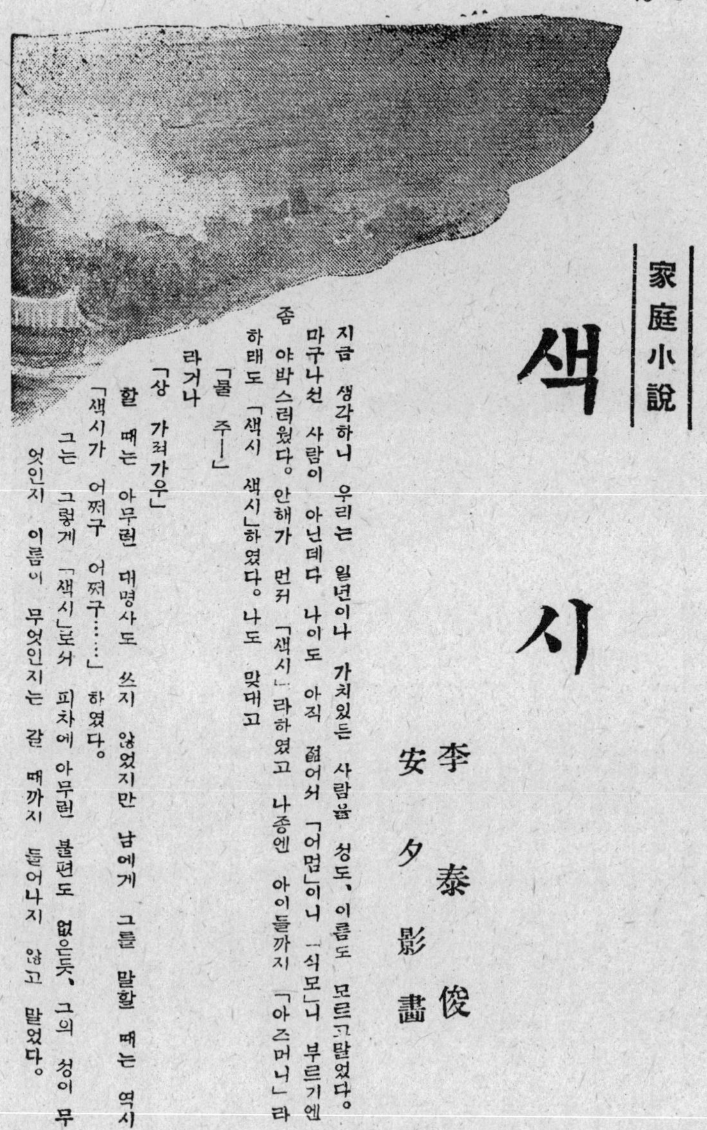

— 76 —

家庭小說

색시

李泰俊
安夕影 畵

지금 생각하니 우리는 일년이나 가치있든 사람읆 성도、이름도 모르고말었다。마구나선 사람이 아닌데다 나이도 아직 젊어서 「어멈」이니 「식모」니 부르기엔 좀 야박스러웠다。안해가 먼저 「색시」라하였고 나종엔 아이들까지 「아즈머니」라 하태도 「색시 색시」하였다。나도 맞대고

「물 주―」

라거나

「상 가져가우」

할 때는 아무런 대명사도 쓰지 않었지만 남에게 그를 말할 때는 역시

「색시가 어쩌구 어쩌구……」 하였다。

그는 그렇게 「색시」로서 피차에 아무런 불편도 없은듯、그의 성이 무엇인지 이름이 무엇인지는 갈 때까지 들어나지 않고 말었다。

「색시」 최초 발표 지면. 『조광』, 1935. 11. 삽화 석영 안석주. (pp.678-681)

않은것을 시어미가 이간질을 붙여 못 살고 나왔다는것, 그새 그녀석이 장가를 들었는지도 궁연이 궁금하고 또 들었다면 어떤년인지, 그년이 자기만한가 못한가도 알고싶고, 그리고 이왕 그놈의 집에 가기의 얼굴을 빼칠바엔 거짓말로라도 자기는 그새 너 이까짓 놈의 집보다 몇갑절 훌륭한데로 시집을 가서 이렇게

아이를 낳고 아이보는아이까지 두고 깨가 쏟아지게 산다는 의기를 보여주고싶어서 우리집 갔나니를 아이보는 아이에게 업혀가지고 갔드랬다는것이였다。

안해는 그말을 듣고 그의 면전에선 웃고말었으나 그런 사정인줄은 모르고 몹시 나므랬든것을 뼈아프게 후회하였다。그리고, 인제부터는 동생처럼 타일러서 그의 결점을 고쳐주고 상당한 자리만있으면 우리라도 중매를 나서줄 작정이였다。

그러나 색시는 당사자가 되여 그런지 위낙 성질이 괄괄해 그런지 제삼자인 우리가 보기에는 너머나 침착하지 못하였다。아직 보히지도 안는 행복을 부득부득 웅키려 덤비였다。개울 건너 우리집과 마주 띠는 집에 전문학교학생 두엇이 주인을 정하고 왔다。그들은 아침이면 이를 닦으며 저녁이면 담배를 피이며 가끔 우리 마당을 건너다 보았다, 그들은 마주 뵈니까 무심코 건너다보는것이되 이쪽의 우리집 색시는 첫번부터 그들에게 과민하였다。아침저녁으로 분세수를 하고 틈틈이 무색옷을 내여입고 그들이 학교에서 돌아올 시간쯤 되면 으레 머리를 고쳐 빗고 그리고는 그들이 눈에 띠이면 무슨 일이던지 하다말고 내여던지였다。마당을 쓸다 그들이 보히면 비를 놓아버리였고 물을 길러가는 그들이 보히면 길바닥에 빠게쓰를 놓

새씨는 대답이 없이 킬킬거리고 안으로 뛰어들어갓드라는 것이였다。

다。

『아、얼말 찾어다닌줄 아우? 그게 무슨 짓유? 왜 제맘대루 어린애꺼정 대리구 댕규?』

『…………』

새씨는 커도 어이없는듯 웃기는 끄쳤으나 무어라고 이유를 설명하지는 않었다。안해는 애꾸진 아이보는· 아이만 나므래고 말었으나 커녁이 되니 갓난이가 기침을 하고 몸이 달키 시작하였다。나도 성이 났지만 안해는 나보다 더할수밖에 없었다。안으로 들어가드니 한참이나 음성을 높여 언짢은 소리를 퍼붓고 나왔고 나와서는 내일아침엔 다시 식모없이 살드래도 커이집으로 보내버릴 작정이였다。

그러나 그 이튿날 아침에 우리는 새씨를 보고 가라는말이 나올수가 없었다 그는 누눈이 모다 새빨앟게 충혈이 되었고 눈시울은 온통 벌에 쏘인것처럼 부어있었다。가치 잔 아이보는 아이에게 물어보니 초커녁부터 아침까지 제가 잠이 깰때마다 보았는데 볼때마다 옷도 끄르지 않고 앉아서 울음 울고 남에게 나보다 하고 가념 그의 눈치만 보고 매질을 지내다가 그의 마음이 아주 풀린 것을 엿보고는 안해가 그까짓일에 밤을 새 울것이 무엇이냐고 물었다 한다。그랬드니 새씨는 오래간만에 킬킬거리고 한바탕 웃고 나서

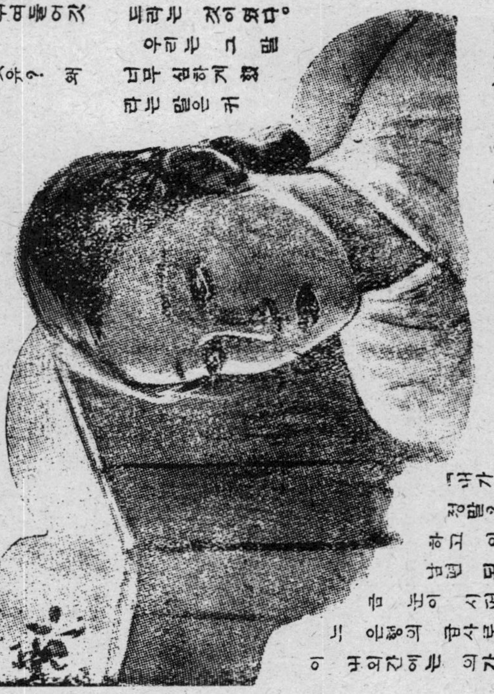

『내가 파분줄 아세요? 정말?』

하고 이야기하기를 자기 남편 되었든 사람은 지금 눈이 시퍼렇게 살아서 더느 은행의 급사로 다닌다는것、커이 내외간에는 의가 그리 나쁘지는

우리는 그 말 너무 심하게 했라는 말은 커

〔112〕

하고 따젓다 한다。그러면 아버지가

어떤때는 하도 어이 없어

『이자식아 낸들 아느냐』

하고 웃고 어떤때는 하도 귀치않어서

『이놈아 애비한테 이게 무슨 버릇이냐』

하고 역정을 내면 강군은 오히려 기가 막히는듯이 껄껄 소리처 웃고

『홍 애비! 그것은 그대가 나를 이십년동안 길러준 그 정실관게를 말합니엇다。어서 그아둔을 바리고 좀더 무연(無念)한 대국(大局)에 나서 생각해 보라 애비는 무엇 아오 아들은 무엇인가 내 그대로터브러 벗하여 이야기하지 못할 조건이 어디 잇는가?』

하고 탄식하엿다 한다。

강군

강군은 이런투로 자기 부모와 이웃과 가까워지려든것이 오히려 인연을 끊게까지 멀어진것이엇다。이것을 가르처 할속이라 할가 아모런 풍속을 무시하는 강군은―자기로선 각오한 바이겟지만―처세상 너머 불편하엿다。

한번은 나는 그를 어떤 서양인 교수집에 소개하엿다。영어를 아니 교수의 일을 돕고 책이나 보고 잇게하엿다。그랫드니 강군은 나흘만에 그집에서 나왓다。그는 나온 까닭을 이러케 설명하엿다

『내손에 헌디하나 난것을 보고 작고 병원에 가라네 그려。그까짓것으로 죽을배도아니오 그것으로 죽을것을 과학의 힘으로 산다 치세 그러키로니 내명에서 얼마를더살겟나 그냥둬도 낫는다니까 날더러 상식이 없다 하데 그려。그래서 너야말로 몰상식 자로다 하고 서양문명의 그릇된 출발을 한참 떠들엇드니 듣기 실여하데그려 그래 너이까짓것들이 고충건축이나 세울줄알지 무엇을 아느냐 하고 욕하고 나왓네』

나는『이사람 내낯을 보아서라도 어꺼 그러케하고 나오나』하려다가 강군의 태도가 너머도 언어도단이어서 아모말 하지않엇다 그후에 서양인교수를 만난즉 그는 강군을 정신병자라 하엿다。같은 동양인인 그의 부모 까지도 강군과 경색하여 말하지 않거늘 하물며 서양인이 그를 미친사람으로 인정해바리는 것은 결코 무리가 아니엇다。

나는 몇번이나 그에게 어느정도 까지는 현실에 관심하기를 바랏다。그러나 그의 고집은 듣지 않엇다。자기의 주오린 창자를 남의 신세로만 채우려 드는것 같어서 어떤때는 밉살머리스럽기도하엿다。

그러나 강군은 딱한친구로만 컨부는 아니엇다。그에겐 예의 맑음과 서늘함과 향

「서글픈 이야기」 최초 발표 지면. 『신동아』, 1932. 9. 삽화가 미상.

[217]

孫巨富

李泰俊 作

○

손서방도 성북동에서는 꽤 인기있는 사람이다。무슨 일이 버러지거나 —혼인이거나 초상이거나 집터 닦는데거나 우물 파는데거나 하다못해 뉘집 아이가 너머저 다쳐가지고 떠들석 하는 대라도 손서방이 아니 나서는데는 별로 없다。일정한 직업도 없지만 천청이 러벌 러벌 하여서 남의 말참예하기를 좋아하고 아모한테나 허튼소리를 잘 걸다가 때로는 당치 않은 귀설도 듣는수가 더러 있지만 아모런지 떠들석하는 자리에는 누구보다도 잘들리는 사람이 손서방이다。그래 자기도 어디서 문소리 한번만 크게 들려와도 이내 그리로 달려가는 버릇이거니와 저쪽에서도 혼상간에 마당이 좀 왁자—해저야 될일이 버러진 집에서는 으레 손서방을 찾아다니며 데려간다。

그래도 웬일인지 한번도 술은 취해서 다니는것을 보지못하였고 또 아모리 입에 거품을 물고 여러사람과 떠들다가도 안면이 있는듯한 사람만 지나가면 으레 휙 돌아서서 깍듯이 인사하는것도 그의 특성이다。나더러도 그리 친하기 전붙어 아츰이면 으레

『지금 사진협쇼?』

저녁이면 으레

『이재 나오십쇼』

하는 것이다。

○

작년인데 그때가 봄인지 첫여름인지는 잊었지만 늘 지나다니기만 하던 손서방이 하로는 우리집으로 드러왔다。

『이댁 선생님이 게신가 원……』

혼잣말처럼 짓거리면서 드려서는데 책이면 아마 사륙배판(四六倍版)이나 되리만한 널판때기 하나를 들고왔다。

「손거부」 최초 발표 지면. 『신동아』, 1935. 11. 삽화 정현웅.

—101—

을 둘러보았다。

이끼 앉은 돌 층계밑에는 발이 묻히게 낙엽이 쌓여있고 상나무、전나무같은 상록수를 빼여놓고는 단풍나무까지 이미 반넘어 이울어서 어떤 나무는 잎이라고 하나도 없이 썰—멍하게 서있다。「무장해제를 당한 포로들처럼」 하는 생각을하면서 그런 쓸쓸한 나무들이 이구석 저구석에 묵묵히섰는것을 그는 등피를 다 닦고도 다시 한참이나 바라보다가야 자기방으로 정한 밖앝채 작은사랑으로 올라갔다。

여기는 그의 어느친구네 별장이다。 늘 괴벽한 문체(文體)를 고집하여서 독자를 널리갖지 못하는 그는 한달에 이십원 남짓하면 독방을 차지할수 있는 학생층의 하숙생활조차 뜻대로 되지 않었다。 궁여의 일책으로 이렇게 임시로나마 겨우내 그냥 비여 두는 친구네 별장방 하나를 빌린 것이다。 내년칠월까지는 어느 방이든지 마음대로 쓰라고해서 정자직이가 방마다 문을 열어 보이는대로 구경하였으나 모다 여름에나 좋을 북향들이라 너무 음습하고 너무 넓고 문들이 많어서 결

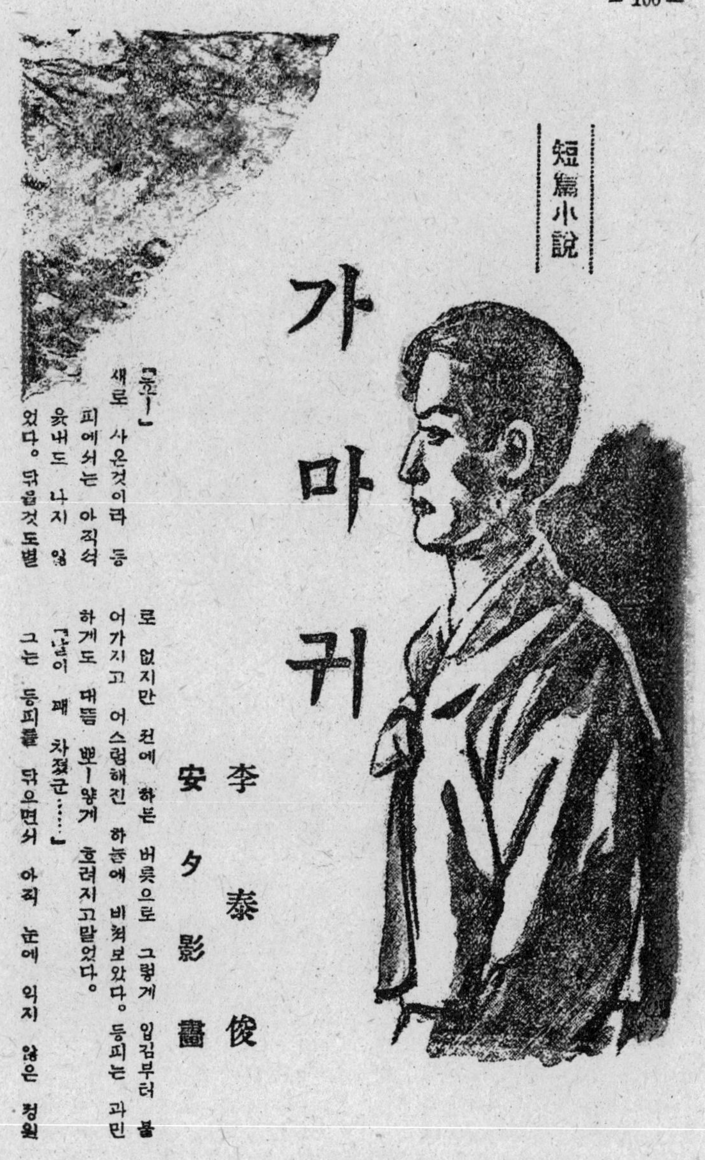

短篇小說

가마귀

李泰俊

安夕影 畵

「후―」

새로 사온것이라 등피에서는 아직석윳내도 나지 않었다。 닦을것도별로 없지만 컨에 하는 버릇으로 그렇게 입김부터 불어가지고 어스렴해진 하늘에 비춰보았다。 등피는 과민하게도 대뜸 뽀―얗게 흐려지고말었다。

「날이 꽤 차졌군……」

그는 등피를 닦으면서 아직 눈에 익지 않은 정원

「까마귀」 최초 발표 지면. 『조광』, 1936. 1. 삽화 석영 안석주. (pp.684-687)

하여보았다。그러나 번번이

『여기가 좋아요』

하고 여자는툇마루에 걸터앉었고 손수건으로 자조 입과 코를 막기를 잊지 않었다。하로는

『글세 괜찮으니 좀 들어오십시오』

하 괜찮다는 말에 힘을 주었더니 여자는 약간 상기가 되면서 그래도 이쪽에 밝히 따지려는듯이

『귄 귄염병 환자예요』

하고 쓸쓸한 웃음을 지였다。

『글세 그런줄 압니다。괜찮으니 들어오십시오』

하니 그제야 가벼운 감격이 마음속에 파동치는듯 잡간 벌ㅣ리 하늘가에 눈을 던지였다가 살몃이 들어왔다。황혼이였다。동향방의 황혼이라 말할때의 그여자의 맑은 눈속과 흰 잇속만이 별로 또렷 또렷 빛이났다。

『저처럼 주검에 대면해있는 처녀를 작품 속에서 생

하였다。 보기에 그리 병색은 아니드라하나

『뭐 폐병이라나요 그래 약먹누라구 여기나왔는데 숨이차 산엔 못댕기구 우리 정자루만 밤낫 오죠』

하였다。

폐병! 그는 온 흔한 남의일 같지 않게 마음에 씌였다。 그렇게 예모있고 상냥스러운 대화를 지거릴수있는아름다운 입술이 악마와 같은 병균을 발산하리라는 사실은 상상만 하기에도 우울하였다。

그러나 그 다음날부터는 정원에서 그여자를 만나 인사할수있는것이 즐거웠고 될수만 있으면 그를 위로해 주고 그와 더부러 자기의 빈한한 에

술을 솔직하게 바평도 받고싶었다。 그래서 그 여자가 자기의 방문앞으로 왔을때는 몇번이나

『바람이 찹니다』

씀에 새로 입은적심인것을 깨닫고 얼른 고름을 감초며 안해를 보았다。안해도 아직 전기대리미줄만 마른 행주로 훔치고 있었다。보았으면 으레

「어리애유? 남 기껀 빨아대려입혀놓니까……」

하고 한마듸 혹은 내가 가만이 듣고있지 않고 맞받으면 열마디 수무마디라도 나왔을것이다。

늙은내외처럼 홍홍거리기만하고 지내는것은 벌서 인생으로서 피곤을 느낀 뒤이다。젊은 우리는 가끔가다 한번씩 오금을 박으며 끝집어떼듯이 말총을 쏘고받는것도 다음시간부터의 새 공기를 위해서는 미상불 필요한 청량제이기도하다。

그러나 요즘 두주일동안은 비에 가쳐 내가 나가지 못한 때문인지 공연스리 말다툼이 잦었다。부부간의 말다툼이란 (우리의 길지못한 경험에서나) 언제던지 지내놓고보면 공연스러웠던것이 원측으로 우리가 어쩌녁에 말다툼한것도 다툴 이유로는 여간 히박한 내용이 아니였다。소명이란년이 하로에 옷을 네벌을 말어놓았다는것이 동기였다。해는 나지 않고 젖은 옷은 썩기만 하는데 왜 자고 비를 맞고 나가느냐고 쥐여박으니 아이는 악을 쓰고 울었다。나는 드끄러우니까 한합밖에없었다。아이들이란 비도 맞고 놀아버릇을 해야 감기같은것에 저항력도 생기는것인데 어른이 옷을말려 대일수가 없다는 이유로 감금을하려들뿐만 아니라 구타까지 하는것은 무슨몰상식 무책임한짓이냐고하였더니 안해는 지지 않고 책임이라 하니 그런 책임 이어째어엄에만있고애비에겐

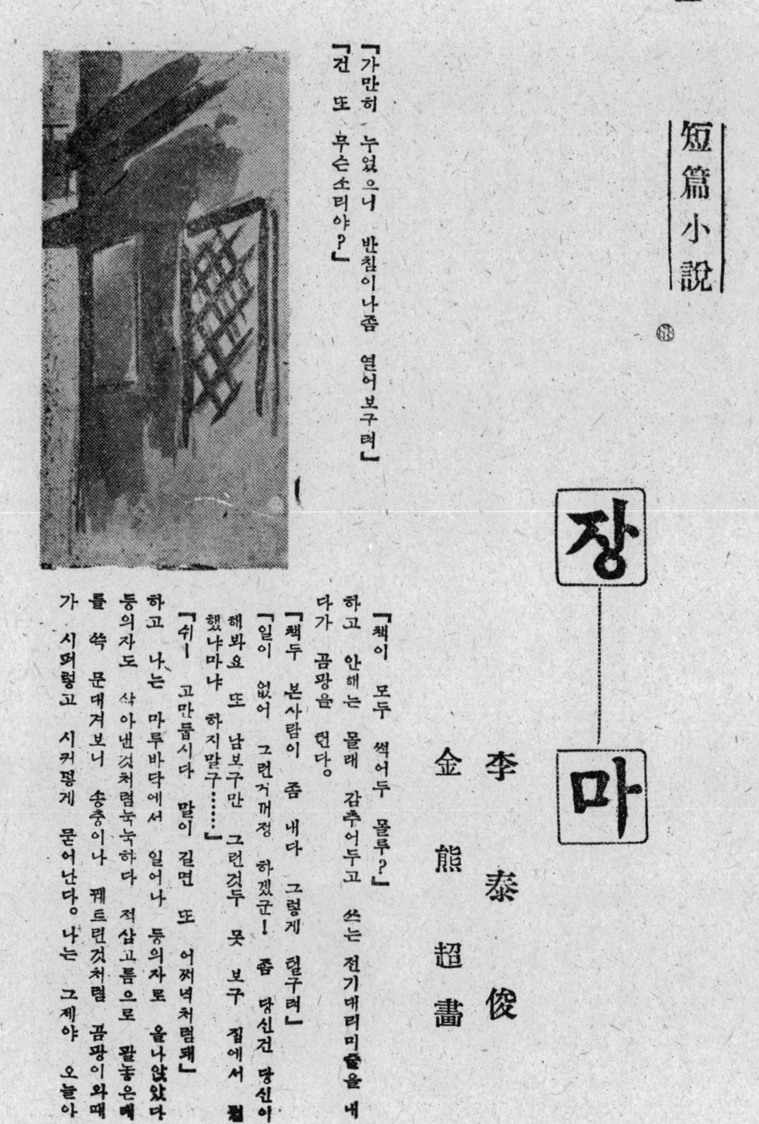

— 312 —

短篇小說

장마

李泰俊

金熊超畫

「가만히 누었으니 반침이나좀 열어보구려」

「건 또 무슨소리야?」

「책이 모두 썩어두 몰루?」

하고 안해는 몰래 감추어두고 쓰는 전기대리미를 내다가 곰팡을 턴다。

「책두 본사람이 좀 내다 그렇게 털구려」

「일이 없어 그런거꺼정 하겠군! 좀 당신건 당신이 해봐요 또 남보구만 그런것두 못 보구 집에서 뭘 했냐마냐 하지말구……」

「쉬― 고만둡시다 말이 길면 또 어쩌녁처럼돼」

하고 나는 마루바닥에서 일어나 등의자로 올나앉았다 등의자도 삭아낸것처렴눅눅하다 적삼고름으로 팔놓은때를 쓱 문대겨보니 송충이나 꿰트린것처럼 곰팡이와때가 시퍼렁고 시커멓게 묻어난다。 나는 그제야 오늘아

「장마」 최초 발표 지면. 『조광』, 1936. 10. 삽화 웅초(熊超) 김규택(金奎澤). (pp.688-691)

「아직 안 일어나셨나분데요」
「지금 몇신데 가서 깨워라」
「누구시라고 여줄가요?」
「글세 그냥 가 깨워라 괜찮다」
하고 위기니깐야 그애는 올라간다。

주인은 나와 동경시대에사귄「눈물의기사」이순석(李順石) 군이다 눈물에 천재가 있어서 공연한 일에도

「아하!」

하고 우름만 한번 처면 곳 눈에는 눈물이 차버리는친구로 밤낮찻 집 에다니기를 좋아하더니 나와서도화신상회에서 꽤 고급을 주는것도 미술가를 이해해주지못한다는 불평으로 이내고만두고 의낙랑을채려놓은것이다。

그는 나를 만나면 늘 조용히 하고싶은 말이있노라 했다。한번은 밤에들렸더니 이층에 있는 자기의방으로 끌고 가서 자기가 연애를 하는 중이라는것을 말하엿다。여자는 서울청년들이 누구나 우러러보지 않는 사람이 없는 명판 높은 미인인데 그 모다 처다만 보는 높은 들창의 열쇠를 차지한 행운의당자는 자기란 것과 그렇게 되기 위해서는 열몇달이라는 시일을두고 이낙랑의 수입을 온통 걸어가면서 못사나이의 마수를 막어가면이야기를 눈물이글성글성해가지고 하였다。그리고는

「자네 알다싶이 내겐 처자식이 있지 안나? 이를 어쩌면 좋은가?」

다. 그런정도로 아는얼굴은 숫제 처음 보는 얼굴만 려한것이 보통이다. 그런 얼굴들은내가 드러면서나도저 이들에게 그런경우에 그렇게 할수 있듯이

「저자 도 오는군!」

하고 하유없이 일종의 멸시에가까운감정을 가질것과나아가서는

「저자는 무얼해먹고 살길래 벌서부터찻집출근이람?」

하고 자기보다는 결코 높지 못한 아무걸로나 평가해볼것에 및여서는 여간 불쾌하지 않다.

커피— 한잔을 달래놓았으나 잖에굴물이 도는것이구미가당기지 않는다. 그 원료에서부터 조리에까지 좀 학적양심(的良心)을 갖이고 끓여논 커피—를 마서보았으면싶다. 그리면서 화제없는 이야기들실컨 직거려보고싶다.

나는 심부럼하는 애를불렀다.

「너 이층에 올라가 주인 좀 내려오래라」

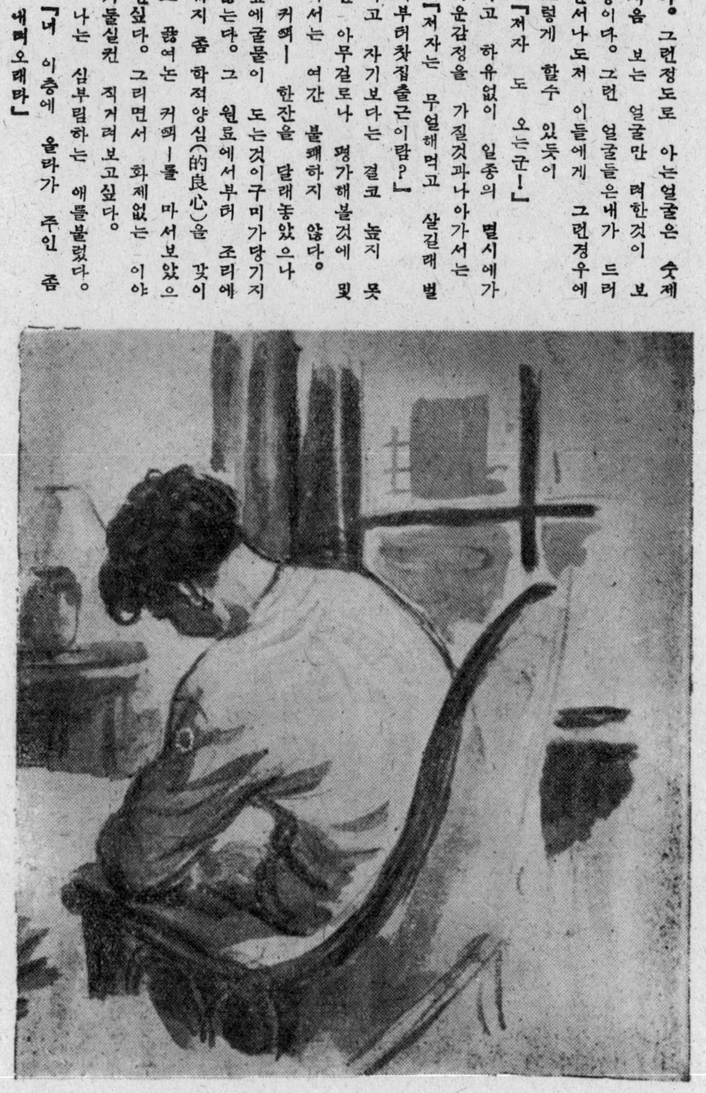

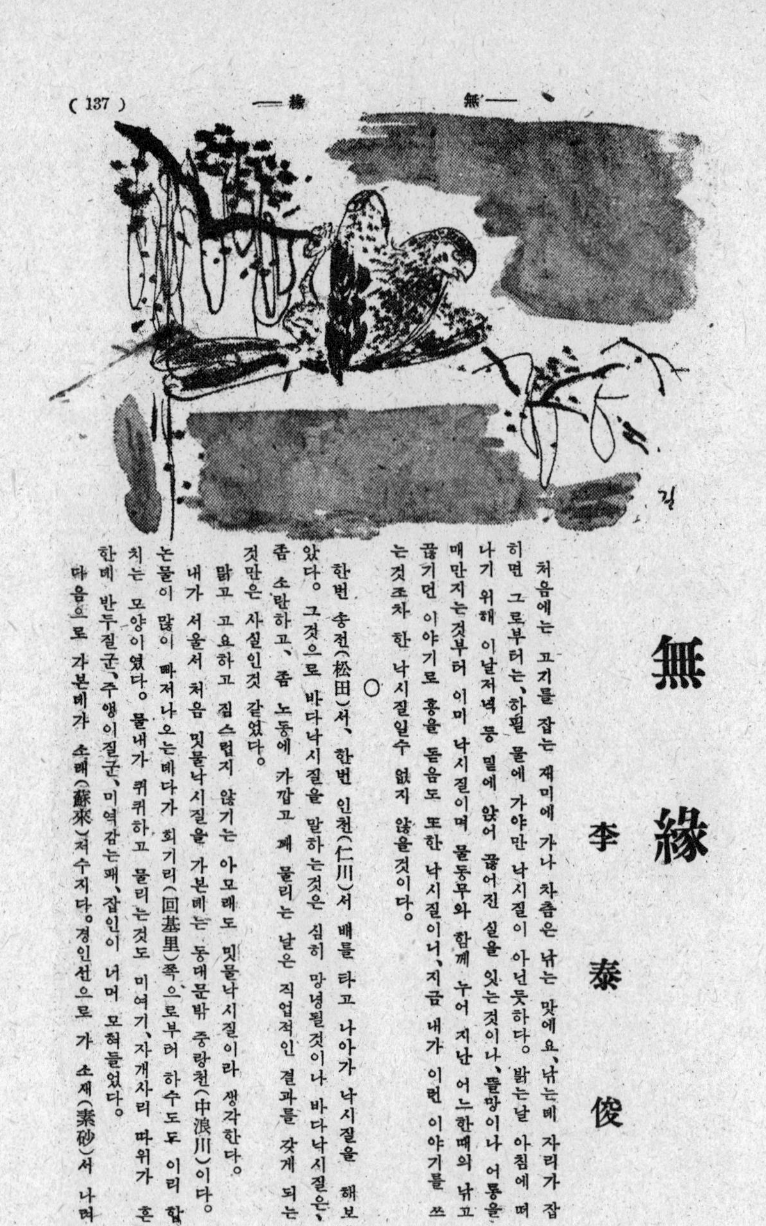
(137) —緣— 無—

無緣

李泰俊

처음에는 고기를 잡는 재미에 가나 차츰은 낚는 맛에요, 낚는데 자리가 잡히면 그로부터는, 하필 물에 가야만 낚시질이 아닌듯하다。 밝는날 아침에 떠나기 위해 이날저녁 등 밑에 앉어 끊어진 실을 잇는것이나, 뜰망이나 어롱을 매만지는것부터 이미 낚시질이며 물동무와 함께 누어 지난 어느한때의 낚고 끊기던 이야기로 홍을 돋음도 또한 낚시질이니, 지금 내가 이런 이야기를 쓰는것조차 한 낚시질일수 없지 않을것이다。

○

한번 송전(松田)서, 한번 인천(仁川)서 배를 타고 나아가 낚시질을 해보았다。 그것으로 바다낚시질을 말하는것은 심히 망녕될것이나 바다낚시질은, 좀 소란하고, 좀 노동에 가깝고 꽤 물리는 날은 직업적인 결과를 갖게 되는 것만은 사실인것 같었다。

맑고 고요하고 집스럽지 않기는 아모래도 밋물낚시질이라 생각한다。

내가 서울서 처음 밋물낚시질을 가본데는 동대문밖 중랑천(中浪川)이다。 논물이 많이 빠저나오는데다가 회기리(回基里)쪽으로부터 하수도도 이리 합치는 모양이였다。 물내가 퀴퀴하고 물리는것도 미여기, 자개사리 따위가 흔한데 반두질군, 주앵이질군, 미역감는패, 잡인이 너머 모혀들었다。

다음으로 가본데가 소래(蘇來)저수지다。 경인선으로 가 소재(素砂)서 나며

「무연」 최초 발표 지면. 『춘추』, 1942. 6. 삽화 길진섭(吉鎭燮) 추정.

短篇小說

福德房

李泰俊

鄭玄雄畫

철석、앞집 판장 밑에서 물 내버리는 소리가났
다。주먹구구에 꿀독했던 안초시에게는 놓란만한폭
음이였던지、다리 부러진 돗뵈기 넘어로、똑 · 멩이
를 쫓으려는 닭의 눈을 해가지고 수채구멍을 내
다본다。뿌연 뜨물에 휩쓸려 나오는것이 여러가지
다。호박꼭지、게란껍질、게피해버린 녹두껍질。
『녹두빈자 떡을 부치는게로군 훙…』
한 오륙년채 안초시는 말끝마다 「젠ー장…」이아
니면 「훙!」하는 코우슴을 잘 붙이였다。
『추석이 벌서 낼모레지! 젠ー장…』
안초시는 커도 모르게 입맛을 다시었다。기름내
가 코에 풍기는듯 대뜸 입안에 침이 흥건해지고
전에 괜찮게지낼때、충치니 풍치니 하던것은 거짓
말이였던것처럼 아래웃니가 송곳끝같이 날카로워집

「복덕방」 최초 발표 지면. 『조광』, 1937. 3. 1. 삽화 정현웅. (pp.693-695)

끼씩 줆어도 밥먹을 정신이나지도 않었거니와 밥을 먹으려들어갈수도 없었다。

「재물이란 친자간의 의리도 배추밑도리듯하는건가」란식할뿐이였다。밥보다는 술과 담배가 그리웠다。물론 안경다리는 그저 못 고치었다。그러나 이제는 오십전짜리는커녕 단십전짜리도업어볼 길이 없었다。

추석 가까운 날씨는 해마다의 그때와 같이 맑았다 하늘은 철리 같이 틔였는데 조각구름들이 여기저기널리었다。어떤 구름은 깨끗이 바래말린 옥양목처럼 힌빛이 눈이 부시다。안초시는 이번에도 자기의 때묻은적삼생각이 났다。그러나 이번에는 소매끝을 붙거나떨지는 않었다。고요히흘러내리는 눈물을 그 더러운소매로 닦었을뿐이다。

×

여름이 극성스럽게 더웁더니 추위도 그럴 증조인지 예년보다 무서리가일직 나리었다。서참의가 늘 지나다니는식은관사(殖銀官舍)에들울타리가 넘게 피였던코스모스들이 끓는불에 데쳐 낸것처럼 시커멓게 죽고 말었다。

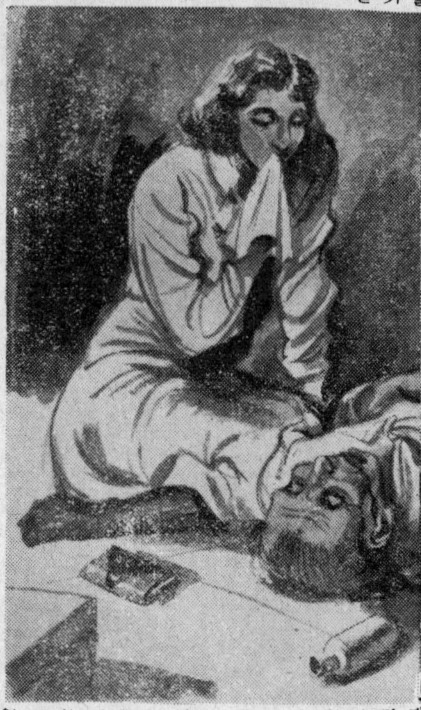

참의는 머리가띵― 하였다。요즘 와서읍기 잘하는 안초시를 한번 위로해주려、어쩌녁에는 다리고 나와청요리집으로、추탕집으로 새로 두컴을치도록 돌아다닌때문같았다。조반이라고몇술 뜨기는했으나 혜도 그냥 뻑뻑하다。안초시도 그럴것이니까 해는 벌서 오정때지만 끌고나와 해장술이나 먹으려고 부즈런히 나려와보니、웬일인지 복덕방이라고 쓴 베발이 아직 내여걸리지않었다。

『이사람 봐아…어느땐줄 알구 코만고누…』

그러나 코고는 소리는 들리지 않었다。미다지를 밀어제친 서참의는 정신이 번쩍 났다。안초시의 입에는 년 하나가 초시의 앞을가리며 나타났다。그는 딸의청년이였다。딸은 아버지의손에 단일전도 넣지 않었고꼭 그 청년이 나서 돈을쓰며 처리하게하였다。처음에는팩 나오는 노엽을 참을 수가 없었으나 메칠 밤을 지내고나니、적어도 삼천원의 순리익이 오륙만원은 될것이라만원하나야 어디로 가랴 하는 타협이 생기여서 안초시는 으실 으실 그、이를테면 사위녀석격인 청년의뒤를 따라 나섰다。

×

일년이 지났다。

꿈보다 꿈이였다。꿈이라도 아조 악한꿈이였다。삼천원어치땅을 사놓고 날마다신문을 들여다보며 수소문을 하여도 거기는 축항이 된단말이 신문에도、소문에도 나지 않었다 용당포(龍塘浦)와 다사도(多獅島)에는 땅값이 삼십배가 올랐느니 오십배가 올랐느니 하고 졸부들이 생겼다는 소문이 있어도 여기는 강감소식일뿐 아니라 나종에、역시、이것도 박히완영감을 동채서알고보니 그관변 모씨에게 박히완영감부터 속아떨어진것이였다 축항후보지도 칙량까지하기는하였으나무슨결점으로인지 중지되고마는바람에 너무 기민하게거기다 땅을 샀던、그모씨가 그땅 처치에 골란하여 꾸민 연극이였다。

돈을 쓸때는 일원짜리 한장 만저도못봤지만 벼락은 초시에게 떨어졌다。서너

상허 이태준 전집

1. 달밤(단편소설) 2. 해방 전후(중편소설·희곡·시·아동문학)
3. 구원의 여상·화관(장편소설) 4. 제이의 운명(장편소설) 5. 불멸의 함성(장편소설)
6. 성모(장편소설) 7. 황진이·왕자 호동(장편소설) 8. 딸 삼형제·신혼일기(장편소설)
9. 청춘무성·불사조(장편소설) 10. 사상의 월야·별은 창마다(장편소설)
11. 무서록(수필·기행문) 12. 문장강화(문장론) 13. 평론·설문·좌담·번역
14. 상허 어휘 풀이집

상허(尙虛) 이태준(李泰俊, 1904-?)은 강원도 철원(鐵原) 출생으로, 단편소설뿐만 아니라 중·장편소설, 희곡, 시, 아동문학, 수필, 문장론, 평론, 번역 등 다양한 방면의 글을 남긴 우리 근대기의 대표적 작가다. 철원사립봉명학교를 졸업, 휘문고등보통학교를 중퇴한 뒤, 도쿄 와세다대학 청강생을 거쳐 조치대학 문과 예과에 입학했으나 중퇴했다. 1925년 단편소설 「오몽녀(五夢女)」를 『시대일보』에 발표하며 등단했고, 1933년 문학동인 구인회(九人會)에 참가했으며, 이 시기 많은 장편소설을 연재하며 활발한 창작활동을 했다. 개벽사(開闢社) 기자, 『조선중앙일보』 학예부장, 『문장』 주간, 『현대일보』 주간, 조선문학가동맹 기관지 『문학』 편집자 등 언론과 출판 분야에서도 중요한 역할을 했다. 1946년 8월경 월북했으며, 1950년대 중반 숙청당한 후 정확한 사망 시기는 알려져 있지 않다. 주요 작품으로는 단편집 『달밤』 『가마귀』 『돌다리』, 장편소설 『구원의 여상』 『제이의 운명』 『화관』 『황진이』 『불멸의 함성』 『사상의 월야』 등이 있으며, 수필집 『무서록』과 문장론 『문장강화』가 있다. 월북 후 작품으로는 기행문 『소련기행』, 장편소설 『농토』, 단편집 『첫 전투』 등이 있다.

달밤

단편소설

상허 이태준 전집 1

초판1쇄 발행일 2024년 1월 20일
발행인 李起雄 발행처 悅話堂
경기도 파주시 광인사길 25 파주출판도시
전화 031-955-7000 팩스 031-955-7010
www.youlhwadang.co.kr yhdp@youlhwadang.co.kr
등록번호 제10-74호 등록일자 1971년 7월 2일
엮음 김명열 편집 이수정 최강미
편집자문 오영식 디자인 박소영 곽해나
인쇄 제책 (주)상지사피앤비

ISBN 978-89-301-0781-5 04810
978-89-301-0780-8 (세트)

The Complete Works of Lee Taejun, Vol. 1
The Moonlit Night: Short Stories

Published by Youlhwadang Publishers. Printed in Korea.